赌城不是天堂

深峻海洋◎著

廣東旅游出版社
GUANGDONG TRAVEL & TOURISM PRESS
悦读书·悦旅行·悦享人生
中国·广州

图书在版编目（CIP）数据

赌城不是天堂 / 深峻海洋著. — 广州 : 广东旅游出版社, 2015.2（2023.7重印）
ISBN 978-7-80766-977-7

Ⅰ. ①赌… Ⅱ. ①深… Ⅲ. ①长篇小说－中国－当代 Ⅳ. ①I247.5

中国版本图书馆CIP数据核字(2014)第246474号

出 版 人：刘志松
责任编辑：赵瑞艳　廖晓威
封面设计：邓传志　周喜玲
责任校对：李瑞苑
责任技编：冼志良

赌城不是天堂
DUCHENG BU SHI TIANTANG

出版发行：广东旅游出版社
地　　址：广州市荔湾区沙面北街71号首、二层
印　　制：广州市汉鼎印务有限公司（广州市黄埔区南岗骏丰路117号202）
开　　本：787毫米×1092毫米　1/16
印　　张：26.5
字　　数：370千字
版　　次：2015年2月第1版
印　　次：2023年7月第3次印刷
定　　价：72.00元

前 言

人有恶眼想要急速发财，
却不知穷乏必临到他身。
——《圣经旧约·箴言：28节22行》

你去过澳门吗？

你去玩过百家乐、大小或者是二十一点吗？

你有没有因为赢了钱，回到家后兴奋地研究过赌博投注的技巧？

相较之下，在澳门赌博似乎比炒股票炒期货更加公平、收益更高。

一、它输赢不受政策的影响，也不会被主流媒体上冠冕堂皇的新闻、虚假的统计数字所误导；

二、赌场由政府监管，不会出千，可以放心大胆地投注；

三、不受交易时间的限制，二十四小时，参加的人精神好状态好就可以赌，状态不好随时可以休息；

四、不会被大庄家把控局面，押大注和押小注开出的几率一样；

五、每一把投注输赢概率近乎合理，据数学家统计澳门百家乐玩家投注赢面是44.6%左右,21点赢面更是高达47.5%；

六、投资见效快，单把赌注几秒钟见输赢，一天下来可能增长几倍甚至数十倍的财富。

不错，看起来规则确实很简单，很合理。事实上，从数学上去论证，如果你不在乎大数法则那零点几的优势，那它的确是很合理。

那为什么人们还常说赌博是万恶之源呢？

没有人能够三言两语把这句话解释清楚，要说服任何一个赌徒戒赌都很难。现在，我就以自己的亲身经历告诉世人：规则是很合理，但你还是必定会输，因为你最终不是败在规则上。

你是败在罪恶上。你身上的原罪：侥幸、贪婪、欺骗。这些罪恶原本就隐藏在你的体内，甚至你自己都察觉不到。你还一直以为自己是一个仪表堂堂，正直善良的人。你的妻子，你的同事朋友也是这么认为。直到有一天，赌博打开那扇门，把这些罪恶全部释放了出来。

也只有赌博，能够把藏于人体内最深处的罪恶释放出来。

如果规则不合理，你反而不会败得很惨，因为你很快会选择放弃。就像你去了内地的某个地下赌场，感觉被骗，你肯定马上就会退场。这是因为你看见了罪恶，它很低级，肉眼便可识穿，所以你会选择明智地退出。

但是澳门、拉斯维加斯的博彩规则近乎合理，酒店很干净、环境很安全。这样你身在其中，就无法感觉到：体内的原罪已经被日复一日的赌博中逐渐引出，最终它化成一个魔鬼，将你完全吞噬。

在我后面的经历中你就会看到，魔鬼它真的是有声、有形；它是怎样把我这样一个自以为聪明、自以为有能力、自以为良善的人一步一步带入陷阱，带入地狱，最终吞噬得干干净净。

人若行在罪恶中，他必定要灭亡。

目 录

第一卷

DI YI JUAN

我的赌博史

一

※ 2013年3月10日 我的现况

我走进中行贵宾室，想把钱包里剩下的30元港币和70元澳门币兑换成人民币。因为包里只剩两块钱硬币，要换点现金才能买菜回家做晚饭。

用信用卡刷卡取了号（这张中行的白金信用卡的10万额度早已用尽了），55号。我坐在沙发上等了一会儿，排到54号的时候，突然想起身份证不在身边，在银行办不成外币兑换，我只好怏怏而出。

现在工行卡还剩38元，农行卡还剩55元，都不足ATM提款的最低金额，要买菜只能去有POS机的超市了。于是我就近找了一个华润万佳小型超市，买了一份排骨一份青菜，刷卡用了21.50元。

解决了晚饭问题，我今天不用再和金钱扯上任何关系。感谢主！

远离我吧，钱！让我安静地休息一晚。

晒一下我目前的财务状况：

资产：
房子，卖了；
车子，卖了；
股票证券，无；
名下的两家公司：已暂停营业且负债累累；
现金结余：人民币2元，外币80元；
银行卡结余：93元；
资产合计：181元。

负债：

亲友，1580 万元；

银行及信用卡：135 万元；

名下的公司负债：750 万元；

负债合计：2465 万元。

简而言之，我现在身无分文，而且负债两千多万，众叛亲离，家破人亡。

再过几天，就是我 38 岁的生日。

38 岁，据说男人的黄金时期。在我十年前的构想里，到了这个年龄，我应当是事业有成，身边有娇妻幼儿，父母安养闲适，我达到了财务自由，朋友遍布天下。

事实上，一年前，我构想的这些确实已经实现了。

只可惜日光之下，我看不见祸患在隐藏。我没有经受住魔鬼的引诱，这一年，我被它引入地狱走了一朝，榨干骨吸干血后，像一块破布被扔了出来。

看到这里，你也明白了，这是一个赌徒的故事。

是的，今天，我想把自己过去一年在澳门赌博的经历写下来。我别无夸耀自己传奇经历的意思，事实上，写出这些经历会很痛苦，因为在写的过程中，我必然要重新经历一次已过去的那些沉沦、自卑与绝望；特别是回想以往自己曾拥有那么幸福的生活,更是懊悔不已。

而我今日写下自己经历的目的，是要警醒那些正深陷赌博诱惑中的人，那些正在因为已有小赢而沾沾自喜；或是已输光了家里存款而焦虑惶恐；或是为了扳本而四处举债、挪用公款、蒙骗朋友的赌徒。

不管你是比我更有钱，赌本更多，赌局更大；或是赌本虽小，认为能够自我控制，却又频繁往返澳门；

或者你认为自己比他人更聪明，或是更精于计算，更有坚韧的意志；

抑或你自己没有赌，但你的丈夫，或你的弟弟却经常往返赌场，甚至他还告诉你，他总是赢钱，拿钱给你补贴家用的。

我将用我惨痛的经历劝告你，收手吧！你必定会输。因为坐在你对面，和你对赌的，不是赌场，不是荷官，也不是你自己，而是魔鬼。

你战胜不了魔鬼。

※ 2012 年 3 月 8 日　一年前，我的婚礼

一年前的三月份，我在深圳华侨城的一家酒店举行婚礼。

婚礼在酒店泳池边举行，规模不大但现场布置得很唯美，是一场浪漫的西式婚礼。

小萱说，准备婚礼的这段时间，她一直沉浸在幸福当中。

妻子小萱比我小十岁，我们相恋四年，感情稳定，平日里彼此也很有默契。摆酒的时候，她已经有了五个月的身孕，我们已知道肚子里的宝宝是一个女儿。

像所有准爸爸准妈妈一样，我们兴奋地期待，看怀孕宝典；为她准备好音乐，婴儿床；去姐姐们那里搜罗宝宝穿过的旧衣服；去家政公司预订月嫂；准备买房子换新家。

我还幻想着等她七八岁大的时候，我会天天早上带她去跑步，希望把她培养成一个奥运会场的短跑冠军。

事业方面，我正由创业期步入成长期。我有自己的公司，从事进出口贸易，以钢材金属类的货物为主。我的公司有较稳定的长期客户，我帮他们把货物出口到香港、澳门、迪拜、斯里兰卡等地，也做一些内贸。公司每年有两三百万元的赢利。从事贸易十几年，我对进出口流程，海运物流、金融外汇、出口退税等各环节早已驾轻就熟，虽然手下的人手不多，管理起来也比较轻松。有几个中学同学在我的公司投资参了一部分股份，但他们并不参与经营管理。我的事业心很强，但在没有找到得力的助手之前，我并没有意愿把公司的规模扩大，因为我在30岁以前经历过一次创业失败，知道一个人拼搏很累。保持现有的经营规模，我才有更多的时间去享受生活。

每天我在公司工作到下午4点半，然后去华侨城的威尼斯酒店健身、游泳；到晚上6点半，在附近的地铁口接妻子下班，在南山区最好的商业休闲区京基百纳或海岸城找地方吃饭看电影，这几乎是我们每天固定的生活模式。在和老婆相恋的四年里，我们看电影的频率非常高，几乎是一周两场或三场。

我每周会和朋友们去打一场高尔夫，这个运动也不错，但并不能使我入迷。主要原因是深圳打高尔夫的球迷太多，订场比较困难。通常为了订个好的场次，我们要早上5点多起床，驱车几十千米，赶在7点前开场；或者匆匆吃个午饭，赶中午一点钟的场次，而这两个都是我平常睡觉的时段。

我的收入水平和生活状态，虽然还到不了中国的富人阶层，但大致列为“中产阶级”或“富裕人群”应当也差不多了。我从来不过问老婆的工资多少，平日的生活支出我完全不会在意；我们想旅游的话，要考虑的主要是时间而不是旅费问题。我有好几张银行信用卡，最大额度的有两张30万元，最小额度的也有10万元人民币。我也偶尔陪妻子小萱逛一下名店，但我对奢侈品没什么兴趣，小萱虽然喜欢，作为一个办公室白领她也需要一些虚荣来装点门面，但终究她也不忍心乱花钱。我们只买过一个GUCCI包包和我的一条爱马仕皮带。

以收入来衡量的话，我们平日的消费不低，但还是比较理性的。我平时的消费主要是高尔夫和吃饭，大概每月要花15000元。对于做生意的人来说，这个支出非常节省了。因为我不喜欢喝酒，很少宴请客户，也基本不去夜总会。二十几岁的时候，我也曾天天晚上唱K或者泡吧，在夜总会玩到凌晨两三点。后来我发现，一场电影加一晚充足的睡眠获得的愉悦要远远大于喝酒跳舞，从此我就对夜场再没有兴趣了。我是五星酒店的年费会员，游泳健身一年一万多的会员费；老婆平时也很少买上千块的衣服。结婚我们买了一个 1 卡的钻戒，5 万元左右。有一次在澳门周大福店，她在一条售价 17 万元港币的颈链面前犹豫了很久，那天早上我刚好已经赢了 20 万元，我对她说想买你就买吧，她叫店员取出来左试右试，最终还是舍不得买。

让我感到困难的支出还是买房子。因为我们现有的房子只有八十几平米，对于以前的二人世界来说，这套房子足够大了，很温馨而且很好打理。但是考虑到宝宝出生后要请保姆，还要接我爸爸（我妈妈已去世）过来一起带小孩，这个面积就不够了。中国人几代劳碌付出后，也会对生活质量的要求不断提高。像我这样出来创业十几年后事业略有小成者，当然不会再以一个蜗居来敷衍自己。人已近中年，我有义务给我的家人，给我即将出世的孩子一个更舒适的家，这样才不枉我在深圳奋斗了十几年。

但即便是我这种年收入两百多万元的水平，在深圳买套房子仍然感到有很大的压力。

我看中了宝安区中粮澜山一套 230 平米左右的房子，属于山脚下的高档社区，居住密度较低，小区安静，车位也足够。由于是毛坯房，买房加装修大概要 500 万元的预算。如果是按照十年前零首付三十年按揭的方法，买这套房子对我当然没有任何的困难。但是照如今买第二套房要交六成首付的规定，我就得一次拿出现金 350 万元左右来付首期和搞装修。我手头并没有这么多现金存款，公司也由于正在运作一个较大的项目，很难抽出资金。

不过没有关系，为了宝宝，这套房子我是买定了。因为我还有一个秘密武器，应该说是一个赚钱的路子。这个路子老婆也知道，它已经让我赚了三百多万。在公司资金紧张的时候，我甚至不用向银行贷款，靠它给公司补进了急需的周转资金。

这个赚钱的路子就是去澳门。

婚礼结束一周后，3 月 20 日，我就一个人从蛇口坐船去了澳门。

※ 一年前，我的赌博史

在过去的三个月，我已经在澳门连赢了十场，赢港币四百万元左右，折人民币三百万元多一点。

我在澳门的赌博史，算起来有四年。一开始也是从旅游观光，几千、一万、几万的赌本开始的。这个过程和其他的赌客没什么两样，不必再去重述那千篇一律的故事了。

我真正把赌博开始作为一项事业经营，开始策略化和职业化，是从我炒期货亏损一百多万元后开始的。

前一年，我尝试了炒商品期货，主要以黄金和白糖为主，结果在期货市场亏损一百多万，被强行平仓退出。事后，我仔细分析了亏损的原因，发现炒期货的整个过程、手法跟赌博别无二致，个人操作失误固然是失败的原因，但政策的改变、新闻媒体的误导、庄家的洗仓、交易时间的限制这些客观因素都会导致炒家的失败。

相比之下，我还不如把一百多万投资到常玩的澳门百家乐，因为同样是赌博，百家乐具有更多的优势：

一、它输赢不受政策的影响，什么官方讲话，新闻披露，公共信息更是看都不必去看；

二、澳门赌场由政府监管，庄家作弊概率小，可以放心大胆投注；

三、不受交易时间的限制，二十四小时，我的精神好状态好就赌，状态不好就随时可以休息；

四、不受大庄家的控制，押大注和押小注开出的几率一样；

五、每一把投注输赢概率近乎合理，据数学家统计百家乐玩家投注赢面是44.6%左右,21点赢面更是高达47.5%；

六、投资见效快，单把赌注几秒钟见输赢，一天下来可能增长几倍甚至数十倍的财富。

这些因素一分析，澳门赌博确实比股票和期货更公平更合理吧？

不错，看起来规则确实很简单，很合理 (只能说合理，公平就谈不上，因为赌场的赢面概率确实要比玩家要大一点)。事实上，从数学上去论证，如果你不在乎大数法则那零点几的优势，那它的确是很合理。

那为什么人们还常说赌博是万恶之源呢？

没有人能够三言两语把这个道理讲清楚。能把道理讲清楚的每一个故事都很凄惨。我将以自己的亲身经历告诉世人：规则是很合理，但你还是必定会输，因为你最终不是败在规则上。

你是败在罪恶上。你身上的原罪：侥幸、贪婪、欺骗。这些罪恶原本就隐藏在你的体内，甚至你自己都不知道。你还一直以为自己是一个仪表堂堂，正直善良的人。你的妻子，你的同事朋友也是这么认同你。直到有一天，赌博开了你体内的锁，把这些罪恶全部释放了出来。

回到前面，3月份以前，我已经在澳门连赢了十场，赢港币四百万元。这十场是在三个月之内通过打百家乐赢来的。

这时候去澳门已经不能说是“玩”了，只能说是“打”。因为我现在每一次去都当是工作，都是有目标，有预算，有策略地进行赌博。

这段时间，每次去澳门接待我的人都是华姐。她提供酒店住宿和筹码给我，赚赌场每月给她的投注额返佣 (大概是投注总金额的1.1%)，就是常说的“洗码”，返佣俗称“码粮”。我自己并不带钱过去。

华姐人很好，胖胖的，五十多岁，是澳门本地人。她的本行是钱庄生意，在澳门开了几个刷卡及汇兑的铺面，帮内地来的客人刷银联卡和信用卡换取港币；如果客人赢了钱，又会通过她的铺面把港币兑成人民币汇回去。这一来一往的汇率差非常可观。华姐常指着她那间最小的铺面（大概只有一辆奔驰车那么大）说，看，光是这个铺面，一个月可以帮我净赚一百多万！

一开始我也在华姐的铺头刷卡取港币，熟了之后，华姐感觉我一表人才，为人应当比较可靠，再加上大家比较投缘，便主动提出给我提供筹码，她帮我“洗码”。

我权衡了一下，一个月十几万甚至几十万元的码粮给她，从酒店住宿和消费上当然是不划算的，但获得的是一个授信额度，可以补充我现金的不足；二则长期来看，我公司在澳门有很多出口业务，我也想交多几个有财力的本地朋友，没准以后在公司投资上可以有新的合作。所以我就欣然应许。

在前面赢的十场中，华姐给我提供的筹码少则一次30万港币，多则一次200万元，由于每次都赢，走之前已经把全部赌本退还给了她。初略统计，这十次下来我的投注额大概是1.5亿元，扣掉酒店饮食，华姐赚取的码粮大概150万元左右。

华姐身边有一群朋友，由于听闻我场场皆赢，他们有时也带客人来跟着我下注，甚至商议请我做“枪手”帮他们的大客户打。

每次在贵宾厅遇到，他们打招呼笑说，赌神，又来抬钱啦？

其实，即便是前面十次，赢得也是很不轻松的。

印象最深的是有两场，都已经输到200万元，最后靠剩余20万元的本又硬生生地扳了回来。

2012年春节那一场，第一天晚上运气特别背，在凯旋门赌场，三局不到就输了50万元。那次是和老婆小萱一起去的，输50万元后已经凌晨一点多了，由于她那时已经怀孕，我就对她说，“你先回房间睡吧！我再跟华姐拿50万元，赢回十几万我也会回去睡，剩下的明天再追。”

结果老婆回房后，我的运气更背，又跟华姐拿了两次50万元，早晨我回房间睡觉的时候，已经输了150万元。

自从制定战术和策略后，我在赌桌上一直严格按策略执行，那就是控制注码，不急躁；进攻分梯次，防守时下最小注；还有定时吃饭，确保睡眠等等。这些策略在前面两个月都有很好的收效，因此我还是比较有信心，虽然输了150万元，睡醒后再跟华姐拿50万元，应当能赢回来。

第二天下午，跟老婆一起回到赌桌上，不够三小时，50万元又只剩下20万元了。

这时候我有点着慌，而且心理压力很大，因为老婆一直以为我只跟华姐签了100万元。

必须跟她坦白了，把心理负担卸下来才有可能反败为胜，否则剩下的20万元没有机会赢。于是我把小萱拉到一个僻静的角落，告诉她事实上我跟华姐签了200万元，已经输了180万元。

她的脸色一下子变青，说：你是不是想死，怎么跟华姐签这么多？

我认了错，安慰她说好在之前几次有赢利，这次春节假期长，虽然只剩20万元，但是还有足够时间可以追回来。

面对现实，老婆也无可奈何了。我们只好卸下心理负担，下一千两千的小注开始慢慢追。

结果我们春节在澳门足足待了六天，换了几个场。从凯旋门打到华都酒店，又从华都转到四季赌场，手上的筹码总是在 50 万至 90 万之间上下；由于中间发生了几次筹码起起落落，小萱已经承受不了精神压力，还跟我吵了几句自己回房间睡了。好在我的精神还没有崩溃，第五天晚上，在四季赌场，终于逮到运气碰到 15 个长闲，把赌本打回 180 万。

人恢复信心后，运气就会有一段时间特别好。第六天睡醒，我一鼓作气，把筹码打回 245 万，小萱睡醒从房间下来的时候，我刚把筹码换好现金，说走吧去采购年货，买巧克力燕窝鲍鱼海参什么的送亲友。

侥幸过关，最终还是赢了 45 万元走。

另一场的经历和这次差不多，不过那次是连续输了四天，到第四天要赶回深圳办事，买了晚上 8 点半的船票，到下午 5 点的时候 200 万的本只剩下 21 万。华姐过来看了看台面，觉得没救，说声“完了”就自己回家吃饭了。估计她是在家里坐等接听我输完的电话。结果在最后三小时，我采用了一个下注的数学公式硬性投注，赢就加注，输就减半，抱着输完拉倒的心态。不想连续碰到几张台的好路，被我赢回 200 万又倒赢了几万。

当然，也有几场是运气特别好，赢得很轻松的。

比如在凯旋门，有一场我一个人打一张百家乐赌台，赌台投注限额是 1000元-15 万,我的赌本是 50 万，开始输了 31 万，还剩 19 万的时候，重新开了一局。那局连开了 22个庄，我一个人下注下到手软，一局下来赢了 130 万，最后倒赢 80 多万走人。

华姐很乐意帮我“洗码”，就是因为我的赌博策略是很有利于“洗码”的，因为我下注很有耐心，不会连续输几把后就狠心“晒冷”。我总是会保留住手上最后一部分筹码等机会，这样筹码在手中输输赢赢，几天下来会产生巨大的投注额，码粮就很多。有些豪客喜欢下大注下狠注，几把下来见了分晓就走。这种打法就赚不到码粮，这种豪客对于提供泥码的洗码人来说，借款风险大，收益又不高。

不过 3 月 20 日这次有所不同，这次，我除了计划赢 50 万元用于补贴房款，还要和他们谈一个合作投资的项目。

从蛇口码头坐船到了澳门的新港澳码头，已是下午 4 点半，华姐的司机正在路边等我。

上了车，我们先去威尼斯人的四季酒店拿房卡。房间是华姐已经帮我开好的，不用登记，领了房卡便可直接入住。

澳门几乎所有最好的赌场酒店我都住过，永利万利、威尼斯人、美高梅、凯旋门、新濠天地、金沙城等等。不过我认为，最好最舒适的还是四季酒店。

四季酒店没有其他赌场酒店那种虽豪华却又冰冷的感觉，它的视野开阔，房间采光好，被褥暖和，有一种舒服的居家感。我最喜欢去一楼的室外泳池游泳。每次赢了钱后下去游泳，躺在沙滩椅上，就有种不在澳门，而是到了加勒比海某个酒店度假的感觉。

在一楼的贵宾厅，华姐的伙计路仔取出了港币 50 万的筹码。

由于前面三个月已经有了比较大的赢利，我现在打起来非常轻松。没有心理压力的时候，赌钱的运气就会特别好，加上赢钱的时候我是采用梯次递增的投注策略，就是 2 万——3 万——4.5 万——6.3 万这种比例，每次加注上一注赢利的 50%，这样，连中几把后，台面的筹码很快就堆积起来。

打到晚上 8 点多的时候，台面有 100 万元的筹码，已经赢了 50 万元。

这时候可以考虑收手，因为我预先定的目标就是赢 50 万元。目标既然已经实现，就没有必要恋战了。

恰好在赌厅遇到了广州来的黄总，他邀我陪他的几个朋友一起去外面吃饭。于是我把筹码留给路仔，告诉他回楼上房间等我，就陪黄总一起去了。黄总是客家人，在赌场认识的算是比较投缘。每次赌钱他总是唉声叹气，听说他输了不少钱，估计也有几千万吧。

吃完饭回到赌厅，已经晚上 10 点多了。路仔接我电话后从房间下来，问我，海哥，还打不打了？

我看看时间还早，就说拿 50 万出来再打一会儿吧。

由于计划内的赢利已经实现，我开始下几千、一万的小注。只要保住赢利，今晚剩余的时间能赢多少都无所谓。

又赢了 5 万多的时候，黄总拿了十几万筹码坐过来，说："兄弟，不行！到哪张台都输！我跟着你打。"

黄总 50 岁左右，赌了好几年，已经是赌到了后期的人，运气早已消耗殆尽（这道理我后来才明白，因我自己也落到此田地）。照理说每一口输赢概率都是 50%，但黄总下注中的概率就很小，总是连输几口才勉强中一口，打得很累。

更奇怪的是，他坐下来后，我单独买就会中，他一搭上来就会一起输。有两次我买庄，他买了对家闲，结果又是我中了。

"不行不行，太黑！"黄总很快输完了十几万的筹码，摇摇头沮丧地走了。

他一走后，我又恢复了好运气，几千、一万、两万地下注，很快台面有了 13 万的赢利。

加上饭前的 50 万，总赢利已经有 63 万了，我觉得没有必要再打了。于是拿了两千的筹码打散，给了荷官、两个公关、账房各 500 元的小费，又单独给了路仔 3000 元小费，对路仔说："不打了，去换钱吧。"

路仔把本钱存回账房后，还拿回 62.5 万元的港币现金，这是我的赢利。我抽出其中的两万五港币放进钱包里，至于 60 万元，给路仔带回店铺后，华姐的钱庄会直接兑成人民币汇入我的银行卡里。

短短几个小时就超额完成了目标，这在我十一场连赢当中，几乎是最顺利的一次。

当然，我从来没有计划过用50万一次赢几百万走。因为这不符合我既定的策略，而且当时我也没有这个必要。

一切都在可控范围之内，公司生意在稳步上升，家庭生活也越来越充实，赌钱也一直在赢钱。只要维持目前的状态，赚到五千万和一个亿对我来说只是时间问题，而且用不了多久。我何必给自己这么大的压力呢？

时间不到凌晨一点，回到酒店房间，我给老婆打了个电话汇报战绩，她当然也很高兴。又看了一会儿莲花台的电影，我就早早睡了。

床头柜上有一本酒店的宣传册，里面有四季酒店在全球各地的房间照片。我觉得有几张图片房间装修摆饰得很不错，于是收了一本册子进包里，决定马上要买的中粮澜山房子就参考这本册子来装修。

二

※ 一年前，投资赌厅

骄傲在败坏以先；
狂心在跌倒之前。

——《圣经旧约·箴言：16节18行》

这一觉睡得很好，醒来时是早上10点左右。

这个时间，我在澳门是找不到任何朋友的。因为我认识的澳门朋友，比如华姐和阿强这些从事“洗码”生意的，一般都是工作到凌晨两三点，中午12点以前都是他们的睡觉时间。至于在赌场认识一些漂亮的女公关，也有几个主动给我留了手机号，说赢了请她们吃饭的。但我知道澳门这个地方人心不古，靠金钱建立的关系不可信赖；再则每次我来澳门的时间都很紧，又有赢钱的任务，所以我更没有心思在澳门这种地方泡妞。

吃了茶几上的水果，我决定还是下去游泳。天底下不会有比赢了几十万块钱后泡在泳池更惬意的事。

四季酒店的泳池是露天的，一个是恒温的热泳池，一个是普通泳池。泳池的人不多，两个五十岁左右的老外带着几个外国妞在玩耍，男的看起来是欧洲人，女的看起来都是菲律宾人，有两个身材还不错；还有一对香港夫妇正在教两个孩子游泳。内地来的赌客总是很少下泳池，因为他们几乎全部时间都坐在赌桌旁。

游了一会儿，躺在沙滩椅上，我懒洋洋地给老婆发短信。身心都很放松，心情愉快又带着兴奋。事业顺利，家庭幸福。我身在挥金如土的澳门，住在澳门几乎最豪华的酒店,躺在泳池边的棕榈树下晒太阳，又收到了几十万元人民币入账的短信。对目前的状态,我还有什么不满意呢？

这难道不是美满的人生吗？人生享受的顶峰到底是什么？我成功的那一天是否就快要到来？

中午 1 点左右，阿强如约来到四季酒店。

阿强是我的中学同学，目前，他的身份是澳门一家赌博集团公司的总经理，他们集团在澳门拥有好几个自营的贵宾厅。

从个人收入来看，阿强是当之无愧的“打工皇帝”。这两年，他每年的收入都在两千万元港币以上。

过去四年，他们公司从一个名不见经传的的小赌厅发展成一个拥有六家大赌厅的集团,从几千万的赌本扩大为几十亿的资金规模；阿强也从一个月收入两万元港币的赌厅经理变成一个有型有款的赌厅管理高层。

记得他刚到澳门第一年，有天夜里还打电话给我，让我赶快汇十万元给他救急。

今天他的资产已经远远大过我了，而且发展下去，更会把我抛得更远。

所以阿强提出来的项目对我很有吸引力。

那就是投资参股赌厅。

谈谈澳门的赌厅。

澳门的赌厅，是由赌场专门承包给职业的赌博公司，面向豪客经营的，一般投注都在港币 2000 元以上，最高投注限额是 200 万元。

比方说：金沙赌场的贵宾厅，有香港厅、广东厅、浙江厅、鸿运厅等等，这些都是承包给了不同的赌博集团。这些赌博集团，有的是香港上市公司，有的是港澳台地区的“黑社会”，有的是几个老板组成的财务集团。

澳门地区贵宾厅最大的特色，就是基本只赌百家乐，而且百家乐提供“洗码”。客人在贵宾厅拿到的首先是“泥码”，泥码不能退换现金，通过泥码投注赢得的才是现金码。手上的泥码全部变成现金码后，又继续拿现金码去买泥码。这样通过购买泥码的总数就可以统计出这个客人的总投注额，也就是洗码额。

这种模式催生了洗码这个行业，洗码经纪人借钱给客人购买泥码，赌厅提供洗码额的返点给洗码经纪人，俗称“码粮”，一般码粮是洗码额的 0.8%——1.2%，视不同贵宾厅而定。

至于洗码经纪人，他们就要承担借钱给客人的风险，但作为一个职业的洗码人来说，即便存在风险，收益仍然是很可观的。客人赢钱的情况下，往往100万的本金，一两个月就通过码粮赚回来了。

每个贵宾厅除了自营洗码外，都会拉拢一些专业的洗码人或洗码公司，因为这些洗码人能带来更多的豪客。

从法律上讲，这些贵宾厅在澳门都是依法经营的。因为今天澳门的赌博业很发达，有钱有势的豪客多，遍地黄金，坑蒙拐骗威逼利诱的事情他们犯不上去做，合法经营也能挣大钱。所以有的赌厅在香港上市，也有的赌厅在美国上市，它们能够进行公司化和集团化的规范经营。

但由于澳门贵宾厅里签给客人的泥码都属于大额赌资的借贷，这些赌资到期后要还款“收数”，包括港币人民币的兑换等等。这些赌完之后的“后勤”工作——涉及到赌博的资金交易，在内地又是违法的。

相较之下，在内地有经济基础和客源的贵宾厅，在拓展业务、借款收款方面都有较大的优势。因此，这几年，澳门本地人或香港人经营的赌厅则相形见绌了。

赌场与赌厅之间，是一种承包、分成、借贷的合作关系。

比方说，有个集团去包一个金沙的贵宾厅，这个厅是六张百家乐台的中等规模赌厅。

那么首先金沙赌场对承包的最低要求是：这个厅每张赌桌必须完成1.5亿元——1.8亿元港币的投注额，就是每个月这个厅的最低投注额必须超过10亿元；

此外，赌桌的输赢，由赌场和赌厅分摊，可以是5.5:4.5，或6:4，具体双方可以协商。赌厅与赌场分担输赢的厅，当地俗称“杀数厅”；赌厅仅赚洗码收益，输赢全部由赌场承担的厅，俗称“洗码厅”。单纯洗码的厅主，当然希望客人个个赢钱，反正输赢不关他的事；反之，“杀数厅”的厅主，当然是希望客人长赌长输，一辈子做他的赚钱机器。

金沙赌场会根据厅主的实力提供融资支持，扶持厅主做大做强。比方说，在客源多实力强的厅主1亿元赌本的基础上，赌场可能会再以筹码的形式融资1亿元给他，帮助他解决签码资金不足问题。

还有赌厅的工作人员问题，除了荷官是赌场派出的，赌厅的账房、公关、司机、搞卫生的阿姨都是由赌厅自行聘请。由于赌厅是24小时营业，因此要有三批人员轮换，对一个中等厅而言，这部分人工支出大概是每月50万元到80万元港币。

围绕赌博，赌厅有很多生财之道。除了“杀数”与赌场分享赢利，洗码赚码粮，签码到期加收利息，甚至和赌客对赌“台底台面”（这个在以后章节介绍），还可以在港币兑换上赚一大笔钱，因为每天赌客输赢的汇入汇出会产生一笔很大的汇率差。比方说，照当天黑市价，港币买入是0.810，卖出则是0.795，那么1000万元港币的一进一出，就有15万元人民币的差额收益。

此外，赌场在饮食、订房方面给赌厅一定比例的优惠和返点，还有一些其他奖励措施。

当然，赌厅也不是包赢不赔的。有些交际面不广，没有客源的小赌厅，几个月下来支撑不住就关门了；也有遇到一些豪客，被赌客一晚狂赢上亿，最终赌厅资金“爆仓”

而转让或倒闭的（但这样爆仓关门的厅极少）；还有一些厅，因为签码给客人赌输后无法收回巨额钱款，最后经营不下去。

但相比起坐在赌桌对面下注的赌客，作为赌厅的厅主还是占尽了优势。因为这个游戏规则，是在赌场开业前就已经制定好的。

阿强提出的项目模式，是由他们集团承包一个赌厅，再将这个赌厅股份拆散为几十股，供我们这些小投资者认购。

我自己当然没有实力独立在澳门承包一个赌厅。因此阿强提出的这种模式对我颇有吸引力，投资一千万元作为一个小股东，我可以在澳门开辟一块新的事业。

当然最主要的是，我自己就经常来赌，而且在不同赌场的贵宾厅，每次我都能结识到不同的赌友。成为厅里的小股东后，这些赌友，我都可以拉过来做自己的客户。

三十七八岁的这个年龄，加上事业有小成，又有一定的交际能力，这个时候很适合扩大交际圈子，并借助社交圈一冲而上，做成更大的事业。就眼下而言，赌厅是我最适合的一个选择。

这是我起念投资的根本想法。

而且凭我的能力，要经营我这个小股东 1000 万元资本的一亩三分地，加上他们集团再提供的 1000 万元融资，一年在赌厅项目上挣个千把万应当不在话下。

再者，阿强是我的发小，中学同学的感情最是深厚。我们俩兄弟一起在澳门立足发展，相互扶持，这对我、对他都是极大的帮助。

中午和阿强一起吃饭。他身边还陪着一个上海的美女，长得很漂亮，但我看不出她的年龄，只能估计在 20 岁到 32 岁之间。阿强隆重向我介绍说她是正在开拍的某电视剧的女演员，而且是女二号。不过这个电视剧当时我没听过，事后也没在电视上看到过。

投资合作的意向是早就达成了。这次见面只是过问几个我比较关心的具体细节，因此尽管美女在一旁分散了我们的部分注意力，但并不影响投资决定的最终落实。

“OK 了，你明天把合同 e-mail 给我，参股的资金我下周会安排打过来。”

我和阿强站起来干了杯里的啤酒，并给了那位上海美女一个绅士的微笑。

三

当你劝一个略有赢利，正四处向朋友夸耀的朋友戒赌，他一定会不屑一顾。

他会对你说：“我和那些倾家荡产的赌鬼不同。第一、我不是那种傻瓜，我比他们聪明，赢了我就走；第二、我有自控能力，绝不会拿身家性命去赌。”

他说的这些，和我以前说的一模一样。

时候未到，你所了解的自己未必是以后的自己，也未必是真实的自己。

或者说，不同的环境，人会表现出不同的性情。每一个人都是多面的。

赌博，是人对金钱欲望最直接最简单的体现，它快速释放欲望，改变人性。

而在人性深处，欲望还有很多同伴。

赢钱的时候，骄傲与自大会一起来，你会自我膨胀，想把世界踩在脚下；

而输钱的时候，恼怒、恐惧与自卑会一起来，你会气急败坏。

能在赌博输赢面前控制好自己的，这一部分人极少，只有少数职业赌徒，或是丧失了兴趣，经此一役后再也不赌的人。

在前面的十几场赌博中，我是一个冷静的赌徒，冷静得甚至可怕，为华姐和她的朋友们所称道。

因为我每次都有具体的赢利目标，如果顺利一次性达成目标，我往往立即起身，绝不恋战。

输钱的时候，我也是定时吃饭，每隔一局上洗手间，从不让赌场的荷官和公关看到我脸上有任何表情。直到由输转赢的时候，我会果断起身，兑换筹码走人。

我心里深知赌场险恶，如果不能保持冷静，必将深陷其中无法自拔。

但是从那天起，我的心开始膨胀了。

虽然我从坐在赌桌上第一天起就开始告诫自己：在澳门要冷静！保持平常心，无论何时，都不能轻浮自大！要像一尊石佛一样对待输赢；要像一把没有感情的小刀片一样慢慢地去锯赌场这棵大树。

但毕竟我赢钱了，现在我要投资赌厅了，摇身一变要成为一个赌厅的股东了！这是因赌博而来的成就。我要在澳门开辟新的事业了，接下来我要运筹帷幄，我也能和澳门众多赌厅的老板一样，成为一个赌场的大亨！

所以表面上我尽量克制住自己，筹划下一步赌博事业的经营，寻找得力的人手，按部就班做现有公司的进出口业务。

但一股赚快钱、赚大钱的野心已经从我的心底滋生起来。

我对老婆说，从明年开始，我们要每年赚一千万了，我要给我们的女儿一个美好的未来。

我的心终于开始膨胀了。

是因为赢钱，是因为开赌厅，抑或是因为事业的野心？

这些都不重要了。

人性有太多弱点。

只因我身在澳门，日复一日，难免被诱惑击破。

岂不知：凡事都有定期，天下万务都有定时。

我的心终于开始膨胀了，地狱之门已经敞开。

※ 地狱之门敞开了

跟阿强的澳门集团签订参股协议后，我开始回笼公司的一部分资金用作澳门赌厅的投资。

1000 万元港币，折人民币是 810 万元左右，这笔投资，必须得经我另外几个股东的同意。在我这个小小的贸易公司里，我是控股的大股东，还有几个好朋友是公司的投资股东，他们几个本来就是我的发小，和阿强一样，大家都是中学同学，彼此还很熟悉。对阿强这两年在澳门的发迹，他们也很了解。当然大家同意参与的更主要原因是，这些年他们虽然没有参与公司的管理，但每年年底仍旧坐享了丰厚的分红。对我的眼光和能力，他们是很信任的。因此，一起过去澳门考察后，大家顺利地签署了公司的投资决议。

现金筹齐后，我把人民币分批打进了阿强指定的账户里，从那个账户兑换港币注入澳门。

万事齐备，就等 4 月底的赌厅开业酒会了。

赌厅的开业招待酒会定在 4 月 21 日，要赶在五一长假前开张。因为五一黄金周是澳门的旅游旺季，任何一个赌场都不会放过这个赚钱的好机会。

赌厅开业后，对于我以后在澳门的赌博，我是这样规划的：

首先，我自己还会继续赌，但不会在自己的厅赌，仍然是跟华姐签码在其他赌场的贵宾厅赌。因为在外面赌，我才可以认识更多的赌友，逐步把他们拉回自己的厅成为客人；

其二，我如果长期在自己的厅赌，就失去了投资这个厅的意义，因为我们这个厅本来就是“杀数厅”；

再者，我也不想让阿强和其他股东知道我自己赌得多大，有多少输赢。

这么规划当然是很理想了，但是，我真的能控制得好吗？

毕竟，我是在赌博啊！

※ 2012 年 4 月 20 日　第一场大溃败

赌厅开业酒会的时间是 4 月 21 日晚上，4 月 20 日下午我就坐船来到了澳门。

接待我的仍然是华姐，还是住在四季酒店。

由于老婆小萱也想来参加赌厅的开业，并且想带她的几个家人一起来澳门度周末。所以我就提前一天过来做准备了，说白了就是趁她们来之前，我能够独自赢点钱，然后再抽出时间陪她们到处逛逛。

跟路仔拿了30万元筹码，我又在四季酒店赌场打起了我的百家乐套路。

百家乐是中国人最喜欢的赌博游戏，其实也是一个非常简单的游戏。就是庄家，闲家各派两张牌，两张牌在手上加起来最大点数是9点，最小是0点或10点（10JQK都算0点），如果双方点数都不够可以补一张牌，最终点大的就赢。玩家投注可以自由选择买庄还是买闲。

为了防止赌客采用翻倍投注的缆式穷追法（数学上称费波纳奇数列投注法），百家乐赌台都设定了投注的最低限额和最高限额，譬如500至20万，或3000至50万等等。

百家乐之所以是90%的赌客选择的游戏，是因为赌博公司的“聪明”技术员把之前的每局输赢结果用软件制作成了图形，显示在电子屏幕上，这就是所谓的“路单”。

多数人赌钱往往不依赖数学定律，而依赖于自己的“感觉”，这些路单产生各式各样的图形，就成为赌客判断下一局开“庄”还是开“闲”的依据。

其实说穿了，每一局庄闲的概率都是50%，跟之前的图形没任何关系。但每一个赌百家乐的赌客都希望接下来开出的图形在自己的预计当中，这样才能实现连赢。

我也是这样。

路仔跟了我几个月，对我的打法、看牌的习惯都非常熟悉了。

自从那次在凯旋门用最后20万赢回210万之后，我就基本采用那次的公式套路来下注。这个套路从进攻上来说比较强硬，防守方面又会让筹码始终保留一定的底线。

基本思路是，只打长路。“大路”、“小路”、“大眼仔”、“甲由路”，哪个开始长就跟哪个。起注采用总筹码的二十分之一，像今天台面是30万筹码，那我的第一注就是下1.5万的码；如果第一注赢了，第二注略减到1.2万，这样即便输了第二注，两注加起来还是有3000元的赢利；如果第二注也赢了，第三注开始加码，每次加赢利的二分之一，就是1.8万——2.7万——4万——6万这样上去，赢的话就一直推到赌桌的最高上限，直到输了一注才停。

接着又按照台面的二十分之一筹码重新开始第二轮下注；

如果第一注的1.5万就输了，那么第二注减半到7500元，再输就减半到3800元，再输就减半到台面最低注2000元，直到赢一注为止；赢一注后，又马上从1.5万开始新的一轮投注。

这个套路看起来下注不大，其实连赢的时候，进攻力度非常强，碰到好路连赢七八口的时候，台面筹码数量基本就翻番了。

今天也比较顺利，坐在四季赌桌上才打了三局，我已经赢了22万，目前台面筹码有52万。

正在休息的晚饭时间，华姐和她老公一起过来了。华姐在车上已经知道我目前的战果，因为路仔会不停地给她发送短信直播我的战况，这是每一个职业洗码仔必做的工作之一。

华姐说想给刚大学毕业的女儿买一辆奥迪 TT，问我有没有兴趣一起去看车。

我也正想看看澳门的车价如何。吃完了赌场的水蟹粥，我们让路仔先回酒店房间休息，我兴致勃勃地跟着华姐夫妇去车行选车。

澳门的车行规模都很小，百来平米的铺头，车型往往只有新上市的几款，其他则只能看图片，跟国内的车行没法比。

不过由于澳门是免税港，车价很便宜。他们在看奥迪 TT，我则在看一辆白色的奔驰 300CLS。这辆奔驰在澳门仅售 80 几万元港币，比深圳便宜几十万元。

华姐走过来问我："有兴趣买吗？可以找人买一个省澳两地牌，上牌费大概 30 万左右。"

我笑笑没有出声，心里在盘算，80 万元的车价加上 30 万元的两地牌，共港币 110 万元，以后可以开车直接从珠海进出澳门，赌厅开业后，用它接送客户倒是必备的。

而且过几个月女儿出生，我本来就有计划买多一台车给家里人用。因为计划买的中粮澜山房子并不在市中心，而且在山脚下，家人出行必须以车代步才方便。

这个突如其来的念头让我很动心。现在手上已经赢了 22 万，能否再赢几十万把这辆奔驰订下来？

如果今晚能做到，明天老婆和她家人来到澳门，我就能给她一个大大的惊喜。

起了买车的念头后，回到赌桌，我的心情变得有一点兴奋。这种兴奋，又可以解释为有一点紧张。

虽然我还是按照既定的套路下注，但是碰到趋势较为明显的 "路"，我总是有忍不住推一口大注的冲动，我想尽快取得更大的战果。

晚饭后一直没什么进展，现在台面筹码是 48 万，等于从车行回来后还输了 4 万，现在总共是赢利 18 万。

屏幕路单显示开了四个闲，一个庄，再开四个闲，一个庄，接着又开了一个闲。这种牌，大多数百家乐的老赌徒都会继续下闲。

来吧！我下了决心，把赢利的 18 万筹码全部押在闲上，输了就打和，赢就翻倍。

开牌了，我的是一张 K 和一个三边。先从扑克的顶部看看数字的头，头是圆的，不是 6 就是 8，牌不错，只要顶出一点就是 8 点了。华姐和路仔在旁边叫，顶啊，顶啊！

中间一点果然顶出来了，我的牌是 8 点，我们三人都长舒了一口气。

先让庄家开一张，荷官开出一张 5，这下更放心了。开吧，我说。

"啪"，瘦长脸的男荷官又开出一张 4，庄家 9 点。

8 对 9，我输了。

我一言不发，起身上洗手间洗把脸。输牌的时候，我不愿意被旁人看到我脸上的表情，因为无论他们是同情可惜还是幸灾乐祸，所产生的气氛气场都会影响我继续下注的情绪，这是很不利的。这时候选择离开上洗手间，一来是为了放松一下自己因输钱而产生的紧张情绪，此外就是为了稀释一下因输钱在周围形成的负面气场。

我还是冷静的，但心情有些恼怒。本来已有20万的赢利，如果这口中了，估计今晚上那辆奔驰车的目标也差不多可以实现。其实我并非这次非要赢110万不可，如果有50万以上的赢利，那辆车的订金我就敢下手了。因为从订车到交货还有一个来月的时间，完全可以慢慢来。

从洗手间出来，华姐笑嘻嘻地说："我们先走了，看来我在旁边好像不旺你。你慢慢来，继续赢钱吧！"

走之前，她交代赌厅公关帮我多订两间房，是给明天我老婆和她家人住的。

现在局面并不至于太坏，虽然没有了18万，但筹码仅仅是打和而已。所以我只能当自己重新开始了，先抛开那辆奔驰的念头，继续按原定的套路下注。

但是运气开始转向了，一小时下来，输多赢少，晚上10点多的时候，已经不知不觉输了10万，台面只剩20万筹码。

"海哥，要不要休息一下？"路仔在一旁问。

他是好意，怕我一输到底。他已经点好了一份果盘和甜品在一旁的茶几上。我点点头，离开赌桌去旁边吃甜品。

这时候大鹏来到四季赌厅找我。

大鹏是我的中学同学，也是我公司的小股东之一，这次过来澳门，他也是作为我们公司的代表之一，和我一起参加赌厅的开业酒会。

以前我和大鹏一起来过几次澳门，我看出他的性格不适合赌钱。每次刚有小赢的时候，他就开始嘻嘻哈哈和周围人或荷官说笑，举止有些得意轻浮；一旦输钱的时候，他又表现得过于紧张，抱怨，没有耐性，结果更是很快输完。

不过好在大鹏输了后表现得很有克制力，每次来澳门输几万元后就收手，打道回府。

大鹏家在广州，他是刚从珠海拱北过关赶来的。提前一晚过来，他也是想在百家乐上试试身手，看能不能赢点小钱，喜上加喜。看到我台面有20万的筹码，他便跟我借了5万，和我一起下注。

其实这样做，我是犯了兵家大忌。赌场就是战场，不可轻敌，更不可儿戏。一来我没法按照既定的下注套路来投注了；二来大鹏在一旁有时看法与我不一致，使我们的下注变得不够坚决；三来我的精神已经不够集中，感到意念没那么强了。

结果凌晨1点多的时候，20万筹码全部输完。那么算上之前输的10万，今晚我就已经输了30万。

我不敢在大鹏面前继续跟路仔签码，因为我不想让他们知道我在澳门赌得这么大。再说，我也不能继续和大鹏在一张台上赌了，必须要想办法赢钱。因为这可是真金白银的赌博，我们只是小康之人，并不是富豪，几十万元在赌桌上绝非儿戏。因此我劝大鹏："今晚不行，我们俩气场不合，你先回房睡吧！我自己再拿10万出来追一下。"

总算把大鹏劝回了房间。路仔问，海哥，休息还是怎样？

"你打电话给华姐，再从账房签50万出来。"我说。

从晚饭后到现在，今晚实在是太失败，究其原因是太乱！突然来的买车念头，大鹏的中途加入，急躁的投注这些内在外在的因素，完全破坏了我的既定策略，造成先赢后输的局面。我像一只无头苍蝇一样，怎能不输！现在大鹏已回房睡觉，奔驰车我也不去想了，要在这个晚上用50万本把刚才输的都赢回来。

但我的心还是很急躁，而且按捺不住。我想在大鹏睡醒之前把输的30万全部赢回来，这样明天好和他一起安心参加赌厅的活动，也好安心接了小萱她们后一起参加酒会。这个结就一直在我心里疙瘩着，变成各式各样的乱牌跟我捣乱。整个晚上，我手上尽抓一些2点、3点的小牌。

不到三个小时，50万又输完。

我怎么了？在洗手间的镜子前，我问自己。

我为什么会这么急躁？输30万并不多，怎么会又搭进50万？以往输了更多的时候，我都比今晚要镇定。

我的思绪好像很乱，意念始终集中不起来，没法投入到赌局里去。所以那些牌，那些“路”它们不听我的话了。

输了80万，回到厅里，路仔已经不敢跟我说话，他默默地坐在一旁喝着咖啡，在等我的下一步指令。

“再签50万出来吧。”我对路仔说。

华姐在家里也知道我这边情况不妙，打电话过来问我，困不困？要不明天再打？

没事，我说。

结果却更残酷，第二个50万，又在四小时内全部输完。

已经早上9点多了，我很累，情绪沮丧到极点，脑袋乱得像一团浆糊。没办法赌了，只能回酒店房间睡觉。路仔在澳门有宿舍，他打了个车自己回去了。

回到房间，大鹏还没有睡醒，他迷迷糊糊问了一句：怎样？

“不行，又输了几万。”我回答。

四

躺在床上，我浑身无力，脑袋重得像灌了铅，眼皮也累得打不开。

但是我根本睡不着！不管身体怎样乏累，我的脑袋里就是有嗡嗡嗡的各种杂声，根本静不下来。

也许很多熬夜输钱的赌徒都会有此同样的经历，澳门的赌场内空气都是充了氧的，所以玩家在赌的时候精神会被动地提高到比平时亢奋的状态；但更重要的是赌钱的刺激使人的脑神经一直绷得紧紧的，加上懊恼沮丧的情绪影响，根本放松不下来。

假寐了一个小时，实在很难受，我起身翻开酒店房间的小冰箱，找到一支小瓶装的酒。也不管它是什么酒了，我仰头一口就全灌进肚里。我只想尽快放松，尽快睡觉。

还是不行，无法入睡。我不知今天究竟是怎么了，输了 130 万，但这并不是我的赌博史中最惨的一次，我还有大把的赌本可以翻本，除了我自己卡里的钱，华姐、阿强他们都会签码给我；而且有前期的赢利支撑，这个数字并不会使我致命。为什么我精神变得那么紧张？为什么我无法入睡？

从那一天开始，我真的就患上了一输钱就睡不着觉的毛病。每次在澳门只要一输钱，无论在房间里躺多久都无法入睡，总是处于半梦半醒之间。这个毛病是致命的，我再也不能以最佳的精神状态进入赌场，导致我在后面的几个月里迅速输完了全部身家。

就这样在床上半梦半醒地熬到了下午 3 点多，我老婆和她的两个姐姐、二姐夫一行也到了澳门，华姐的司机已经把他们接到了四季酒店。

完全没有睡着觉，又输了钱，我的状态差到极点。但由于平日里锻炼较多，体质不错，所以熬夜后的不适他们都看不出来。

“输了多少？”小萱问我。

“没事，输了二十几万。”我告诉老婆小萱和大鹏的数字。

四季酒店和威尼斯酒店是相连的。放下行李后，小萱的二姐说久慕威尼斯的盛名，还没有去逛过。于是小萱就带着他们几个去威尼斯酒店玩了。我给了小萱两万元港币，因为她也喜欢去开大小的赌台上小玩。

安排好家人一行后，我和大鹏换上西装，去参加赌厅的开业酒会。

本来投资赌厅是我们的一件大事，我们对开业酒会还是比较期待的。

但现在我眼乏体累，精神还在因紧张而亢奋；而且因为输钱，心里急着想翻本，因此对酒会的交际应酬，完全是敷衍了事。阿强给我介绍的人，喝了几杯酒，也只是在我勉强撑起的笑脸和浆糊一样的脑袋中一掠而过。我心里只想着，要不回去睡觉，要不继续赌钱。

好不容易捱到了正餐时间，台上开始了几个当红明星的表演。我草草填了点东西进肚子，就示意大鹏跟阿强打个招呼，我们先走。

晚上 9 点左右，刚回到四季酒店，大鹏接到他老婆来的电话，说女儿有点发烧，他要马上出关回广州。

这就是大鹏最大的优点，他有理智，不会嗜赌如命。无论何时，不管是输是赢，他都会因为接到工作或者家事电话后随时离开赌场。所以，他的性格虽然不适合赌钱，但他永远也不会输到不可自拔。

大鹏走后，我顿时感到精神上的压力卸下来很多，因为我又可以放开手脚，按我的策略来翻本了。

所以我决定暂时不回房睡觉，反正也睡不着。于是打电话给华姐，让她通知路仔再拿50万过来。

算起来已总共跟华姐拿了180万，但华姐并不担心。她和我一样，都相信我很快能赢回来。因为已经有过好几次这种经历，输输赢赢，只是增加洗码量而已，以我在赌桌上的定力和技术，最终我一定会赢钱走的。

但这次真的是撞了邪，牌很差，非常非常差。眼看要出长庄的路，我一押上去，就开出闲；两闲两庄的排列，我一押上去，就会多出一个。

很快又输了十几万，台面只有35万左右的筹码。

偏偏这时小萱又带着她两个姐姐和二姐夫从威尼斯过来了四季赌场。

小萱的姐姐和姐夫不是第一次跟我来澳门，以前和我一起来过几次，都是吃吃玩玩赢几万块就走。这回他们是第一次看见我赌得这么大，有些惊讶，因此他们坐在一旁观战不敢出声。

虽然他们在身后尽量隐形，但我心里还是增添了一丝烦躁。赢钱还好说，输钱的时候，每一个赌徒都不希望家人坐在一旁。

我的心又开始乱了，不敢下注，也不愿意下注。跟大鹏在时的情形一样，既定的套路无法施展。

等到姐夫他们回房休息的时候，我台面筹码只剩下可怜的十几万。

小萱是留下来陪着我把最后几个筹码输完的。其实我早已无心恋战了，剩35万的时候就不应该打，应该回房睡觉。如果是上个月，或者上周，我肯定会离场休息。但今天我思维非常不清晰，又困又不甘心，我已经不是一个冷静的赌徒了。

小萱以为我总共输了70来万，这个数字当然让她高兴不起来，但她并不担心。她也和华姐一样，对我的赌技很有信心，相信明天我肯定能赢回来。

※ 2013年4月26日　近况，两个男人的无眠一夜

晚饭后，易军从广州过来了。

临近五一，易军的日子过得很苦，多家债主上门讨债，家里不能安静，手机又响个不停。他感到走投无路，约好了今晚过来我这一起喝啤酒解闷。

易军一直是我生意上的搭档，是好哥们，他欠债完全是为了救我而反被拖累。半年前，我的财务危机刚爆发的时候，易军为了挽救我的公司，不断从货物上和资金上给我支持，希望能帮我渡过难关。没想到，这个黑洞迅速地将他拖垮了。加上去年又被不良

工地恶意拖欠了一笔货款，最终，他也背上了接近四百万元的债务。

“现在最开心的，就是能安静下来和老婆一起煮一餐饭吃，”易军说，“最难过的，就是觉得对不起家人。”

我又何尝不是！一年来，多少个夜深人静，多少次惶恐彷徨的时候，想到自己带给家人的痛苦，想到原本幸福安逸的生活，到如今重重压力下老婆、姐姐们眼语中的绝望，怎一个“愁”字了得！

对不起的有很多人，眼前的易军就是其中的一个。但事已至此，我们之间还是能坦然相对，因为说对不起没有用，后悔也没有用。易军的飞蛾扑火没有把我从火坑中拉出来；我的殊死顽抗也没有让大家的处境有任何好转。今晚用便宜的金威啤酒，还能让我们在闲聊中彼此找到安慰和鼓励。

现在这个两室一厅的房子位于郊区，是我与人合租的。躺在客厅沙发上，吹着落地风扇，喝着罐装啤酒，我们一边看电视一边有一句没一句地闲聊。这是两个落魄男人的夜晚。

“如果我坐了牢，你恐怕连能聊天的人都没有了。”我说。因为欠了太多的债，我们已几乎没有其他朋友了。

“老天一次又一次给你机会，但是你没把握住。”易军说。

是的。上帝真的给了我很多次机会。

就在去年 4 月的那场赌局，虽然输了 180 万，但上帝还是让我一夜间赢回来了。可惜我的狂心已生，理智丧失殆尽，竟然不肯收手，直到输了 450 万才半死不活地回了深圳。

那一场赌局，也许会是我这辈子最痛心最后悔的经历。

我时常想，为什么那一场赢回后我没有抽身就走？以往我总是能做到冷静地带着赢利离场。

如果当时我走了，是否就不会导致今日的身败名裂、倾家荡产？

每一个输光的赌徒也许都会有这样的经历，有这样的懊悔。

我姐夫是一个很冷静、条理比较清晰的精算师。他曾对我说，没有用。就算那一场我赢钱走了，只要我以后还继续赌，依然还在这个赌局当中。只要赌，赢了，我就会不断把赌局加大；输了，我就会不停地寻求扳本，最终的结果还是会输光。

我姐夫分析得很透彻，很正确。

因为我当时赌得太频繁，越赌越大，冷静与理智已经一点一点被贪欲吞噬，心态逐渐扭曲，这是我自己意识不到的。

所以以前赢多少钱都没有用，赢多少次也没有用。一旦理智被贪欲吞没后，金钱的价值，风险的意识，甚至生活的意义都会被抛在脑后。我已经不是曾经的我了，只是任赌场宰割的羔羊。到了这个程度，银行行长又怎么样？首富又怎么样？市长又怎么样？这种状态的赌徒上了赌桌，思考能力连一个小学生都不如。

但如果真的有如果，如果像《黑衣战警3》电影主角那样从摩天大楼跳下去就能实现时光倒流，我愿意从楼顶往下跳，我想回到去年4月22日那一天。

因为如果那场我赢钱走了，仍然能够挽回我一生中最痛心的错误。即便还有今日的身无分文，还有今日的债务重重。

至少我的女儿不会死。

五

※ 回到2012年4月22日　澳门

我和老婆小萱回到酒店房间休息，小萱问是不是因为家人的到来对我有影响，或者是大肚婆从风水上对赌博不利？

家人观战当然是会有不利的影响，但输的根本原因还是在我自身。至于归结于风水，女人的想法总是较为单纯天真。因此，对老婆简单安慰几句后，怜爱与愧疚的心理让我更萌生了赶快翻本赢回的念头。

冲完凉，小萱就到隔壁房间陪她姐姐去了。

算一算时间，现在是22日的凌晨1点不到。从20日下午到现在，我还没有正正经经睡过一觉。

但是我不想今晚就这样睡过去，因为输了太多，趁小萱在隔壁房间陪她姐姐睡，我想今晚多少要赢一些回来。

于是我把手机闹钟调到凌晨4点，先好好睡三个小时，然后用150万的本把我输掉的180万赢回来。

钱在我脑袋里真的只是一个数字了。

睡觉前，我先打了一个电话给华姐，告诉她想再签多150万。结果她不太愿意，说凌晨时间商铺那里没这么多现金。她其实是有另外的打算，因为我已经签了180万，为了降低风险，她想和其他朋友一起合伙继续接我这个“单”，这在后面再详述。

华姐那边不肯，我于是打电话给阿强。

“150万？我猜你肯定在外面已经输了不少！”阿强是个行家，他一语就道破天机。但他还是很爽快答应了，因为我还有1000万元的股本在即将开业的赌厅里嘛！他告诉我睡醒之后就直接去威尼斯赌场的贵宾厅拿码。

这下子安排妥当，我放下心里包袱，真的美美地睡了一觉。

凌晨4点半不到，我来到威尼斯赌场，阿强他们集团在这里有一个六张赌台的中等规模贵宾厅。

阿强睡觉没有过来，但他已向账房交代好了，这里的公关经理也认识我。我拿出身份证给账房，签了借据后，顺利地取出了150万元港币的筹码。

刚坐下来头两局较为不顺，也许还是受到之前连续输的影响，自己的信心也不足，两局下来输了接近70万。

好在第三局开始牌路变得整齐清晰，我抓住机会，三万五万地下注，也用两局赢回了80多万，现在筹码有160万了。

第五局开始，我的心态彻底放开，又开始采用以前既定的套路下注。牌很好，经常出现长庄或小路长蓝，我连续有两轮都连赢了七八口以上，台面筹码变成300万了！

我把150万元的筹码还给账房，取回了那张借据。现在，台面剩下的150万元是赢利的资金，再赢30万元，我在四季赌厅输的钱就能全部回本。

心态极其放松，在碰到一段两庄一闲的路子时候，我开始下10万、20万一注，连中了三注。

这样台面筹码已经有202万，我不但把四季赌厅输掉的180万赢了回来，还倒赢了22万！

我的情绪高涨，喜悦与骄傲又充满了我，嘿嘿，不管昨天输了多少，我又一次反败为胜了！这再次证明了我的赌技。我仿佛重新把世界踩在脚底下，我要继续延续这个不败的神话。

可怜的我！被上帝拯救，却又重新被魔鬼引诱！

艰难地度过一劫，赢了22万，我还要继续赌吗？趁荷官换牌休息的时候，我也暗中问了问自己。

那一刻，其实我正站在一个通往地狱的大坑里。左边，地狱之门已经敞开，乍看一眼，里面似乎富丽堂皇；右边，有一架搭往坑口的梯子，可以让我爬出坑口回到人间。

那一刻，又恰巧来了两个电话。

第一个电话是阿强打来的。我看看时间，不知不觉到了中午1点，是阿强睡醒起床的时间。他看到手机里赌场公关发给他的短信，知道我已经赢了200万。

“战绩了不起啊！可以停下来了吧？”阿强奉劝我见好就收，毕竟赢200万不是一件小事。刚好下午我们的新赌厅要搞一个拜神上香的仪式，阿强说，大部分参股的股东都会到场。他希望我把筹码兑换了赶过去参加。

第二个电话是华姐打来的。得知我在威尼斯赌厅找了别人签码，华姐心里有些不是滋味，很快，她和路仔赶过来威尼斯赌厅。

“昨晚我不是不愿意签码给你，是因为另一个合伙人的现金没拿来，商铺的现金不够。”

华姐说，现在她的资金够了，问我愿不愿意退了威尼斯的筹码，重新去四季赌场玩，或者兑了现金，就此收手。

华姐和阿强一样，都是为了我好。我是华姐最优质的客户，相处久了，我和她之间除了合作利益之外还是存在感情的，她常给我介绍一些澳门的人脉，希望在生意上可以帮助我。虽然华姐也担心我这个客人被阿强这样的竞争对手拉走，但作为长辈，她更关心我的输赢和发展，希望我次次赢钱，把事业做大。

奇怪的是我老婆竟然没有来电话，睡醒了也没有来找我。如果小萱来了，当时我一定会走。因为我不会在她们家人面前继续赌下去。

但小萱睡醒后带她家人直接坐船回深圳了。事后她说，当时手机恰好欠费了（内地手机在澳门的漫游费很贵，100 元只够打几个电话），写给我的短信其实并没有发送成功。她没有来找我，也是因为怕影响我输钱，她也不愿意家人再看到我赌桌上的筹码。

还赌吗？我问自己。

上帝确实在拯救我。上帝不会轻易施与惩戒，更不会帮一个赌徒赢钱。他只是在一个设定好的时机里给一只迷途的羔羊予以规劝，让我回复理智，让我能冷静下来重新有辨析思考的能力。

上帝的拯救是不起眼的，仿佛是自然而然发生的一件小事，是整个事件中微不足道的一个经过。但如果你跟随了他的指引，就能在不经意间避开暗礁和惊涛骇浪。

魔鬼的引诱却太明显了。大门洞开，里面富丽堂皇似乎有无数宝藏，让你忍不住想进去一探究竟。

“再打一会儿，赢到 50 万我就走。”我对华姐说。我又起了贪婪之心，我想起那辆白色的奔驰。

我还是选择了走向地狱。

我的本钱是 180 万，要赢到 50 万，只需要把台面的 202 万筹码打到 230 万即告成功。

就是要用 202 万去赢 28 万。

很难吗——对一个运气正旺，年富力强，经验丰富，又有足够财力支撑的赌徒来说？

我要趁旺，迅速结束战斗！

所以我看准了一段要开庄的“路”，就直接把 30 万的筹码押在庄上。

输了！

我又押了一注 20 万买闲。

输了！

我换了一张赌台，忍耐了五分钟，又押了一注 50 万！

还是输了！

撒旦在冷笑，看吧，那傻子在地狱里寻宝！

那一刻，赌了两天两夜后，已完全被狂妄和贪婪控制的我，终于赌疯了，彻底忘记了自己定下的赌博戒律。我忘记了辛苦创业的十几年经历；忘记了从小到大一个普通家庭父母的省吃俭用；忘记了兄弟姐妹节俭平淡的生活；忘记了挺着大肚子在家等我消息的老婆；忘记了将为人父的重大责任。

我已彻底沦为魔鬼手中的玩物!

华姐摇摇头，筹码不是她签给我的，她无法干涉。但她实在看不下去，起身先走了。路仔留下来陪我。

阿强听到消息也匆匆从公寓赶过来，他来到厅里的时候，我手上还剩下 60 万筹码。

他把我拉到一边，很严肃地责问："你怎么能这样下注？"

"你好自为之，只有台面这些筹码。我要对你的公司负责，不敢再签码给你了！"阿强留下了严厉的警告，很快就离开了威尼斯。

但我真的很想赢！我银行卡里的每一分钱，都是我承诺给妻子女儿美好的未来，我绝不能让它们输出去！

我不听任何人的劝。路仔不停劝我回去休息，我不听。输钱、倒赢、又输钱，这个过程让我抓狂，让我心理崩溃，心态绝望。我好累！请给我一个机会再赢回来，我一定收手！

凌晨 2 点，当沮丧和疲惫将我完全击垮的时候，我手上的最后一个筹码也输完了。

被打回原形，又回到输 180 万的状态，仿佛梦游了一场。

"该回去睡了吧？"路仔的语气也又冷又硬，连"海哥"二字也省了。他恨我为什么会如此糟蹋金钱。

我更恨我自己，厌恶现在这个素不相识的自己。

但我好困，只想马上睡觉。

六

这晚我确实是睡着了。因为赌博我几乎已竭尽了全部体力，脑力也基本消耗完了，甚至连思考、懊悔的力气都没有了。

睡眠很浅，做了几个乱七八糟的梦，每一段梦结束时都被惊醒，但加起来我总算是睡着了五六个小时。

我努力让自己不去想昨天的经历，因为一回想会让我很沮丧。

今天，华姐和她的新合伙人南海贵会签码给我。我得重振旗鼓，把输掉的钱赢回来。

谈谈南海贵这个人。

南海贵已经六十多岁，是澳门回归前早期黑社会的一个前辈大佬，年青的时候在澳门地区也算是有一号字头的人物。回归前，在澳门黑帮闹得最凶的那几年，他也被捕入狱，吃了十几年的牢饭，几年前才出来。

南海贵个子不高，头发花白了，但还像年轻的蛊惑仔一样，扎着一个小辫子。坐了十几年苦窑，错过了澳门发展最快的十年，南海贵手头应该是没什么钱。但由于他在澳门帮派内元老级的地位和名气，出来后，还是有一帮徒孙辈的澳门年轻仔跟着他混。加上早年跟随他的一些手下，现在也有不少发了家，成了某某贵宾厅的厅主。这些人也会在赌场给他一些资金或客源方面的照应。

华姐在洗码生意上与南海贵合作，是因为毕竟她的主业是旅行社和钱庄生意，对大额的赌资放数收债，她需要和南海贵这样有一点势力的人合作才有安全感。

澳门几乎所有的所谓帮派，没有哪一个不与赌博有关，有的甚至是完全依赖赌业。其中有人从事正规的洗码业务，有人以放高利贷为生。

既然踏足澳门涉及赌业，我也并不忌讳与各种各样的人打交道。活在这时代，只要能广开财路，没有人会不乐意多结交几个朋友。我的事业正蒸蒸日上，在深圳也算是一个有才识有财力的青年老板。我难道会因为赌钱得罪黑社会被人追杀吗？绝对不会。

但是，正因为华姐找了新的合伙人分担了风险，他们才敢放手签更多的码给我；而我的赌局，就这样不受约束地被我们成倍放大了。

现在的赌局规模，远远超出了我的财力承受范围。

23日这一天，在四季赌厅，我又向华姐他们签了170万，加上之前的180万，目前共签了350万。

而这一天开始，我无法再专注地在赌桌上博杀了。因为我的朋友们已经开始担心，我身边的信任危机初现端倪。

首先是老婆小萱一早发来短信：“怎么样了，老公？”

我不想让她太担心，于是回复：“赢回二十万，要慢慢来，争取明天回去。”

接着是大鹏打电话过来：“海洋，赢回没有？”

我含含糊糊地说，还是输一点，不过好些了。

其实大鹏这个电话只是试探，他回到广州后，感觉我的赌局太大，超出了他意料之外，就把情况告诉了另外两个股东。

于是另外两个同学又轮流打电话过来，说：“海洋，注意风险，我们还是要以经营赌厅为主。小小玩玩便可，输一点回来没关系。”

事实上哪止输了一点！我在心浮气躁中，又多输了100万！

我知道自己现在处境很危险。从来没有输过这么多，而且发展事态很不妙！阿强知道我赌得很大，虽然我知道阿强不会轻易把数字透露出去，但大鹏他们却是逐渐开始担心了。我必须要止住颓势，尽量赢回来，实在不行，输几十万也得走了！

大鹏他们的短信不断。开始我还会复个信息敷衍一下，但到傍晚的时候，因为输得太多，我想摒绝外部的干扰，就索性关机了。就当手机没电吧！

没料到晚饭后，阿强派了手下一个男公关过来四季赌场找我。

那男孩是番禺仔，在赌厅见过我很多次。他递来手机，说："海哥，强哥想和你通个电话。"

"海洋，我回到了广州，现在正和大鹏他们在一起吃饭，"阿强在电话里说，"你的手机关机，兄弟们都很担心你。不要赌了。我知道你肯定输了不少，但是我不希望看到你栽在澳门的赌桌上。"

"我这么多客人，这样的事情我见得太多了。"

我知道瞒不过他。何况他派人来赌厅找我，就说明大鹏他们已经感到事态严重。但这次的窟窿太大，已经输280万元，如果就这样回去，拿什么钱来补现金的亏空？虽然钱都是我自己的，但这个数字对怀孕的老婆小萱、对大鹏他们都无法交代。而且涉及到以后赌厅的运营，就更让股东们不放心了。

所以我还是硬着头皮说："放心吧，输了不多，我现在手上还有二十万，明天不管结果怎样我都会回来。"

不管阿强信不信，至少我要安定一下几位同学的人心。

剩下60万筹码的时候，我又让华姐他们拿了100万过来。华姐说，这真的是最后一次了，不能再追加了。

现在总共签了450万，而我的台面筹码有160万。

要赢回来难度很大，何况时间也已被限定好了，明天必须回去。不管输赢，我不可弃我的江山美人于不顾。

所以只能尽量多追些回来，能打平是最好的结局。

为了防止阿强继续派人过来找我，我决定离开四季酒店，换一个赌厅，安安静静地打一个晚上。

华姐带我来到位于金沙赌场对面的华都酒店赌场，我们包了一个房间，这样就完全不受外界干扰了。

只是败局已定（那时当然不这样认为）。天时、地利、人和，没有一个因素能掌握在我手里。

我坐在赌桌上，心里有很重的犯罪感，从昨天赢回又再次输光后，这种犯罪感就已经植入了我的脑里。

何况我的股东、伙伴们正在外面为我担心，人心惶惶。

已输掉的290万元更是如一块千斤巨石。我已经输了一套深圳的房子；输了我老爸老妈一辈子没有见过的巨款；输了我艰辛创立的公司一年的利润。

我还能静下心来赌吗？

越急着赢，越赢不到。

华姐和她的朋友珍小姐，南海贵和他的女儿，路仔——这么一群人在我身后观战。

他们为我打气，同时也一样紧张。赢钱就能财货两清，洗码人当然不希望客人留下一张几百万的欠条才打道回府。

应当说，老天在任何时候都是仁慈的。即使你正在做错事，即便是面对这样一个心态已开始扭曲的赌徒，他还是给了我补救的机会。有一段时间，一度让我台面的筹码打回到 350 万元。

这个数字损失最小，在我可承受范围内，是我最后一次起身离场的机会。

是我的世界能大局维稳的最后机会。

但是我没有走。

于是台面筹码又开始减少。

等到晚上 11 点，大鹏和小萱找不到我，纷纷打电话给华姐和路仔的时候，我的心理终于彻底崩溃。

输完了。

华姐和南海贵他们已经提早走了。在我台面还剩 100 万筹码的时候，他们提前离开，就是怕看到我输完后大家面对面尴尬的情景。

只留下我和路仔。

洗手间里，一个穿土黄色西装的秃头男人笑嘻嘻地问："运气不好啊？下次再来吧！"

我知道他是这个赌厅的老板，湖南人。华姐跟我说过。

有人幸灾乐祸，也有人痛心疾首。

痛心疾首的人是路仔，他比我小几岁，但吃过不少苦。这两天与我一同经历这场荒唐又让人痛心的罪孽之旅，让他忍不住不停地责备和埋怨我。

有人想死，心如槁木。

那个人是我。

450 万港币！海洋，你这个扑街，去死吧！以谢天下！

七

※ 掩盖

早上 10 点，澳门四季酒店。

电话那头传来老婆温柔的话语："老公，是不是输了很多，告诉我不要紧。"

"是，输了一百二十几万。"我的声音很低很丧气，事实上这是我伪装的。我的心在发抖，但我努力让语气显得平缓。

因为我岂止是丧气，我内疚悔恨得想死！只恨昨晚的士在经过跨海大桥的时候我却没有勇气推开车门跳下去！

但是我必须对小萱撒谎，因为她有身孕。我们即将有一个美丽可爱的女儿，我决不能这个时候给她太大的打击。一百来万会让她有些难受，但这个数字是可以接受的。因为小萱知道我们之前的赢利是多少，我们还输得起。同时，我亦不能骗她说我没输钱。告诉她输了这个数字，回到深圳后，我才有理由动用现金储备来还给华姐他们。

果然，小萱仅是沉默了几秒，就在电话那头柔声说："回来吧，输了就算了。回来陪我去医院做产检。"

对大鹏他们同样也是如此，我一早睡醒，就在四季酒店的房间里给大鹏发了短信："对不起，输了百来万，我一会儿坐船回深圳。"

大鹏回复："好吧，大家说明天过深圳开个会。好好休息。"

睡了一晚，我的脑袋有一点力气思考了。输已成事实，但局面必须补救。等回到深圳，我必须要咬死120万这个数字。因为这个数字是针而不是刀，让人痛而不伤，不会让股东们过于生气；不会影响我们公司正在蓬勃发展的大好局面。而且在这个年龄，以我们的实力，120万元港币这个程度的错误是可以原谅，可以改正的，也不会影响大家对我经营赌厅的担心。我还不至于因为输了百把万，就偷偷把1000万元股本拿出台面来一次输掉。

华姐和南海贵上来房间后，我也是向他们提出了这个方案：

回到深圳后先转账还120万元，剩下的330万元在两个月之内还清。而且如果小萱或我的同学们向华姐问起，华姐也要配合我这个说法。

南海贵听了马上就犯急，他原以为我今天会从澳门的1000万元投资中提出450万元还清帐才走。

"那怎么可能，这样做股东会散伙，会搞垮我的公司。"我说。

于是他要求派个人跟我回家，要看清我家住在哪里。

他这是想用那套"大耳窿①"收债的模式来对待我。我听了很恼怒，毫不客气地顶他："贵哥，我老婆是大肚婆，受不起惊吓。我不会带你们上我家。如果你想跟着去深圳收钱，以后就不要做我的生意！"

"算了算了，贵哥，阿海的实力你尽管放心，再说他今年赢了十几场。"华姐看我们越闹越僵，赶快出来打圆场。

还款方案就这么商定，华姐陪我草草吃了个午饭后，开车送我到新港澳码头。

其实这三日的赌博，据我估算洗码至少有1.5亿元以上，他们出资450万元，三天就已赚取了160万元的码粮。至于四季酒店房费和招待费加起来不过是两三万，几乎可以忽略不计。这样高的投资回报率，就算分两个月还债，他们也不冤了！

何况，对于赌场来说，我是一个黄金客户，还有别的贵宾厅愿意签码给我。

①"大耳窿"，粤语的意思是指放高利贷的人。

临走前，我想起农行卡里还有40来万元人民币，就先刷出来还了他们50万元港币。

至于下一步怎么办，我的脑力还没有恢复，只能等回到深圳再说。

我有一个优点，是我们的老祖宗阿Q遗传下来的，那就是不管受到什么样的打击，总能迅速恢复，我的“自愈”能力很强。

而且大学毕业后，在商界、社会上混了这么多年，见识过不少人和事，我们这一类人多少具备一些逆境求生能力，不会轻易被挫折击垮。

坐上离开澳门的船，我躺在二楼贵宾舱的沙发上，思路已逐步变得清晰。

输了450万有什么可怕？我的目标不是今年要赚1000万吗？这只是一次试飞前的考验而已。

还120万港币，现金不过只流失了100万人民币，剩余欠华姐他们的钱，我用两三个月的时间分多次赢回来，暗渡陈仓，把窟窿无声无息地填平不就得了？

股东们又怎么会责怪我呢？我的公司业务又怎么会受到丝毫影响呢？

中粮澜山的房子，晚两个月买又有什么关系，难道这两个月房价会飞天不成？

至于那辆白色奔驰，罪魁祸首，不要也罢！

这样一分析，虽不足以让我从沉重的心情中解脱出来，但我已恢复理智和信心。我不想死了！

不要着急，回家休整，来日方长！

我这样安慰颓丧的自己。

下午回到深圳，先陪小萱去宝安妇幼医院做了产检，宝宝情况很好，于是我们顺路在附近的菜市场买了些菜回家做饭。

每次离家数日之后，一回到家，我就喜欢下厨做饭，最拿手的一道菜是粤北的“酸笋炒鸭”。因为厨房是一个充满爱的地方，亲手做一餐饭可以给家人很多关爱，又能让我暂时忘掉外面世界的烦恼。

家，真的是一个能快速疗伤的地方。我第一次犯下这么大的错误，昨晚还以为自己根本无法承受，也许痛苦一个月都无法恢复。但一回到家，我才真真切切感受到一种很踏实的安全感。

这夜与小萱相拥而眠，抚摸着肚子里的宝宝，她治愈了我的全部伤痛。

我们给女儿起了名字，叫雨辰。

八

早上 10 点，我们在公司开股东大会。

简单介绍一下我的公司：

我的公司规模很小，人也少。业务员、财务和我在内，只有 6 个人。办公室也很小，50 平米，还是租来的。两年前我就有买写字楼的想法，但由于深圳的房价涨得太凶，买写字楼的提议遭到了其他几个股东的反对，所以搬家计划一直搁浅。

今年大家倒是一致同意买了。因为公司生意越做越大，门面到了必须要升级的时候。我们的计划是，澳门赌厅项目一旦开始赢利，现金回笼，马上在附近买一层写字楼。

公司虽小，但我们的生意却做得不小，实力不会被业内同行小觑。公司账上有 3000 多万元的流动资金，每年公司的贸易额都在两亿以上，因此，这些资金在公司账面上流动得很快，时常让我感到资金紧张。

这 3000 来万元流动资金虽然没有银行负债，但也并非全部是我们的。其中 2000 来万元是我们几个股东的自有资金，我又占了大股。剩余 1000 多万元资金，是我们分头向亲朋好友临时借的。这部分借款后来被我挪用，一步步酿成大错。

为什么要从外面借款 1000 万元？是因为当时我们公司接了一张较大的出口订单，是向斯里兰卡出口一批钢材，供给世界银行在斯里兰卡的扶贫基建项目。这个合同要执行两年，足以让我们公司两年内衣食无忧，因此当时向一些亲朋好友筹资了 1000 多万元，月付两分息，让亲友也能从中受益。

除了生意不错外，公司还取得了很多资质。除了一般进出口贸易公司该有的资质外，由于我们的外汇结算量大，纳税多，公司取得了往返港澳商务签注资质。也就是说公司可以给下属人员办理香港和澳门的商务签注，自由往返于香港和澳门。

这对经常去澳门的人来说是极大的便利。因为内地大部分省份对中国居民去澳门旅游是有限制的。而我手持商务签证，可以从自助通关的通道自由进出，也可以自己开车从珠海进出澳门。

公司股东到齐了，总共有 5 人，全部是我的高中同学，都是一起嘻嘻哈哈玩到大的发小。

这 5 个人是我、大鹏、季军、光明、扬帆。

大鹏和季军是在公司里任职的，是公司的 6 个人中一员，大鹏负责广州地区业务，同时监督财务。光明和扬帆则不参与公司的管理，他们在广州有自己的公司，是纯粹的投资股东。

这个会议主要是讨论以后赌厅的经营方案。但在此之前，大家更关心的是我这三天的赌博情况。

“到底发生了些什么事？总共输了多少？”这是他们一致要求我解释的。

而我则是有备而来。

这就是体内原罪被释放之后的做的第二步：欺骗。（第一步是贪婪，已经做了。）

总共输了120万元港币，这是我一口咬死的。至于关机不接电话，赌了三天才回，是因为输了钱觉得无颜面对老婆和大家，所以当时不理智，一门心思只想赢回来。这确实也是实情。

“输了这么多钱，你自己怎么想？”大鹏问。

我说，这次我认栽了，不会不服气。好在老婆谅解了，负面影响不会太大。

此外，要从公司账户里提70万元现金出来，用于还给华姐。这笔钱本来就是在公司股本以外我私人借给公司的钱。因此我提出后，很快也取得了大家的同意。

我知道很多话他们想讲又不好意思开口，沉默了一分钟，大家围着茶几品尝功夫茶,气氛略显尴尬。最后，还是不参与公司经营的光明作为代表开口：

“海洋，大家都是从小玩到大的兄弟。来之前，我们几个还在商量有些话该不该说出来，因为怕说出来后影响了感情，不值得。我们想，以你的聪明和能力，做事自然会有分寸，兄弟们也一直完全信任你。

但我怕这些话不说，我们就没有尽到做兄弟的义务。加上你在澳门认识那么多人，就算你自己不想赌，别人也会怂恿你赌。

在澳门赌赌小钱，几万块的输赢，我们都不会制止你，也没有理由反对你，因为大家平时自己人打麻将，世界杯赌赌球，一晚也有几万上下的输赢。但如果你一赌就上百万，三天不见人影，谁能受得了？像这一次，你把大家都吓怕了。说实话，公司生意这么好，大家都很感谢你。但如果发生第二次，我们就只好退股了。”

讨论完我的个人事情，气氛才变得轻松下来。二十几年的交情，我们彼此对每一个人的性格都可以说知根知底，因此，他们对我的承诺都还是相信的。但谁也想不到，赌博已让一个人的性情悄悄发生了变化。

赌厅的经营上，我是有一套比较详细的方案的。对拓展客源方面，我也很有信心。但发展客源就意味着要签码出去，有资金放贷的风险。基于我们刚刚试水这个行业，最后还是讨论得出一个较为稳妥的经营计划。

在风险控制上，股东会议制定了几条规定：

赌厅开业头三个月暂不放贷，只拉自己带钱的赌客过去开户，送房间付码粮，只赚码粮差价；

股东自己带客人去签码，权限是20万，超过20万的签码，必须至少经三个股东同意。

赌厅试运营的止损位是股本的40%，如果亏损超过400万港币，就立刻从赌厅退股。

午饭之前，会议结束。大家兴致都很高，对公司的未来充满了期待。

一场风波，就这样被我暂时平息。

九

※ 重整旗鼓

> 耶稣就直起腰来对她说："妇人，那些人到哪里去了？他们没有定你的罪吗？"
>
> 她说："先生，没有。"
>
> 耶稣说："我也不定你的罪。去吧！从此不要再犯罪了。"
>
> ——《圣经–约翰福音 8:1 ~ 11》

2012 年 4 月 27 日，位于金沙城中心的赌厅正式开业了。

带人赌博绝对是一个罪过。

广东有句俚语："宁教人打仔，莫教人分妻。"意思是教朋友打儿子可以，千万不可教唆朋友离婚。其实后面应当加多一句："忌教人赌博。"

特别是教唆不赌的人去赌，蛊惑身边从未到过澳门的朋友去我们厅里赌钱，这种事绝对不能做。这是我们几个股东一致认同的。

因为十赌九输。人家本来是过着平平淡淡的幸福生活，如果因为你的引路踏入澳门，等他输到倾家荡产了，追溯祸起的源头，他和他的家人肯定会恨死你。

而邀请赌徒去赌又不一样，因为他本来就在赌，赌多大、输多少都是他心甘情愿。就算他不在你这里赌，在别的地方他也一样会赌，一样会输完。

何况我们提供免费房间和饮食，码粮的点数也可能比外面更高些。这些优惠对他来说只有利而无害。如果他真的有一天输完了，扪心自问，也怪罪不到我们头上。

这就是一个洗码经纪人或赌厅老板的心理。

所以一个有良知有底线的赌厅经理，不会逐个打电话给他身边的朋友，说："某某兄，过来澳门玩玩吧，我签码给你！"

当然他也有开发客源的任务。这时候，一个聪明的经纪人往往会采用婉转的手段。比方说他会在一个同学会或老乡会或者在一餐饭局中，仿佛不经意地谈起自己，介绍他在澳门工作，说："如果你们哪天去澳门旅游，车辆和酒店就由我来帮你们安排一下吧！"然后递上名片。

事实上，在你抵达澳门之前，他早已把你的家底摸了清楚。

我有很多赌友，大都是在澳门结识的。

以下介绍几位：

第一位：巩姐。河北人，是河北某市一家国有银行分行的副行长。挪用公款赌博，后来也出事了，家里物业财产全部被查封，包括她名下河北的房子和深圳的房子，宝马和法拉利跑车，还有老公的两家工厂。

巩姐也是华姐的客户，不过我并非是通过华姐认识她的，三人撞在一起纯属机缘。华姐有次偷偷告诉我：巩姐输了起码有两个亿，输到最后还欠华姐三百万左右还不起。不过华姐帮她洗码差不多有两年，赚了远远不止三百万这个数。

巩姐一家人都赌。她、她老公、她儿子，经常一家人各自拿着一堆筹码分头搏杀。其中以巩姐赌得最大，兴起来的时候一口可以推五十万一百万；她儿子豪爽不亚于她，也经常五十万一口推；最理性的是她老公，下注比较小，经常赢点小钱就收手。可惜她老公赢点小钱于事无补，因为母子俩经常把筹码输光才离场。

巩姐刚出事的时候，华姐还没得到消息。因为连续一周联系不上巩姐，于是华姐就派路仔上河北去看看怎么回事。

路仔飞到了河北某某市，找到那家银行门口，对保安说："找巩行长。"

那保安很警觉，马上通知了银行的保安处处长。

过一会儿保安处处长过来了，问路仔："巩行长现在不方便，你是哪里的？"

路仔傻乎乎地说："我是从澳门过来的。"

"哦，那你等一下。"

于是路仔被安排在一楼的一个会客室里等。

过了十几分钟，门口警笛大作，保安处长和两个保安一起冲上来，把路仔按倒在地上。接着两个警察进来，给他戴上手铐带回公安局。

还好，关了两天后，华姐找到人把他保了出来。

其实巩姐人很好，没什么坏心眼，还很乐意帮人。我猜想她在任职行长的这些年，一定扶持了不少朋友的事业。这也许就是她很快把事情摆平重获自由的原因。不过虽然获得自由，钱却几乎没有了。我就是在她出来后才在澳门结识她的。

巩姐的儿子从美国留学回来，二十来岁，留学期间频频光顾拉斯维加斯，在赌场也是有故事的人物。在巩姐家底输完后，他儿子还是会来澳门赌博。有次他和一个同在美国读书的同学一起来，那同学是重庆的富二代。重庆同学出面在赌厅签了200万的码，两人一人100万分开赌，结果输完。

哪知回到重庆后第二天，同学驾车出车祸不幸撞死。于是原本该巩姐儿子负担的这100万元赌债，也随着富二代同学带入地下不了了之。

巩姐在我们厅里玩过两三次，赌得并不大，都是几万元的赌本，她想跟我签码，但我不肯。

巩姐最后一次跟我联系，是打电话向我借钱。

“海洋，能不能借我一万块？”巩姐说要搬家，换一个地方住。

只是当时我也已经四面楚歌了，没办法借给她。

对不起。

第二位：李大姐。内蒙人，是阿强的客户。我在澳门见识过不少有钱的富人，虽然不清楚李大姐的身家到底有多少，但她绝对是我认识的赌客当中，出手最豪爽大方的一个人。

第一次认识李大姐，是三年前在阿强公司的赌厅里。

那时阿强不过是一个小小的公关经理，我也初涉赌场，赌的不大。自己带了三万港币去他们厅里打百家乐，阿强坐在一旁给我当参谋。

过了一会儿，四十五六岁，显得很富态的李大姐坐过来我们这张台。她手上的筹码不多，只有七八万。

阿强跟她还不是太熟，打了个招呼，转身吩咐公关送一个果盘。

“哎，二百万就只剩七万多了！今天好黑呦！”李大姐很爽朗的性格，坐下来就叹气。

她喜欢买对子。我发现大部分赌百家乐的女人都喜欢买对子，也许是因为对子是1：11的赔率。押200元买对子，如果庄或闲的头两张牌出现了对子，玩家就可以赢2400元。这符合女人喜欢贪小便宜的天性。

不过李大姐不会押200元这种小注，她等了几口，看准了，就下了两万，庄对、闲对各押了一万的筹码。

中了！闲开两个J，李大姐赢回12万筹码。

隔了几把，她又下了三万，买庄对、闲对各一万五筹码。

我押了三千买闲，荷官把牌推到我面前给我开牌，开出来是一对4。

就是这么巧，又中了！李大姐赢回18万的筹码。

荷官把赔出的筹码推给李大姐，她抽出两个一万的筹码，扔给我和阿强各一个。

“来，同喜！”她说。

毫无预兆，何况我根本就不认识她，她竟然以万元相赠。我和阿强都先愣了一下，继而惊喜。

“谢谢大姐，今晚肯定赢几百万走。”阿强喜笑眉开地恭维。

那十几分钟李大姐真的很旺，赢多输少，而且又中了几次对子，筹码接近100万。

赌厅搞卫生的阿姨过来加茶，她打赏了一千块。

几个女公关闻讯围过来，左一声“李姐”又一声“李姐”地恭维，于是她给每人打赏了两千。

阿强自告奋勇，帮她开了一把牌，赢了。

于是她又给我和阿强各丢过来一万。

这样一算，我只是 3 万元的本钱，自己投注赢了 6000 元，但是李大姐打赏了 2 万元，相当于我总共赢了 26000 元。

所以我决定不打了，跟李姐道了谢，让阿强帮我兑筹码。

我回到房间在床上数钱。阿强则继续在李大姐一旁加油打气，不过后来听说运气转向，李大姐还是输完了。

以后在澳门还经常见到李大姐。我们很愿意和李大姐一张台赌，任何人都愿意陪她赌。

因为李大姐每当手风不顺的时候，就会邀身边人帮她开牌。

这时候如果你帮她开赢了，她一定有打赏；如果开输了，她也仅是失望而已，不会迁怒于你。

李大姐赌百家乐总是大起大落，波澜壮阔，她的打法泼悍，下注凶猛。筹码经常是从 500 万到 15 万又到 500 万，甚至 1000 万到 70 万又到 700 万这样大幅波动，只有极少数赌客能承受这种刺激，更别说她是一个女人。

她总体当然是输钱的，以后在澳门慢慢碰面也少了。

听说她输得最多的时候，把十几个商铺抵了出去。

十

第三位：小陈夫妇，浙江乐清人。小陈夫妇都姓陈，老婆是小陈，三十岁出头左右，脸圆圆略为丰满；老公是老陈，四十一二岁，个子瘦瘦高高。

我最早是在凯旋门赌场认识了小陈夫妇。那时他们已经输到心慌意乱，跌入负能量区，筹码怎么也打起不来。

我总结出：大多数赌徒的赌博生涯中，输与赢之间往往有一个分水岭，这个位置大概是他身家的一半。

一个人刚开始赌的时候，兴致很高，没有任何害怕心理，这时候往往很容易赢钱。就算输了一部分，他也可以加大赌本，在后面分几次把钱赢回来。

但如果他继续输，一旦超过一半身家，这时候的赌徒，如果不收手的话，那基本没得救，剩余一半很快就会输完。

因为这时他的生活已经完全被打乱，而且心态扭曲。下注的时候他会患得患失，输钱的时候会害怕；而且他知道自己已经没有更多赌本了，只能越赌越小，每次赌的时间越来越长，寄希望于老天给他一个好运气。

只可惜久赌必输，这是游戏的数学公式已经设定好的。所以最终他不但没救回前面那一半身家，还输完了后面那一半。

我很少见过患得患失的赌客能赢回来。反而经常见一些不顾一切，只求速死的赌客能奇迹般回本。

最典型的就是前面提到的李大姐。每次输剩几万或十几万的时候，她总是想不也想就“晒冷”全押，好几次就这样凭几万筹码打回几百万。

小陈夫妇在浙江做小本生意。他们在电子城开了一间商铺，批发电脑耗材。我们认识的时候，他们说已经输了一百多万元了，没办法只好把商铺转租给别人，筹了几十万赌本专心赌博，想分多次把钱赢回来。

但夫妇俩经常下注的时候意见常常不统一，所以更难赢钱。

“这把应该买庄，跟着大眼仔走，庄连闲不连。”

“不对，我觉得应该买闲，你看珠仔路全部是闲。”

“珠仔路斜着上去也是买庄啊！”

“有正路当然看正路，不能看斜路。”

“小路也是买庄，小路红多蓝少。”

“要不看一把，这把别买了。”

几乎每次投注前，我都会听到他们夫妻俩这样的争论。

后来他们一致决定跟着我买，因为我很旺。

那次他们跟着我打，赢了五六万，很高兴，于是我们交换了联系方式。

后来迫于生活压力，老陈找了新工作，小陈就独自过来澳门。

我和小陈之间还发生了一些故事，在后面详述。

第四位：湛江卢。我不知道他叫什么名字，只知道他是广东湛江人，姓卢，因此手机通讯录里就一直保存他为“湛江卢”。

我被湛江卢害得好惨！话是这么说，到头来也只能怪自己。因为既然是个成年人，一步步走过来，都是自己选择的。

不过在这个世界上，遇到些什么人，由此在你的人生轨迹中引发了什么事情，真的是命数。

有些人是贵人，遇上了两人会很投缘，他会帮助你，给你带来事业发展的机会。

有些人是灾星，也许他无心害你，但不管他有意还是无意，碰上他确实你会倒霉。

湛江卢就是我的灾星。

我还在连赢十几场的时候认识了他。那时我在凯旋门连赢数场，势头很旺，几个赌厅的熟客都对我很关注。

中场休息，在赌厅吃饭的时候，湛江卢走过来跟我打招呼，说：“老兄，你打得很好啊！大注总是赢！”

他问：“下次我带五十万本，你能不能带着我打？”

有天我们约了在外面吃饭，他说，这两年前前后后他已经输了近千万元，穷途末路了。

认识他以后，其实我很少给他电话。因为赌徒心理，我觉得他太背太黑，不想惹上霉气。

不过他总是给我电话，每次都是输钱。然后他又在筹钱，赌不赢，又想找人赌台底。他一直在四处举债，绞尽脑汁想翻本，但尽是干一些乌烟瘴气的事。

所谓赌台底，是一些赌客与做庄的赌庄私下约定，放大台面赌注，输赢交收并不通过赌场。其实这在澳门是违法的，每天都有司警在赌场查这类活动。

由于澳门的赌博法律对最高投注有限制，百家乐赌台最高投注单注不能超过 150 万，也有几个赌场最高投注是 200 万。

对于一些已经输了几千万或者几亿的超级负债豪客来说，这个限制就会导致他无法一场翻本。

因为已输了一个亿，如果此类豪客再拿一个亿赌资出来，想翻本。但每把最高投注只有200 万，你怎么追？要赢 50 口才能赢回来。

但如果一把能下注 2000 万，只需要赢 5 口就能翻身。

所以就需要赌台底的庄家来托底。这些台底庄家跟赌客约定好，台面筹码的输赢，大家在私下另外加数倍做场外结算，比如台面输赢 100 万，是和赌场公开结算的；但私底下，赌客还要和赌庄按约定好的倍数结算。“一拖一”就是赔多 100 万。具体比例自由约定，有“一拖一”，“一拖二”，甚至“一拖十”的。

我见过别人打“一拖十”的赌局。一个阳江的豪客，个子小小的。他后面至少站着十个人围观。不用说，除了他的几个“马仔”外，剩下几个就是联手做这场赌局的台底庄了。

阳江客一把投注 150 万，加上台底数，实际上他下注是 1650 万，每一把开牌，身后都有几个人冒汗脚软。

还有一种情况，就是有些赌客赌得并不大，比如台面投注限额是 30 万，赌客也有可能会要求加赌台底。这是因为在投注限红比例上，赌小台要比赌大台有利。比方 80 万的投注限红，要求起注是 2 万；但 30 万的投注限红，起注只是 3000元。相较之下，是不是小台的投注空间更大些？而且在码粮结算上，台底庄会承诺返还更高的点数，例如一般码粮比例是 1.1%，但赌台底的时候码粮可以高过 1.5%。这是因为百家乐庄赢要抽 5% 的“水”，这部分本来由赌场和澳门政府占的便宜，现在都被台底庄家获取了。

后期由于我急于翻本，最终还是上了湛江卢的贼船，而且搭沉了。他拉了一个客人过来我的赌厅，和我一起做客人的“台底台面”，结果客人碰到天路，连赢二十口，我们惨败，尸骨无存。

第五位：智深。是我的中学同学，跟大鹏光明他们一样，我们从小是同班同学，不过他不是我公司的股东。智深有自己的铝材加工厂，事业很成功，在我的级数之上。

在澳门贵宾厅里赌钱的人，大多数都是博身家性命，能做到“小赌怡情”的不多，智深是我认识唯一的一个。

智深在澳门的赌博史有五年以上，每次去澳门带几万的赌本，很少超过十万。赢几万，输几万他都会走。而且每次下注，他都是一千、两千、三千这种水平；下注的次数又少，大部分时间在做技术分析，自娱自乐。所以五年下来，他大概输了三四十万元，对他而言毫毛无伤，相当于来澳门旅游多花了一些钱而已。

有段时间我们在英皇赌场的中场玩，智深说：“以前看到厅里别人一下注就是十万几十万，心想中国怎么这么多有钱人，到底他们有多少钱？后来熟悉了，一起聊天才知道，原来这些人也没多少钱，都是输穷了在搏命的。”

“你看这个厅里，筹码最少的是我，下注最小的也是我，但是其实他们没几个比我有钱。”

智深说这些不是在夸耀自己，因为他用于理财的投资就有一两千万元。他是看我赌注越来越大，赌本已经开始上十万了，就开始劝我要谨慎。

“你这样赌很危险，”智深说，“澳门是个无底洞，多少钱都会掉进去。我赌了五年，从来没有听说哪个老赌徒是赢钱的。贵宾厅里，面孔越熟悉的，输得越多。”

他这话华姐也说过。华姐说：“ 她的客人当中，没有一个人是以赢钱收手的，全部输钱。”阿强的客人更多。但是阿强也说过：“ 客人当中有没有最终赢钱的？没有,个个都输。”可惜，我没有听智深的劝。

十一

※ 补天计划，第一场反击战

赌厅头三个月不签码，因此我在经营方面暂时没有什么压力。整个五一假期，我没有过去澳门，乖乖待在家里陪小萱张罗雨辰未来的宝宝用品。

不主动去张罗赌厅的生意，一方面我也是想测试一下：如果我们完全不作为，赌厅每月的赢利分红能有多少。因为赌厅账房里的财务每天都会通过手机短信向我们发送赌厅的输赢情况。

行内的术语不说“输”和“赢”两个字。赢就是“上水”，输用“下水”，洗码粮用

“洗”或者“转”，赌客添加筹码称“加彩”等等。

每天发过来的报表短信，“上 350”就是指赌厅当天赢了 350 万元；“下 200”就是赌厅今天输了 200 万元。我们则根据公司在赌厅占股的比例去估算属于我们的赢利。

结果五一期间，我们什么事也没做，赌厅还是大大赢利了。一方面因为是五一假期，本来就是澳门赚钱的黄金周；二是刚开业，阿强集团在推广方面力度很大，拉了很多熟客来捧场。

算起来，五一期间属于我们公司的赢利分红就应该有 28 万元港币，短短两周，这个数字让我和大鹏光明他们都深为满意。

休整了十天，现在，该考虑考虑我自己的翻本计划了。因为我在外面还有一个 330 万元的窟窿要填平。我在日志本上写下：“补天计划”。

虽然窟窿是 330 万元，要赢回的目标还是要按照 450 万元来定，因为输的是这个数字。

还债时间有两个月，我希望分十场赢回来。至于十场要耗费多少时间，会不会超过两个月，我想以我和华姐的交情，就算三个月她也应该不会介意。每场平均要赢回 45 万元，我把目标定为 50 万元这样一个比较积极的数字。

赢 50 万难度有一点大，因为之前十几场平均下来，我只是每场赢了 40 万左右。这就意味着我必须把投注额在以前的基础上提高 20%。

那本钱呢？本钱也应当相应扩大，平均每一场赌本至少要有 200 万。但基于上次的教训，200 万不能一次拿上台面。一次只能拿出 100 万，留 100 万做预备队。

资金何来呢？当然不能再从公司拿钱了。公是公，私是私。再说上次会议后，我为了避嫌，就主动把公司账户的网银 U 盾交给了大鹏，现在，资金的调拨都是由他来安排。

我可以动用自己的信用卡额度。因为我的农行卡和工行卡都各有 30 万元人民币的透支额度，加上中行、招行、民生各 10 万元人民币，算起来有 90 万元人民币的总额度，刷出 100 万元港币没什么问题。另外 100 万元港币，可以继续找华姐或者阿强签码。虽然欠华姐钱，但跟华姐说说，她不会不签。因为如果她不肯签，阿强会签。

最终执行方案确定了：先找华姐签码 100 万，如果目标顺利完成就撤退；如果输了，就自己去外面刷 100 万港币来追。每次赢到 50 万零一毛就坚决走，什么奔驰，什么中粮澜山，等我完成这轮“补天计划”后再回头收拾它们。

这段时间公司的出口生意也在有条不紊地运行。五一过后，要安排一批货物前往斯里兰卡。我和我的小伙伴们对操作都已驾轻就熟，不需太操心。我联络好了码头仓储和海运，向季军交代好装货的细节，委托好熟悉的报关行后，只身来到了澳门。

在四季酒店的大堂，我和华姐夫妇碰了头。

华姐说要签 100 万的话，她得和南海贵商量一下。南海贵就在十米外，正跟几个人聊天。上次我跟他言语起冲突后，为了避免尴尬，他先让华姐单独来了解一下我的意图。

过了一会儿，华姐回来坐在沙发上，说：“我们的意思是给你 50 万。因为你还欠着钱，现在一过来就签这么多不太合适。”华姐说，她担心我因上次输了太多会心急，筹码多了反而不是一件好事。

“不过我们有一个条件，就是每次来可以再签50万，但这段时间你不能去别的赌厅签码。”她说。

这与我来之前定好的计划不太相符，但是也无妨了，大输之后我是第一次来，先试试手再说。

由于上次有了在四季赌场惨败的经历，华姐建议换个场，去我的赌博发家之地。于是我们来到了凯旋门。

上了二楼的赌厅，华姐给南海贵通了个电话，磨蹭了十几分钟，去账房拿了20万筹码过来。

“先拿20万打着吧，过一阵贵哥再拿30万过来。”她说。

这让我心里很不快。50万筹码还要分批到位，看来他们对我还是有疑虑，日后的合作前景有限。华姐肯定是不差钱的，她的兑换店随时都有上千万的现金摆着。特别是五一、国庆、春节这三大假期的前一日，她的店面会准备好至少三千万的现金。这是华姐平时闲聊的时候自己说的。但自从她和南海贵一起合作后，对我的友好态度虽然没变，做法却开始变了，越来越倾向于南海贵搞的放数收债那一套。在以前，每次我向华姐要筹码，她和阿强的态度是一样的，总是爽快答应，从来不会担心我的信誉问题。

但既然来了，总不能不打。更不可能不接受筹码，不给华姐面子。

于是台面20万筹码，我开始进入战斗。

因为还有个“在途”的30万和我信用卡的额度，所以我知道其实赌本并不止20万。按既定的套路投注的时候，我的注码大小并不以20万为基数，而是以100万为基数。

所以台面出现了四个庄的时候，我果断的下了一注4万，买庄。

开出来9点，赢了。看起来这是一个趋势比较明显的长庄。

第二注下了3万买庄，8点，也赢了。接着下注4.5万庄，6.3万庄，9万庄，连中。

按照套路，下一把要推14万。我叠好了筹码正准备往庄上推，转头看到南海贵和他女儿已经到了，正站在我背后观战。

我心里犹豫了一下，在想要不要把这个14万撤回来，因为上次跟南海贵发生口角后，感觉我和他的气场应当还会有些不合。但想了几秒钟，我还是决定继续。因为现在路子正是好的时候，长庄说不准能开几个，上次就是这张台连续给我开了22个庄。再说一见南海贵就撤筹码，岂不更是摆明和他翻脸？

开牌，闲家5点，我的庄家是4点。这种局面对庄家很不利，因为闲家博牌，拿到公（10JQK）就直接赢了，庄家没机会博。

果然，闲家补了一个K，我的14万输了。

这把牌让我输得很泄气。我不想打了，觉得时机不好，人不和，气场不合。

总共打了30分钟不到，开长庄之前赢了几万，算算台面，现在总共赢了21.5万。

我于是跟华姐说，不想打了，要去找朋友谈点正事。吩咐她兑筹码。

现金拿回来后，我取了1.5万元放进口袋，剩余的20万赢利还给华姐，她简单写了一张收条给我。

路仔还在想刚才那个长庄，他兴奋地说："要是14万那口中了，刚才就赢50万！"

我仔细一算，也是啊！怎么就没中呢！假如当时不回头看，会不会中……

赌徒的心理就是这样。

坐电梯下楼的时候，华姐说："赢了就好好休息，虽然少了点，这次来就当拿个头彩吧！"

南海贵插了一句："千万不要找别人签码啊！我们是为你好！"。

现在只是下午5点多，离开凯旋门，我没有坐华姐的车，而是自己打了辆的士前往金沙城中心。

赢回了21.5万元，但是我还有28.5万元的任务没有完成。既然与南海贵的气场不合，所以我决定上金沙城，去我们自己的厅里赢回来。虽然南海贵他们一再强调我不能违约去别的厅签码，但是区区50万筹码都要分两次到位，用这种勒紧喉咙给我透气的做法，我要想凭此赢回来，估计很难！

所以我必须按照我制订的计划来行事。现在它算是我的其中一门生意，也是我的军事行动，既然部署好了，就要坚决执行到底。

我不能从公司的账户中拿筹码。因为股东会已经决议好了，三个月内不对外签码，更不要说我是自己赌。所以我还是决定找阿强，但是要和他谈谈条件：那就是洗码的码粮必须分给我一半，因为他是零风险的；加之我输了太多，需要这些码粮来减轻我的追数压力。

因为上次的风波已经平息，所以一接电话，阿强当然是很爽快就答应了。

这还是我第一次来到我们的赌厅。规模不小，有14张百家乐台，装修也比较大气，看的出是找了年青新锐的设计师来设计的现代风格。侧面的桌子上有24小时供应的热汤、炒粉、煎蛋和鸡丁炒饭，还有水果和甜点——简易的自助餐足不出户又节省时间，总是最受资深赌客的欢迎。

赌厅客人不少。阿强这个总经理看来确实是长袖善舞，每天奔走于分布于澳门各大赌场的七个赌厅之间，能招呼好这么多客人的确不简单。厅里的男女公关素质我还是比较满意的，集团内做公关的澳门本地人不多，大部分是从广东各地带下来的。但服务素质比那几家澳门人开的赌厅强多了。

我从账房拿了50万筹码。这足够了，因为还剩28.5万的任务，压力不大，不需要100万赌本。再说，搞得太大又会草木皆兵——毕竟阿强和大鹏光明他们会通气。

说来好笑，我在赌桌旁坐下，突然间起了摆弄风水的念头，也许是输多了，心里想吃个定心丸，就用风水给自己壮胆。以前我可从来没有想过这些。

于是我选了位于大厅正中间的一张台，望了望厅的四角，就像港产片的茅山道士一样，我心里默默用意念给这四个角落贴上了“风、云、雷、电”四道咒符。

贴上四道符之后，我自己坐的这个位置，当然是宇宙能量汇集的中心，让整个赌厅的能量都聚集到我身上吧！

其实我从来没有研究过风水，也没有看过这方面的书籍。小萱她爸爸——就是我的岳父，每次帮我们看风水的时候，我总是不屑一顾。譬如买楼和摆酒，我从来不遵照他的旨意，为此还和她爸爸闹得很僵。不过今天自己这么一布置后，果然心里很定，信心十足。

所以开局后，一直在赢，虽然下的都是几千一两万的小注，筹码只逐步增加，没有减少过。三局下来，就如砍瓜切菜一般，我的台面筹码已经有 80 万。

目标轻易就完成了。

打最后一局的时候，阿强巡视到这个厅，于是坐在一旁默默看我打完了这局。

“实话说，打百家乐你也算一个高手，”阿强说，“不过你是属于洗码高手，用这种打法，每次一坐下来你赢几十万总是很容易得手，但是要赢大钱就很难。很多敢打的人，像李大姐，一碰上好路，第一口就推爆台，连赢几口就走了。”

“你这种打法，赢钱很慢，一定要见好就收。”他总结道。

我说，现在我就适合用这种打法。因为上一次在威尼斯的经历太惨，实在是想想都后怕。下大注、下狠注，200 万筹码根本经不起折腾，十几口就没了。如果碰上霉运的时候，估计经不起一局。（我后期进入赌运最黑暗的时期，就曾试过连续三十多口下注只中两口。）

确实是，所谓高手，需要有足够的赌本来支撑。人家下注 30 万一口，兴许他有十个亿身家呢？如果他只剩 300 万家底，那就算在我眼皮底下赢了 300 万，我也不会佩服他。因为他之前一定已经输了很多，而且剩下的很快就会输完，也许就在当天晚上。

不管怎么说，目标达成了，而且没有动用预备队。还了华姐 20 万，31 万港币则放进包里带走。在我的“补天计划”中，第一场战役完美收官。

十二

※“补天计划”，稳步前进

2012 年 5 月 12 日。

一早，收到浙江小陈发来的短信：“忙吗？我们下午的飞机过澳门，你去不去？”

我恰好也正准备过去打第二场战役，于是回复："去，澳门见。"

想起刚好可以拉他们去厅里开户，于是我又补发了一条："不用订房，我安排送房给你们。"

下午，小陈夫妇比我先到了金沙城中心，我于是直接上康莱德酒店的房间和他们碰面。

老陈和小陈是性格比较温和的一对夫妻，虽然已经输到了很无助的地步，但他们表情中流露出更多的是无奈，而不是急躁。

这次他们带了10万港币的本。小陈说：全部钱已经差不多输完了，没办法，跟小陈父母撒谎说店铺要扩大，借了他们的养老存款。现在加起来只剩二十万左右的本，再输下去就不知该怎么办了。

我问，不是有一个多月没来了，怎么会输得这么快？

"因为来澳门的费用高，前段时间我们在网上赌，结果又输了十几万人民币进去。"他俩说。

"网上你也敢赌？你不怕他们出千？"我问。

"不会吧，那个bett356网站是在国外上市的。"小陈说。

"bett356？"我笑笑说："那个网站最假，不但出千，我还知道有几个人存几十万进去后提不出钱的。再说上市又怎么样，有几家报表是真的？"我心里想，很多公司在上市前就已经是一个空壳，那些资本大佬们不是一样把它炒到100元，完全是靠股民的钱来补血。这不是出千是什么？

"换了我做网站老板，跟你素不相识，远隔万里，又没有人监管，我肯定出千。"我说。

"开赌场本来就占优势，他们没必要出千吧？"老陈插了一句，他太老实，对我的说法觉得很疑惑。

"你怎么知道他没必要？"我反问，"说不定人家老板买了飞机游艇，又养了十几个情人，正愁开支没着落。你存了十万进去，他一看，呵，今天可以有钱给小三买条项链了！"

"如果澳门赌场不是有政府监管，有司警看着的话，澳门这些个赌场的老板也一样会出千！"我肯定地说。

虽然我这是以小人之心度君子之腹，但如果真是谦谦君子，又怎么会去开赌场呢？

小陈想想也有道理，于是她埋怨老陈："都怪你！我说不可信吧，你偏要试试！"

"这次一定得赢！"下楼前，小陈望着我说。

我当然也是这样想的！

我们还是选了正中央那张台。因为这次要带小陈夫妇打，所以我没有找华姐签码，仍是从阿强的户头签了50万出来。至于小陈夫妻俩买的10万筹码则挂在我们公司户头名下，我答应走时给他们1%的码粮，由于我们和赌场月结的码粮点数是1.15%，这样公司可以赚到0.15%微薄的码粮差价。不管赚多赚少，毕竟这是无风险的生意。

但这次的风水布局似乎起不到作用，一开局后，情况不太妙。

头一局，我没有轻易就用5%投注的既定套路，因为小陈夫妇是背水之战，我不想他们输钱。所以我先用3000元去试路，希望能试出一条好路来带他们赢钱。但每次下3000元试探的筹码中了之后，下2.5万的正式注码就会输，长庄长闲出不来，小路也不规范，打哪死哪。

小陈一开始跟着我投了几口3000元的最低投注，看形势不对，她也不敢每口都跟；但即使是隔几口才打一口，还是输多赢少。

第二局打完，我台面剩下30万筹码，小陈台面还有6万。

老陈建议暂停一下，于是我们先吃饭，草草吃了一顿赌厅里简易的自助餐。

"要不我们等下换一张台？"小陈说，"你慢慢看路，一定能打回来，我们相信你。"

她的语气很软弱，已经没有了底气。我知道他们现在是完全把希望寄托在我身上，因为夫妻俩已经没有了自己赌的勇气和信心，表情非常落寞。

但是软弱并不能获得老天的同情，更得不到赌场的同情。换了三张台，局面没有任何改观，越输越多。没办法了，我看准了一口闲，压了10万上去，小陈也跟着压上2万，拼了。

开牌，我抓了一个A，再翻另一张牌，是个三边，好！要顶！老陈在一旁抱着肩膀很紧张，小陈则拼命用拳头捶着桌子，顶啊！顶啊！

顶出一头了！意味着两张牌加起来至少是8点。我们松了一口气，小陈吩咐荷官：开庄，两个公！

庄家一张9，一张Q，是9点！该死的荷官。

顶！顶！老陈小陈紧张得近乎绝望，必须求一张8，只有把另一边顶出来才能求和！我几乎是用尽了手指头的力气开牌，但出来是红心7，输了！

现在我只剩下7万筹码，小陈只剩下孤零零的一个1万筹码。

小陈起身去洗手间。老陈已经绝望了，两手抱着后脑勺，他长叹了一口气，眼睛死死盯着天花板。

我也上洗手间洗脸，在门口碰见小陈，她的眼睛已经泛红，勉强对我笑了一下，但又怎能掩藏住笑容中的苦涩。

我进入洗手间，心里压力很大。其实我知道自己后备力量很充足，远没到泄气的时候。但我不是只担心自己，更担心的是这对夫妻，不想看到他们走进绝望。所以我在洗手盆前慢慢地用冷水洗脸，思考接下来该用什么套路来打。

这时，小萱打电话过来：

"老公，雨辰今天动得好厉害。"老婆的语气里融化着无限母爱。

"是吗，那你在干什么？"我听到雨辰的消息也很开心。

"我在拖地，运动一下。"小萱说。

"孕妇可以拖地吗？"我很疑惑。

"书上说适量运动对宝宝有好处的。"小萱问我赢了多少，我说出入不大。

“早就该请月嫂了，要不周末我们就去家政公司看看吧。我总是不在家，有月嫂照顾你，我就放心些，我们又不差这点钱。”我说。

“好吧，赢了明天早点回来。”小萱挂了电话。

想到可爱的女儿，我心理的压力顿时大为缓解。我合拢双手，在洗手间里默默地祷告：“女儿啊，爸爸爱你，要赢钱给你买一套大房子，你助爸爸一臂之力吧!”

我这样默念了几遍，心里感觉平静下来，加上清水洗脸后精神清爽多了，于是我决定了下一步的投注策略。

我们这个赌厅比较大，分隔成一个主厅和两个副厅，还有一个包间。小陈他们正坐在主厅里发呆。

我选了副厅的一张台，这是一张新台，投注限额是1万至50万，已经开了两个和，三个闲。我和小陈夫妇坐下来，对荷官说：飞一把。（百家乐术语“飞”就是赌客不下注，由荷官直接开牌的意思。）

飞出来又是闲赢，而且闲是9点，庄是0点。

“这把晒冷。”我把剩余的7万筹码全部推到闲上，对一旁的小陈说。也许是想到女儿的缘故，我这时候感觉信心十足，除了闲赢，我不相信这把能开出别的牌来，

小陈迟疑了一下，把1万筹码扔给荷官，想让他找散成10个1000元筹码。

“不用!”我很坚决地对小陈说，“全押。”她马上把1万取回，押在我的筹码上面。这种时候投注千万不能犹豫，因为想多几秒钟肯定就不敢下了。

闲是一个2和一个7，庄是5点，闲赢，筹码总数16万。

我吩咐公关帮我把现金码换成泥码，又把16万全压在闲上。

闲7点，庄6点，闲赢，筹码总数32万。

闲5点，庄2点，闲赢，筹码总数64万。

我把一个10万的筹码推给小陈，其实是给多了他们2万，让他们回本。我则是54万，目前赢4万。

我的女儿，你真是爸爸的福星啊!

这一局之后，就如障碍彻底清除一般，道路变得平坦通畅。我开始打2.5万起注的套路，小陈则起注5000元，她跟随我的注码比例。赌台也似乎已经被我们征服了，各种路子完全随着心意走，连赢四五口的时段出了很多次。

凌晨2点的时候，我的目标已经实现了。我赢了52万元，小陈他们赢了11万元。

收工，绝不恋战。

早上，小陈他们知道我上月输钱的经历后，坚决不肯收那5000多元港币的码粮。于是我也不再勉强，毕竟现在是一个皆大欢喜的结局。

我要回去了，今天是周日，我想和小萱一起去家政公司看看。深圳素质高的月嫂都比较紧俏，需要提前预订。由于最近我常不在家，而且补天计划还有八场没有打，估计

后面两个月也会很忙，所以我打算尽快聘请一个肯做点家务活的月嫂，一直用到小萱坐完月子为止。

小陈夫妻看样子不舍得回去。因为他们总觉得从浙江飞过来一次不易，才待了一个晚上就回去，是不是有点浪费……我劝了几句，但究竟不便干涉，再说我也不是那种喜欢把控别人意志的人。不过我还是劝说他们把赢的 11 万元港币汇了回去。至于小陈他们会不会又把这笔钱刷卡出来，只能祝他们好运了！

每次从澳门回到蛇口，我就有从梦幻回到现实的感觉。

这是我成年之后生活，发展的地方。你看那郁郁葱葱的老树，看遍地枯干的落叶，看路边学校操场的绿茵草地，看街边蒸气缭绕的肠粉小店，看恬静的生活气息中透露出的点点繁华。这些存在无一不与我的生命息息相关。

我想起大学毕业后刚到蛇口的第一个星期，有一天晚上路过一个霓虹闪耀，显得很整洁高级的发廊，我就暗想何时能自己开车过来，像一个成功人士一样，把车停在路边，进去理一个最时尚的发型？结果一年之后，我实现了这个梦想。

我想起那次初恋失败后，我连续几个晚上在蛇口老街一间小小的酒吧里喝酒，终于有一晚喝醉，醒来后发现自己躺在一个女孩租的小屋里，是当时只有 18 岁的酒吧部长阿明，佛山妹，她竟然有力气把我背了回来。很感谢阿明，虽然我不爱她，但与她同居的两个月彻底治愈了我失恋的创伤。

我想起第一次乘船出海的傍晚，我躺在甲板上，望着满天的星斗，我写给分手女友的诗篇。

这个城市，有我多少青春时期美好而又伤感的记忆！

如今，38 岁，我是这个城市的主人之一。

我不会认输，也不会轻言放弃。因为我有属于自己的资源，里面有众多的人脉关系和足够的财力支持我，使我可以按自己的意愿做成事情，我已经具备了把控大局的能力。

所以我不相信我会输钱。

到目前为止，“补天计划”已经为我赢回了 103 万港币，缺口还剩下 347 万港币。

计划内的各个环节、各项因素都还在可控范围内，而且把控得很好：公司业务完全正常；赌厅正在赢利；我和股东们的关系一如二十年来那样稳定；小萱沉浸在期待当妈妈的幸福当中；我的日常生活照常而且很丰富，聚会健身游泳照常进行。

对上次输钱的总结，也写进了我的工作日志本，我部属了几种应对的策略，绝不让失败再次重演。

上回输钱，说到底，就是源于“贪、慌、乱”。

“贪”是完全由自己内心造成的，不过制定好 50 万元的目标之后，这个因素已被控制。就像百米赛跑，已经跑到冲线了，还跑什么？比赛自然就结束了。

“慌”则是由于输钱之后的情绪波动产生，要防止情绪波动，最重要的就是不能一开始就让筹码下跌得太快，开局时尽量做到慢慢赢，实在不行也要能做到慢慢输。因为还有足够的赌本，即便小输也很快能赢回。从这两次看，这些我也基本做到了。

“乱”则是由于触发了外部因素，导致乱糟糟的局面。所以每次过澳门前，我一定要把家里的事情，把公司的事情安排好，这样就不会出现赌到中途，“军事行动”被各种琐事打断的困境；而且每次在澳门待的时间不能过长，特别是我离开公司的赌厅在外面自己赌的时间不能太长。因为一旦又发生股东找不着我，客户找不到我的情况，那就天下大乱了。这个因素控制，对我尤其重要。

总结，计划，策略，实行。你看，我是不是完全把赌博当成一门生意在做？

是否需要乘胜追击，适当提高下一场的赢利目标？

不需要！再不可轻易冒险。

调整两日，我要准备进行“补天计划”的第三场战役。

十三

※ 天敌

赌场和赌客，是一种天敌关系。

有人说，有这么夸张吗？赌场给了我们开心刺激的娱乐环境、漂亮的公关、免费的饮料，甚至免费的房间……简直是把顾客当成上帝了！至于赌多赌少，完全是赌客自愿，看自我的控制力，不关赌场的事吧，你这种说法，不至于吧？

是吗？要知道赌场给你的热忱服务、免费饮食，都不过是从它已经获得巨额利润中划出的一个极小比例，作为再投入，目的也是让你继续来赌，并不断增大赌资。

如果每个人去赌场只赌 10 元钱，不要说免费的饮料，就是一张凳子，赌场都未必会提供给你！

这是一个零和游戏，终极目的是让你的存款过户，甚至身家过户，转到赌场名下。这不是天敌关系又是什么？

从古到今，无论中外，发生过多少为了争夺遗产，兄弟姊妹之间打官司翻脸甚至骨肉相残的事情。面对金钱的时候，人类自私贪婪的本性暴露无遗。

但是赌客面对赌场，大部分人却意识不到这一点。有人赢钱的时候大肆挥霍，在赌场流连忘返；输完的时候唉声叹气，只怪自己运气不好，怪自己没有把控力，为什么赢了钱没有走！

赌场却很冷静很清醒，他们知道你赢钱没走的原因是什么。他们把赌厅空间密封，没有窗户，让你晒不到太阳吹不着清风；取消所有挂钟，让你不知道早晚时间；常年只播放几首背景音乐，让你忘记在赌场待了多少天。这些手段，就是为了让你长赌长输。

而且，你这个天敌很强大。荷官与公关、赌场保安、监控室、数据分析师，这些是赌场的正规军；洗码经纪、当铺珠宝店、地下钱庄，这些是赌场的后勤部队；财务公司“大耳窿”是赌场默认的收尸队……

你如果没有足够的对抗力，要战胜他们，很难！

但如果你看了上面这段文字后，终于认清了自己和赌场的敌对关系，那么，恭喜你！你晋级了，离职业赌徒又迈进了一步。

只有少数人清楚他和赌场的关系，这些人是职业赌徒。

赌场也肯定地宣布这些人是他们的天敌，甚至专门建立了黑名单档案，在行业内共同拉起警戒线。

澳门开埠以来，不知驱赶过多少职业赌客。

听骰党、21点战队、百家乐团队、老千集团等等，这些人进入澳门数次后就被赌场列入黑名单；后来，赌场干脆把这份黑名单交给澳门政府，于是澳门海关把这批人列入拒绝入境名单。

澳门职业赌徒中，最低级的是一群“老鼠”。这部分职业赌徒总是单打独斗，他们赌本小，一天到晚耗在赌台旁，当赌局出现赌客连赢的时段时，他们抓住机会投注，赢几把就走。这部分人对赌场的伤害不大，但赌场依然很讨厌他们，因为这些“孤寒”赌鬼对赌场没啥贡献。

高级一些的是职业团队，打21点和打百家乐的团队都很多。这部分职业赌徒组成一个团队，他们有角色分工，有主打人，有分析人，有领队。而且他们往往有较为雄厚的赌本，有管理和纪律，掌制定投注公式，懂得赢时离场。这部分职业赌徒赢钱数次之后，就会引起赌场的关注，也可能会被赌场驱赶。当然由于技术有限，这些职业团队也不是包赢的，很多个人和团队最后也以输完或解散收场。

“赌神”级别的职业赌徒永远不会受到赌场的欢迎。这个级别的赌客只要一出现，赌场就会如临大敌。比较著名的有美国麻省理工的张约翰，他带领自己的学生团队（麻省理工学院的中立工学院中的数学天才，并且80%是中国人）大战拉斯维加斯赌场赢了超过3500万美元，并迫使各大赌场修改了21点洗牌和派牌的规则。

老千集团则被赌场恨之入骨。这部分职业赌徒百无禁忌，视赌场的赌博规则为无物，他们的唯一目的就是用尽各种手段从赌场搬钱走！所以他们和赌场常年在玩猫鼠游戏，并频频得手。随着赌博工具的不断开发和进化，监控设备的提升，现在要想在赌场内用传统的手法作弊已经很难。现在的职业老千往往组成团队作战，他们除了精通各种赌博技巧外，还研究赌场的各种赌具有哪些漏洞。因此他们经常利用红外线设备、电脑软件和各种“007”影片中间谍才拥有的高科技工具，破解开局秘密。这些人是赌客中唯一能做到下注包赢的人，因为他们已经预先知道了下一局的结果，投注怎能不赢？

近几年，澳门发生过各种各样的出千案例，有的简单直接，有的则运用高科技工具，手法缜密令人惊叹。

简单的千术往往需要与荷官里应外合。有一个百家乐出千的案例，是老千集团和荷官联手，利用以前澳门赌场百家乐赌台用手工洗牌的漏洞，做内线的荷官在洗最后一轮牌的时候，快速记住其中十张牌的顺序，然后在洗手间偷偷用手机把这个顺序发给投注人。投注人坐在赌桌等这十张牌出现，当出现四张牌吻合后，果断下注推爆台，赢一把就走。这个出千办法，据说当时也在几个赌场赢了千万以上。

还有一个骰盅出千的案例：老千集团与开骰盅的荷官配合，投注人下一口大注，荷官假装拍一下开宝的按钮——其实没有按到，骰子还是和上一局一模一样。所以投注人只要按照上一局的结果继续买就包赢。这个出千手段过于简单，但也赢了数百万港币。

高科技出千的案例，有一个老千集团运用具有红外线扫描功能的手表，在百家乐赌台洗牌完毕后，利用切牌的机会，把手伸到牌盒下面扫描，然后数据通过无线发送到房间的电脑，由数据分析人员把整个扫描结果解密，因此被扫描到的部分，开牌结果一览无余。这个技术，直接导致了澳门赌场全部更换牌盒，以前是用塑料玻璃的内牌盒装牌，现在全部改为钢制牌盒。

近两年澳门出了一个比较轰动的高科技出千案例。有一个老千集团直接用作弊工具去更换赌场的赌具。他们仿制澳门各赌场的百家乐洗牌机，这些洗牌机不同之处在于安装了微型的红外扫描设备，能够在洗牌时扫描扑克牌的排列顺序，并发送给停在地下车库的房车，房车内的电脑接收后，由专业人员用软件分析数据，并把整局的开牌结果记录下来。

这个老千集团设备精密，组织分工严密。先派一两个投注手包下整张赌台，再派掩护手想各种办法遮挡监控相机的视线，有人借机更换赌场的洗牌机。洗牌完成后，投注手假借上洗手间或点餐吃饭，拖延开局时间，让数据分析师有足够的时间分析出赌局结果。赌局结果并不会以耳机等无线工具传送（那样容易被抓），而是由传话人员与投注手在洗手间口头传达，而且分多次进行。随后，投注手在赌台上故意输小注赢大注，打一局就撤。

这个老千集团赢了很多钱，澳门政府官方公布是几千万元，但据说实际不止。因为他们将各大赌场打得风声鹤唳，行内人士说他们也许赢了上百亿，但又有谁知道真相？被抓获后，赌博工具从哪儿购买，幕后老板是谁，各成员始终守口如瓶。

十四

※ 2012年5月15日

我向来都把赌场看作是敌人，那场大输之后，更是如此。现在我要和赌场争夺那几百万现金入囊，虽然胜负未分，但赌场已成为我的死敌。因此，接下来每一场赌局，都是一场攻坚战。

所以我再不敢掉以轻心，每次出征前，都要检查一下自己的军火装备如何，后勤准备是否充分，采用哪套攻打策略。

今天要过去澳门打第三场，我带了90万港币的现金来到蛇口码头。

这90万现金，有上两场赢回来的83万港币，我一直锁在家里的保险箱里；此外我又去招商银行兑换了7万港币，这样凑足90万港币。我的计划是：过澳门后先还给华姐50万港币，然后继续向她签码，剩下40万港币则我自己留着备用。

你可能会觉得奇怪：那我直接用这90万港币自己去户头买码，独赚码粮岂不是更好吗？

不然。多年混迹商场，我知道信用对一个人很重要。信用能够给你带来的无形资产，要比你现有的有形资产更大。因此，在华姐愿意给我签码的前提下，只要她和南海贵不影响我“补天计划”的实施，我还是会准时还钱，并且不会绕开她自己或找他人买码。

关于携带外币出境的海关规定，我在网上看过很多次，超额携带外币出境要被处罚，这个条例我也知道，但从未重视过。因为以前带二三十万港币的时候，总是揣在裤兜里，从未遇见过关时被海关搜身检查的情况。

不过90万港币实在太多了，我左裤兜和右裤兜和屁兜全都鼓成长方形，也才塞进60万，上身的T恤衫又没有口袋，所以剩余30万只好放进包里。

没想到手提包过海关扫描机的时候，两个稽查人员把我叫住。

“请打开手提包检查。”戴眼镜的年轻海关员要求。

一打开当然露馅了，于是我被他们带回稽查室。

“你只能带10万元港币过关，超出的20万元港币我们要扣留。”他说。

“扣留？不是没收吧？”我问。

“不会没收，但是超出部分可能会罚款百分之十，交罚款后，七天左右可以领回。”

吓！原来有这么严重的后果！我摸一摸裤兜，心里很担心：因为裤兜全部鼓鼓囊囊的，如果他细眼一看，岂不全要被掏出来扣留？真被扣留80万元港币的话，要交的罚款岂不是高达 8 万元港币？

眼镜男说，如果当时我携带这 30 万元港币入境的时候主动填写一张申报单，不需要打税就可以合法地把这 30 万元港币再带出去。我听了好后悔，早点问清楚条例规则就好了！

趁眼镜男去隔壁打印扣留通知书的时候，我偷偷把裤兜的现金全部拿出来又塞进了手提包里。这个包他们已经检查了一次，不会重新检查。

我在扣留通知书上签好字，眼镜男退回给我 10 万元港币，说这部分可以带过关，但是 20 万元港币要和我一起去招行存进海关的稽查账户，蛇口招商银行近在咫尺，走路也不超过三分钟，但他说海关人员不能开车去，要等银行的车来接云云。

这样摩蹭了两小时，蛇口招行终于派车来了，我和两个稽查人员一起到银行把钱存好，眼镜男帮我改签了船票，并且带着我重新过关。

这次手提包不用过扫描机了，我还是把 70 万元港币带入了澳门。

下午时间，我和华姐路仔一起来到凯旋门二楼，哪知道给我开 22 个庄的那家小赌厅竟然倒闭了！

所以说开赌厅也不是包赢的。不过前几次来这个厅赢钱，我就看出他们有些实力不济。

一是我在这个小厅连赢数场，他们对我比较关注，一个肥胖的场面女经理常常站在我背后观察我开牌。有一次先输后赢，追回一百多万后，赌厅竟然专门派出一个荷官来对付我。

那荷官是个瘦瘦高高的年轻仔，大概三十岁不到，眼神凶恶，他总是死死盯着我看——好像我挖了他家祖坟一样，我从来没有见过有哪个赌场的荷官会这样仇视赌客。

换他上来后，他连续开了两把 9 点把我秒杀，于是我和华姐赶紧换台，没想到刚到隔壁台一坐下，这个荷官又跟了过来，于是又把我秒杀。华姐开始怀疑这个荷官是赌场专门培训的“黑面杀手”。

于是我们又换台，他又跟过来，像块甩不掉的狗皮膏药。我和华姐已经很生气，要求赌厅更换荷官。

“对不起，今天人手不够，已经没有荷官了。”那个胖女经理皮笑肉不笑地说。

还有一次，赌厅来了一个喝得半醉的内地男子，是由一个洗码仔带过来的，和我坐同一张台。

这男子满身酒气，说话东一句西一句，然后就开始用筹码买对子。他买对子全部是买爆台，对子最高限额是 2 万，于是他押庄对闲对各 2 万。

开牌的时候，他还眯着眼睛对我说：“看我表演。”然后开出一对 Q，轮到荷官开牌，荷官也开出一对 3！

接着他又买 4 万对子，又中一对 7。

那局他至少中了十次对子，赌厅的胖女经理和另一男公关一直站在他身后观察，简直是用眼睛扫描他的全身。

晚上，洗码仔又带那个客人过来赌厅买码，我清清楚楚地听到胖女经理对那个洗码仔说："我们厅不欢迎这个客人。"

实力有限，肚量也有限，这样的赌厅倒闭也在所难免。但是我还是很遗憾，毕竟这家小赌厅是我打百家乐的发家之地。

现在没办法，只好在凯旋门二楼选了另外一家赌厅。

这家赌厅规模也不大，空间比较拥挤，有六张百家乐台，其中有一张台在包房里。

据说赌厅老板是澳门一个社团的分堂堂主，三四十岁，稍留胡须，左耳穿着耳环，座驾是一部玛莎拉蒂跑车。不过他的生意做得不错，厅里人气很旺，每张台都有客人落座。我打百家乐不喜欢凑热闹，于是选了房间里那张台。

输得很快，晚上 9 点不到，我台面的 50 万筹码只剩 20 万。

其实从投注方法和心态控制两方面，我表现都很正常，并没有逾越自己定下的规矩。但是赌博就是这样，无论你计划得再好定力再强，运气不济的时候，职业赌徒也会输光。

按照我制定的投注公式，就是 5%基本码投注，连赢则加，连输则减的套路，这种套路并不惧怕连输，因为无论连输多少口，对筹码的伤害是极有限的，不会超过 10%。但这个套路最害怕遇到的就是赢一口输一口的情况，不能连赢的话，筹码会在拉锯战中不断地消耗。

今天牌路就是这个情况。何况还有人捣乱。

捣乱的是两男一女，听口音是北方人，都是四十来岁左右。两个男的各拿着几万筹码投注，戴黑框眼镜的女人则在一旁做军师，拿纸笔记录分析，还不时煞有其事地用手指掐来掐去地计算。

我一看就知道他们是初涉澳门的游客，因为凡是读了点高等数学又初次来澳门赌钱的人，都以为自己智慧胜人一筹，能计算概率。

我以前也跟他们一样，何况我从小就是学校的数学冠军、象棋冠军，又喜欢研究天文和宇宙航行，玩起数学来比大多数人更强。初到澳门时，觉得赌博实在太容易，赌场发明的这些游戏简直是给广大人民送钱。后来吃了几次亏之后，才知道赌场背后原来养着一群真正的数学家，这才意识到赌场的险恶。

黑框眼镜女喃喃自语的样子就如神婆，不过神婆算的是命，她算的是牌。每次掐指算完后，两个男人就兴高采烈地投注，但他们押的大多与我相反。

开了 5 个庄后，神婆掐指算出要买闲，于是他们买闲，我买庄，被他们赢了，我有什么办法？

开了 5 个闲后，神婆算出要买闲，于是他们买闲，我买闲，但是开出了庄，我又有什么办法？

最终连续两局牌没有开出任何好路，路单图形像被狗啃一样。我输钱，他们也输钱，神婆越来越泄气，最后只好闭嘴了。

我已久经沙场，不会故意和人赌气，输 30 来万港币也不会让我心慌。但由于在“补天计划”里，时间已经是一个受限制的因素，我不可能再像上回一样连续赌三五天，所以按现在的打牌策略，如果筹码跌到 10 万左右，我就会直接晒冷全押，因为我还有后续的赌本。

这把 10 万晒冷，是因为这局牌闲都很短，开了 30 多口，前面的闲最长不超过两个，所以我押了庄。

偏偏这次开出了第三个闲，50 万筹码输完。

我在沙发上休息了十几分钟，对华姐说：“签多 50 万出来吧。”

华姐出去电梯口打电话跟南海贵商量，过了一会儿，她走进来，有点不太好意思地说：“要不你先回酒店休息吧，先避开这段霉运，贵哥还在外面忙。”

我知道他们不愿意，刚还了 50 万港币转眼又输给赌场，对他们而言等于这周债务没有减少。我心里不爽但外表并不动声色。我包里还有 20 万港币，阿强随时会签码给我，因此我无需依赖华姐和南海贵。华姐当然也知道我可以去自己的赌厅拿码，但她和南海贵合作后，南海贵如果不同意，她也不愿意独担放债的风险了。

十五

※ 天底下最黑的人

回到四季酒店，冲完凉后已经是半夜 11 点，出于客套，我还是打个电话给华姐问问答复。

“我们商量了一下，还是觉得你不赌好些。不是不肯签给你，我们怕你上次输了之后，最近情绪会很急躁——我的很多客人就是这样输完的。相信我，我们心里是为你好。”华姐说。

她的答复在我的意料之中。但这是我发动的一场战争，第三场战役既然已开始，就不会因任何小阻拦而停止。

因为口袋里还有 20 万港币，我决定找阿强签 80 万出来打第二轮。

下楼的时候，电话响了，有人要过来搭我的船。

这个人是天底下最“黑”的人——巩姐。

这个评语是我在三小时之后才得出的，因为如果我早知道的话，就不会让巩姐过来金沙城中心。

巩姐晚上 11 点才从拱北过关，估计是凑齐了钱后匆匆赶过来。巩姐借钱越来越难了，她说正在打她老公被查封那两家工厂的官司，官司打赢了就有钱——事实上我们都知道官司不可能赢，何况她有没有去打这个官司都值得怀疑，与玉帝对抗，她敢吗？

与她同行的是小吕姐，比我大，比巩姐小，是巩姐的跟班，她经常会偷偷向我透露巩姐的近况，所以说赌徒总是众叛亲离。小吕姐来澳门另有目的——她目前在做一家赌博网站的初级代理，总想在澳门贵宾厅里认识一些客户，然后拉到她那个网站去。照理说，小吕姐一直跟着巩姐混，巩姐当行长的时候应该是提携了她不少，她怎么也没钱？难道也进去过？不过这些都不关我事，我也懒得打听。

带巩姐过来金沙城，一则是我个人的性格就一向不太拒绝朋友，二则还是为了扩大我们赌厅的客源，虽然巩姐只有 5 万港币的赌本。

巩姐之黑，是因为她已经是穷途末路的赌徒，她输的两亿数字实在太大，现在这个东拼西凑的 5 万赌资，就如用一根毛线去打捞沉在海底的万吨巨轮一样。翻本是不可能的，但在巩姐的生命中，只剩下赌这件事能让她觉得有兴趣了，既然能筹到钱，就算赌死了她也会开心一点。

巩姐之黑，是在于她在赌桌上有一种胆怯和绝望的情绪，这种情绪又影响了她的运气，好像注定她只要逢赌就必输似的。更可怕的是这种情绪会传染给身边人，原本兴奋热烈的气氛，不知不觉就冷场了。

我不幸被她感染，80 万筹码打得异常艰难，不管怎样集中意念也拿不到好牌，筹码直线下落。

我剩 60 万的时候，巩姐已经停了手，因为她只剩下 2 万筹码，不敢打了。而我这时已经被拖入运气的谷底，在她停手后，我接着投注竟然连续输了十二口！

很多脾气急躁的赌客，在连输十二口的时候已经全部输完——因为这时候人会很愤怒：我不信下一口不让我中！于是 1–2–4–8–16 这样下注，但是，无论多少筹码也经不住 12 口。

而我已经是用最有耐性的打法，我起注 5 万，然后 50000元–25000元–12000元–6000元–3000元这样下注，厅里最小投注是 3000元，我筹码缩减到 3000 元后，这一轮还是输了12 万。而且我在不停地走动换台，连续换了四张台还是没用，仿佛天上有只眼睛盯着，非追杀我到底不可。

这十二口没有杀光我的筹码，但还是把我激怒了。

台面还剩下 40 万的时候，我终于决定调整策略，用李大姐那一套，下狠注！

我把 40 万分成四个单元，每个 10 万。

然后用 3000 元去试路，如果 3000 元中了，就把这个单元的全部（10.3 万）押上去。

如果不中，就继续下 3000元，直到中了，就把这个单元剩余的 9 万多全部押上去。

还好，也许是策略改变后，勇气又帮助我打开了运气之门，第一个单元我就中了，赢回10万。

第二次机会来到，我又押了10万上去，买庄；巩姐这时也赶忙把剩余的2万筹码押在庄上，她认为我开始转运了，又来搭顺风车。

我拿了一个A和一个三边，但是没有顶起来，是A和6，加起来7点；闲家开牌是个3点，局面不错。

闲家补牌，短头发的女荷官从牌靴中扯出一张扑克，翻开，是个5！闲家8点，我们又输了！

我心里抱怨，我认为这把输的原因是因为巩姐搭了上来，毫无疑问，因为她几乎是天底下最黑的人！

巩姐自己也不好意思，加上她输完了无事可做，于是她和小吕姐挪到一边吃水果。

我从洗手间出来的时候，巩姐挥手把我叫住，扭扭捏捏地问："海洋，能不能帮我签十万？"

这个曾经位高权重的女行长，如今只是一个孤独落魄又六神无主的老太太。我只能说，不行，因为股东已经规定了三个月不准签码。

"我那边有个贷款正在办，输了两三天就能还你。"巩姐承诺。但我并不相信，因她现在的状况已经不可能贷到款。

"真对不起，巩姐，股东不授权，筹码我拿出不来的。"我坚决拒绝她，何况巩姐这种状态，无论拿多少钱上赌桌，都只是扔进海里。

最后我提出，把我房间的房卡给她们回去睡觉，因为她们并没有开房。而我，今晚估计是没机会睡了。

巩姐她们走后，仿佛被她点燃导火线似的，我又开始了第二轮霉运。

四个单元的打法，全告失败。虽然中了四口3000元的小注，但连续四次9万和10万的大注都输了。

80万筹码又输得干干净净。

现在时间已经是凌晨3点，人沮丧的时候很容易感到疲劳，我开始感觉有些困，但我知道现在回房也不可能睡得着，于是把包里的20万港币拿出来买了筹码。

就如被敌人"阻击打援"一样，我这个20万援军来的不是时候，下了四口注，前后不到十分钟就被敌人统统消灭了。

加上凯旋门的数字，这次又输了150万元！我在洗手间长吁了一口气，顶住！千万不能让上次的悲剧重演！

这个时间阿强已经睡着了，否则他一定会打电话过来。我要冷静，首先得把睡意全部驱逐掉，才能让脑袋清醒下来。于是我让公关帮我拿了几杯冰水，我在洗手间用冰水洗脸。

现在现金已经输完了，也不能再向阿强签码——再签的话被大鹏光明他们得到消息会引发更乱的局面。所以我只能动用自己的信用卡额度去外面刷卡。场地也必须换，自己找一个不为人知的赌厅去打。我决定去旧金沙二楼的御匾会，那里有几家小赌厅比较安静，而且码粮按照1%即时结算。

要依靠我的女儿——雨辰，这个未出世的小生命有巨大的能量，上次就是她帮助我实现逆转。我又一次在洗手间里祷告："雨辰啊，不知你是否听得见，爸爸现在陷入困境，你要帮爸爸一把！你是纯洁无瑕的天使，爸爸相信你有这个能力。"

这样向女儿求助数次后，我走出金沙城，打了辆的士来到位于港澳码头对面的旧金沙。

十六

在澳门刷卡，是最不合算的一种买卖。

赌场周边所有的当铺和珠宝店都是地下钱庄，可以帮内地游客刷卡提现。无论是银联储蓄卡还是信用卡，在珠宝店刷卡后，店面会按照黑市汇率把港币现金兑换给你，少则几千元，多则上千万元。与内地银行汇率相比，澳门黑市汇率要高出很多，比如我昨天在深圳招行买入港币汇率是0.798，但今天在金沙赌场旁边这个当铺刷出来的汇率是0.807，相较之下，100万港币，我损失了九千人民币。当然，如果从这些地下钱庄把港币汇回内地，他们给出的黑市汇率又会比内地银行高一些，这天，我和他们约好赢钱后汇回去的汇率是0.802，如果是带港币现金回去内地银行结汇，大概只有0.790。

这门生意养活了不少澳门人，华姐就是其中受益者之一。而且这门生意利润丰厚、操作简单，只要年满18岁上岗立马成为熟手。这门生意唯一的风险，就是内地的地下钱庄被查的时候，人民币资金可能会被冻结没收，不过这种概率极小，即使没收了一部分，对庄主而言也是不痛不痒。

正当我在当铺清点现金的时候，一个三十岁左右、讲广东话的女子也进来刷卡，她刷的不多，只提了2万港币。

迎面相对时，我们不约而同给了对方一个微笑，算是礼貌地打个招呼。

现在已经是凌晨4点，我呼吸了浓度正常的自然空气，又被码头吹来的海风拂面，已经比较清醒了。

要开始新一轮的进攻了，我不是一个人在战斗，我知道我的天使雨辰在支持我。

御匾会的这间小赌厅只有两张赌台，小得不能再小，我是唯一的客人，不过刚好适合我，我正需要静下心来打。

我有100万的筹码，起注我用5万；为了一击而中，我不再用3000元去做路子的试探，而是把试路的筹码摆在一边并不押上去，如果估计中了，就直接押5万上去。

我不停地飞牌，稍有犹豫时我都不会投注，一定要等到信心十足那口我才把起始注5万押上去，而且一旦中了，我也不会停，坚决一路加注下去。

和上回一样，也许是雨辰我的天使小精灵又在帮我开路，我赢得很快，一局下来，筹码已经有150万。

门口晃过一个女人身影，晃过去后脚步又退了回来，接着她扭头往里面张望，看到我后，她走了进来。

是刚才在当铺刷卡的女人。

"还好吗？"她微笑跟我打了个招呼，我们都是广东人，所以用粤语交流。

我点点头，专心研究牌局，现在局势仍然不错，我赢多输少，在进攻途中。

"我跟着你押好吗？"她不知何时也买了1万筹码，坐在我身旁，有点不好意思地说，"就剩这1万了，一个人我打不起来。"

于是她把筹码找散，开始跟着我下注，两千、四千这样搭在我的筹码上面。

我的运气正佳，但她的运气似乎更好。因为有几口我输的投注她没有跟，但是我赢的时候她几乎全部跟了，两局不到，我的筹码差不多有180万，而她的筹码也有5万了。

打到中午11点的时候，感觉到有些倦意，牌局也开始不够清晰，筹码跌了十万，于是我们点餐休息。

原来她是番禺人，也有多年赌龄了，经常一个人过来澳门。我稍微打量了她一下，齐耳的短发，长得不算漂亮但也端正，皮肤偏黑，属于走到街上不会引起我注意那种。

侍应大妈推着餐车将我们点好的菜送入赌厅，简单吃完三菜一汤后，遇到了一个两庄两闲的好局。我们抓住机会进攻，终于打到了200万，她的台面也有了8万多。

中午1点了，我平时有睡午觉的习惯，这个时辰感觉很困，更何况一整晚没有睡。这个厅没有专职公关，于是我叫账房小姐过来，让她帮我在金沙开一间房。

"好的，但是这个时间房卡还拿不到，要等到三四点左右。"账房小姐说。

对了，金沙酒店向来如此，总是下午4点才给赌客出房卡。不知这个时间他们是真的在搞卫生，还是故意想让赌客在疲倦中输完。

那怎么办，我总不能等到4点。身边的番禺妹扯了扯我的手，说："我开了房间，要不上去休息一下吧。"

那好得很！我们把筹码拿到柜台，她换了现金，我则暂时将筹码存在账房，账房小姐给我开了一张存条。

金沙酒店房间全部都是套房，有一间大床睡房和一个厅。但我向来不喜欢这个酒店的格局，觉得冰冷没有居家感，也许是个人喜爱吧。

"我睡客厅沙发吧，你睡床。"我说。

"当然是你睡床啦，你是主力，比较辛苦，我无所谓的。"她笑着说。

"都睡床吧，你这边我这边，反正床够大。"我指着床头说。她听了不置可否，只是在找插座给手机充电。

我倒头就睡，真的很累了，眼皮累，但脑袋里那根筋还在“的的”地跳，松懈不下来。

躺了接近二十分钟，还是睡不着。我眯着眼睛，听到洗手间哗啦啦的水声，她正在里面洗澡。

我很想入睡，但如果不能把绷紧的神经松开，压抑的紧张情绪不能得到宣泄，就会和上次一样，恐怕躺多久都没有用。

洗手间的淋浴声也让我心有所动，于是我起身，脱光了衣服，全身赤裸地推开了洗手间的门。

她当然也知道我进了洗手间，但没有故作惊讶，也没有转身，只是背对着我，在淋浴室洗头。

我透过玻璃，看着雾气之中勾勒出一个陌生女人柔美的胴体曲线。

我推开浴室门，从背后抱着她，双手握住她的乳房。这种触摸让我的身体立刻起了反应，但我的心却变得宁静，仿佛在焦渴沙漠中行走的旅人，找到了一个可安歇的洞穴。

她并没有说话，只是伸手取了一些沐浴液，向后抹在我的脖子和肩上。

我也取了沐浴液，抹在她的乳房和小腹处，并向下游动，按摩她毛绒绒的私密处。

她向后倒在我的肩上，亲吻我的右脸，她的手也向下寻找，伸入我的两腿中间，并将它握紧。头顶上，花洒不停地向我们喷洒热水和雾气。

解救我吧！女人，用你的温柔给我片刻的恬息！

在床上，从背后环抱着这个陌生女人，温存之后，我终于得到了真正的放松，我们一同进入梦乡。

手机的闹钟在下午6点把我们叫醒，还差50万，我该下去战斗了。

我台面有200万的筹码，身边又有一个刚刚给过我抚慰的女人，这让我心情十分放松愉快。但面对赌局，我并没有大意，仍在不则不扣地执行午睡前的战术。

身边的她举止也开始表现出与我的亲昵，有说有笑，时而会把脸贴在我的手臂上，有几次她抢着要开牌，但也赢了。

晚上接近8点的时候，我台面筹码打回到了252万。她也赢回了12万本钱，还倒赢1万多。

中午午睡前我曾打电话给小萱，说晚上能赶回深圳。现在时间刚好，赢回钱后，我迫切地想回去和小萱肚子里的雨辰说说话，于是我决定兑换筹码走人。

虽然只是赢回了250万元成本加2万元赢利，但我计算过，这里旧金沙洗了300万的码，有3万码粮，加上那边金沙城中心的码粮是和阿强对半分，大概也有2万左右，实际上这次的赢利是7万元。虽然没有完成50万元的任务，但对于先输后赢的险状来说，这个结局该知足了，我绝对不能再犯上次的低级错误，重蹈覆辙。

最晚一班回深圳的船是20:45，只剩半小时，因此我们几乎是冲到金沙赌场背后的当铺汇钱，我把100万港币折成80.2万人民币汇回卡里，用于还信用卡，剩余150万港币现金我决定带回家。因为我不想损失汇率，我可以直接用这些现金还给华姐和阿强。

我给巩姐打了个招呼，告诉她今晚要房间的话我帮她可以安排；至于巩姐她们是否会继续留在澳门，我也顾不上管了。

我没有留名片给她，也没向她问，至今我们也不知道彼此的姓名。

“你的手机号码几多？”分手前，她忍不住问。

“你拨打一下吧。”我告诉她手机号码，匆匆爬进的士，赶往对面新港澳码头的最后一班船。

成功！在第三回合，我终于用一记右勾拳，把一个叫“澳门”的家伙击倒在地。

这次我学聪明了，进入蛇口港入境大厅后，我主动向海关申报台拿了一张表，填写150万港币入境申报单。

冤家路窄，为我办理手续的又是那个年轻的眼镜男。他看到我包里满满的现金，咂舌说：“战果不错啊！”他大概以为我用昨天带去的10万港币赢回了150万港币。

“嘿嘿，拜你所赐！”我说。

回到家已经晚上10点半，小萱腆着个大肚子，看到茶几上的一大堆现金，惊喜地问：“赢了这么多？”

“不是，是我帮一个客户兑换的港币，那个客户想移民，要先转移资产。”

这是我在半路上想好的托辞。因为电话里跟小萱说只赢了几万元，现在面对这么多现金，如果她问起：为什么要动用这么大的赌本，他们不是签码给你吗，那我就无法自圆其说。

赢利的几万元我全部交给了小萱，这是给她的家用。但是150万元现金放哪里是一个麻烦，因为家里的保险柜太小，小萱昨天又装了两个盒子进去，现在根本塞不下。最后我想到了一招，先用保鲜袋把这150万元现金包好，然后放进一个平板电视的纸皮箱里压扁，再把纸皮箱放在阳台洗衣机旁边。

我们住的是一套小跃式的房子，那晚半夜突然间下起雨来，小萱夜里被雨声吵醒，她推醒我，说：“老公，快下去看看那些钱是不是被雨淋到了！”

我说，保鲜袋重重包裹之下，那些钱应当没事。不过还是下去楼下的阳台检查了一遍，果然无恙。

一年之后我和小萱回忆起这些事情，觉得可叹又可笑。一个人赌到痴迷的时候，有谁真正想过金钱的价值，有谁还会记得离开赌桌后用这些钱能够办成多少事情？面对现金或筹码，赌徒心里大概都只当它是一个数字而已！

不管怎么说，这次虽然侥幸逃生，但三次下来总共还是赢了110万元。赌场之外，世界波澜不惊，我的“补天计划”，目前还在顺利进行当中。

十七

※ 虚空

虚空的虚空，虚空的虚空，凡事都是虚空。
人一切的劳碌，就是他在日光之下的劳碌，有什么益处呢？
一代过去，一代又来，地却永远长存。
日头出来，日头落下，急归所出之地。
风往南刮，又向北转，不住地旋转，而且返回转行原道。
江河都往海里流，海却不满；江河从何处流，仍归还何处。

——《圣经·传道书》

我想过很多办法让自己去死。

一种是跳楼。这种自杀方法非常普及，而且，我也差点尝试了。但是在准备跳的一霎那，我发现这种方法太卑微，实在不值得一试。

因为在城市跳楼，单从选址上就说明了你还眷恋这人世，还贪慕城市的浮华生活，连死都得依赖生前所居的高楼大厦。只不过因为你自卑绝望了，没有力量了，所以选择了死，其实说穿了就是逃避，死的动机很容易被世人看穿。

更何况跳楼的时候，往往会被一大群人围观，让你的死成为一场免费的室外极限运动表演；如果没跳成，又被当作一场闹剧受人耻笑，甚至上了当天的晚间新闻或都市现场节目，报料人还因此拿到了 50 元报料费。上百位现场观众则用手机拍下视频，发送给亲友共赏，还上传到微信群中让粉丝们一睹为快。

所以千万不要选择跳楼，这样的死太懦弱太卑微，好不容易鼓起勇气死完了，还要被人蔑视，何苦！

第二种是跳崖。同为“跳”，跳崖却要比跳楼高尚得多。一个跳崖的新闻，往往如一股清风，让生在浊世的活人们精神为之一振。因为悬崖远离城市，选择悬崖，已经证明你不屑与这罪恶都市之众为伍；所以死的时候，你不愿带走一片肮脏的城市尘土。这种心境，也证明了无论你生前犯了多少人间的过错，都与你纯洁的灵魂无关。

何况即便有肮脏的过错，在踏足山林，前往崖顶的山路上，你的身心也早已被自然给洗涤。那风，那花，那鸟都不会定你的罪。所以你拍拍脚下的尘土，摘一颗野果，喝一口山泉水，你会突然发现：不就为点钱吗？

不过既然已经到了山崖，你又没有在山里隐居的勇气，所以你还是得往下跳。但是事后世人会谅解你。这种死法，足以让死者和生者都了无遗憾。何况，你还给世人留下了解释的空间：“他跳崖了！”或“他登山时失足摔死了！”

割颈和割脉，这两种方式大同小异，所以这里并为一种。这种死法，需要很锋利的刀。人人都以为用刀片往手腕上一划或者往脖子上一抹就可以了事，实际上，人的皮肤要比你估计的要更厚更有韧性，自杀的时候如果不敢下狠手，根本割不断血管。所以很容易试几次后就放弃，白忙乎——因为我就尝试过。

这种死法通常是静悄悄地进行，不会导致被公开耻笑，当然他们也许会埋怨，说你不负责任，自己一了百了给别人留下周身麻烦之类。但无论如何，你保留了生命最后选择的尊严，虽然这个选择也是软弱的，但至少证明了你对他们没有说出的抱歉，你还是个内心善良的人。

不过有个问题：人身上的血液是很高贵的，现在割了之后流了遍地，被他们用洗洁剂和拖把冲洗，然后拖把被扔进垃圾桶；或者你在浴缸里，全身的血直接顺着下水管流进更肮脏的下水道……这些卫生细节，你怎么考虑？

用氰化钾。我曾为这种方法兴奋不已，并积极上网查找了自制氰化钾的化学配方。因为这种服毒方式操作简单，见效快而且基本无痛苦。相较之下，喝氰化钾可能会比喝大了酒要舒服一些，因为酒喝大了还会头晕呕吐，又哭又闹人见人憎；氰化钾喝多了就直接睡过去了，且一睡不醒。而且这种方法很干净，你可以自由选择穿什么样的衣服，用什么样的睡姿和笑容，仪表堂堂地离开。

更有趣的一点是，这种死法，其实是你对世人的一种嘲弄。你们想抓我吧，想整我吧，想报复我吧？可本公子没工夫陪你们玩——我睡觉去了。所以想整你的人事后都会恨恨地说：太便宜这小子了！哈哈，你虽然死了，但也把恨你的人气得半死，爽吧？

自焚。这种办法非常暴烈，很极端，一般人想也不敢想。但死者通过这种方式想要表达的意愿也值得人们叹息和尊重：我对不起大家，只是我没办法！所以我万死不得其咎——对自己的判决要比世俗对你的审判更严厉。选择这种死法，证明这个人生前还是想负责，想有担当的，但确实力不从心了。

所以对选择自焚的人，虽然他死时还没有脱离凡尘浊世的困扰，虽然他对你还有很多亏欠，但是请原谅他吧！因为如果不是出于愧疚，出于对自己的无比痛恨，没有人会选择这样的死法。

还有一种是上吊。这种死法我懒得评论，因为一个人像一条腊肉一样吊在梁上，这个情景丑陋又吓人。何况第一个开门的往往是你的亲人。上吊是你生前做的最后一件事，这件事的效果也可以说用途是吓人，但你没用它去吓仇人，反而吓到了家人，岂不该死？或者，你吓到了酒店的服务生——这也不像话，人家跟你无冤无仇。有本事你潜进赌场老板的家里上吊去？

有一种上吊方式比较可取，这种上吊我也构思过，觉得还蛮不错：就是跑去深山上，在悬崖边找一棵歪脖子老树，把T恤衫撕成布条挂上去。运气好布条结实的话，随着你的肉体被风干或被山蚂蚁乌鸦啃光，身上的破布仍能部分遮盖你的骷髅，随着山风拂动挂在悬崖边晃来晃去，成为一件供山鸟走兽们欣赏的“行为艺术”。运气再好一点的话，蜘蛛网或树脂帮你加固，你的“艺术”能延续数百年。

我最推崇的一种死法，还是游入大海。

把家里打扫干净，东西收拾整洁，在茶几给家人和朋友留下一份遗书，遗书怎么写呢，要写得开心一点。如果是我，我会写：“老婆，我本是火星王子，现在要回火星去了，地球不适合我。你开心地过日子，等我安顿好了就过来接你。”

你把身份证钱包手机都留下，然后穿上最喜欢的T恤衫牛仔裤，戴一顶帽子，小背包装上面包和水还有两罐啤酒，最后揣上20元路费，我们出发，去海边。

要挑选僻静的人迹罕至的海边，以深圳来说，挑选西冲附近，深圳和惠州的交接地段比较好些。有一些没有开发的小海滩最适合搞这一类的活动。

你一个人到了沙滩，这时候20元车费已经用完，加上又步行了两小时，所以你也回不去了，安心在沙滩欣赏海景，吃面包喝啤酒。

这个时间，你可以把你的人生再重新捋一遍。不要担心没有了手机就不能跟你的妻子或家人说说告别话，你不是留了遗书吗？何况你的家人会跟你有心灵感应，知道你的这个选择豁达又洁净，让她们虽痛苦但也欣慰。对了，电影《非诚勿扰2》里的孙红雷用的是这个方法，很爷们，很不错。

这个时间，你可以心无旁骛地和大海对话，和自然对话，和宇宙对话。你以前一直搞不清的事情，一直放不下的牵挂，一直拧不开的死结，相信这时候都能豁然开朗。在大海面前，你只有感慨自己的无知、自己的渺小，你的命算什么？茫茫宇宙中根本不值得一提！

所以喝干了啤酒后，你就该把T恤短裤全部脱光，在沙滩挖一个坑，把脱下的衣服埋进去。你赤条条地游入大海。

刚开始游的话你会有点恐惧，可能会一边流泪一边游，特别是距离沙滩500米范围之内，你还是会对人间恋恋不舍。但是等你游到1000米开外，继续往大海深处游，我保证你会越游越开心。

一方面是由于舒展开了筋骨，你才发现原来能游这么远，对自己体能颇为满意；一方面是反正也回不去了，反而能静心欣赏大海的壮阔美貌，你就发现在海里你是和这个宇宙融为一体的，你本来就是它们的一部分，无所谓死！无所谓去哪里！只不过是回归而已。

碰到鲨鱼的可能性比较小，因为据说在我们的国度，鲨鱼一露脸就会变成红烧鱼翅，所以它们不喜欢来这里。再说，葬身鱼腹其实更好——又为大自然做了一次贡献。真有这个机会，我反而要劝你不要错过。

游不动了，被灌了几口海水，你就会自然往下沉。这时候不要去挣扎，顺其自然，死并不痛苦，一口气把自己憋晕了，灵魂早就出来了，肉体不会有什么感觉，只是看着它往海底沉而已。不信你问问有溺水经历的人，在水里溺晕的时候痛不痛？他（她）肯定会说，没感觉，一醒来就发现自己躺在岸边了。

所以游入大海，海天辽阔，春暖花开。你只是看着自己的肉体往海底沉，跟着它欣赏海底的壮观美景，然后一觉醒来，你不在地球。

十八

※ 2012年5月21日

“忙不忙？”手机显示一条短信，小陈的短信总是用这一句开头。

我回复：“还行，你还好吗？”

她：“心情很差，找不到人说话。”

我：“怎么了？”

她：“又在网上输了三万，对不起，没听你的话。”

我：“可气！你太蠢了！Stupid！（愚蠢）”

她：“最近没收入，在家里闲得很慌，想赢几千就收手的……现在真的很想死。”

我：“老陈知道吗？”

她：“还没跟他说，他最近在找工作。”

我：“那怎么办？”

她：“每天晚上都睡不好，白天又心慌，又不敢跟别人说……这些只敢和你聊。”

我：“别网赌了，做什么都好。”

她：“嗯，想月底过澳门，你有空吗？”

我：“应该有的。”

她：“到时候给你电话，你打得好，你在我们就觉得有依靠。”

我：“别说这些……月底见。”

自从“补天计划”开始后，我往返澳门越来越频繁，每周至少有一半以上的日子待在澳门。

我的办公室离蛇口码头不远，只有十分钟车程，从蛇口码头坐船到澳门只需要70分钟，再加上我持港澳通行证商务签证，每次过关不用排队，直接走澳门海关的自助通道，因此，只需两小时不到，我便可从办公室“穿越”到澳门的赌厅里。

这段时间小萱还在照常上班。她的单位远在罗湖地王大厦附近，早晨送她去公司，在车上和雨辰一起听莫扎特和轻摇滚是我们最开心的时刻。平日我不在家的时候，她就自己坐地铁来回。上周我们去家政公司面试了几位月嫂，相中了一个广西阿姨，她是这家公司的头牌月嫂。不过现任雇主还不肯放她走，要一个月后才能来报到。

那天从澳门带回150万港币后，我特意通知路仔过来深圳取走了50万港币，这样下次去澳门我就可进可退，可以选择不联系华姐。海关扣留的20万港币，在缴纳了1.6万人民币罚款后也顺利从银行取回；阿强的那部分80万港币则是我直接存回赌厅账房的，因为前两天我又去了一趟澳门。

这次是“补天计划”的第四场战役，战果不错，我独自在金沙城用40万港币买码，连续奋战了24小时，顺利完成了赢50万港币的任务。

但是打得很累，又是熬了通宵，先输后赢，靠剩下的10万筹码翻身。而且这次熬夜，我觉得自己体内元气大伤，以至于怠慢了一个客户，这是我开公司多年来从来没有过的事情。

被我怠慢的是上海来的章总，是公司两年前有过些一些交易的小客户。章总携妻子是过来港澳自由行的，他路过深圳的时候，我正在前往澳门路上，没有和他见面，于是在深圳帮他安排了一晚酒店，并约好第二天一早在澳门碰面。

第二天早上10点，章总夫妇抵达澳门的时候，我还在输钱——当时只剩20万筹码。我担心发生上回与大鹏同台那样的悲剧，所以不愿让他们过来赌厅。何况熬了通宵之后周身疲惫，也没有精力做他们澳门游的向导。最后，我找个借口在电话里跟他敷衍了一下，傍晚自己坐船回到了深圳。

这些天，明显感到体质下降了，与朋友的联络少了，心也懒了，我知道这是一种赌博并发症。

那天，季军交来盛丰公司发来的一张订单，单子很小，细节比较琐碎，做下来利润大概只有两万来元。季军对这个单了没操作好，便交上来希望我亲力亲为。

以往对客户的需求，无论大小我总是会尽力去满足。因为像我们这种小公司生存很不容易，我们赚的每一元钱，都是靠多年来诚信经营，及为客户提供满意服务的口碑获得的，如果失去了客户的信任，我们立马就失去了生存的空间。

但这次我还是让季军婉拒了这份订单，因为我实在没有兴趣为了这两万元利润去下功夫。赚两万元，在赌桌上只是十秒钟的事。

以前刚从赌场大厅转移进贵宾厅的时候，我曾认识一位浙江的工厂老板，四十来岁的瘦高个。他当时正处于输到苦苦挣扎的阶段，厂里事情多，他经常在要赌桌上接听电话。

“唉！沾上这个东西后，什么事也不想做！”他撂下手机，说，“开个电子厂，每个月辛辛苦苦才挣十几万，这里下一口注就没了，有什么意思？”

他说，每次来澳门后，对厂里的事是能不理就不理；要亲自处理的则能拖就拖，除非赢了大钱，否则根本不想回去。

这就是赌的毒性所在。赌徒在输钱的时候都不愿意被外界干扰，所以通常遇事敷衍，甚至连电话都不接。大部分赌徒到后期都是众叛亲离，其实这是有一个演变过程的，首先是赌徒“离亲叛众”，然后才逐步招致了“众叛亲离”。

我脑袋还是清醒的：怠慢客户，拒接订单，这不是一个公司老板该做的事。以前连赢十几场的时候，赌博并没有影响我的生活。但自从“补天计划”开始以后，我感到生活有点被它扰乱了。我不能继续被赌所牵制，身体作息时间要恢复正常，赌、赌厅、公司生意这三者的关系，我必须要重新理顺。

所以我要尽快完成补天计划，让身边的一切都重新回到正轨。

现在已经赢回了 160 万元，距离目标还有 290 万元。

我准备明天过去进行第五场战役。

这是一场惨烈的战役。

※ 2012 年 5 月 22 日　惨烈的战役

下午 2 点多，我来到了澳门。这次我把带过澳门的 90 万元港币全部还给了华姐，这样，我就只欠她 170 万港币。

上周，华姐曾在电话里劝过我：是否该停一段时间，不要这么执着去追数。她说，一场大输之后，心里急于翻本，很多客人就是这样走入悲惨的结局。

她的话没错，但我有我的考虑。

我自认是一个聪明人，处理事情的时候，总能抓住要点，看透事情的真相。

这半年来在澳门赌了 17 场，赢了 16 场，只输了一场。虽然一场输了 450 万港币，但总体还赢 150 万左右。从数据上来分析，正如阿强所说：我也算一个百家乐高手，只要能实现自我控制，赢点小钱不难。

赌博害人，这是肯定的。因为过去每一场赌局，当我输钱在苦苦挣扎的时候，我早就确凿地认同了这种说法。

但赌博带给我无比的快乐和刺激，这是世间其他娱乐都不能比的。在赌场，我可以纵情纵欲，抛开一切世俗的束缚；更不要说赢钱带来的成就感和满足感。现在要我不赌？很难，根本做不到。

所以要有策略，有定力，既会赌，又害不及身，特别是尽量把赌和我的生活事业分隔开。

长远来看，赌最终只能当做我的一个娱乐爱好，赢点小钱可以，不可能成为生财工具；我要成为亿万富翁，还是得靠经营赌厅和公司生意，这点我心里很清楚。

因为赌场太强大，这么多场拼下来，我累得筋疲力尽，耗费了上千小时的时间，承担数百万元的高风险，总投注额超过 3 亿元港币，体质下降，没时间在家陪老婆，公司内部变得松散——付出这么大代价也不过是赢了 150 万元港币。这已经验证了：个人在赌场单打独斗，就如荆轲去刺秦王，成功率极低；偶尔也有几个荆轲成功了，但更多的时候，是秦王用他的庞大军队杀死了无数个荆轲。

但我不愿意中止正在进行的"补天计划"，因为我不认为自己从澳门赢了 150 万元，我认为自己目前是输 290 万元。已入袋的钱，早就是属于自己的私有财产，再拿出来谁不肉疼？

只有完成"补天计划"，我才能完美实现从赌场脱身，到时，我又可以用轻松娱乐的心态赢赢小钱，带着家人朋友在澳门享受人生。

言归正传。上一场虽然在凯旋门输了 50 万元，但我还是决定再过来打一次，毕竟我在这个场还是赢多输少。在心理上我仍处于强势地位。

进入凯旋门一楼的大厅，我们从扶手电梯上二楼，手机上显示出一条新短信："嗨！最近好吗？准备哪天过澳门玩？"这个手机号没有在通讯录里保存，但我知道是番禺妹发来的。

那次的艳遇在我心里并没有留下多少痕迹。我根本没有储存她的手机号码，一来是她并不漂亮，对我吸引力不大，二则目前的生活状态让我感到很幸福，我要小心守护它不被外来因素破坏。

所以我想了想，没有回复她的短信。其实看到她的短信，我心里还是漾起一种温暖绮丽的感觉。因为那天如果没有她陪我上床，我想我可能赢不回来。也许此刻她心里所想的也是如此吧。

澳门是一个很现实的地方，在这里欲望表现得很直接。一个三十几岁的男人，手上拿着百来万的筹码，如果他想找艳遇的话，估计每天都不会落空。

我们还是选择了那家社团堂主开的赌厅，华姐在账房买了 50 万的筹码，这次她和路仔一起陪我赌。

实话说，我恨不得能马上还清华姐的债务，因为如今在赌桌上，华姐和路仔他们看我的眼光不一样了。

以前在他们眼里，我就是一个赌神。这不是他们在我面前的恭维，华姐和她的朋友们，她的其他客人包括她店面的伙计们都知道有一个叫海洋的深圳客人，不但能次次赢钱走，而且不管输多少都能在最后一天反败为胜。华姐还邀请我做"枪手"帮一个亿万富姐打过一局，那局用 100 万元的本钱小试身手，打了两小时赢了 120 万元，事后富姐分给我们 30 万元。华姐总是对店面伙计们说："海洋是我们最好的客户。"路仔也对我说过："全公司的人都服了你，不管去哪个赌场都能搬钱走。"

而他们愈是肯定我的赌技，我对自己的信心也就愈强，赌博很奇怪，你信心愈强的时候，总是能拿到好牌，而且牌路就会顺着你的思路走。以往我在凯旋门，不知开出多少个12、15甚至20几口的长路。

但自从那场大输之后，“赌神”的神话破灭，而且上一场也输了50万元（在外面倒赢回来的结局他们并不知道）。现在华姐他们对我投注的判断总是很担心，特别是每一把超过5万的投注，华姐总是会比较紧张。

“这口下这么大？要不要再看一下？”她总会在一旁好意地提醒。

他们没有信心，我在筹码的拉锯战中也逐渐没有了信心。我发现：长庄长闲、单跳、大眼仔长红、小路长蓝……这些我喜欢的长路再也没有了！总是扯不出来，最长不过六七个。

参差不齐的牌路，就是我所用的套路打法的克星，我的筹码很快跌到只有20万。

“不行！你这阵子运气很差，不能赌！”华姐从我身边站起来摇摇头，她已认定我会输完，于是退到一旁的沙发上喝茶。

这个赌厅客人很多，赌桌上时不时有其他赌客来来去去，也让我很烦躁。

我站起来，把最后10万筹码押在庄的横线上，这是选择不看牌的意思。

看牌的是一个只押了5000元的一对客家夫妇，马脸的男人负责开牌。他拿到牌之后,转头对我傻笑，喊：“精神啊！老板！”

但是我突然感到很失望，因为我从他的眼里看不到杀气。

“两个四边！”他嚷到：“吹一个就OK了！”，她老婆把头凑过去，对着扑克牌猛吹气，吹啊！吹啊！

结果没吹掉，是两个10，我们需要补一张牌。

“又是四边！”他又扭头望我，犹如讨好般笑了一下。但我还是很失望，因为他的眼中只有惊喜和紧张，仍是没有杀气。

果然又是10，我们输了。路仔恨恨地嘟囔了一句：“黑鬼！三个四边都吹不掉！”

看来，凯旋门赌场与我缘分已尽。

十九

晚上7点，在四季酒店洗完澡，侍应刚好把套餐送入房间。

我坐在落地窗边，望着楼下两个泛出蓝色波纹的小泳池，心里有一种空落落的感觉。这里是天堂，可口的异国饮食、顶级的环境，高贵的享受。我本应当是带着小萱和我的家人们过来与我一同分享的，我也完全有能力做到，但现在每次来澳门，我只是在封闭的赌厅房间里孤军奋战，为了几个数字把美好的生活抛在一边。

对几十万元的输赢我也已经麻木了，刚输了50万元，我却好像感觉不到紧张，只是有一点懊恼而已。找华姐签码、输完；找阿强签码、赢回，这几乎已成为一种定律。熬夜追数的过程让我心里很疲惫，赢钱好像越来越难，我为什么不能坐下来就赢几十万走人？以前我总是能做到。

华姐又来电话，劝诫我不要去外面签码，她现在对我的赌技已基本失去信心。

"以前你次次赢钱，而且每次输了都能追回，造成你太轻敌的心态。现在一场大输之后你又不甘心，越打越乱。赌场没这么好赢的！你信我啦！如果赌场钱好赢，我们澳门人个个都不用做嘢（干活）啦！"

她的话我一句都没听进去。现在我正如在一部已发动的战车里，我设好了自动驾驶，坐在车头挥着大刀厮杀。

我打电话给阿强，他在电话里说：

"你过来金沙城吧，有些事我和你聊一下。"

到了金沙城赌厅，阿强正在角落的吧台和几个公关开会，见我来，他简单吩咐几句散了会。

"有人来过厅里打听你的事情。"他说。

"哦？找谁打听？你们怎么说的？"我知道一定是南海贵派人过来打听我的输赢。

"我的人当然不会说什么，我也交代过他们了。"阿强说。

"你在外面欠了很多钱吗？"他接着问。

"有一点，但关系是不错的。"我把华姐的事情简单解释了一下。

"如果他们知道你在这里，派人过来阻拦不让你赌，你怎么办？"他问。

"绝对不会！我没有赖他们账，他们也不会跟我翻脸。"我斩钉截铁地说。

"你自己要把握好，澳门这个地方人心很复杂，最好不要发生冲突。当然，各有各的实力，如果他们过来抢筹码的话，我们集团也不会让他们得手，"他又问："那光明他们知道吗？"

"还不知道，我不想影响到公司运作，我很快就会把事情解决掉。"我说。

"你自己看着办，赢了要学会收手。"阿强说完后，向账房交代好给我签码的事，又匆匆前往另一个赌厅。

看来澳门这个地方太小，一举一动都容易被人得知。不要找他人签码，这是南海贵他们与我的口头约定，可他们提供的50万赌本太少！南海贵的做法总是私底下用黑道那一套，让我很不愉快——虽然大家见面客客气气，他也从没打过电话给我。我不想自己的行为再被这笔债务牵制，今晚听闻南海贵的举动后，我更是想尽快消除这笔赌债。

我从账房签了50万筹码出来，选了一张安静的赌台开始分析牌路。

华姐和南海贵知道我今晚还会赌，这是肯定的。他们担心我在外面输得太多以致于还不清剩余债务，所以过来赌厅想了解一下底细；至于他们会不会派人现在过来干扰，正如我向阿强解释的，我想不会。因为现在双方关系远不至于翻脸，不翻脸的话，他们过来只是徒增尴尬而已。

由于已经输了50万，要加快赢回的话就需要扩大底注。我把固定套路的起注定为5万。

在前面章节曾经介绍过，我这种二分之一赢注加码的进攻式套路并不惧怕连输，但要求每局必须有连赢的机会。一天下来只要抓住一段好路能够连赢七八口，那台面筹码就会翻番，无论输多少都可以一次赢回；如果能抓到机会连赢九口，那不但能翻本，还能超额完成任务。

比如100万的本钱，采用5万的起注，连赢七口就是5万、4万、6万、9万、13.5万、20万、30万，这样七口下来就赢了87万；

而连输七口，则是5万、2.5万、1.2万、0.6万、0.3万、0.15万、0.08万（不够赌台最低注则上下买），这样输七口也只是输10万而已；

但这个套路最害怕是碰到输一口赢一口的情况，特别是输第一口5万，却赢第二口2.5万甚至1.2万，这样踩反节奏的话，筹码会下跌得很快——要知道百家乐开一把牌只需要三十秒。

今天的牌路就是拉锯战，很难连赢三口以上，又总是赢小输大，所以打到凌晨零点，台面筹码只是40万左右，输了10万。

手机响了，是华姐的朋友珍小姐打来的。我不想让她听到赌厅的声音，于是把手机拿到洗手间，关上门接听。

“阿海，你现在哪里？”她问，其实她知道。

“在休息。”我说。这种回复让大家都有台阶可下。

“不要赌了，你最近赌运不好！”她说，“我和华姐都不愿意看到你输完，你还有自己的生意，老婆又是大肚子，如果你输完了，你的老婆孩子将来怎么办？”

“我知道，我明天早上会走的。”我说。我知道她们也是出于好意，华姐是真的担心我控制不住输完，至于在外面签码倒是其次，所以电话里大家都没有把事情点破。

应付完电话，我的牌运却并没有好转，筹码在不知不觉消耗战中只剩下了20万。

已经凌晨3点了，我开始感到疲惫。由于这两周熬夜次数太多，几乎每隔两天就在赌场熬一个通宵，所以最近我精神很容易感到疲劳，现在看屏幕都有点模糊不清。

我决定晒冷，不管输赢，这把过后就回房休息。

我把20万押在闲上，往往疲劳时候做出的选择都是错的。

这把输了。

加上下午的50万元，今天又输了100万元。

不过我没心思去想这些，我心里虽然很憋屈很恼怒，但是我想尽快回房睡觉。为什么我现在战斗力这么弱？为什么我用意念拿不到好牌？为什么我凌晨3点就支持不住了？

金沙城中心和四季酒店仅隔着一条马路，但这百来米的距离对我来说却太遥远，因为我实在太累！不想再耗费一丁点体力。于是我打了一辆的士，转了个圈回到四季酒店。

要睡觉要睡觉，输 100 万元不要紧，只要睡醒了就一定能赢。电梯升往十二楼，我一出电梯门就开始解皮带扣，房门一开我就把长裤甩在地上，接着我全身脱个精光，把窗帘关得密不透光，躺在床上便睡！

和上次大鹏在房间时一样，我越是急着想睡越睡不着！明明眼皮已经睁不开，明明头已经抬不起，但我就是无法入睡，躺下后身体似乎舒服了一些，脑子里却越来越混沌。

找点酒！酒精辅助入睡！我又像上次一样爬起来翻开小冰箱，还好里面有一罐啤酒，我打开易拉罐咕嘟嘟一口气把它喝完。

这下可以睡着了吧？强迫自己合上眼皮十分钟，还是没用！全身都已经因疲惫而放松，但心脏却跳动得很快，向左侧躺的时候，甚至能感到心脏撞击床垫的“咚咚”声。

是不是因为没有洗澡？我又爬起来进浴室，我把沐浴水量开到最大，太着急了，我打开沐浴液瓶盖的手竟然在发抖！赶快赶快，用热水冲掉最后一点精力，让我睡觉！

我胡乱用浴巾抹干了头，没有用电吹风，因为我要节省时间，长夜还剩一点点尾巴，我要在天亮之前尽快入睡。

我又在床上躺了很久，我也不知道有多久，因为我一直闭着眼睛，假装自己能睡得着。我不断地调整姿势要放松自己，换了几次枕头让脑袋更舒服，但是没用。

真够呛赌场！给我灌了什么毒？我终于忍无可忍，把枕头扔到一边把被子掀翻在地。不睡就不睡！这样假寐下去只会让自己神经衰弱！

我决定下楼去继续赌钱。现在很明显是心理原因让我睡不着，如果能赢回十几二十万元，估计心里踏实了就好睡一些；而且继续消耗一些精力体力也对睡眠有利，不管怎样都好过在床上做一个假死人！

我看了看手表，已经是早晨 6 点了，我穿好衣服，来到一楼的四季赌场。

赌厅里有一家名表店可以刷卡，但他们给出的汇率杀人不眨眼：外面大概是 8.10，他们要收 8.22。我虽然处于半梦半醒之中，但还是有本能的成本意识，不愿意被人家这样狂宰。于是只用信用卡刷了 20 万港币，我的目标只是赢点钱睡觉，并不想这个时候搏命。

我没有进贵宾厅，而是拿了现金码在赌场大厅打。大厅台多，也许能撞上一两条好路。但我的身体和我是敌对状态，我在房间上床时它不愿意睡着，现在我要下场厮杀时它却困得不行，开牌的手在发抖，视力连屏幕都看不清——我要走到屏幕跟前看清路单后才敢下注。

看清也没用，因为大部分投注都是输的：我买庄的时候牌就会开闲；我买闲的时候牌就会开庄；我 9 点的话就会打和。

我已经没精力去分析牌路了，于是跟着别人押。有个三十岁左右东北口音的小平头肥仔看起来挺旺，他买了一口庄，于是我也押了 2 万庄上去。

开牌，闲赢。

他又买了一口闲，于是我也押了一万闲上去。

开牌，庄赢。

东北肥仔瞄了我一眼，不肯下注，我也没下注。过了一会儿，他单独买了一口闲，赢了。这把我没押，有两个女赌客跟着他押也赢了。

他又买了一口庄，那两个女人跟着他押庄，这把我也跟上1万的庄。

“兄弟，你要不要悠着点？”他冲着我说，但声音比较和气。

我摇摇头，挥手示意荷官派牌。

“等一等！”东北肥仔对正准备派牌的荷官说。接着他伸手把筹码从庄移到闲上，那两女人也跟着他改为买闲。

我虽在迷糊中，但也知道他显然是把我当成指路明灯了。无所谓！你们这些小肚鸡肠的赌鬼，等爷爷旺起来把你们打得遍地找牙！

开牌，闲7点，庄6点，闲赢。

我起身离开的时候，听到他小声对两个女赌客说：“我一看他跟着买庄，就知道不对劲，赶快挪下来买闲，这哥们一口没中过……”

我回到十二楼房间，仅仅一小时，我又输了20万元。现在我真的不敢赌了，这是我打百家乐以来第一次输到不敢赌。我知道凭现在这个状态，再赌肯定是个死。

现在时间是早上7点半，心情乱糟糟的，但我不想再逼自己入睡了，顺其自然吧，也许心平气和下来就真能睡着。于是我打开电视，看莲花台的好莱坞影片。

早上8点，小萱打电话来了，这是她坐地铁上班的时间。

“老公，昨晚战果如何？”小萱语气很温柔，其实她知道我正在输钱，因为如果赢钱的话，哪怕凌晨三四点我都会汇报战绩让她开心。

“输了几万，昨晚运气不好。”我又谎报军情。

“你慢慢来啦，要不就别打了，你最近在澳门的时间太长啦！”小萱有点小抱怨。

“没事，今天是要陪一个客户，我明天才能回来。”我估计今天是回不去了，所以这样说。

“那好吧，晚上我让我姐过来陪我。你要定时给我短信！”小萱挂了电话。

今天是周三，早上9点之后会有几个业务电话，所以我也不能再赖在床上了，干脆干点正事把自己累一累，把正事办好又能减少心事，争取中午时间再睡。于是我让服务生送了一套早餐上来，又强打起精神，用平常的语气打了两个电话给深圳的季军和广州的大鹏，交代他们装货和付款的事情。

手机响了，是谷局打来的电话。

谷局是我一个亲表叔的好友，年龄45岁，比我大7岁，是广东北部一个大城市的外贸局副局长。上回陪表叔参加他们的同乡会，我和谷局一见如故，三人在酒店房间几乎聊了通宵。谷局对我才干很欣赏，有意帮我牵线做他们地区的外贸进出口业务。

“海洋，我到了深圳，现在在盐田，市里组织了一个和盐田港的交流学习活动，你明早有没有时间？”谷局问。

"有时间！我现在在澳门，不过明早8点多能回到深圳。"和谷局这个见面很重要，因为我有一套设想要和他谈谈，有他支持对我们公司的发展非常有利，我的手机备忘录上早就设置好了这月与他见面的提醒。如果今晚赢回来，明天一早7点我可以从拱北出关，让阿强派一台保姆车送我回深圳，9点来钟应该可以到盐田。

"那好，明天早上9点多你过来盐田，我们一起喝个早茶，时间比较紧，中午我还有个会。"谷局说。

"好，那明天见！"我和谷局约定。

二十

这"明天见"的前提，是我今晚必须赢回，哪怕又要熬一个通宵。

我很清楚，如果又输一百多万元，谁也拽不动我离开澳门，哪怕是我自己。"补天计划"进行至今，绝不能半途而废，更不能以完败收场。为了这场战争，我几乎已经倾尽了我身体内的智慧和力量，如果败了，恐怕整个人的自信都会被摧毁掉。

现在关键问题是睡觉，只要能睡一觉，哪怕两三小时，我相信睡醒后我一定能赢回来。上次大输之后我已经上网查过，我这种状况是属于过度疲劳失眠症，原因应该是赌场高氧加神经紧张所致。所以上午11点不到，我又点了一份午餐上来，吃饭最易让人放松，而且吃饱了容易入睡。我还点了一罐德国啤酒。中午12点后电话少，又是我最犯困的时候，我要抓住这个机会睡觉。

这次的全麦啤酒终于有点效果，我在床上躺了两小时，直到酒店前台打来的退房电话把我叫起。似乎是睡着了几十分钟，但我也不能肯定，因为睡眠不深的话，实在分不清自己是睡着还是醒的。但至少可以欺骗自己一下：我对不听话的身体说，还好，总算睡了一觉。

不管怎样，我已离开赌场休息了六七个小时，我应该抓紧时间开始战斗了。

我打电话给阿强，要再签50万的筹码。

阿强刚刚睡醒，他犹豫了一下，问："如果又输了，你怎么办？"

我回避问题，反问他："你认为我一定会输吗？几十万慢慢打我赢不回来吗？"

"那好吧！"磨叽了几句后，他终于说："不过前提是：如果输了，你一定要离开澳门，我会送你去码头看着你走。"

我离开四季酒店，到了金沙城赌厅后，从账房取出50万的筹码，又让公关在金沙城楼上的假日酒店帮我重新开了一间房。

现在已经过了犯困想睡的阶段，就是疲惫——大脑疲累身体也疲惫。所以我坐在赌桌旁，下注很慢，而且不停地要可乐和冰冻果汁来提神。我很少投注也从不看牌，只会跟着旺家偶尔下个几千一万，我想，只要采用最保守的策略，熬一整天下来，肯定能碰上一两条好路。

这样磨到晚上 8 点多，只是在洗码而已，台面筹码并没有增加多少。小萱发了两次短信过来询问情况，我用“输赢不大，在陪客户”的借口敷衍了过去。

时间越来越不够用，已经防守了一整天，趁现在比较有精神，我必须要开始采用进攻打法。于是我向公关要了几杯冰水，拿进单间的洗手间洗脸，进攻之前，要让精神处于最冷静最清醒的状态。

我在洗手间里祷告，未出世的雨辰每次都能给我很大的助力，女儿就是我的天使精灵，无论赌场有多少妖魔鬼怪，她的圣洁定能将它们一扫而空。

现在目标要赢回 120 万，所以我调高了起始注码，采用 8 万起注。因为睡眠不足，我还不敢采用上次和小陈夫妇一起那种过三关的晒冷打法，因此还是用既定的连攻带守套路。

疲劳之师永远攻不下一座城池，我的兵力在进攻当中不断损耗，晚上 11 点，50 万筹码已经消耗殆尽！

厅里的靓仔美女公关们知道我是阿强的好友，都对我比较关注。在他们的注目下输完最后一个筹码，我迅速离开赌厅，快快地回到假日酒店房间。

又整整输了 170 万元！局面很糟，几乎就是上月的翻版。怎么办？刚进房间，阿强的电话已经追了过来：

“说了叫你不要打，你不听！现在又输完了吧？出不出关？”

我说，太晚了，睡醒觉明天一早再走。

“那你睡吧，千万不要去外面赌，明天我送你走。”阿强说了和华姐一样的话之后撂了电话。

我很累，但不可能睡得着。郁闷、懊悔、紧张、惊惧、不甘心、愤怒……各种杂七杂八的垃圾充满了我的大脑，满满的，连一点思考的缝隙都没留下。但我只知道有一件事必须去做：我一定要赢回来。

小萱在床上给我打来电话：“老公，雨辰老在动，好像很烦躁。”

“你还没睡？安心睡觉就没事了，我也没打了，在房间。”我安慰她。

“你不能老待在澳门，我好担心……你明天一定要回来。”她说。

现在只能动用我的信用卡额度，昨晚在四季赌场刷了 20 万元，现在还可以刷出 80 万元。我决定去旧金沙。和上周一样，旧金沙是个新开发的风水宝地，一定可以让局势起死回生。

为了避免阿强和华姐来电，我把手机关了机。虽然生意人的手机从来不关机，这个时间关机有充分的理由，因为已经零点时分，我可以用睡觉加充电来搪塞过去。

这次没有回那间和番禺妹艳遇的赌厅，因为那间小厅没有人，我现在状态不好，没信心独自战斗。我来到三楼的广东会，这间开放式的赌厅比较大，人气也很旺。

买好 80 万筹码后，我马上让公关帮我开了一间房，我心里清楚输赢在于睡眠，我随时都有进房睡觉的需要。

我尽力抑制住自己心急的情绪，因为现在着急没有用，战斗状态又这么糟糕，再急着投注会死得更快。所以我决定换一种套路打法，先慢慢来，看能不能跟着其他赌客把运气带旺。

我决定采用的是最简单的直缆倍投法，就是 1-2-4-8 万这样下注。我的起注筹码是 5000元，如果输了第二注就 1 万，再输就 2 万……赢的话就一直下 5000元。这样打法要跟着旺家下注，只要不会连续输五口以上，筹码就会慢慢增加。

这是每一个初入赌场的人都会采用的投注法，我现在实在是太累了，再动一下脑筋都很困难。我也不想下大注再去打乱自己的方寸——本来就已经够乱了，80 万台面有很大翻身机会，只要筹码能慢慢赢一点回来，我的战力就会逐渐恢复。

这种打法很慢，连输三口后，就必须换台，寻找另外一个旺家，依靠第四口或者第五口赢回来。我一直没有信心自己开牌，因为思绪乱的时候没有意念力，每次一看牌就会被荷官秒杀，这已经验证了很多次。还好这个新场地似乎比较友善，还没有出现连输五口的情况。

浑浑噩噩地过了几小时，手上筹码有 90 来万，我终于感到支持不住，需要回房休息。

回到房间，我把双层窗帘蒙死，关了房间所有的灯，整个房间已完全陷入黑暗，伸手不见五指，睁眼和闭眼没有任何区别——这样我不用强迫自己闭眼了。

躺在床上，赌客的吆喝声还是隐约会在耳边响起，筹码也时不时在眼前晃动，我的心，只能用憔悴二字来形容。

我也不知躺了有多久，并没有睡着。从前天到现在，从四季酒店到假日酒店再到金沙酒店，我换了三个房间，只是在三张不同的床上干躺着，但是从没有真正睡过一觉！

这个身体已经完全失控了，它不听我的话，我是想让它休息，但它偏要折磨自己。我感到体内的肝脏功能正越来越脆弱，两只小腿的骨髓正在被消耗并有点隐隐地疼痛，仿佛有根管子在抽我的骨髓。我瘦了，刚才脱裤子时已经发现皮带松了一圈。

我不知时间是几点，于是打开手机。小小荧光屏的光亮也晃得我眼睛刺痛，上午 10 点了！我吓了一跳！糟糕！我误了今天和谷局的会面了！

我从床上爬起来，是不是该马上给谷局去个电话解释？犹豫了几分钟，还是做罢。现在赶回深圳已来不及（何况我也不肯走），虽然可以找个喝醉酒的借口做台阶，但如果通了电话，他重新约见面时间怎么办？难道我能输 160 万元回深圳吗？所以我一狠心，不给他打电话了！明天再找个借口赔罪吧。

手机来显示了两条短信，一条是小萱的："老公，开机打给我。"一条是我三姐的："速回电！"

我先打电话给小萱。

"老婆，我刚睡醒。"我说。

"老公，你是不是输了很多？早上你手机关机，我担心死了。"我能感觉到小萱悬着的一颗心安定了下来。

"嗯……输了十万，肖总（客人）还没走，我今天不一定能回来。"我说。

"老公，你能不能最近不过澳门了？你知道吗，我很担心！你不在晚上我和雨辰都睡不好。"她说。

"嗯，忙完这两周我就待在深圳陪你，放心吧，我会安排好的。"我说。

和小萱通完话后，我又打电话给广州的三姐。

"三姐，你找我？"我问。

"海洋，你在哪里？"三姐的语气很严肃。

"我在澳门。"我说。

"海洋，你是不是又在赌钱？你不能这样赌！"三姐语气有点激动。

"不是，我们这里投资了赌厅，你又不是不知道，我过来陪客户的。"我说。近来赌厅总是被我拿来当作幌子。

"昨晚妈妈给我托梦了，说家里要出事。"三姐说。

提起前年病死的妈妈，我的鼻子有些发酸，但三姐这样说让我很吃惊。我想坏了，这几天赌得痛不欲生，已经惊动我妈了！我问："妈妈怎么说的？"

"妈妈在梦里穿得破破烂烂，她哭着对我说家里会出事，要我多看着你！我今早一醒来就找你，你不要待在澳门了，赶紧回来！"三姐语气又着急又生气。

"好，我这边处理好事情，明早就回去。"我说。

"我周六过去你那里！"三姐说完这句就盖了电话。

通完电话，睡意暂时消退了一些，但我的心情十分沉重。我已经放了谷局的飞机，惹小萱和姐姐担心，还惊动了我死去的妈妈！输了这么多钱，连妈妈在地底下都伤心了！我还有没有能力补救？如果现在停止，我又会退回到上月输 450 万元那样的最糟局面，"补天计划"辛苦获得的成果就全没了！而且后续的债务怎么还？

我数了数桌上的筹码，有 91 万。不行，我还是要坚持住，绝不能中途放弃，今天要把钱赢回来！

为了避免干扰，我把手机调整到离线状态，又下到三楼的赌厅。这次我直接采用 5 万起注的套路，要尽快把筹码打起来！

我拿牌的手在发抖，虽然我想控制住它，但手不听使唤。每个人都能看出我没有睡过觉，荷官看我的眼神中带着鄙夷与可怜；赌客不愿意与我同台，我坐下开两把牌后，他们就会走开去别的台。

我的眼皮很累就快睁不开，只能开牌时勉强打开，开完牌再闭上数秒休息。我不停地喝热咖啡、冻果汁、冻可乐，但没有用，它们虽能刺激我清醒一会儿，时效却不超过数秒。

每把牌的结果都如凶猛的恶兽，对家总是7、8、9点，我要不直接被秒杀，要不就得艰难博牌抵抗，我始终押不到能开牌即赢的那方。

台面只剩50万了，我押了一口7万下去，又输了！

我必须停手！身与心都已经到了疲劳极限，再赌下去，没等到筹码输完，我想我一定会猝死在赌场！我胡乱收起台面的筹码，昏昏沉沉地回到了酒店房间。

我走进淋浴室打开头顶上的大淋浴头，用烫的水洗澡。热水仍不能令我得到放松。越输越多，极度疲惫却又失眠！这种痛苦真折磨得一个人想死！

我躺在床上，无气亦无力。房里没有一丝光线，我陷入了无边的黑暗，可黑暗却并不接纳我。我身上已经没有任何能量了，肌肉在一点点消耗；肝脏胰脏开始排出毒素在全身流动；骨髓也在一点一点流失。

这不是妈妈生前的病状吗？我猛然想起了妈妈，想起她做了换肾手术后又中风感染的最后两年。整整两年她几乎没有睡过一个完整的觉，总是半夜痛苦地在房间和客厅间踱来踱去。为此我家几乎换了二十个保姆，有的保姆只干了两天就坚决要辞工；甚至有段时期我和姐姐不得已同时聘请了两个保姆——一个白班一个夜班来照顾她。

如今我终于体验到母亲生前的痛苦，而我昔日总还嫌弃她不肯听话入睡，嫌弃她总半夜将我吵醒。我这才知道母亲两年睡不着觉是何等滋味！她是如何挣扎着承受煎熬，她是如何绝望地等待死亡，她是怎样坚强的一个母亲！想起这些我的泪水止不住从眼眶奔流。我轻声喊着妈妈，对不起！让你担心了！妈妈，对不起！我越来越大声，最后终于忍不住号啕大哭。我为儿子体验到母亲生前承受的痛苦难过，为自己的不孝难过，又为自己输钱后无能为力难过万分！

我不知自己哭了有多久，母亲过世后我第一次哭得这么伤心。但哭着哭着我终于睡着了，这一次，我是真正睡着了。

二十一

我不知道自己睡了有多久，醒来后眼角还留有已干的泪痕。看看手表，已经是25日凌晨1点，就是说，从22日过来到现在，我已经在澳门待了三天三夜。

我洗干净脸上的泪迹，又搽了些酒店的护肤霜，镜子里的我又显得神采奕奕。这次的睡眠很充分，我感觉体内各个器官已恢复了正常，身体又重新获得力量了。

是妈妈帮了我。我跪在地上给天上的母亲磕了一个头，十指相握祷告：感激妈妈的帮助！我今晚赢回来，回去一定好好照顾家里人，不能再让她担心。

下到三楼赌厅，肚子感到饥饿，我简单要了一份牛腩汤河粉，一边吃一边构思着翻本的策略。

现在筹码只剩下 43 万，但我的身体就像刚刚充了电一样，精神饱满，信心很足。趁现在的状态，我应当采取积极进攻的策略。

积极进攻，可以选择两种方式：一是加大起始注，这样速度快但风险较高；二是保持原注，但增加投注的频率，减少飞牌。

因为已经没有后续的赌本，我决定采用第二套策略：保持使用 2 万的起始注，但减少飞牌，一旦看到符合心水的牌路就坚决投注。

只要赌桌上我的押注比别人大，我就会选择自己看牌。每一把牌我都开得很慢，因为感到自己现在的意念力很强，似乎可以把手中的扑克牌变出来。第一轮战斗，用了两局时间，我顺利把筹码打到 80 万。

接着我把起始注调整到 4 万，加大进攻力度。又用了两局时间，筹码已经打到 160 万。

接着把起始注调整到 8 万，继续进攻。但这次没有成功，中途一度遇到几次险情，幸好在第二局挽回，台面筹码没有增长多少，只有 163 万。

我离开赌桌，退到后面的沙发中场休息。现在要冷静分析一下自己的处境：这次总成本是 250 万元，台面有 163 万元，洗码加起来有超过 5 万码粮，大概还输 82 万元左右。

时间已经到了是早上 8 点半，我决定换场，回到金沙城。

这个选择很明智，是我冷静考虑过的，必须这么做。因为阿强从昨天下午开始肯定一直在找我，新的一个工作日就要开始了，我的手机要在 9 点之前开机，而且我要在大鹏光明他们得知以前把阿强签给我的 100 万元还上，避免这次失踪事件影响扩大。

旧金沙楼下有直接通往金沙城的赌场大巴，因此我没有乘的士，直接上了即将启动的大巴。

澳门就是一个欲望之都，无论男男女女，在这里都不会掩饰自己对钱的贪婪；至于性，在这里可作为赌的调味品，又可作为谋求赌资的交易手段。

我身边就坐着这么一位年轻的女孩。她一上车我就明白了她的意图，因为车子很空，只有十来个乘客，但她选择了坐在我的身边。

我稍微望了望她，二十三四岁左右，胸不大，长得也不漂亮，脸上还有少少的雀斑。但她肯定不是“去去妹”或者桑拿妹，因为她身上没有妩媚的风尘气息，看起来只是很普通的带点傻气的工厂打工妹。

所谓“去去妹”，这是澳门一个独特的“风景线”。在赌场门口大街上，或者赌场内老虎机的凳子上，或酒店大堂的沙发上，总会有一些年轻靓丽的女孩问你：“老板，去吗？”“大哥，去不去？”意思就是你想不想去和她开房。所以，就产生了“去去妹”的称谓。当然这些去去妹也是要收费的，通常官价是 1000 港币以上。

我打开手机，首先收到的果然是阿强发来的短信：

“海洋，打了几次电话给你，你一直关机。我的心里很难过。我知道你自认为自己很聪明，觉得能战胜赌场。但是我在澳门这几年，见过很多比你更聪明的、比你更有魄力的人，他们都败在赌场里，一个个都输到倾家荡产。你做生意的能力大家都很信服，但你从来不听兄弟们的劝，为什么有人总会好了伤疤忘了疼，难道又要让上次的悲剧重演？开机后希望接到你的电话。”

看了这条短信，我顾不得阿强正在睡觉了，立刻拨打他手机。

“海洋，你总算开机了，怎么样？”他睡意朦胧地问。

“我在金沙赢回来了，现在去把账房的100万还了，你放心吧，中午我就回深圳。”和阿强没必要解释关机失踪的理由，也不用说谎。因为他是行家，赌徒的心态和行为他比我更熟悉，所以我只告诉他结果。

“好，你自己看着点，下午一定要走。”他打了个哈欠，语气中还是听得出放松的心情。

身边的打工妹在摆弄着手机里的照片，但我知道她其实一直在竖着耳朵偷听我的电话。

她穿的是一条连衣的短裙，没有穿丝袜，坐下来后裙子往上缩，已经露出了半条白白的大腿。这条大腿在车行进摇晃中与我的大腿越贴越近。车子转弯的时候，我的大腿和她的大腿已经完全贴紧了，隔着休闲牛仔裤我都能感觉到这女孩肉体的冰凉和滑腻。

“赢了很多吧？好厉害哦！”她开始跟我搭腔，听口音是南方人。

“一般了。”我实在是没太大兴趣，便淡淡地回应。

“我第一次来澳门，拍了好多照片，想传进空间里面，不知道选哪张好。”她摆弄手机的照片给我看，表情也做出乖顺和无知“卖萌”的样子。她的脸已经几乎贴在我的脸上，不过没有香水味，青春女孩身上散发出的体香还是让我很舒服。

她或是过来澳门输完钱，想兼职做一次援交赚个两三千，拿了钱还是会继续赌；或是不想在珠海工厂打工，过来澳门找机会“下海”做小姐；总之不会是冲着和帅哥玩一夜情的。我已对她做出了基本的分析判断。

“大哥你是在贵宾厅玩吧？”她问。

“嗯。”我答。

“我还没去过贵宾厅哦，不知道里面怎么样，大哥，一会儿跟你去看看，好不好？”她又把脸转过来，她眼睛想放电，但却不够风骚，还是吸引不了我。

“好，下车再说。”我口里并没有拒绝。

其实我心里并不厌恶她，而是对她充满了同情。因为她的焦急与渴望已让我断定了她涉海未深。风尘女的口袋其实并不缺钱，只把男人当成猎物，不会像她这般无助忐忑。特别是在澳门街上，风尘女的打扮甚至比白领更高尚入时。我不知她输了多少，也可能她家里确实等钱用。所以她正在努力地争取机会，她想用这笔钱去赌场翻本。当然，她并非妖冶美女，也不擅长与陌生男人搭讪，更没到掌握男人心理的“熟女”火候，这在澳门很难卖出高价。所以她或许会担心：即便事成，到底能拿到多少？一千、两千还是一万？但不管多少，至少对她来说有个翻本的希望吧。哪个赌徒不是靠这个希望在澳门活着呢？几个小时前，我不也是如此吗？

但我不打算给她钱，此时绝不能放纵。包里的钱我赢回得太艰辛，何况还没有回本。如果我不尊重这些钱，过一会儿上了赌桌它们也不会尊重我。

到了金沙城，她跟着我走入酒店大厅。我对她说："你先在这等等好吗？我去楼上看看朋友在不在，如果方便的话，我再下来找你。"

她听了这话很失望。但金沙城本来就是她的目的地，我走开之后，她依然可以按原来的计划进行，或是找她的朋友，或是继续搭讪陌生人。我并没有破坏什么，我想。

还了账房 100 万，我手里还有 63 万。要用这个 63 万赢回 82 万，应该没有太大问题。

有时候赌博是一种心理游戏。输钱的时候，情绪低落，你想用 100 万去赢 50 万会感觉很难；但由输转赢的时候，士气高涨，这时用 50 万去赢 100 万也不在话下。我现在正是这个状态，在积极的反攻途中，根本不担心兵力不足。

仅仅打了一局牌，63 万筹码已经变成了 125 万。

第二局出现了一个很好的牌路，我不想心慈手软，三天三夜没睡觉的怨愤现在有机会一次清还。于是我果断把 30 万押在庄上。

赢了！荷官抽水 1.5 万，我赢回 28.5 万。台面总数 153.5 万，这次的总成本已经回来了。

有妈妈和雨辰帮我，我并不惧怕。又一条连庄下来了，我想也不想又推了 30 万上去。

赢了！台面 182 万，赢了 32 万，如果算上码粮，这次已经有 40 万左右的赢利。

我绷紧了三天三夜的脑神经终于放松下来。

该结束这场惨烈的战役了。

写到这里，我迟迟无法继续写下去。回忆并没有中断，只是再往下就不得不写到我们的女儿，我好几次坐在电脑旁却无法在键盘上敲下一个字。

活到 39 岁，终于看到人生是一场"蝴蝶效应"。你在一个时点做的某一件事，会在另一个时点掀起巨大的波澜。无小事，亦无大事，它们总在互相关联，没有什么事件是独立的。正如写这本书，它的力量很微小，似乎根本不能改变什么。但我其实是希望在不久的某一日，它能触发拯救的力量，能在我似乎已死寂的人生中掀起另一场波澜。

从这里，我的人生要开始新的一卷了。我将要踏入死亡的荫谷，我的回忆，随着键盘的敲打开始坠入无边的黑暗。

第二卷

DI ER JUAN

沉　沦

揭开第六印的时候、我又看见地大震动。日头变黑像毛布、满月变红像血。

天上的星辰坠落于地、如同无花果树被大风摇动、落下未熟的果子一样。

天就挪移、好像书卷被卷起来。山岭海岛都被挪移离开本位。

地上的君王、臣宰、将军、富户、壮士、和一切为奴的、自主的、都藏在山洞和岩石穴里。

向山和岩石说、倒在我们身上吧、把我们藏起来、躲避坐宝座者的面目和羔羊的忿怒。

因为他们忿怒的大日到了、谁能站得住呢？

——《圣经·启示录》

一

我终于明白了“补天计划”的缺陷。坐在办公室，望着上午从澳门带回来的现金，我只有轻松和侥幸，却完全没有喜悦。

很明显：每次我去了澳门，我的世界就开始摇晃，我的老婆、家人、股东、公司下属，现在还牵涉到了像谷局这样的朋友客户，每一个人都因我而不安；但我只要回到深圳，就好像定海神针归位一样，世界又归于平静。

去澳门，已经不只是赌博这么简单。以前我总把赌钱当成独立的事件，简直把去澳门当成了一份兼职。但这几次痛苦的赢钱经历，让我意识到计划好像不受控制。“补天计划”的每一次战役，都几乎投入了我生活的全部，岂止是体力时间和本钱。

缺陷的核心就是：我定下每场赢 50 万元的目标，这个目标要在既定的一两天时间内，用 200 万元的本钱，不受外界干扰（或者说不干扰外界）的情况下完成。这是一个很难完成的任务。

为什么？很简单，我不能做到每场包赢50万元，面对赌场没有人能做得到；我也无法不与外界联络，所以每次输钱我都会心烦意乱。用200万元去赢50万元，看似简单，实则这个数字已经牵动了我的天平。而且只要是赢4场输1场，我不但前功尽弃，还会造成更恶劣的局面，那就是赌本更少，债务更紧，人际关系更脆弱。这样“补天计划”就会越来越艰难。

值得欣慰的是，几次死里逃生，总算赢回了200万元，距离目标还有250万元。但这几次确实已经耗竭了我的体力，再熬夜我已经伤不起了。我要认真思考，是否该缓和一下：将每次的赢钱目标降低；跟华姐商量一下延长还债的期限；此外公司的业务要招聘人手，澳门赌厅也需要招一个专人过去帮手，我要让局面更加稳固一些。

我在日志本上草草做了一个计划，就叫季军过来一起商量。大鹏平日都待在广州，不在公司里。

“公司要招多一个人手，做业务的，以后几千一万的小单有人手去跟，不能再拒接订单了。”我对季军说。我们这种小公司不会去人才市场公开招聘，一般都通过亲友介绍。

季军说，倒正好有一个亲戚帮他侄子打听过，那男孩本科毕业不久，广东人。

“刚毕业没关系，只要人听话好调教就行。”我让季军通知他下周过来面试一下。

至于长驻澳门赌厅的人手，和季军商量了一下，决定还是缓一个月再说。目前赌厅并不签码放债，客人过去开户订房其实并非一定要有人做陪，赌厅的公关会帮忙照应。

“珠海的徐总说，我们发过去的对账单跟他们财务的不符，要我们过去重新对一遍账，下月他们可以给我们结500多万。”季军说。

有钱收是好事。徐总是我私人关系很好的大客户，与他们的一年往来至少有数十笔。于是我对季军说：“你跟财务一起过去吧，出入不大就以他们的为准。”

“这几次过澳门战果如何？”季军问。所谓物以类聚，季军虽然只去过两次澳门，但也好赌，平日大部分空余时间都在外面打麻将，有时也买买地下六合彩，这几年下来他也输不少钱。

“还行，就快把上次输的赢回来了。”我说。

下午时间尚早，我便来到华侨城的威尼斯酒店游泳。这个季节泡在室外的冷水池很舒服，水感冰凉，风吹过的时候池面细波荡漾，这是我最爱威尼斯的原因。不过80多万元港币的现金锁在更衣室，始终让我心里有点不安，于是游了半小时就沐浴更衣，躺在沙滩椅上等小萱坐地铁下班。

以前大学刚毕业的时候，总是羡慕电视里美国和欧洲人的生活，每天下午在海边冲浪游泳，和朋友们在室外餐厅品咖啡，开着车去城市周边度假。这些曾经的理想生活，其实我现在已经达到了，若论购买力的话，我们甚至比同龄的西方人更强。但为什么我们总对金钱如此渴望？为什么生活的心态总是如此浮躁？

晚上吃完饭，和小萱一起在楼下散步。小萱摸着鼓起大肚子说：“老公，雨辰这两天好像都没动了。”

“哦，没动正常吗？你上网查过没有？”我问。

“问了我妈和姐姐，她们说两天不动也正常，可能有时候动但我没感觉到。”她说。

“上周医院检查结果怎么样？”我心里很抱歉，最近总去澳门，我还从未认真看过小萱每次的产检报告。

“挺好，就是医生说我有点血糖偏高。前天晚上雨辰动得很厉害，昨天早上开始就没怎么动了，是不是累了？”小萱说。

前天晚上，就是我在金沙赌得最艰难的时候。是不是我把雨辰累着了？我心里这样想。

“明早我们去医院再检查一次吧，不要去区妇幼了，我们去华侨城医院试试。”我一直反对小萱去区妇幼医院检查，因为觉得那家医院人多又脏又乱。但小萱总觉得那里离她娘家近，医生又有熟人，所以选择了那里。

“明天去华侨城医院看看，如果环境好，我们可以提早在那边订下待产床位。”我说。

华侨城是深圳最早的一个高档社区，是位于深圳市中心的人文旅游区。这里绿化很好，高级酒店和高尔夫练习场都不错，所以我喜欢在这一带活动。华侨城医院位于社区内一条较为安静的小路边上。很多朋友向我推荐过，说这家医院有独立的 VIP 产房，仪器和环境也不错。

今天是周六，我和小萱起床较晚，来到华侨城医院已经上午 10 点多。我们走进医院门诊大堂，看起来求诊的人不多，有个负责放号的护士在前台值班。

“今天没号了。”护士小姐说。

“这么早就没号了？才 10 点啊！”我和小萱心急地问。

“9 点就没号了，周六只放半天的号。”

“那明天周日呢，早点过来有吗？”

“周日医生不上班。”

怪我！来之前没打电话问清楚。怏怏地回到车里，小萱说：“上周做的 B 超还是很正常的，应该没什么事吧？”我说：“要不再问问你姐姐？”小萱的姐姐也是区计划生育办的医生，她说两天感觉不到胎儿动也是正常的，应该无大碍，当然最好去医院检查一下。

听了她的电话我们稍微放心了些。这个时间去妇幼医院又不合适，因为那里人多，会排队到中午。于是我们决定周末好好休息，华侨城的号既然难取，周一早上还是回去妇幼医院检查。

这个周末我三姐并没有过来。我和小萱在家做饭，傍晚在楼下散步，也其乐融融。但我的心里总是有一丝担心，时不时摸摸小萱的肚子，女儿，动一下吧？你为什么不动呢？

这样在隐隐的担忧中度过了周末，周一上午，我们 8 点多就来到了区妇幼医院。

B 超室在住院大楼的一楼。

小萱进了 B 超室已经有半小时了，我的心里越来越不安。

我推开房门的一条缝隙，看见年轻的护士小姐正用听诊器在小萱肚子上扫描，听诊器不停地移动位置，游动在小萱隆起的大肚子上侧、左侧、右侧。

我看见她摘下听诊器站了起来，出门往主任医师室走去。很快科室里的女医生走出来，跟着护士一起进入了B超室。

我的心里开始有点不详的预感，一种恐慌从颈部升起涌入大脑，BB是不是有什么不舒服？雨辰啊，你一定要健健康康的，老天保佑！

我看见护士把床头的隔帘收起，小萱从床上下来，护士和女医生一起走回主任科室。

我扶着小萱，问："医生怎么说？"

"不知道，没说，她们去拿结果了。"小萱轻声说。

我看见护士走过来，手里拿着一张打印的诊断单。她说：

"你们要有心理准备。"

我脑袋里一片空白。

但我看见那张A4纸大小的诊断单，最下面一行分明写着：

……

"宫内死亡。"

小萱捂着嘴哭出声来，她抓紧我的手臂说："不会的，你让她们再复查一次吧？"她的声音是多么绝望啊！

"已经确诊了。你们上五楼准备做手术吧！"

我的心像被铁锤重重地击打了一下。我这两天一直在排除这种恐惧，它不时像鬼魅一样窥探我。每次它隐隐一来就会被我喝斥回去，因为它太荒谬，天底下没有一个爸爸会容它出现在脑里。但它还是来了。

我把女儿赌死了。

小萱一直依在我的胸口低声呜咽，她的脸色灰暗得可怕，没有了孕妇的红润光泽，就像灯光在她脸上熄灭了一样。这个为我付出了这么多的女人，昨天她还沉浸在幸福的期待中，此刻却从天堂落入了地狱。

我不知她的家人们是什么时候来的，她们就住在附近。小萱已经被扶入了住院病房。二姐晓莹哽咽着说："别太伤心了，你们还年轻，过两年再要一个。"

但她们不知道我真正的痛苦。全世界只有我一个人知道这个秘密：我的女儿被我赌死了。

我找到一个无人的走廊，无力地蹲坐在地，我靠在墙壁上哭出声来。我知道我罪无可恕。

上天啊，重新来一次吧！

半夜，我的女儿终于无声地出世了。

产房的护士大姐找到我，问："要看吗？"

我点点头。她带我走到一间杂物室，把手上用白布包成一团的小小肉体放在地上，打开白布。

我看见我的女儿了，她闭着眼睛，表情很痛苦，嘴巴张得好大，她的脐带已经扭结成麻花状。

“肯定是在肚子里不停打转，把脐带扭死了，供不上血和营养。你看看，都扭了十几圈了。”护士长说。

我想象那三天三夜我在澳门辗转反侧的时候，我的女儿也在她妈妈肚子里烦躁着急地翻滚。

我不忍多看。护士长找了一个小小的纸箱，把雨辰包好放入里面。

这个黑夜好长。我趴在小萱的床边，握着她的手，我们整夜都没有说一句话，不知该说什么好，说话又有什么用？我们只是在静静地留泪。

早上，护士长说殡仪馆的车已经到了，要我过去签字办手续。

殡仪馆上来的工作人员的是一个中年的男人，他要把雨辰带走。

我问他：“婴儿的尸体拉回去是怎么处理的？”

他说：“这种情况我们拉回去都是统一处理。”

我问：“是当医疗垃圾处理吗？”我不放心，这世界的沦丧让我恐惧，我从网上已经看到太多贩卖器官，甚至被当成补品出卖的传闻。我不敢想象雨辰离开这里后还会发生什么事。

他说：“我们会成批一起火化。”

我问：“我想自己带过去殡仪馆火化，可以吗？”

他打电话询问了一下，回答说：“可以，但不能放你车上，要坐我们的车去。”

我把装着雨辰尸体的纸箱抱进病房，对小萱说：“雨辰要走了，你摸摸这个纸箱吧。”

小萱一下就哭出声来，她说：“让我看看行吗？”

我说：“别看了，看了会受不了。”

我抱着怀里小小的纸箱坐在车里，这会让我心里好受一些。其实悲伤并没有减少，但悲伤能减轻我心里的罪恶感。我心里真正的感受要甚于悲伤，却不敢告诉任何人，包括小萱。

面包车经过小萱家小区的时候，我看到交通协管员正在对着我停在路边的车拍照，开违停罚单。我在这个地段停了两年，以前从没有被拍过。

我觉得这个世界很可笑。

火化场的仵工推过来一张不锈钢的焚化床，我把装着女儿身体的小小纸盒放了上去。她太弱小了！看上去焚化床上什么也没有。正如她的生命，被这个强壮的世界碾碎如一粒尘埃。

“完事了。”仵工走出来对我说。

没有骨灰。婴儿的骨骼太软，焚化不会留下骨灰。本来我想把女儿的骨灰和我妈妈一起合葬，这个愿望也破灭了。

轻风吹过，一片树叶缓缓飘下，正好落在我的手臂上。

也许女儿的灵魂就在我身旁，这是她飘走之前给我的暗示吗？

我坐在焚化室门口的一棵老榕树下面，泪眼模糊。他们都不知情，这个世上所有人都会同情我，安慰我。但我却只能躲着，独自品味我的自责与悲伤。

知情的只有我妈妈，她的托梦已经给了我严厉的警告。但她在梦里的哭求又有什么用，能把一个输钱的赌徒拽回家吗？

也许雨辰就是我妈妈，我想。一个做母亲的养育了儿子三十几年，她死后想投胎做我的女儿，这样轮到我来养育她几十年。这不是天伦吗？这不是因果循环吗？而我连这种承诺都做不到。

魔鬼一定有。我以前总是不信一切，不信神也不信鬼，以为凡事都靠自己。看了一些佛经典故，以为我就是佛，佛就是我，魔鬼只是心魔。现在我可以确定了：我不是佛，也不是魔鬼。因为如果我是他们，至少我不会让我的女儿死。魔鬼确实存在这世上，它另有其人。

我在赌场拼杀的时候，妈妈和雨辰就在暗里和魔鬼的喽啰们对抗，一老一少的妇孺，又怎么能抵挡这些恶鬼张牙舞爪的围攻？我却在不停地祈祷她们的支援，不停地耗尽她们最后一点力气。

等到她们已筋疲力尽的时候，妈妈不得不托梦给三姐，哭求着让我走，我却鬼迷心窍不肯走。那赢回的200万元，就是雨辰用一条命与魔鬼交换的代价！

只是为什么会选上我？魔鬼不是只寻找十恶不赦的同类吗？我一直以为自己是个好人。截至今日，我还没有害过任何人，也从未想过去害人。是的，我贪心，想走捷径去澳门赌钱。但我并没有拿别人的钱去赌，欠了华姐的钱也只是一个数字，我并没有挪用公款偿还。而且我一直在努力维持经营自己的公司，在尽自己能力照顾身边人；我的客户们也都信赖我喜欢我；我的股东同学们从公司得到分红；我的亲友们每月从我们公司获得利息；甚至签码给我的阿强和债主华姐也一样从我这里赚钱受益；我没做什么坏事，我只是想赢赌场的钱，买一套大房子，把女儿培养成奥运短跑冠军，如此而已。

还有更多人和我一样去澳门赌博，那些榨取民脂动辄过亿的贪官，那些不可一世的富豪，那些收保护费的黑社会大佬，那些害别人家破人亡的“大耳窿”，那些诱人去赌的赌厅老板，为什么不选这些人？为什么偏偏不放过我？

我错了！我以为输赢只在赌桌上解决，没想到魔鬼戏弄了我，它毫无信用也不讲规则，它嗅着我的恐惧而来，击中了我的要害。

我知道妈妈和雨辰的在天之灵都会恨我了，我永远失去了两个亲人。

我站起身，沿着殡仪馆的台阶向路边走去。来的时候我还抱着雨辰的尸体，如今走却两手空空什么也没有，心里也是空落落的。

但我走不动，又坐在台阶上大哭了一场。

老天，我恨你！

魔鬼，我恨你！

二

※ 2012年6月6日

我在家里病了一个星期没有出门，和小萱一起。那天从殡仪馆回来后，我躲在办公室独自喝了一瓶白酒，喝醉后着了凉接着又发烧，最后病倒在家里。

幸好月嫂已经到了，是小萱她妈从乡下请来的一位客家阿姨。小萱已经休了产假在家里坐月子——这个词让我们心痛又无颜见人。小萱同事中也有刚刚做了妈妈的，看着别人月子里开心地抱着襁褓里的宝宝，而我们即将出世的女儿却夭折了。所以我们都不愿意与外界联络，不想接受同事的探访，只想与世隔绝。

写到这里，我应该把悲伤的情绪收起了，过多叙述那几日的生活细节也没有意义。我觉得，尤为重要的是剖析一下那个时刻我的心理细节。因为我前面所说的人生的"蝴蝶效应"，在因沉迷赌博触发了某一重大事件（渎职、分家、离婚等等）发生之后，赌徒此刻的心理变化尤其重要，他由此做出怎样的选择，这又会引发下一场连锁效应，退一步也许能悬崖勒马，进一步则粉身碎骨。所以写这本书，不必渲染什么赌技，因为赌桌上的输赢、人生的输赢其实都是从赌徒的心理变化开始的。我不想让这本书沦为一本赌徒忏悔录。我想让它成为一面镜子，具备心理学书籍的效力，让正在赌博的人能透过它映射出自己，或许他能因此得到一点感悟。

面对这样一个重大打击，每个人会做出不同的选择。每个人都有自己的性格特点，而且都有一个致命弱点。不管你是草根平民还是显贵要员，如果他因此做出了错误的选择，又用强悍的执行力去坚持，那么结果可想而知，必是败亡。

在女儿夭折之前，对"补天计划"我确已感到力不从心，想向赌场挂起休战牌，把精力暂时转回公司生意和家庭这边。我并非想戒赌，只是觉得应当稍作收敛，让生活恢复正常。事实上，我的身体健康已经发出严重的警告，每周平均有两三夜要熬通宵，而且这种熬夜的拉锯战不仅吞噬健康，还摧毁人的意志。这样下去，没等钱输完人先会累死。所以我不得不休战。

如果女儿不出事，事态肯定会缓和一些。我当时只是处在危险的边缘，还没有赌到歇斯底里的地步，家有娇妻幼女，会让我重心有所转移。虽然赌下去有可能以后会出别的事，但至少在这个阶段，第一个汹涌而来的浪头被我避开了。

可是女儿死了，这让我很愤怒。因为我以为自己罪不至此，我只是沉迷在澳门赌钱而已，一出澳门，我仍是循规蹈矩地按照这个世界既定的规则生存，即便有罪，凭什么判决到我未出世的女儿身上？

因为不服输所以沦为赌徒。如果放在拔河和铁人三项比赛上这是一个优点；但放在军事和赌博上这就是一个致命的缺陷。我的性格就是典型的不服输性格。但我的优点是有谋略，有坚韧意志和忍耐力（这是身边朋友们评价的），可以弥补一部分因不服输猛打猛冲的不足。所以我不停地调整策略，拿出一套“补天计划”，就是因为我已经沉迷了，但又想从中寻找一条可经营之道。这是我强于很多赌徒的地方，使我有很多次抽身离场的机会。因为相比之下，大部分赌徒做不到连续十几场都能反败为胜，更多人是意志崩溃后一溃千里。有很多赌客不服输非要一夜赢回，结果反而是一夜输光身家。我认识一个 23 岁年轻的福建仔，他第三次进赌厅就输了 6000 万港币，导致整个家族帮他筹钱还债。

但是愤怒比不服输更可怕，愤怒的情绪在赌场是见血封喉的毒药。绝望的人会在输光时以命相博；而愤怒的人，即便是身家显赫财力浩荡，他也有可能一怒之下以命相博。

而赌到后期的赌徒更是处于歇斯底里状态。朋友的规劝，家人的责骂根本无法使他回头，他反而会怨恨落难时得不到亲人的支持，怨没人和他站在一起，因此变本加厉四处举债，背离家人去赌场做殊死搏杀。

“要不给我翻身，要不让我死在这里！”这是歇斯底里的赌徒最常说的一句话。如果你说过这句话，或者你的家人说过这句话，那就要警醒了！你（他）正处于最危险的状态！

这就是赌博的最可怕之处，它能调出你所有的负面情绪。

我的愤怒，是源于魔鬼的索命，是源于老天对我不公平的裁判。本来我已经规划好了我家的未来，对这个美好的未来我踌躇满志，我每一天的努力和付出都是为它，但一夜间全部幻灭了。

魔鬼在赌桌上还给我 200 万元，交换的代价是我女儿的命。但我根本没有答应过这种交换，我被它绑架，被它阴谋陷害了！此刻，它肯定躲在一个角落冷笑我蔑视我。

选择在这个时刻很重要。因为人在重大事件之后做出的决定在短期内很难改变，直到引发下一场更大的波澜。很多人会选择停手。例如我的同学大鹏、光明、扬帆，他们赌不赢会马上认输，会避赌场如蛇蝎。永不言败或许是人类社会发展的一种动力，但学会认输才是生存的智慧。

我只想报复，不会认输。我无法容忍一个看不见的、恶意的神秘力量在玩弄我的命运。如果我此刻停手，不但失去了女儿，我还得面对剩余 250 万港币的债务。这笔债务若继续隐瞒，我就得花一年或两年时间偷偷用分红收入去偿还，那我买楼计划和财务自由就全部泡汤了。如果我将这 250 万港币债务公开，那对伤痛中的小萱又是一个打击，而且会失去同学们的信任，直接就引发新的一场风波。

所以我一定要赢回，尽快消除债务，要让魔鬼对我的欺压到此为至。这场斗争没有正义可言，但我至少要让它知道，我有能力捍卫我的家庭，我的生活还是凭我自己的意愿来安排。

我放弃了休整“补天计划”的打算，现在，我要和它来一场决战。

三

耶稣对他们说：“光在你们中间还有不多的时候，应当趁着有光行走，免得黑暗临到你们。那在黑暗里行走的，不知道往何处去。”

——《圣经·约翰福音：12-35》

我把其中两张信用卡的临时额度调高了一些，这样通过信用卡我可以刷出 120 万港币，加上我手上的 80 万港币现金，今天过澳门我就有 200 万港币的赌本。

由于投资了赌厅，平日里我过去澳门谁都不会反对，只要每次不待太久。小萱也觉得我在家里闷了一个多星期，该出门工作了。

但这次我没有通知华姐和阿强。因为家里刚遭遇重变，这个时候不应该再去赌场。如果传出去，更会让他们觉得我滥赌没人性。但我只想尽快结束这一切。剩余 250 万元的债务就像魔鬼伸进我生活里的一只触角，会在以后不停地捣乱破坏，到了该把它斩断的时候。

决战。电影里发哥和星爷的赌神决战不知道看了多少遍，都是场面宏大镁光聚焦亲友助阵；探索体育频道的美国德州扑克大奖赛也是如此。然而那些只是比赛或者影视表演而已，现实中的赌徒，如果到了被迫与赌场决战的时候，内心一定是苦不堪言。

真实的决战，一定是隐秘的。也许可以让好友陪同，或夫妻俩一起去做患难鸳鸯，但一定不会告诉家里人。到了这一步，赌徒肯定是倾家荡产了。或者举债，或者偷偷挪用了公款，一旦输了就再难补救。

这时候赌徒的心情，一面是背着沉重的心理包袱，压力如泰山般重；另一面又很兴奋，希望能一举翻身重新回到好日子。毕竟此举牵系了他的家庭甚至整个家族的命运，出行时会有风萧萧兮易水寒的悲壮感。

大部分赌徒的决战都是输的。很不忍心说这句话，但确实如此。

2010 年的时候我和智深经常在英皇赌场的四楼中场玩，那时有一个常客江苏男，年龄和我差不多，脸圆圆的相貌堂堂，他在江苏自己开了一家小工厂，已经输了 100 多万元，最后一次筹了 100 万元过来决战。

“如果这次赢回来，明天马上订头等舱回去！”他把筹码摆桌面的时候，语气兴奋地对我说。

“分几次赢回来不好吗?”我问他。

“来不及了，厂子快顶不住了。”他说。

后来他输得很快，还剩下几万的时候，走过来跟着我们押。但他不押我们就赢，他一押上来就大家全输。

“我来试试自己到底有多黑!”他怒到跟自己撒泼，剩下几个筹码跟我们反着押，我们押庄他就押闲，结果还是他输。

最后还是输完了，他一个人坐在餐桌旁发呆了很久。

决战场面更大的是我和华姐认识的那位亿万富姐，她是澳门赌场最受欢迎的人物之一，仅一年打老虎机就输过两亿。澳门各大赌场老板都知道她的大名，多少公关经理想探听出她的手机号码，不过她只和华姐有较好的私交。我帮她打过两场，但都是百万的娱乐性质，对她来说规模太小，赢一场输一场。她的性子很急，如果连输几口，她就会把全部筹码抢过去一把推上台面，所以要帮她好好打也挺难。有次在美高梅赌场，那回是她第一次打百家乐，她连输几口后很生气，台面限红是50万，她不依不饶非要把剩余的100多万一口晒冷，为此赌场经理过来跟她解释了老半天。她后来老虎机输了天文数字，于是听人介绍请了几个传闻中的百家乐高手过来帮她追数，一局5000万的决战，结果连输四局。

决战时刻，运气和技术已不占主导，输赢更多决定于心理因素。

从财务状况来说，我还没有到需要决战的时候，所以我并没有什么恐惧和赴死的心态。不像小陈夫妇，在决战时刻推出筹码会面青唇白，甚至会紧张得浑身发抖。

但是愤慨、悲伤、被仇敌控制，这些综合情绪让我很压抑，我没有了以前在赌场上那种愉快的心情。走进赌厅，公关、荷官和赌场监理都不敢和我说话，只是勉强打个招呼。他们能感觉到我身上的仇恨和怨气。

这次我还是来到旧金沙二楼的御匾会，选了那个艳遇厅隔壁的另一个三张台的小赌厅。这里是离深圳最近的地方，就在新港澳码头的对面，从入境大厅出来走地下通道坐赌场的免费大巴，只需要两分钟就可以到金沙。如果顺利结束战斗，我可以如蜻蜓点水般离开澳门，谁也不知道我来过。

200万筹码摆在台面，复仇之战开始了。

我面对的敌人太强大，心里没有必胜的把握。表面上我是在和赌场决战，但我心里认定冥冥中那个黑暗的力量才是我的死敌。何况我现在是孤军奋战，兵法上实处于不利地位；唯一可以鼓舞我的就是“哀兵必胜”，我想悲愤的情感和想复仇的狠劲应该会提升我的战斗力。一定要把胆怯和犹豫排除干净，因为对方能嗅到我的恐惧。下手要快要狠，目光要坚定要有杀气，不能在意志上留给敌人一点破口。

第一局结束，台面220万。

我采用10万起注，进攻力度已经足够，这个赢钱的节奏我也可以接受。因为此刻是一个人包了台打，开一靴牌只需要半小时，这样打十局八局赢250万应该能做到。但这两局的牌路并不漂亮，连赢越来越困难，似乎我把睡梦中的它惊醒了，敌人故意要和我打一场拉锯战？我当避开它，不能落入它的圈套，找个好机会把长路扯出来赢钱。你在寻找我的破口，我也在寻找你的疏忽，我可以等！

第三局结束，180 万。

连续三局下来，敌人的意图很明显：它不想给我任何好路。现在虽然输的不多，但状况很不妙，牌路就像它故意露出的尾巴一样，东甩西甩飘忽不定，我始终找不到反击的机会，想连赢两口都很难。要压制住怒气，不能急躁，不能中了它的诡计。注码暂时调整到 1 万，忍耐，不能被它激怒，只要能忍耐就一定有机会，这么多次我都是这样赢它的。

第四局结束，130 万。

我现在是完全落入了它的圈套。敌人已经熟悉了我的打法，每次我用一万两万去试探的时候，它会把我放进来；但我用十万准备展开进攻时，它就狠毒地把我的兵力绞杀。是不是赌场有问题？赌场在出千？因为金沙赌厅每次换新牌都不会当着赌客的面洗牌——荷官说是已经预洗好的。是不是监控室研究了我的打法，用事先编排好的牌路来对付我？但是这也不太可能。因为每一局开牌前都是我自己在切牌，切牌位置不同会完全形成不同的牌路，预先的牌序编排没用。还是它在作怪！草他的魔鬼！想赶尽杀绝吗？

第六局结束，60 万。

在洗手间洗脸，我差点把整个头伸进洗手盆去。我需要降温，心跳快得像正在加速的火车。好恨！我为什么斗不过它！看看镜子里的我，脸色铁青，怨气冲天，但在赌桌上却是任人屠宰的羔羊！现在已经是半夜，魔鬼又在故技重施，又想用一个三天三夜来耗尽我的元气，又想狠毒地陷害我的家人……我用拳头狠狠地朝墙壁砸了几下，不能上当，不能被它牵着鼻子走。

现在我每一次投注的意图都会被它看穿，我不知它到底藏在哪里，但它能读懂我的大脑。我也要使一点诡计，不要再老实得像一块木头。我把 50 万押在闲上，左手捂着嘴巴，眼睛盯着屏幕。

“买定了吗？”荷官问。

“嗯。”我点点头，但就在荷官要伸手把牌从牌靴拨出来的一霎那，我突然阻止他：“等一下！”

我猛地伸手把 50 万筹码从闲推到庄上，用手一拍桌子喊：“快开！”

闲 1 点，庄 8 点，庄赢。

我的心脏就像启动了涡轮增压一样，跳得胸口都疼。果然如此！魔鬼的阴险被试出来了！敌暗我明，这绝不是一场公平的决斗。

“这手打得漂亮！”麻子脸的男荷官也微笑地向我祝贺。

“早就应该这么打啦！几局牌都好像有鬼一样，装（广东话，诱的意思）住你来杀，我们都一直不敢出声。”他身后的女监管也这么说。

他们也认为有鬼，虽然他们不是我的盟军，但至少让我心里有一点安慰。

第二次故伎重演，投注 30 万，但这次输了。

时间已经是半夜，因为在家里休息了一段日子，我现在并不疲惫，只不过没有力量。我在这个小赌厅的三张台之间不停转换，试图寻找一条好路，有时一局牌只开了几把我就要求重洗。只是我用尽了办法也赢不了它。

早上 6 点，我输完了 200 万筹码。

整晚的洗码有 1000 万元，我从账房把 10 万码粮取了出来，加上钱包里的 2 万港币现金，又一口押了上去。

输了。

四

※ 2012 年 6 月 7 日　困兽

困兽。

我的心里关着一只困兽，它焦躁地在笼里打转，愤怒地低声咆哮。我想把它放出去跟魔鬼决斗，但却打不开铁笼，因为铁笼的钥匙在魔鬼手上。更可怕的是，就算放它出去，它也找不到魔鬼在哪里。

躺在金沙酒店的床上，现在是早上 6 点多，距最早一班回蛇口的船还有三个小时。这几个小时我不可能睡得着，而睡不着的时候，床就成了折磨我的刑具。

又回到了上月输 450 万元总数的最糟局面，而岂止是打回原形，我已付出的代价太大，太惨痛。

现在我的财政也开始出现漏洞了，虽然华姐的债务减少了一点，但我的信用卡已经透支了 100 万人民币。先不说怎样去还卡数，如果我要按“补天计划”继续实施下去，就必须另想办法调配资金。一方面要继续还债给华姐，一方面要继续赌，我想掩盖真相，想完全不牵动到公司和个人的资金流转，看起来很难了。

有一些赌博的和炒期货证券的理论派人士，这时候喜欢用一套很高深的见解来说教，不外乎运用八卦易经甚至宇宙混沌学和量子力学来证明我输钱的缘由。用老子的道德经那一套来说，就是我丧女之后还来赌是行了“悖逆”之事，逆天，逆道，逆伦。三逆之下，自然是违背了宇宙法则，所以不可能赢。

如果再时尚一点，也可以像分析股票一样编一套软件来辅助分析，冠以周易或者混沌非线性的名称，把赌博也引导到一个爱因斯坦或霍金的意识水平层面。更可笑的是，这种软件早就有了，在网络上随处可见。

此刻的我不会接受任何道理和说教。要强的男人就有血性，我知道我是输在情绪和心理上，但我控制不住，也不想控制自己。

其实在赌博行业，论玩周易学和混沌学的，要以福建那帮炒地下六合彩的庄家或玩家为开山鼻祖。十二生肖、透码包中，每天这样的短信铺天盖地。月盈月缺潮起潮落，地震海啸，当红明星改变了发型都会作为预测今晚六合彩开号的坚定依据。相比之下，股票期货用的那点易经水平境界还不够。

季军有一个邻居喜欢买地下六合彩，对玄学和神秘学坚定不移，解说起周易来博大精深，简直可以去深圳电视台开专栏节目。有一次他灵感突来，让老婆带着两岁的儿子去西丽野生动物园。

"等下抱着儿子在动物园逛一圈，如果儿子用手指哪一个，你要第一时间打电话告诉我。"

于是她老婆带着儿子背负着使命，去动物园寻找宇宙的投资真理。

"猴子！儿子刚才指着猴子啦！"

"好！"邻居大喜，当晚就下重注就买猴子。

我引例上面的笑话，不是想讽刺易经或者否认混沌学，因为我也认同蝴蝶效应，也害怕因果。哪些事该做哪些不该做，在什么时刻做，这些顺势而为的道理我多少懂一些，再怎么说我也活了近四十年，而且不算太蠢。

只不过人毕竟是一个感情动物，很多时候，人的行为受情感支配而不是受理性支配。

弱国为什么要抵抗强国的进攻？杨靖宇将军为什么要在山中与日寇孤战至死？父亲为什么要跳进洪流中去救幼子？难道他们傻吗？胜败其实他们早已预知，但他们仅仅是基于情感就会这样做。

赌博跟战争没太大区别，是一个人向自己发起的战争。但这场战争如果扩大，会殃及池鱼，战火会波及到他的家人和朋友们，甚至所有认识他的人。当战争进入险恶的阶段后，人的行为无法保持理性了。

自己对自己的战争，当然没有正义可言；所以没必要再从道德角度去批判，何况无需外人批判，人家自己早就追悔莫及。还是继续分析数据和心理吧。

从我以前的赌博经历可以看出，如果不是情感因素，这场我也不至于一晚输 200 万元。因为我已是老手而不是初哥，一直在讲求策略化和数据化赌博，即使先输，也会坚忍地利用最后一批筹码翻本。毕竟我前面二十场只输了一场，如果把"补天计划"缓一缓，每局目标定为十万元二十万元，我要填平债务窟窿的可能性非常大，这是实话。

只是情感已经到了愤怒的程度，这时候什么计划、策略、习惯、顾虑都被抛之脑后，我只想用一把大刀狠狠地砍向魔鬼的后背，把我和小萱的幸福生活解救出来。

可畏的是这只魔鬼是铜筋铁骨，一刀下去它皮肉无损，弹回来的刀背反而将我重伤。它还诡计多端，在赌桌上赢我之前，先给我的家人制造灾祸。

我真的很想求助。我看不见魔鬼，有时会疑惑它莫非只是恐惧产生的心理作用，但妈妈的托梦和雨辰的死又让我确信它的存在，所以这种似有似无的恐吓简直让我精神恍惚。看来魔鬼不是低级动物，它是一种比我们更高级的生命体。只是既然有魔鬼，这冥冥宇宙中应该有一个更公平、更友善的主宰吧，是谁呢？请出来帮帮我，主持公道。

在后面的两个月，我为了翻本已近乎癫狂。我遍请了列祖列宗、佛主、灵照神、太上老君甚至“碟仙”来助阵帮我对付魔鬼。

最后我又回归到数学。在后面的章节我会叙述，没有赌本后我改为打 21 点，用几个固定的公式套路，很多次从一两万元甚至几千元打到几十万元。只是大势已去，步步艰难。

其实赌博只是一个数学游戏，并没那些理论大师用前沿科学解释的那么高深。就像电影《了不起的盖茨比》，初看网评以为情节会很复杂很深刻，片中诗意又带有哲理的旁白也引人神往。结果看完之后发觉导演实在聪明得很，就用这么简单的剧情大赚钱房，然后再留点盖茨比发家的悬念给观众，让粉丝们去想破脑袋。

聪明绝顶的盖茨比还是死了，没有死在战场和生意场上。他是为了情人后院起火，死在方寸大乱上。

所以借这部电影，我小小回答网友们的一点问题。很多书友在网上与我最常交流的是：到底怎样才能实现自我控制？用怎样的策略才是赢钱的最好方法？

我总是答：没用的。输赢不在赌桌上，而在生活里。

如果赌博已经扰乱了你的生活，那赌下去必输，即便你是赌神。

五

※ 燕国

我在酒店的房间里睡不着，但是一坐上船，我就倚在座位上昏昏沉沉地睡了一小时。

去澳门，睡眠成为最大的一个问题。我知道自己已经患了病，“强迫症”、“焦虑症”或别的心理疾病，所以只要赌几小时后，床对我来说就只是一个摆设。我只有熬完通宵后，在回蛇口的船上才能勉强小寐一会儿。慢慢的我不仅是输钱后睡不着，就算当天在赌场赢了十几二十万元我也睡不着。以致我经常躺在酒店的床上想：天，到底要赢多少钱我才能睡得着？100 万元？200 万元？

然而我却没有机会去验证这个入睡数字，因为一个多月来，我几乎场场败北，越输越多。

命运，开始像一只倾斜的风筝，在空中不停地打转，我想尽办法拉扯它却无济于事，它还是转着圈子往下坠。

钱，就像一把握不住的流沙，我要用力把它留住，它却从手掌里流失得更快。

整个6月和7月，我在孤独、愤恨与惶恐中又输掉了几百万。

找阿强签码100万，连续两场先输后赢，加起来不过是赢了十几万元走人；第三场则连本带利把110多万元全部输光；

有天中午打电话给广州的智深，以私人名义借了30万人民币，凑足40万港币过去澳门，结果4小时不到就输光。回来后跟小萱谎称公司急用，取了她的私房钱还给智深；

7月初从三个赌场结算出的70万码粮，又在金沙的广东会输光。

接着又以公司应急的借口打电话给易军，让他汇来30万人民币，刷卡取出后打到60万港币，又两局输完。

从公司账户取回的50万人民币现金，熬夜通宵赢至85万港币，结果在一个小时内输光。

什么“补天计划”、攻防策略、资源配比，这些我以前制定的赌博方略已经全部被摒弃，只要手上有几十万元我就会去澳门，每一场都是狂躁的乱战！

我就像那燕国的太子丹，易水河边乱发凌厉，怨已乌头白，怒已马生角，却只能眼睁睁看着秦军在攻陷我的国。

其实我仍然可以在任何时候停手。我可以在输200万元，输400万元，甚至输800万元的时候选择收手，向赌场向魔鬼认输。因为此时停手，我还是有机会力挽狂澜，至少保住我的公司和家庭，失去的钱可以慢慢赚回来。

但是我怎么肯停呢？我已将自己禁锢在一个后悔自责的紧箍咒里。害死女儿这沉重的负罪感一直像条毒蛇盘踞在我心底，如果再输掉大部分身家，我有何脸面去跟小萱解释，有何脸面去见我的家人朋友？恐怕连我那份为人的自信都会崩塌！

我越是隐瞒就越输，因为我筹不齐赌本，安排不好时间，输一点我不走，赢不够我也不走，自己和自己为难。

熬夜太多，白天我在办公室总是很疲惫。我已经拒绝了一切新客户，不管是朋友介绍还是自己打电话上门的，只要不是主动找上公司来谈，我都不愿意去见，因为没有精力也没有心思。老客户我也懒得拜访了，以前总会去他们办公室转一转喝几杯茶，如今则是全部推给季军他们。

谷局长期挂在QQ上，但我不敢发信息给他。自从那次爽约之后，我一直无颜向他解释，也找不到合适的借口；即使跟他解释了，我也不愿意驱车几百公里过去找他，这太浪费我的宝贵时间。原先构想的合作计划需要投资几百万元，现在当然无从谈起，所以找他也没有意义。现在我的活动范围只限定于三处：家、公司、澳门。

小萱一直不知情，我得瞒着她直到我赢回为止。她总以为我只是在伤痛中没有复原，因此精神状态不好，因为我在家里几乎每次吃完晚饭后就倒头睡。我现在是两个极端：在澳门永远睡不着，在家里就只想睡觉。除此之外，世间的一切都与我不相干。

已经两个月没有还过钱给华姐了。一开始华姐打来的电话是安慰，渐渐的她开始催促。她在海关里有朋友，可以查出我过境澳门的记录，去了多少次，哪天进哪天出都清清楚楚。当她了解到我频繁自己带钱去赌之后，短信的语气也越来越尖锐。有次我在金沙房间里接了她电话，内地手机漫游到澳门后，接通后的“嘟嘟、嘟嘟”声和内地的“嘟、嘟、嘟”不同，所以一打通手机就知道人在澳门。她很生气地问我：“几时还钱？贵哥催了很多次!”，我敷衍了几句就把手机关了机。华姐是个好人，我并不想得罪她，只是我正竭力拼杀的时候实在不想有任何干扰。

你也知道，人在学会生存之后，会有一种力量随身。力量和力气不同，力气是藏于体内的，容易控制。创造力、体力、先天技巧、后天技能都是属于力气；力量则是分布在你的周边，属于你的世界里游动状态的一种物质，是混沌的。当你脑子里构筑出一个想法,力量就会从你的体内、你的身边、从远方把能量调配给你，不相识的人会支持你，甚至连天气都会帮忙，让你心想事成。

我的力量正在迅速地流失，从雨辰死后那天就开始了。它像冰雪一样消融，我不知它去了哪里该怎样找回来。这使我感觉到很虚弱，就像看着血不停地从伤口涌出，却包扎不住。

成捆成捆的千元港币只要换成筹码放在桌上，它们就会诡异地消失。

7 月底，我望着电脑里 Excel 表格登记的赌博账目，那个“负”的合计数让我心惊。

从 4 月 21 日到现在，我已经输了 805 万元港币。

好孤独。从雨辰的秘密开始，现在我向他们隐瞒的东西越来越多。该向谁倾诉？只能憋屈在心里。有一天我实在忍不住，就拿笔狂草在一张白纸上，然后用打火机把它烧成灰烬。

斗下去会必输吗？宇宙的法则是什么？虽没有公义，至少该存在一个天平吧！造物之神，请加一块砝码给我吧！梦想已渐行渐远了，我只想保护好现实。风雪肆虐，这块薄薄的玻璃已经出现了放射状的裂纹。守住它！我的家庭经不起第二次冲击。

燕国危矣，我不是太子丹。

六

※ 2012 年 8 月 1 日　老夫子

下午，我准备过去一趟香港。

最近心情焦虑又彷徨，对下一步该怎么走我比较苦恼。而且这几天手上已经没钱了，筹不到赌资去澳门。恰好昨天香港的老夫子来了个电话，说今晚是天王星赌船的周年庆典，邀请我一起过去参加。

香港的海域停泊着很多艘赌船，每天下午开始在维多利亚码头拉客，晚上船就驶到公海上开赌。

没上赌船前，对赌船的印象都是来自于国外的电影电视。总以为赌船是豪华无比，在海上赌博既浪漫又刺激什么的。后来上了赌船后，觉得不过尔尔，论豪华没办法和澳门赌场的皇宫气派相比，论环境则像鱼档闹市，赌桌边上常常拥挤不堪，台子也少。

我第一次上香港赌船是几年前和小萱一起。那年全球热映电影《阿凡达》，我和小萱正在拍拖，处于每天都要想法子制造点浪漫出来的阶段。当时深圳还没有上映，但香港已经开映了。我们看到预告片后想先睹为快，于是周末就坐船去香港看电影。

到了香港后，先去维港码头转了转，看到传闻中的天王星赌船正在用过驳船上客，于是我们也兴致勃勃的上了船。

买了筹码后，船上的船舱住宿是免费的，那晚在船上我认识了老夫子，交换了电话。不过当晚运气不太好，第一次在海上赌博摇摇晃晃会晕船，我俩都差点呕出来，于是输了两万港币后赶紧回房间睡觉。

第二天中午回到维港码头，我们在尖沙咀找到一家电影院正在热映《阿凡达》，感觉香港的电影院规模小又比较破旧，和深圳新开的几大影城没法比。看完电影后，我们觉得不服气，于是又从柜员机上提出来两万港币，当晚回到天王星赌船，夺回昨晚输的两万港币后还倒赢了几千块收手。

不过今晚我去香港的目的不是冲着赌船的酒席，也不是为了上船赌钱。

此去的目的，一来我对港澳赌圈里鼎鼎大名的天王星赌船老板“超哥”比较好奇，想借此机会，见一见传闻中的其人是何模样。

我更主要的想法是在大海中间安静一下。最近的心里很乱，很向往有一个能让我真正静心清理思绪的地方。以前我和季军刚开始做生意的时候，经常会包租一条两千吨的货船给蛇口附近的几个小岛送货，我们常常在海面上过夜。大海能让人心无旁骛，对此我有深刻的体验。夜晚赌船开入公海后，四楼五楼的甲板会向游客开放，这时候游客们都在船里赌钱，舱外的甲板上不会有任何人，我可以倚在船舷上吹一夜海风。进入夜晚后，人海神秘又令人畏惧，冰冷泛着黑色月光的海水有很大的震慑力。当然香港的赌船也发生过几次赌客跳海的事件，有几次是赌客输完跳海自杀的，还有一次是赌客欠了船上“大耳窿”的钱后跳海逃走——竟然逃生成功。但我没有寻死的想法，我只是需要把乱糟糟的脑袋用海水洗一下，最好格式化一遍。

这里出场的两个经典人物，有必要隆重介绍。

第一位是老夫子。你如果见了老夫子其人，一定会赞叹这个绰号就是为他量身定做。老夫子应该六十几岁，也许有七十岁，但我不好意思过问。他头发花白戴着黑框眼镜，身体瘦得像一根豆芽菜，是漫画型的小人物。不过老夫子的心态非常年轻，讲话轻快，对别人的言语反应也很敏捷（这大概是香港人谈话的普遍特色），他还会有贼心无贼胆地跟年轻漂亮的女荷官讲一点有色笑话，在赌船里人缘不错。

老夫子的职业就是在赌船上洗码。香港的赌船每天会接待很多内地游客，由于很多客人都是初上赌船，属于“无主”的散客，这就给本地的洗码仔留下了“揾食”（广东话，讨生活的意思）的空间。每天都有上百个染了头发的香港仔或中年妇女在维多利亚港岸边兜客，手持“买泥码免食宿，免费公海游玩”之类广告。时代变迁，如今香港人赚钱要比澳门人困难得多，一些蛊惑仔和社团常在赌船上争抢生意，甚至还出现过洗码仔暴打游客的丑闻。不过老夫子在赌船上独来独往也与人无争，他年龄大了，熟客会对他比较放心，常给他带来生意，不必加入任何帮派。

论赌，老夫子是最资深的人士之一，因为他一辈子都在赌。从二十几岁开始，过澳门、打麻将、赌马、赌狗、六合彩、赌球、日本游戏机、网络赌博、洗码、做代理，直至现在长驻赌船。不管你和他聊任何一种赌博，他都能说出一些亲身经历和传闻逸事，还有一些内幕和骗局。

每晚九点半之后，香港的赌船都通过网络直播现场，让身在内地的赌客可以通过电话投注。这种电话投注和网赌不同，需要有人在现场用筹码投注和开牌。因此赌船上有很多这种投注代理，老夫子就是其中一个。每晚通过帮客户投注赚取一千两千的佣金，赌船上又有免费的食宿，老夫子的日子其实过得也蛮不错。

不过他自己也赌，没有客的时候，他经常会不小心把手头的钱输光。到了这个年纪，老夫子什么都已经看开了，不可能再妄想通过赌博发家致富；赌了一辈子，他还是不敢说自己懂什么技巧。只不过在死之前，赌博确确实实是唯一能让他开心的事情，还是一份能养活自己的职业，这就足够了。

我有次问老夫子，这辈子输了多少钱，他呵呵笑答：“不记得喽！也懒得去算。”一副看破沧海桑田的豁达模样。我猜想他年轻时应该也有过风光的时候，说不定还是一个富家子弟或者公司老板。现在家人估计也懒得管他了，她们肯定也曾为他寻死觅活地痛苦过，如今尘埃落定，也管得累了，也没什么可企盼了，于是任他漂泊在外做一个赌林里的周伯通吧。

不过归于平淡之前，又经历过多少次心酸与绝望呢？这一个完整的赌博人生，回忆时更多的是唏嘘。

第二位是天王星的老板超哥。他和老夫子是跷跷板的左右两头，因为老夫子可以代表天下赌徒，超哥则是赌场庄家的领军人物。

这位纵横省港澳“黑白商”三地三界的人物，不过比我稍大几岁。他的集团产业不仅仅是天王星赌船和香港的上市公司，澳门各大赌场的数十家贵宾厅才是他的坚固大本营，天王集团是澳门最大的赌博集团之一。

应当说在赌博行业要打出一片江山并不容易。先不要说手腕和魄力，首先自我约束的定力一定要有。爱赌又不嗜赌，很多人都做不到。能做到的才能稳步经营赌业，否则钱会这头进那头出，迟早输到一屁股债。何鸿燊做到了，叶汉就做不到。很多贵宾厅老板，甚至大赌场老板都一样输到屁滚尿流；一些十几个结伙去做洗码生意的人，每年虽然入账不少，但都最后自己输光光。“度人破产，自己也光”。所以在澳门赚钱不难，只要不赌。超哥能做到，所以他成功了；阿强的老板荣哥也能做到，所以他成为澳门赌坛的后起之秀，也是赌圈里的一号人物。

超哥虽然一直在港澳赌圈里是重量级大佬，不过真正让他名扬天下的，还是因为国内一家电巨头黄姓主席入狱事件。

据说黄氏在香港赌船和澳门豪赌输了80亿人民币，每个赌徒心里都有秘密，实际是更多还是更少只有他自己知道。受黄氏入狱事件影响，内地政坛的几位部级厅级人物相继落马。但这位超哥仍然是神通广大，他在澳门的赌厅生意还因此出名后更加兴旺。

澳门的赌厅生意只有黑社会才能执之牛耳。没有社团背景，要开赌厅只能小打小闹，难以做到数十家连锁几百亿现金规模。

赌博在内地不合法，在澳门又合法，澳门又属于中国；有钱客人又大多来自内地，合法的澳门和香港普通人钱不多。这个问题比较纠结，绕来绕去就涉及到一个赌债问题。如果客人输了几百万元，赌厅过去追债，那客人说：“不给，要就打官司。”那怎么办？官司一打起来没完没了，没等执行回来估计赌厅就关门了。所以赌债的背后就是暴力,是恐吓。在缅甸一类乱世地区就依赖武装军队，在其他地区就依赖“黑社会”。

我从蛇口码头坐船到了香港中环码头只用了一个小时，和去澳门的时间一样。

从中环码头的人行天桥走下来，这里还有一个微型码头，供一些渔船和游艇上客。

以往天王星号派出来这里接送赌客的是一艘比较旧的小型游艇。但今天不同，派出了一艘全新的豪华私家游艇，看得出来是接送贵宾专用的。

来了两辆奔驰和一辆兰博基尼跑车，车上下来六男两女，不知谁是传说中的超哥，其中有两个四五十岁皮肤黝黑穿着短袖衫露出纹身的，典型香港“黑社会”大佬形象，这两个应该不是。因为这个庙街猪肉荣的档次不符合超哥的身份。另一个六十岁比较斯文戴着眼镜的香港人也不是，太年轻那个也不是，只是个司机而已。

这趟除了我和他们几个外就别无客人了，我一个人也不认识，不过无所谓，跟着美女公关的指引登上了游艇。上船后还是没搞清楚主人公是谁，不过我猜独自坐在第一排那个四十来岁，身材比较高大，上身穿灰色夹克下身穿牛仔裤的应该是。

游艇开出了十几分钟，接近了停泊在维多利亚港深海区的天王星赌船。

果然，夹克男带头上了赌船，水手、公关和服务生都恭敬地叫了一声“超哥”。人多的时候超哥立马变得很活跃，招呼这个安排那个，看起来心情甚好。

等宴会开始后超哥更加活跃，不停地在酒席间走动劝酒。不过晚会的表演水平实在不敢恭维，大牌明星一个没见着，唱歌跳舞的都是赌船上的驻场演员，放在“好声音”

里属于海选都进不去的货色；有一组香港本地的相声表演更是干巴无味，虽然我也深通粤语的精髓，但也听不出来他们的包袱到底藏在何处。这几年一直觉得春晚的相声差劲，现在终于看到更差的了。不过超哥总是好心情，每一个表演结束他都要带头起身鼓掌，看来不管各行各业，成功的道理千变万变，唯有一腔热忱不变。

酒席上鱼龙混杂，我只认识老夫子一个，也并不想和任何人搭话。草草填了一下肚子后，我走出船舱来到船头甲板。

七

雨果说过，大海是无尽的苦难。现在，我漂在大海中央，我终于是世界上最孤独的人了。

孤独，是这两个月来最深刻的体验。我心里埋藏着女儿的秘密，输钱的秘密，两个都不能对任何人讲。白天即使身在人群中我也常常思绪游离；现在，我不只是心孤独，人也孤独，在大海中间陷入完全的孤寂，连手机都没有信号。

海洋啊海洋，你何去何从？

二十几岁坚信人定胜天，今日方知是一句戏言。

我爱小萱，我爱我的家人，我也爱我的朋友们。

事到如今，我该怎样做才能对得起所有人，才是最正确的选择？

坦白告诉他们我输了800万元，就此收手，是不是对他们负责？

继续筹集赌本，把钱赢回来，让一切暗中恢复原状，是不是更负责一些？

坦白的后果很容易看到。我们这样一个普通小家庭，损失800万元比割肉更痛，这像是一颗重磅炸弹，会把很多东西炸得支离破碎。家人伤心，朋友失去信心，公司也许会拆伙，生活和事业都会倒退很多年。

继续赌下去则是一步险棋。我没有私人赌本了，再赌下去就必须动用公司的资金，这是背信弃义。如果输，身败名裂自不必说，还会连累众多的亲戚朋友和客户。但如果能顺利赢回来，一切不幸都会悄然结束。

继续下去，则不仅仅是输赢的较量了，是善与恶的争战，我心里很清楚。

不过到底什么是善、什么是恶呢？财富的堆积是善还是恶？何鸿燊、超哥他们是善还是恶？慈善捐赠，上流社会，那又是善还是恶？我想给女儿一个美好的生活是善还是恶？维港岸边连绵如山脉的霓虹广厦是善还是恶？众口一词是善还是恶？

这两月来的连续打击已经令我迷茫，我搞不清楚这近四十年的人生，我追求的是什么，我坚守的是什么。

幸福原来是很虚幻的东西，一旦你的愿望破灭后。也许此时，还会有很多艰难维生的人会羡慕我，但我心里没有丝毫幸福感，在家里抱着小萱时也一样。就连十年前艰苦创业的那种幸福感也找不到了。

道德原来经不住生死的考量。疾病、灾祸、莫须有，魔鬼要夺走生命实在简单。道德何用？

脚下这条赌船就是明证。世人口中或许会说它是恶，但世人谁不承认它是成功的标志？世人有哪几个不羡慕如此庞大的资产？这本来就是一个浮躁的世界，人人为己，往来逐利，如果我还战战兢兢的去迎合世人的喜好，岂不可笑？

手指间的烟头已经发烫，我把它弹向大海。但海风强悍，烟头一离开手指就不知被吹去何方，连一点火星都来不及闪耀。

这只是一个坎，我要迈过去。我要赢回来，我就在此时此地用亿万吨海水发誓。

只有先后，没有善恶。

我成功了就是善，失败了就是恶。

※ 赌船

天王星的赌场在五楼，每晚从维多利亚港开出后，9 点半停泊在临近中国海域的公海处，赌船正式开赌。

这里的赌台并不多，一个低额投注的大厅能摆下十张左右百家乐赌台，一张大小赌台。走两级台阶上去还有一个内舱是高额投注区，起注在 2000 港币以上，有四张百家乐赌台。以前船上还有 21 点台，但因玩的人少就取消了；此外还有几间 VIP 包房，是给要保留隐私的“达官贵人”们专用的。另外有一个德州扑克的房间，但也没有人玩。说来说去其实就是百家乐为主。

大厅正中央有四张摆成一圈的百家乐赌台，这四张台连在一起是有作用的，它们是网络投注台。它们的电子屏幕与网线相连，赌桌上方的视频也通过网络直播，使一些熟客不用上赌船即可在家里通过网络视频投注。

老夫子就坐在这几张赌桌前帮客户电话投注，这种电话投注和互联网上赌博网站的网络投注不同，老夫子这些代理人都手持一个 iPad 大小的电子投注器，这个电子投注器连接上赌船的电脑，可以显示客户的筹码输赢和四张赌台的路单，基本和客人在电脑上看到的一样。但是客户委托代理人买码后，实际的投注仍是用筹码进行，并由代理人帮客户开牌。投注输赢仍通过代理人手上的筹码结算，投注器只不过用于客户看路及核对输赢而已。

网络上有数百个赌博网站，除了赌球外，主要就是赌百家乐和 21 点。这使很多赌徒可以足不出户在家里一过赌瘾。不过这些赌博网都有个别称，叫做“骗死人不偿命”，基本上都是利用电脑技术和视频剪辑来骗客人的存款，有的干脆买一些出千赌具或魔术扑克来控制庄闲点数。2008 年左右网络百家乐刚刚兴起的时候，广州番禺有一条街的小软件公司专门销售这些网赌平台软件，几万元至几十万元一套，还配全套的出千赌具，遥控牌靴、带夹层的牌靴和透明牌靴让赌客即使在现场都难辨真伪，更别说通过一条网线。

既然写到这里，就跑题一下，我们来揭露一下网赌，看看这个案例。

2010 年深圳警方打掉了两个叫“尊博国际”“百胜滩”的赌博网，这两个网站老板是同一人，姓曾，是深圳人。他不过是在马来西亚与一个当地人合伙投资了 20 万人民币，一人出资 10 万元注册一家公司，买了一个百家乐网络平台和具有“抽成”作弊功能的软件，区区 20 万元投资，5 年时间竟然吸引了 50 亿人民币的投注额！此网站的会员超过 5 万人，当中最惨的有输掉几千万元的煤老板，也有输掉生活费的聋哑人。而曾姓老板这 5 年期间仅私人就获利超过 2 亿元，还没包括他的合伙人和下级代理的收入。为了完善网络平台，获取利润最大化，“尊博”招聘了一批技术人员编写赌博软件嵌入平台内，赌客实际上就是在和这些已编好的软件程序对赌，这种程序已经按会员的赌资比例设定好了每一局、每一日的赔率，赌的时间长了，会员的资金一定会输光。

这里讲讲技术问题，很多人说：网上视频看起来都是真人发牌，而且头上还有一台电视机是与中央台同步的，他们怎么用视频作假？其实网站可以把每一个荷官派牌发出的每一个点数过程都录制下来，随时用程序调出来替换便可。这种技术和你用 PS 把自己和范冰冰弄张海滩合影没太大区别。当然，还有其它作弊手段，这里不一一列举。

慢慢这些赌博网站经过大浪淘沙，抓的抓，跑的跑，也逐步涌出了几个名气较大的平台，比如小陈夫妇玩的“356 日博网”“搏猫网”等等，都是号称是国外最大、正规上市公司的网站。有人说：这么大规模的网站应该没必要出千了吧？再说他们是共用一些程序商销售的平台，怎么实现出千？你太天真了！你怎么知道网站和程序商之间是怎么协议，怎么分成的？你焉知他们在一起是商量给你派钱，还是商量怎么瓜分你的钱？既然网站是程序商的客户，开了支票开给程序商，那么程序商应该为谁服务帮谁赚钱？再者，有了两个亿身家之后，这个老板是否就能保证不出千就能成佛？未必吧，这山望着那山高，天底下会有嫌钱少的人吗？如果不爱钱，他为什么要开赌网？

老陈就说过：那个“356 日博网”老板是国际一流超级联赛足球队的老板啊，怎么可能出千？哈哈，你先去调查调查他的球队打过几场假球吧！或者说一年有几场球是真的。试问问身边常玩赌网的人，有谁从中赢了钱？如果你只是刚刚开始网赌，正在赢钱，用老夫子的话说：“杀完这只猪杀那只，不过是还没轮到你。”2011 年深圳出了一个案子，有一个本地村的村民玩赌网，开始只是一两个人玩，几个月后全村数十户人都玩上了瘾。这个村刚刚办完征地，家家手头都有一笔不菲的补偿款，结果几个月下来，几乎全村人的拆迁补偿款输光，很多村民还没来得及搬家就把新房输掉了。2009 至 2010 年间那个自称国际信誉最好的 356 网做得更绝，干脆直接扣住国内数万个赌客的存款，只要是国内注册的会员，钱存进入后就不给提款。不管账面输赢，你只能继续赌下去，直到输光为止。

而且输完了或者钱被网站吞了，还没处伸冤。因为这些赌博网本来就没有在国内注册，公安局不但不受理这种报案，反而会以赌博罪把报案者拘留起来罚款。

即使看完上面这段，瘾很深的赌徒还是会不信邪，关上网页，他今晚又会往356搏猫之类的“信誉”网站存钱，你信不信？这是因为他越来越孤独了，需要自我价值的肯定，所以又带着侥幸的心理想偷偷赢点钱回来。穷途末路的赌徒都需要去做心理咨询，不过普通的心理医生劝不动他们，只有资深的赌徒才最了解赌徒。

人声鼎沸的五楼赌厅里，老夫子坐在赌桌前，正手忙脚乱地帮客人做电话投注。他左耳一个连接耳机的高频电话，右耳是他的手机——原来他正在同时帮两个客户投注。高频电话是赌船提供的，每次帮客人买好筹码后，代理人就用这种高频电话接通内地客人的号码保持通话，赌船一晚收200元港币的电话费。旁边的手机里估计是老夫子一个多年的老客户，是个香港人，也已经输到倾家荡产了，每次会想办法凑几千港币来打电话过过瘾。

“买庄六千是吗？好，庄六千买到，在2号台的三号位。”老夫子一边接电话一边把6个1000的筹码在三号位摊开，这样客人可以通过网络视频看清筹码数量，确认他的投注真伪。另一个香港客人已经输光了，正在电话里向老夫子借筹码。

“唉呀，唔得（不行）啦！我顶（怎么）可以帮你下三千？这些筹码都是人家老板的，输了怎么办！”老夫子语气很不耐烦，很快就把手机收了线。

赌船的荷官清一色是从内地招募培训的年轻男女，全部讲普通话。二十来岁的女荷官把两张牌派给老夫子，由他开牌。

“一只公一个四边，好，有牌头啦！”老夫子向电话里的客人汇报，“吹掉就OK！”他把头趴在桌子上，用手指顶顶鼻子上的老花镜，却咧嘴先跟女荷官调笑，“靓女，借你的口帮我吹一下啦！”

只要有牌在老夫子手上，他就过得很开心。只要每天有得赌，老夫子就会身轻如燕百病不侵。赌博早就和他的生命融为一体了。

“睇唔到睇唔到……哈，有靓女帮忙吹就是掂！”开出来是个9，这把赢了。老夫子兴奋地在电话里在替客人打气。

“玩不玩？”他对我做个手势，从口袋里拿出3万筹码。

我捏着这3万筹码找了张赌桌坐下，下了几口注，赢了3000元港币，十分钟后就觉得意兴阑珊。3万赌本实在太小，解决不了我的问题。

我换回3000元现金，给了老夫子1000元港币喝茶钱，回房间睡觉。

八

※ 末世的人性

你该知道，末世必有危险的日子来到，因为那时人要专顾自己、贪爱钱财、自夸、狂傲、谤讟、违背父母、忘恩负义、心不圣洁、无亲情、不解怨、好说谗言、不能自约、性情凶暴、不爱良善、卖主卖友、任意妄为、自高自大、爱宴乐、不爱神，有敬虔的外貌，却背了敬虔的实意，这等人你要躲开。

——《圣经·提摩太后书-3》

小时候看电影，是要自己搬着板凳在户外的操场看。

每逢电影放映队来了，全家人总是很开心，吃完晚饭，父母就带着我们几个小孩早早去篮球场占位置。

那时候一年难得看几场电影，所以虽然只是几岁大的小屁孩，很多电影的场景和台词我却记得很清楚。长大后又看过相关的文学书籍，与电影的回忆相映照，对那几句名言更是刻骨铭心。

我记得雨果的《悲惨世界》里，冉·阿让再次被捕入狱后，望着窗口外的天空，有这么一句旁白："人心比任何地方都更眩目，也更黑暗；精神的眼睛所注视的任何东西，也没有人心这样可怕，这样复杂，这样神秘，这样无边无际。有一种比海洋更宏大的景象，那就是天空；还有一种比天空更宏大的景象，那就是人的内心世界。"

这段话实在太深刻，没有穿越过死亡的荫谷，没有经历过痛苦的自我挣扎，写不出这样的文字。

写到人性，借这本书的几十个字向一位已故的女士致敬。已故之人是《南京大屠杀》的作者张纯如，在她的笔下，我们看到在极端环境中人性竟能阴暗丑恶到何等地步。这个十字架太脏太重，负载在张纯如身上，一个娇小的女人怎么能扛得起来。

人一生下来，是依赖本能生存；理智则是后天由社会所赋予的，理是指法律，智是指知识。道德是什么？道德似乎更该归于知识类，因为人类的道德观念是在永远变化的，每天都不一样，需要不断学习才能跟上形势。譬如以前女性出门露大腿是伤风败俗，现在穿短裙露出整个大腿则是一种美。现代社会是一个高度人文的社会，人类完全在群居生活状态，谋生依靠的是各种技术和工具。所以此时，人的行为大多数时候会受理智支配。那么什么时候人会受本能支配？一是求生的时候，二是面对强大诱惑的时候。这个总结不尽全面，但我们只挑关键的来说。

和平环境下，日常生活中，人是否会同时面临求生和强大诱惑的处境？有的，孤注一掷的赌博就会造成这种局面。

输了会走向绝路，赢了则坐拥世间繁华。这时候还去讲什么理智？所以不要以为赌桌上的博士硕士、高官政治家、强势富豪、精英人士、赤脚起家的农民老板，他们能在这时候把持得住。不行，因为这时候他们都只剩下本能了，毫无理智，他们的智力和见识派不上用场。

我说的是我。因为从这一章开始，往后的故事会越来越曲折。你会觉得我的所作所为不可思议，简直太可怕，为何像换了一个人，有这么大的反差？但的确如此，这些事我都做了。

因为我只剩下本能。

我不能从公司的账户拿钱，那样做是杀鸡取卵。不过我们公司这只鸡还有很多已下好的蛋在外面，我只要临时取几只借用一下，事后再想法子补回鸡笼便可。

珠海徐总一直是公司的大客户，徐总也是广东人，比我小两岁，从小在军区长大，人很忠实爽快，与我私人关系甚好。上次季军过去和他对完账后，他公司还一直欠我们300万左右没有付，加上这两月后续的发货额，应收款又超过600万元了。

我打了个电话给徐总，说最近公司账户提现金不方便，问他能不能把货款用现金付给我。

“行，你把卡号发给我，我让财务下午5点前先付100万过去，过几天再安排第二笔。”徐总很爽快就答应了。

这100万现金到账后，我先分头存入了几张信用卡里，这样可以解决这月的账单问题。这两个月过手的几百万元，都是先还入了信用卡，但再刷出来后，就沉没在澳门的海底。要想法子守住啊！流出去的渐渐已不是钱了，是血和命。

最初在澳门赌博的时候，赌局是仅仅局限于赌场里，一离开赌厅回房间睡觉，我就恢复正常状态；后来我患上“赌场失眠症”后，赌局就扩大到整个澳门，不管我在赌厅还是房间，只要人在澳门，赌局就没办法结束；到今日，赌局已经扩散到了我的整个生活里。无论我在澳门、香港还是深圳，我每天的心思就是在想着怎么筹资，怎么翻本，已输掉的800万元压抑着我，心情难得愉悦，脑神经时刻觉得紧张。回深圳对我来说只是赌局的中场休息。这使我想起第一年和大鹏扬帆他们去澳门游玩时，新世纪赌场大厅里一个年轻的澳门荷官说的一句话：“赢了回家也没用，只要你还来，一辈子都在赌局里。”

这位男荷官应该自己写一本小说。

我在家里点上了六支香，魔鬼站在赌场那边，我要像孙悟空一样，既然打不过就得想法子搬救兵。

我要求助的是我家族的老爷爷，就是我爷爷的爸爸，他是前清的秀才。几年前我父母曾回乡下算过一命，算命婆说我从娘胎里就一直受老爷爷的庇佑，如果遇到险情，只要向着东方烧香求助，老爷爷就会在天上伸出相助之手。有段时间生意不顺，我经常向老爷爷祷告，后来不知天意还是人为，这些生意也一件件都做成了。

老爷爷背后还有我家族的列祖列宗，这应当是一支强大的力量，可以对付魔鬼的喽啰们。除了他们以外，我还在祷告中请出一位佛祖来降服赌场妖魔军队的大魔头。就是我从小在广东韶关南华寺灵照塔敬拜的毗卢遮那佛（大日如来），是密宗的最高佛。密宗是佛家中有最多神秘咒语和降魔大术的不二法门，任凭你魔鬼上窜下跳，也难敌大日如来的金刚杵吧？

我又带了100万人民币过澳门。其实事后分析，我这样做在战略上是完全错了，我有决战的念头，却完全没有决战的部署。敌军已经兵临城下，我却不敢搬出主力部队，还指望游击战和消耗战杀敌。

先不要从赌博善恶上去争论，否则文字重复会令人厌倦。我们客观一些，单从数学上分析：输了800万港币，我如果要决战，应当一次调动1000万港币以上，从兵力和心理上压制住对手。哪怕每场目标只是赢几十万，也能大增胜算；或者撞到好运就一场两场赢800万结束战争。如果1000万一场就输掉了，那也不过较长痛或短痛之分而已，结局一样，因为最终多次下来输的也不止这个数。

如果每次只带100万至200万赌本，我应当采用更凶悍的决战打法，就是殊死一博。把100万当成10万来打，兴许能在某一次抓住机会赢回几百万。这样我也有机会脱离苦海。很快我在赌场就遇见了这种打法凶悍的赌客，在后面章节中我会叙述，新濠锋赌场与我坐同一张台的中年男子在一小时内用10万赢了860万，解除了他的经济危机（但愿他从此不去澳门）。

而我继续以前补天的老套路，想用200万本钱分批把800万元赢回来，这已经不太可能！因为我仍是一厢情愿地把赌博当成一个独立事件，没考虑到外部因素会带来严重干扰。以前外部压力小，我还有机会和时间慢慢跟赌场去磨，但此时环境已经和制定“补天计划”时不一样了，如今真的是内外交困，偷偷摸摸与做贼无异，不可能从容面对赌局。拖延下去对我个人而言是温水煮青蛙，对我的世界则是密室漏煤气——迟早爆炸。

九

※ 2012年8月3日

今天是周五，我给小萱打了个电话，又乘船来了澳门。

小萱已经结束了休假回单位上班，电话里她有些不满：“周末你老往澳门跑，从来没有好好在家里待过！”

我说：“赌厅这两个月都亏本了，我要去发展多一些客户。”我这个冠冕堂皇的理由却是实话，我们参股的赌厅就5月份派发过30万港币不到的分红，六七两个月则连续亏损了近70万元。亏损的主要原因是我们没有签码出去，所以没有赚到码粮，但却要分担赌厅的输赢和管理成本。而我这几个月赌的洗码都是挂在自己户头或阿强户头。为此光明他们昨日才刚刚来过电话，让我下周组织一次股东开会讨论这事。

其实这一点亏损我并不担心，因为我很清楚码粮才是赢利关键，仅我自己这几个月洗码额就超过3亿。只要抓住几个稳健的客户，开始对外签码后赌厅的投资很快就能见利润。不过我心里有个前提，就是我要尽快赢回债务大头。如果自己的问题没解决，我哪会有心思去发展客户，陪客户赌钱？

我坐的是中午1点往新港澳码头的航班，这样可以在二楼贵宾舱的沙发靠着睡个午觉。手机的震音响了，是小陈打来的。

我看着手机在掌心里震动了十几秒，却并没有接听。自从雨辰出事后，小陈给我发过几次短信，我都没有回复过。小陈可能有点喜欢我，她时不时想跟我聊天，关于赌的秘密她除了我大概也找不到他人可倾诉。而且她在赌场里对我比较依赖，觉得我是个强者，这是因为她们夫妇对生活已经失去安全感了。不过我一直没回她短信，我不愿对外人再提起我家里发生的事，毫无对人倾诉或听人倾诉的兴趣，特别是赌友。如果跟赌友说起雨辰的事情，我心里的罪恶感会更加沉重。再说我自认已不是她心目中的强者了，近来情绪低落不会比她好多少。巩姐、北京肖哥都打过我电话，我没有接听；上回在金沙城赌厅认识了几个江西钢铁协会的新朋友，那天运气好，大家同坐一张台，我主打他们跟买，又拍烟灰缸又吼叫，气氛搞得很热烈。他们也打过电话来邀我同往澳门，我接听了电话但还是没去。

戴着遮住半个脸的太阳眼镜，静悄悄地来到金沙，在赌场旁边的当铺店刷出120万港币，又脚步无声地穿过一片空旷的广场，走进金沙酒店，乘电梯上三楼来到广东会赌厅，这是我近来固定的路线。

把 120 万港币摆上柜台，赌厅经理向我点头致意，账房小姐先生们都已认得我，她们取出我的洗码账本，打印出一张凭条给我签字。在这个赌厅，她们比我更清楚我的输赢数字和洗码数字，因为我还没有单独统计过。所以说我确实是已经输傻了、输懒了。换了以前，精明的我会把每一个数字都记录得清清楚楚，包括赌本、局数、输赢、洗码、消费，我还喜欢回去用 Excel 表格来分析，闲暇时打印出各种统计图表，这既是工作也是乐趣。

两个小时内我赢了 15 万元。这个赌厅有八张台，有个讲广东话，戴着无边眼镜的斯文男子不停地在几张台间换来换去，他坐不住，几乎都是开一把就换台。看他年龄和个头都跟我差不多，175 厘米左右，比较消瘦，脸型是国字型。跟着他不停换台的是一个五十来岁的老男人，看样子是打工身份，是他的跟班或者洗码仔。

“唉，转来转去都是不行！”他停下来坐在我身边，用粤语主动跟我打了个招呼。手上只剩下最后 4 个 1 万的筹码。看起来他有点像政府部门或比较正统的国企单位人员，脸上没有创业者的那种风霜感。不过我看出他的性子很急，因为他虽然没有投注，却不停地一直用右手玩弄叠加筹码。这是很多老赌徒都喜欢做的动作，一些洗码仔在客人身边无聊，就经常把筹码用五个指头两排一排地叠来叠去。

“哪里人？”我问他。

“中山的，你呢？”

“我深圳的。”我回答。

看我运气还比较旺，连赢了几手，他于是吩咐旁边的跟班：“去账房再拿 50 万来，我们跟住他一起打一阵。”

人与人之间气场会有一个契合度，就像狗与狗之间一闻气味就确定是否交往一样。看起来我和他的气场相合，他坐下来以后，牌路越走越漂亮，小路走出了长蓝，我们连续中了四五口。一局结束，我又赢了 20 万元，他也赢了 8 万元。

“总算好一点！刚才都被杀得想走了！”他长吸了一口气，挺起腰左右扭动着上身，这是想大干一场的准备运动，他说，“下一局要推大点，抓住机会！”

他的想法与我不谋而合，我也感觉今天比较顺利，应该可以放手大干一场。

第二局开了二十几口之后，清晰对称的牌路终于出现了。现在是四庄一闲五庄一闲这样的图形，庄很旺，出庄就会连开几个。

“这口怎么搞？”他手里拿着一个 10 万的筹码“得得得”敲打着台面，胸口贴着赌桌，侧脸带着紧张的笑容问我。

老实说，我心里也卯上狠劲了，这口我想干 50 万。可是这是张起注 2000 的台，台面投注限红是 30 万，意味着全部人买庄加起来最多只能下 30 万。旁边还坐着两位香港夫妇，另外我们身后还有两三个站着跟注的赌客，他们投注都是几千。左边赌台的一位内蒙男人也时不时探头探脑观看，每把都会过来跟押两万。我粗粗算了一下，对他说：

“我打15万吧，你10万。”

由我开牌，中山男右手不停地把筹码叠来叠去，发出碎沙般的声音，速度比刚才快了很多。他这个习惯完全将他的内心紧张暴露出来。

开出来8点，我们赢了。

连续几口，见到庄当然继续押庄，全台人都士气高涨，押注时我和中山男都狠狠地把筹码砸在台上。可惜台面限红太小，有力使不上。我俩加起来就押了25万，留下5万给其他人押。最后一口爆路（指输了一口，路单图形开始不整齐）后，清点一遍台上的筹码，我有212万，他有95万。

“休息一阵吧，吃点水果。”中山男对我说。他的跟班已经点好了一个水果盘和饮料在旁边的餐桌上。

原来他姓霍，这个姓在佛山和中山地区较多。霍斌说他做房产投资，年龄比我大一岁，赌了一年多，也已经在澳门输了几百万了。

“刚才太可惜！这么好的路又推不上去！我还差35万才回本。”他说他第一轮输掉的赌本是80万元。

“不错了，一局就赢回一大半了，还想怎样？你那80万也不是一局输掉的吧？”我说。

他想想也对，点点头笑呵呵地说：“好，下局一定拿回来！”

那张赌台已经换好了新牌，一位身材娇小的公关过来请我这个旺家去切牌。霍斌的手机响了，他抓起手机跑到一个安静的角落去接电话。

“不行，我要走了。银行的两个朋友过来了，正在进关，今晚要招呼他们一下。”看样子正在抵达的两个银行朋友对霍斌很重要，否则赌徒是不会在最旺的时候离场。他急冲冲地和跟班一起拿起桌面筹码去账房处，回头跟我扬扬手中的手机：“赢多点，转头我Call你！”

他走之后，我的运气又变得很一般，这局牌路普普通通，接近尾牌了才赢到3万，荷官从牌靴里抽出一张塑料片，按规矩这局牌只剩最后一把了。

我把赢利的3万押在闲上，没中，整局打和。

手机显示来了一条粤语版的短信，是华姐发来的。

“你係唔係（是不是）又来了澳门？阿海，你这样做不合规矩！已经失晒（了）信誉，贵哥话（说）想过去找你了！”

另外还有一个未接电话，是阿强打过来的，我刚才没注意到。

两大债主一起冒泡了。我望着桌上的两百多万的筹码，突然脑袋变得清醒：才几个小时就赢了92万元，这次是5月份至今最顺利的一次，如果他们两家电话继续追过来，又会增加我的心理负担。我何必东躲西藏，不如先还一点债，减轻负能量！因为明天是周六，我还可以静下心多打一天。

于是我决定先还他们90万元，就当重新开始！而且这是一个很不错的开始，当下我的心情很愉快。

阿强他们集团在金沙御匾会三楼就有一个赌厅，于是我先打电话给他："阿强，你找我？"

"哦，是。我想问你旭峰的手机号是多少，我现在正在珠海，想过去他那坐一下。"旭峰是我初中同学，在珠海经营一家娱乐酒店。不过阿强还有一句话没有问，他只是等我开口而已。

"我一会儿把他号码发到你手机上。对了，我下午来了澳门，刚才在金沙赢了点，先还40万给你吧？"

"好，"他听了挺高兴，"你把钱摆在我们赌厅的账房就行，我现在打电话过去交代一下。"

我在广东会赌厅存好120万的筹码，又把赢利92万元兑换成现金，穿过三楼御匾会的长廊通道，把40万现金交给阿强赌厅的账房。

另外50万元是准备还给华姐的。我拨打她的电话。

"怎么，又来了澳门啊？"华姐语气倒比较和气，既然我主动来电，她知道我不会赖账。

"华姐，不好意思，最近资金确实很紧，样样都很不顺！我先还50万给你吧，等下我摆在你的店铺里。"我这样说是因为我不好意思和华姐见面，上回生病时，她打电话来已经知道了我女儿的事情。

"那好吧，别赌啦阿海，明天早点回去吧！"华姐劝我，见我今日有钱还，她心里还是比较满意的。

我打了个的士来到华姐的铺面。华姐不在，店里正在值班的两位大姐都认识我，我让她们写了一张收条，转身离开了店铺。

霓虹初上，夜晚的澳门路街上熙熙攘攘，每一个游客都肩挎着LV包或拖着行李箱，脚步匆匆生怕浪费了进赌场的时间，三两谈话的人必然兴奋，独行的人总是紧张，在空气中你都能闻到一股金钱的味道。我心里感谢老爷爷和祖先们，我搬来的救兵大显神通了，让我恢复了自信，刚才在赌场丝毫没有感觉到魔鬼的侵扰。

现在是晚上8点多，我的肚子方始感到有点饿，心情很轻松。我站在酒店门口拦的士，准备去找一点葡国风味的小吃，我比较喜欢芝士海鲜的搭配。

有些人要从你的生命中路过，是注定逃不过的。我看到从人行隧道中走上来一个似曾相识的身影，她身高160厘米左右，剪着男孩子般的短发，脸圆圆的，身材姣好，微胖，肩上背着一个大大的地图挎包。不过她走得比较慢，眼始终盯着地面，心事重重的样子。

我就放下了拦的士的手，静待她走到我的面前。

十

相距十米的时候，小陈也认出我了。“你好。”她这样打招呼是刻意要保持冷淡，应该是对我最近没有接电话有些恼怒了。

“你怎么也在这里？”她问。

“我下午刚到，”我问她，“老陈呢？”

“他最近在上班，没来。这么多次打你电话一直没接，我还以为你出事了呢，不过出事的人手机也不可能开机吧？”她语气带着嘲弄地说。

我无法解释，再说下去会触痛我心里的伤疤。于是我假笑着放松气氛说：“真的不方便。你去哪儿？吃饭了吗？”

“还没吃饭，刚从凯旋门出来，想回酒店拿点东西。”她说。

“一起去吃吧，带你去个不错的大排档。”我邀她。

“可以啊，不过你方便吗？我怕打扰你啊！”她说。

“我没事，肚子正饿着。”我说。

“好吧，那你先陪我回一趟酒店。”她莞尔，语气已经恢复了亲昵。

酒店很近，就是两百米外的维景假日。上了九楼，她的房卡打不开门，这才想起房费已经过期了。于是我们又下来一楼的前台。

“今日房价是1500。”前台小姐面无表情地说。

“昨天才是900多，怎么今天涨这么多？”小陈吃了一惊，她最近必须节省，她的钱包应该是比较空了。

“昨天你是旅行社代定的，今天是周末门市价，我们每天价格都不一样的。”

所以对于旅行社、兑换店这些从事服务行业的中介公司来说，澳门真的是遍地黄金的地方，不但操作容易，利润也非常高。

我见小陈在犹豫要不要掏钱，就拉拉她说：“算了，要不退房吧。我在金沙还有一个套房可以住。”

小陈停顿了两秒，对前台小姐说：“那不要了，你帮我开一下房门，我去把东西取出来。”

在的士上，我已经了解到小陈的近况：她昨晚抵达澳门后，只睡了半宿，今天又输了2万元，手头只有1000港币了，连今晚酒店的续房钱都不够。本来是想回酒店取出最后一张信用卡做最后一博，那张卡可以刷出1.2万港币，是她特地留在房间里应急的。

我们先把行李寄存在金沙酒店一楼的大堂。那家葡国风味的大排档（不帮它打免费广告）就在金沙酒店背后，走路十分钟可以到。

我点了蟹黄芝士、芝士焗大虾和几个特色小吃，合计大概是港币四百左右的消费。

小陈说，这两个月，他俩又来了两次澳门，其中有一次住满七天后还飞了泰国延长时限，但还是把她父母借的20万元输完了。老陈最近去了一家地产中介公司上班，刚刚开始，收入也不怎么样。现在家里还剩下5万块，加上这次带过来的3万块，都是靠信用卡刷出来的。

"今天一楼开了20口的长庄，可惜我又没赶上，过去的时候已经15口了，挤满了人。妈的，一点运也没有！"她恨恨地说。

"没用的，赌场最害人就是这些新闻。"我说。

"为什么？"

"这种路开几百局才出一局，个个都想等这一天，以为总有机会一次翻身，所以不知不觉输完了，等到的时候其实又不敢买。"

"是啊，这些路害死人了。"她说。

"你赢了吗？"她又问。

"最近输了很多。"我答。

回到金沙酒店取了她的行李箱，我们乘坐电梯回房间。电梯里，她走前一步，伸手帮我整理T恤衫的衣领，说："领子上有个黑点，帮你弹掉。"

正面靠得很近，她身体的气息可闻。我第一次细细看清她的脸。圆圆的尖下巴，她属于唐朝仕女图上的脸型，牙齿很白而整齐，皮肤白皙细嫩，她的短发使脖子显得修长，圆领的T恤领口比较宽松，从上面透过领口能隐隐看到乳沟。她是一个很温柔的女人，我的心迅速被温情柔化，有点想揽她入怀的冲动。但是我克制着不敢回应她，这里毕竟是澳门，感情的树叶下掩盖着是金钱。我心里甚至有点卑鄙地想：她已经输完了，如果和她上床后，她向我借钱怎么办？我也处于困境，正行走在罪恶的路上，不可再被她拖累。

有了这样的顾虑后，我反而有点局促。进入房间，她把行李箱放在客厅地上，一边拿出箱里的衣物一边说："我先洗个澡，换件衣服。"她问我："你还下去赌吗？"

我心底有那种欲望不想走出房间，但我又担心故事不好收场，想暂时逃避她。于是我说："要不我先下去三楼看一下，你一会儿下来找我。"

"行，你去吧。"她的语气既像情侣，又更像多年青梅竹马的邻家女孩，使我有保护她的冲动。

"你有没有要换洗的衣服，我一会儿顺带帮你洗了。"她说。这个季节她指的当然是内衣内裤了。

"没有，我下午才到的。"我说。

继续战斗的话，我想最好等上霍斌。我近日来对这些混沌中的元素十分依赖，也许真的是输怕了。天上的老爷爷、密宗的大日如来，地上霍斌的辅助，这些元素都能增强我的力量。小陈的到来让我有点分心，所以我虽有绮念，却不敢与她太亲近，我担心她的加入会破换当前环绕在我周围的气场。气场破坏后，这两月来难得聚集的力量又会流失。

现在是晚上 10 点，霍斌没有来电话，我估计他今晚是抽不开身了，吃饭喝酒看表演去酒吧看脱衣舞，通宵赌钱，在澳门要招呼客人实在有太多内容。我从账房先取出了 30 万筹码，下午的赢利已经兑现，现在不要急于拉开架势开战，还是以试探为主。

注意力不太集中，稀稀拉拉地打了两局，台面略输了 2 万。小陈已经换了衣服下来，她穿着一件 V 领的淡紫色恤衫，白皙的胸颈使她更显妩媚。她还披着我的外套，那是我们投资的赌厅专门订做，送给客户抵御赌场空调的一种薄薄的运动风衣。她在我身边坐下，身上散发出一种草木香味的沐浴液味道，闻了又让我心中微微荡漾。

"我也跟你买。"小陈从钱包里取出 1 万港币，放在我的筹码旁边，想向我买筹码。这钱应该是她刚刚下去赌场一楼的钟表店刷出来的，是她信用卡的最后一笔钱。面对桌上的薄薄一叠千元钞票，我俩都有点尴尬。我从筹码堆中取了十个 1000 元 的筹码给她，顺手把港币塞进裤袋。这是我的一个暗示，意味着我不想在金钱上帮她。因为手上这些钱都不是属于我的，如果我再赠送给赌桌上的情人（已经可以确定今晚的关系了），更会对不起小萱对不起所有人。而且上次赢钱时已经多给了她夫妇两万元，她应当理解我的难处。

最好的办法就是在赌桌上帮她赢回来。所以我又聚精会神，等待合适的出击时机。小陈已经输得完全没有底气了，每次只敢用 1000 元的筹码搭在我的投注上面，但输输赢赢，一局下来她也只赢了 2000 元，我却输了 3 万。

连开了两口闲，一次 9 点，一次 7 点。我心里想：下一把闲应该是 8 点吧？

于是我押了 5 万在闲上，对小陈说："这把推大些，博一下。"

我有信心的时候小陈总是会很坚决，她的台面有 1.2 万，于是押了 6000 元上去。

闲果然是个 8 点，我们赢了。

每次和小陈一起，总会在勇气来的那一刻连赢几口。接着我们又连买两口庄，中了，她已经赢回了接近 2 万，我台面有 40 万。

我松了一口气，帮小陈赢回两万的本，好像比我自己赌几十万还要重要。我觉得这样头重脚轻下去不是办法，因为这种状态如同在悬崖上踩钢丝，不是战斗的状态，于是我对小陈说："慢慢来吧，今晚不要冲了。"我打算打多一会儿就收手了。

小陈继续用一千两千的筹码跟着我押，又赢了两千。她起身去了洗手间，回来的时候，她亲热地捏捏我的手臂说："里面那张台正在开长庄，已经开了一条 11 个的，现在正开第二条。"

"哦？去看看，"我跟她走进内厅的赌台望了一眼，果然是很漂亮的长庄，于是我拿了两万筹码给她，说，"你在这个台帮我押 2 万，你自己别押太多，两千两千下就可以了。"

"嗯。"她像个听话的妹妹一样点了点头。

我自己这边则不太如意，输了几万回去。过了几分钟，小陈拿了筹码回来，笑嘻嘻地说："中三口输一口，赢了两口。"她把五万多筹码还给我，她自己则赢了四千。

"好困，我想先回房睡觉，不打了。"她这样说不知是真的困，还是想迎合我，因为我也是这样想，她心里还是和我有默契的。她手上已有3.5万的筹码，已经好不容易回本了，我怕再赌下去她会输回去。

"好吧，你先上去，我打多一局。"我觉得一起上房间会比较尴尬，于是这样对她说。

这接近三个月来，终于有一个赢100万元的开场了。我想今晚会睡得很好，何况房间里还有一个在温柔乡里等着我的小陈。这样一想，我的心思就无法再放在牌路上，只想早点回房。我草草押了几注，略输一点。清点一下台面，共36万的筹码，赢了6万。加上下午的赢利，今天总共赢了98万元。

我把筹码存在账房，乘电梯回到了房间。

房间关着灯，小陈已经上床睡了，只有洗手间开着一条缝，透出光亮。我光着脚进房间，脱了牛仔裤和内衣内裤，准备进洗手间冲凉。

"赢了吗？"小陈并没有睡着，黑暗中她问了一声。

"一般，只赢了几万。"我说。

"为什么一直不接我电话？"她问。

"我女儿死了。"我答。

黑色房间死寂。她后悔有此一问。

冲完凉，我把头发吹干从洗手间出来，并没有穿衣服。黑暗中看到她睡在床的左边，背对着我，两个枕头已经铺好了，紧紧地靠在一起。

我钻进雪白的被子里抱着她，原来她没有穿睡衣，光滑的全身上下只有一条薄薄的纱质内裤。我嘴唇贴着她的脖子，闻着她的香气，左手轻轻抚摸她的乳房。她的肩膀被空调吹的冰凉，身体却如此温暖。一切是如此自然，我和她就好像多年才重逢的情侣一样。

"困了吗？"我问她。

她用身体来回答我。她转过身，一手搂着我的脖子接吻，一手主动脱掉内裤。她用力吮吸我的舌头，这种感觉比较痴狂，她似乎想付出，想忘却，每一寸肌肤都与我贴紧。我被她彻底点燃，被她感染，也紧紧地抱着她，难得捕获可以安宁的一夜，在这个虚幻的世界里，她想和我一起躲进一个更虚幻的世界。

我进入了她，是想和她一起在潮湿的洞穴里找寻那个世界。如果找到了，也许快乐会永远延续下去，我们就不必在遍地荆棘中被触伤，不必在漂泊无依的红尘中焦虑。我们即将攀到了山顶，马上可以望到那个世界到底在不在上面。我们要做最后一次冲刺，她的指甲已经深深嵌入了我的后背。我带着她攀至顶峰，我们似乎望到了云雾中的世界，那是失落者的天堂，是颓废至死的快乐。她双臂紧紧环抱着我，急促的呼吸声中带着呜咽。我在她的耳垂处喘着气，她的体味温软而又新鲜。我们紧紧搂抱着入眠，不愿淋浴，别让水流冲走最后一片海市蜃楼。

十一

早上8点不到，霍斌的电话就打了过来，我在床上睡意朦胧地接了电话。

“大佬，昨晚又赢了多少？”他问。

“赢几万，你朋友他们走了？”

“昨晚搞了一晚上，他们还在睡觉。今天不用我招呼了，他们睡醒后会直接过香港。”霍斌说。

“那你行不行啊？通宵没睡？”我问。

“不怕，也睡着了三个钟，不赢回来哪里能睡得好！要不要现在开工？我过来吧？”他心情急切，语气比较亢奋。

“好吧，你过来吧，三楼见。”

小陈也被我们的通话吵醒。她趴在我的胸口，问：“怎么，有朋友过来？”

“没事，是昨天认识的一个赌友，比较合得来。”我说。

她的手机响了，应该是老陈，他们在电话里用浙江方言通话，于是我下床去洗手间冲凉洗漱。

我从洗手间出来，她已经和老陈通完电话，望了我一眼，有点难为情，半羞半笑地用浴巾裹着冲进了洗手间。

她在里面冲凉，我躺在床上两手枕着头发呆。赢钱、睡眠、情人、做爱，这让我整个人从内到外都很舒坦放松，全身像被热熨斗烫平了一次。但这种感觉不够清醒，太暖，太懒散。我想要的赌钱状态，是好像春夏之交的季节跳进威尼斯酒店的游泳池一样，初入水觉得冰冷，继而通体凉爽、洁净透骨的感觉。凉与净的感觉很重要，昨晚和霍斌一起赌钱，就是这种清醒的感觉。

“嗳，你搽润肤霜了没？”她在洗手间里喊我。

“什么？”我走进洗手间。她冲完凉正在化妆，身上裹着大大的浴巾，肩膀上还留有几滴水珠。我光着上身，只穿着一条内裤，从背后抱着她。

“帮你搽点润肤霜，赌场的空调太干燥，对皮肤不好。”她手涂了一点润肤霜，转身涂抹在我脸上。

这样抱着她让我突然又来了冲动，我扯掉她的浴巾，把她扭转过身，我们在浴室里站着又做了一次。

事毕，她在淋浴室帮我洗净，她抱着我，嘴唇和着喷洒下的流水一起亲吻我的胸膛，说："我都快疯掉了。"

霍斌不知道住哪个酒店，他速度很快，我们下来三楼的时候，他已经坐在赌桌旁，右手又在滴滴答答地玩筹码，今天他的司机要接送银行朋友没过来。

"阿嫂？"见到小陈，霍斌赶忙站起来问。

"不是，是我好朋友，叫小陈就行了。"我说。小陈在一旁礼貌地对霍斌点了点头，不知她心里怎么想。

简单吃完早餐，我把账房的筹码全部取出来，我的总共是126万，霍斌的筹码是95万。

"怎么样，我们包一张台打吧？"霍斌提议。在贵宾厅包台，是指用100万以上筹码独占一张赌台，这样不经我们同意，别人就不能在这张台投注。

我觉得建议不错。昨晚牌路不错，胆子也够了，吃亏在限红太低。如果今天能撞到好路，赢钱就要靠几次关键投注。我俩看路的习惯相近，又有昨晚的成果做基础，如果今天能冲刺成功，兴许是一个翻身的机会。我们三人情况虽然各异，但都太希望能回归正常生活了。

外厅赌客比较多不适合包台，我们选了内厅的一张赌台，就是昨晚开长庄的那个。台面的投注限红被我们调整到2万—80万，这样如果信心来了，就有机会和它对决一次。

我现在的策略已经和以前不同。以前用5%的渐进式投注策略，是基于梯次进攻，及时回防，有好路收功，没有好路也可以耐心等待思路上来的。换了几个月前赢98万元我早就走了。但现在时不我待，我走错了夜路，灯笼熄灭前要回到家门，所以我确实心急。这次已经兑现了90万元赢利，又有一个看起来能组合起较强气场的战友，我决定冒险一博。只要看准了就要果断推大注，我的目标是再赢100万元—200万元走人。

等待下大注的心情是很紧张的，多希望老天开眼，能给出一条长路，50万、30万、60万、80万……这样的投注顺序直到把台面推满，连赢八九口，能一次把我们三个人从苦海中解救出来。如果给了我这个机会，我发誓从此不会滥赌，恢复正常，回家照顾妻儿老小。我从此会向智深学习，偶尔小赌，只当成娱乐。

起注2万，如果不中的话每次损失也不小。所以我们三人经常是合并在一起买2万，我和霍斌一人1万，小陈则有时搭两千上来，但经常会被我退回去，没有足够勇气的时候，我不希望她跟注。

好路为什么还不来？我们的大部队在后方跃跃欲试，但始终找不到冒头的敌人。这样消耗不是办法，我已经不知不觉损失了10万，霍斌也是如此，他越来越紧张，右手摆弄筹码的滴答声越来越快，手指不停在交错运动，几乎是弹吉他一般。

"佢老母，打了两局牌，一点路也没有！"霍斌挺直了腰，勉强挤出一个僵硬的笑容望着我，这又显出他的紧张。他的性格不够坚毅，难独立杀伐决断。从敌方的角度，可以看到他的破口太多。

小陈也紧张，她轻声对我说："我去趟洗手间。"起身走了过去。

见她走开，霍斌贴过来小声在我耳边说："我们是不是阳气不足了？我昨晚也搞了一条女。”

“别怕。”我说。

紧张，是因为我们把每一次1万2万的投注都当成50万。这是侦察兵，只要勇气被调出来的那一刻，我肯定会把真正的50万部队投下去。我们一定要找到连赢几口的长路，用50万的起注开出一条康庄大道。老爷爷，大日如来？你们在哪里？

这一条下来的庄非常像长庄，因为庄赢都是秒杀，而且昨晚这张台开过两条长庄。

小陈用普通话问我：“是不是要出长庄了？”

霍斌也用粤语问我：“好似係个长庄来了哦！”

来吧！破釜沉舟干一场了！朋友、情人，我们不是为了寻求刺激，而是为了解救自己！

“上！”我把50万筹码推到庄上，霍斌推了30万，小陈把1万的筹码放进我台面筹码堆里，意味着在50万里包含她的1万。

我开牌，7点。这个点数让我们更紧张，7点不小，但荷官有博牌的机会。霍斌把筹码玩得“滴答”响，我吩咐荷官：“开一张！”

荷官开出来一张黑桃6，我们大喜，拍着桌子齐声喊：“公！”

A！荷官开出来一个梅花A，和了！

“妈的B！”连小陈嘴里都骂出了这样的字眼，我和霍斌心里想骂出口的更加恶毒。

飞了一口牌，开出来果然是个庄，这让人气不打一处来，我们三人有种被欺骗的感觉。

“继续！”我又把50万筹码推上去，霍斌和小陈原样跟上。我对霍斌说：“这把你来看牌！”

“好！一枪过！”霍斌摩拳擦掌，两张牌派在他手上，他把牌按在桌面，慢慢地看牌的侧沿。

“一个公一个三边！”霍斌汇报，他吩咐荷官：“开出来！”

闲开出是6点。

“好！”我们三人异口同声喊了出来，三边只有6、7、8，这下是有赢没输了，我狠狠地用茶杯盖敲了一下杯口。

顶，顶，顶，我把头伸过去和他一起“努力”，但空洞洞的，霍斌没有顶出第一个点。

紧张！成与败，不止是这已经入袋半截的80万，还有我们后续投注的信心！小陈的粉脸涨得通红，霍斌开牌的手指已经在发抖。

“顶，顶，顶！丢佢老母！”霍斌手指把牌弹飞，愤怒地抓起手中筹码往桌上一拍，筹码反弹四处飞散，有两个落入了荷官的筹码盒里，还有几个掉在地上。

是张6，又和了。老天为什么要捉弄三个可怜的人？

十二

荷官监理走过来，筹码落入他们的盒子里，他们要打电话让监控室看回放，证实后才能取回来。

“老板，慢慢来，别这么激动啦！”监理官模官样地对我们说。

我心里开始不安，虽然我还试图克制住自己，但情绪也表现在脸上了。小陈怕我过于急躁，她用脸贴在我的手臂上安慰道：“别急，静下心来再等机会。”

怎么静心？魔鬼好像苏醒了，否则为什么开了这么多把，唯有这两把80万的打和？有这么巧吗？而且都是包赢的局面。那怪物也许此刻正沿着墙壁爬上来，伸长了脖子左嗅右嗅，它在寻找我的存在。（老爷爷：傻小子，赶快走吧！现在走还是完胜离场！）

魔鬼要赢你的时候，它不会先从桌面筹码开始。它诡计多端，先想办法让你丧失定力，击溃你的意志，再让你乖乖把筹码输给它。我此刻就是如此。台面有100万，我仍有大幅的赢利，但是我已经气急败坏，小陈忧心忡忡，霍斌更不用说。

我们三人已经赌红了眼，不是输红的是气红的。两把80万在袋口望财化水，这个玩笑太残忍，所以我们是忍着怒气在投注。牌路越来越乱，我虽然不敢再推50万的注码，但也输出去两口10万，很快，我只剩下70万的筹码，霍斌只剩40万，小陈只有一万多了。

我曾经是一个冷酷的赌徒。在4月份以前，这种局面我可以回房睡觉。别说还赢几十万，就算200万还剩20万我也能酣然入睡。这种定力在赌徒当中不多见，所以那段时间我回回赢钱。

现在我是一个愤怒的赌徒，我们三个都是。输红了眼，除非有一根木棒将我一棍打晕，否则我决不会离开赌桌。我要再推一口50万，不管他娘的是谁在背后搞鬼，不管老爷爷和大日如来是否已对我失望，我宁可玉碎，不为瓦全。

来吧，我把50万筹码推进台面，霍斌跟上了20万，小陈把8000元也压在我的筹码上。

对家只有4点，我是J和Q，没点，我要补一张牌。

该死的魔鬼，来个8要你死！我一边咒骂，一边开最后一张牌。开出来看到是魔鬼的脸，一张K。魔鬼早就爬进了牌里，人模鬼样，它就是。

我还剩20万，小陈只剩几个1000元的筹码。

我嘴里诅咒着，骂骂咧咧地起身离开了这张赌桌。隔壁是限红50万的赌台，一个斯文的眼镜男正在收钱，他上把开出9点的庄。于是我想也不想就站着把20万筹码压在庄上，霍斌的20万，小陈的几千也全部跟着我押上。

荷官开牌，闲9点。

“保持联络。”我跟霍斌打声招呼，看也不看眼镜男开牌，拉着小陈就走。

走出几米，小陈回头望了望，又转回头，咬着嘴唇说：走吧。

回到房间，我坐在床边，心中的怒潮快把这家酒店掀翻。昨晚是赢98万元，现在是倒输28万元，好不容易筹集来的120万赌本又没有了！我抓起床头柜上的茶杯想往地上砸，但又不愿意再赔多几百元给这个可恨的死敌。于是我拿起一个枕头，把它抛在空中从房间狠狠地一脚踢到厅里，又从厅里狠狠地踢回房间，在房间里练习射门运动，直到我踢得没力了四脚朝天躺在床上。

床上有两具“尸体”，一具女的，一具男的。

女的死状是双臂蒙着头趴在枕头上，男的死状是瞪大眼睛直望着天花板。

过了一会儿，女尸体动了，她侧过身，挪了挪身体，躺在男尸体的胸上。她一开始是用纸巾不停地擦眼泪，后来就忍不住在男尸体的胸口低声哭泣起来。

男尸体也动了，他转过身，双手把女尸体抱紧，想安慰她，但他也不知该说什么好。

“赢不回来了，不管怎么打都没用，”小陈止住了哭泣，用纸巾抹干净鼻子，说，“以后都不知道该怎么办。”

“老陈有什么打算？”我问。

“他刚进中介所上班，现在一套房子也没卖掉，只是做了几笔转租。唉，我们现在自己开店也没有信心，再说找亲戚朋友也借不到钱。”她说。

“房子还在吗？”我问。

“嗯，是和我父母一起住，他们也出了钱买的，女儿就要上幼儿园了，现在都是我父母在带。”她说。

谈到这个话题我不想接下去，于是我沉默着，亲吻她的眼睛，有手掌摩挲她光滑的手臂。

“现在该怎么办？我想叫他把最后那5万块打过来，但我一点信心也没有。”她说。

“不要，”我阻止她，“必输的。你看今天那两把80万，老天是存心这样做，它盯死我们了。”

“这样输完了回去真傻！又不甘心。每天在家里装成没事人一样，其实见到父母女儿就心里难受，出门上街都觉得自己活得像条狗！回去再花几个月就什么钱都没有了，只有留在澳门才觉得有点希望。我真后悔当时和他过来旅游，稀里糊涂就走上了这条路。”

“呵呵，法律上只有诱奸罪，没有诱赌罪。赌场装修得像皇宫一样，说是博彩娱乐，其实就是希望我们搏命，把一辈子赚的钱拱手送给他们，就算死了也没官司可打。”我嘲弄地说。

“你还有没有好办法？你觉得我们能不能慢慢赢回来？每次赢一点也好，够家里用，再慢慢积攒起来。你想想办法。”她抚摸着我的胸口，幽幽地说。

她说的就是我一直在做的啊！只是事与愿违，看起来简单的事，其实极难。魔鬼不会让我们的计划轻易得手，中途总有这样那样的意外发生。但我心里也与她一样抱着这种希望，只要有一口气，仍不愿向赌场投降。

“实在不行，你让老陈过来澳门工作吧。我公司也准备要找个人长驻澳门，洗洗码招待客户什么的，每个月一两万港币应该不是问题，但他自己不能再赌了。”我说。

“他其实不滥赌的，他胆子小。到这个地步主要原因怪我。”小陈说。

她想了一会儿，越觉得我这个提议似乎不错，于是语气有了一点振奋，说：“那不用老陈，干脆我来吧！你觉得我能做吗？”

我就知道她会这样想。我说：“不行，还是老陈好些，你总得照顾小孩吧。洗码要经常熬夜，女人干半年一年就残了；而且大部分客户都要吃饭桑拿，没有男的出面招呼不方便。”我亲昵地握了握她的乳房，说：“再说，我也不忍心把你送进虎口。”我指的虎口有双重含义，她应该懂的。

“嗯。那你要尽快安排好通知我，真的是撑不下去了。其实，我还是有点想自己来。”她把我的手从她的乳房上拿出来，与我十指相扣。与她在一起不只是为了情欲，总觉得和她一起曾经历过很多事，也许是前世的孽缘。我心里有时会有恍惚的感觉，觉得小陈就是小萱的分身。

想到我们的赌厅，我觉得还有扭转败局的可能。小陈也因我的工作许诺而有了新的盼望，脸上开始有了笑容。她的皮肤很好，又滑又细，所以近看的时候要比远看更好看，躺在我怀里，就像一朵美丽的荷花。

手机响了，电话里传来霍斌气急败坏的声音：“大佬，走了没有？在哪里？”

“在酒店里，怎么了？”我问。

“又输了30万！佢老母，真是激气！我上来房间坐坐！”

“上来吧。”我说。

霍斌看起来有点错乱，开了门挤出的一副笑容比哭还难看。他进洗手间洗了把脸，摘下眼镜后眼睛眯成一条缝，原来他是高度近视。

“阿嫂，没打扰你们吧？”他向小陈问候。这个称呼让小陈对他增加了好感。用广东话说霍斌是个“醒目仔”，在交际应酬场合让人感觉比较厚道舒服。

“佢老母！签了30万出来几乎一把没中，十几分钟就没了！”他坐在客厅沙发上，情绪稍微稳定一些，小陈泡了两杯茶端过来。

“那两把80万和之后就该走了，我们还留在那里就是傻子。”我冷笑着说。我也后悔得狠，但后悔没用，现在才清醒过来已经晚了。

“唉，赌不赢！”他苦笑着说，“辛苦赚钱几年，输就是一小时的事。”

“对了，你带银行的人过来澳门，他们还敢贷款给你吗？”我心里一直有这个小小的疑惑。

“不关事，是私人关系。我就是想邀他们一起在澳门做点投资，他们昨晚过来考察。我们想筹笔钱放在澳门洗码，他们个人有办法筹到闲钱，不用通过银行贷款的路子。我现在从广东会出的码都是我们中山一个朋友的，每次我过来给他电话，就可以直接从账房拿筹码。这两年他洗码赚了不少，又换车又买别墅。我们几个赌钱的就越过越惨。真的是输怕了，赌场太犀利，打不过它。”

“这确实是条路子。”我说，我觉得和霍斌会有很多合作机会，于是我把我们投资赌厅的事情简单和他介绍了一下。

“以后怎么合作呢？客户资源共享？”他虽觉得合作很好，但一时还不知该从哪方面着手。

“别急，慢慢来。不要从签码开始。因为好的客人肯定留给自己，如果自己不敢做甩给别人的那肯定是高风险客人。我们先从服务上开始合作，兑换港币，酒店住宿，小额的资金拆借，这些我们都可以共享，再慢慢朝一个合股公司的方向运作。澳门这个地方服务行业利润空间大，基本是面向赌客，不过澳门人这几年钱来的太容易了，这使他们赚钱的态度有点傲慢。我打个比方：很多赌厅月结码粮是1.1%，但当天即出就只有0.7%或者0.8%，这样一万块码粮就整整少了四千块，这就是傲慢的服务，欺负赌客输完了急着要钱；还有一些贵宾厅，即使客人在他们厅里洗码，周末订房也收三四千的房费，这也是傲慢的服务，因为酒店给的折扣价根本没这么高；还有街上每天的汇率差也是高得离谱，很多当铺汇款还加收手续费。如果我们挤入这个市场，凭我们内地资源的优势，扩大客户群，降低一点毛利率，完全可以把生意做得很大。”我说。

“有道理！自己赌不如经营赌，我们找客户的能力肯定要比澳门人强。”他说。

“而且我们可以把对客户的服务延伸到内地，形成类似会员制的稳定客户群，降低他们在澳门的赌钱成本，减少他们的一些顾虑。”我说。

“对！维护客户我们比澳门人更有优势。”

“你这次准备筹多少钱？”我问他。

“计划第一批是2000万港币，我这边已经没有什么闲钱了，这次又输了160万，回去得放一个商铺才能还这笔数。投资的本金要靠那两个银行朋友去张罗，利息成本也不低，争取控制在两分半。”他说。

“两分半是现在资金的行价，一开始有点压力，但生意上手后问题不大。你最好能先保留一半作为活钱流动，不要全部放进赌厅里。我们两家这点资本在澳门不算什么，一定要联手打开局面。”我说。

“现在能筹到多少还不一定，要等他们的消息。我本来想这段时间先自己赢点回来，输了这么多，现在做什么都没心思。”他苦笑着说。

这是我们共同的软肋。我长叹了一口气，说：“其实我也和你一样，这些经营计划我早就做好了，本来早就该放手做，大家都是生意人，要运作起来也很快。只是明知应该做点正经事，但输掉的大头赢不回来，心里始终是不甘，荒废了正业。天底下赌钱的人都是这个毛病。”

“你们赶快搞起来，我好过来澳门给你们打工。”小陈在一旁插嘴，看来对这个计划最兴奋的应该是她。

“不是吧，阿嫂，有谁能请得起你啊！”霍斌假装惊讶地说。

调笑归调笑，三人心里的苦涩始终排遣不去。又损失了120万现金，而且这笔钱是公款，我该怎样把这个漏洞补上？和霍斌讨论的赌厅业务当然是有前景的，但缓不济急，再怎样赚钱也没有80万筹码摆上桌开一把来得快。我无法一直憋着这么大的秘密，如果不能尽快消除，在它爆发前我会活活憋死。魔鬼赢我也正是赢在这一点上。

“今天你还有什么打算？”我问霍斌。

“赌是肯定不能赌了，今天朋友也不会签了。我等下回中山，这几天看看情况再说吧。你们呢？”

“我也准备回去了，”我望望小陈，她斜靠在沙发上冲我撇了撇嘴没有表态，看来有不想走的意思，我拍拍她的手，说，“你也回去吧，输完了待这里不是什么好事。”

她咬着嘴唇点了点头，说：“那什么时候走？我先打电话问问机票吧？”

“不用，我让公司帮你订。”我打电话给公司的小武，让他在网上订一张从深圳飞往温州的机票。过了十分钟他回了短信，说订好了一张今晚8点的航班。

现在只是中午2点，我们在金沙三楼的餐厅简单吃了顿日本料理，与霍斌分手。望着他用胳膊夹着包像一只斗败的公鸡沿着扶手电梯下楼，我突然明白，在别人眼里赌输的人原来是这么可鄙可怜。我们本来都有很好的生活，如果在内地，平日里他应该和我一样都是意气风发地呼朋引伴，也被他老婆和家人平日在人前引为自豪吧；可在这个弹丸小岛上，我们背着家人，轻率输掉了大半身家，却只能博得这些赌场荷官、公关、餐厅招待们的一声叹息，甚至暗里讥笑，第二天起我们的痛苦就无人记起。我为什么要来到这个冷酷的世界？我该怎样才能全身而退？

“走吧，回深圳。”我拉起小陈，她几乎要沦为女赌鬼了，站在一张挤满人的赌台边观望，看起来还对赌场恋恋不舍。

小陈挽着我的手，说：“我们去打一会儿老虎机吧！看能不能中个大奖。以前听说有个香港男人，他妈妈生了重病，家里欠了一屁股债过不下去，他带着最后四千块钱过来澳门自杀，结果打老虎机中了两千万，回去就开了个小超市过好日子了。”

我嘲笑她：“这故事也许是真的。不过中大奖的只有一个，想必输完自杀的人要更多，老虎机都是设定好赔率的，哪有可能赢钱？”

“就打一千块试试，我包里还有几千，说不定有运呢？”她嬉笑着对我撒了个娇，硬拽着我往老虎机赌厅走。

我拗不过她，我口袋里虽然还有三万港币，但我知道拿出来也就是送死。于是看着她乒乒乓乓地拍打老虎机的按钮，机器里发出各种古怪妖邪的音乐，可惜老虎嘴里也吐不出象牙，一千块港币很快就没了。

“气死我了，妈的也不给个小奖中中！”她气恼地最后拍了一下按钮，旁边一个五十来岁的赌场保安马上走过来，警告说：“小姐，不可以这样拍机器，拍坏了很麻烦的。”

这赌场里的老虎机不知要过多少人的命，所以在他们眼里机器当然比人更高贵。我懒得跟这些打工的保安理论，拉着小陈离开了赌场。

回蛇口的轮船上，小陈靠在我的肩膀上打盹。她不是没睡够，是输得心累了，有气无力。这种感觉每一个输钱的赌徒都体会过，离开赌场后，生活中的烦恼越来越多，只有睡觉才能片刻安宁。

我望着她精致的脸，即使是睡着也皱着眉头，美丽中带着憔悴。幸福的女人睡眠是安逸恬静的，和小萱一样，此刻的她也脱离了幸福。虽然只和她共度了两日，但我隐隐对她动了一些感情。这种感情和爱情、情欲、一见钟情都不相同，更有别于一夜情。上回与番禺妹发生的一夜情在我心里几乎没有痕迹，说得无耻些直白些就是我只是借她改善了一次睡眠而已。而与小陈的邂逅，让我想起白居易写给琵琶女的那首《琵琶行》，“同是天涯沦落人，相逢何必曾相识。”我们共同经历了赌的痛，彼此交换着不可告人的秘密。这每每让我怜惜她，想帮助她，因为她和我一样也正行走在罪恶的道路上，而她的能力微弱，随时会被赌场吞噬。我心里不止一次想过：如果有一天，她输光了，混迹在澳门会发生什么事呢？她肯安心回家吗？还是在澳门借高利贷，沦落为风尘女？我没有照顾好雨辰，没有照顾好小萱，又一直对小萱隐瞒着真相无处发泄。所以当小陈视我为依靠的时候，我就无法见死不救。她是个少妇，比少女更加温柔贴心，和她做爱的感觉很痴狂，那种感觉让我事后十分迷恋，但这又让我更觉得对不起小萱。财务上欺骗了大家，道义上背叛了朋友，如今又在感情上背叛了小萱，每迈一步都渐行渐远举目无措，心里的空虚感像一个巨大的黑洞，也许用海水都填不满。

不管这个女人是否太滥赌，是否该咎由自取，请老天原谅她，不要让她跌倒在澳门的街道上沦为泥泞。我同情她，因为我也是一个赌徒。一个人的意志无法抵抗整个城市的诱惑，何况这个城市伪装成天堂，如果小陈沉沦了，后半段的凶手是澳门赌场，我是这么想。

开车送她去机场的路上，我左手开车，右手与她十指相扣，她握得越来越紧，似乎生怕我一去不返。车子开上候机楼的立交桥，她忐忑不安地说：“去澳门工作的事，你要尽快安排好，我等你的消息。”

车子停在二楼出发大厅的门口，我下车打开后尾箱帮她取出行李，她在一旁孤立无助地望着我。这里不能临时停车，旁边就站着一个交警，我无法陪她一起进出发大厅，她只能依依不舍地拖着行李箱转身而行。

我正准备上车离开，她把行李箱放在地上冲了回来，双手搂紧我的脖子接吻，我们忘情地吻了很久，似乎有几分钟。

“你一定要帮帮我，千万不要丢下我！”她在我耳边大声说。

十三

※ 职业众生相

我领你们进入肥美之地，使你们得吃其中的果子和美物；但你们进入的时候，就玷污我的地，使我的产业成为可憎的。

——《圣经·耶利米书 2:7》

告别了无助的小陈，我又回到惶恐的生活中。我发现一个人若是长期隐瞒罪恶的秘密，会很憔悴。刚开始，这个秘密只是让你心神不宁，但老练的社会经验还是能让你克制住，勉强让外表无异于常人；但久而久之，这个秘密会啃噬你的内心，使你逐渐丧失一些五官的能力。心事重重，对别人的话语反应迟钝，对身边的风景视而不见，触觉越来越不敏感。以前幸福悠闲的时候，我喜欢在家里和老婆一起看《非诚勿扰》相亲节目和《乡村爱情》这些轻喜剧，但现在我只想看刺激感官的战争片或惊悚罪恶片。渐渐的这个秘密还会让你丧失自信心，工作交往中显示出底气不足，不愿意参加朋友们的社交活动，开始会羡慕旁人的生活，至少羡慕他们不用每日忧心忡忡。

光明他们明天就会过来开会，我还是要打起精神，拿出一套完整的赌厅经营方案；虽然与霍斌的合作能否成功还是个未知数，但至少是个利好，可以拓展我们经营的思路和内容。

以赌为职业，经营赌会比自己赌要好得多。你是不是还要弱弱地争辩一声：“自己赌博至少不害人！”未必，自己赌博害的是家人和身边人，经营赌反而能让家人衣食无忧；如果全世界人都自己赌，估计人类文明逐步就会毁灭，如果全世界人都经营赌业，那赌场反而消亡了，大家又不得不忙别的工作（胡言乱语，末世的逻辑而已）。赌的世界难分善恶，更不会同情弱者，这个世界的游戏规则就是如此残酷。就算另一个世界也是如此，你看但丁《神曲》里的地狱之行和十八层地狱的描述，你就知道赌徒和庄家殊途同归，在地狱里受到的煎熬酷炼没太大区别。

在澳门经营赌业的人我认识不少，在这里，我抽选几人，看看他们的职业生活状态。

第一位，先说说华姐和她的手下。在赌博行业里，第一梯队是赌场和赌厅，华姐是属于做后勤服务的第二梯队，洗码是她只对熟客开展的一项业务，她的主营业务还是兑换店和旅行社服务。华姐自己赌不赌钱？她也赌，澳门本地人哪个没有赌过钱？不过她玩得很小。之前我场场赢利的时候，华姐觉得我的打法有点道理，于是每次也拿两万筹码跟着我下注，一口下注两千四千，虽然是下如此小注但她也比较紧张，一旦赢了一万元她就会马上收手兑现，占点赌场的小便宜，这个习惯跟阿强一样。在旁边的游客眼里会以为我是大老板，华姐只是一个帮我洗码的大姐。其实华姐的身家早就过亿了，每年还有固定的几千万元收入，与她相比我只是比打工族好一点而已。不过打工仔在赌桌上拿几百万元搏身家性命，真正的亿万富婆却拿几千块享受赌博的刺激，这是不是很滑稽很讽刺？华姐更喜欢打的是老虎机，她每天都陪客人泡在赌场，没事的时候，就自己拿几千港币玩老虎机。华姐老公更喜欢赌，看样子他年轻时是个花花公子，快六十岁了还喜欢年轻人的衣着打扮，穿带花纹的名牌衬衫，牛仔裤屁兜塞着 GUCCI 钱包在赌场晃悠。有时候他会自己偷偷拿两万港币去打百家乐。华姐过来赌厅看不到他，就会说："呢个烂赌鬼，肯定又偷偷去咗大厅赌钱！"不过以他们的家底，这个程度的赌博确实只能算娱乐，每天输一万元也不会动摇根基，但如果真的每天输一万元的话，很快就会抓狂，不服气干出更蠢的事。

华姐身边的男人们都是在帮她打工。包括她的两个哥哥、路仔、杰仔等。他们每个人都赌钱，都有过输光的经历，但终究有不滥赌的华姐这棵大树支撑，庇护住大家，才逐渐形成了现在一个稳健盈利的公司模式。她两个哥哥在公司里当司机，每天开着两地牌来往珠海澳门接送客人。路仔 32 岁，有段时间也赌得天昏地暗输得身上连十元都没有，天天睡眠不足，华姐差点把他辞退掉。后来观望了两个月，看他有心悔改又把他留了下来。路仔的待遇不错，跟着华姐干了几年也在珠海买了车买房。

华姐的生意就是数钱，汇兑港币和代订酒店的利润都很高，几个连锁店财源滚滚，每天店面过手都是整麻袋的现金。如果华姐带头豪赌，那无异于三峡大坝开闸放水，估计全公司几个月就会玩完。

第二位是黎仔，广州市增城村民。36 岁，是光明多年的麻将牌友。

黎仔是赌业里第一梯队的，他曾是职业洗码人。他在澳门的遭遇与我和霍斌很像，应该说是颇能代表在澳门从事职业洗码的内地人，是一个活生生的警示录。不过他两年前已经回到了增城，目前赋闲在家，再也没去过澳门。

随着 2004 年增城地区房地产业的兴起，黎仔所在的村也获得了不菲的拆迁补偿，黎仔 30 岁的时候还做出了一个很明智的投资，就是向村里购买了一块地盖了套三层的厂房。每月通过厂房有固定的租金收入。

手头闲钱过多，又没什么具体工作，每日只要一听到晚上哪里有麻将牌局，黎仔必欣然前往。我有段时间也经常过广州打麻将，通常我和光明赶到麻将房时，黎仔已经在里面百无聊赖地坐等。后来黎仔喜欢上了去澳门，对麻将不感兴趣了，只是经常和光明通电话闲聊一阵。

一年之后黎仔终于输得支撑不住，把家里几套房子和临街商铺卖掉，但还欠了几百万元的债。增城是广州地区的二线地区，房价并不太高，听光明说黎仔总计输了超过一千万人民币。

幸好那栋厂房还在。于是黎仔便向他们村的一个大佬——也喜欢去澳门赌钱的村书记借钱，提出借款一千万元去澳门洗码，用厂房做抵押，支付利息和分红。

村书记也是我们的麻友之一，支持黎仔的主要目的不是为了钱，是确实想帮帮他。于是他只提出一个条件：黎仔绝对不能再赌，如果被发现，第二天马上收回全部资金。

说是不能赌，但黎仔并不能遵守。洗码的一千万元资金存入星际赌厅的账房后，黎仔还是会时不时在外面跟别的人签十几二十万元出来赌，输了之后，又等每月5号的洗码赢利来偿还。

黎仔没有把洗码生意公司化运作，他只是找了堂弟过来帮手，在澳门租了一套两房的公寓长住。两人在澳门主要招呼一些增城地区的赌客，并通过乡里裙带关系认识其他客人。村书记也时不时会介绍一些朋友去黎仔那儿签码，所以他的客户不算多，生意不咸不淡，但一年下来，扣除各样生活成本，还是有几百万港币的盈利，减去借款利息和分红后，黎仔能入袋的利润还超过两百万港币。

但是他在别的赌厅越输越多，不但没还完之前的几百万元欠债，到了年底还增加了三百万元负债。就是说，黎仔洗码一年净赚了两百多万元，但却赌输了五百万元。

没想到彻底疯狂的一次豪赌，却是与村书记有关。

2010年春节临近，村书记和三个开厂子的老板一起也想过去澳门豪赌一番，“过个肥年”。

此行当然是黎仔招呼，难得“领导”授权开赌，黎仔也解开束缚加入战局，并且赌的金额不会比村书记小多少，村书记一次推100万，黎仔也一次推上30万到50万。

第五天后，赌局进入癫狂状态，这个五人组成的豪赌队伍总金额已经输了超过六千万元。黎仔的一千万洗码资金早已输光，大家一起向赌厅老板签码，由于他们家底雄厚，容易调查，因此赌厅老板也乐意出码。输掉的六千万元中，村书记占最大头，黎仔则是输了整整一千万元。

最后，不甘心的黎仔想再签500万元，赌厅老板提出要村书记做担保。

“要我担保可以，不过丑话说在前头，如果输了，回去就要把厂房立马过户给我！”村书记早就赌红了眼自顾不暇，哪里还有对小兄弟关怀照顾的心思，满脑袋都是顶和吹，眼里也只剩下庄和闲。

第六天，全部人的筹码被清空离场。总计输了接近九千万港币，五人鏖战了六天五夜，加起来睡了不超过40个小时（我指的是五人睡眠时间的总和）。肥年变灾年，一起乘坐电梯下楼的时候，互相望着面如死灰的脸色，无限凄凉。

黎仔回到了增城家中，关上房间门，躲在里面痛哭。哭的声音越来越大，惊动了父母过来询问，只好如实相告。家人哭过以后，又打电话召正在外面打麻将的老婆回来，告诉了她这个晴天霹雳。

十四

第三位是职业赌工小沈，34 岁，陕西人，目前在珠海定居。

说小沈是“赌工”，是因为他也是以经营赌、服务赌为职业，但他又没有做老板的资金实力，甚至连个体户都称不上，只能出卖劳力，就如一个为赌业服务的工人，所以称“赌工”。

小沈是武校毕业，喜欢练散打，还参加过广东地区的几场散打比赛。他的个子不高，170 厘米不到，但很结实，肌肉硬邦邦的，一摸就知道是块耐打的料。

最初小沈过去澳门，是在新世纪赌场帮一个洗码公司打工。新世纪赌场在澳门是属于比较破旧已没落的赌场，有很多洗码经纪人在里面开了一个个小单元的铺面，走进去会感觉像进入了拱北口岸的地下商城。这些洗码店的基本经营模式就是跟赌场月结 1.2% 到1.3%的码粮，然后当天即出给赌客是 1%，赚中间 0.2%到0.3%的差价，如果一个月洗码有 3 亿的话，码粮差价也有接近 90 万元。这种模式基本没太大风险，赌本都是客人自己带过来的，洗码经纪只需要垫付一点码粮的资金。

小沈的工作，就是在账房与赌桌之间帮客人跑腿，不停地把现金码换成泥码，帮客人点饮料叫三文治。除了几千元港币的固定工资，他的收入就主要靠赢钱客人的“打赏”。在澳门这种收入当然不能令小沈满意，于是他和众多的赌场打工仔一样，想用几万元的赌本做一个“蚂蚁搬家”、“刀仔锯大树”、“细水长流”的计划。

小沈从家里凑了 3 万港币，他的计划就是：用这三万块钱，每天在赌场赢两千块就收手。这样一个月下来就有 6 万元，一年下来可以赢 72 万元。

看起来很容易吧？用三万去赢两千万，以大搏小又是近水楼台。可实施起来偏偏就是不行，每隔十天半个月，总会遇到那么一天会霉运透顶，买啥啥不中，连输几口就把全部本钱输光。小沈说，有一次已经坚强忍耐，上午输了五口后停手，忍到下午又买了两口，最后忍到晚上买了剩余一口，就这样能忍也还是输光。

输完后小沈很苦闷，他也分析过各种原因：难道是因为搞了“去去妹”？难道是自己下注太急躁？难道目标定得太高？难道……后来他又筹了几万本钱，把目标定为每天赢一千，可悲的是结果还是一样，一个月后又是连本带利输光。

其实这个模式已经有无数人尝试过，逃脱不了大数法则，赌场聘用的数学家们早就计算好了。无非是小概率事件发生概率与速率的问题，一条斜线最终会被一条直线追上。澳门赌场那些围着赌桌下一百两百注的阿公阿婆们就是从年轻时开始尝试到现在。如果这种模式可以轻易成功，那所有澳门本地人、拉斯维加斯本地人、摩洛哥本地人，他们何必出来工作？就如华姐说的："如果赌场钱好赢，我们澳门人仲晒么做嘢？"

结果小沈在澳门待了一年半，实在混不下去，又灰头土脸地回到了珠海帮老乡老郑打工。

老郑在拱北关口的地下城有一档港币兑换的柜台，此外，他还有两辆别克商务车，是奔跑于广东各地接送赌客的。一辆是老郑自己开，另一辆就交给小沈帮他开。

有一天，小沈从拱北送一个50岁的陕西赌客去广州机场，路上一聊原来是老乡，于是打开了话匣子。这个赌客促使了小沈下定决心第二次过澳门闯荡。

陕西客说："每次去澳门赌钱港币汇率都很不划算，输的时候是高汇率，赢了汇回来又是低汇率。"

小沈问："老板一般在哪个厅赌？"

"我不去赌厅，就在美高梅和永利的大堂赌。"

"哦？那你不洗码？"小沈问。

"赢钱哪顾得上洗码！好路来的时候就得抓紧推！洗码分散注意力，值几个钱？"

"那老板一般赌多大？"小沈问。

"每次带二三十万本吧，赢一倍就撤。"陕西客说。

这真是一个好客户！小沈脑子里不停地盘算，每次三十万元的话，洗码两天至少有几万的码粮，不赚岂不太可惜！小沈毕竟在澳门混了一年半，熟悉一点赚钱的门道，于是他说："下次不如这样，你每次过来澳门我免费去广州机场接你，帮你换港币，我陪你过去澳门帮你洗码，酒店饮食全部我来付，等赢了钱，我帮你把港币汇回内地就按照来时的同样汇率，这样你能降低费用，又有个人帮你端茶倒水。"

"行啊，大家都是乡亲，我就照顾照顾你的生意！"陕西客很爽快答应了。

这个陕西客每月都来澳门两次，帮小沈打开了局面，小沈从他身上赚到了差不多十五万元，于是离开了老郑，自己单飞。

为了接送客人，小沈花8万元买了一辆二手的老款凌志。车虽然旧了一点，但翻新后也能满足客人的虚荣心。用小沈的话说：买一辆装了防弹玻璃的捷达都不如买一辆快报废的凌志。此外，他又花几万块办了一个商务签证，这样他能自由往返澳门。

小沈用这辆车自己接送客人，然后陪一些熟客过澳门赌钱，输完或者赢够后又陪他们出关，送至深圳机场或者广州机场。但自己带几十万赌资又愿意把码粮白送给他的客人毕竟不多，所以小沈收入有限，请不起伙计，凡事都是亲力亲为。

经常陪客人赌通宵，又要张罗酒店订房吃饭、帮客人买手信礼盒、买手机、电话充值卡、帮客人找娱乐，然后又开车几百公里送去机场。这让小沈累得半死，经常是送客人到机场之后，小沈就倒在车里先睡两小时，然后回到家里睡一整天。

他还时不时在珠海和澳门帮几个老板组织散打比赛，这些拳赛往往由赌厅老板赞助的。小沈除了赚取一点人工费之外，更大的目的是通过比赛认识有钱的老板，拓展客户资源。虽然累，日子也慢慢过的好了，逐步由赌工转变成一个赌行个体户。小沈 2012 年在珠海买了一套三房一厅，首付了八十来万元。

有点实力之后，小沈也开始给熟客签码。但他做事情还是有基本原则，就是坚决不搞“大耳窿”那一套。小沈的身手能打，有些珠海的车行当铺邀他一起做“收利息”和“抽水”的赌客，小沈一概予以拒绝。如果赌是偏门，他选择做的就是偏门中的正门。他只给一些看起来靠得住的熟客出码，不敢轻易冒资金风险。

小沈第一次给客人签码，就是那个陕西客。

那次陕西客带了老婆一起过澳门，输完了身上的钱，叫家里朋友汇又汇不到，陕西客便问小沈卡里有多少钱，找他借 10 万元。其实小沈的全部存款就只有 10 万港币，刷出来后就连当月的生活费都没了。

到了晚上，陕西客还是输光了，当晚他们夫妇回美高梅酒店房间睡觉，跟小沈说，第二天一早可以打钱过来。

小沈想去找个小旅馆开房，但又担心睡醒之后陕西客人去房空，毕竟大家只在赌场相识不知根不知底。他在酒店一楼徘徊，左思右想，决定还是守在陕西客的房间门口好些。

于是小沈坐电梯上楼，就坐在陕西客的楼层通道地毯上倚着墙壁打盹，没过几分钟，酒店的保安员上来，把小沈驱逐出酒店。

小沈又只好在酒店门口的花坪处苦等一整夜。第二天一早拨通陕西客的电话，这确实是个守信的客户，小沈如约于中午拿到了钱。

作为一个还在原始积累阶段的赌工，小沈的起点太低，因此他很节约也很勤奋。他对各大赌场的码粮高低、红利优惠、会员卡的积分规则、酒店的协议房价、免费餐券赠送等等都了如指掌，并且不断地更新信息。这是每一个赌工必做的工作。不熟行的赌客对这些赌场的红利赠送根本不会在意，相比之下，香港赌客较善于利用这些赌场优惠；有些内地赌客赌了几个月，不知道某赌场每天可以送 100 元的免费餐券，还天天拿现金去餐厅埋单，甚至连会员卡已经获得 1 万筹码的赠送都不知道。这就是“赌工”小沈们可以不花成本捡到的便宜，只要他能把客人招呼好。码粮是小沈收入的最大头，除非客人有指定的赌厅，否则有 1.2%码粮的赌厅，小沈就绝不会带客人去 1.15%的厅洗码，因为小沈赚到的一两百万元，就是这么一点一滴地积攒起来的。

小沈每月还是会自己赌一赌，不过他下注很小，目的已经不在赢钱，有时是为了帮会员卡增加几个积分或完成一点洗码额，这些用于兑换酒店的免费房间，又把房间通过附近的旅行社卖给赌客。

不过最大的问题就是小沈找不到扩大业务的模式，这是他的见识与能力问题。他担心招了帮手以后，带熟了徒弟没师傅，因为他做的这个生意门槛实在太低，伙计跟客人混熟后随时可以另起炉灶。

十五

今天我们的小公司要开个股东会，但扬帆在东莞太平的一家骨伤科医院住院，所以我们从广州深圳分头驱车前往东莞，就在扬帆的住院病房集合。

扬帆的病情倒并不严重，他几天前睡觉起来突然大腿痉挛，然后整个左腿就动弹不得。他老婆家有个亲戚在这家医院做主治医生，因此就过来东莞这里住院。调养了几天，我们到的时候，他已经勉强可以下床走路。

我与季军开一辆车从深圳过来，路上，季军说，光明和扬帆对我近期的情况都有些担心，分头打过电话向他询问过。

我知道他们肯定心里有些猜测，他们能猜到的都是真相，而且只是真相的一小部分。我心里很愧疚，这么多年，这些兄弟一直信赖我，想不到我会在财务上闹出亏空。但我还是要力挽狂澜，因为这个浪头破坏力大会带走太多东西，我不能就这么眼睁睁地望着它席卷而去。只要能度过这一劫，我相信我一定有能力带着大家开辟滚滚财源，弥补我的过失。

光明与大鹏从广州出发，路程比我们远几十公里，我和季军刚泡好茶，他们也恰好走入了病房。

光明目前的财务压力也不小，他在广州的公司主要做一些监控安装工程，这两年来生意平平，今年有几个业务员已经辞职，所以对我们的投资盈亏，他近期显得比较紧张。

我们公司的正常生意还是以几个大客户为主，虽然我这几个月没有发展新的业务，但对赢利影响不大。所以今天会议就主要围绕赌厅展开讨论。

我先给他们做了一个简单汇报：

“从四月底赌厅开业到现在，已经整整 3 个月。5 月份赌厅盈利分红 28 万港币，6 月、7 月则连续亏损了 69 万港币，由于按投资协议约定，亏损的股本第二月初要补齐，所以公司实际上又追加了 41 万港币投资进去。这三个月我们没有对外签码，总计有 15 人次的带资赌客在我们户头开户洗码，转码额 3000 万，按 1.15%比例月结码粮 34.5 万，返还客人部分共计 22.5 万，码粮赢利是 12 万。赌厅按 0.05%提取给我们的消费额共 1.5 万，实际供客人开房、叫餐、订车接送花费了 2.8 万，费用倒贴 1.3 万。所以实际上我们的自营洗码业务盈利是 10.7 万，但分担了赌厅的输赢亏损和管理费用 51.7 万，所以总计亏损是 41 万港币。”

我继续说：“这 3000 万的洗码中，都是客户自带赌资。两次最大的洗码是由广州的林总和澳洲回来的阿力完成，都是 50 万赌本。他们虽然没有事先转账，但知根知底且卡里有钱，所以视同现金赌客。事后我们从赌厅返还了一半码粮给他们。这才有10.7万码粮赢利，如果我们按1%码粮给他们照退，这3个月的亏损还会更多。”

大鹏提出一项质疑：“海洋，我们一直有个疑问：目前我们只是小股东，每日通过短信接收的赌厅输赢账目，除了管理费用是固定成本外，上水下水都只是赌厅的一面之词，怎样能确认他们数据没有作假？我们也不可能定期去赌厅查账。”

光明也说：“对！如果我们投资后，明明我们的自营业务已经有了盈利，但却被赌厅的整体亏损拖累，那我们占这个股份有什么意义？”

四人都望着我，这个问题是大家共同的疑问。我点点头，说：“这个问题我自己也考虑过很多次。我觉得还是要相信阿强，因为阿强说过，长线来看，赌厅肯定是赢利的，我们的投资是要享受分红，而不是承担亏损。而且他们已经有一个成功的模式摆在那里，四年多时间，他们从几千万元的小赌厅发展到7个有规模的自营赌厅，又在广州开了酒楼会所，买地皮投资房地产，资金规模早已上十亿。我觉得跟着他们集团一起运作，我们可以学到很多东西。再者，我们随时有退出的权利，到达止损位我们可以退股。如果他们账目长期作假，不让投资的股东得到实惠，我想股东个个都不会是傻子，这个赌厅也经营不下去。”

大鹏问：“如果他们确实是作假，一年下来明明赌厅大幅盈利，但在报表中只是让小股东勉强有一点分红呢？”

我说：“我们自己也有成长性。如果赌厅账目一直有可疑，在这个平台上运作一年，即使脱离赌厅，我想我们也有能力独立运作一个澳门博彩中介公司。”

同学当中，扬帆性格敦厚沉稳是大家公认的，平时的会议他一般很少说话，不过今天他却很严肃地说出了自己的看法：“海洋，其实我这几天在医院里一直在思考这个问题：我们到底该不该投资赌厅？这件事我们是不是做错了？从投资澳门的第一天开始，你关机连赌三天，输了120万，然后两个月时间不到，家里又出这么大的事，我们就私下讨论过，是不是我们命里不适合去做？因为赌毕竟是一个偏门。我们几个一直做的都是正行，又没什么较大的资金实力，开赌厅，根本是我们之前想都不敢想的事，只不过由你牵头提出要做，大家才全力支持。但是到今天，好处还没见到就先吃了大亏，你又是最大的受害者。我这几天住院，也不知道是不是和这件事有关，我觉得是老天对我们的一个惩罚，警告我们没这个命在赌厅上赚钱，你有没有想过这些？”

扬帆继续说：“另外，赌厅要经营下去，就要以签码盈利为主。签码其实就是害人，因为我们只能签码给熟人和朋友，长赌下去他们肯定是输的。可能他们输了一个亿，我们才赚到一千万，这种钱我们到底该不该去赚？如果涉及到追债，又更让人担心，我们这些人本来就不愿意跟黑社会或者追债公司扯上关系。但是不签码，赌厅业务还有多大空间做？所以我觉得，我们是不是该终止赌厅生意。”

扬帆说完，光明也接着话说：“其实赚钱大家都想，说实话，现在四十岁的年龄，一套房子一辆车出门也就是个穷人。我并不排斥赌，只要开赌厅能赚钱，洗码能赚钱我都愿意做。但就是怕像扬帆说的，我们几个是不是有捞偏财的命呢？如果没有，硬来只怕反惹火烧身。”

我摇摇头，反驳他们的观点，说：“如果论赚钱，在这个世界上，至少在我们能接触到的范围不会有什么钱比澳门博彩更好赚。每年有几千亿资金涌进澳门，如果说这些钱都是不义之财，有因果循环，那所有澳门人都应当招致报应，因为澳门的所有收入都基本和博彩有关。雨辰出事是我自己没照顾好，我并没有归罪于澳门。扬帆，你也不要因为这次住院而产生太迷信的想法。如果要从金钱的根源上去区分善恶，那我们的菩萨心肠在商业社会就显得可笑。根本区分不了，我们也没这个义务去区分，就算炒股票也会有人破产跳楼。我们搞赌厅，肯定不会为了赌债做威逼恐吓的事情，即使产生了赌债，也要通过正常的收债技巧和法律手段解决。而且，我也并不支持赌厅生意以签码为主，我们可以向华姐学习，以服务为主。”

我喝了一口茶，接着说：“我和光明一样，对钱很焦虑，有很强的危机感。因为我们身后缺乏坚实的福利保障，害怕家里有灾祸，害怕生病，一场大病可能会让全家倾家荡产。没有几千万现金在口袋里放着，我就很难有安全感。如果谈到责任，我觉得责任也是有限度的，对我们来说，赚钱养家就是尽到了责任。”

“打断一句，海洋，”大鹏插嘴问，“你刚才说不签码以服务为主，那要怎么靠服务赚钱？”

“我打个比方，阿强他们集团在澳门有7个赌厅，我们凭一千万股本抵押，现在可以在任何一个厅出码，而且收足码粮。这就使我们经营上有较大的覆盖面。我们可以发展现金赌客的客源，而且不限于从澳门发展，在内地就可以做聚集客源的工作，前店后厂，甚至逐步推广一种会员制。我们可以用短信或者微信每日向客户群提供信息，公布酒店房价和赌场优惠，按接近酒店协议价提供订房，用汇入汇出同等汇率的政策吸引赌客在我们账户买码，再利用码粮月结和即出的时间差赚取0.2%的差价，如果客源基数大的话，这种模式一年下来也能盈利不小。”

“这样运作需要更多的资金，我们目前能做到吗？”光明问。

“可以一步一步来，只要每月开始盈利，我们有足够的时间慢慢扩大。而且我们可以寻找合作伙伴。”我把霍斌的情况简单介绍了一下。

“这种模式，别人也一样可以操作，我们并没有什么明显的优势。”扬帆说。

“对！别人也可以这样操作。如果这门生意在内地，我们会面临很大的价格竞争，要发展很难。但在澳门就不一样，澳门从事赌业的利润空间很大，即使有竞争，也是个个都在赚钱。就像澳门的兑换店越来越多，但华姐他们每家生意都不会差，赌场街边的一间稍大的旺铺月租已经上百万元。而且大家的侧重点不同，更多参股做赌厅的人还是以洗码为主。”我说。

“如果以后朝这个方向走，那我们目前还做不做签码生意？”大鹏问。

“签码一定要做。因为我们目前还是在原始积累阶段，签码确实是来钱最快的生意。”

我答。

“既然这样，那签码的风险和赌厅的亏损这两个问题还是没有解决，我们还是要承担风险。”大鹏说。

“肯定的，高收益就必定高风险，但从澳门洗码业的平均水平看，坏账率远远低于净收益率，既然已经走出了这一步，我们就必须抛掉心理包袱把它做好。”我说。

一直没开口的季军也突然插话说：“我同意海洋的观点，有钱赚的事情我们为什么不去做？”

光明说：“海洋，如果你的计划能顺利实行，确实能看到前景不错，我也同意继续经营。但是有一个前提：在业务发展起来之前，我觉得我们已经无法承受更多的风险了。如果赌厅这月开始签码后，一是出现了债务风险，二是赌厅继续大幅亏损，发生这任何一样，我们都要求项目坚决停止。至少目前凭我自己的实力是不愿意再做高风险的事情。”

他又望了望扬帆，问：“扬帆，你的意见怎么样？”

扬帆沉思了一下，勉强点点头说：“我还是这样认为：我们根本不适合投资赌厅。但大家如果愿意尝试，海洋又对此有信心，我也同意继续下去。不过，我赞成光明的提议，签码一定要谨慎，如果再出现意外，我们就必须立即停止。”

勉强达成了一致。接着我拿出一份打印好的赌厅经营方案和客户名单，大家逐条讨论了一下细节。

散会后，我和季军驱车走广深高速回深圳。几年前广深高速曾发生过一次塌方，局部封路了近两个月，那时我们的公司刚刚成立，在深圳搞了个小小的庆祝仪式后，我们几个用矿泉水浇湿纸巾蒙在车牌上，在广深高速公路疯狂飙车，最高时速达到了200公里。二十几年肝胆相照的兄弟情义，已几乎能做到把身家性命相与交托，如果不是因为澳门，何来出现裂痕？

我对手握方向盘的季军说：“箭在弦上了，无论如何要把赌厅的事情做好！公司的正常生意只要维持住就行。”

十六

第二天，我自己开车前往中山古镇，去找霍斌聊聊。

现在只有在两个人面前我是完全放松的，一个是小陈，一个是霍斌，他们给我一种安全感。

我说的这种安全感，不是那种感情或财力依赖方面的安全感，跟小萱待在家里是一种归宿类的安全感；以前刚毕业的时候跟着公司老板去吃一顿几万块的酒席也是另一种安全感；那么现在跟小陈或者霍斌在一起，就是可以彻底袒露自己、倾诉苦闷，并且有同甘共苦之感的安全感。

这几个月来我已经习惯了伪装，我前半辈子说的谎言都没有这三个月说的多。面对小萱时的隐瞒和欺骗最让人痛苦，因为我知道妈妈和雨辰的眼睛一直在天上盯着，她们等着我悔过，我每说一句假话都会让她们更痛心；面对客户时的伪装则是一种无奈，因为这个商业社会并不同情弱者，利益只会像灰尘一样攀附在更大的固体上，要生存我就必须把自己包装的更华美更强大；即使面对肖哥和黄总这些赌桌上的朋友，我也不敢摘下伪装，因为大家交往不深，对他们暴露我的输赢和家底是一种凶险，人心难测。

只有面对小陈和霍斌我才能彻底回归到真实。同是天涯沦落人，一个已成为了情人，时不时会发短信向我倾诉苦闷；一个是性格相合的老实人，也想在澳门翻身。和他们在一起，能让我压抑苦闷的情绪找到宣泄口。特别是霍斌，他境况几乎和我一模一样，而且他也具有一定的实力，也许我可以摆脱四面受敌孤身作战的局面，与这位战壕中幸存的战友并肩杀出重围。

霍斌的家在中山古镇，这是中国一个做灯饰生意的名镇。霍斌的办公室就在古镇大街上，不过他的生意不是卖灯饰，是炒卖商铺和豪宅。他有一层百来平米的写字楼，老总办公室就占了一大半以上，外头只有两个小姑娘做文员。

霍斌的财务状况比我想象的要严峻一些。

“我现在手上还有十几个单位，中山和佛山的商铺有 8 个，住宅有 5 套，惠州碧桂园有一套别墅，这些投资全部是银行按揭，有的还按揭了两次，每月付利息就几十万元。古镇还买了一块村里的宅基地建了栋十五层的统建楼，但盖了一半还没有封顶，现在处于停工状态。”他说。

“每月收租金够吗？”我问。

“哪里够用！只有几个商铺和住宅在出租，其他都还没入伙，惠州那个别墅只能摆着看，没有人会过去住，”他说，“这些单元都上涨了，要不是赌，继续捂下去过一两年至少赚千把万元。我投资的时候已经跟亲友借了一千多万元，现在就算全部抛掉，还了银行也没剩几个钱。”

“你有没有算过总共输了多少？”我问。

“输一千万港币是肯定不止了。现在我卡里什么钱都没有，我准备先把统建楼转手出去，看能不能收三百多万现金回来先把上次的签码还了，再应付这两个月银行按揭。”他说。

“嫂子呢？她上班吗？”我问。

“她自己在做，跟她家族叔伯一起开了一间咖啡加工厂，进口咖啡豆再加工成速溶粉，主要卖给宾馆酒楼和咖啡馆，生意还不错。有个儿子已经上小学了，平时是我爸妈接送。”他说。

“那你情况要比我好多了，至少现在收手的话负债也不多，跟嫂子摊牌，让她帮你继续供按揭，等过两年再抛盘不就翻身了？”我说。

“讲笑吧！被她知道了只有离婚的份！”他用粤语说，“到了这一步怎么能收手！辛苦打拼十几年赚来的家底，一两年就拱手送人，还要背一屁股债，谁肯啊？怎样都要想办法搞回来！”

“上次那两个银行朋友集资的事情怎么样了？”我问。

“还没着落。现在古镇人一听到集资就像被蛇咬一样，我们这里刚发生了一件大事，也是和澳门有关的，你听说过吧？”

他说的是两年前古镇一个老板和洗码仔在澳门输了25亿的事情，前段时间在新闻上炒得沸沸扬扬，今年5月份法院已经宣判，洗码人潜逃后被抓获判了无期徒刑，赌客判了十几年。这件事牵涉到众多的债务人，在中山古镇掀起了一场大地震。

“你家里没受牵连吧？”我笑着问。

“没有。我们跟他们不是一个圈子的，所以没借钱出去，”他叹了一口气，“要是当时也借个一两百出去，可能还比现在好些，至少吃个小亏，我就不敢再去澳门赌！”

赌徒个个都喜欢说“如果”和“要是”，如果世界上要给最容易后悔的动物排名次，那一定是赌徒排首位。

霍斌的老婆中午过来陪我们一起吃饭。她一走进办公室，几乎把整个房间都照亮，因为她是个大美女，丝毫不会比当年的关之琳逊色。她眼睛特别漂亮，丰满的瓜子脸要比林志玲耐看——虽然我并没有近看过林志玲。她的皮肤也很好，白里透红，如果不是开口说话带着中山口音，我都不敢相信中山会养出如斯美女。

霍嫂姓叶，谈吐很文雅淡定，坐下来两圈功夫茶水平就显示出商界人士的干练，她是秀外慧中的职业女性。想不到霍斌年轻时还有这等泡妞手段，把中山的“镇市之花”揽入怀中。

古镇的河鱼很鲜美，入口要比我和光明他们去惠州大亚湾吃的河豚好得多。有霍嫂这样的美人入座，这家小酒楼也蓬荜生辉，每个人都会往我们这张台秋一眼。我心里感概幸好大学时追那位校花没有追上手，否则像霍斌这样每天放老婆出门惹狼，心理压力也蛮大。

吃罢午饭，霍嫂开着她的小奔驰先回厂里。我和霍斌往相反方向走路回办公室，我问霍斌：“这两天有计划去澳门吗？”

“想去，不过没钱，签码不太方便，朋友说要我先还一半才肯签。”他说。

来之前我已经构思好一个计划，于是我对他说了出来：“这样，我去你朋友那里签100万由你担保，你去我们厅里签100万由我担保，我们一起合伙打。”

他想了一会儿，呵呵笑道：“好主意！凭你赌厅的实力，我朋友一定会签给你。”

“输赢都对半开，各自负责己方100万的欠单。”

“好！什么时候去？”

“明天吧！”

十七

赌徒想搞点钱去赌的时候,就像八路军去弄补给一样，方式层出不穷而且一定能成功。

每一个洗码仔都希望能找到优质的新客户，凭我目前公司的状态和赌厅的股份，霍斌的朋友一定会乐意签码给我；而我也可以从金沙城赌厅出码给霍斌。按公司规定，签100万码是给个人的最高上限，出码要知会全体股东，并且要征得五分之四的同意，我相信电话里光明他们几个一定会同意，因为霍斌的情况我已经向他们介绍过，在我们的客户档案里是信誉客户。这样我和霍斌就可以分别从对方处获得100万元的赌本，如果输了,只需各自负责己方的100万元还款而已。

我们的方案是先在旧金沙的广东会赌厅签100万元，第一场的目标是赢200万元，完成目标的后每人分100万元赢利就鸣金收兵，这样就不必再动用第二轮赌本；如果一轮输了，第二轮转去金沙城中心从我们厅里再签100万元，那第二轮的目的就是赢120万元，打回第一轮的成本后，每人分10万元压惊费就撤退。

如果两轮都输了怎么办？没有赌徒会去想这么多，我们从来都是向前看的。

第二天一早，我和霍斌分头出发，早上10点在澳门金沙赌场碰了头。

霍斌的朋友绰号叫“小肥仔”，中山古镇人，年龄比我们大几岁，早年也是混迹澳门输得满街游荡的赌客。不过他上岸早，从事洗码生意已经四五年，不但早赚回了之前输的老本，还买豪车别墅成功实现了逆转。今天他恰好去了北京收账，于是霍斌拨通电话，我在酒店房间和他简单聊了几句。

“有问题啦海哥！以后有生意记得关照我小肥仔就得了！”他豪爽地用“世界仔”(广东话江湖世故老道圆滑之人的俗称）的口吻说。

帮我们去账房拿码的是上次陪霍斌洗码的司机老邓，他是小肥仔的表亲。他从账房拿来一张借款单给我签字，又复印了我的身份证和一张名片，对洗码仔来说，这样简易的手续已经表明他对我的实力是非常认可了。

到了这个份上，赌博对于霍斌和我来说，绝对不是一个单纯的数字游戏。

很多涉赌未深的朋友会觉得很奇怪：为什么我在“补天计划”里每次用200万元去赢50万元都赢不到？为什么赌工小沈用3万元想每天赢2000元也实现不了？单从数学上看，赌本大于目标数倍，只要掌握投注比例，赌博完全有很大的赢面。这些朋友会暗里想：“他们的水平太低，钱在他们手里都白白糟蹋了，如果换了我来赌就一定赢。”

这些朋友不知道，不单是我、霍斌和小沈，几乎任何一个在澳门输了上千万过亿元的豪客都用过这种方法。这些豪客在内地都是各行各业的精英，在很多专业论坛或者社交场合，这些精英人士说话时旁人甚至是不敢插嘴的，只有景仰膜拜的份，不过他们在赌桌上还是输得很惨。你能说这些人全都是心态不好，赌技不行吗？要知道人家早就是成功人士，在社会成就上和财富上可是强于你百倍！赌博这游戏看起来简单，是因为我们用了一种直线的眼光去看待一个曲折的事物。

我突然来了灵感，想到一个最简单的例子，就拿数学来做比喻吧！

如果有一个天才的高中生，他平时数学测验都是冠军甚至满分，那么常规的数学考试，应当难不倒他，对吧？

但我们现在把考试时间缩减一半，本来 1 小时交卷的测验，现在限他 30 分钟完成。估计这位天才开足马力，在满负荷发挥的情况下，凭他的数学水平还是能完成甚至满分；

那我们就再加点压力：告诉他 30 分钟后拆迁队要来拆教学楼，已经装好了炸药，现在同学们和老师们先撤，就留下天才在课室答卷，如果天才少年不能准时完成答卷离场，请恕炸药无情。你觉得这位天才还能完成试卷并拿 100 分吗？恐怕难吧！

如果嫌手段不够毒辣，那我们先提前两天折腾这位天才少年一下，先熬他两天两夜不睡觉再送进考场，再让拆迁队的打锤机开始在教室墙壁上打洞，震耳欲聋，粉尘落得他一身灰，他还能静得下心来考试吗？

接着让亲友上阵，让他暗恋的女同学上衣破裂露出半个肩膀每隔 5 分钟就冲进教室拉他："快走，不走就没命了！"让他妈妈每隔两分钟打他手机哭喊："儿子，你在哪里？还不逃命？"

你觉得这位天才少年是否还能如常完成他的考试？恐怕给他一份答案照抄他都会抄错！

以上这个例子，就是举证关联事件对结果的影响。因为对于我和霍斌目前的阶段，赌博已经不是一个独立的事件，并非仅仅依数学来决定输赢。

首先我们筹集赌本要用尽办法，卡里没有钱就要动公款，借不到就要采用迂回的手段；我们还要隐瞒事实欺骗家人，内心惶惶，又要背负填补财务窟窿的巨大压力，在电话里应付债主或安抚股东，还要争取在最短时期"补天"成功！这和那位天才中学生答卷有什么区别？

为什么澳门的博彩收益会高出拉斯维加斯数倍？对于亚洲人来说，赌场最大的优势是什么？大数法则？绝对不是。亚洲人赌得太大太狠，已经破坏了自己生存的环境，就如置身于拆迁教学楼里的那位天才中学生。决定他们在赌桌上失败命运的因素太多，大数法则只是其中之一。

古龙说，李寻欢要比上官金虹更强大，是因为李寻欢心里有爱，有感情，而上官金虹没有。所以李寻欢人格更伟大，功夫也能达到更高的境界。

我觉得古龙是把自己写进了李寻欢的角色里。古龙好赌，小说中描写赌场的场景很多，传闻他也常输到潦倒不堪，经常预支稿费去买酒喝。不过如果把李寻欢和上官金虹都请入澳门赌场各自赌三天三夜，我买上官金虹赢。因为上官金虹能做到鄙弃世界，不受任何外来因素干扰，不把输赢生死放在心上，只当手中的筹码是一次数学练习。而李寻欢不行。

我和霍斌就更不行。

我们心里有爱有恨。到了这个程度，爱别人，恨自己。我爱温柔且死心塌地跟随我的小萱，霍斌爱他的大美女老婆。牌派到手上的时候，用心中无限的爱去开牌，能不能开出9点？不能，我试过很多次，心里越温柔越脆弱，开出的点数似乎还更小；心像一块铁石的时候，反而不经意连赢了十几口。到了后期我在赌桌上一直妄图用心中的爱去感动苍天，希望他被打动后能伸出援助之手。有一次打老虎机中了免费抽奖，我已经按出了两个财神，按游戏规则，再按出第三个财神就可以赢500多万元。于是我用了十分钟祈祷，向上天描述了一遍我心里对小萱对家人的爱，对朋友的愧欠，以及发誓重新做一个正直的人。然后我按下了按钮，结果只出来一个熊猫，中了266元港币。

霍斌有一个优点，他肯服从人，从不与人争辩。这种性格对于一个有点家底的中产阶级来说，其实是活得很轻松很开心的。

我们挑选了上次赢90万的那张台，在外厅的正中央。昨日霍斌愁眉苦脸是因为找不到路子筹钱，被我点化后今日拿到筹码他喜笑颜开。由于是我出面签的码，在这里是由我来做主打，霍斌坐在一旁玩弄筹码，时不时手痒他就抢过去开一次牌。气氛很轻松，但我们的注码很谨慎，最大投注也不超过3万，今日时间尚早，我们不想把自己陷进被动局面。

打到中午1点，盘点台面筹码共120万左右，上半场情况还不错。

在三楼的金莎阁吃了一份牛扒，我们继续回到赌桌开始下半场。这时，一位非常有个性的大赌客隆重登场。

这位大赌客是广东会的贵宾客户，看起来一定是亿万身家以上，姓肖，我在旧金沙经常能碰到他。

因为平日爱看湖南卫视，所以我可以听出肖总是湖南人，他个子不高大概165厘米左右，胖胖的，有点兔牙，在赌场长期挂着笑容，说话大声豪爽，有时隔着几张台我都能听到他说："昨晚在十八楼输了500万，刚才搞回来了。"

肖总很少坐定在一张赌桌下注，他四处游走，这和他的打法有关，一会儿你就知道。

我和霍斌又打了两局，不咸不淡，台面筹码还是120多万。这时，荷官开始换班，身材粗壮的大婶起身走了，换上来一个二十来岁瘦弱的年轻仔。

年轻仔荷官一坐上来就开始打哈欠，而且是连续打，霍斌于是笑问："靓仔，昨晚是不是去哪个场赌通宵了？"

年轻仔笑笑不搭腔，不过他给我们派出的点数都很大，赢多输少。

过了十分钟我们可以确定他昨晚一定熬了通宵。因为好几次他都在低头打迷糊，该补牌时反应迟钝，要我们提醒才一惊一乍地查看牌面，然后苦笑着把牌抽出来，通常又是我们赢。

霍斌在我耳边小声说："呢个死仔昨晚没睡觉，好弱哦！要不要趁他病拿他命？"

我觉得可以一试，数好筹码正准备投注，肖总从隔壁台走过来，喊了一声："等一下！"

他走到屏幕前，轻瞄了一眼牌路，然后眯着眼睛盯着年轻荷官的脸研究了十秒，又转头盯着我看了几秒，他要判断敌对两方谁脸上的气色更好。

他问我："这把你打多少？"

我说："3万庄吧。"

"好！"肖总坐下来，这是张限红2000元-30万的台，他把27万筹码推上台面买庄，说，"剩下的我买了。"

年轻仔荷官打了个大哈欠把牌派出来。"闷死别动！"肖总喝了一声，不让荷官打开牌。他自己把两张牌捂在手掌上慢慢搓开，他的手掌又肥又厚，握着牌的姿势就像握着一只烤红薯。我伸头过去瞄了一眼，是一个K和一个4，我们只有4点。

"求神拜佛喽！"肖总把牌盖在桌上，双手合什开始喃喃祈祷，"斗小、斗小、斗小！"

荷官开牌，闲家只有1点。

"继续求神！"肖总睁开眼皮小窥了一眼牌面，又眯上眼睛继续祈祷，"斗小、斗小、斗小！"

年轻仔睡眼朦胧的从牌靴中拖出一个10，我们赢了。

在广东会打了十几次，我和众多的荷官公关一样也摸清了这位肖总的打法。肖总很有钱，每次出手就会把台面推爆，出手就是30万50万，从来不会打10万以下的注码。而且他把把都押对子，固定买庄闲各两千，手头筹码一输光他就马上吆喝账房继续拿码，好像他有数不清的钱存在账房一样。他打百家乐很有特点，与一般的赌客不同，别人看路，肖总只看人。

他每天不停地在赌台之间游动，广东会在三楼和十八楼都有赌厅，所以他有时候又通过电梯上下游动，手里总是握着一摞10万的大筹码，寻找他认为可以投注的机会。

他的机会是从别人的脸色上捕获出来的，赌客的面色，荷官的面色，都是他买庄闲的依据。牌路对他完全没有吸引力，因为经常是一个新牌局只开了一两口，他一声"等一等"，盯着荷官面色研究几秒就坐下去把台面买爆。对于大多数老赌客来说，这样的投注不可思议，牌路还没有展开，毫无依据就押几十万上去的打法简直太"丧"。但对于肖总来说，我们这些绞尽脑汁研究牌路的人才是真正的傻子。

有时候他会故意问赌桌上黑头黑面的赌客（我也被他问过几次）："这口买什么？"那正输钱的赌客如果说"买庄"，这位肖总就会乐呵呵地坐下，把30万筹码推到闲上，说："我买口闲，你别买了。"

他这种打法就注定了不能在一张台长坐，所以总是不停地换台游动。不过他脸如笑面佛，又财力雄厚气场强大，就算别人被顶着打也无法跟他生气。

我看肖总永远都是乐陶陶的样子，忍不住怀疑他是不是赢了很多钱，也许他的打法才是道理。不过有次他从十八楼下来，我听到两个公关在偷偷议论："他上午刚刚输了1000万。""人家才不怕，大把钱。"

今天撞到这个就快坐在位子上睡着的年轻荷官，对于肖总来说就是抓到了一条"好路"。所以他口口推满，如果他掌中是8、9点，就大声吆喝吓唬荷官开牌，玩心理游戏；如果他的点小，就双手合什求神拜佛，求庄家与他"斗小"。

我们也一直在押注，但肖总每次一上手就推上27万，只给我们留下3万的空间，所以根本打不起来。下一把准备买闲的时候，霍斌忍不住开口笑着对肖总说："老板，别买这么大，给我们也分点肉啦！"

"哦？不好意思。不好意思！"肖总乐呵呵地取回7万筹码，做个手势说："你们上吧！"

这样我们终于有机会押上10万，年轻荷官看样子连把脖子竖起来的力气都没有了，耷拉着脑袋开了几手牌，赢四输一，我们又赢了30万。

荷官走台（指赌场内荷官之间每隔半小时一小时会交换位置），年轻仔挪到了隔壁赌台，这张也是30万的桌子，已经有两个四十来岁的女赌客落座，不过她们下的注很小，于是我们把押注筹码调整为9万。

没有路，路在肖总心中，又写在年轻荷官的脸上。此刻瘦弱的荷官就像一只瑟瑟发抖的小羊，不停吆喝和装神弄鬼的肖总就是咄咄逼人的老虎，所以只要跟着肖总把筹码推上去，就会赢多输少。又打了一个小时，年轻仔走台后不知去向，金沙赌场的荷官是在整层楼轮换，他也许去了别的赌厅。肖总的"路"断了，这一轮虎羊大战终于结束。

我们盘点了一下台面筹码，赢了82万，台面总数是182万。乐陶陶的肖总来时只有50万的本，这一轮赢了大概200万，买对子他也中了不少。他招招手呼喊公关小妹过来："来美女，帮我存100万进账房。"接着对我们豁开兔牙笑笑，用两只肥手掌捧起筹码说："我再去转一转。"

望着他的后背，霍斌无限景仰地说："这个人真係犀利！落注够狠，一个钟就赢了200万！"

我说："他既不看路也不控制注码，完全是赌运气，这种打法纯粹只寻求刺激，我们学不到的。"

肖总走后，我们开始新的一轮战斗。台面弹药很充足，但受到肖总不看路打法的影响，我们望着屏幕也突然间对这些奇形怪状的路单毫无感觉，同样的那些图形也不太听我们的使唤。

如果一个水缸已经装满了水，那再怎样把水灌进去也无济于事，唯一的办法就是不停地把水倒出来，再用瓢从池里重新舀水进去。

但这样不停地换水，缸里的水其实毫无增加，过不了多久，你就发现连池里的水也被舀干了，反而给自己制造了一个大麻烦。

我和霍斌就是如此。我们本来想抬一口200万的缸过来澳门装水，谁知道这个缸的尺寸只有80万，每次一超过缸沿，水就会倾泻出来，我们的赢利就会跌到50万-60万；然后我们继续舀水进去，又把它灌回80万。这样周而复始，吃过晚饭后一直拉锯到凌晨1点，台面赢利仍只有70万。

两人都觉得很累。

"撞邪了！"霍斌抱着头说，"这个位置冲了差不多十次，就是冲不上100万！一整天就在帮小肥仔洗码。"

"中午没睡觉，现在有点累了，"我说，"我们最高峰赢利是多少？"

"好像是82万。"他说。

"好吧，最后一口，输赢都睡觉。"我把13万的筹码推上去买闲。

荷官派牌，赢了。他把13万泥码和13万现金码一起赔给我们。

总计是赢了83万元，已经达到今日的最高峰。我和霍斌都确认水缸已经装满了。

回到房间，暂时没有赌兴，但一时也睡不着觉。于是在客厅沙发抽抽烟，谈谈债务，谈谈女人。

"最初我也是先赢了两百多万才慢慢上了瘾，谁知道一输起来根本刹不住车，更衰的是没钱还可以签码，次次赌都是透支自己的实力。输了这么多，要翻身越来越难了。"霍斌感慨。

"是啊！赌得太大，过于贪婪但命格不够，就算有钱也装不进去，就跟水缸是一个道理。"我说。

"周杰伦不是有首歌词说：弱水三千，我只取一瓢，是不是这个意思？"他问。

"你那一瓢顶得上别人好几桶了，"我戏语，我指的是霍嫂，"那不是周杰伦原创的，是《红楼梦》里贾宝玉说的。"我从小就喜欢看名著，接着指正他。

"呵呵，那得先把命格扩大才行，你有什么好办法？"他笑问。

"老实说，如果再过十年，我们一次赌几十万，相信输赢对我们问题也不大。因为凭我们现在的基础，十年后财力可能要比现在强十倍。就好比十年前，我打一场麻将输三万块都痛不欲生。现在三万块看起来算个毛。不过现在我们过于急进，反而自己把命格缩小了。"

"没办法了，大佬，错都已经错了，现在明知是死也要放手一搏了，否则没法跟老婆和父母交代。"他说。

其实很好交代，只是要经受一场短期的狂风骤雨，生活又会恢复平静。但这个道理我们当时不知道，我也是一年之后才悟出来。

"我看那个小陈好像爱上你了，大佬，你就不怕惹上麻烦？"聊到女人，他问。

"我最初只是想帮帮她，没想过和她搞在一起的。"我说。

"女人赌疯了最可怕，比男人还无药可救，就怕你到时候甩也甩不掉。"他说。

"抛开上床不谈，其实我帮她，心里是在想着我老婆。有时候我想，假如有一天我真的输到走投无路，我老婆也会过得很凄惨，所以见到小陈在澳门混我就会心软。我觉得帮了她，自己心里就会好过一些。”

“别讲衰话，不会有这一天的，我们肯定要拿回来！”霍斌说。

十八

※ 到底怎样才能赢钱

早晨 8 点一觉起来，霍斌要做的事情是去楼下跑步。

我这才发现他来时穿的是一双耐克的轻便跑步鞋，还从包里拿出了一条运动短裤，看来早有预备。

金沙酒店楼下有一个空旷的大广场，有足够的场地给他运动，过了半小时，他跑完步脸色红润地回到房间，又继续趴在地上做俯卧撑。

我也跟着做了两轮，突然觉得有点好笑，于是对他说：“你说在澳门到底什么样的人能赢钱？”

“心态好，够狠的人能赢。”他做了三轮俯卧撑，站起来喘着粗气说。

“论心态，你能带上鞋子来澳门跑步，我能赌了一半去游泳池游泳，我们也算是比较冷静的人，不一样还是在输。”

“老实说我心态其实不行，没你强。跑步是因为在家里天天被老婆逼着下楼，已经养成习惯了。”

霍嫂不但美丽，还是个聪慧能干的女人。

“至少你能保持生活习惯，就说明心态还冷静，这已经比很多人强。”

至于赢钱要下狠注，这是个赌博的悖论，而且非常凶险。跟炒股票的股民分析 K 线图一样，一些赌徒事后喜欢对照着路单分析，看到图形整齐对称的部分，他们就说：哎呀，这个地方如果下狠注就好了，连赢几口如何如何。但他们往往忽视了在图形成型以前，他们可能会连续几次输掉最有信心的那一注。

在一些职业赌客或者赌神撰写的技术书籍里，大多数专家似乎对下狠注并不鼓励。有人强调单次投注的最大金额不能超过总赌本的 3%或 5%，而且强调见好就收，像我和霍斌这样用 100 万元赢了 83 万元已经属于单场的奇迹，再留在赌场就违反了手册纪律。这些作者确实都是职业赌徒中的高手，他们总结出的注码比例有一定的依据，有的凭经验，有的是用了计算机做数学模拟。他们把赌钱的过程当做解答一道数学方程式，抛开赌徒生活中的压力不谈，他们的思路都很清晰。

我以前也不会轻易尝试下狠注。在我成为李寻欢之前，我一直朝成为上官金虹的方向努力。但现在我和霍斌赌钱的时候心思意念很杂，别的不说，光是“老婆”这两个字，就使我们恨不得抬一口2000万元的大水缸来，把账房的成捆港币倒进装满后，赶去港澳码头楼顶的直升机坪火速撤离；顺便通知美军太空指挥中心发射一枚离子炮，让赌城从此沉没于大海之中。

现在，我和霍斌在金沙酒店的电梯口整装待发，运兵车上来后会带我们开赴前线，我们已做好了充足的战斗准备。

今天的目标，是要用183万元去赢117万元，只要达到117.01万元后我们就立即收兵，哪怕筹码正在台上也要把它撤下来。

和之前的很多场一样，也和之后的很多场一样，我们已有了充足的休息，无需经车马劳顿；起床后还进行了晨练足以证明心态冷静；从为筹集赌本发愁转身变为赢利83万元，这更使我们士气高昂；而且我们打法比较合拍，两人在一起又能起到监督提醒的作用。这些都是必赢的状态，如果说什么是赌钱的最好状态，我觉得现在就是；如果说赢钱凭的是心态，我只能说，那一天我和霍斌的心态确实完美。

头天晚上我已经和霍斌详细讲解过我的套路，并在茶几上用纸笔给他数字示范了一次。现在我的套路还是和以前一样，赢冲输缩。而且为了平衡赌场的抽水优势，第一注赢之后，第二注我会略减，第三注才开始加二分之一倍投注。稍微改动之处在于：有信心的时候起注开始加大，不限定于5%，为了把握稍纵即逝的好运，看准了会用20万的起注。

从数学上计算：连赢六口20–18–27–30（赌桌限红）–30–30万元，输第七口30万元，可以赢125万元；

或者：连赢四口20–18–27–30万元（赌桌限红），输第五口30万元，可以赢65万元，那么只要有两次连赢四口的机会，也一样能赢130万元。

我们打长路，无论长庄、长闲、单跳、大眼仔长红长蓝、小路长红长蓝、只要出现第四个后，我们开始从第五个追打。那么，只要今天赌桌上能出现10口相连的长路，我们就可以一次赢够125万收兵。或者没有10口的长路，但能赢两条8口的长路，我们也可以赢130万收兵。

前提就是：在长路出来之前的拉锯战中，台面筹码要保持均衡，做到小输或小赢。

均衡关键点在于：数次用20万起注，但长路一直未出，赢输次数各半，也不会伤害根本。

致命罩门就是：每次用20万起步就直接输掉，小注赢，大注全输，那就死得很难看。

修补方法是：如果20万起注输掉之后不能继续冲大注，重新用小注起步，赢回20万再说。

这个套路霍斌完全赞同，他甚至觉得赢定了，广东会赌厅有八张赌台，一天下来怎么样也会出几条10口的长路，而且我们有183万的赌本，兵力充足。

那天早餐是在赌厅里每人点了一碗牛腩汤河粉，导致我以后每次在赌场看到菜单里的牛腩就会犹豫，很想吃，但又怕一吃就会输钱。

掌管赌博的不知是鬼还是神，不管他是谁，那东西一定是极可恶。一坐下来，我和霍斌被一盆冷水从头泼到了脚。

睡足吃饱，精神抖擞，所以我们在一张台先下了一注2万，结果输了。

2万-1万-5000元-2500元-2000 元(台面最低限红)，这样连输了五口，共输了39 500元,霍斌有些发怒，想推一口5万上去，“不要。”我制止住他。

于是我押了庄3000元，闲2000元，这样就等于我只押了1000元，还是输了。

暗地里有个东西在戏弄我们，于是我心里冷笑，决定陪它游戏到底。我押了庄2500元，闲2000元，等于只押了500元，但还是输了。

500元-200元-100元-100元，按贵宾厅规定庄不能买100元的小筹码，于是我买闲。这样我们连输了10口，但损失有限，只输了41400元。

我继续下100元的投注买闲，男荷官一边派牌一边无奈地摇头，说：“真是邪!你已经够有耐心了，换了别人早就输完了!”

这把我赢了，9点。我问霍斌：“前面输了多少?”他数了一下台面，说：“41300元。”

“好!”我于是数出41400元的筹码推到闲上，不小心放多了一个100元的筹码，我特意慢慢重新数了一遍，用两个指头把最上面的100元取了回来。来吧，戏弄到底。

荷官和监理默不作声地观看着我的举动。他们在赌桌上已经见过各种千奇百态的行为，所以不以为怪；霍斌也心里明白，谁都知道我看起来冷静嘲弄的举止中其实压抑着不服输的怒气。

庄家没点，我们赢了。

我和霍斌都长吐了一口气，希望这才算是一天的开始。

“走吧，这张台太邪!”我们起身去旁边的赌桌。

离开赌场之后，每个赌徒都会总结出“心态”和“控制”，但有几个人认真回想过：是不是每次心态好的时候都在一直赢钱，直到你离开澳门?换句话说，心态能让你包赢吗?

如果把“输赢”、“筹码”作为赌博分析图的坐标横轴和纵轴，那么“心态”和“控制”该摆在哪里才能制作成最完美最科学的图表?我试过，但我很遗憾地发现这个图形不是二维的，是三维甚至四维的，凭我的智力暂时无法解答。

我们那天一直在输。那开场的10口连输虽然被我一口追回，但就如灾难之河决了口，又如惊醒了沉睡的恶魔，我们的运气一直没有好过。输了20万起注之后，我们也坚忍地用1万2万的低注码把本钱磨回，但再次起步还是会输。睡眠充足、阳气旺盛、心态冷静、赌本充裕、控制力强，这些因素我们全部具备，甚至连站着的荷官监理都说：“你的注码控制得相当好!”但运气就是不来，长路总是事后在别的赌台发现，我们坐下的任何一张桌子都没出过长路。

除非是保持几十万元赢利走人，否则这样打下去，神仙也会崩溃。

我和霍斌当然不肯走，既然难得打开局面，无论无何都要赢回200万元。因为这个数字可以解决我们两人短期的烦恼，而且能储备下一场的赌本。

几次20万的起注被杀，但又未能有效追回，台面只剩下110万，接近成本线。我们士气越来越低落，心情变得焦灼。

“这样下去不行!”霍斌说，“每次下20万就被杀，再追一口2万又能中，好像有规律一样。我们要试一下连推两口大注。”

好吧，打得太累，也只能如此了。我把开牌权利交给霍斌，吩咐荷官：“牌给他来开!”

洗码的老邓不在，霍斌也不再忌讳自己拿牌。他推了一口20万在庄上，开牌，他的点数很弱，只有3点，于是右手又紧张地不停翻转筹码。

幸好荷官的点数更弱，只有2点，而且补了一个公。轮到霍斌补牌，他趴在桌面上翻这张牌足足用了十秒，终于看到花花绿绿的人头像，是个J，我们赢了。

“OK!”霍斌伸过手掌和我对击了一下，打了一整个上午，这是我们第一次赢20万的大注。

“孖宝上?”他问，手中已经准备好30万筹码作势欲推。赌桌上俗语“孖宝”是指将上把赢的连本带利一起押注上去。

我有些犹豫，我感觉上一把赢得不够干脆利落，似乎还欠缺点杀气。但这张台限红是30万，孖宝最大也是30万而不是40万，所以实际上只是加注一半；而且刚赢了一次大注，此刻我不能退缩打击自己人的士气，于是我口是心非地答：“好！趁它病拿它命!”。我还用茶杯盖重重地敲了一下桌面，提振一下信心。

霍斌又是3点，他无奈地吩咐荷官：“开牌吧。”

荷官熟练地翻开一张8，又用这张8去撩开另一张牌，是个K，闲8点，我们被秒杀了。

心理防线从此刻开始崩溃，目前台面只剩下100万的本钱，一个早上用尽力气却还是节节败退，输掉的83万赢利让我们心头愤恨。我们失去了再继续用小注磨下去的耐性，只想等待机会再推一口30万。就像一个被侮辱的少年，手里握着一把刀满大街在寻找他的仇人。

霍斌又推了一口30万上去，这口是我们俩都看准的，我给他继续开牌，是希望我俩其中一人能彻底展开赢钱的气势。但霍斌的点数总是很小，只有4点。他急躁地用手上的筹码敲打桌子，对荷官说：开并开开……

荷官开牌是个7点。霍斌补了一个公，气急败坏地把牌甩进荷官的筹码盒里。

前面说了，赌博既是数学游戏，又更是心理游戏。如果今天是我们此行的第一天，100万元的赌本输了30万元并不会让我们过于急躁，因为一定幅度的起落是兵家常事，也许我们反而会更加谨慎，更加耐心地用剩余70万元本钱反败为胜。但是，昨天赢了83万元，这个战果扩大了我们赢钱的期望值，欲望扩大后，导致心理落差更大，这就跟从二楼上了十楼看风景，摔下来也会更重的道理一样。所以我们没有耐性再去重复回本的过程，不肯再白白浪费两天的时间；我们只想连赢几口30万，让台面筹码恢复到早晨的 183 万，这样我们才可以定下心来开始新的征战。

如果你也是一个老赌客，你一定也经历过这种心态。

几个小时前我和霍斌是心态很好地进入赌场，并没有因昨晚赢钱而骄横浮躁。事实上，开局的 10 口连输之后，我们更加谨慎，一直在强调自我控制，每次输 20 万又努力分多次赢回，这样的过程至少重复了五次。直至我们运气更差，连小注都不停在输，筹码越来越少。如果我们只是初涉赌坛的赌客，没有身后的压力，这种状态当然是休息为宜，离开赌场去四处逛逛，甚至保持二三十万元的赢利离开澳门。

但是对于财务状况已经漏洞百出，背负重大的人情和责任压力的赌徒来说，我们指望着用每次的赢利去填补亏空，从此再无法豁然看待输赢。浪费两天时间对于人的一生确实是很短暂，但对于输红眼的赌徒却是无法忍受。因为放弃了这个两天，下一个两天也未必能赢，赢钱必须抓住当下，这是赌徒衡量得失的普遍逻辑。

下午三点左右，第一轮的 100 万元赌本终于输光。

我和霍斌像呆鸡一样在沙发上坐了十几分钟，尚无法接受这个残酷的现实。毛病出在哪里？我们昨晚可是凌晨 1 点多就睡了，早上跑了步做了俯卧撑，一直在恪守生物钟作息善待自己的身体；而且也尽了责任打电话安抚老婆，稳定住了后方。老天怎么这么不讲理？

小肥仔的电话打了过来，我嗯嗯啊啊敷衍了几句，其实他说的啥内容我没有细听，无非就是海哥运气不好不过别着急回去调整几天下次再来一类的话。他真正要说的话是：既然这次输了，我今天不能再签码给你了，请你回去早点安排还款，下次再过来找我吧。

“回房休息一会儿吧。”我对霍斌说。他费力地点点头。

进了电梯，霍斌把房卡插入 IC 卡识别槽内几次却毫无反应，气愤地捶了电梯按钮一下，我这才想起已经过了中午时间，我们忘了吃饭，也忘了让公关续房。

“算了，直接去金沙城吧！”我说

电梯下到酒店一楼，霍斌隔着两米把房卡往接待处凌空一扔，说：“叫公关帮我续房！”便和我匆匆走出门口，我们乘的士来到金沙城中心。

十九

※ 乱

到了金沙城中心，我们乘电梯上到三楼，这里的贵宾厅格局有点像迷宫，需要东拐西拐才能找到我们那间赌厅。

从走廊穿过，路过一间贵宾厅门口时，一个高高瘦瘦的身影从房间里尾随而出，站在门口观望我的背影。

我也回望了一眼，他年纪很轻，20出头，染着一缕黄发，是澳门本地人，似乎见过但又不记得他是谁。

我和霍斌继续往前走，那澳门仔尾随而来，一直跟随到我们赌厅门口，我扭头正眼看他，他就假装找路四处张望而去。

我想起他是谁了，好像是南海贵的手下。有次在凯旋门赌钱，路仔中途有事离开了几小时，就是他来顶班帮我洗码。

他既然认得我，那一定跟南海贵通风报信去了。我心里受到一点干扰，不过没关系，且把它搁置一边。

到了我们赌厅，就必须由霍斌出面来签码，于是我先给光明扬帆他们打电话。巧得很，光明和大鹏正在一起打麻将。

"签100万？那我们先打电话跟扬帆商量一下。"光明说。

过了一会儿，光明复电话回来，问："海洋，给霍斌出50万行不行？第一次签码100万好像太多了点。"

我于是说："他的实力没问题，这笔100万我可以个人担保。"

光明又打电话跟扬帆商量，他这次拖了有点久，接近半个小时。于是我又打电话过去催促。过了十几分钟，他复电话来说："好吧，扬帆也同意了。不过海洋，你一定要注意风险，早点回深圳吧！"

他这句"早点回深圳"有点暧昧，我觉得他似乎在点破我的秘密，但我顾不上这么多了，把钱赢回来才是硬道理。

这里的账房和公关都太熟悉，加之我又还欠阿强的钱，所以坐下来之后，投注和开牌我都完全交给霍斌来操作，我只是作为一个军师的角色在一旁出谋划策。

换场之后，心情已经较为平静，华姐的电话打来之前，我们台面已小有20来万的赢利。

我出门接华姐的电话。

"阿海，有人话见到你在金沙城赌钱喔！贵哥打电话来很不开心。"

"华姐，我在陪客人，我们公司这里有点股份你又不是不知道。"

"你得不得闲？我和贵哥想找你一下。"

我想了想，说："好吧，我们在四季酒店一楼见。"

我回到赌桌旁，数了数台面筹码有122万，于是我拿起20万的现金码，对霍斌说："有点急事，要拿20万去还给别人，这笔钱算我欠你10万。"

"好，你去吧。"他说。

"你不要太急，慢慢打，一定要保持实力，我很快回来。"我说。

"OK，你放心。"他说。

我从账房换了20万元现金，这个举动光明和大鹏当然收到了短信，因为我自己手机也收到了。从我们账户签码出来后，客人每局的输赢，金额较大的单注输赢、洗码总额的变化、客人兑现，过程赌场公关都会不停地发送短信给股东，这样我们才能实时掌握客人的情况，并有效监督洗码仔的工作。

从金沙城中心走路来到对面的四季酒店，我坐在酒店一楼的大堂沙发上等，过了几分钟华姐和她老公先到了。

“阿海，你总是筹到钱不还，又自己过来赌，这样做不合规矩。你昨天早上就到了澳门，一直赌到今天是吧？”华姐问。她已经从海关那里查过了我的入境记录。

“华姐，我不是不想还钱给你，我现在过手的钱要不就是公款，要不就是别人的码，根本没一分钱是我自己的！我过来赌钱，就是恨不得一次把欠你们的债给还了！”我说。

“不是吧，阿海，你以前赢了这么多钱都放哪里去了？我觉得你是故意想拖而已吧，是不想动用自己的钱，想靠澳门的钱来还吧！”华姐的老公在一旁插话讽刺。

“大佬，你这么说就是以后没朋友做的意思喽？我欠你们好像没多少了吧，170 万是吗？”

“算啦算啦不要争。”华姐尴尬地打圆场，她说：“阿海，我没跟贵哥说过你自己过来赌钱的事，我也是为你好，其实你最近根本就不应该过来，讲极你都不听！那这次能不能先还一点？贵哥那边手头也很紧！”

“好，我先还 20 万吧，这次没赢到钱，华姐。”我说。

南海贵也从酒店门口走了进来，跟着三四个年轻马仔，那个染黄头发刚才跟踪我的澳门二五仔跟在他身后，看来是准备做人证。

“阿海！好耐冇见喔！”他假做豪爽，大大咧咧地打了个招呼。

“贵哥，最近手头钱不够，我先还 20 万给你们吧。”我懒得客套，又急着了却事情回赌厅，于是直截了当的说。

“唔嗏喔，老细你好似有好多现金存在金沙城哦，头先一下子就拿出来 100 万！”那个澳门仔插嘴说。他刚过了一次做私家侦探的瘾，蛮以为逮到了天大的秘密，可以凭此向老板南海贵邀功请赏。

“那些是我们公司的钱，不是我个人的，公还公私还私，你们也知道。”我说。

“没错，是海洋他们合伙的股份，我们也调查过的。”华姐帮我说话。

“好彩嗏你公司的钱，如果是别人签码给你那就不合规矩了，照当年驹哥的脾气，谁个敢这样来争客，大家开片都有份！”南海贵摆他二十年前的威风史，唬着脸半真半假地说。

“那赢了没有？”他问。

“客人赢了一点。”我答。

“阿海，不如大家合作一起搵食啦！你在上面多找一些大客下来，大家合作签码也好，食他们的‘B 仔’也好，这样搵钱不是更快？”南海贵提议。

“是啊阿海，这样赚钱好过你自己赌啦！”华姐也说。

所谓“食 B 仔”，是指洗码人带客人去赌厅买码前，洗码人跟赌厅老板私下约定：赌客的输赢中洗码人占二至四成。这就相当于赌客是在部分与洗码人对赌。赌厅为了区分这种业务，在达成约定后给赌客出的是另一种颜色的泥码，例如普通的泥码是红色，那“食B仔”的泥码就是黑色，这样就可以用泥码记录好赌客的输赢，防止洗码人将普通泥码和B仔泥码混在一起。

这种对赌和“赌台底”不同，赌台底是将输赢多倍放大，输赢要由台底庄与赌客私下结算；而“B仔”只是赌桌台面筹码的四成，输赢由洗码人向赌厅即时结算便可。

“食B仔”是澳门洗码经济人较为普遍的行为，特别是有社团背景的洗码仔和放高利贷的“贵利佬”，这些人就如赌场里的秃鹫，如果看到赌客输多赢少行为急躁或经常疲劳作战，往往他们会私下用这种手段来赢赌客的钱，做了“B仔”之后，洗码仔当然希望赌客输得越多越好了。

对于我和霍斌这些人，也可以说对于内地大部分有点身家的中产阶级来说，即使从事赌业，香港和澳门的老派“黑社会”那一套并不能吸引我们合作。因为老派的“黑社会”崇尚暴力和恐吓，眼光往往局限于自己账户里的少数几个赌客，因此他们考虑的是怎样对付人，而不是对付市场。但对于新派的超哥类社团和像阿强集团这样的职业洗码人来说，无限广阔的内地资源才是目标。如今是信息时代，可以网聚天下财源，轻易结识到全中国的人脉，出门做生意不但不能以“黑社会”面孔为荣，反而要尽量掩盖社团背景,形象斯文谈吐文雅才能打开更大的高端市场。如果像20年前那样，派十几个穿着背心露出龙虎豹纹身剃青头皮的蛊惑仔进内地收帐，除了被全副武装的武警战士一卡车逮走,还能有什么用?

对以后怎样在澳门发展我已经有了自己的打算，但我也不会轻易说出拒绝的话令他们难堪，于是我说：“可以考虑呀！等我熬过这段时间大家一起商量商量，这阵子我实在是资金太紧。”

我从包里拿出20万港币给华姐，南海贵吩咐一个马仔去四季赌厅取回我的“码架单”，是4月份那次大输时我在四季赌厅签的几张欠款单，一直没有取回来。

我和华姐坐在沙发上闲聊，手机上传来一条短信令我急怒攻心，惊得几乎跳了起来。

“客台面21万，下79万。”

霍斌输了！台面只剩下21万！已输了79万！

我脑袋嗡的一声炸开，再也无心听华姐他们说话，“我去趟洗手间。”我打个招呼匆匆走进四季一楼的洗手间，掏出手机拨打霍斌的号码。

“霍斌，你搞什么？怎么只剩21万了?”

“头先连输了两口大注，佢老母!”霍斌在电话里也是气急败坏。

“别打了！再打就死定了，马上停止等我回来!”我焦躁地说。

“对唔住，你赶快回来吧!”他无奈地说。

我勉强压抑住情绪，回到酒店大堂对华姐说：“不好意思华姐，那边客人催我回去招呼一下，今晚不跟你们吃饭了。”

“好，别再赌了海洋，我们一直都看好你的。”华姐善意地劝说。

我扬手跟站在那边跟几个马仔聊天的南海贵打了个招呼，急冲冲地赶回了金沙城赌厅。

霍斌正坐在沙发上烦躁地抽烟，我一屁股坐下，压低声音质问他：“你真的是想死吗？才一小时就输掉了80万！这轮再输掉我们就麻烦大了！”

“你走之后牌路一直不好，连输十几万之后，我刚才推了一口30万，结果6输7，第二口30万又是8输9，佢老母，看到两张4还以为赢定了，谁知庄家是2和7！真是黑到鬼一样！”

“老兄啊老兄，我走的时候是赢22万，本来102万的本钱要再赢100万也不难！只要赢回来，最多过两天我们再过来重新打一次，还可以找小肥仔签码。现在如果输掉了，你还能卖掉那栋楼去还债，我上哪儿弄钱来还这个100万？”

“对不起，大佬，我刚才是冲动了，要不刚才那个20万就不理了，当我自己输掉了补偿给你吧！”他无可奈何地说。

“唉！现在还谈那个20万有什么用！我还了一点债也无济于事，现在我们俩都到了生死攸关的时候，一定要赢！第一轮输了不要紧，第二轮就坚决不能冒险！你怎么不懂这个道理！”我痛心疾首地说。

“不瞒你说，输了十几万后，我就是觉得太对不起大佬你，才想趁你回来之前把台面筹码赢回来，唉……”他有气无力地靠在沙发上，口中长吐出一道杂乱的烟雾。

他这种想法我完全理解，因为个个赌徒都是这样，我也是不愿意对不起老婆小萱和光明还有扬帆他们才导致今天越输越多的局面！只是霍斌啊，我们是一条绳子上的蚱蜢，剩下机会真的不多了，你为什么不懂得珍惜！

“算了，说这些也没用！现在只能靠这些慢慢打了，实在不行就住多一天，无论如何我们都要把自己救活！”我猛吸了一口烟，心烦意乱地说。

二十

但是我没什么信心。我现在已经被赌场从心理上击溃，以前数次用20万元赢200万元的锐气再也没有了。那次“补天计划”熬了三天三夜赢回后却让雨辰丧命的惨痛结局，就像一根难以拔出的刺扎在心脏里，每触动一下就痛彻心扉，使我对魔鬼产生了畏惧。要赢它只能在兵力充足的情况下打一枪就跑，不可恋战，因它有很多卑鄙的手段，长时间赌的话我们更是斗不过它。

还剩21万筹码，我们重新选了一张3000元起注的台坐下。这个厅里的男女公关们个个都认得我，我不能出面作为主打，还是在一旁出主意。但霍斌已经输到六神无主，连牌都不敢开，所以只能交给他来投注，但由我来看牌。

打了一局，勉强赢回25万，台面略有改观，有46万筹码了。

但这一局几乎把体内元气和心力全部耗尽，每一把开牌我都像周星驰一样使出了特异功能，意念力在脑袋里绷成了一根拉紧的弦。就如在街霸游戏里，虽一掌击倒了对手，但自身气血已是全空。休息了几分钟，我再也无力控制自己的急躁情绪，无法让能量在我体内维持平衡，先赢后输、被跟踪、南海贵、霍斌，这一天过得实在是太乱！太烦躁！

新的一局开始，飞了十几口，我数好24万的筹码通过霍斌的手押了上去。我的想法是：争取时间，如果这口24万输了就权当上局只赢了1万，如果赢了就有机会迅速打回100万返回轨道。

前人有句俚语："财不入急门。"几百年前总结这句话的人十有八九也是一个赌鬼，因为几百年后的今天，又被他的乌鸦嘴不幸而言中。我们用一小时赢回来的24万元，只用10秒钟就输了！

兵败如山倒，每个人都知道我们迟早会把手头的筹码输完，派牌的荷官知道，观战的公关们知道，接收手机短信的光明大鹏知道，我和霍斌心里也知道。只是明知道要输却不能收手，这真是赌徒最大的悲哀。你说我们能不赌吗？如果把剩余的22万元还回账房又能怎么样？烦恼能消除多少？我们继续把筹码一叠一叠的推上赌桌，无非是寄希望于老天施舍一点，怜悯一下，看在我们输了一整天的分上！

到了这一步，赌，已经完全没有乐趣可言。霍斌心里自然是窝囊加绝望，我虽然也埋怨他的崩溃，但我知道事情不能完全怪在他身上。如果没有我的被跟踪和出门还债，也许也不会导致此刻的惨败，种下了因，就难免结出各样的果。到底是他拖累了我，还是我拖累了他，只有冥冥中那位先生才知道！

晚上8点左右，台面筹码清空。

我的心反而平静了。霍斌还在不甘心地盯着屏幕研究上一局的牌路，我拍拍他的肩膀，说："走吧，回酒店。"

两个失魂落魄的人坐上的士，的士司机是一个干干瘦瘦留着小胡须的澳门屌丝，看起来也像一个资深的赌鬼。他的话很多，车门一关就自言自语说个不停。

"老细，头先不够运啊？唔怕啦，休息一阵运气自然来啦，赌钱就是这样。"

我们没心思和他搭腔，他又从脖子后面伸手递过两张名片，说："不如揾条靓女陪陪你们啦！过来澳门就是要寻开心嘛，开心之后自然人财两旺啦！"

我扫了一眼名片，上面印着"24小时租车接送"，"酒店服务：西洋妹、俄罗斯妹、日韩妹、内地美女随CALL随到，15分钟上门"，"品质保证，服务一流，66XXXXX发仔"。

我看这位老屌丝年龄估计也有四十五六岁，还自称"发仔"，难道这张名片是他二十年前印的？

"俄罗斯妹多少钱？"我苦中作乐地问。

“1500 元就有啦！2000元、3000 元那些更是顶级服务，舞蹈演员，绝对冇得弹！”看我们有回应，他更是来劲，唾液纷飞得仿佛自己也在回味无穷之中。

车子到了金沙酒店门口，我和霍斌下了车，老屌丝还伸个脑袋出来喊：“老细，需要就随时 Call 我啦，我叫发仔！”

回到房间，我们才想起午餐和晚餐都还没吃，霍斌问：“要不要下去三楼吃晚饭？”

“别下了，我现在不想再看到百家乐赌台，打电话订两个套餐上来吧。”我说。

吃过晚饭，我们身体恢复了力气，精神也好了许多。霍斌在厅里给他老婆打电话，我不忍心看着他编织谎话，于是我也躺在床上给小萱打了个电话。

“老公，你晚上能回来吗？”小萱语气不满地问。

我看看时间，晚上 9 点，最晚的一班船已经走了，于是我说：“今晚赶不回了，明天一大早我能回到深圳。”

“怎么样？客人是输还是赢？”可怜的老婆不知道那“客人”就是我。

“输了，不过我们赚了几万块码粮。”说这话的时候我的心虚弱地抽搐了一下。我走的越来越远了，不但把握不住自己的命运，也逐渐把小萱置于了危险当中，天！这种日子何时才是个头！

我们已经从金沙城回来一个多小时了，光明大鹏他们没有来电话过问，连短信都没有来一条。这不符合常理，因为这是我们第一次签 100 万的大额码出去，他们不可能漠不关心。

情况越来越不妙，我知道。

霍斌也通完了电话，正心不在焉地坐在沙发上看电视，我用遥控器把电视关了，说：“别看了，好好商量一下对策吧！”

“还有什么好办法？能回去金沙城签码吗？”他困惑道。

“不可能了，我那些同学不会同意的。何况就算再签 100 万出来，你觉得能赢吗？”我说。

他沉默了一会儿，说：“今天的运气差到了极点，我们是 283 万的本，好像 10 万以上的大注只中过一两次。”

我说：“对！大注基本全输，但下午第二轮赢钱的时候，如果我们用一万两万的小注慢慢打，还是有机会赢回 100 万，那个时候心态还是没问题的，只要能反败为胜，过几天再来就很好打。”

“都怪我。”他沮丧地说。

“我也不怪你，现在出各种状况都是有原因的，是我们惹的麻烦太多了，身不由己。现在你怎么考虑，卖楼还债吗？”

“回去只能把那栋楼卖了，反正现在也没资金继续建，转手出去先把小肥仔的债给还了。大佬你怎么办？”他问。

“我只能想办法找别的朋友借点钱，先把这次的窟窿补上。这样赌下去不是办法，昨晚还赢了83万，今天变成倒输180万，每次一赢钱就有各种各样的状况发生，真恨死自己了！”我说。

“那你准备不赌了？”他问。

“一定得赌下去！”我说，“但是要讲方法，要有一套新的策略。现在我是没有退路了，你输了一千万，我算上今天也输了一千万，就算收手的话公司也被我毁了；而且我的家族实力没你强，你老婆还有不比你差的财力，又有自己的公司。我就得完全靠我自己，辛苦十几年的赚来的钱不能这么白白丢掉！”

“你集资那边的事情有希望吗？”我接着问他。

“催了他们几次，但心里一直没底。而且我担心这次回去卖楼，会被老婆发现我的财务状况。如果她知道了，那什么计划都泡汤了。”他说。

“你本来就是做房产投资，一个盘子在手上出出进进很正常，一定要瞒住你老婆！现在只有你那边集资成功，我这边再说服股东调配一些流动资金出来，这样把两方的资金流水混在一起，我们才能两头交代得过去，懂吗？资金流越大，财务漏洞就越不明显，我们才能争取到时间慢慢赢回来！”我说。

“你意思是说十个锅八个盖来操作？”他问。

“必须这样，锅要越多越好，盖也越多越好，我们把资金合起来用就能做到。而且我们要迅速把赌厅这块的业务做大，只要赌厅开始赢利，就能减轻我们的压力，不用每次都冒这么高的风险！这次第一天赢了83万，不走的后果你也看到了。这种压力我们根本扛不住！”

他认真思索了一下，说：“你说得很有道理，只要能赢回一半我都愿意戒赌，像小肥仔那样经营洗码我们要翻身应该不难。就怕回去很难瞒住我老婆，中山那个地方集资圈子很小，都是熟人熟面，如果被她知道了肯定不会让我做。”

我对霍斌说：“我们现在面临的问题都是一样的，要继续隐瞒，又要重新筹资。如果做不成，事情穿帮后虽然不至于去要饭，但我们的事业就完了。以后有谁会相信一个赌徒？没有三年五年是不要指望翻身了。”

霍斌点点头说：“我明天回去约那两个银行朋友出来谈谈，看他们进展怎样。如果能筹到资开始洗码，以后每个月自己赢几十万就够了，至少要先保证银行的按揭。现在账上一分钱没有，如果一断供就是大麻烦。”

我长吐了一口烟雾，说：“如果这次栽了，肯定是我们这辈子栽得最惨的一次。但我总觉得还有希望，一个人被逼到绝境，必然有更大的潜力爆发出来，就像一根弹簧，压得越紧弹得越高，只要能迈过这个坎，我们又能上升到一个新的层面。”

这个逻辑把很多赌徒引向了不归路。在输掉大半身家的时候，不愿意放手、惧怕被曝光、过于恐慌后果、重压下的逆反，这些综合因素会使赌徒摆出殊死顽抗的姿态。其实相对于最后的倾家荡产而言，此时收手还算是一个“软着陆”，从宏观角度来看简直值得庆贺一番。以我自己的经历来对照，我甚至可以做出如下评语：输到一半身家的赌徒如果能够收手，这个人才是真正的强者，他的生存智慧和性格柔韧度远胜常人，如果他重新投入事业，一定能取得极大的成就。

自救的各种方案都谈罢，无非还是得围绕“赌”翻身。中华烟抽了两包，茶壶换了几次水，我们百无聊赖地打开电视机。莲花台正在放映一部好莱坞经典黑帮片《好家伙》，这部电影很写实，冷酷刻画江湖人性的险恶，对心态有点穷途末路的人来说正对胃口，一下就吸引住我们的眼球。

片子很长，足足有三个小时，剧情基本和赌无关，却似乎比其他赌片更深刻地描绘出“赌”的心态。也许人生就是一场赌局？我不知道别人怎么看待，至少我和霍斌已经把它摆上赌桌了。

我从浴室洗完澡出来，霍斌摆弄着的士司机的卡片说：“心里烦透了，要不要叫两个俄罗斯妹上来发泄一下？”

“你试过俄罗斯妹吗？”我问。

“没有，听说身材都很火爆，”他又说，“以毒攻毒嘛，释放一点压力也好。”

“算了，这种事做完你会更后悔。”我说。

以毒攻毒，用一种空虚去覆盖另一种空虚，前提是第二种毒药要具备一定的药性，第二种空虚要大到足够包容你的身心。我知道只有一个办法——那就是小陈。

这个夜里，我想小陈。

而我每想起小陈的时候又会同时想起小萱，这让我的心在空虚中被撕成碎片，散落入一个黑黝黝的深谷。

我想小萱时花团锦簇，世界安定平和，我和她拖儿一起遛狗，终日阳光曛暖相濡以沫到九十岁。我不能再让她受一点伤害，我知道我只想给她那样的生活。

我想小陈时总是和她搂抱着在冰川中瑟瑟发抖，我拉着她在黑暗的山谷中前行，我们要寻找出路，她是我要极力保护但又甘心一同赴死的伙伴，我们在死亡之地搂抱、亲吻、做爱，她是我灵魂的另外一部分。

二十一

※ 第七号

五位天使吹号，我就看见一个星从天落到地上。有无底坑的钥匙赐给他。他开了无底坑，便有烟从坑里往上冒，好像大火炉的烟。日头和天空，都因这烟昏暗了。有蝗虫从烟中出来飞到地上。有能力赐给他们，好像地上蝎子的能力一样。并且吩咐他们说，不可伤害地上的草，和各样青物，并一切树木，惟独要伤害额上没有神印记的人。但不许蝗虫害死他们，只叫他们受痛苦五个月。这痛苦就像蝎子螫人的痛苦一样。

——《圣经·启示录：9》

上午11点，我从澳门回到了蛇口。

路上，季军打电话来说，光明昨晚半夜在电话里和他聊了很久。

“都聊了些什么？”我问他。

“等你回来办公室再慢慢说吧。”季军说。

回到公司，季军先慢条斯理地泡了一轮功夫茶，又掏出香烟给我抽了半根，才谨慎地问：“你最近是不是又输了很多钱？”

真相必须要摊开了。我们这几个同学之间实在是太知根知底，因为我们一起相处了近三十年，从小学开始就认识，应该说某些方面我们对彼此的了解要甚于自己的老婆。光明昨晚和季军聊了什么也不必再问了，现在要知道的只是大家的意愿是怎样。

“对，输了很多，出问题了。你有什么想法？”我问季军。

“你先打电话跟光明聊会儿吧，我说了你一回来就会给他电话。”季军说。

我于是拿上一包烟，坐电梯下到大厦的三楼，这里有一个空中平台，不会让人聊电话时觉得压抑。我接通了光明的手机。

“光明，我刚回到公司，你找我？”

他“哦”了一声说等一下，估计也去寻找一个僻静的角落。

“是这样，海洋，昨晚我们几个沟通了一下，大家有个决定不得不跟你提一下。”

“没事，你说吧。”我平静地说，这一天迟早会来，我早有心理准备。

“我们想退股了。我自己这边公司的资金很紧，现在已经周转不开；扬帆那里也想换一套新房子。开赌厅的风险太大，我们驾驭不了，其实入股赌厅之后，我们几个几乎天天都在担心。所以昨晚和扬帆大鹏又商量了一遍，觉得这个游戏我们确实玩不起。”他说。

“你是指退赌厅的股，还是退公司的股？”我问。

“我们想都退了。”他直截了当地说。

“好吧，我同意。你想什么时候过来深圳办手续？”我情绪还是很平静，事情这样摊开谈，反而让我心里卸下了一块重石，既然退了股，我的行动自由了，以后就没什么对不起大家了。

“海洋，其实我们也想帮你，”他解释道，“昨天你打电话来要给霍斌签100万的码，我们几个也分析过，猜到这个100万是你自己在赌，因为这不是你做生意的手法。不过我们还是签给你了，其实就是希望你赢！我们也猜到，你既然要从公司的账户签码，肯定最近在外面又输了不少钱，具体多少我们不敢去想，但估计至少是几百万。昨天晚上，收到你输光的短信，我们心里都很难受，这样帮你其实是害了你。而且我们几个确实是输不起了，不能再陪你玩下去。”

“没关系的，是我对不起你们，”我说，“我先准备一份退股协议吧，资金会尽快从公司腾出来。”

“我们退股后，公司那边的生意你能顶得住吗？”他问。

“我会另外想办法，不用为我担心，”我又说，“但不要告诉小萱退股的事。”

“嗯，希望你能找到好办法，资金你分步退还就行，不能让生意断了。”他说。

我回到办公室，季军正独坐在茶几旁喝铁观音。我把香烟往茶几上一扔，问季军：“光明他们三个退股，你怎么打算？”

“我不退，”季军坚决地说，“一起扛过去吧。”

“你可是要想好了，现在我这里的漏洞很大。”我警告他。

“昨晚已经想过了。而且你有大洞要补，我也有小洞要补。”他指的是自己的信用卡数和六合彩的欠债，季军这几年迷上了打麻将，每周都在外面打上几场，输多赢少。他那群麻友中又有几个潮州佬和师奶喜欢买地下六合彩，于是也慢慢带上了他投注。有次季军买特码中了 7 万元，回办公室还一个劲说自己有赌命，从此就越卖越大。我也不知道他到底输了多少钱，只知他除了信用卡二十几万元刷爆外，还欠六合彩地下庄家十几万元。

债务压力是他不想退股的一方面原因，另一方面还是基于对我的信任，他愿意继续和我并肩作战。我和季军从 2000 年开始就一起做生意，当时我刚经历过第一次破产，1998 年开了一家网络公司亏了 200 多万元，于 2000 年正式结业，又赤手空拳和季军一起做贸易。我记得最早我们花了 6000 元买了一辆最老款的东风标致 307 跑业务，那辆车爬坡不够力，去葵涌的山路上提不起速差点倒退下山；而且水箱经常蒸干，车尾箱要备好几桶水，每天至少要在半路加水两次。就这样我们一步步走了过来，从十几万元的小生意到上亿的大订单，从车运到船运，季军一直与我亲历了多次艰难，所以面对难关他仍是有信心一起迈过去。

季军在公司的股份很低，但他家里有 350 万元的借款放在公司里，公司月付两分息。因此季军不退股在资金上会给我减轻很多压力。

“今天把事情摊开，我反而如释重负了，”我松了一口气，对季军说，“这两天和财务一起整理出账务明细，算一算他们的股份该怎么退，看哪里能收钱，先退几百万回去，免得他们老追。公司从今天开始必须要调整思路了，我们俩现在不是考虑怎样翻身的问题，是要先保证生存。就像下围棋，要做眼求活。”

“光明他们的股份什么时候退？”季军问。

“下午先算一遍看数字是多少，下周先退 400 万吧，等钱准备好就通知他们过来签字。你看看珠海徐总那边的帐对清楚没有，我先让他打点钱过来。”我说。

“那斯里兰卡那边月底要继续供货的钱不够怎么办？”他又问。

“明天开始要继续筹资，看看哪几个亲戚朋友手上有闲钱的，光明他们退股至少要抽走 800 多万，我们得想办法融这么多来顶上。如果借不到，就要全面压缩业务，只保留一个出口和一个赌厅。”我说。

下午，财务的明细账算了出来，大约要退还光明扬帆大鹏三人 870 万元，其中一部分是他们在公司的股份折现，一部分是他们在公司的集资款和担保借款。

我也在大本的日志簿上用笔划了一个下午，一直在思索我的“做眼求活”方案，撕掉了几张纸后，脑子里大致有了一个思路。

局面很不乐观，由于我已经输掉了 1000 万港币，相当于 800 万人民币，光明他们退股后，公司的资金等于一下减少了 1600 多万元，接近我们账面资金的一半。即使我们能重新融到资金把退股的资金补上，要维持原来的业务局面也很难。最让我后悔的就是没有早点下手买写字楼，由于公司没有固定资产，门面又小，今年连续和两家银行谈贷款都被拒绝。愿意给公司借款的只有几家小额贷款公司，凭公司庞大的账面流水和纳税账单，它们每家可借出 50 万—100 万的高息贷款，月息约 2.5%，其实按每月还本付息，实际上复利率达到月息 4.5%，这是吸血鬼的条件，所以并不可行。假设继续向亲友们借款成功的话，按当前两分息的成本来算，仅靠公司的出口业务仍不足以支撑，只能保本甚至倒贴。

如果把大部分借款都清退，缩减公司的业务规模，出口的项目找另一家公司来合作供货，这当然是可行的，我们仍有几百万元的自有资金，生意做下去一年下来仍有几十万元至一百万元的赢利。只不过我们的生活水平就倒退了几年，而且梦想完全破灭，又得一步一个脚印走回以前的老路。

我想很少人会甘心这么做，因为我们还有反击的机会。

把重心转移到澳门去，只要维持住公司目前的生意，我估计至多半年时间，澳门赌厅的业务就能打开局面。届时依靠澳门的持续盈利，我们又能把内地的生意做得更大。能做到用赌厅的盈利养大内地的业务，我们就成功复制了阿强集团的模式。

这个时候不能再想着迅速翻身，已输掉的 1000 万元可以做个整年计划来弥补，因为只要赌厅业务上轨道后，有自己赌和经营赌两条渠道帮我补漏。光明他们退股后我重获行动自由，只要能按月支付亲戚朋友们的借款利息，去澳门赌钱就不必再躲躲藏藏。

二十二

方案已定，我和季军关起门来商量。

“下围棋要做两个眼才能存活，我们现在也要做两个眼，一个是斯里兰卡，一个是澳门。其余的业务都不重要，可以全部砍掉，以后送工地的业务都不做了；代理的业务可以包给别人做，让他们自己带资用我们公司的账户来操作，按章纳税再交点管理费就行。”我说。

“那澳门的计划具体怎么搞？”季军问。

“赌厅经营思路还是和上次开会时一样，”我回答，但我看他欲言又止的样子，于是问，“你有什么好提议？”

“你自己赌的打算是怎样？”他抽了一口烟，抬头笑嘻嘻地问。

“老实说，我不得不赌下去，但我首先考虑的是先把公司稳住。”我说。

“一起赌吧！以后赌钱一起商量，每次输赢我占10%的股份。我也要靠这个计划把钱赢回来，要不过年没办法跟老婆交代。”他说。

听到季军这句话让我很高兴。不是因为拖了他下水，而是我身边终于又多了一个亲密的战友，我早就厌倦了一个人战斗的滋味。

我仔细思考了一下，说：“好！死活都是兄弟一场了！以后，我们把赌也作为公司的一项业务。先抽出100万资金作为我们自己赌的本钱，以后每一场的输赢你占10%，自己赌这一块的码粮就作为公司的费用开支，在当月赢钱的基础上，每月用码粮支付完工资和全部管理费用后，剩余部分我们俩对半分。”

“100万本每月洗码能有多少？”他问。

“假设不输不赢的情况下，按我现在的数据，每月保守估计洗码1亿以上，有100多万码粮。”

他对这个数字深为满意。何况这仅仅是我们自己赌的部分，签码和经营那边还能带来更大的盈利。毋容置疑，经营赌，澳门就是一个吐金块的机器。

只是赌博的人要做到“不输不赢”来赚取码粮，这是一个悖论，讨论一万次也毫无意义。

“我们自己赌的目标当然还是要赢钱。如果说澳门是一个‘眼’，那我们自己赌就相当于‘打劫’，只要劫打好了，‘眼’就存活得更快。要马上给你办一张商务证，以后去澳门你陪我一起去。”我说。

“我不能办，我父母和老婆知道我常去澳门会不同意，”他说，“我还是用通行证和护照偶尔陪你过去，你帮公司的小武办吧，以后我没证件的话就他陪你去。”

“也好，小武人也灵活可靠，将来赌厅业务起来，他做一个洗码仔也比较合适。不过小武不是深圳户口，要帮他申请商务指标得等六个月，这段时间还是要你们轮流去，”我说，“在赌这块我们必须有分工，我主打，你监管。我发现控制好自己是不可能做到的事，以后每次制定好计划，就由你和小武来监督计划的执行，如果小武陪我去澳门，就要定时发短信给你汇报状况。”

“以后一定要有铁的计划、铁的纪律，不管是赢是输，到了约定就必须得走。”他说。

我点点头，强调说：“这个一定会做到，让你们做监督就是这个目的。但是，你和小武一定不能赌，当局者是不可能做到监督的。”

和季军讨论完后，我打了个电话给珠海的徐总，让他下周尽快支付400万元的货款，他很爽快地同意了。

这天处理完工作，我心里石头落地，长出了一口气。

照理说，公司拆伙，又减少了870万元资金，我应当感到压力更大才对。但是我一点沮丧感都没有，反而觉得释放。这几个月来，隐瞒和欺骗把我折磨得痛苦不堪，我认为连续输钱最大的因素就来自它。现在摊牌之后，光明扬帆他们能全身而退，又有季军的鼎力支持，我可以做到轻装上阵，把赌博堂堂正正地放在台面，开会分析，记入公司账本；如果霍斌那边有好消息的话，我感觉甚至是一个全新发展的机会。

眉头舒展，烦恼也消失了，我打个电话给小萱："老婆，晚上去哪里玩好？"

小萱有点诧异，说："你干吗今天这么开心？"

"没啥啊，好久没去看电影了，今晚去海岸城看看保利剧院在放映啥吧？"我笑嘻嘻地说。

"好啊！那我们先去吃个精品川菜，我最近好想吃麻辣！"她也开心地说。

"好，我现在去威尼斯游泳，你出地铁后上威尼斯找我吧！"

一个人成为赌徒以后，他就会永远保持年轻的心态，确切地说，他就能恢复到幼儿时期的心态。因为他的心情总是时晴时暗，输钱时耷拉着像条死狗，赢钱或筹到钱后又雀跃不已。当然也有特例，有的人也许会永远无动于衷，不过只是外表而已，他的城府内仍是在翻江倒海。

我把车开入威尼斯酒店的地下车库，一辆白色的宝马525紧随我后面，并且停在我旁边的车位。

下来的是一个高挑优雅的美女，身高有165厘米以上，看起来三十四五岁，一身熟女职业装很得体，虽然我不认识衣服的牌子，但看面料应当价格不菲。

我们一同进电梯，但我不好意思正眼看她，眼睛盯着电梯按钮，其实我用余光把她"阅读"了一遍。看样子应该是自雇的女老板或留学回来的企业高管，气质非常好，外语一定不错。

她也在阅读我，因为我今天有点神采，吸引了她的注目。不过她胆子比我大，两人视线对碰的时候，她先开口跟我搭腔了。

"去健身吗？"她友好地问。

"嗯，主要去游泳，每周都来。你呢？"我问她。

"我去旁边的美丽田园做SPA，"她说，"一直没去过游泳池，里面水怎么样？"

"不错啊，据说是饮用水标准，可以一试。"我说。

"有次卡卖吗？有时间我去试试。"她问。

"有的，你一会儿过来前台问问。"我说，这样对答有点傻愣愣的，我想展开话题，但时间不够。

电梯门打开，她冲我微笑了一下转身走进了SPA的会所。暧昧的空气一下子消失了，我有点怅惘若失地走进健身房，一摸包里，好傻！我包里还有两张免费的试用券，刚才竟然没想起来送给她！

游完泳之后回到地下车库取车，看到她的宝马车仍停在位置上，人应当还在SPA里。不过小萱已经出了地铁正在路边等我，所以只能遗憾地点火启动，错过了结识一位“女神”的大好机会。

不管怎么说，我难得迎来了好心情，天开阔了。

二十三

※ 让时间慢下来

人在日光之下劳碌累心，在他一切的劳碌上得著甚么呢？

因为他日日忧虑，他的劳苦成为愁烦，连夜间心也不安。这也是虚空。

——《圣经·传道书 2:22》

在华侨城威尼斯酒店游泳，接小萱下班，去海岸城吃饭看电影。

生活与所有人无异，日复一日。

再没有遇到过那位女神。虽然每次在酒店车库停好车，我都要搜寻一下周围几辆宝马车的车牌号码。

这种心情有点期盼，有点兴奋，有点像初中时候偷偷望一眼班里最漂亮女生后的感觉。

这样的感觉也很美好，生活很美好。

现在，让我们静下来，让时间慢下来。

静，是一种生长，植物般的生长。你幼时有没有试过在一棵上百年的老榕树下避暑？如果头枕在树根上，风吹树叶时望着叶缝中点点透出来的斑驳阳光，你的心真的会静得只闻知了声。树叶有沙沙声，哗哗声，这只能让周围更安静，直到你不知不觉在树底下打了一个盹，醒来，你尚不知这棵老树在睡梦中曾怎样庇护过你，它也曾怎样庇护了其他人，数百年来。

慢，是一种修养，滴水般的境界。在这本书里，我说的“慢”只对赌徒说，或者避开这个有点不舒服的字眼，是让正陷入赌局中的你能清静下来。

滴水屋檐，真是儿时美好的回忆！下雨天，懒洋洋地趴在床上，听着雨水一滴一滴的从瓦片屋檐掉落在弄堂的水洼处。那个水洼很浅，本来是一块平整的青石板，全是凭着下雨天日复一日的雨水滴出来的。雨越来越小，那滴水声就越来越慢，从“滴滴滴滴”到“滴、滴、滴、滴”再到“滴——滴”。等雨停止了，推开窗户，清新的草木空气马上灌进屋来。

不知道什么时候起，我们忙起来了，忘了安静的感受，忘了慢悠悠的日子。

古人在江边送友，约好日子后，家中书童或老仆帮忙挑着一笼水酒小菜，清晨一大早就在渡口边上煮酒待友。怎奈通讯不及时路途也不方便，要远行的那位往往比送人的要晚到，有时要一等几个时辰，相当于等大半天。杜康酒煮了又煮，精致小菜热了又热，真的好慢！不过赶路的人心急，等人那位却是悠悠。我为什么判定等人那位悠悠？因为中国唐宋元大部分的好诗，都是等人那位写出来的，不是赶路那位写的。

所以说，慢，是一种境界。

“闲看数招烂樵柯，涧草山花一刹那。五百年来棋一局，仙家岁月也无多。”

慢，是一局围棋的仙局，也许会选在泰山之顶，因为那里最静，慢与静常不可分。摆上石板石凳，每落一子都心无旁骛，纯净透明，与你对弈的原来是一只得道的老猴，一局未完，它不见踪影。等你收拾柴火下山，才发觉连斧头木柄都早已朽坏，原来人间已经过了百年。这一局棋，慢到极致，是一种彻底的静。

似乎和赌开始有了点关系，是要讲关于赌的什么？别着急。

再慢一点。

讲我少年时期的一段艳遇。

我大三的时候，20岁，还没有谈过恋爱，那年暑假，我一个人坐火车去西双版纳旅游，是驴友。

在西双版纳景洪市的一家旅行社，我交了一点钱，问一个和我差不多大的导游“美眉”：“我想在一个傣族人家住几天，能不能帮我安排？”

美眉说：“没问题，你跟我们旅行社的车去傣族山寨，我把你留在那里住三天，傣族人很好客的。”

于是我跟着旅行社的车到了勐海县的一个傣族山寨，导游把我安排在一个傣族三姐妹的家里。

幸福吧？傣族三姐妹都是15岁至20岁，最大的姐姐和我同龄，都还没结婚，和父母一起住。

当地人住的是竹楼，地下那层用竹子架空，等于我们是住在二楼，房间是用一块块的木板隔开，并没有隔到屋顶，所以其实是相通的，站在床上可以伸头和隔壁聊天，说起来我的艳福真是不浅。

每天晚上很早就睡觉，9点不到，我和三姐妹嘻嘻哈哈地躺在床上聊天，她们鼓动我半夜下去“捅竹楼”，这是傣族男子求爱的习俗，如果青年男子看上了哪家的姑娘，就半夜去她家楼底下用竹子捅那姑娘的床，如果姑娘也有意，就会下楼去跟他幽会。

我说：“你们三姐妹，我该捅谁好呢？”

她们笑成一团，叽叽喳喳地说："随便你啦，捅到谁我们都会下去的。"

我心痒了一个晚上，还是不敢付诸行动，少年人太过腼腆，错过了提早几年"失身"的机会。第二天凌晨4点，我就和三姐妹一起去橡胶园割胶，太晚起床的话胶汁容易凝固。我学她们在橡胶树上划出螺旋状的浅沟，收集乳白的胶汁，然后一路唱着傣族山歌回家。

半路上衣服裤子全被露水打湿，回到三姐妹家中后，大姐拿出她的一条筒裙给我穿，说傣族男人都这身打扮。

我当时不知道她们是故意捉弄我，穿着她花花绿绿的裙子在寨子里晃了半天，个个看到都掩嘴而笑。

不过跟我发生暧昧故事的，却不是她们三姐妹，是隔壁18岁的傣族小导游，玉蜡。

第二天下午，我跟着一个旅行团去参观深山里的瀑布，玉蜡是导游，在扶游客趟过一个水流湍急的悬崖顶的时候，玉蜡脚下一滑差点摔倒，幸好我扶住了她。

可以算是英雄救美。

参观完瀑布回来后，玉蜡无事做，我也无事做，于是我们两个就一起沿着小山路瞎逛，走了挺远。有个山寨里的小伙子还时不时骑着自行车跟在后面，想弄清楚我们有没有搞什么名堂，看样子他喜欢玉蜡。

走累了，我们坐在一棵茂密大树下聊天，还时不时背靠背休息，玉蜡和大多数傣族人一样，皮肤黝黑，嘴唇很厚，不过也挺好看，否则寨子里不会选她做导游。

玉蜡说，18岁已经算是寨子里的老姑娘了，其实她很想嫁给汉族人，因为感觉汉族男人观念平等。

回到寨子里后，玉蜡让我把行李拿到她家去，说他爸爸晚饭做山鸡等野味，让我去她家吃饭，晚上就在她家睡。

少年无猜是何等幸福啊！晚上，玉蜡把她的小房间让给我睡，自己去了隔壁收拾一个房间。

我第一次在女孩子的床上睡觉，木板床小小的，只有一米宽，我枕着她的枕头，呼吸着她留下的体味入睡，心里漾过无数种绮念，最终还是不敢下去"捅竹楼"。

第二天一早，旅行社的车过来接我，我和玉蜡都有恋恋不舍。她父母不在家，于是我拉起玉蜡的手进入她的小房间，说："玉蜡，我有点话想跟你说。"

进入房间，我也不知道该说些啥好，就突然用双手抱着她。这是我第一次抱女孩子，方位和力气都不对，把她两只手都箍住了，所以她不太舒服。

然后我想亲她一下，玉蜡一下子把我推开，跳出两米远。

我自己羞得满脸通红，于是道歉说："对不起，是我不对。"

玉蜡先是气鼓鼓的看着我，过了一会儿，她也不生气了，走近来从床上拿起一个小小的红色编织袋说："这个送给你。"

"这是什么？"我问。

“这是我们傣族女孩子自己织的香袋。”她说。

我闻了闻，确实挺香，于是小心塞进包里，走上旅行社的中巴，挥手跟玉蜡告别。

数日后乘火车回到广州学校，玉蜡给我寄来了一封信，上面写：“香袋是傣族女孩的定情之物。”

我给她回信，说：“那天在家里想亲你一下来着。”

她给我回信：“早知道就让你亲一下了。”

写到这里，我终于静了，终于慢下来了。

生活多美好，不是吗？

谁知道长大后，人生原来是一场赌博。

这句话从不赌钱的人口里说出来，是一种别有意义的哲理名言；从赌徒嘴里说出来，却往往包含着后悔和无奈。

早知如此，有谁会愿意把人生输赢放在赌桌上，交由荷官决定？

即便是赌博，人生也应当用数十年慢慢去享受，不需要通过一年半载甚至十几秒就去判定结果。

即便我已经穷极无路了，我也不愿意这样做。

只要时间慢下来，一切都还有机会，一切都可以重来。

你有没有见过赌场里的老赌徒，不愿意浪费一点点赌博的时间，他们吃饭急匆匆，点餐的过程中还要下去押两把注；一碗面随便扒几口就赶回赌桌；或者直接点一份三文治，在赌桌上一边下注一边就餐。

还有很多人毫无耐性，因为台上有新来的赌客扔了一叠钞票向荷官买筹码，在荷官清点钞票的时候，座位上已有人心急地皱眉而去。

手机响时，很多人敷衍几句，事情只谈了一半就匆匆挂了电话。

赌，已到了身家性命的阶段；心，却到不了滴水屋檐的境界。

更不要说去打一场“闲看数招烂樵柯”的仙局。

我邀你一同回忆我的少年时光，是因为我们都经历过。回忆美好的过去能暂时离开浮躁，让自己的心得到真正的宁静，让身为赌客的你，时间能在你的周围慢下来。

停顿下来，品味生活的美好，即便是我现在这样比你更糟的处境。

就如我的故事往后发展，光明他们决意退股后，我反而闲适地和小萱在深圳度过了安静的一周。

那一周，我的生活慢了下来，紧绷数月的神经松了下来，心静了下来。

我脑袋里又有了点智慧，萃取了一点力量。我发现，即使公司散了伙，资金少了一半，事情并没有我预想得那么可怕，我仍有反击的机会，甚至大有胜算。

我和季军一起拟定的“做眼求活”计划，也让我的时间慢了下来。

不破不立，天没有塌，局势正在向好的方面发展。

二十四

※ 做眼

从“补天”到“做眼”，看起来战术上是一个大退步，其实在战略上是一个大进步。

补天，首先得有力量独自把天扛起来，再用泥巴蘸点水一点一点地把窟窿补上，目的是使天空恢复完美。但是补的过程中，难免左边补好了，右边又出现一个大洞；或者刚离开一会儿，左边的洞又新泥带旧泥塌下变成一个更大的洞。

世界本来就不完美，追求完美很累，累垮之后才发现：世界变得更不完美。

做眼，则是生存第一。哪怕再局面难看，哪怕行为再遭人鄙视，只要棋局中能勉强做成两个眼，我们就全盘复活了。甚至还可以伺机抽出兵力去攻打对手，想办法扩大地盘。

对于我和季军来说，做两个眼，就是要有两口甘泉，无论我们在未来一年中面临的困难有多大，就算再输下去，有这两眼泉水就不会让我们渴死。

所以我身上的压力一下子就减轻了，毕竟我们人正当年，既然抛开了不切实际的幻想，要生存，对我们来说一点也不难！

第一个泉眼是现成的，当然就是公司的出口业务。这口泉眼以前一直在养活我们，每年可以创造大概三百万元的盈利，让我们在商业社会站稳了脚。而且这块业务是我们公司和个人在外的一面旗帜，亲戚朋友的支持，社会地位，众多的人脉资源都来自于此。

这块业务，一直都需要2000万元以上的流动资金来支撑。所以要保护好这口泉眼的方法很简单，就是继续融资，发动亲戚朋友们筹资过来保持生意正常运转。基于之前我们的良好信用，只要每月准时付息，他们也乐意这么做。如果算细账的话，再筹资1000万元，我们一年得多支付240万元的利息，几乎会把这块业务的利润吃掉。但是无所谓，我们刚才已经分析过了：这口眼是用于确保存活，泉水要不停地舀出才能保持甘甜。站稳根据地后，我们会想办法组织别的兵力去扩大地盘。

筹资的效果不够理想，一周下来只筹到了600多万元，未能补足光明他们即将抽走的资金。这些钱基本都是我出面向智深等几位同学、我的家人、小萱的亲戚借的；季军也向他广州的干妈再借了50万元。已经到账的只有80万元，是广州的智深打过来的，其他亲友的钱分别要一周或者月底才能腾出来。此刻筹资，我并没有故意去害这些亲人的意思，因为我仍有雄心，我认为花个一年半载把局面逆转是可以做到的，届时亲友的钱可以连本带利偿还。不过筹款不足本就在我意料之中，因为我们是在做眼，不求完美，只要勉勉强强活下来就行了。

要维持生意的正常运作对资金的需求是硬性的，因为供多少货就需要多少钱。对于进货资金不足的应对，我决定让一小部分利出去，向几家熟悉的供应商赊货，延长付款账期。这是贸易中常用的手法，跟我们合作多年的供应商也非常乐意这么做。但如果我的计划失败了，又会把他们拖下水——这是后话。

第二个泉眼当然是澳门。这里有一个概念区分的问题，季军还为此混淆不清，因为我们在澳门是同时做两件事：自己赌、经营赌。到底哪一个才能算“眼”？

当然是经营赌。所谓泉眼，就是你只要守护好它，用一圈栅栏或石块围住，它就能源源不断地涌出清泉。这就需要你去建立一个成熟的商业模式，这个模式成型以后，每一个人都只是其中的一个运转零件而已，包括我在内。所以，只有尽快建立好澳门赌厅的赢利模式，这个眼才算完成。

只有这个眼也完成之后，我们才能获得生存的许可，那就可以每月抽出部分资金去放手一搏，把我们的损失慢慢赢回来！

每日从赌厅发来的账目短信并不让人高兴。现在已是月中，8 月份赌厅账目仍是亏损，如果月底继续亏的话，按股本填权的规定，下月初我就得补 150 万港币左右的资金进赌厅的股本里，这包括我和霍斌输掉的 100 万元和赌厅的 8 月亏损额。

8 月份的亏损仍是由我们五个股东共同负担，但光明他们退股后，如果赌厅再这么亏损下去，我就得提前安排好与霍斌的合作计划。这样即使我脱离了阿强集团这样一个平台，也不至于在澳门陷入单打独斗的局面。

我得问问霍斌的钱筹得怎么样了。

我拨通他的电话：“怎么样？老兄，小肥仔的数还上了吗？”

“唉，还没有。这几天拉了两家过来看楼，还没谈拢。”他在电话唉声叹气，看样子手头没钱，每日都是座困愁城。

“价格差个十万二十万就别计较了，赶快出手，这个时候有钱运作我们才能活命。”我说。

“我都想啊！也不光是价格问题，村里的小产权物业，一定要遇到合适的买家才愿意接盘。最近形势不明朗，很多人盖的楼都想转手，所以不好谈。”他说。

“那怎么办？银行那两个朋友怎么说？”我问。

“昨天才和他们吃饭，他们答应月底先凑到一千万，先试几个月看看。”他说。

“有把握吗？”我追问一句。

“问题不大，几百万他们自己都有，搞银行的人闲钱多。”他说。

“好呀！别说一千万，就算有三百五百也要抓紧弄！我这里股东已经拆伙了，你有钱来的话我们就直接合并在一起，要尽快开门营业。事情运转起来我们就好办了！”听到他筹资有了日期我挺高兴，狮子虽然病了，两头狼在一起也是有杀伤力的。

周四，珠海徐总如约汇过来 400 万元，于是我通知光明和扬帆他们过来签字。

大鹏也退了股，所以他交回了财务大权，把公司账户的几个 U 盾都带了回来。

虽然存在一点尴尬，不过事情摊开处理之后，大家又能坦然相对，并不至于翻脸，友情还是能保留的。

“先退400万，剩余的400多万要等下月初赌厅结账后再计算。大概下月也只能先退个大头，尾款部分要等10月份退清，因为我们这里资金实在太紧。”我说。

“没事，9月份能退完大头就行了，剩下的你们慢慢来，”光明说，扬帆和大鹏也点头同意，光明又说，“不过，在9月份以前，赌厅的账户资金至少要保持600万以上，这是给我们的一个资金安全保证。”

这个要求很合理，我一口答应。大鹏用网银现场办理了划款转账后，我拿出几份打印好的退股协议书，大家轮流在上面签了字。

签完字后，扬帆说：“海洋，我们也不劝你什么了，你要稳着点，自己看着来。”

散伙了。我几年前规划的宏图伟略宣告失败，事业要以新的方式开始。

巧合的是，一直坐在电脑旁玩游戏的季军此时无意中播放出一首徐小凤的《顺流逆流》，饱含故事的浑厚女声此时在办公室响起：

不知道在那天边可会有尽头，

只知道逝去光阴不会再回头。

每一串泪水伴每一个梦想，

不知不觉全溜走。

不经意在这圈中转到这年头，

只感到在这圈中经过顺逆流。

每颗冷酷眼光 共每声友善笑声，

默然一一尝透。

我当然知道我在逆流。我也后悔得狠，如果给我重新选择一次，我不会选赌博这条路。虽然退股这天我还是有信心从原地翻身。

这几个兄弟与我拆伙，不是因为惧怕风险，他们其实是愿意陪着我冒险的，这个我很清楚。因为如果我们的项目是去南非采矿或者是去北非战区开餐饮，他们也许仍会支持我去做。只要能齐心协力，不管一起发财还是血本无归大家都敢去承受。连稳重敦厚的扬帆也说过：“人生是一场赌博。”何况他们在公司的股份只是一个投资而已，并非身家性命。

他们退股，是因为看到了赌博的丑陋。就在投资赌厅数月后，他们惊恐地看到了我身上逐渐暴露出的另外一面，是他们以前没认识过的。那一面的生长很快，只要手上捏着筹码，甚至只要脑子里出现“赌”这个字，它就会获得养分迅速裂变。我，逐渐变为了一个可怕的人。

我也清楚自己。每一个赌博之人都会遭致众叛亲离，这个常识几乎从中学之后就不停地从书本和电视中受教。我不知徐小凤有过怎样的人生经历，这首歌很伤感，但给了在困惑中人极大的鼓舞。逆水行舟，只要划至平滩，我仍有机会靠岸。我不能永远在赌桌上押上自己的命运，我需要安定的生活，因这个世界上仍有一个我最牵挂的人，那就是小萱。

全部人都知道了真相，只有小萱蒙在鼓里。

二十五

※ 2012年8月20日

做眼计划第一场，我和季军准备出发。

收回公司的U盾后，公司账上还有几十万元可以提现，加上我卡里有筹资回来80万现金，这次可动用的赌本接近200万港币。

不过我和季军商议，只带80万港币过去。

这就是做眼计划一个大进步，咸菜白粥亦可活命，说明我的心已经没那么急躁了。

我们商定的计划是：

1.我主打，季军只负责洗码和管理筹码，不碰牌；

2.季军负责观察监管我的情绪，判断周围环境；

3.吃饭定时，午睡、晚睡，作息时间全部由季军安排；

4.赢钱不可突破本金的一倍，超出即刻收手离开澳门；赢利下降，无力上冲时也即刻离场；

5.分批兑现，每赢利20万元就去钱庄汇一次款；

6.本金输剩5万元时即走，当日决不打第二场，离开澳门。

这个计划是针对我自身的弱点制订的，特别是分批汇钱和保留5万元“压袋钱”，这样操作有特别的作用，能够使我们保持心理上的优势。

金沙城中心赌厅还有900万元的资金，按照和光明他们的口头协定，我和季军可以去签300万元出来自己赌。但是我们暂时不愿意去自己厅签码，因为9月份之前的赌厅股份仍包含光明他们三人在内，如果签码出来，码粮要按占股比例分出去，所以我们宁愿先在外面打。对于做眼计划来说，特别是对季军来说，多几万块的码粮收入太重要了，往来数次就可以把他的六合彩欠债平掉。

能这样精打细算，十分可喜，我又有点恢复上官金虹的风采了。

还有更精明的调整，那就是汇率。

我们仍旧选择在旧金沙的广东会打，一来这里确实是离深圳最近的地方，达成目标之后我们火速撤离可以拒绝赌城的引诱；二来我在电话里已经和赌场对面的当铺谈好了，以后只转账，不刷卡。

刷卡的汇率损失太高，比如我用银联卡在当铺的POS机刷卡，他们给出的汇率是8.23，但我在当铺直接用网银把人民币转账至钱庄的卡号内，仅8.15他们就愿意。而且我跟当铺谈好赢钱后汇回去的汇率是8.10，以后固定把汇率差价控制在0.05。假设多次下来走账资金达到1000万元的话，仅此操作汇率差价可以节省好几万元。对于把赌博已当成一项公司业务的我们，这种成本控制是必须要做的。

这是季军第三次来澳门，第一次他是和老婆过来旅游，第二次就是上回跟我们一起考察投资赌厅。

季军虽然好赌，但却能做到初入赌场而不手痒，让身为老赌徒的我刮目相看。当然大部分人初入赌场时还是戒备心很强的，我第一次和小萱来澳门旅游，在渔人码头巴比伦赌场赢了700元港币后就果断收手，根本不想让赌场占我一点点便宜。

在蛇口码头上船之前，智深给我电话，说他明天过澳门，想去我们的赌厅看一看。

我和他约好第二天早上在澳门碰面。

这一天开局不太顺利，我和季军下午4点到了澳门，打到晚上8点的时候，输了20万元。

我尴尬地对季军摇头道："不好意思，运气还没有来。"

季军一直在一旁抽烟，他宽厚地笑笑说："我觉得打法没啥问题，慢慢来，今晚肯定能赢。"

于是按照计划先吃饭，保持生物钟正常运转，这是季军来之前一再强调的。他平时喜欢泡茶和研究养生之道，他爷爷还是加拿大的一位中医名家。与霍斌相比，季军的这种监管效果当然要强数倍以上，因为霍斌跟我一起输钱的时候，经常是忘记吃饭的。

吃完饭后，一个小时即反败为胜，到了晚上10点，我们已经赢了22万元。

"走吧！去汇钱。"季军收起台面筹码，站起来跟我说。

我们兑换了20万元现金，脚步轻快地走下楼去对面的当铺，当铺老板恭维地说："这么快就过来汇钱了？好事啊，肯定会越汇越多的！"

我心情确实很愉快，因为这样赌是有规则，有交代的，特别是感到对得起小萱和亲戚们。至少我虽在澳门赌，但并没有输掉他们的钱，而是正在让这些钱创造效益。

回到赌厅，趁着士气正旺我们又赢了25万元，屁股还没坐热，又起身出门汇钱。

"这么快又来了？老细真是犀利哦！"当铺老板假装惊讶地说，其实我是他们铺面的老顾客，已经输了多少钱他自然心里有数。

这下已经赢了47万元，时间是零点，季军提议回房间休息一下。

冲完凉，我对也并无睡意的季军说："明天智深要过来澳门，他带两个朋友去我们的赌厅看一下。"

"哦？那我们今晚还赌不赌？"他询问我的意思。

"我觉得再赌一会儿无妨，因为明天要招呼智深没时间赌，下午我们又要回深圳。"

“好吧，但是情况不妙就要马上停。”季军同意。

只要身在赌场内，你就不知道下一秒钟手上的钱还是不是属于你。我们重返三楼赌厅后，运气又开始直线回落，怎么也打不起来，而且似乎整个厅的人都在输钱，每张台都是一片唉声叹气。

又不知不觉到了赌徒“磨烂席”的状态，季军体质比我差，早就在一旁打瞌睡，我从他胸前桌面数出了7万的筹码，把它推到闲上。

这个举动让季军清醒了，他睁开眼皮数了数台面的筹码，只有47万，就是说，假如这口输了，我们只剩下7万赢利。

“这口别下了吧？回房睡觉，下回再来。”他疑惑地说。

“最后一口，我觉得能中！”我说。因我对目前的微薄赢利实在是太不满意了。

荷官派牌，我押得最大，开出来是一个6点，荷官开出庄家只有4点。

同台的还有几个其他男男女女赌客，大家一起拍着桌子喊：“公！”

结果荷官补出一个3，用7点把我们干掉。

我怒而起身，扭头离开赌桌。身后几个男男女女在窃窃私语，不用听我也能猜到他们在说我什么。

回到房间，俩人都困得不行，顾不上总结倒头便睡。

第二天一早，智深的电话把我们吵醒，他已经到了澳门，让我们过去英皇赌场找他。

季军拿出一张赌厅的路单纸，上面密密麻麻地记录了我昨晚的每局投注和输赢，他说：“昨晚你最后一口7万就不应该下，否则我们还有14万的赢利，加上码粮就有18万。”

“嗯，就是说现在只有11万赢利，你是对的，昨晚再赌下去肯定会输光。”我点头说。

“今天坚决不能赌了，第一次来，不管赢多赢少，拿回个彩头是件好事。”他说。

我同意。于是退了房间，我们打车来到英皇赌场五楼找智深。

智深也是我们从小到大的同学，不过成人后让我重新认识他并感到佩服的，是和他一起在澳门泡赌一年以后。

在三四十岁的年纪，如果拿10万元赌本在澳门赌博，特别是又长期泡在贵宾厅里，非常容易出事。因为这个数额的赌资最容易让人冲动，稍微控制不住就会演变成50万元、100万元。

这就是华姐虽然身家过亿，每日喜欢泡在赌场却只赌一万元的原因。赌本在几千一万之内，输输赢赢不会在你脑内激发出过量的多巴胺，久而久之，赌博就真的变成了一种娱乐。

智深却能做到。他的赌龄比我长，频繁来往澳门已经有五年，但三年前我在澳门遇到他是10万元赌本，三年后他的赌本还是10万元。不过三年前他的公司跟我公司是同等规模，盈利大概还比不上我；三年后他在番禺的工厂已经有两千号工人，他买了数套豪宅和别墅，又买了两辆奔驰，一辆保时捷卡宴，公司在上海和成都都开了分厂。

智深一直说：“你赌这么大迟早要出事。”这句话他劝诫我不下五次。听闻我们入股赌厅后，他一开始也不赞成，后来经我一番解释，觉得再怎么样也比我自己豪赌好得多，所以他也乐意介绍几个朋友过来我们赌厅开户。

我得承认我在关键时刻走错了一步。聪明与智慧是两个概念，聪明是肤浅的短暂的，智慧才是贯穿人生的主线。觉悟只能充作一种追赶，被智慧远远抛离后它未必能迎头赶上。在澳门的赌桌上，智深的智慧把它选择为一种娱乐，而我的聪明把它选择为一种挑战。

智深带着两个代理商来澳门旅游，初聊之后感觉他们并不会赌很大，大概只是偶尔几万元过来娱乐。不过赌是个变幻无常的东西，我也很乐意多结识四面八方的游客，对赌厅而言有极大的商机潜伏在新赌客身上，于是我们一同打车来到金沙城中心。

对于大部分赌客来说，新装修的金沙城中心虽然漂亮，但匆匆拍几张照片之后他们还是会急着冲入赌场。智深则不然，他的工厂主营就是生产各种高端的标识装饰，因此对金沙城装修中出现的各种新型材料和设计很感兴趣，几乎用了一个小时在四处拍照。对有借鉴价值的设计，他更是拿着单反多角度拍摄，敬业精神很强。这让我很羞愧，因为我恰恰相反，我和季军已经准备逐步把主业抛离了，只想专心赌博。

简单在赌厅转了一圈，智深他们并没有意愿开赌，而是准备去澳门的燕窝店逛一逛。于是我们没有一起吃午饭，我和季军直接乘船回到了蛇口。

二十六

新的方向确定之后，平日的时间变得充裕了。为什么会充裕，很简单，少干点活。除了斯里兰卡和珠海徐总两个客户，其他生意我们都不接了。没有合约就不用承担责任，这就不会导致当我和季军都身在澳门的时候，被某个小客户的电话搞得手忙脚乱。

做眼计划目的只是求生存，当我们账上还有两千多万元的时候，求生存确实很简单，所以接下来我几乎天天过澳门，又连续赢了十场，这十场赢得不多，加起来只有 120 万元左右。

这十场都不太重要，翻来覆去地描述赌博的过程让人厌倦，所以我这里只简单叙述一下，把接下来的一个月当成一天来看。

季军由于护照签证未取回，第二场我是和小武一起去的，这一场更加顺利，只用了几个小时，我们赢了 67 万元走人。

小武是我公司的业务员，年龄 26 岁，比较瘦小，也是客家人，公司在珠海湾仔口岸旁的一个小区租了套两房一厅作为办事处，小武因为负责横琴口岸的报关出口业务，经常住在那里。

那天我又带了 80 万港币现金到珠海，吸取了上次被蛇口海关罚款的教训后，这次我和小武一人在皮带上绑了 40 万元顺利从湾仔口岸乘渡轮到了澳门。

到了金沙赌场是下午 3 点，上回和季军虽然只赢了 11 万元离场，但季军的监管确实发挥了很大效用。由于拿回了“彩头”，保住了心理优势，所以这天赢得异常轻松。小武是第一次过澳门，年轻气盛，或许也对我的气场提供了支持。

我采用以前的 5%投注老套路，第一轮用了半小时赢了 20 万元，于是按照做眼守则规定，我和小武出门把这 20 万港币汇到了季军卡里。

接着第二轮打到下午六点，又赢了 20 来万，于是再次出门汇钱。因小武初来赌城觉得四处新鲜，我就带他去那家葡国大排档吃了一顿异国美食，又是芝士蟹黄烤大虾那几样，这让小武大快朵颐，顿时认可澳门是个天堂。

吃完晚饭回到金沙赌场，一小时不到又赢了 20 多万元，算起来已经赢了 67 万元，码粮未计。因为连赢的话洗码是很少的，连输的话码粮也很少，只有不停输输赢赢的拉锯战才会产生巨大的洗码额——我们当然不希望如此。

季军一直在接收小武的短信汇报，他通过小武在负责远程监控。这时他发来一条短信提醒：“好像过于顺利，是不是该走了？”

我的情绪虽然兴奋，但脑袋也异常清醒，此刻抽身能保持更大的势能。于是回信：“有何不可，现在就走！”

筹码全部兑成现金，我们在当铺把赢利全部汇了回去，还是带着来时的 80 万港币匆匆从拱北出关。

没有乘船是因为时间已经过了晚上 9 点，回蛇口的最后一班船已走，但公司有一辆别克凯越长期放在珠海，所以我让小武开车送我回深圳。

那天晚上蒙蒙细雨，我们从高速公路回深圳，我坐在车后座，望着窗外黑夜的风景一路飘过，我的心情突然异常感伤。因为赢了钱，心里比较踏实，但回忆这半年来的风风雨雨，想到小萱和雨辰，又觉得特别内疚。这种内疚和踏实的心情混在一起，就形成了巨大的感伤。

小武以为我在后座已经睡着，其实我一直在默默流泪。我给小萱发了一条短信：“路过的房屋、灯光、山丘、街道，它们都会留在那里；而我最想要留下的，却永远失去了！”

小萱收到短信后当然也在哭，我想把属于我的一切都赢回来，我暗里发誓。

连续赢了几场之后，有一个不速之客前来拜访。

这个不速之客是湛江卢。

有一种人，他的行踪很飘忽，时不时他会给你打个电话，东扯西扯之后说：“过几天找你吃个饭啦！”出于礼貌你当然说“好”，但一段时间他又没了踪影，就像忘了约你吃饭这回事；接着他又在某天打电话来，像老熟人一样跟你提起他的一个想法，一种合作方案，但这个提议他自己也心里没底，草草勾勒几下就转移了话题，直到你收了线也没搞清楚他所云何意。

如果你哪天有事情想问问他，当然一般这种事也并非重要，你打电话过去，他或者不接电话，或接听时也是睡意朦胧。

我告诉你，这个人一定是赌徒，而且是输大了的赌徒。

输大了的赌徒有几个阶段，第一阶段是试图挽回败局，他们对外尽力维持形象，就像我和霍斌的现况。我们随时会接听电话，如果有朋友客户上门，我们还会带他去一个不错的酒楼招待一下，一晚几千上万花费也不在话下，因为我们不想被人看出端倪；第二阶段是歇斯底里，这时候不讲什么形象了，四处举债高利贷也不放过，跟家人翻脸，与人讲话三两句就会动怒，把自卑伪装成自尊，在现实世界中每日坐立不安，只有进入赌场才觉得全身舒坦。这个阶段，在光明他们退股前我已经一只脚踏了进去，幸好我又缩了回来；第三阶段则是走投无路东躲西藏，当然你也知道他在四处想办法翻身，但你不知道下一次见到他是会出现在报纸上还是在牢里，抑或是像一条翻白的鱼在大海里上下起伏，最后被海浪推上沙滩。

湛江卢的处境，精确的说是处于第二阶段和第三阶段之间。

我其实不太想见他，因为我觉得他很晦气，负能量气场比巩姐还强。至少巩姐身上还能看到当年国企干部的豁达气质，湛江卢则整个人形象猥琐，用广东话说叫“鬼鬼鼠鼠”。他说几年下来也输了过千万，真看不出他以前有钱会是什么样子。

去年我带小萱和她姐姐去澳门旅游的时候，曾叫上湛江卢一起在外面吃过一次午饭。因为那时我一直在赢，湛江卢说想跟着我合打一场，所以叫他一起出来谈谈。但见面后他面色晦暗，小萱偷偷提醒我说以后少和他来往。事后想想，他那天出来也是一番好意，因为吃饭时他不提合打的事了，而是一个劲劝我戒赌，让我见好就收。这是输到走投无路时的领悟，可惜他的气场太弱，这时候别人是很难听进他的劝说的。

湛江卢过来深圳找我，是想谋求一种“全方位”的合作。

他的全方位想法，不外乎在偏门之外的偏门，就是想和我一起发展电话投注、“做B仔”、赌台底，就差邀我一起做“大耳窿”了。其实也就是南海贵建议的那一套。不过南海贵至少手下还有一批蛊惑仔，以他这种叔父级的社团前辈身份，在澳门有“品牌”效应,做这些东西是他的本行业务；湛江卢则应该是早已众叛亲离在湛江混不下去了，白道不想理他，黑道他又把控不住，孤独无依只幻想走极端迅速翻身。他嫌赌这个偏门还不够偏，觉得更偏一点来钱应该更快，所以整天想的都是一些不切实际的东西。

湛江卢来到我办公室，进门后先左右观望一下，还扭头往门口看了一眼。这个举动，在相法上称为“狼顾”，表明此人疑心重做事不爽快。

在沙发上坐定，湛江卢说，湛江有个关系好的老板也在澳门输了大钱，现在想通过和赌客对赌台底来翻本，正委托他四处物色赌客。他问我有没有兴趣一起合作，找几个不懂赌的豪客“杀猪”，一起接台底。

我问：“赌台底的话，客人输了怎么结算？能现场结清吗？”

他说：“那当然要跟客人谈好，大家先清点好现金，赌完就现场结算。”

我问："怎样算赌完？如果一局之后客人台面只剩下几十万，我们能不能停？"

他说："一般是客人输了一局之后，可以要求上诉再打一局，具体可以事先协商好。"

我说："据我所知，如果是客人赢了，一般是由赌厅担保结算把钱赔给客人；但客人如果输了，很多台底庄都要花时间去找客人收数，因为客人如果有这么多现金在身上，他就没必要赌台底。"

他说："也有！有些客人就是喜欢赌台底，他们嫌限红太低，只要蛊惑他们一下就愿意。"

我说："客人身上带 1000 万，如果开 80 万的台打一拖三，实际上最大下注是 320 万，一局下来不是要他的命就是要我们的命，风险是一样的。"

他说："所以要物色不懂赌的豪客，趁他连续熬夜之后再对赌。"

越扯越远了，我觉得这个话题讨论下去很无聊，因为我一点兴趣也没有，就算有兴趣我也会先跟华姐还有南海贵合作，所以我草草敷衍了他几句。

至于他提出的发展电话投注业务，是针对那些不方便去澳门的赌徒，让他们在家里能通过电话在澳门赌厅投注，这种业务更是在刀刃上行走，风险巨大。与我和霍斌规划的"负责任博彩"业务背道而驰。

送走了一个走投无路的男赌鬼，又有一个走投无路的女赌鬼找我，这人就是我的"新扎情人"：小陈。

二十七

小陈给我发来一条短信："我已在澳门。"

这条短信让我当天下午吃了一惊。我早上才刚从澳门回来，本来今天准备回家陪小萱。自上次分手以后，我几乎每天都在和小陈发短信，还时不时通个电话，但我们发短信的时间都选择在白天，每日下班前我就会把短信记录删除干净，免得被小萱看到。

小陈急着要过澳门，催问了好几次我们赌厅的进展，我一直回复让她耐心等待，每次我和季军或小武过澳门时我也不会通知她，因为我知道以她现在这样的心态进入赌场，会马上把最后一点生活费都输掉。

即使安排了老陈过去澳门打工，真正想住在澳门的人还是小陈。她和大多数输完后的赌徒一样，幻想能在澳门找一份解决吃住的工作，并非是指望去赚取工资，其实还是寄望于慢慢在赌场把身家赢回来。输了两百多万元，待在家里根本看不到翻身的希望。

看到她的短信，我不得已马上赶赴蛇口码头，买了去澳门的船票。

此行并不在我的做眼计划中，所以我没有告诉季军，也来不及揣上赌本——80 万港币现金都在我家里的保险柜里锁着。我身上只有 3 万港币，急冲冲地赶过去，是怕拖延一小时，小陈就会把她剩下的三万多元生活费全部输光。

靠在二楼船舱的沙发上，我想到马上能和小陈见面，心里迅速涌起了一种渴望，而且立刻让身体某部分也起了反应。这个温柔妩媚的女人，在我的菜单里已快成了一剂致命的毒药。

原来彻底的沦落会产生一种极度快感，情欲加绝望加罪恶，和这样的女人做爱能达到无以伦比的高潮。无论我和之前数任女友的床上体验，或和小萱最幸福最投入忘我的时刻，都无法与之相比。我曾看过一部韩国影片叫做《坏小子》，讲述一个清纯的女大学生被一个哑巴地痞陷害，被迫困在发廊卖身还债。后来那个女学生做爱上了瘾，甘心沦为妓女，还爱上了一无是处的哑巴地痞。最后地痞买了一辆破旧的小货车，把车厢改装为炮房，每天拉着女学生在码头鱼档揽客，沦为最低贱的野鸡搭档。韩国导演能从这个视角揭露人性的隐秘处真的让人佩服不已。从某种意义上说，我和小陈的心态与电影里的男女主人公并无太大区别。

小陈已经到了凯旋门，我下了船，走自助通道刷证件过关，打的士迅速赶到了凯旋门赌场。

她正在一楼的百家乐大堂下注，这是张起步 300 元的赌台，因为本钱不多，小陈已经不敢上贵宾厅，只能在大堂用几百的小注码慢慢打。

见到我来，小陈坐在凳子上，亲昵地搂着我的腰，抬起下巴哈着脸说："不好意思，我上午忍不住飞过来了。"

坐在她左边一男一女也微笑地跟我打了个招呼，他们看起来都是三十几岁，男的戴金丝眼镜，嘴唇扁扁的，很斯文，女的则是相貌平平，剪齐耳短发，有点像夜市服装摊的女摊主。我一时还搞不清他们跟小陈是什么关系，于是也点点头表示了礼貌。

"输完没有？"我双手捏着她的耳朵，有点生气地问。

"嘻嘻，赢了三千！"她笑嘻嘻地回答，"都靠他俩帮忙看路，这位帅哥看路很准！"她指了指金丝眼镜男说。

金丝男赶快谦恭地站起身说："哪里哪里，叫我小段就行了。"

短发女也站了起来，非要让个座位给我坐。我并无用 3 万港币来赌的欲望，推辞了几次拗不过她，于是在小陈身边坐下，给她参谋。

小陈开始转以我的意见为主，每买一把都扭头征询我的意见。见小陈与我卿卿我我，小段他们也猜到了我们的关系，不敢再随意发言，只是在我们买定后才偶尔附和几句。

大厅的赌台开牌很慢，经常是有座位的赌客花几分钟选定落注后，荷官正准备开牌，一声"等一等"就会有从隔壁赌桌赶来的赌客要求投注；接着有人扔下来 100 元的筹码，要求打散后买 50-50 的对子；等荷官一切准备就绪，在众人翘首以盼正待开牌时，又会冒出一个五六十岁澳门本地的老赌鬼，往台面丢下一叠澳门币，说："买筹码，500 蚊庄，再带三条一（指庄对、闲对、和各买 100 元）"。

如果是赌客输了还好说，荷官伸手一揽，把台面筹码收光之后就可以继续投注；但如果赌客都赢了，荷官逐个赔完对子赔庄闲再计算抽水，开一口下来几乎要花15分钟。凯旋门大堂的澳门本地人很多，闹哄哄的嘈杂声其实翻来覆去就是赌徒那几句老掉牙的口头语，这会让长期在贵宾厅赌钱的人觉得很心烦，所以我没什么耐性陪她打下去。

一局牌整整打了差不多三小时，已经晚上7点，小陈台面赢了接近五千筹码，我伸手把她的筹码收起来说："走吧，别打了休息一下。"

小段马上附和说："对，去吃个饭吧，我请你们吃。"

虽然不了解他们的底细，但我对小段的形象感觉挺不错，看起来也是个读完大学在内地规规矩矩上班的老实人，于是我们一起上凯旋门楼上的自助餐厅。

凯旋门的自助餐280元港币一位，品种非常丰富，要比深圳海岸城的自助餐好些。小陈挽着我的胳膊去取鱼生，还时不时在餐桌上用刀叉把蘸好芥末的三文鱼送入我嘴里，也许这种亲昵能让女人在外头找到安全感。小段和女服装摊主看起来倒不像一对情侣，甚至我可以看出他们不是来自同一地方，毫无渊源。

小段说："以前在上海做基金创投经理，输了几百万后也没心上班了，现在就混在澳门，想慢慢赢回来。"

"赢回多少了？"我问。

"赢回一点，我才刚过来。不过我一个哥们厉害，他今年在这里慢慢打，已经赢了800多万。"

"哦。"我没有接口。在澳门这种故事我听得太多了，也亲眼见过无数起落，不过故事的片段是没有说服力的，我懒得细问。因为完整的故事根本没有几个是以善终收场，这点我可以肯定。

吃完饭，小陈在餐厅门口偎着我问："你今天不赌吗？"

我想了想，既然来了一趟总不能白来，虽然我没有带赌本，但我可以去自己赌厅签码，要赌不成问题。只是做眼计划每一场输赢都有10%是季军的股份，于是我打了个电话跟他解释了一下。

"行，你自己注意一点吧，见好就收。"季军电话里说。

我和小陈下楼拦了一辆的士，小段他们也说想跟着我们去看看，于是四人一起前往金沙城。

进了赌厅，我从账房签了30万筹码，我想看看小段会拿多少钱出来买泥码，结果他一分钱没掏，只是和女摊主一起坐在一旁看我和小陈投注。

小陈也没有买码。坐下来第一把我就投注了3万买闲，小陈掏出钱包，有向我买码投注的意愿。

"不用，这把算你一万。"我说。

开牌，我是一个公J和一个四边，慢慢掀开牌的一角，是个9，我们赢了。

我把1万泥码拿给小陈，她笑嘻嘻地说声："谢啦！"把筹码扔给荷官找散，用一千两千的筹码跟着我下注。

打了两局，台面筹码赢了十几万，我台面有46万多，小陈台面也有2万了。

小段似乎很忙，他一直在旁边不停地打电话，不过怕干扰我们，他讲电话的声音很小，还时不时会走到赌厅门口去接听。过了一会儿，他走回座位上，微笑着对我说："我那个哥们也说过来看看，他今天刚好没事。"

"哦，他在哪儿?"我问。

"到楼下了，马上就上来。"小段说。

过了几分钟，门口进来一个五十岁左右的老男人，头发向后梳像打了油的皮鞋般铮亮，脸上皱纹很多，还有两颗痣，看起来饱经风霜；身后还跟着个四十岁左右的男人，看起来邋遢一些。

两个老男人一左一右夹着我和小陈坐下，这让我感觉很不舒服，有空间被压迫的感觉，他们这样选座位很没有礼貌。

过了一会儿，四十岁的邋遢男手机响了，他走开接听电话。

我刚赢了一口，正在专心研究牌路，邋遢男在一旁吐字清晰地对老男人说："那个李总又从关口回来了，问你有没有时间?"

老男人惊讶地问："李总还没走?我昨晚不是帮他赢了500万吗?"

邋遢男说："没有！他到了关口后又自己回来了，现在输得只剩下50万，问你还有没有时间去帮他打。"

老男人听了捶胸顿足，埋怨说："怎么搞的！这个李总！昨晚好不容易帮他把40万打到500万，他怎么又输掉了!"

小段这时也在一旁插话说："哪个李总?是不是那个煤老板?"

邋遢男回复小段说："就是他。昨晚输剩40万请力哥帮他打，好不容易赢回500万的本，今天早上我们送他出关，结果他又偷偷跑回来自己赌，现在输剩50万，想再请力哥过去帮他打一次。"

头发铮亮的老男人力哥发火了，他气鼓鼓地说："不去了！你跟他说我没时间！这样赌下去神仙也帮不了他!"

二十八

三人隔空在赌桌上聊天，大意就是力哥是个百家乐代打高手，煤老板李总少了他在澳门就活不下去，但力哥既然来了就当我是朋友不能走云云。我和小陈被他们夹在中间，每一句都穿过我们的左耳和右耳，让我心生厌恶。这伙老千的层次太低，属于不入流的江湖混混。鬣狗啃不动野牛，他们这种双簧只适合在大厅或者中场去唱，一头撞进别人的贵宾厅演很容易惹祸。这个厅里的公关经理、赌厅经理、洗码仔个个都是老江湖，赌厅老板更不是省油的灯，随时会轰他们出去。而且他们还不清楚我也是这个赌厅的小股东之一，如果知道了他们绝不敢闯进来，他们以为我和小陈一样是只“菜鸟”。

老男人力哥从烟盒里递出一根中华，说：“大哥抽根烟不？”

我左手撑着下巴，连脸都懒得转动，右手伸出来摇了摇，眼睛继续盯着电子屏幕。这个意思就是请你们快闪吧。

他们四人看出了我的不豫，江湖人士的光棍眼倍儿亮，小段赶快站起来打哈哈说：“力哥，海总正在专心打牌，我们先去沙发上抽根烟聊聊。”

我盯了小段一眼。他的老实形象已经颠覆了， 看来他在这个老千集团里是担任“小白脸”和“扒仔”的角色。我勉强撇撇嘴角算挤出一个微笑，给他一点台阶下。但赌桌的女荷官和身边站立的一男两女公关已经对他们几人瞪出了白眼。

力哥当然是个老江湖，看周围形势不妙，他打着哈哈说：“行，行，我们先去坐一会儿，让海哥先赢多点。”三男一女起身挪动到一旁的沙发。

过了一分钟不到，小段走过来在我耳边说：“海哥，力哥说那边来了个朋友，我们先过去看一看。”

我求之不得，于是假扮出一个笑容说：“那你们好走，改天再聚。”

小段也展开笑容，他五官端正斯斯文文，微笑起来是一张真诚得能骗死师奶的脸，他伸出手指如老朋友般对我和小陈做了个“V”字，转身与他的同伙们一起离开了赌厅。

被他们这么一搅局，我没心思再继续赌下去，下注也连输了几口一万，心里有些生气。公关经理此时把假日酒店的房卡送了过来，我数了数台面有42万，于是对小陈说：“不打了，先回房休息一下。”

小陈挽着我的胳膊，但我的手臂硬邦邦的没有给她回应，她还不知道我为什么生气，一路不吱声地拖着行李箱尾随我回到了房间。

关上房门，小陈把行李箱放在一边，转身紧紧地把我抱住，与她柔软的胸部和大腿贴在一起我立刻就起了反应。我心里叹了一口气，魔鬼是派这个美丽女人来诱惑我的！我千万不能被她拖累下去。

我把她推开，坐在床边上语气严厉地教训她：“你搞什么鬼！怎么跟这帮老千混在一起！”

她一脸错愕：“老千？我看那个小段他们人还不错，又帮我赢了几千块钱，你怎么看出他们是老千？”

“哼！”我冷笑着说，“你这个蠢女人，人家每天在赌场搭五六个赌客，肯定能撞到一两条路赢钱，动动嘴皮赢了就骗输了就走有什么大不了。”

“那他们的目的是什么呢，要小费？”小陈不解地问。

“要小费？不榨干你身家算客气了！这种老千看你台面有钱的时候，就趁机在旁边指点一下，吹嘘自己是高手可以帮你代打，赢了就抽个两成三成；等你输了，他们就变成“大耳窿”向你放贷；如果借了他们钱又还不上，估计你就得乖乖加入他们团伙，去做勾引大赌客的扒女了！”我恨恨地说。

她想了一想，这才恍然大悟，不好意思地说：“对不起，我也不知道他们是这些人，我看小段他俩人还挺老实的，不是有心带他们来骗你。”

“你没听说过小白脸吗？从小没看过港产片？我看你真的是没救了！”我叹了一口气说。

我当然知道她不是存心带老千来害我，她只不过是太没心计了。我心里有点气恼，要照顾好一个女赌鬼真的很难。小陈的处境越来越危险了，像她这种漂亮少妇揣着几万筹码孤身进入赌场，很容易被各路江湖老千和“大耳窿”盯上，更别说还有众多的男赌客垂涎她的美貌。想到她白皙的身体某天会被一个干瘦的老赌鬼压在上面，我的心里像被虫子咬了一般难受，我承认有些迷恋她了。

小陈起身去衣柜取出两双毛绒绒的拖鞋，她俯身帮我把皮鞋脱掉，撒娇地说：“好了，别生气了，我们不是也没吃亏吗？吃自助餐还是那姓段的埋的单。”

女人任何时候总是想着一些小便宜，迟早是要吃个大亏，我心里暗暗想。

不过我没工夫生气了，她俯下身时领口露出的风景已经令我亢奋。我拉着她一起站起身来，从身后抱着她，伸手去解开她小腹处的裙扣，她穿的是一条齐膝的短裙，很容易就我扯到脚下。她半跪在床上，我从背后握着她的胸部。她已经迷离了，我进入时使她从喉咙深处低“喔”了一声。

两人全身赤裸地躺在床上喘气，小陈觉得有点冷，于是我们一起挪动身体钻进了被子里。

我搂着她滑溜溜的肩膀，心情暇适地飘到了天边。生活多美好，只需一张床，一男一女就可以制造出最大的快乐，若不尽情享受岂不辜负了造物主的一片美意。

“一会儿还下去赌吗？”她靠在我的肩头问。

我拾起桌上的CYMA手表看了看，时间是凌晨1点。这块手表是我1998年在香港花五千港币买的，它见证了我的青春岁月，因此和它的感情很深一直舍不得换，后来在大醉之后被人从手腕上摘走，回想起来比一场输几十万元还让我心疼。

“你现在赢了多少？”我问她。

“两万三左右。”她说。

“那别赌了，你明早跟我回深圳机场吧。”我说。

“才来了一个晚上就回去？证件又不好签，这样太浪费了吧？再说回去每天又得花钱。”一听明天要走，她很不情愿。

“我明天没时间陪你，明天中午我小舅子要摆喜酒，一早我就得搭9点半的船赶回去。你要是一个人待在澳门必死无疑，不是我看扁你。”我毫不客气地说。

小陈并不会因为我语气严厉而生气，她调皮地用手悉悉索索地在我身上摸索了一遍，说："要不明天早点起床，我们再下去打两三个小时看能赢多少。"

"好吧，"我说，"你把闹钟调到7点，我们打两小时就去码头。"

她满意地嗯了一声，转过身背对着我枕在我的右手臂上，然后把我的左手拉过去握着她的乳房，我们就这样搂抱着进入梦乡。

第二天一早，我们起床下来赌厅，赌厅里有鸡粥白粥火腿鸡蛋油条，早餐还算丰富，我们简单填饱了肚子，时间只是8点不到。

"就打一局吧，打完就走。"我对小陈说。昨晚存入账房有42万元，但我只取出了12万元赢利，30万的本钱没有再签出来。

小陈拿出2万港币想换筹码，我抢过她的钱包，只取出3000元港币，说："你就用这三千赌，能赢多少算多少，输了就走。"

凭我的赌博经验，这种状况是最不适合赌的。凡是买好了机票或船票急着赶路回家的赌客，往往在最后一小时会收不住手，花几天时间赢来的钱可能会在这时全部泡汤，甚至倒输后又把机票改签。我现在是认准生存第一原则，并不急着翻本回去对谁负责，所以心态很冷静，思维清晰。

果然，一上场对方就露出了凶猛的架势，路子变幻莫测，一等我们看准了就把摆上去的筹码扑杀。连杀三口，小陈的3000元赌本输光了，我耐心飞了十几口，已经想着怎样尽早脱身。

看准了一口庄，我押了一口1万上去，赢了。

我算算台面，有9万多的筹码，输了3万不到。

于是我又推了一口3万上去，这种数字计算真是多数赌徒的通病，每个人总想在赢利的最高峰离场。

小陈在一旁说："我也搭四千吧！"于是我点出4000元泥码加在我的筹码上。

荷官开牌，闲是两个公，我们是6点；荷官继续补出一个10，我们赢了。

我站起身，跟站在一旁熟悉的公关番禺人东仔说："帮我们退码。"

东仔从账房兑换回港币，我数出4000元塞进小陈包里，说："走吧，不能再赌了。"

小武一大早已经在网上帮小陈订好了机票，我的车停在蛇口码头的停车场里，一进关后就直接送她去宝安机场。没有时间陪她吃午饭，因为中午是小萱的弟弟在宝安摆喜酒小宴，晚上又要全体赶到中山去女方娘家摆一场正宴。

去机场的路上，我警告小陈："下次未经我允许你再偷偷跑到澳门，我可不过去陪你了！"

她抱怨说："我也是没办法，你知道我天天在家里多难熬吗？再拖下去连信用卡都还不上！"

"别着急，霍斌那边月底就有钱，我们生意很快就开张了，张罗好了我就通知你。"我答应她。

二十九

送完小陈从机场回来，时间已经过了中午 12 点，正赶上内弟小建的喜酒开宴。

小萱正站在酒楼门口抱着她大姐一岁多的儿子玩，见到我有点埋怨地问："昨晚怎么又跑去澳门了？本来说好一起过来帮手的。"

我转移话题说："没事，昨晚赢了几万，刚才用手机银行转了两万去你卡里了。"我经常用这个小伎俩去收买老婆的心。

中午的喜酒只是一个前奏，只请了男方在深圳的七八桌亲戚；正式的婚宴是今晚在中山女方家摆的五十围，小建的老婆是中山南朗镇本地人，摆酒时也已经怀了六个月身孕。

我正坐在酒席上享用一碗浓汤鱼翅，霍斌打了电话过来。

"大佬，今天有没有空？过来陪我喝啤酒吧！"霍斌的声音半死不活，像刚被人从湖里捞起来一样。

"怎么了，你又去澳门输大了？"我问。赌徒情绪沮丧的原因大多如此。

"不是，被我老婆知道了！现在麻烦大了！"他肯定是躺在床上，说话的声音有气无力。

我心里咯噔一下，那真的麻烦大了，意味着跟霍斌的合作计划要全部泡汤了。以霍嫂的精明强干，又有"范爷"级别的女神气派，绝不是一个可以忽悠过去的傻女人。

"别泄气，晚上我过来找你，我们一起商量办法。"我安慰他，其实该做什么我心里也没有底。

"你几点钟能到？能尽快吗？"他问。

"我大概晚上 8 点从南朗镇出发，南朗离古镇远吗？"我问他。

"大概 50 公里，你用导航半小时就可以到。"

因为要喝酒，小萱爸爸包了两辆旅行大巴把全体亲戚送至中山。婚宴就在女方娘家的村内举行，露天摆开了五六十桌。我无心思与宾客喝酒应酬，匆匆填了下肚子，找他们借了辆车自己前往古镇。

赌徒凑在一起的话，每天都会发生各种各样的事，而且正经事少，麻烦多。别人一辈子的起起落落，在赌徒身上被浓缩成一年。所以不是今天张三被追债，就是明天李四闹离婚，后天又是王老五跑路。

只是我和霍斌已经在想法子上岸，在一起是想合并"正能量"。澳门政府宣称要做"负责任博彩"的赌城，我和霍斌则是要做"负责任博彩"的赌徒，而且会慢慢脱离赌徒身份转型为经纪人。因为霍斌这个人诚实可靠，家底实力强，又有多年独立经营的经验，是我在澳门这个风大浪大的江湖中合作的最佳人选；如果他临阵折戟，就会完全打乱我的做眼计划，要知道我近日才刚刚有了点起色。

我感觉我的人生已经变成了一场百家乐，输赢进退完全不受控制，刚刚连赢几口尝到点甜头，运气即开始了逆转。

霍斌正一个人躲在办公室里喝闷酒，他的老总办公室很大，所以在角落搞了一个小小的职业拟真果岭，平时可以练一练推杆。今天地上有几个被击打得变形的啤酒罐，估计是他刚才用短切杆拿来练攻果岭了。

办公室内一股酒气，我见真皮沙发上放着一张薄薄的空调被，就问："你今晚打算睡在这儿？"

他百无聊赖地拿着S杆在瞄准地上的一个空啤酒罐，苦笑着说："我被人赶出来了，昨晚在这睡了一夜。"

"不是吧？刷牙冲凉怎么办？至少得去对面快捷酒店开个房吧！"我说。

"口袋就剩两千块钱，还不知道要在外面熬到什么时候。再说办公室也挺好，至少是自己的地盘。"他"啪"一声把啤酒罐击到墙上，于是地上又多了一只变形的废品。

"怎么回事，眼看月底就能筹到钱了，你怎么就让阿嫂知道了？这么几天你都撑不住？"我埋怨他，又问，"是不是卖楼的事被她知道了？"

"倒不是卖楼的事引起的，"霍斌说，"前天她家工厂进口了一台咖啡豆加工机器，被珠海海关扣住，临时叫我转20万现金给她救急，结果我拿不出来被她怀疑了。"

不用说，以霍嫂的精明，肯定是当面问质的时候，霍斌扛不住就一五一十交代了。

"那现在怎么办？嫂子要闹离婚吗？"我问。

"也不是，她要求分居，要我自己搬出来住，也不准我去看小孩。"霍斌苦笑着说。

"唉！"我叹了一口气，见他茶几上摆的都是青岛啤酒，就跟他说："喝啤酒要德国纯麦，我们去对面酒店开个房，我去买大支的纯麦啤酒一起上去喝。"

"这样最好！不过嫂子今晚不回深圳吗？"他问。

"没事，她家人今晚都在中山住酒店。"我说。

我帮霍斌在他办公室对面的快捷酒店交了1000元押金，快捷酒店房费很便宜，足够他住一个星期了。两人在楼下的超市买了一打德国啤酒，一同上去房间内喝酒解闷。

"老兄，你这边一出事，我原先的计划就全泡汤了！这下拖累到我了。"我打开一罐长支装的啤酒，失望地对他说。

他闷头想了半会儿，说："那怎么弄好？要不你跟我老婆谈谈我们的计划，看能不能说服她？"

"我不敢！"我答，"路上我就已经想过了，你老婆这么强势，要说服她不可能。我再跟她提澳门只会让她更讨厌我，估计这会儿她心里已经恨我了。"

"恨你倒不至于，不关你事，我跟她解释过了，"霍斌倒在床上，叹气说，"我就是心里很烦，钱输完了，如果真的又离婚，不知道活着还有什么意思！"

是啊！伤害自己的家人，让自己最爱的人失望伤心，这种痛苦我自己也正在深刻地体会。如果被小萱知情了，我也会落入跟他一样的处境。霍斌现在想的已不是怎样去澳门翻身，而是怎样守住自己的婚姻，我不能再对他抱任何合作希望了。但我也无法帮他想出什么好办法，喝了两罐啤酒之后，醉意上头，我躺在床上昏昏睡去。

即使没有霍斌，我们的计划也必须进行下去，因为现在我们已拖了很多亲戚朋友下水，他们的资金到位后，每月初我们都有大笔的利息支出，所以必须每天赚钱，至少还有季军在支持我。

五场连赢之后，为了提振士气，我们决定先来一次分红。

这前面的五场共赢了105万港币，我们先提100万港币出来分配，季军按10%得了8万人民币，当天就着急地转给了六合彩庄家，他在六合彩上投注越来越大，也逐渐呈刹不住车的态势，永远都欠着庄家十几万元；我则是直接拿了港币，通知华姐派路仔过来蛇口码头取走50万，这样我就只欠华姐100万，欠阿强60万。

运气真的开始差了，这场我和季军一起过去，又是打得异常艰难。

这天的赌本是港币65万现金，还有14万港币可以从我的信用卡里刷出来。下午我和季军来到金沙，运气非常之差，一直在输，怎样努力也难以逆转。打到凌晨2点的时候，手头还剩下5万港币，这时按照我们的操作守则，应当保留最后5万港币回房休息。

季军问："要不先回房睡觉吧？明天再打。"

我想了想，说："晒冷吧！我卡里还有十几万可以用。"

他听了默默点头。规则虽然是我们定的，赢钱时自然容易遵守，但输钱的时候试问有几人能无动于衷。我把最后5万筹码押了上去，直接被荷官秒杀，这是我们做眼计划中第一次被清袋离场。

幸好还能够睡得着，这是我赌博功力的一大提升，证明我确实已经过了惊慌失措的阶段。回到房间后，我对季军说了一句："想不到65万竟会输光。"就郁闷地蒙头大睡，一觉睡到第二天上午10点。

睡醒后我们去当铺刷出了14万港币，季军说："既然贵宾厅不旺，要不要试试去一楼打，反正筹码也不多。"

一楼的大厅没有码粮，但台子多人气也挺旺，我从一千两千的小注打起，慢慢加大到一万两万，每赢10万就交给季军保管，结果打到下午3点，不知不觉手头已经有60万。

我们一下子又起了雄心，决定回到三楼广东会尽快把筹码打起来，赢几十万就撤退。但我俩都有午睡的习惯，这个时候大脑处于惯性疲惫状态。本来睡午觉也是操作守则里的一项，情急之下我们又没有遵守。

回到贵宾厅，一小时不到又输回去40万，台面只剩下22万。

这时候很累，心情非常沮丧。季军没了信心，他感觉这次会输光，于是自己拿了4000元港币下去大厅赌——这又犯了操作守则的第三忌：监管人不能赌博。

我静下心来，用两千三千的最低注去磨。很多贵宾厅的资深赌客称之为"养路"，就是用情绪和状态慢慢把牌路调整出来，好路一出再下大注。

等到季军从一楼回来的时候，好路终于养出来了。屏幕出现了7庄7闲的连体图形，见庄跟庄，见闲跟闲。我用3万起注，最高一口推到7万，终于台面筹码打回82万！

这样一算，共计赢了3万元，而且还有5万元的码粮，时间已经是晚上8点，几番折腾，我们再也不愿意冒险。于是决定收手，乘最后一班船赶回深圳。

这场没有及时止损却死里逃生，貌似决策英明，其实连续破坏三个规则，开了恶例，给接下来的行动留下了很大的隐患。

三十

慢，是做眼计划的总字决，这是我经过无数次腥风血雨的对战后总结出来的深刻教训，一千万元买回的一个字。

慢的目的是要生存下来，收缩防守，其实也是在蓄势准备全面的反攻。慢只是慢在心态，我去澳门的次数比以往更频繁。但我和季军没有对每一场定下硬性的赢利目标，以前“补天计划”做的“十场要赢多少多少钱”的思路已经被摈弃，因为我发现“补天计划”太急进欠缺圆滑，不是生存之术。又没有人把刀架在我们脖子上，何必急着去跟赌场拼命？只要能存活，花一年两年慢慢赢我们也愿意。所以我经常是下午乘船过去，几小时后又乘船回来，有时则在赌场过夜。其实这就像下围棋的布局，看起来投每一子都是任意，却在缓慢的布局中让大局逐步占先，等到力量足够时再短兵相接绞杀敌手。

但慢的根基仍是必须要有“眼”，流失了一千多万元资金后，公司运转十分艰难，出口生意、澳门赌厅两边都资金紧缺，而且8月份赌厅又亏损了50多万港币，我不单要再给光明他们退还400多万股本金，还要再填权130万港币进赌厅，这让已经告罄的荷包更加难堪。

澳门的“眼”需要流动资金，因为我的计划是商务服务为主，洗码为辅，这样才能在起步阶段规避高风险，等眼做活后再进一步完善经营模式。原来和霍斌的设想，是以我们赌厅作为固定平台，他融来的1000万元则作为流动资金使用，如今缺少了霍斌，我无法再调动出一分钱的流动资金，下一步该怎么走又成了疑问。

由于通行证只能两个月签一次澳门，护照一个月又只能去两次，季军和小武的次数很快就用完了。第六场开始，我只能独身前往，季军通过手机短信来实时保持监控。

运气是有时段的，一波前来，一波又往。我们的运气又迈进了波谷期，后面几场打得异常艰难。

第六场在广东会，我当天下午先赢了十几万元，还没有达到汇款的标准即开始倒输，虽然每局结束都给季军发短信通报战况，但他不在现场也无法作出评断，打到凌晨1点的时候，80万元的赌本全部输光。

我当然不甘心这般败走麦城，又不愿半夜奔波去金沙城赌厅重新开战，于是用账户的码粮抵押向广东会赌厅签码。这是赌厅给洗码赌客的一个融资办法，由于即出（即时结算）码粮会使赌客损失0.4%的差价，一般资深赌客不愿意这么做；但赌客可以凭当月的码粮做抵押，按码粮总额的70%向赌厅签码，等下月5号码粮全额结算时再抵扣签码借贷的部分。这种借贷当然是没有利息的，因为赌厅没有任何的风险。

我从赌厅签出了20万，一局过后又只剩下9万，这时候我已经上火了，看准一个逢庄则连的路把9万筹码晒冷上去，终于赢了，取回17.5万。

晒冷之后开糊，气场便会走强，我熬了通宵打到早上8点，台面赢回了70万。

这一场又把“睡觉”这个做眼守则中最重要的一条给破坏了。至此，“5万保底”、“定时睡觉”、“监管人不赌博”这几条重要规章被逐一打破，守则已名存实亡。

有了70万之后，士气更加强盛，打到中午12点，我台面有了105万，除了全部回本还倒赢5万。

到了中午感到昏昏欲睡，于是我简单吃完午饭后，把签码的20万退还账房，带上85万港币完胜离场。

第七场、第八场、第九场、第十场均是如此，一场更比一场凶险，四场都是先输后赢，加起来才赢了10万元。特别是第十场，又是把码粮抵押后，输剩10万元连续晒冷两把才走向翻身之路，最后只是打平离场。

我开始明白了华姐说的“澳门人难赢钱”的道理。内地赌徒都很羡慕澳门和香港人的身份，觉得如果能像他们一样天天留在澳门的话，用“蚂蚁搬家”、“刀仔锯大树”的战术一定赢钱，就跟前面介绍的赌工小沈的想法一样。其实越是澳门本地人，越不敢相信所谓的“天路”和运气。澳门人几乎都不敢进贵宾厅，即使在赌场大厅，碰到长庄长闲之类的天路时，敢连续推爆的也只有内地赌客。我现在手持通行证，天天往返澳门，从赌博的便利上实际跟澳门本地人没啥区别。但就是这种便利使得我的精力和运气过度消耗。和钱包里的钞票一样，能量和力量虽是无形的，它们同样存在一个储备池里，会在不知不觉中被舀尽。就如澳门本地赌徒，他们的运气和能量储备早就被舀干了。天天赌博的人，就跟天天参加高考一样，气场由迎合变为抗拒，最后变为不相容。

十场之后，我们在办公室里打开Excel表来做一次总结。

“赢了120万，几乎都是前面五场赢的，后面几场一次比一次艰难。”我指着表格中的数据给季军分析。

“怎么会这样？是不是去得太频繁了？”他也觉得纳闷。

“身体倒不并觉得疲倦，实际熬夜的次数不多，就是运气越来越差。同样的80万赌本，当天就赢几十万走人的情况再也没发生过。”我说。

"这样下去很危险，你连续几场都是靠晒冷赢回来的，要不要我们先停一下，调整几天？"季军建议。

"我也很无奈，现在赌厅又在持续亏损，除非尽快开始大额签码靠码粮养活，否则我们只能自己赌。如果我们不赌，每个月利息都没有着落。何况债务上还有这么大窟窿，总得每个月填补一部分。"我说。

签码也同样有风险，正式运作的话需要增加人手。正如我一直拖欠住华姐和阿强的"码架"数一样，上月我给北京的肖总和他朋友签了20万元出去，当天晚上他们便输完。码粮没有赚到多少，还款却一催再催拖了近一个月才汇过来，这种收益率对我们较高的资金成本而言并不划算。最好的客户是像我这种打法"能磨善磨"，两三天下来能够小有赢利走人的赌客，而且签码金额以50万—100万元为宜，这样就能实现码粮收益最大化。因为本金太小，下注太猛都不是优质的洗码客；赢得快的人输得也快，十场八场下来就淡出江湖，不能成为持久的客户。

所以还是得自己赌，虽然风险可以预见，但毕竟这月已经赢了120万元，我们不可能收手。

"要不这样，我们再多选两个赌厅，不要局限在金沙和金沙城，这样手气不顺时可以换场地。"季军建议。

我完全同意。因为近期去金沙城赌厅并不合适，我还欠着华姐和阿强的钱，每次在金沙城出现他们都能知道，这对我赢钱会有极大的干扰。他们两家的钱我是不可能从公司的账上抽资来还了，这样做太对不起筹资的亲友们——何况账上早就没有闲钱。华姐和阿强的码架数、我和季军的信用卡数、季军的六合彩数，这些都是较急的债务，至少这些钱我们得自己赢回来。

"增加英皇和永利吧，英皇我比较熟悉，永利赢过一次钱，而且华姐他们很少去。"我决定。

在家里陪了小萱两天，我又只身来到了澳门。

今天是周五，永利赌场的游客很多，这个赌场最让人难受的就是香精味和背景音乐，特别是背景音乐总是常年播放那几首英文歌，而且音量很大，让你的耳朵不能无视。这也许是赌场让赌客输钱的一种伎俩，可在无形中牵引赌客的意志，就同印度人用笛子舞蛇一样原理。当然，如果赌场并无此恶意，那就只能说明他们客服不到位了。

我手头有50万港币现金，信用卡里还有50万元额度，心态很从容。这几个月来第一次到新场地，需要先做"踩点"工作，所以我没有直接进贵宾厅，而是在大厅的总账房买了50万现金筹码，顺着赌场大厅内的过道边走边看，看看哪个赌厅合我的心意。

万利酒店是永利的一部分，房间档次要比永利高些，酒店大堂的左手边有一间高额投注厅，我曾在这间厅玩过一次21点，所以沿着走道逛了进去。

这里人气很旺，但赌的是现金码，没有码粮。我选了一张3000元起注的百家乐台坐下，把会员卡递给荷官监理，准备先试试手气。

刚赢了一注，一个身材高挑烫着卷发的公关美女走了过来，俯身对我说："海先生，我是公关小赵，我们酒店今天还有房间可以赠送，请问您需要吗？"

因为我买了50万现金码，美资的几家赌场都会赠送套房给我。于是我问："可以，给我留一间，除了房间还有什么可以送？"

我知道赌场当然还有别的优惠，果然，她查了一会儿电脑说："还可以送您2000元的代金券。"

代金券是可以替代筹码投注的纸片，但是这种代金券只能投注一次，投注后不管输赢赌场都会收回。比如投注1000元代金券，如果赌客赢了，荷官只会赔给赌客1000元现金码，代金券则没收作废了。所以怎样利用好代金券是一门技术，必须要在十拿九稳的时候才使用。那么，在赌场里面，什么游戏才能够等十拿九稳的赢面出现后，赌客再选择下注？答案是只有21点。

懂得21点游戏规则的赌客都知道，玩家在牌面占优的局势下，可以选择加注。这个时候，就是使用代金券的最佳时机。

公关美女给了我两千的代金券，于是我起身离开百家乐赌桌，准备在一旁的21点赌桌先把代金券用掉。

这个决定，使我有幸欣赏到了一场惊心动魄的21点大战。

三十一

※ 疯狂的21点

万利赌厅有两张21点台，就在赌厅靠近旋转门的角落里，一张是限红1000元–3万的台，一张是限红2000元–4万的台。

起注1000元的台有两个赌客，其中有一个四十多岁的内地女人是第一次玩的生手，正在一边下注一边向荷官询问游戏规则。两年前我长泡英皇时也玩过几次21点，只是用几千一万的本钱小打小闹，进入贵宾厅后就再也没有玩过。为何？因为21点不能洗码，在贵宾厅签出的泥码只能打百家乐，何况澳门的贵宾厅大部分都没有21点赌台。

打21点的常客最怕就是和不会打的生手同台，于是我走到一张2000元起注的赌桌。

这张台在靠墙壁的最角落，只有一个男赌客，他与我年龄差不多，体格较壮，方方正正的国字脸，戴着一副金边的近视眼镜，皮肤黝黑，脸上有少许麻点。

男赌客脸色发青，情绪非常低落，他掏出一小块布擦了擦眼镜片上的雾气，对荷官说："从早上被劏猪（闽南语和粤语方言，挨宰的意思）到晚上，一直都没有停过！"

我一听就知道他是台湾人。台湾腔语气较软没有卷舌且不带喉音，很容易辨认。

台湾客的台面只有几个筹码，我目测了一下，一个 1 万，十个 500元，共 1.5 万。

我坐在最左边的位置上，没有急着下注，而是先做了一个手势让他继续投注。这是打 21 点的一种礼貌，如果人家正在赢钱，你突然加入有可能会破坏他的连赢势头，所以我先观望几把，让他继续单独投注。

台湾客看样子是输得没脾气了，他叹了一口气，把全部筹码推上投注区，说："最后一把了，押了算了。"

荷官派牌，给他派了一张 A，庄家是一张 7。

"Picture 花牌！"台湾客拍着桌子叫，我心里也在暗暗叫了一声"公"帮他加油。

第二张牌果然是个 K，这是最大的点数"BlackJack"（21 点），按规则赔 1.5 倍，荷官从筹码堆里赔给台湾客 3.75 万。

"哎，再来一把。"赢了一把后，台湾客的情绪并不兴奋，他继续把 3.75 万筹码全部押上去。

肥胖的女荷官继续派牌，又给他派出 A 和 J，又是一个 BlackJack！

我心里暗暗叫好，这下赔完钱，他的台面筹码有 9 万多了。

我正准备拿起 2000 筹码，想跟在他的投注位后面试试，谁知他这把直接推上 4 万，已经推满了，于是我又把筹码放回，点了一根烟，静心在一旁观战。

这把他又是两个公，20 点，庄家 4 点连续三张牌补爆，台湾客已经有 13 万多筹码。

此时，台湾客开始有了点精神，他把腰杆挺直，双手各抓着一堆筹码在手心晃动，他在考虑怎么继续投注。

考虑妥当，他把两个 4 万分别押在两门上，比上把开多了一门。在普通 21 点玩家的惯性思维里，如果一门牌赢钱就必定要继续保持一门，若旁人新开了一门也许还会惹他生气。但我随后就明白了台湾客为什么要这么打，因为他输了太多。

这把两门都赢了，而且有一门是 BlackJack，他的台面已经有 23 万多。

继续扩大投注，他押了四门，每门都是 4 万，他这种打法是在做拼命三郎，只要庄家通杀一把就会令他前功尽弃。

开牌，这把庄家面牌是个 K，台湾客的四门分别是 20 点、12 点、19 点、13 点。

他选择了第二门 12 点要牌，补回一张 10 直接爆掉；尾门的 13 点他不要牌，做了一个 pass 的手势。

庄家补牌，一个 5 和一个 9，庄家爆掉。这把他赢了 8 万，台面已经有 31 万。

台湾客继续保持四门 4 万投注，单打独斗的时候，21 点的派牌很快，台湾客要牌决策也很快，几乎 15 秒就可以完成一局。

庄家牌点一直很弱，总是爆牌，偶尔成局也只是 17 点、18 点。台湾客台面的筹码逐渐垒高，已经有 70 万以上。

接着开一把。庄家面牌是个 A，台湾客的牌面都不理想，全部 19 点以下。

荷官询问："要买保险吗？"21 点的"买保险"是指庄家拿到 A 时，玩家可以再投注二分之一的金额，如果庄家拿到 BlackJack，则本局打和；如果庄家不是 BlackJack,那加押的二分之一投注就直接输掉。

"不买！"他摇了摇手。

荷官补出一个公，BlackJack，这把四门被通杀，输了 16 万。

台湾客直起腰来，一手撑着腰，一手拿一个筹码在桌沿敲打，考虑清楚后，他继续开了四门，每门只押了 1 万。

这把庄家补牌爆掉，台湾客赢回 4 万，他又继续加大注码，重新押回四门 4 万。

庄家面牌是个 6，玩家是两门 BlackJack，一门 15 点，一门是对 9。

荷官先按 1.5 倍赔了两门 BlackJack，接着指着对 9 问："要牌吗？"

"分！"台湾客伸出两支手指在桌上叉了一下，这是把对 9 分成两门 9 继续要牌的意思，他押了 2000 元在第一门的对子区域，21 点的熟客都喜欢在分牌时买对子。因为两张相同的牌分开后，连续博牌中对子的概率要增大了一倍。

荷官派牌，又是一个 9！这把中对子荷官赔了 22000元，台湾客在桌上做出分叉的手势，要求继续分牌。

第一张 9 荷官补出一个 2，加起来是 11 点，当然要加倍。"Double！"他加了 4 万筹码上投注区。

补牌是一个 K，21 点，赢定了。

第二张 9 补出一个 10，加起来 19 点直接 pass，损失 2000 元对子。

第三张 9 补牌，又是一个 9！首先收了中对子的 22000元，他要求继续分牌。

按 21 点规则对子最多只能分出四门，因此他不再继续买对子，两张 9 分别补出的是 19 点和 16 点。

尾门是 15 点，面对庄家 6 点时他当然选择 pass，于是轮到庄家补牌。

这一局输赢关系太大，作为看客的我和台湾客一样紧张，庄家第一张牌补出 7 以后，我和台湾客一起喊"Picture！"

庄家补出一个 9，合计 22 点，刚好爆牌，好险！

台湾客终于露出了灿烂的笑容，他笑嘻嘻地清点了一遍上把的赢利，对着我说："上把赢回 40 万！"

虽然没有机会投注，但我也替他高兴，于是朝他微笑着点了点头。

现在他的台面已经超过 100 万，他继续保持四门投注，如果赢了，就一直保持每门 4 万；如果输了，他就把每门缩减到 1 万。

庄家的牌总是很弱，因此他放胆拆对子和加注，凡是他拿了 10 点 11 点，而庄家面牌又不是公的牌面他全部 Double，经常是一局便赢回 20 万或 30 万。

他这种打法很凶猛，但我发现这种打法在 21 点战斗中非常管用，因为庄家牌弱的时候玩家总是能连赢，连赢时他下注是每注 4 万，又能找到机会 Double 或分牌变成 8 万，这样经常一局赢 10 万–30 万，且连赢数局；而输的时候，他只是一门 1 万，全输也不过 4 万。

这样分析，赌本小的时候，打 21 点赢钱要比打百家乐靠谱。因为百家乐是一赔一的游戏，想一口赢 2 万就必须押 2 万上去，而且几万赌本就得跟着同桌人一起买，开一把牌也许要十几分钟；而 21 点开一把只需要十几秒，运气好拿到 BlackJack 可以 2 万赔 3 万，局面占优时可以加注，不像百家乐每一把都要和荷官硬碰硬。

如果单打独斗又逢庄家疲软的时候，21 点赢钱确实飞快，一分钟至少可以派两次牌，一小时可以派 100 把以上，而且无须计算抽水，赔钱也快。

我刚刚接触赌博时，在网上搜寻赌博技巧，找到的就是几本 21 点技巧的书，因此曾对着书本研究了数日。但书中解析的算牌法在当今的澳门并不适用，因为几大赌场采用的都是蜗牛洗牌机用五六副牌轮洗，没有算牌的机会。而且任何一本教授 21 点技巧的书都趋于保守，讲求小赢即收，著书的“赌神”们也不愿意用夸大的数据误导读者破产以损他们的英名。像我们打百家乐连续晒冷这种搏命打法是根本不会被职业高手认可的。但已经输到走投无路的时候，不博命又能怎么办？戒赌是上策，如果不能戒赌，与其长期在赌场里消耗金钱消耗生命，不如拿出勇气对决一把，输光趁早回家。

如果说：不求安全，只寻找一种最激进的又比较有道理的，有可能快速救命的打法，我想台湾客这一套打法可以入选。

台湾客又遇到了几次好局，有一把他分出了四条 A，还有一把完成了 3 门 Double，他台面的筹码越来越多，荷官已经往筹码盒里加了两次万元筹码。

我第一次见到如此高水准的 21 点赌局。也许台湾客这种打法太泼，不是职业打法，但赢钱就是硬道理，何况他确实是牢牢控制住了台面的局势，能够踩稳大注赢小注杀的节奏，而且毫无犹豫与退缩。

作为一旁观战的看客，我的心情也很兴奋，欣赏了精彩战局，又替他高兴。台湾客的筹码越堆越多，他没有换 5 万 10 万的大码，而是把 20 个 1 万的垒成一栋，我用眼力仔细帮他数了一遍，已经有 380 万。

台湾客看来是万利赌厅的常客，他交代了身旁的公关一声，把筹码全部留在台面上，转身去了内厅的洗手间。

等他从洗手间回来，正用纸巾抹着脸上的水渍，我忍不住问他：“一万五赢了快 400 万，你还不收手？”

他扁扁嘴做了个无奈的表情，说：“怎么收哎！我的本是 700 万！”

三十二

我心里暗吃了一惊，从早上700万输至1.5万，现在两小时不到又打回了380万！原来21点可以打这么大，输赢竟这么快！我一直以为只有百家乐才能打出如此波澜壮阔的起落。以前用万把两万在英皇和金沙的娱乐打法，我也曾赢过五六万，还在围观者面前装模作样地摆出一副数学高手的样子去猜牌，现在才知道自己其实根本就是门外汉，从未能真正融入牌局，去驾驭21点赢钱的“势能”。

此时赌场已更换了一个瘦高的男荷官，他派牌的速度更快，一板一眼有点故意模拟机器人节奏的味道，像一场派牌表演，估计他曾参加过荷官技艺大赛。但这种速度往往让赌客很喜欢，大多数赌客都讨厌派牌拖泥带水的荷官。

更换荷官并没有打乱台湾客投注的节奏，他调整了一下靠椅位置，让自己坐得更舒服，然后继续投注四门4万。

台湾客就是驾驭“势”的高手，他的要牌和加注都中规中矩，思路基本和我一样，但他下注凶猛，连赢的时候投注气势更如排山倒海，每门4万的分门、加注，使整张赌台铺满了扑克，堆满了注码，看起来高潮迭起异常精彩。

如果他的对手不是赌场，而是一个赌客，那对手一定会被这种排山倒海的进攻压迫得喘不过气来。面对庄家的5点、6点，台湾客把对2、对3拆开，9点10点加注，台面上密密麻麻层梯状散开的扑克和一栋栋的筹码就如攻城的大部队，城池一再失守，荷官不停地从筹码盒中把万元筹码掏空。

身后已经多了几个围观的赌客，四门全赢时常有人在背后叫好，但他们和我一样无法加入投注。因为台湾客赢的时候总是推满4万，别人搭不进去；输的时候他只下注1万，此时别人又不愿意跟注。

两个小时后，台面的万元筹码又多了十几栋。见台面筹码太多，台湾客把一大半筹码推上前，吩咐荷官说：“换10万的大码吧！”

荷官熟练地把一栋栋高楼般的筹码摆整齐，平摊晒开，又垒起，用手指划平，这些动作是让监控室也可以看清筹码的数量。

总共换回了400万的大码，荷官把剩余的几个1万退还给他。

我用眼力清点了一遍台面，筹码总数已经超过760万，他的本钱回来了。

如果换了是我，这个时候一定不会再赌，会马上兑换现金离场。运气不会永远好下去，过度支配时它极可能会突然逆转。

但换了是我的话，并没有能力在4小时内把1.5万打到760万，即使运气比他更好，估计赢到100万后我就会开始保守。当然，匕为两刃，台湾客白天的700万也是这样输出去的。

台湾客的性格看起来是绝不服输，偏执，他完全无视赌场的资本优势，敢于与强敌正面对抗。我怀疑他是当年中国远征军的后代，天生有阵前冲锋的勇气。

他继续在赌桌上排兵布阵，庄家此时持续疲软，曾连续补爆了八口，刚才兑换进荷官盒子里的筹码又重新回归台湾客的阵营。

我坐在一旁，不知不觉已抽完了一包烟，整个晚上我都在做观众，但紧张与刺激感并不亚于这位男主角。最主要的是这场赌局带给我的震撼，台湾客反击时那种坚定的决心和勇气，这与我们平时为了追数把几十万筹码晒冷的行为有所不同。

输红眼的晒冷是绝望的冒险，完全凭借运气。台湾客最后1.5万时连续几把便是如此，我打百家乐也试过无数次，客观的说是败多胜少。侥幸的冒险和坚决的进攻还是有区别的，台面有了100万筹码之后，台湾客的坚决反击则不只是单纯冒险，他是同时把握了"运气"和"势"，再借助合理的叫牌技术，让这种"势"发展为势如破竹。几个小时他一直在赢，就连我们这些观众和荷官都觉得他每把赢都是理所当然的，整个气场都在给他支持。

荷官又赔给他一局20来万，做了一番筹码兑换之后，台湾客的台面筹码已经超过1000万。

他继续押了四门，这把庄家牌面是一张A，但玩家也有一门是BlackJack。

"收不收？"荷官指着那门BlackJack问他。按21点规则，如果庄家是A面，这时玩家先收BlackJack的胜出就只有1倍；如果等到庄家开完第二张牌再比大小，那胜出则有1.5倍，但有可能打和无钱收。

"收！"他做了个手势，先胜出一门4万。

荷官开牌，果然是个K，其余三门输了12万。

输了一把之后，他改为投注每门1万，这把庄家面牌是个J，但第二张是个黑桃A，又是BJ，把四门全杀了。

台湾客继续投注四门1万，这把庄家是20点，杀了他三门，打和一门。

不能打了，很明显庄家已开始转旺，我心里想。果然，台湾客也意识到了，他停顿下来，先用吸管喝完玻璃杯中的橙汁，转头对一旁的公关说："美女，帮我拿一个装筹码的盒子过来！"

大战结束。筹码总计是1005万左右，这是六个小时不到他用1.5万取回的战果。

他把台面筹码全部收好后，站起身对我咧嘴笑了笑，捧着筹码盒去一旁的账房兑换现金。

现在已经是零点时分，我做了一整晚的看客，只赢了百家乐的3000元港币，手头的2000元代金券还没有用出去。但我不想再打21点了，因为这张赌桌已被台湾客吃完了肉，留下来的只是其他人啃不动的骨头。

望着台湾客把一捆捆十万港币钞票装入袋中，21 点台上的赌客个个羡慕不已。我也很需要这样一场战斗来翻身，他的打法让我开拓了眼界，的确值得借鉴。因为这数月来，闷头苦战又赢不到钱让我非常郁闷。

我又选了一张百家乐赌桌坐下，下了几注后赢了万把块，终于把 2000 代金券用了出去。但是一场盛宴过后，我的胃口已对残羹冷炙不敢感兴趣，下注几千一万让我觉得百无聊赖。

我决定调整心态，先回房间休息。

三十三

万利酒店赠送的套房很大，赌场总是用这种手法吸引新来的大赌客。我冲了个凉，仰面躺在床上，心里觉得有一些迷茫。

我还在回想着刚才那一场赌局，很显然，这是任何赌客都梦寐以求的一场“仙局”。

不过它的冲击力有点大，虽让我增长了见识，一时间脑子里却还消化不了。

我想复制它。但我首先要弄清楚，这场赌局到底有没有可复制性，可复制的部分在哪里。

每个常来澳门的赌客都有过很好的运气，碰到过这样那样的“好路”，但很少人能把握机会一次翻身。多数人都是能把握住连赢的“运”，却不能借“势”发挥获得最大赢利。就如我在凯旋门遇到了 22 个长庄，却只赢了 100 多万元，而运气差的时候，我却一场输了 450 万元！这数个月来，我已经连续输出去了 1000 万元，但从未敢像台湾客这样以小搏大，坚毅反攻，用几十万元或者一百万元把本钱一次赢回来，更别说 1.5 万元的绝地反击。

风险大到可令我破产，收益却不足以使我翻身，无论是补天还是做眼，似乎都存在极大的缺陷。

所以我要注入一种积极的冒险，这部分在赌本里占的比例不大，就像突围不利时，阵前就会就组织起冲锋的“敢死队”一样。

吸收台湾客的打法精髓，用它去弥补做眼计划的软肋。

这样思路一通后，我感觉比较振奋，于是兴冲冲地爬起来，在客厅茶几上用酒店的信笺纸和圆珠笔做一个方案。

所以说百家乐真是要命的游戏，“聪明人死得更快”，因为在构思赌博策略的时候，会产生无数种可能，引诱你不断去尝试；更要命的是，澳门百家乐还有无限的投注额，不管你赌多大都有人接招。

我有100万元赌本，决定用20万元来做“敢死队”，只限失败两回，就是损失40万元后就回归稳扎稳打的老套路。

这与以前的投20万、50万大注的打法有本质不同，以前我的兵力是整体的，一旦启动后，就只能完胜或输完离场。

我不敢选择21点，是因为我之前从未打过几十万规模的赌局，还是选熟悉的百家乐稳妥些。

时间是凌晨1点，我重新下来永利赌场一楼，这里的赌厅都是敞开式的，转了一大圈之后，我选了一个较安静有四张台的小厅。

我拿出20万现金码，把通行证递给女公关去复印，开了个洗码账户。不过这里的码粮只有0.8%，很低，应该是抵扣了赌场其他优惠所致。

要避开台湾客的前半段失利，直接从他的后半段反击打起，所以就得等！等运，等势。

我权当自己已经输了200万元，因为，我这个20万元敢死队的冲击目标就是200万元。

飞了十口之后，我买了一口3000元尝试，输了，于是继续飞。

继续飞的时候，我只用笔在纸上投注，要看看我每把估计得准不准，积蓄了多少“势能”。

这样飞了半局，我发现在纸上的模拟投注已经输掉了60万。

非常好！继续。我投了一注3000元，又输了，于是接着飞牌，继续在纸上模拟。

模拟投注已经输了100万，但是我很开心，心里很舒服，因为我消耗掉了敌人的锐气，自己的兵力却基本完好。

一鼓作气，二鼓衰，三鼓之后，轮到我的敢死队来反击了。

我投了一注2万，这把还是输了，但我心如铁石，毫不犹豫地把剩余的17.4万全部押在庄上。

“看牌吗，老板？”扎着马尾辫的秀气女荷官问我，她的声音听起来很温柔。

“不看，你开吧！”我把百家乐当成21点了，干脆给她开牌。看起来这位马尾辫的荷官比较友好，如果读书时与她同班，兴许关系还能进一步发展。

女同学手法优美地派出四张牌，闲是3点，庄7点，她又用芊芊玉指从牌靴中拉出一张9，闲2点，我赢了。

女同学，你做我的内应吧！我心里这样叫了一声，不知她有没有听到。让公关洗完码后，我把30万泥码推到庄上，推满了。这一招是我刚从台湾客那学来的，叫“排山倒海”。

马尾辫的女同学继续用手指跳舞，闲开出5点后，庄开出一个公，她眼睛对着我微笑，慢慢地把第二张牌对着我竖着掀开，我看到了，是个肥嘟嘟的8。

台面已经有63万了。

攻至城脚下了，要搭云梯了，我继续把30万推到庄上，我在复制别人的成功案例，所以心里完全没有紧张感。

女同学正和我在舞会上跳起优雅的华尔兹，宾客们纷纷退后让出空阔的场地，她双手搭在我的肩上随着我旋转，我爱死她了。这把是个 7 点，直接把闲家的 6 点叉烧了。

台面有 92 万了。

音乐突然中止，舞步要停下来，她双手提着裙边一脸错愕，不知发生了什么事。

因为百家乐毕竟不是 21 点，这把的牌路有点顶，使我不敢下注。

连赢了三口庄，但现在小路和大眼仔都应该打闲，因为出闲能让路单图形更整齐，所以我犹豫了。

考虑十秒钟之后，我还是下了口 2 万的庄，这把输了，果然是个闲。

我的马尾辫舞伴有点失望，她退回座位上合膝而坐，恢复为一个乖乖女。宾客们两两为伴，又杂乱地布满了整个舞池。

进攻受挫，我只能继续飞牌，下了一注 1 万输了后，我重新用纸笔做起模拟投注。

等模拟投注连续中了两口后，我又推了一把 30 万在闲上。

女同学扭头望了一下屏幕，她在考虑接不接受这支舞曲的邀请，她转回头微笑了一下，仍是轻巧地从牌靴中拉出四张牌。

闲 7 点，庄 9 点，这把我输了。

女同学对着我耸耸肩，做出一个无奈的表情，我前方窜出一个牛高马大但相貌丑陋的男人，他横刀夺爱，拉着我的女同学进入舞池。

我开始感到泄气，势能一下都流失了。

继续推满台的话，需要重新积蓄力量，但我感觉不到“势“的存在，守城的敌方也已在严阵以待；而我可人的马尾辫舞伴，已经被一个更强壮的丑男人抢走了。

我只能继续下 3000元、5000 元 的投注，敢死队已没有冲锋的勇气，退回战壕里成为防守部队。

这样懒懒散散又打了一局，台面筹码略输了一点，剩下 60 万的整数。

我感到倦意上头，目前已有 40 万元的赢利，加上之前在万利赌厅的 1.5 万元，今晚赢利 41.5 万元，人困马乏，该回去休息了。

于是我吩咐公关退掉了剩余的泥码，从账房取回全部现金，给小萱和季军分别发了一条短信，在永利赌场内绕了一个大圈回到了万利酒店。

躺在床上，我回想了一下刚才的战局，势能的积蓄不够，百家乐每把都要硬碰硬，规则上毕竟和 21 点区别很大，30 万元赢两口输一口之后，我再也不敢冒前功尽弃的风险，导致进攻草草收场；如果之前能再赢多两口，冲击力量就应该足够了。

第二天一早，我正在洗手间刷牙，小武打来电话，说昨日出口至澳门工地的一批无缝管被拒收，现场的工程师不肯卸货，正在和货车司机扯皮。

“什么原因？”我问小武。

“他们说看起来不是无缝管，像焊管。”小武说。

原来如此，并没出什么大事。因为这批无缝管是供给澳门市政工程的美标天然气管道，当时订货时是我让小武专门飞到天津去验货的，从内地知名的大厂生产，不可能存在伪冒问题。但小武他们的证件都无法进入澳门，所以我还得自己过去工地一趟。

工地在氹仔，靠近横琴口岸，我打了个的士过去。问题很好解决，主要原因是工程师因为施工期太紧，对我们交货延误了两天有些气恼，故意为难了一下。工程师也是派驻澳门的国企职员，待我稍做解释后他爽快地收了货。

这样一番折腾之后，我回到赌场已是中午时间，这个时间容易犯困，集中不了注意力，而且我答应了小萱晚上要回去看电影，所以我不敢再启用敢死队，只是采用常用的套路打了几局，又赢了十来万元。

下午3点，我准备回程，因为这个时间可以在船上睡个舒服的午觉，回到家刚好能赶上和小萱一起做晚饭。我打了个电话给季军，跟他汇报战绩。

季军很通情达理，他建议："要不你先还华姐50万，减轻一点负能量，而且华姐这个人很不错，以后还是会和我们站在一边。"

我当然很高兴这么做。季军的提议深获我心，不愧是多年同甘共苦的好兄弟。因担心与华姐见面后她又问东问西，我到她店铺还了50万元现金后，才打电话给她通报了一声，转身打的士奔赴码头。

此行，减轻了债务，增长了见识，训练了新的战法，我又有了一点提升。

缺少了霍斌，做眼，虽然要先打活一个劫，但照此进行，把眼做成应当不难。

夜晚，与小萱从电影院出来后，满目这个城市的万家灯火，不知有几家欢喜几家愁。

我差点忘了，我还身在这个赌局当中，下一张不知会开出什么牌。

时间竟已不知不觉运行到了这里。

深吸一口气，让我们展开双臂，再大声地嘶吼一声，一起迎接巨浪吧！

三十四

※ 2012年9月10日

弟兄们哪，可见你们蒙召的，按着肉体有智慧的不多，有能力的不多，有尊贵的也不多。

神却拣选了世上愚拙的，叫有智慧的羞愧；又拣选了世上软弱的，叫那强壮的羞愧。

神也拣选了世上卑贱的、被人厌恶的以及那无有的，为要废掉那有的，使一切有血气的，在神面前一个也不能自夸。

——《圣经·哥林多前书：26》

今天是周一，我没有过去澳门，因为我有一件正事要办，公司有1000多万元的货款可以入账。

我们公司最大的客户就是斯里兰卡那家中资建筑集团，是个央企。他们在香港有一个办事处，每次发货前，就由香港办事处的两位经理过来蛇口码头验收。

双方的操作流程是这样的：大合同签署后，实际是分批交货分批定价，每批货物由斯里兰卡的项目部给我们发过来订单详情，我们通过网络确认一份价格清单，接着我就带上发货确认单去他们的香港办事处签字，签署第二天，香港办事处会给我们汇30%的预付款。

收到预付款后，我们开始组织备货。由于各种建材和型材规格较多，而且要提前备齐货物在蛇口码头或者盐田港装船，这个备货周期一般是30天，这段时间，需要我们公司垫付70%的货款。

货物备齐后，我再通知香港办事处的两位经理过来现场验货，清点数量，双方确认货物无误后，便交由我公司安排装船报关，发往斯里兰卡。验货三日内，香港办事处会把剩余的70%货款付清。

今天下午，便是香港两位经理过来验货的时间，我急着等这笔一千多万人民币入账，所以当然要好好出面接待。

两位经理都跟我很熟悉了，他们的办公室在中环，与蛇口一水之隔，其实从蛇口去香港中环比去罗湖还要方便，连车都不用开，睡一觉就能精神奕奕地到达目的地。

我在蛇口码头接了他们，货仓离客运码头只有几百米，实在方便得很。两人其中一位是香港本地人，另一位是由北京总公司派驻在香港的人员，素质都很高，有见识但谈吐并不浮躁，我喜欢与这样的人交往。

他俩很敬业，一个多小时就把货物清点完毕。签署完验收单后，我想邀他们去喝杯茶聊聊天，两位经理表示不必客套，他们想直接乘船回香港。

我带着征求语气问掌管财务的蔡经理："能否今天就安排剩余的货款从香港汇过来？因为我公司最近周转有点紧张。"

蔡经理个性阳光，人很实在，满口答应说："行！我现在就通知财务给你们办款！"他在车后座用手机拨打财务出纳的号码，让她下午就给我们办电汇。

第二天中午，港币到账了。在银行办理了结汇手续后，入账金额有人民币1000万元多一点。

到账之后分肉，我发现虽然增加了亲友们600多万的借款，我们的流动资金缺口仍然很大，钱远远不够用。

这个1000万元，当天付了一大半给几家催款的供货商后，只剩下500万元。

还要退450万元给光明扬帆他们，这是我们上月已经约定好的。那剩余的50万元，付赌厅150万港币的股本填权都不够。

而且斯里兰卡还有另一份订单没有交货，这几天正在备货当中，也需要资金。

这一个月来赢回的170万元港币，大部分都被我和季军还了华姐和六合彩的账，剩余的赢利连本金一起填平了信用卡，目前我们账上只有几万块日常开支费用。

我在办公室和季军商议了一下，决定先退给光明他们350万元人民币，再用80万元人民币去填补赌厅股本，剩余50万元港币可以用上月几家赌厅的码粮来补，这样我们手头就还留下80万元左右人民币。

还用说吗，留下这80万元，当然是要走极速增值的路子。

把350万元转给光明账户后，实际上就只欠几位同学100万元了。于是我打电话给光明和扬帆，要求他们彻底解除对公司的财务监管，包括赌厅短信也停止。

虽然公司的资金很紧，但我还是松了一口气。

毕竟赢回了170万元，而且更主要的是，再也没有人会干涉我们在澳门赌博了。

外债只剩下华姐和阿强的110万元。

做眼计划仍在继续，但我和季军其实心里都明白，我们不会再去坚持原定的操作守则，确切地说：赢时会，输时不会。虽然那些看似死板的守则，是我用一千万元的高昂代价买回来的。

新鲜注入的“敢死队“打法，是一种积极的元素，能够弥补做眼计划的不足；单从策略而言，我始终赞成一场战斗必须有坚决的进攻或反攻行为，何况我们是在赌博，每一场赌局都是注定的冒险。

但是我又一次忘记了人性的深不可测，我又忘记了隐秘处的那个分身不为我所控，这才是胜败的关键。在心里的伤疤渐渐复原之后，欲望逐渐在滋长，它像天外飞来的异形植物，获得土地的养分后，毫不费力地用粗壮的根茎撑开了铁窗。

那可怕的无形生物又被释放了出来。

直到今日，我都不知道，人性是否真的能由自己掌控。除了我们的手脚是自己可以控制的，发生在我们身上的天灾、疾病、人祸都是不被我们所掌控的。

那么，人性呢？那些贪婪、侥幸、嫉妒、厌恶、占有、毁灭，它们是被封锁在我们的肉体内，还是说它们根本就是游离状态的物质，对主体没有任何忠诚性，会随时随地与周围的环境融合一体？

就像扬帆他们看到我的变化一样，多次进出赌场之后，我也看到了季军身上的变化。

他也慢慢松懈了，好赌了，对输赢麻木了。

那个隐秘处的敌人，不会无视你的怠懈，不会无视你的麻木。

它会趁此机会，给你重重的一击，足以让你从麻木中痛醒。

三十五

※ 2013年11月11日　我的近况

昨日下午，去一个小小的菜市场买菜，天气有点阴凉，忽而还下起了小小阵雨，于是我就叫上小狗一起进来小小士多店的屋檐下避雨。

两分钟过后雨水停了，地面略有潮湿，这里的街道很窄，两边的几栋旧小区民宅被雨水淋湿后，墙壁显得有些斑驳。

这个地方虽然也在深圳，但没有我居住的记忆，也没有我熟悉的邻居，在这里我几乎从未与任何故人有过联系。

可能是我的触觉太敏感，在这条雨后的旧巷子，一种被放逐的滋味立即击中了我。

这种感觉是孤独的，苍凉的，陷落的。

其实离开旧人旧事，是一种自我保护；暂时逃避，只是想取得一份宁静。虽然我明知此刻躲避会遭致道德的唾骂，会触及法律的红线。

但是没有办法，因为静下心来我才能写作，希望找到重新开始的机会，甚至等来涅槃的那一天。

你应该也体会过这种心情，因为这本书的读者有很多也是赌友，即使不是，或多或少也有过失败和痛苦的经历。

我其实很希望找到混沌宇宙中的一个开关，触发这个开关，能快速引起风云变幻，天地间能量重组，让我的人生曲线再发生一次大角度的转折，就像两年前我无知地将它扭曲了一样。

我在等第二场蝴蝶效应，只是要一个更精准的触发点，让这场效应来得更猛更快。

这种机会还有吗？

应该有。虽然说这句话我心里也没底，但至少我应该试一试。

也许你也正在寻找这个点，不管成与不成，我们就一起把它当成是一场生存极限考验吧！

再继续讲述我们的故事。

※ 2012年9月10日

收到货款的当天晚上，我和季军就来到了澳门。

这一天的心情有点亢奋，因为我决定，这一场之后，把华姐和阿强的剩余债务全部清掉。

到了把这个病毒文件彻底删除的时候了。

而且我和季军商议：从此之后，再也不在外面签码，真真正正开始“负责任博彩”。

到了这一步，股东彻底退了股，霍斌那头死了心，公司变成高负债经营，我们反而有一种回归踏实的感觉，就像你虽然从山坡上狼狈地滚了下来，但毕竟一屁股坐在了地上。

今天还是选择了旧金沙，永利和英皇的码粮太低，只能作为备胎使用。

台面的赌本是80万港币，但我的信用卡还有120万元的额度，所以底气很充足。何况，我们在金沙城的赌厅账户还有足足的1000万元。

做眼计划的第一方案仍是“慢”字决，慢打慢赢，顺利的话就按部就班的赢到110万元收手；如果慢字决不管用，再祭出我们的“敢死队”去冲锋陷阵。

季军已经开始对百家乐的“路子”感兴趣了，对图形的分析也有自己的看法。

“这把是不是该下个庄?”赢了10万元的时候，他指着屏幕问。

“我觉得这把飞掉最好。”我说。因为我对这一把并没什么把握。

“下个2万的庄吧！我来开牌！”季军饶有兴趣地说，而且他已经挽起了袖子。

“五千吧！给你试试。”意见不统一，但我不好扫他的兴，于是摆了5000元筹码在庄上。

这是季军第一次亲手开牌，他兴奋又紧张，看牌姿势很不协调，他耸起肩，双手僵硬地翻开两张牌头，露出的只是5点。

还好，闲家只是1点，荷官给闲家补牌。

“肥婆！”季军喊了一声。

“肥什么婆！喊公！”我着急地打断他，但女荷官已经翻出一张8，直接把我们秒杀了。

女荷官也捂着嘴笑：“哪有自己把自己叫死的！”

季军很奇怪地问我：“我是想叫Q呀，Q不是肥婆吗?”

我没好气的回答他：“Q是公，肥婆是8，你把我们自己叫死了！”

这是老赌徒们的口语，把10JQK称为“公”，8称为“肥婆”，123统称为“白茫茫”，A称为“一条毛”等等。季军来了几次澳门，但对这些口语还没有搞明白。

虽然说牌不是被我们叫出来的，但季军此举仍是打击了自己人的士气，所以他不敢再出声了，又坐在一旁观战。

“慢”字决确实很慢，打到晚上十一点，台面筹码只有95万，赢了15万。

我站起身上洗手间，回来的时候，季军笑嘻嘻地举起一个筹码说：“刚才我自己炒更[①]一把，赢了1万。”

①炒更，粤语，指业余时间，多指晚上再从事别的工作挣钱。这里指博彩赚到钱。

他把台面筹码推到我的位置上，捏起那粒万元筹码说："你先自己打，我拿这个1万下去一楼试试手气！"贵宾厅的筹码与大厅并不能通用，于是他走到账房去兑换一万现金。

我懒得管他，他今晚总在一旁发表错误意见，离开一会儿也好。何况我俩最近没了生存危机感，对操作守则和纪律都抛之脑后了。我继续飞牌，投注次数少，起注也低，走的是稳健的套路。

差不多凌晨一点的时候，我台面赢了25万，季军也从一楼上来了。

"赢了吗？"我问他。

"赢了五千，已经换了现金了。"他笑嘻嘻地回答。季军是个老实人，但有些傻气，在澳门这个险恶江湖是没有立足之地的。所以他父母和老婆都不同意他常来澳门，其实我的看法也相同。

时辰已晚，而且明天还有充裕的时间，于是我们鸣金收兵，收好筹码回房睡觉。

第二天早上起床，按规定我们先去当铺汇钱，把20万元港币汇入了季军的卡里，我们继续在金沙战斗。

季军还是和昨晚一样，在一旁观战了半个小时后，他按耐不住，又自己下去一楼小试身手。

监管人已经彻底失职，我不过是又带出了一个新赌徒而已。

还好我们的心态很放松，我一直在按节奏赢钱，因为在澳门有强大的资金储备，所以很淡定。季军也在赢钱，虽然他在一楼开牌时有点紧张，但三楼的赢利毕竟有他的10%，所以他也很淡定。

打至下午两点，我已经赢了60万元，季军自己赌也赢了2万元，他对自己的战果比较满意，一个小时前便停手了。

我的手机响了，是深圳的一家供应商安总，上周跟他公司拿了100多万元的货，他公司资金很紧，从昨天开始就一直在催款。

如果付清他的货款，那又把我们手上的现金掏空了。我一时还没什么好主意，于是敷衍了几句，一边通知安总打季军电话，一边对季军做了个手势。

过了一分钟，季军的手机也响了，看来安总确实很急。

"怎么办？要不先付一部分给他们？维持信用要紧。"放下电话，季军问我。

我想了想，说："这次的赢利已经有85万，我们先汇60万人民币给安总吧！不过货款得走对公账户，你得回公司拿U盾操作。"

就是要先把钱汇入季军卡里，再从他卡里转入公司账户，然后从公司账户付款，这才符合公司的报税流程。

"行，那我现在回去。"时间还早，现在季军赶回办公室不会超过下午四点，所以能够给安总救急，维持我们的良好信用。

季军走后，我回到酒店房间睡了一个午觉，醒来已经是下午五点。

赢钱之后的睡眠会让人觉得很懒散，而且我心里有一种惬意的感觉。脱离光明他们的财务监管后，我们可以大大方方地用赢利去支付一笔货款，这让我感到满意，看来我已经逐步挪正了轨道。

“忧患隐于安乐”，古人总结的这句话一点没错，而且恰好能针对刚赢了点钱，正睡在酒店里、正躺在桑拿里、正在饭店里喝酒胡吹海侃的赌客。

我重新下来三楼赌厅，手头筹码恢复了80万，重新开始的目标仍是110万，我铁了心这次要把债务了掉。

运气是个很奇怪的东西，过于紧张的时候它不来，但过于放松的时候它也不会来。我不知道运气与人体的衔接之处到底在哪里？获得诺贝尔奖的科学家们若能揭晓谜底，定能获得天下赌徒的额外重奖。

晚饭之前，我已经输了20多万元出去。

先吃晚饭。我乘扶手电梯走来二楼的餐厅，这里是各地美食快餐大杂烩，我选了一个日本刺身和鳗鱼套餐，一边吃一边给小萱发短信。

我用的是另一张澳门本地卡，这个号码只有五个人知道，其中一个是湛江卢，所以我一看到手机来电显示出622开头的澳门号码，就知道不是霍斌就是湛江卢。

“老细，在澳门吗？”湛江卢用粤语问，他今日语气比较有中气，听起来好厉害的样子。

“在，有什么好关照？”我漫不经心地回答。每次湛江卢的来电都是闲聊多，正经事少，所以接听者慢慢也就不当他是一回事了。

“有个大客喔！介绍给你绝对有得做！你现在得不得闲？过来英皇聊聊。”他郑重其事地说。

“几大的客？”我问他，听他语气我感觉有点靠谱，也提起了一点兴趣。

“一场过千万！我这边吃不下，想拉上你一起做！”湛江卢肯定地说。

三十六

放下电话，我决定先过去英皇赌场。对于赌厅经纪来说，一场上千万的赌客是绝对的大客户，即使做不成生意先认识一下也没有坏处，这个级别的客人，就算不给他签码，也有很多别的办法从他身上赚钱。如果不去，才是我这个经纪人最大的失职。

我很久没有来过英皇了，上了五楼，发现这里的公关们都换了新面孔，而且看起来素质比以前差了很多。三年前我和智深长泡在英皇四、五楼中场的时候，这里的公关可谓是美女如云，绝对够资格组团去参选港姐，而且个个都很亲和活泼，容易和客人打成一片。每次她们帮我们洗码的时候，望着不同美女婀娜多姿的背影都是一种享受。那时我怀疑英皇集团是不是打着招艺员的名义，在内地揽括了美女过来澳门做赌场公关。

湛江卢正站在电梯口等我，他今日两眼放光，神情郑重，是一种工作状态，而且看起来有点像斗翻了地主正在闹分田的革命农民。

他把我拉到一边，指着远处百家乐桌上一个穿黑色T恤的男子说："那个老细是四川人，搞矿的。以前经常跟我和湛江那个大佬三人在凯旋门玩，混得很熟。他这次过来已经赌了七天，输了1800万，想明天赌一场1000万的台底。"

一听是赌台底，我有些失望。我还没有准备去做这种高风险的对赌，于是我对湛江卢说："台底这行我从来没有捞过，而且我实力也不够，玩不起。你还是找别人合作吧！"

见我有掉头就走的意思，湛江卢急忙拉住我，说："别急，我还没讲完。这个客也是第一次赌台底，他也不熟台底的规矩。而且他资金全部到位，赌完就马上结清，不用等时间收账。"

听到这话我有了点兴趣，在澳门有谁见到1000万现金不两眼放光？很多次我在赌厅里看到一些输红眼的豪客一百一百的往桌上推，我就恨不得自己变身为赌场庄家，个把小时就赢掉他们的几千万身家。

既然来了，弄清楚怎么回事也好。

我还是比较谨慎，需要向湛江卢了解更多的信息，我问：

"他准备怎么打？台面多少？台底多少？"

"台面300万，打一拖三，等于台底是900万。"湛江卢说。

"你那个湛江老板一个人吃掉不就得了，为什么要叫上别人？"我问。

"湛江大佬跟这个四川客很熟，全部对赌的话面子上过不去，所以想找多一个庄做掩护，他接两份，别人接一份。"他说。

"那你有什么好处？赢了老板分你多少？"我问他，同时我也想知道他拉我做这笔生意的条件。

"我就赚一份码粮。"湛江卢说："客人那边我答应返他1%的码粮，但是台底的洗码数你们要付1.8%给我，我赚0.8%"。

按澳门的行规，由于台底庄不用抽税，又赚了5%的庄赢抽水，所以台底部分的码粮一般都有1.7%以上，要比正规台面的1.2%高，如果照900万的台底计算，洗码两倍的话，湛江卢按0.8%比例也能赚到15万左右，何况台底庄赢钱的话一定会给他打赏，至少十几二十万。

我又问："资金怎么监管呢？你们和客人很熟，但我并不认识他。"

湛江卢答："四川客明天会有1000万资金到位，湛江大佬也会派个人带800万现金过来，可以去你的厅里赌，先拿600万向你买码。这样你的资金就是完全稳阵的。"

我盘算了一下，客人向我买600万的码，如果他台面300万输完后，赌局当然就结束了。这时我收回300万筹码，袋里还有600万的现金，确实是没有什么资金风险，而且还扩大了赌厅的洗码业绩。

不过我还是没有冒然答应他，我要先对四川客做一个初步评估，看看他的打法和精神状态。

四川客看起来四十五六岁，脸宽宽的，上唇留着标准式的四川胡子，发型也是二十年前流行的“四六分”贴脸长发。他脸上的赘肉和身上一样多，加上小胡子的遮掩，旁人难以辨清他的表情。

他身边还有两个女人，一个四十几岁的应该是他老婆，另一个二十几岁看起来是他的妹妹或者小姨子，还有一个坐在餐桌上喝燕窝的瘦小男子，看打扮较为土气，应该也是他们的亲戚或者老乡。

湛江卢做了个介绍：“这位是唐总，在四川有几个大矿山，这位是海哥，也是在澳门开赌厅的。”

唐总站起来跟我握了一下手，他的手掌肉多，又粗又厚，几乎把我的手掌给包住，使我感到有点被动。

“瓜娃子！搞了七天七夜，两千万就剩下几十！”唐总嘲弄地骂了自己一句，指着台面散乱的筹码说。

我瞄了一眼，台面大概剩下四十几万。

“唐总，要不要换个场试试？金沙城今年刚开张的，你还没有去过，说不定是你的风水宝地呢？”湛江卢在一旁提议。

“可以呀，反正英皇是不能待了！”唐总抬起手看看表，说：“不过今晚我们要去冲关嘞，现在已经八点多了。”

“冲关”是指持通行证或护照进澳门的内地游客，按规定只能一次待7天，超出7天则属于非法逗留。很多老赌客往往在第7天的最后两小时从拱北出关，再马上重新持护照进来，这样又可以获得2–7天的逗留时间。

“没关系，十一点多我可以安排车送你们去拱北。”我接口说。目前还没有确定是否要和他对赌台底，但先把这个大客户拉过去洗码总不是坏事。

“好，那就先过去看看！”唐总跟他老婆商量了两句，爽快地答应了，于是吩咐他的小姨子去账房退码。由于冲关后马上就返回澳门，所以他们并不回房间拿行李，一伙男男女女提着几个清一色的LV包随着我们下了电梯。

我和湛江卢同乘一部的士，去金沙城的路上，我问他：“这个唐总赌了几年？”

“有三年了，他以前没赌这么大，去年来的少，好像今年开矿发了大财，这几个月才开始赌大的。”他说。

“你知道他输了多少吗？”我问。

“听他说前前后后输了七千万了。”湛江卢回答。

输到这个地步的人，心理压力肯定很大，而且唐总他们已经连续战斗了七天，此时再搬运资金来翻本，输的概率很大。我心里这样分析着，对这场台底逐渐燃起了兴趣。

到了金沙城，我带他们走进三楼赌厅，正在门口的公关东仔跟我打了个招呼：“海哥，今天过来了！”

“嗯，看到强哥了吗？”我问东仔。因为还欠阿强60万元，我近期澳门之行都没有主动联系过阿强，股东退股的事情他也还不知道。这天我觉得心里有点没底，心想最好先找阿强聊一下。

“强哥这几天休息，好似听说他们几个去了巴厘岛了。”东仔说。

“哦。”没法征询阿强的意见，这让我有点失望。不过问题不大，因为冒不冒险这个决定权还是在我，且看看再说。

“这个地方比英皇那里舒服多了！”一进门，唐总一行四人就对赌厅比较满意。

唐总的小姨子看起来也是好赌之人，她屁股刚沾沙发就弹起来，拿出包里的四十万现金去账房买码。

“唐总先试试手气吧？说不定就靠四十万赢回两千万呢！”湛江卢在一旁奉承他。

“哈哈，哪有这么好的事！”唐总哈哈一笑，不过还是站了起来。这个时候赌徒的任何豁达都是装的，唐总肯定会赌下去。谁不想创造一个奇迹翻身，何况他们今晚还要冲关，不赢回或不再输一千万元他们绝不肯回四川。

如果唐总真的能靠四十万赢回两千万，这对我也是一件好事。因为按赌厅股份比例分摊，他们的输赢对我影响不大，但洗码额却能使我赚到不少码粮，而且有这样一个开门红，唐总肯定会在一段时期内成为我的大客户。

他们四人已经过了最沮丧的心理时期，所以从台面上我并不能看出唐总的风格，何况筹码太少，从40万的打法也无法判断出1000万的打法。不过唐总洗码很快，他起注最少是3万，有信心时会推10万和20万，一小时拉锯下来，洗码额已经超过200万。

“瓜娃子，全梭了！”剩下25万左右，唐总把全部筹码推到了闲上。他刚才高峰期筹码曾接近100万。

他身边的两个女人一起喊：“公！”，但荷官补出的是一个5，庄7点，闲输了。

“哈哈，输完了！”唐总从赌桌前站起来，一屁股坐在沙发上。他比较胖，整个沙发被他压得凹了进去。他对我说：“看看有没有车，现在送我们去拱北吧。”

“行。”我吩咐东仔去安排一台保姆车，东仔去前台打了电话，说五分钟后车子在楼下等。

“这里不错！明天我们再过来打。”唐总起身说。湛江卢也从沙发上拿起包，陪着他们去拱北冲关。他要一直贴身跟着唐总，防止这个财神中途被别人抢走。

“晚点我给你电话。”我送他们至赌厅门口，湛江卢举手在耳边做了一个手势。

三十七

他们走后，我看看手表，只是晚上十点半不到。

时间尚早，我决定继续自己的赌局。

这个时候再回去旧金沙未免太折腾，唐总的两百多万洗码帮我在赌厅账户里增加了消费额度，但每月0.05%的消费额度并不能兑换现金，不用也是浪费，于是我让东仔帮我在楼上的假日酒店开了个房。没有动用包里的现金，我从赌厅账户里签了60万泥码出来，衔接金沙的赌本继续战斗。

一心不能二用，在赌场里，要想一边工作又一边赢钱无异于痴人说梦。虽然唐总和湛江卢已经走了，但我却迟迟进入不了战斗状态，打了两局，竟不知不觉输了十几万元出去。

我决定派出敢死队。

敢死队的编制是20万一组，我先抽出一组准备好，又像上次一样，跟荷官要了纸笔来做模拟投注，因为敢死队的冲锋就是全部晒冷，在冲锋之前一定要把"势"蓄足。

模拟投注的时候，我更希望自己输。因为在纸上输的越多，就说明我避开了敌人的锋芒，越证实自己不投注的明智，所以这时候会积累心理优势；一旦输到100万以上并开始逆转的时候，我觉得运气好转，势能足够，就可以反击了。

不过今天分了心，完全进不了状态。我的模拟投注也杂乱无章，飞了二十多口，模拟成绩仍是平平，输赢各半，看不出势能在哪里。

庄连开了几把，我连续下两注3000元的实注都中了，庄刚刚过了河（指长庄的图形拐了弯），也许是个长庄。

试试吧！我心里说，用手把20万筹码推了上去。我朝和蔼的荷官做个手势，让他自己开牌。

"啪"，闲开出一个9点，像半路跳出的一只拦路虎。荷官尴尬地对我说："不好意思！老细。"

我失望地摇了摇头，这把庄是6点，输了。

台面筹码只剩下22万，只能组成第二支敢死队。

我的心情开始烦躁，有点不受控制。我想赌下去，但又有一种疲惫感和厌倦感涌上了大脑，而且这种疲惫不是简单的犯困，是一种憔悴，似乎是这段时间频繁赌博的疲惫一下子全都爆发了出来。

势能还是不足，但我已经把22万押了上去。

输了。

心很累，我没有再从账房里拿码的想法，唯剩懊恼。明明没有状态，为什么我没有舒舒服服地泡在泳池或者浴缸里，又把这次的赢利拱手还给赌场？我起身快速离开赌厅回到了房间。

这晚躺在床上，疲惫感铺天盖地袭来，就像整个房间都是死的。我没有洗澡，连长裤也没有脱就躺在床上睡着了。这种状态我当然经历过，就是五月份时的状态，还好这回能够入睡。

其实无论补天计划还是做眼计划，都存在一个天大的纰漏，这个纰漏是可笑又可悲的。

那就是：计划里只有战役，没有休整。

试想一支军队，常年征战却没有休整，不管这支军队如何勇猛，迟早也会成强弩之末。

我以前总以为，赌完之后好好睡一觉，或回家休息两天，就完成了一次战役调整。

现在回想自己实在太无知了，“养精蓄锐”岂是睡两天就能忽悠过去的，而且在博身家性命的阶段。

“慢”，只是慢在赌桌上，慢在我们赢利的计划书里，实质上，心根本没有慢下来！

否则，就不会有此时的疲惫铺天盖地袭来。

所以我要劝诫一些订好了“一年计划”，“两年计划”的赌友：如果天天在想着赌博，天天给自己打气，把脑神经绷得这么紧，是否你会考虑到，某一天累积的疲惫会把你击垮？

我建议你先彻底抛开赌字，学会休整，给思维一个空窗期。

第二天睡醒，我还是不得不先给季军打个电话，告诉他这个坏消息。

“哦。”他语气比较失望，但并没有太急躁，他问：“那怎么办？你还打算再赌吗？”

“我一会儿再签100万出来试试，看能不能赢回来。如果感到累的话，我就不赌了。下午我们试一次用别的办法翻本。”我说。

“什么别的办法？”季军问。

我把唐总下午可能要赌台底的事情详细说了一遍。

他沉默了很久，问：“你觉得风险大吗？”

“赌场的赢面永远比赌客大，而且唐总连赌了七天，我看他的心态很急。”我说。

“如果我们输了怎么办？一份300万我们也受不了。”他说。

“风险肯定有，但赌客风险更大，我们不会给他时间慢慢磨，两三局出不来好路我们就赢了。”我说。

他又沉默了一会儿，说：“也对，怎样都是有风险，做庄家总好过自己赌。”

商量好了，我们决定冒险一试，如果和他们条件谈妥的话。

从生意人角度，“行客拜坐客”，我当然不能主动打湛江卢电话询问，所以我只在房间坐等他电话。

果然，上午十点左右，湛江卢的电话来了。

“唐总的钱中午可以到，湛江大佬中午也会派人拿钱过来，你这边准备得怎么样？”他问。

“我这边有个条件，客人台面输剩50万的时候，只能追加一局，我们不可能让他飞几局等好路出来。”我说。我并不想和赌客拼得一干二净，如果台底赢了两百多万，赌局最好能尽早结束。

“没问题，他肯定答应。以唐总的性格，剩50万估计一把就推了。”湛江卢笑呵呵地说。

事情落实了，我心里有一点兴奋，又比较忐忑。第一次坐庄，如果能成功的话，不但可以把我的债务全部清掉，甚至有可能开辟一条财路，迅速把全部失地收复。

虽说财不入急门，但我急，唐总更急，我还占着庄家的优势。就如在21点对战里，我是11点，唐总是6点，这时候我选择DOUBLE虽然不能包赢，但肯定是合理的。

距离开战还有几个小时，我又下来赌厅，签出100万筹码，想趁这间隙赢几十万回来。

又是心有杂念，这个错误和昨晚一模一样，所以输也一模一样。

打到中午一点，我台面的筹码又减少了20万，我心烦意乱，停下来在一旁吃午饭。

我确定自己这次不能赌了，因为我有种不相容的感觉，潜意识在排斥百家乐。现在只能靠和唐总对赌来翻本。

湛江卢终于带着一群人过来了。通完电话后，我让他们先上假日酒店的房间商议。

今天的人数又比昨天多了三个，除了唐总、他老婆、小姨子、他手下，还有两个三四十岁左右的女人，其中年轻那个比较活跃，跟小姨子有说有笑，样子长得还不错；另一个四十多岁的女人个子很高，估计有170厘米以上，看样子也是一位女老板。湛江卢身边则多了一个五十多岁的秃顶男人，不用说当然是湛江老板派来的。

一群人差不多把酒店房间塞满，由于是对赌现金，大家要简单验一下资。秃顶男人先打开手提包，拿出了800万现金。

唐总也把他们的现金拿了出来，但不足1200万元，只有1000万元。

“还有美丽的120万呢？快拿出来！”小姨子捅一捅那三十多岁叫“美丽”的女人，对她说。

美丽姐咯咯地笑了几声，和另一位女老板各从包里取出了60万元，她的性格很爽快，像女汉子一样把120万元砸在唐总的钞票堆里，笑着说：“今天就靠唐总吃饭啦！唐总，你要帮我们赢五千万回来哦！”原来她俩今天是过来参股的。

湛江卢拍着胸口在一旁说大话：“没问题！赢了五千万，我们大老板马上从网银转给你！”

大家简单商议了一下规矩：打一拖三，唐总台面筹码只摆300万，台底对赌900万，每一局完毕后回房间结算台底输赢，因为赌台底在澳门是违法的，必须隐蔽。

唐总问：“限红能开到150万吗？”

我回答他：“不行！赌场不会同意，300万的本最多开到80万限红。”这是所有赌厅对赌客的控制手段，对急于翻本的大赌客，限红越低，他翻本的难度越大。假设赌客想赢回 1000 万，赌场若开给他 1000 万的限红，赌客豁了命只需和赌场对决一口，这样赌场就几乎没有任何资本优势。

湛江卢插话说："80 万限红已经很犀利了，等于一把是 320 万。"这个赌注已超过澳门政府法定的 200 万上限，这就是赌台底的优势。

商议妥当，大家起身下楼。湛江卢把 600 万元港币交给我，我悄悄对他说："唐总资金少了 80 万，这个我可不管。"

湛江卢说："没事，湛江大佬跟他很熟，我们那份自己会跟他结算。"

下来三楼赌厅，我走到账房处，要从我们自己的账户签 600 万泥码出来。

东仔站在一旁，见我第一次提这么大的数额，吐了吐舌头说："海哥，今天有大客喔!"

我淡淡笑了一下，没有回应他，只是问："你看看 VIP 房间有没有人，把房间留给我。"

东仔走前两步望了一眼，说："没人。"

赌台底需要清场，不能让无关的赌客在一旁围观，所以我们要选择包房，而且台底的资金不能轻易暴露出来。

我把 3 个一百万的筹码交给湛江卢，他向唐总取了三百万元的现金。

"战斗开始了。"我给季军发了一条短信。

三十八

唐总嘴里叼着一个木柄烟嘴，再把香烟插在烟嘴上，显得香烟很长。他此时和昨天的状态完全不同，此刻他非常专注，香烟只吸一口后就放在桌上，双手交叉在胸前，眼睛盯着屏幕，身体向后仰，轻轻摇晃着凳子分析牌路。

这种专注让我有点紧张，因为我每次静下心来尽力追数时也是这种表情。

美丽姐还是嘻嘻哈哈地说笑，她从包里拿出一个小小的吉祥物，摆在唐总的筹码旁。

"这是什么?"湛江卢用手指捏起那个吉祥物看，是一匹马，马背上伏着一只大苍蝇。

"马上蝇，就是马上赢的意思，哈哈哈。"美丽姐笑得浑身抖动，露出一口洁白整齐的牙齿。看样子她是刚刚进入"豪赌"阶段的赌客，肯定是输了，但输得并不多，所以大部分时间她能笑得出来。这种赌客输赢还没有伤害到根基，是最受贵宾厅欢迎的客人。

"嘘!"小姨子对着美丽姐做了个手势。唐总准备下重注了，他正拿起 3 个十万的筹码放在庄上。

全场静默，这把唐总下注 30 万，大家都知道实际上是 120 万。

荷官派好牌，把闲家的两张牌盖住，把庄家的两张牌推给唐总。

唐总搓了一下手，用两个手掌把桌上的两张牌分开，他的手掌很肥大，扑克在他手掌下被牢牢盖住，一点白色的边也看不到。

他慢慢用手指掀起一张牌的前角，是一个公；他接着去掀第二张牌，先竖着看头，接着又横着看边。

"四边了！"唐总双手盖着牌，用四川口音说。

"赶快赶快，我们帮唐总吹！"美丽姐笑嘻嘻地把凳子朝唐总方向挪近一步，小姨子也从右边把头凑过来，两个女人一左一右对着牌呼呼吹气。

唐总两只拇指小心翼翼地把牌往上掀，露出一个红桃的红心。

"哎呀！出来了。"第二张牌是个10。唐总0点。

"开！"他吩咐荷官。

瓜子脸的女荷官面无表情，把两张牌一起翻开，闲8点，直接把庄家秒杀了。

我心里松了一口气，这把相当于我赢了30万，这是一个好的开始！

美丽姐是个不甘寂寞的女人，输了这把后，她站起身来，用手指把GUCCI包勾在后背，跺跺脚笑着说："不行，在旁边看着干着急！我们下去玩21点了，唐总你好好发挥，我们绝对相信你！"

她朝我扬了扬眉毛，抛了半个媚眼，转身拉着高个女老板出了赌厅。

美丽姐走之后，VIP房里变得很安静，唐总吸了两口烟，又继续把10万筹码押了上去。

我坐在一旁分析他的打法。下了十把左右，他最小的投注是10万，最大是30万，基本上只有10、20、30这三个单位的注码。这样小幅度的注码起伏，除非他能连赢，或赢的次数远远大于输的次数，否则作为庄家我们将占尽优势。因为庄家有5%的庄赢抽水优势，不但是台面筹码抽水，台底也同样在抽水。而且300万的本钱，下注30万并不耐打，连输几口的话筹码就会减少一大半。

果然，这局已经派出了65把牌，本局即将结束，唐总的台面筹码已经输了95万。

女荷官从牌靴里抽出一张塑料片，她举起塑料片扬了扬，问："最后一把了，下不下注？"

唐总拾起桌上的烟，猛吸了一口，几乎把香烟燃烧到过滤嘴部分。他哒哒哒地数着台面的十万筹码，问："输多少了？"

他老婆一直在旁边默不作声，小姨子抢着说："输95万了！"

"瓜娃子！不搞还不行了！"唐总数出8个十万的筹码，把它们垒整齐，用双手猛的全部推到了闲上。

我紧张地深吸了一口气。很明显，这把80万是今天输赢的关键。这是一局的最后一把，而且是他最重的一注，如果唐总这把输了，他的士气将大受打击，下一局很可能一溃千里。加上我限定了低于50万后他只有一局的追数机会，这会让他越输越急，这就是我们做庄的优势。

如果这把他输了，本局他就输175万，我们马上就可以回房间交割赢利。

荷官派牌，这次把闲牌推给唐总，把庄牌盖住。

“一个白茫茫。”唐总一边掀开牌的一角，一边说。这意味着这张牌是1、2、3的其中一张。

“一个三边！”他又用肥大的手掌盖住另一张牌，说。这意味着它是6、7、8中的一张。

“先看哪个？”唐总扭头问他家的两个女人，其实他也很紧张，因为他把手中的烟放下时没有放稳，香烟滚出了烟灰缸落在桌面上。

“看三边吧！”他老婆第一次开口说话。

“三边先吹一个，这样安全！”小姨子也牙尖嘴利地插话。

“好！吹一个！”唐总用厚厚的手指去翻牌，这次他成功了，翻出来一个7。

这个局势对闲家很有利，因为另一张牌是1、2的话，他就有8点或9点，赢的概率大于输的概率。

“让庄家先开吧！”小姨子抢着说。女荷官用征询的眼神望了唐总一眼，他点了点头。

女荷官迅速地把庄的两张牌翻开，是8点！

感谢！我双手一直握紧拳头在桌子底下发力，庄家的8点让我的紧张稍稍有所缓解。

现在闲家另一张牌是1的话，双方打和；是2的话，闲家赢；是3的话，庄家赢。

还是旗鼓相当的局面。

这个8点让唐总有点受打击，他盖着另一张牌，但不知道该叫有头好（2、3），还是没头好（1）。

两个女人也鸦雀无声。唐总慢慢用肥厚的手指竖着掀开牌头，低着脑袋小心地看牌的内容。

“有头！”他说了两个字，手指动作停了下来。

“挖心！挖心！”两个女人声音一大一小叫了起来。唐总慢慢地把牌像一块蛋糕皮一样从桌面上掀起。

我双手在桌子底下握紧，伸出三只手指，心里大叫：给他一个3吧！

是个方块2！闲9点！这把被他赢了！

“耶！”小姨子雀跃起来，一家三口伸出手轮流击掌。

我心里只能苦笑。不过还好，虽没能重拳击倒对手，第一局还是赢了15万。

第二局开始，看起来上把的80万给了唐总极大的鼓舞，他的紧张感完全消失了，从烟盒中拿烟，扭头接受湛江卢的点火，再把烟灰轻轻敲在烟灰缸里面，举手投足中都透露出镇定和底气。

飞了三把牌，全部是庄赢，唐总押了一把10万在庄上。

第四口还是庄，他赢回9.5万。

他继续押20万买庄，这把又赢了，赢回19万，5个庄。

他接着押30万庄，这把开了个闲，他输30万。

“龟儿子!”唐总骂了一句，让荷官飞牌。荷官连飞两把，都是闲赢，已经开出3个闲。

“姐夫，会不会是5个庄，5个闲的路子?”小姨子看着牌路，若有所思地问。

每个人都在这么想，包括我和湛江卢这些老赌徒。但我们当然不希望出现整齐的牌路，否则我们的台底会输得很惨。

“试一试!”唐总又把30万推在闲上，这把果然是个闲9点，他赢了。

他继续下30万的闲，又赢了。路单的图形是5个庄5个闲。

图形已经齐脚了，庄闲一样长。唐总不敢下注，吩咐荷官飞了一把，荷官飞出来庄9点，庄赢。

“好，这口打大点!”他数出50万筹码，双手推到庄上，闲2点庄7点，他又赢了。

接着买庄，但他抽回了20万，只买了30万的庄，赢了。

我觉得情况非常不妙，这局牌一开就出现了排排连的图形，见庄买庄，见闲买闲，对在澳门有过几年赌龄的老赌徒来说非常容易赢钱，而且庄闲都是4粒以上，这样出现顶头的第一个庄或闲的时候，赌客往往敢下最大的注。换了我和湛江卢，也是和唐总一样的打法。

唐总台面已经赢了超过一百万，现在唯有指望这条路赶快爆掉，否则我们会有大祸!

可是路没有爆，开了5庄5闲4庄后，现在又开出了3个闲!

我的对手唐总一家人开始乐了，他打得越来越放松，第4口闲也敢推50万上去，而且中了!

现在又开出了一个庄，这是顶头的庄。

“来勒!”唐总双手推了个80万的狠注在庄上，庄9点，又被他赢了!

我很绝望!他的打法不足为奇，只是路太好了!而且被他赢开了80万的重注，接下来的后果不堪设想!

但我又希望他继续下80万重注，因为他还远远没有回本，只要路一爆，他还是有可能把台面筹码输完!

老天，不要欺负我了!唐总既然已经开始赌台底，迟早都是不归之路，就让他这次把钱输给我吧!

因为我需要这笔钱在澳门重建事业，我不想再对不起小萱，拖累我的亲戚朋友，失信于支持我的客户，而且我还想给小陈夫妇安排一份工作!

因为我的所有理由都是自私的，所以老天并不同情我。

而是继续摧残我。

现在牌路已经是5庄5闲4庄5闲4庄3闲，而且越走越漂亮!唐总胸前的筹码已经多了好几栋，一家三口开始哈哈大笑，连他的马仔也在一旁庆贺!

三十九

无论唐总怎样下注，他一直在赢钱，偶尔输掉的一口也只是判断不出庄闲下来是4个还是5个而已，但输了一口后，他马上就会再下一口80万连本带利赢回来。

赌场更换了一个荷官。新来的荷官是个戴眼镜的圆脸阿姨，她坐下前望了望屏幕，吐出舌头说："哇！从未见过这么好的路！"

荷官换了，牌路却没有换。已经开出第七列庄，这条庄开出了6个，比前面的都长。但唐总并不会在此处下重注，他的80万重注现在固定在每列的第二口和第三口，完全没有失手过。

湛江卢此刻也面如死灰，我知道我的脸色此刻应该和他一样。秃头的马仔已经走出门口去给他老板打电话，远在湛江还有一个陌生人和我一样心急如焚。

唯一的希望，就是不能让唐总用这条路赢够1800万元，那怕他赢了1700万元也好。这是天下赌徒的通病，只要他还没有回本，为了最后1万元他都有可能再次把3000万元输掉。但如果被他赢回了本，而且有了赢利，本局结束后大家必然要回房间交割现金，这时唐总见到已把我们的现金赢空，肯定就会一去不返。

就是说，不能让他台面的赢利超过450万元，一旦越过此线，我和季军就完了。

屏幕的路单图形密密麻麻，就像瀑布倾泻下来一样，他已经完全踩稳了节奏，一手夹着烟，信心满满地用另一只手把80万推了上去，十秒钟后，荷官还给他双倍的筹码。

诡异的图形，诡异的命运。我为什么要在最不恰当的时间，遇到一个湛江卢这样的灾星，又做了一件最不恰当的事？

赢利已经远远超过450万元了。因为他的桌面有一叠50万的大筹码，这叠现金码的数量已经超过了10个！

大势已去。

这又是一场命运的考验吗？还是忿怒于我的胡作非为，再次给我一个致命的严惩？

掌心中的手机响起了震音，是季军发过来的短信："战况如何？"

我想给他回个短信，但手指有些发抖，在小小的屏幕上怎样也写不出一个完整的字，试了几次不成功，只好放弃。

台面又多了好几个50万的筹码，事态已经完全绝望，只要牌路一爆后，不管唐总他们是否肯飞回四川，至少他们不会再留在这里了。

既成事实，我的心反而平静了一些，刚才那种发冷发抖的紧张感没有了。我也点燃一支香烟，让自己的神情放松一些。输已经输了，形象必须要保持，不能在唐总他们面前丢人。既然是男人，做过了就自己扛着吧！

牌路已经开出了第9列庄，仍然是全部排排相连，不过前面的闲只有2个，缩短了，所以唐总下注也开始变得谨慎，他不再推80万的注码，只是推30万和50万。

我不想再看下去，站起来离开包房，走进赌厅的洗手间。

望着镜子里的面孔，我冷笑了一声，就是这个看起来仪表堂堂的男人，心比天高，却一次又一次犯下最愚蠢的错误。半年时间，他将自己的幸福生活完全葬送了。

输完这场之后，这个赌厅也不会再和我有任何关系了。

我从洗手间出来，唐总几人已经站了起来，牌路已经爆了，他们正在清点筹码。湛江卢和秃头男人一起在角落跟他们老板通电话。

"谢谢你啊，海哥！你们厅真的不错！要不是你带我们过来，也撞不到这种好路！"唐总呵呵笑着对我说，他的语气很高兴，但是否内含讽刺我已无心去分辨。

"赢了多少？"我抽了一口烟，让自己的表情躲在烟雾中，用淡淡的语气问。

"730万！"他小姨子兴奋地抢嘴说，唐总做了个手势阻止她继续说话。

我的心还是沉了一下，比我预计的要更多。

我清点了一遍他们台面的筹码，又把包里剩下的380万泥码也拿出来放在桌上，我把东仔叫进房间，对他说："帮我退码，全部换现金。"

"OK！"东仔熟练地清点了一遍台面的筹码，问："1410万，全部Cash？"

"对！"我回答。东仔拿来一个筹码铲，将台面筹码全部收齐后端去账房。

过了一会儿，他又走入房间对我说："海哥，账房问签出来的码架也Cash吗？要请你过去签个字。"

我走到账房处，财务小姐递过来一份单据，我默不作声的在单上签了名字。

装好现金后，我们走出赌厅，一半人欢喜，一半人黯然。

湛江卢走在我的旁边，他用粤语低声嘟哝了一句："真係估唔到（想不到），出了这样一条路！"

我没有理他，我对他只有厌恶，恨不得一脚把他踢下楼去。

回到酒店房间，我们要交割台底输赢。

我把600万现金拿了出来，又从包里取出50万现金，全部摆在茶几上，对唐总和湛江卢说："你们清点一下，加上账房的80万元，共730万元。"

说完这句，我转身走入洗手间，对着镜子长吁了一口气。至于湛江卢他们不够赔付的部分，由他们和唐总自己去协商解决，我不想参与，我也不想听。

房间内传来女人们惊喜的尖叫声，是美丽姐她们闻讯上来了。她们在房内喧闹庆贺，我躲在洗手间靠着墙壁傻站着。我拿起手机，给季军发了一个短信。

"输730万，我们破产了。"

季军久久没有回短信。

门外的喧闹声减小，唐总他们准备走了。我打开洗手间门，送他们一伙人走出房门。

“海哥，谢谢你哦!”美丽姐走在最后，她扭动着腰肢，有点得意地冲我媚笑了一下。

“慢走。”我还了她一个嘴角的微笑，即便死，也要如一个绅士。

湛江卢他们还待在房里，他像一只老鼠般无声地走前，小心翼翼地问：“海哥，那些码粮能不能出给我？我答应唐总了。”

听到这句话更让我如吞下了一只绿头苍蝇，我包里只剩十万港币，应该不够支付码粮，而且我也不想现在给他。我厌烦地摆摆手，说：“你把卡号发到我手机里，回头我打给你吧!”

他迟疑了一下，欲言又止，但还是无奈的说了句对不起，和秃头马仔一起快快地走出了房间。

第三卷

DI SAN JUAN

巴比伦倾倒

此后，我看见另有一位有大权柄的天使从天降下。地就因他的荣耀发光。他大声喊着说：

巴比伦大城倾倒了，倾倒了！

成了鬼魔的住处和各样污秽之灵的巢穴，

并各样污秽可憎之雀鸟的巢穴。

——《圣经·启示录：巴比伦倾倒》

一

众人散去后，我仰面倒在白色的床被上，休息吧，我真的不想再动了。

我突然好想小萱，抓起手机想听听她的声音。

但我迟疑了很久，又没有拨号。我亏欠她太多了，害了雨辰夭折，现在又输光了全部身家，我还有做一个男人的资格吗？

又败了！我甚至开始怀疑是不是该放手了，也许像刘德华的那部电影所述，选择这条路的人，就注定了是一个天煞孤星。

只是即便放了手，还有我的父亲，我的家人，我的亲友们呢？

我的巴比伦倾倒了。

望着落地玻璃外空旷的景色，澳门的天空永远是那么洁净、湛蓝，谁知道在这阳光灿烂的赌城里，有多少人正在战栗着博弈自己的命运。

有多少人像我一样，在浮沉中对抗着小小的船桨，却看不到身后袭来的滔天巨浪。

我很茫然，没有焦虑，也没有忿怒，这一仗我败得心服口服。因为从唐总在赌桌前坐下始，我对命运就失去了操控的能力，我第一次对它产生了敬畏。

我的思绪就这样漫无目的地飘啊飘，一会儿它飘在天空里，一会儿它又飘进了海里，那一天下午，它唯独没有飘进赌场里。

因为我知道，我当服从一次，又一次被重拳击倒后，我不应再去做无力的挣扎。

在这场食物链的捕食中，我想试着做唐总的上游，谁知，他才是我的上游。

唐总后来的命运如何？可惜他也未能成为强悍的捕食者，在这条肉食动物的食物链中仍只是被猎杀的角色，他的结局也很惨，在后来我又曾经在赌厅里遇到过他。

手机响了，显示一个遥远的异国号码，是阿强打过来的。

“你今天从账房提的七百多万现金是怎么回事？”他语气严肃地问。

我沉默了三十秒，因为我实在不知该从何说起。

“没钱了，赌厅我得退股了。”我只答了这么一句。

听了这话，他在电话那头沉默了更长时间。

“唉……你真是……等我回来再说吧！”他叹了一口气，挂了电话。

跟阿强通完电话后，我想起还有一个共患难的兄弟，不知他此刻能不能顶得住，于是我打电话给季军。

“怎么会这么惨？”季军的声音很虚弱，听起来应该正躺在沙发上。

我把刚才那局“天路”简单说了一遍。

他也沉默了很久，才小声的说：“违背了天道，所以结果完全逆反。”

天道？天道是什么？赌场的存在是不是天道。

我无语，俩人又一起沉默了十几秒。

“要不先回来吧，一起商量一下。”他无奈地说。

“现在不想动，我先躺一会儿，我不会下去赌了。”我说。

我确实走不动。想到走出酒店，去码头，坐船回深圳，回到家，通过这一段路途我将不得不回到残酷的现实，这让我难以接受。我还是先待在这个小小的房间里，等我把一切事情都想明白了再去面对，这样会好一些。

那天下午我躺在房间里发呆，完全没有赌博的欲望，就像一个被KO之后的拳击手畏惧对手的强大，不愿意上台再战一样。睡到晚上八点，我去码头乘船回到了蛇口。

季军开着车正在码头等我。

关上车门，季军问：“现在去哪？”

我想了想，说：“去山顶吧！”

车子开往蛇口的赤湾山，这里有一条陡峭的山路可以开小车直达山顶，山顶有一个炮台，是明清时期修建的古迹。

我们把车停在炮台的边上，坐在石头上一人点了一根烟，这个小景点白天就基本没有游客，晚上更是了无人影，很静，只有两根烟头的火星在一明一灭。

“你还记得国平的事吗？我现在有点明白了。”我说。

国平是我们中学的同校同学，与季军家小时候是邻居。他是我们同学中最早听说因赌博而出事的人，不过他是败在赌球上。

国平输的并不多，只是五六十万元，但对于普通的工薪阶层来说，这个数字已经彻底毁灭了他的生活。输完之后，他想尽办法骗亲戚朋友的钱，经常是答应别人："下周二把钱还你。"其实他就是寄希望在本周的几场球能赢钱还债，结果越输越多，最后只好东躲西藏。

借无可借之后，他只好躲在邻市的妹妹家里，有天妹妹两夫妇外出，委托他照顾5岁的外甥，外甥是个很聪明好动的男孩，喜欢游泳，所以妹妹出门前，吩咐国平下午带外甥下楼在小区的泳池游泳。

没想到可爱的外甥就在本小区的泳池溺水淹死了。听说游泳池边的国平离开了一会儿，原因不知是去小区门口买烟还是去打电话，泳池的救生员也恰巧走开了。

可想而知，事故发生以后，国平只能是远走他乡，再也无颜面对家人和父老乡亲。

"我的遭遇，和国平的越来越相似，女儿的死，和今天败给唐总的这一场。"我把烟雾对着月色长吐了一口，说："你有没有发现，我们现在已经完全陷进这个赌局里，我们的生意，我们生活的内容都是在围绕着赌，每次去澳门就像是押了一注，或者赢，或者输，或者打和；雨辰的死是我输了最大的一注，现在输给唐总又是我们错押了一个重注；不去澳门的时候，我们就相当于坐在台边飞牌，其实还是在等着机会再押一注。"

"想赢点钱，就像是在水中捞月，每次以为要捞到了，到头来每次都是两手空空，而且身子又往井底坠得更深了一点，想爬出来就越来越困难。"

我说："出事是必然的，因为我们生活的重心已经颠倒了，不是用赌去改变生活，而是为了维持赌而生活，这样我们就会没有精力，不细心也漠不关心，又把生活中的能量抽空了，时间一长，不是出这样的事，就是出那样的事。"

"那不赌怎么办？你跟小萱坦白？"季军问。

"你能跟你老婆坦白吗？"我反问他。

他想了一会儿，说："不能，我儿子才刚上幼儿园，打死我也不能。"

"我也不能。"我叹了口气，说。

"我们现在还有多少钱？"季军问。

"输了1800万港币，我们自己的钱估计是已经没有了，公司应该是资不抵债的状态，现在账上的都是亲戚朋友们的钱，具体数目要回公司算算才知道。"我说。

他懊恼地叹了一口气，说："想不到辛辛苦苦干了十年，一下子就全没了。"

我们坐在山顶上抽闷烟，嗅着人体的热气后，山蚊子越来越多，叮得我心情很烦躁，我站在炮台的石墩处，对着远处的海岸线大吼了几声。

"还有，这几天斯里兰卡的货物还没有备齐，就快到交货期了。"季军提醒我。

对了，还有生意！想到斯里兰卡，我突然发现还有一个办法，公司在行业内一直口碑不错，我可以通过生意再聚拢一批资金。

这批要交付的订单货值也有一千多万元，我们已经用亲友的筹资付款了三四百万元出去，部分供应商赊销了三百多万元，还有四百万元左右货物没有落实。

"明天我们早点回办公室，把这批货物落实，把利润让出去跟他们赊货，争取两天内备齐全部货物。"

我狠狠地用脚尖碾灭了烟头。的确，我和季军都不能放弃，国庆节前还可以再回笼一千多万元资金，这是最后一次机会了。

季军开着车慢慢地沿着斜坡下山，车头灯照亮了前方白色的路面和灰色的树根与草丛。这台奥迪 A6 是去年以公司的名义买的，保养得一直不错。

"明天把这台车开去二手市场卖掉吧！公司就剩几个人，我们自己也应该改变一下了。"我叹了口气说。

卖了这台车后，我还有一辆别克君越，季军还有那辆凯越，其实也够用了。

周五下午，全部货物终于顺利备齐，我松了一口气，作为一个赌徒，只要手上还有一千万元，他绝不可能放弃。因为我不是霍斌，这些钱，此刻仍然掌控在我手里。

只是装船的日期还没有到，我只能通知香港的两位经理下周二过来验货，在这之前，我们仍有赌厅的两百多万元赌本可以使用，而且信用卡里还有百来万元。

由于我的疏忽，小萱终于知道了股东退股的事。

这天下午，小萱过来南山办事，办完事后直接上来我办公室。她翻看我的工作日志本，无意中看到了夹在页缝中的退股协议。

"咦？怎么光明他们退股了，你怎么没跟我说过？"她惊讶地问。

我一听有点着慌，就找了个借口说："上次 4 月份我输了 120 万之后，光明他们很生气，加上赌厅又连续亏损了四个月，他们觉得不满意就退股了。"

"岂有此理！这么多年同学，遇到点困难就自己先跑了，还有点义气没有？我打电话去骂他们！"小萱听了很生气，她愤愤不平地说。

我赶忙拦住她，说："算了，都是好朋友，只是对生意的看法不合，又没有吵架，不要再激发矛盾了。"

她生了一下午闷气，晚上也没心思去看电影了，俩人在海岸城超市买了几大袋日用品后回到了家。

我心里很担心，还有一个接一个的炸弹怎么办？它们都已经被点着了引线。

二

从台底大败回来只有三天，但我和季军却觉得像是过了三年。

我们的时间概念已经进入读秒阶段，巨大的财务亏空让我俩寝食难安，恨不得第二天就把它补平。

其实这是一种崩溃，但我们当时并没意识到。

如果现在回头分析，债务并未爆发，公司信誉良好，即便已经到了净资产为零的状况，我要维持公司的运作也并不困难，甚至安心做下去还能等来局势扭转的机会。

如果再看看别人更轰动的案例，有些涉赌未深的朋友就更觉不可思议：某某银行副行长输了30亿，某富豪输了80亿，某煤老板输了20亿等等。听者不禁会问，这些有钱人为什么这么傻？就算他输了几个亿，如果及时收手，输掉的也只是账面数字而已，对他的奢侈生活毫毛无损。为什么他们非要拼到一无所有，直到跑路坐牢为止？

有这样的疑问，是因为你还没有理解到“崩溃”的概念。

前文我曾经分析，大部分赌徒的输赢临界点是身家的一半左右，即他输完前面一半身家可能用了两年，但输完后面一半可能只用了两个月甚至一天。

这是因为前面一半身家大部分是可流动的现金，后一半动用储备或变卖家产后，他的心理已经完全崩溃。对赌场而言这种对手是不设防的状态，是一只已经养肥的猪（你真以为赌场把客人当上帝吗?)，同时也是赌场门口“大耳窿”们的眼中猎物。

但每个人的崩溃点不一样。对那些身家几十亿的富豪来说，未必输到一半身家才令他崩溃，也许只输了几千万元，骄傲自负的惯性就会令他一怒之下拿出几个亿来赌气。在赌场，愤怒是最可怕的崩溃。

我身边的赌友当中，看起来最早投降的是霍斌，其实，霍斌并没有崩溃。

霍斌戒赌，一半原因是老婆的管制，另一半是他性格中容易看到的顺服特点，霍斌不是一个性格骄傲的人。这个性格特点使他容易逐步冷静下来，归于平淡。假设霍斌崩溃，他不会乖乖听老婆话待在酒店里听候处置，他可能会这么做：

第一步，跟老婆大吵一架，离家出走甚至离婚；

第二步，不听双方亲戚的劝解，坚持要靠赌翻身，与亲友决裂；

第三步，低价变卖部分物业，继续去澳门战斗。

这看起来是男子汉的顽强抵抗，实质上就是崩溃，不管未来的输赢如何，至少家庭已经崩溃了，心理上也容易自暴自弃。

这个话题既然已经敞开，我们再举一个我亲眼目睹的例子。

2010年我在新濠锋贵宾厅玩的时候，经常遇见阿强的一个熟客，四十多岁瘦瘦高高的戚总，北方汉子。

戚总也是一个比较大方的人，有好几次赢钱后，会拿几个千元筹码分给公关，有时他推一口几十万，但自己并不看牌，而是笑呵呵的让我们这些下几千小注的散客看，由此可见他性格爽快。

但戚总在贵宾厅并没有坚持多久，三个月后我见到他，已经憔悴得不成人形。

有天打了两局后，我感到肚子饿，就在赌厅吧台边点了一份梅菜扣肉饭，新濠锋看起来就是这个套餐最对我的胃口。

矮矮的茶几沙发上坐着一个不起眼的男子，头顶略秃，穿着灰色的夹克，正缩着肩膀在喝粥。等他抬起头看电视的时候，我一看这不是戚总吗？他本来就瘦，此刻蜡黄的脸色更是一点神采也没有。

戚总肯定是刚刚大输了一场，而且熬了通宵。他目光呆滞，眼盯着墙上的电视，碗里的粥吃得很慢。突然他似乎来了灵感，眼睛发出光亮，回头猛喊："公关！公关！"

靓女公关赶忙跑过来，问："戚总，什么事？"

"今天星期几？"他问。

"今天是周三，戚总。"在贵宾厅里被人问今天周几并不奇怪，公关们经常解答这个问题。

"快！快！看看哪个台有球赛，今天有一场国米的，赶快给我找出来！"

公关手忙脚乱地用遥控帮他找到体育台。

比赛还没开始，正在入场，戚总很着急，手在发抖，哆哆嗦嗦地用手机拨打号码。

"大兵？今天买国米的水位多少？赶快给我下500万！不管了，就下！"

你看到这里，就和我当时坐在他对面一样，完全能猜到发生了什么事。

戚总当天一定是被百家乐打怕了，不敢再上赌桌（只是当时而已，休息几小时后肯定还上），但他心里已经抓狂，恨不得即刻翻本。那天他应该是输了400多万元，所以买了一场500万元的球。

那场球赛结果不得而知，但就算戚总赢了，以他这种崩溃的心理状态，我想始终是劫难难逃。

像戚总这种心理状态的客人，在贵宾厅比比皆是，大部分都是性格好强的内地企业家。

赌的负能量太大，并非到绝望才是崩溃，从失去理智那一刻起，人就进入崩溃了。

人性的占有欲和贪婪，会挤占他的大脑，此时对生存环境的辨识能力，甚至还不如一只动物。

没有了钱，但我和季军还有房子，有车子，还有能赚钱的公司。

如果放在刚从学校毕业，这简直就是进了天堂。

但我和季军都认为末日到了。

我的情绪开始变得暴躁。那天小武去交写字楼的管理费，被多扣了二十几元滞纳金，被我痛骂了一顿，非要逼他来回数次去找物业管理处理论。

一场输了七百万元还强作笑脸，为了二十几元却大发雷霆，这不是崩溃是什么？

怎样继续赌下去，怎样尽快翻身，成了我和季军每日秘密商议的唯一话题。

目前我们手上仍有300万元港币，包括赌厅退出的资金和信用卡的额度，如果等到下周，香港的货款到账后，我们就有1600万元港币的现金。

能不能用1600万元港币做一次了断？就像唐总一样，寄希望于一条好路，结束噩梦。

这个构思我们讨论了数次，但还未付诸行动，仅仅是想象一下过程，就让人心跳加速，甚至额头冒汗。

因为这就是去赌命，如果输了，我和季军一定也会像澳门日报中的某几个绝命赌徒一样，从酒店的天台跳下去，而且会毫不犹豫地往下跳。

何况唐总这类豪客的千万，跟我们的千万概念不同，他们背后还有丰厚的家底。

摈弃了一决生死的念头，但是再用每次100万元的赌本，我们已经失去了耐性，这样太慢！

所以我们决定，把单次的赌本调整到300万元。

而且马上就要有行动，就从这个周日开始。

这是标准的气急败坏行径，天下所有输红了眼的赌徒都会这么做。

危难关头，我们需要更多的力量，不是再四处借钱，而是运用帝王之术。

就是请鬼神。

“我家的祖先，一是能量已经被我耗尽了，二是肯定个个都恨我不肖，不会再出手相助。”我对季军说：“你要给你家的先人多上上香，以后每次出征前，就请你的祖先保佑。”

季军想了想，说：“在办公室摆个小香炉，以后你在澳门不顺利的时候，我就在这里烧黄纸，给我爷爷上香。”

对！季军的爷爷是加拿大的中医名家，而且一身正气，门徒广布天下。前年在汕头老家帮他爷爷修墓，请了有名的风水师选址，家族在加拿大的几兄弟花了差不多两百万元，拜山那天还有数十个弟子从国内外一起汇集汕头。这样受人尊敬的老人，可以作为我们强力的奥援。

“除了祖先，我们再请请太上老君，每次情况紧急时烧一道符，这样见效快一些。”我提议，而且当即就让季军下楼去买了一个精致的铜制香炉和一些黄纸，并自己用笔制作了一些“太上老君急急如律令”的道符。

至于大日如来，由于那几次与霍斌的合作失败，我感到佛祖也许对我并不满意，不敢再把希望寄托在他老人家身上。

准备妥当之后，季军提议还是去寺庙里拜一拜好些，化除戾气，求个心安。于是我们决定周日上午去一趟仙湖，下午就直赴澳门。

小萱并不知情，不过听说去仙湖，她也欣然同往。

沿着台阶走上香雾缭绕的弘法寺，我的心却一点也静不下来，因为我们的心根本不虔诚，只是为了功利而来。

不过我猜大雄宝殿门前的一众香客大多如此，求发财，求婚姻，求本年提干，求儿子上大学，求小三转正；有几个人会来佛祖面前祈求天下太平，或地球风调雨顺？更不要说与当年释迦牟尼发愿要解开人类生老病死之谜相提并论。宝殿内三位金箔佛祖每日听到的都是芸芸众生的吃喝拉撒琐事，不知他们烦不烦？

送子观音面前有很多香客，两个毡垫不够用，小萱手里握着六支香，表情虔诚的在轮候位置。

我眼眶稍微热了一下，罪由我始，大祸将至了，我要尽快恢复力量，保护好我的女人。

虽然我的心不虔诚，但我还是给佛祖双掌合十上了香，我的祈求很简单，也很直接。

赌场有魔鬼，赌场不是什么好东西，佛祖，请你救我。

只要给我赢回来，至少我能做一个好人。

三

※ 崩溃

故事说到一半，还是要回应大家的要求谈谈现状。

这两年的科幻电影中，我最欣赏的一部是JJ·艾布拉姆斯导演的《星际迷航》，手法非常独到，人物、情节、时间、空间都在影片中任意穿梭交错，让观众的大脑迅速被拓宽。我觉得它的价值远远高于一部商业电影，如果这部电影能在线打赏的话，我打赏一万网币。

同样，在这本书里，既然是深刻谈论赌，那有时候故事就必须脱离赌。因为，如果字字句句都和赌有关，那这本书救不了我，也帮不了你；即便我已经输了几千万元，我还是连一个有经验的赌徒都算不上，也不如老夫子。

这句话，冷静的、资深的、伤痛过的老赌徒能懂。

假如非要这本书改名的话，我会愿意它改名为《赌海迷航》，因为情节发展到这里，它已经逐步与现实接轨，作为读者的你，一定也和我一样，想在迷茫中寻找一条出路。

让我们回到现实，近日，很多网友在问：负债几千万元，为什么你还能气定神闲的坐在电脑旁写这本书？难道你是神人？

我不是。

事实上，我曾在家里躺了两个月，不愿意出门一步，靠小萱微薄的工资养活。大年三十，我一个人躲着弄了几个小菜，独斟自饮，想永远与世隔绝。

直到今年8月份，我才做了一件正事，对家人有益的正事，让自己开始清醒的一件事。

就是摘芒果。

深圳南山的社区马路边，有很多公众的芒果树，一到八九月，芒果熟了，硕大的果实把整棵树挂得满满的，有时熟透的芒果还会掉下来砸在路人身上。你如果提着竹竿沿一条街逐棵树摘过去，至少能摘到一千个。

那天周末，半死不活的我躺在沙发上从午觉中睡醒，小萱站在阳台，惊喜地叫："海洋，好多芒果！快出来摘芒果！"

我很不情愿地起身，走出阳台，看到小萱正用衣架杆子在套树上的芒果，她把塑料袋绑在铝杆的叉头上，套住树上的芒果用力一扯，就有一枚芒果跌入袋中。她已经摘了十几个，都盛在地上的一个盆子里。

不过她的手短，杆子也短，远处很多大颗诱人的芒果她摘不到，邻近的又快摘完了。

所以该轮到男人来出手。我另找了一根竹竿，把它加长到衣竿后面，又用铁丝更牢固地在竿头绑稳了一个新的购物布袋，将摘芒果的工作效率提高了数倍。

两个小时后，我们摘到了超过100只芒果。

望着地上满满的两盆果实，我很有成就感，就问小萱："现在超市里芒果卖多少钱一斤？"

她想了想，说："大概5元左右吧！"

我算了一下，摘下来的芒果都很大，平均一个约有1斤，就是说，这个下午我们摘的芒果市值接近500元。

拖累她们近一年后，我终于又开始为家里奉献效益了。

那晚我们都很高兴，芒果太多吃不完，所以就分头给几个要好的邻居送去，还提了一袋给小萱家里。

虽然最终这些芒果并没有卖一分钱出去，但每天和小萱一起吃着我用小小劳动摘来的美味果实，让我起了感恩之心，这让我本已全空的皮囊注入了一丝新的力量。

这一丝微小的力量又顺着体循环涌入了我的大脑内，开始发芽，成为一种希望。

我跟小萱去了一趟菜市场，买了满满两袋的肉菜，回到家，由我下厨，做了一道足味够辣的酸笋炒鸭。

第二天，我决定开始写书。

这是我开始的一场人生极限考验，不管成败，会比我看人家的电视秀更精彩。

继续我们的故事。

从弘法寺下山后，送完小萱回家，我和季军马上奔赴蛇口码头。

周日去澳门的人少，我们买了二楼贵宾舱的船票，贵宾舱的船票比普通舱贵100元。季军说：仅增加区区100元就能睡得更舒服一点很划算，这一小时战前休息太重要了。

现在我们一切行为都是为赌服务，拜神就不用说了；做生意是为了筹集赌资；休息是为熬夜做准备；在网上搜寻一些绝境求生的影片是为了萃取精神力量；去桑拿是为了保持心态放松；平时不与外界联系是为了避免战斗时受到干扰；在酒楼吃饭时不点鱼腩牛腩是怕自己成为赌场的"鱼腩"，等等。

但无论怎样做，都只是在欺骗自己而已。多巴胺失调在体内产生过度的亢奋，虽强作镇定却难以抑制的内心紧张，这都是崩溃的前兆。

赌本提升到300万元，意味着我已经是贵宾厅不折不扣的"豪赌客"，以我在贵宾厅的耳闻目睹，这等规模的赌本摆上台面，一个亿身家也只能坚持一年半载。

赌本越大，赢的概率越低，这在澳门已经成为一个定式。我心里很清楚。

“不能长磨，要抓住机会一次脱身，像唐总一样。”贵宾舱内的海姐们服务态度很友好，旅客在船舱内或躺或坐她们并不干涉。我翘着二郎腿躺在沙发上，这样一想，我的心跳又开始加快。

还有一个人此时也和我同样忐忑，此人与我亲密但并不太熟悉，她远在浙江。

小陈已经频临绝望。

她一直在等着我的消息，每天都和我通短信。本来以为我和霍斌的合作会是一棵好乘凉的大树，谁知大树拦腰折断，只剩下我垂在江边的一根柳枝，勉强可拉她上岸。

哪知道风云突变，现在连柳枝也没有了，只剩下一根浮在水面的救命稻草，这根稻草在水底有没有扎根还不知道。

她在家里心神不宁，给我发来短信：“现在怎么办？你有什么打算？”

我：“只有博了。”

她：“要不要我过来陪你？我担心你。”

我：“不用，别来。”

她：“我想过来！我怕你出事，而且我待在家里也没用，就是在等死的感觉！”

我：“等我消息，我会赢回来的。”

其实最后这句话我是发给自己看的，是隐隐亢奋的我发给忐忑不安的我看的。

生死关头，我暂时顾不上小陈，男人的情欲是和金钱有同步关系的。

在三楼赌厅的公关部拿了房卡后，我和季军先回到金沙酒店房间。

“先烧一道符吧！”我随身带了一些已经写好的太上老君道符，此刻从包里取出一张。酒店房间是全密封的，没有阳台，也没有窗户，甚至连落地玻璃都是超厚的钢化玻璃，你休想用一张凳子把它砸碎。这是为了防止赌客输完了跳楼。没错，酒店设计的原意确实如此。如果给房间开一扇窗，那这个赌城肯定每天都会有跳楼的新闻，“负责任博彩”就会成为地球上的一句笑谈。

为防止烟雾触发自动火警，我只能在洗手盆里点火烧符。

季军也双掌合什，闭眼向他的爷爷祷告。

下来赌厅，我买了300万的筹码，但并没有一次摆上台面，因为还需要热身，我只拿出100万放在赌桌上。

有一位五十多岁，身形单薄，戴着金丝眼镜，看起来温文尔雅的老大哥也坐了下来，他手上有30万筹码，也是刚从账房买来的。

热身的效果比较好，我前几注都中了，赢了十来万。老大哥下注比较谨慎，他只是三千五千的跟着买，也赢了两万左右。

“你打得不错！”他微笑着向我竖起个大拇指。

见他比较友好，我也主动跟他套近；“大哥是哪里人？”

“我？呵呵。”他先是思考了一下，仿佛这个问题很有哲理，但他的回答却真的很有哲理：“我就长住在澳门，哪也不去了。”

“人在澳门，钱也在澳门；如果钱没了，我的命也没了。”他吸着烟，语气洒脱但又落寞地说。

我也不比你好多少！这句话引起我内心深深的共鸣，我没有再说话。但心里却在想，如果今日能顺利收功的话，不妨邀上老大哥一起把酒长谈，他气质和谈吐均不凡，身上一定有很多宝贵的人生经验。

现在我的注码已经按赌本比例放大，起注是6万，顺利时第三口就能推到10万以上，第一局的战果很好，仅仅用了半个小时，我们赢了52万。

现在不是补天，也不是做眼，赢五十万元撤退没有用，因为是高风险作业，赢六场输一场还是会让我们抓狂。

你会反问：300万元去赢50万元，和用3万元去赢5000元的风险难道不是一样吗？

不一样，而且是本质的不一样。它的风险在于：每场300万元都会牵动到我们的身家性命。

所以必须冲锋，趁势发起总攻。

我准备推一口30万买闲，筹码垒好，我向老大哥示意了一下，看他这把想买多少。

“没事，你买吧，我这口不买。”他礼貌地做了个手势。

这口把台面推满了，荷官把闲家两张牌甩过来，我迅速用手指撩开牌的上角，一个公一个9，是个9点！good！

季军也很高兴，他嘴里叼着烟，用彻底放松的姿势靠在椅子上，挥挥手对荷官说：“赢定了，开吧！”

荷官手掌将重合在一起的两张牌一起翻过来，然后拨开面上一张，庄是1和8，也是9点！

又和了！一股憋屈和闷愤的情绪迅速充满了大脑，我想起上回和霍斌一起的那两口80万。

“丢！撞邪！”季军咒骂了一声。

蓄势而发，攻击却被敌人轻巧地化解了。我一时有点惘然，不知该怎么投注才好。

“不要急，小注慢慢赢也不错，刚才那个节奏就很好！”老大哥在一旁善意地劝解。

四

我的所有经历，老大哥当然也经历过，这点我能猜得到。但我们的未来不一样，老大哥已经把澳门当成人生的最后一站，他也许已经做好了善后，子女已经成人，心态也完全豁达，是一个老夫子的同道人。所以他不着急，余生中也找不到值得着急的理由。

我呢？与他完全相反，我想从这个梦幻城市脱身，尽快回到小萱身边；未来二十年还有很多事情等着我去做，跳出这个赌局之后，我重新规划自己的人生，依然可以看到很美好的前景。我绝不能步老夫子的后尘。

“大哥，你多赢点，我们回房休息一下。”我站起来，微笑着和老大哥打了个招呼，转头示意季军收拾筹码一起回房间。

回到房间，我愤愤地把肩包往床上一扔，对季军说：“再烧一道符！”

我一边用打火机点火，一边骂道：“妈的！次次一推爆台就打和！真的被鬼盯上了！”

烧完符后，我们坐在客厅的沙发上点着香烟，我情绪稍微平静了一点，躺在沙发上说：“现在手头有350万元的本，不比那天唐总的台面少。但每次我赢钱之后想趁势冲一下，路子就总是出不来，而且经常是最大一注打和，难道真的就这个命？怎么办？”

季军低头想了想，说：“也许应该继续冲，狭路相逢勇者胜！”

这句成语很有煽动性，是兵法名言。可惜后来我才查出它是出自秦赵之战的大将赵奢之口，虽然此役赵国胜了，但最终赵还是亡了国。

“你确定我们该继续冲？”我追问他一句。

“冲！”季军生性懦弱，但此刻脸上也显出少有的坚定表情。

好！我从沙发上坐起，掐灭了烟头，下定了决心。唐总之勇让他开出了9点，并且打开了一条天路，虽然这种概率比较小，但无论如何，我们要硬着头皮闯一次！

乘电梯回到三楼，老大哥仍坐在那张2000元的台，一边端着茶杯吹气一边看路。但这张台的限红30万太低，不能满足我们的胃口，所以我们选择了内厅的一张台。

“包台，把上限调到80万！”我把包里的352万筹码全部捧了出来，哗的一声扔在台上。

赌台监理是一个穿着笔挺黑西装的五十岁左右秃头男人，他弯着腰，用澳门赌场标准的官式礼貌细声说：“请稍等，我们征询一下公关经理。”

公关经理是二十多岁的澳门仔，穿着另一套银灰色的西装，他跑过来数了一遍台面筹码，对监理做个手势：“OK！”

监理随即从身后拿出一个写着“私人枱”的小牌匾，把它摆在台面上。

接着过来一个穿黄色西装的年轻男公关，他拿着纸笔站在赌桌边，负责记录我每局的输赢。

荷官是一个瘦瘦的澳门阿姨，嘴角有一颗黑痣，这颗痣使她显得不够和蔼，但一眼望去也并无不妥。我不是那位打法神奇的湖南肖总，不懂得根据别人的面相察颜观色来下注。

季军坐在我的右边1号位，他负责管理筹码。

没有敢死队，因为我们已决定发起总攻，这一场要拼的是勇气，希望勇气是一把钥匙，能开启幸运之门。

我不想再下几万的小注码，也不能下，因为这样会把心里憋的那一股劲松懈掉，即使赢了，也会让我越赢越胆小，这样就永远无法形成江河之势。

所以在未判断准确之前，我只用笔在纸上下注。

终于连开了五个庄了，之前的三十口闲多庄少。

我望了一眼季军，没有说话，表情中性。

季军也与我对视了一眼，他右手夹着烟，手肘撑在赌桌上，吸了一口烟，然后半仰着把烟雾吐了出去。

我把 80 万筹码推到了庄上。

开牌之前，我心里在想着唐总，我并不恨那个把我重重击倒的对手，现在，我希望老天用对待他同样的方式来对待我一次。

果然，也是一个四边一个公，而且这个四边也是个 10。

我把两张牌重合得紧紧的，并没有给别人看到牌点，努努嘴对荷官阿姨说："开牌!"

黑痣阿姨冷酷的把闲家两张牌打开，是个 7 点。

轮到我补牌，黑痣阿姨从牌靴中抽出一张扑克，我迅速在桌上划了一个 9 字，并且用手指把这个虚无的 9 弹进了正在桌面移动的牌中。

果然是个四边!

我吸了一口气，并没有把牌翻开，而是把桌面上那张 10 也拿起来，和这张新的四边重合在一起。我把两张牌在手掌中不停地上下交错，直到我自己都记不清交错了奇次还是偶次。

现在，只需要翻开手掌，看到第一张牌是 9 就 OK 了!

我把掌心朝下的手掌慢慢翻过来，一旁的季军比我先看到牌面，他说："是张 10!"

没关系！还是之前那张 10 而已，9 只不过是还没出来。我又合上牌，用手指继续将两张牌上下交换。

我突然停顿住，给魔鬼来一个措手不及，我快速翻开手掌，还是一张 10!

无奈，一定是交换了偶次，再来一次!

等等！我猛的想起，刚才看到的好像是黑桃 10，但这次是方块 10!

我再次把手掌翻过来看，果然是个方块 10!

我绝望地把手中的牌甩了出去。

要继续沉住气，已经是不可能了。

赢一小时之后前功尽弃不要紧，赢一天之后前功尽弃也可以忍受，补天计划赢了一个月呢？从 4 月份到现在呢？就像走进了一个无尽循环的楼梯里。

趁现在只输了二十几万，我又推了一口 80 万上去。

这把更可笑，我是 0 点，荷官是 9 点，魔鬼也太浪费了吧，杀鸡焉用牛刀!

荷官阿姨的脸色仍是面无表情，她助纣为虐，神色中却丝毫没有一点羞愧，我越看她越觉得厌恶。

"换荷官!"我冲着监理喊了一句，扭身点燃了一只香烟，我懒得再看她一眼。

季军站起来，拍拍我的肩膀小声说："去那边商量一下。"

他这个举动让我心里有点生气！我此时要求换荷官，就是要改变气场，打击一下敌方的嚣张气焰。因为敌众我寡，这些荷官、监理、公关、视频背后的监控室，都是赌场的人，个个都希望我们输钱，只有我俩在勉强抵抗。这时候他这种小动作完全在敌方面前暴露出了我们内部分歧，让气场被更严重的削弱——本来就已经够弱了。

这种时候，即使要走开商量，也应当大大咧咧，甚至故意呼喝一下，把气势撑起来才不会受人欺负。

季军心无城府，不懂得肖总那套心理战的真髓。

走到一边，季军弱弱地说："要不要停一下，我感觉情况不太妙！"

因为心里有气，我对他的意见很抗拒，强硬地说："不能停！刚输了 160 万，再磨下去有什么用？要拼就拼到底！你不是说勇者胜吗？"

见我态度如此，他闷头抽了两口烟，也由胆怯转为无所畏惧了："好吧！死就死，就干这么一次了！"

我们回到赌桌上。新换的荷官是一个小肥仔，看起来比那位阿姨友好得多。

我的大脑很亢奋。这种亢奋是一种病态，很明显能感觉到大脑里充满了血，但身体四肢却并不协调，握牌的时候感到手有些抖。

这是多巴胺在作怪。我后来在网上查看资料才知道：豪赌时脑内分泌出的多巴胺，与吸毒时脑内分泌出的是同一种物质；某些情况下，豪赌时分泌出的数量甚至要比吸软性毒品时分泌的更多一些。这就是为什么进入豪赌阶段后，大部分赌徒都不顾后果，举止癫狂，把生死置之脑后。

所以第三口 80 万也输了。

肥仔荷官友好地劝我："老细，如果手气不好就先抖阵（休息）先啦！这张台好似很不就（合适）你喔？"

"继续飞！"我没有理会他的好意，而是摆手让他继续飞牌。

第四口 80 万推了上去，买闲。

我头向季军撇了撇，对荷官说："给他开牌！"

季军缩起肩，费力地掀开两张牌。

"6 点。"他神色极不自然的对我说。

输了，我心里想。

果然，庄家是 7 点。

"唔得哦，老细，这张台完全唔就你！"肥仔荷官的确是真心同情，他继续劝我走。

还剩 32 万，我不知道这些筹码还能做什么。

我随手买了 2 万庄对、2 万闲对、2 万和，对荷官说："你能不能让我赢一把？"

没中。荷官耸耸肩，摇着头把筹码扫进了盒子里。

这下我是心服口服了。我的脑袋里嗡嗡作响，就像个被倒空了的啤酒罐一样，我拉起旁边呆若木鸡的季军走出了内厅。

老大哥还在那张台子慢悠悠的下注，我扯歪凳子，一屁股坐下，把剩下的26万筹码一把放在桌上。

他用眼的余光扫了一遍我的筹码，但并没有说话。

五分钟后，剩余的26万也输完了。

我和季军坐在内厅的沙发上，一种悔恨和无助感从脚底往头皮上涌，让我感觉四肢无力，很快连心脏都隐隐作痛。

“总共下了4口，一口没中！”季军绝望地说：“3点钟进的澳门，现在6点不到，赌的时间不超过两小时！”

我们是超级富豪吗？我们不是。

我们是将死的乞丐而已。

五

这场过后，我们已经门户洞开，就如一个不设防的城池。

晚上六点左右，澳门街上候客的士很少。我和季军没有心情排队等车，而是气急败坏地沿着渔人码头的路边走去码头。御匾会一楼门口停着很多辆印着各家贵宾厅名字的丰田保姆车，时不时从车上下来一众踌躇满志步入赌场的男女。我回想起以前每次赢钱后，在华姐车上闲扯家常时的志得意满，对比今日如丧家犬般的落魄，恨不得一头撞在桥底的石墩上！

让我们来假想一下那天我们离开后的场景。

老大哥望着我们失魂落魄的背影，摇了摇头，又端起茶杯对着杯口吹气，他心里在叹息：“这年青人在步我的后尘了！”

负责记录输赢的年轻公关把纸塞进账房，双手一摊，神情轻松的吹了声口哨说：“输哂！”

肥胖的账房女经理看了看投注记录，随手把它扔在会计的桌面上，鄙夷地说：“迟早都玩完！”

监控室里，一直眼盯着视频的蓝色制服男子，此时抬头对站在他身后的经理说：“又一只猪要劏了，没得救！”

双手扶着他的座椅靠背，一身笔挺西装，道貌岸然的经理冷笑着说：“都係更概啦（个个都这样）！呢地内陆人个个都唔知死字顶写！（这些内地人个个都并不知死字怎么写！）”

这就是赌城，由数十万人像铆钉一样组成的，一部巨大的，无情运转的老虎机器。每一个赌客，在这个赌城眼里，只是把自己一遍又一遍投进去的小小筹码罢了。

像大部分的赌徒一样，已经输掉的1800万，我们始终不肯承认它是一支被歼灭的部队，仍然固执地认为，它只是被围困而已。

正因为抱着这种想法，我一次又一次派出了救援部队，直到这次派出的300万全军覆没后，我恐慌地发现：救援的代价越来越大，穷兵黩武，国已不国了！

那天晚上回到家，小萱正在厅里看电视，见我突然出现在门口，她还很奇怪地问：“怎么这么快就回来了？你们没去吗？”

我嗯了一声，慌忙上楼躲进了浴室，在热气中用淋浴对着脸冲了很久，想把赌场留在身上的香精味冲洗干净。穿衣服的时候，我掏出牛仔裤口袋的两张船票，把它狠狠地揉碎了丢进垃圾桶。两个小时，用300万元港币，就换回了两张船票！

事态已经无法收拾。

“现在局面已经是一个死局。”星期一回到公司，我把在日志本上的计算结果丢给季军看，对他说：“融资回来的现金已经亏空了接近400万，现在我们是全负债经营，每月利息还要付25万左右，利润又要让一部分去赊货，就是说，现在弃赌的话，我们每年赚的钱也只够付利息，要填补亏空不知得熬到哪一天。”

我继续说：“已经输掉的400万也要承担利息，如果把它摊在账上的资金上，等于我们现有资金要支付差不多四分的利息。”

对于一个普通的贸易公司而言，正常贸易无法维持如此高的资金成本。

“只能赌下去，除了赌，没有出路。”闷头抽了两支烟后，季军也无奈地说。

这是典型的赌徒逻辑，遇到经济困难就必须靠赌来解决。

却不去理会它们本来就是因赌造成的。

“国庆节让小武陪你去，我父母要过来深圳玩，我走不开。”季军说。

“你不去也没关系，我会随时让小武给你发短信，但你家里一定要准备好黄纸和香，一旦我在那边发生险情，你要马上给你爷爷上香。”我说。

对于赌博的套路和策略，我已经越来越没有信心了，应当说是没有耐性。我只希望冥冥中的祖先和神佛们能站在我们这一边，给我们创造一次翻身的机会！

9月27日，星期四，1100万元的货款终于到账了。

这笔钱并不能全部作为赌资，我们必须要先结清一部分的货款。

国内做生意的惯例，每逢国庆、元旦、春节这几个长假的时候，供应商往往催款会比较急，多数公司都要求客户在节前结清货款。而对于我们这种经常发生大额货物交易的公司，信誉非常重要，因为赊货跟借钱是一个道理，信誉越好，别人给你的赊账额度越高，我们才能依赖供应商的支持去做更大的生意。

无论如何歇斯底里，我心里清楚生意要正常周转，我们才有生存下去的机会。

所以我还是先安排了 500 万元支付几家供应商的货款。

剩余的 600 万元，留下了 30 万元用于月初支付利息，其它则全部兑换了现金分批打进了我的卡里。

国庆的七天长假，会不会是我们翻身的最后机会？我和季军忧心忡忡，但仍是满怀希望。

在全国各地，订好了飞往澳门、拉斯维加斯、马来云顶等赌城的茫茫人海中，不知还有多少人在做同样的事情。

我在冰雪世界中的另外一半，我的情人，确切地说是我的影子的情人，她当然不会错过这场舞会。

她已给我发来短信，国庆期间会和老陈一起奔赴澳门，筹集了 10 万元，他们也不得不做最后一战！

她的 10 万元怎么筹来的，我并没有细问，也自顾不暇。

但我预感到，她成功的概率极低，几乎没有。

我想华姐和阿强他们也是这么看我的。

蒙在鼓里的小萱也办好了澳门签注，她本来想国庆期间跟我一起去澳门“放松”一下，差点把我的全盘计划打乱，幸好她家人决定全家人开车去梅州自驾游，她才放弃了跟我去澳门的打算。

小武也猜到了我们输了不少钱，但他并不清楚公司真实的财务状况，依然认为公司仍是固若金汤，所以他对国庆能跟我一起去澳门很兴奋。以前我和季军考虑过派他在澳门专职洗码，他一直很期待这种工作。

10 月 1 日的大清早，我和小武乘 8 点多的船来到了澳门。

这一个小时的海上旅程，我的大脑丝毫没有休息。我望着船舱外浩瀚的海面，多么希望这亿万吨的海水，这天地间最雄厚的力量能注入我的体内，让我能挟着万钧怒浪击溃坚固的赌场！

拖着硕大的行李箱，走入金沙酒店的电梯，小武问我：

“海哥，这次目标是多少？”

“最少要赢 500 万，才能走！”我回答他。

六

来到金沙对面的当铺，我让店里的伙计把手提电脑拿出来，用网银转账先兑换了 300 万元港币。

沉甸甸的现金装在包里，我心里只有亢奋，没有危险感，也不甚紧张。因为，我似乎一直游走在一个梦幻里，象电影《盗梦空间》里的莱昂纳多一样，我不愿意去分辨梦与现实的区别，我只是不停地堕入更深的梦境里，但不管漂流至何处，只要有一个契机，也许我就能平安地返回现实。

小萱和我的家人们，她们被动地活在我营造的另一个梦里。我已经变成了一个造梦大师。

每次歇息数日后，携带巨资过来翻本，前几个小时总会十分顺利，这几乎形成一种规律，中午一点多，我已经赢了40万。

我的冰川情人，我盗梦团队的伙伴——小陈夫妇也到了，他们正在维景酒店办入住，我准备带小武过去和他们一起吃午饭。

来澳门之前，我曾认真考虑了一下是否该见面，怎样避免见面时的尴尬。毕竟我心里觉得对不起老陈，分享了属于他的女人，又是在他最落魄的时候，虽然最初的交往是出于我对他们的相助之念。

我也担心小陈会在举止神色中露出痕迹，让老陈看出我俩的奸情（这个词让我感觉有点象西门庆）。但不见面就更说不过去，老陈还一直想请我吃餐饭来答谢一番，拒绝不但会让人心起狐疑，也不太礼貌。

所以我决定还是继续造梦，让老陈也停留在梦里。

上的士之前，我和小武先把40万盈利汇入了季军的卡里，这是已经定好规的，是一种正能量。

维景酒店附近有很多餐馆，我不想让老陈太破费，就选了一家简单的东北大骨煲，这家饭馆的浓骨汤汁也不错。

小陈的发型又稍微修短了些，发梢有点略卷，阳光投射下她的脸很清晰，看起来有点象孙俪。

由于有小武在场做掩护，又隔着圆桌，我和她的内心隐秘并不会被人看破。女人伪装的水平似乎比男人更高些，小陈笑语时经常直视我的眼睛，我则尽量面对老陈，偶尔目光从小陈脸上一带而过。

数月不见，老陈明显的憔悴了，脸上皱纹增加，头发似乎也少了许多。

“其实我一直不敢来，澳门的钱太难赢了，但现在被债务逼得没办法，她又坚持要来，只能趁这个长假博一次。”老陈说。

“既然来了，就别说泄气的话，谨慎的心是一定要有的，但一定要有耐心，有信心。”我安慰他，顺带鼓舞我自己。

“就是，别老说丧气的话，他就是这种老毛病，”小陈也不满地埋怨说。

这么老实的人为什么会陷进了赌场？武大郎为何阴差阳错娶了潘金莲？但我决不想做西门庆，小陈只是一同跌入梦境中相互慰籍的情人而已，迟早有一天，我要把她还给老陈。

为了保持距离，同时也为了生死攸关之刻能专心战斗，我没有邀他们一起去金沙。吃完饭后，他俩自己去凯旋门战斗，我和小武则乘车回金沙。

“不要去高额投注区，就用三百五百慢慢打，记住！”我嘱咐他俩。

“好，什么情况给我们短信。”小陈说这话时抿着下唇，眼睛直视着我，她瞳孔的房间里闪动着我的影子。

回到金沙后，我们先回房睡了个午觉，下来三楼时已经下午四点半。

今日的广东会里，有一个超级豪客，台面有几千万筹码。

此人是一个光头的浙江客，四十出头，个子不高只有 165 厘米左右，戴着一副黑框眼睛，牙齿参差不齐比较黄，是长期抽烟所致。

身边陪他赌的是一个二十多岁的女朋友，不过并不算美女，容貌只是中上而已。还有一位与他们乘同一班飞机来的马尾辫女孩，也是二十多岁，举止很干脆豪迈，而且叫牌时把 Q 叫成 QQ，让人感觉特逗。

QQ 女孩并未跟光头豪客一起打，她跟我同台，不时透露光头豪客的情况。

“昨天来的，2000 万的本，现在已经打到 4500 万了。”她说。

我望了望光头客的四周，他包了内厅最靠近洗手间的赌台，身后并无其他人，证明他没有和别人赌台底。那他还继续赌干什么？这个数额的赌本被 200 万限红后，再赌下去已经非常吃亏。

“他就是爱玩！次次赢了都不肯走！”QQ 女孩说。

那就无话可说了，澳门贵宾厅里集中了地球上最不可思议的人群。

这天我的节奏也控制得非常好，打到晚上十一点，已经赢了 85 万元。

我决定中场休息一下，上洗手间的时候路过光头豪客的赌桌，他把筹码一千万分做一堆，所以非常好数，目测台面已经超过 5000 万。

进了电梯，小武终于憋不住说：“5000 万摆台面赌，这人是不是疯了，海哥？”

“我们摆 300 万赌，不也一样疯了吗？”我自虐地回答他。

回到房间，我刚刚冲完凉，老陈打了电话过来。

“海洋，小陈有没有打过电话给你？”他语气有点着急。

我看了看手机，说：“没有啊！没电话也没短信，发生什么事了？”

“哦……她不知道去哪了，刚才我们吵了几句，她就自己走开了，现在打她手机也不接，我看她有没有去你那。”老陈有点迟疑地说。

“你们输完了？”我问。

“没有，没什么输赢。”他说。

那还好！我松了一口气，说：“我打她手机试试，一会儿过来找你们。”

这个女人！她身上的状况越来越多了，让人非常担心。我拨打小陈的手机，接通三次后，她才接了电话。

“在哪？”

“在美高梅的海边吹风。”

“不要走开，我现在过来。”

我把40万现金交给小武，吩咐他去店面汇给季军，转头匆匆下楼去等的士。

小陈正呆呆地坐在海边的石凳上，今晚有一点点蒙蒙细雨，她正翘着腿，面对着大海在潮湿的石凳上抽烟。

“醒了吗？”我在她身边坐下，冷冷地问。

她没有答话，吸了一口细细的薄荷烟，却有一颗泪珠从眼中滴落下来，她只得用纸巾去擦。

“生死关头了，你还有什么好吵的，老陈人很好。”我也从口袋掏出香烟，用她手中的火机点燃。

听了这话她把手缩了回去，冷冷地说：“其实你也不会把我的生死放在心上。”

我心里越来越生气，站起来俯视她说：“你醒醒吧！我们现在是过来赌命，不是赌气！你看看这个地方，酒店接待门口，商场门口，赌场门口，哪个门口没有放着几把伞？有没有人给你送伞过来？没有！坐在这个石凳发呆的，个个都知道是输光的穷鬼！他们心里只会想：活该！在澳门街上，有谁会同情你？你只有赢了钱，去让他们帮你拖行李！让他们叫你老板，叫你靓女！你现在傻坐在这里被雨淋，连赌场门口的鸡都看不起你！痛苦有什么用，都是咎由自取，你以为我很强壮，你以为我就不痛苦？”

她对我的生气有点害怕，不敢再侧脸对着我，抬起头无辜地说：“刚才明明有条路可以下大注……”

“说这些没用！”我打断她，说：“只要人在澳门，下一秒钱都不知道是不是属于你！活的已经够糟糕了，你不要再添乱了！”

她无语了几十秒，腼腆地站起来，抱着我的腰说：“对不起。”

在细雨中隔着衣服，冰冷的水气迅速消失，我感觉到了她柔软的体温，怒气也在刹那间融化。

无药可救了，海洋，你，和这个女人。

“走吧！”我叹了一口气，搂着她的圆肩，与她一同往凯旋门方向走去。

“我先进去和老陈聊聊，你过十五分钟再进去。”我对小陈说。这样老陈就不会怀疑我俩碰过面，我只解释是电话唤回她的。

“嗯。”她乖顺地仰起脸点头，我想在她嘴角处吻一下，犹豫了0.01秒后，还是作罢。

与老陈装模做样的等了十几分钟后，小陈走了进来。我又半真半假地做了一番和事佬，再劝诫他们回房休息，因为吵架之后再赌是大忌。

解决了一个梦的分支，我又继续回到我的梦中。

三楼赌厅里，光头客的势头越来越猛，他台面的筹码已经接近6000万。

这番折腾之后，我感觉进入不了状态，勉强打了一局，不输不赢。

“回去睡吧，海哥！”小武抓着正和季军通短信的手机，此刻开始提醒。

“好！”我把筹码存入账房，和小武走入电梯。

“赢了85万，照这个进度，七天应该可以完成500万的目标。”我对小武说。

回到房间，我很快又堕入另一个梦中。

第二天睡醒，我首先担心的是小陈他们的状况。

“赢了两万多，正在睡觉。”小陈给我复了一个短信。

我悬着的心放了下来。不过情人正在眼皮底下和她丈夫同床共枕，我心里却并无醋意。也许是我并没有把她占为己有的意愿，但如果是第三个男人，这就会让我无法接受。其实我很担心这一点，每次假想到她有可能还会被第三人占有，我很不舒服。

小萱正和家人在梅州爬山，她的语气很开心，从五月份到现在是她第一次出去郊游，心情顿时放松了。

情况看起来比较顺利，我应当稍微加大力度，打个好基础，缓解未来几天的压力。

七

第二天。

浙江的QQ女孩起得很早，她已经在赌桌上叼着香烟看路，她的脸长得比较秀气，但站起来后身材就显得单薄，胸部平坦，女人味略显不足。

“你那位老乡怎样？”在她身旁坐下，我首先问最关注的问题。

“昨晚打到7000万，两小时前刚上去睡觉。”她说。这女孩梳着马尾辫像一个女侠，说话举止也带着干脆利落的侠气，她年龄不会超过二十五岁，台面有十几万筹码，不知道她是富二代还是自己挣回来的钱。

“赢了5000万，他的目标是多少？”小武在一旁好奇地问。

“谁知道！啥时想走就走呗！”QQ妹一脸无所谓的表情说。

我在这张30万的赌桌上热了热身，但效果并不好，一局之后，输了十几万元出去。

“不行，我换个台。”我向QQ妹打了个招呼，和小武挪到了内厅一张限红50万的台，就在光头豪客的对面。光头豪客那张台不能入坐，因为他人虽离开，却把那张台包了，留下一个“私人枱”的牌匾，只有等他回来才能启用。

运气仍是不好，打了一个多小时，又输了十几万元，算起来已经输了27万元。

有两个年轻人东张西望地晃了进来，都是二十五六岁，表情兴奋，其中一人提着一个运动背包，手上揣着几个万元筹码。

这俩男孩应该是初来澳门旅游的，在楼下大厅赢了点钱后，想上来贵宾厅见识一下。

这口我较有把握，准备压一口15万的闲，赢了就继续压14万，这样分两口把输掉的数字赢回来。

他俩也一直在我身后切切私语讨论牌路。我已经把15万筹码摆在闲上，女荷官做了个手势，准备开牌。

“等一下！”发型如锅盖头的年轻人突然从后面伸出手，压了一万在庄上，而且他把运动背包放在旁边座椅上，自己一屁股在7号位坐下，想亲手开牌。

又一个愣头青！贵宾厅的熟客最反感的就是这种用最小注反着押的生手，因为他们不明白，贵宾厅里很多人其实正在赌命，并不是在娱乐。

年轻人十指在桌上击鼓般拍打，一副急切着要看牌的样子。熟面孔的荷官大姐对着我努努嘴耸耸眉毛，作出无奈的表情。

我扭头对锅盖头说：“小兄弟，这口你不买行不行？”

“嘿嘿！”他咧嘴笑了，但笑容并不友好，他手指继续在拍打桌面，得意又顽固地说：“我也看好了，这口铁定出庄！”

有铁定赌场还用开张吗？我心里轻蔑地笑了一声。气场被人破坏，但我不愿意中止我的进程，于是建议：“要不你把一万撤下来，我跟你在台下对赌，赢了你还不用抽水。”

荷官也帮腔说：“不错哦！赢了能省500块抽水！是我的话就肯了。”

锅盖头却倔强得很，他愣愣地说：“不用！赢一万，抽水有什么关系！”

我心里开始有怒气。我已不是半年前的我，生死边缘，现在我的情绪就如一个埋在火堆下的炸药桶，我自己也无法控制。

但我还是外表不动声色，一只手托着下巴，一只手拿起4万筹码，在庄闲上各加了2万，挥挥手让荷官自行开牌。

荷官先开出闲是7点。

“我的牌呢？怎么不派给我？”锅盖头向荷官要庄家的两张牌。

“不好意思，对家不让你看牌。”荷官向他解释。

“凭什么不让我看牌？他不是买的闲吗？”

“他也买了两万的庄，比你的一万大。”荷官说。谁投注最大就谁看牌，这是赌场的规矩。

“靠！牛B了！”锅盖头年轻，太不懂事，他还没搞清楚自己的敌人是谁，口里开始出言不逊。我心里怒气上涌。

“靓仔，你说话要注意点了！”小武在一旁开口警告。

这下他闭嘴了。荷官迅速翻开庄牌，竟然是9点，被他赢了。

锅盖头收起桌面的筹码，挑衅地冲我嘿嘿笑了两声，和他同伴拿起背包起身离开。

触发了虚无的机关，这个梦境开始变得不太友好。

我停下来抽烟，努力让情绪重新恢复平静。小武跟季军发了一番短信后，问：“海哥，要不要休息一下？”

“包台！不要给别人过来！”我对荷官监理说。

牌路也许是和思路同步的，这真的是一个梦，思绪纷乱的时候，牌路同样杂乱无章。我很快又输了40万元出去。

昨日的赢利又全部吐回了。

“海哥，先吃饭吧！”小武此时站了起来，从职责上，季军是远程监管，小武必须听从季军的指令。

“好吧。”我勉强同意。为了脱离赌场内的高氧空气，我们下楼去附近的一家韩国料理吃午饭。

我心情很郁闷，原定每天100万元的赢利目标，现在已经过了一天半，成果却是打和，这样后面几天我就不得不冒更大的风险。

中午时间，倦意上头，我们还是准点先回房间睡午觉。

我在床上刚刚入睡十几分钟，华姐的电话打了进来把我吵醒。

“阿海，你最近差不多日日都在澳门喔？”华姐在电话里不满地说。

“嗯，最近一直都在忙公司的事，没时间过来找你，华姐。”我抱歉地说。

“要不你先把那点尾数清了吧！还差50万，你次次自己过来赌，这样也不好。”她说。

我迟疑了一下，还是答应她道：“好，我明天把钱拿给你吧！”

虽然我手头还有700万港币，但我不可能抽50万去还给华姐，也不会借十几万给小陈去翻本，这是很浅显的道理，这些钱都不是我的，我不想再背负更大的罪孽感。

所以我要靠赢回的钱去还债，而且，我也相信今天下午就能赢到50万。

“起来吧，下去开工！”没了睡意，我把小武也叫醒。

光头豪客也睡醒了，他只从账房提出了4000万筹码，整整齐齐的摆在台面上，人却不知去向，可能去吃饭了。

这一堆金色红色的绚烂筹码，更加让厅里的赌客们啧啧感慨，疑入梦幻。

触手可及的梦，最易将人吞噬。

我多了一件心事，我把答应华姐的50万和我的赢利目标相加了。

越来越多不可控的元素出现在我的梦中。

光头豪客已经回来了，人在梦境中可以飞翔，可以下坠，可以穿梭空间，还可以搂抱女神，光头客就正在尽情这个游戏。他随意地把100万、150万推上投注区，台面筹码又在增加，连小武也不禁分神观看。

我却又输了30万元。

现在台面只剩下187万，我的大脑有点飘忽，身体似乎也有点飘，我要集中注意力，尽快用双脚在地上踏实。

五个庄，长庄要来了，我点好30万筹码推了上去。

荷官派了牌，把两张牌推给我。

我伸手抓起牌，忽然发现不对劲。

"不对呀，我买的是庄，你怎么给我闲牌？"

瘦瘦的中年男荷官昨晚可能也输了钱，他毫不客气地说："没错啊！老细，你买的就是闲！"

我定睛看一眼台面，果然，我把30万错押在了闲上！

"唔怕啦，未开牌都唔知边个赢！"监理大姐在一旁安慰。

庄9点，本来我应当赢得干脆利落，此刻30万筹码却被不友好的瘦高个一把扫走。

梦开始乱了，倾斜、奔跑、崩溃，我又推了一口50万在庄上。

"海哥！"小武叫了一声，他想阻止，但他又不敢，谁知道这把是输是赢？

开出来是闲赢。

终于炸开。肾上腺素快速输送，多巴胺在脑内炸开，梦在梦里炸开。

"海哥，停一下吧！"小武已经害怕了，他抢着把筹码抱了起来。我站起来，却转身坐着另一张赌桌上，示意小武把筹码放下。

还剩下一点理智用于对抗崩溃，我把注码调整到10万，赢一口输一口，毫无意义。

"不能再打了，一定要停！你先回房间休息两个小时！"季军的电话打了过来，语气焦急。

我还是押了一注20万上去，输了。

这下死了心，我和小武回到了房间。

"两小时后叫醒我！"我心情焦躁，吩咐了小武一句，把两部手机都关了机，倒头就睡。

没有催眠剂，此刻你无法脱身坠入更深的梦境里，就是说，无法修补。

在床上的效果仅仅是闭眼而已。

一个小时后，我爬起来，在洗手间里烧了一道符。

紧迫感又开始充满大脑，假日还剩五天，我还有五天时间从这个梦境中脱身。

否则将在最底层的边缘地带滞留万年。

输剩50万的时候，季军说，他已经懒得回小武的短信，听天由命。

输剩5万的时候，季军在给他的爷爷上香。

我用这个5万连续晒冷，又打回了100万。

士气振奋，小武继续和季军互发短信，反攻的时刻似乎到了。

可惜我们没有唐总的运气，几把大注之后，筹码又只剩下10万不到。

这次晒冷不灵光了，造梦失败，我回到第一层梦中。

实际上是输了220万，抵扣码粮后，大约输200万。

我看看时间，晚上十一点了，两天时间已过，本来按计划，我现在应当是赢了200万。

小武终于亲身经历了一次豪赌，这个过山车的游戏让他脸色惨白。

我继续飘向深邃的虚无里，我将不得不去边缘地带探秘，寻找出路。

光头豪客却继续在美梦中酣睡，他台面的筹码已经接近6000万。

就是说，他已经赢了7000万。

八

※ 梦

那晚十二点左右，外面下着濛濛细雨。

长假的连续两天都是这样，白天晴，晚上小雨，这让空气很凉爽很舒服。不过雨很小，仅仅是使街面变得湿润，并不需要打伞。

那位青年客人又来了，他是我们店里的熟客，深圳人，175厘米左右，看起来一表人材，应当是个正经生意人。不过他正在赌身家，这司空见惯，他和很多中青年的内地老板一样。

“拿电脑出来!”他语气冷淡的说了一声，神情较为阴郁。身后还跟着一个稍瘦弱的年轻人，是他的手下。

我让东尼把笔记本电脑从柜台拿出去给他转账。他从包里拿出U盾，一声不吭的敲打着键盘，身边的年轻人也不敢说话，只是在低头摆弄着手机。他昨天取的钱又输了，现在的状况很危险，因为这几个月他在我们店里取了很多港币，但汇回去的却很少。

“老细，要慢慢来哦！最近你好像取了很多钱!”我忍不住还是提醒他一句。

他并不象别的客人表露得那般急躁，只是面无表情地望了我一眼，麻木地说：“希望如此吧，机会不多了。”

他和手下一起把400万现金用两个袋子装好，匆匆走出店面。我摇摇头，我并不看好他，在澳门做了几十年生意，我见过了太多梦游状态的赌客。

那晚和家人在梅州一家KTV房唱完歌后，回到宾馆已经晚上十二点，我想给他打个电话，谁知他两个手机都关了机。这让我心里马上起了不安，我担心他又会出状况。

最近总觉得有些隐约的担忧，好像又会发生什么不好的事情，我很害怕这种感觉。巨痛之后，生活刚刚恢复正常，我不想再出现什么意外。也许是我还太年轻，不懂得怎样操持一个家。结婚这一年来，我们都太贪玩了，没有认认真真想过该怎样去经营这个“家”。家的概念，应当是陌生人少一些，封闭一些，可有可无的琐事多一些，但他这半年外出太频繁了，我们一起待在家里的时间越来越少。

明天我要尽快赶回深圳，然后过去澳门看看他到底在做些什么，如果他的事情忙完了，我要和他一起早点回来。怎样安排以后的生活，是该在家里和他好好讨论一次了。

我仍在梦境中穿梭。梦有梦的主宰，那个主宰并不是我，我突然发现我虽然是造梦者，但我又不知何时堕入了别人造好的梦里，我只是在他人的梦里造自己的梦。

我进入了一个恶意的梦里，造梦者是我的敌人。

我恍恍惚惚飘了下楼，又恍恍惚惚飘了回来，身上带着少少的水气。小武正在账房处用100万现金买筹码，他一边在账房递出的单据上签字，一边在和季军通话。

他走过来，把手机递给我。

“小武说你现在状态很不好，能不能先回房睡觉，明天再打？”季军的语气沮丧、着急、但又带着希望和侥幸。

“再打两小时试试，赢多少算多少。”这些从我口中说出的话其实不是我说的，它们只是舌头在上唇与下唇之间随意拼凑的词藻，毫无意义。我在被人控制的梦里，这些迷离的灯光，带着香精分子的空气，屏幕上奇形古怪的各种图形，一旁荷官和公关们听不清内容的谈笑，脸孔熟悉但又完全陌生的各色赌客，是这些东西重新组成了我的大脑，群魔乱舞侵占了我的大脑。

我努力在想象这个梦的形状，很明显，答案就藏在这屏幕上的几个小小图形里面，这里有造梦者不可告人的秘密，但是，它一定存在蛛丝马迹，我要把它找到。

牌在手中变化，派过来，又扔回去；台面筹码增加，又减少；梦在延伸，我在漂移，在下坠，看不到那个海边的沙滩，梦的尽头远不可及。

“海哥，不要打了吧！你根本没有状态！”小武的声音忽远忽近。

我定了定神，看看台面，筹码还有80万，不知不觉间又输了20万出去。

“几点了？”我问他。

“已经两点了，季军哥说该回去睡了。”小武说。

我喝了一口冰冻果汁，一股凉意从喉咙灌进了胃里，这让我稍微清醒了一些。“好吧，先回去睡觉。”我站了起来。

在洗手间洗了一把脸，我象小狗一样甩了甩脸上的水渍，把游离的魂魄从空中抓了回来，我对着镜子仔细端详自己的脸，还是一个健健康康完完整整的人，“死”字并没有写在上面。是该休息了，还有五天，还有资本，我未必不能战胜它！

路过光头豪客的赌桌，我感受到一股凝固的气氛，他正在抽烟，整张台鸦雀无声。我扫了一眼他的台面，筹码只有五堆，他已经输回去1000万。

※ 第三天

我路过一个山坡上的村落，这里的巷子很窄，而且崎岖，我不知为什么到了这里，又不知该往哪里去。

这个面孔不清的男人充满了敌意，我只是经过他的门口，但不知为何被他叫住，他让我等一下，好像要从屋里牵出什么东西。

他牵出的只是一只个头小小的怪物，猫般大小，样子却像癞蛤蟆，我完全没放在眼里，转身继续向前走。

“进去吧！”他说了一声，站在窗外冷冷地注视着我。我不知何时被他关在了房子里，那个小小怪物也放了进来。

我心想这有何妨，凭这小东西岂能困住我？谁知那怪物忽然挣脱了绳子急剧长大，变得比狗熊还大，凶猛地扑了过来。

我从梦中惊醒，心脏狂跳不已。

看看时间，早晨六点不到，小武还在厅里的小床上睡眠正酣。

手机已经充满了电，我把它们打开，收到两条短信。

“老公，睡醒给我电话。”这是小萱的。

“情况不太好。”这是小陈的。她昨晚应该在等我回短信，但我并未开机。

情况不好，这在我的预料当中，只是我不知道该怎样帮她去应对，我帮她设想过很多方案，但似乎都是错的。

如果他们来了，就让他们坐飞机回去。因为，我的情况更糟。

这世界一切都已支离破碎，我一定要理清头绪，把它们重新组合起来。

小萱迷迷糊糊接了电话。

“老公，我中午能回到深圳，想下午坐船过来找你。”

我有点心慌，说：“下午？你不如别过来了，我可能明天就能回来。”

“明天能回？什么时候？”她问。

“明天中午吧，看情况尽早。”我在胡说了，我根本不可能回去，只是想办法阻止她过来。

所以时间更加紧迫，只要先打回本，回去一天也无妨。

在洗手盆里烧了一道符后，我把小武叫醒。

三楼的赌厅里，每个赌客都在窃窃私语，指指点点，他们在讨论一场歇斯底里的肉搏战，正在现场进行。

光头豪客熬了通宵，他脸色铁青，香烟放在桌上自行燃烧，他正狠命地把200万筹码推上去！

他每把都是200万，四个50万的筹码，输了，荷官取走他的200万；赢了，荷官赔给他200万，或190万。

他的年轻女伴抱着肩，身体僵硬的坐在位置上，大气也不敢喘一口。

荷官和监理更是表情郑重，将肢体动作尽量简化，不敢苟于言笑。

负责洗码的年轻男公关小心翼翼地帮他点出桌面的现金码，又脚步无声地拿去账房换泥码。

身后两米外，稀稀疏疏站着几个不出声的看客，包括我。

他台面的筹码只有3000万，离最高峰的6000万减少了一半。

但他仍是强大的造梦师，把赌厅所有人都带进了他凶险的梦里。他在厮杀，他在斗兽场内赤膊力战，血肉横飞，让全场观众心惊。

我在他的梦境里停留了十几分钟，初始心跳，很快又恢复平静，继而厌烦。

这只是一个幻境，邪恶的障眼法，我不可理会。我远离他，找了外厅最靠近扶手电梯的一张 30 万赌台坐下。

只要那根弦不被拨到，我仍然能克制自己，保持理智。

我想重新开始稳妥的打法，用几千的起注小赢慢赢，看能否扭转运势，但情绪却很容易波动，每次小注赢了之后，我的心里会掠过一丝懊恼。

两个小时后，我赢回了 20 万。

但我不甘心这种赢钱的速度。现在，所有事情都必须在赌桌上解决，赌，就是一切。

我又开始把起注调整到 5 万，看运气是否能持续下去。

很快，我又倒输 20 万。

季军的电话打了过来："要不要换一个场地？我看这次金沙好像不行！"他刚睡醒，说话的中气比较足，看起来他是发现了问题所在。

这里让我两天损失了过半兵马，我虽心有不甘，但无法跟它斗气，所以我也同意季军的建议。

"行！要不我过去凯旋门试试。"这个选择只是图方便，并非为了见小陈。上回在永利试了一场，虽然赢钱，但感觉那里的码粮太低。凯旋门的即出码粮相对高些，对亏空巨大的我们来说能取得一点心理安慰。

我和小武在账房兑换现金，损失近半，此时离场有一种被人强奸的感觉。我将心底的积忿按捺住，只能先暂避敌方锋芒，看能否找到它的薄弱之处。

小武去了一趟洗手间，路过罗马斗兽场，回来的时候他告诉我：

"光头佬台面还有 2000 万。"

九

时间是中午十一点，我和小武坐上的士前往凯旋门。

才脱离了金沙赌场的空调数十秒，又被出租车内的冷气包围，这让我的身体内产生一股冷意，这股冷意竟使我在车内微微发抖。

两年前的国庆假日，我和小萱一起开车去惠州的喜来登酒店度假，游泳，散步，在房间的露天阳台吃法式的烛光晚餐，那些日子真是什么烦恼也没有。

不止是两年前，我三十多年来度过的任何一次国庆和春节，哪怕是最穷的日子，都用不着和命运做这般殊死搏斗。

一种悔恨的痛在我心里滋长，我强力把它压制住。现在要补最后一张牌了，我不能放弃，用尽力气去拼吧！我不想把小萱也拖入地狱。

凯旋门二楼是华姐和路仔经常带着客人出没的地方，所以我选择了三楼。这层楼有五六家贵宾厅，但我都不熟悉，只是挑选了最靠里面的一家。

开局之前，我和季军通了接近半小时的电话，决定第一轮赢钱后，先把华姐的50万还掉，履行昨日的承诺。

既然身在澳门，我们要把身边的负能量先清零，做到战斗时心无旁羁。何况，华姐本来一直就是友方，以后在澳门还有很多需要她帮忙的地方。

这家赌厅有十来张台，还有几个包房。经理是一个高高胖胖的中年男人，很斯文，看起来有点中性。他冲我这个新来的贵客微笑着打了个招呼，随即在账房查看我刚刚登记的资料。这反而让我起了戒心，笑里藏刀是赌场内通用的礼仪，这是气场此消彼长的博弈。我更喜欢碰到的是那种一脸倒霉相看起来家里刚失了火的赌场经理，就如几个月前二楼倒闭的那家。

这样的戒备心理让我暂时从梦中清醒过来，买了200万筹码，但我下注很谨慎，每一次投注都是如履薄冰，半包烟功夫，我台面已经赢了42万。胖经理不停地从我的身边路过，他在观察我的输赢，也在观察我的赌钱个性。

我不想被他看穿，于是我把本钱全部装进包里，台面只留下42万赢利的筹码。

又打了半局，台面终于有了52万赢利。

“去账房兑换现金。”我站起来，对小武吩咐了一声，转身走出了赌厅上洗手间。

看看手表，中午一点半，正是华姐睡醒起床的时间，我在洗手间拨打她的电话。

“华姐，你过来凯旋门吧，我把剩余的50万尾数给你！”

“赢了？那好啊！”她听了很高兴，又说：“对了，我一会儿带上阿权来见你，让你们好好聊一下，看以后你们在澳门有什么生意可以合做，阿权在澳门认识好多做工程的大老板。”

华姐说的阿权是她今年刚收的干儿子，福建人，在澳门从事赌厅的装修生意。就是我在前文所说的曾输了6000万的福建仔，以前我和他见过面，但一直没好好交流过。

阿权16岁就跟着亲戚过来澳门打工，一直在赌场搞装修，二十出头开始组队单干，接了威尼斯赌场的装修工程，价值过亿，不过由于他两年前的豪赌惨败，至今他仍在偿债阶段。

这个过早的人生经历让阿权面相很老成，眉粗脸宽，又一脸络腮胡痕迹，看起来像35岁，其实他只有25岁。

我并没有谈生意的心思，但也不好拂华姐的好意，于是约好他们在凯旋门一楼的咖啡座见面。

半小时后，华姐他们来到了凯旋门。

从赌厅提出的50万港币用塑料袋包着，并未拆封，华姐看也没看就把它塞进了袋里，并把我剩余的欠条递了过来。

场面有一点尴尬。阿权开口说："海哥，听我一句劝，不要赌啦！大家都这么年轻，不如一起在澳门做点事情。"

华姐也说："就是就是，阿权以前也输得很惨，现在不也很快做起来了，他今年接了好几个大单。"

我心想，我也一直想脱身，但我脱身的前提是先把大头赢回，现在这种状况，我不敢想象自己停手后会有什么后果。

聊了十几分钟，我心不在焉，当然也讨论不出合作的亮点。阿权见聊下去没意思，客套了几句后起身告辞。

在门口的代客泊车处等着服务生帮阿权把车开上来，华姐小声对我说："别赌啦！你看看阿权，刚刚买了一台300万元的宾利，他又快翻身了。"

"哦？"这消息令我很惊讶："他这么快又有钱了？"

"其实他没钱，不过他今年接了很多大单，必须要把门面充一下。"华姐说："做事业才有前景，我和珍小姐他们一直都看好你们两个。你看澳门人天天泡赌场的都是那些老头老太，你们这么后生就泡在赌场里，很不值得！"

我知道这番话语重心长，不过我不可能听得进去。

华姐他们走后，我并没有返回赌厅，而是让小武在赌厅等我，自己前往维景假日酒店。虽然我感觉时间很紧迫，但小陈的事情也是我的一块心病，需要提前处理。

维景酒店的房间很窄，落地遮光窗帘没有拉开，我知道他们刚刚哭过。

"输完了？"我问老陈。

他苦笑着把一杯热茶端给我，脸上的皱纹使他一下子老了十岁，说："昨天一直被追杀，就剩下点路费了。"

小陈没有说话，她正侧着身子半死不活地躺在床上，枕头垫得老高。这个姿势让我感到心里有点别扭，如此不顾仪态，会让外人看出我和她的亲密，虽然我有点搞不清楚在这个房间内，到底谁才是外人。

"坐起来吧，海洋来了。"老陈也不满地对她说。

小陈这才坐直身体，用枕头垫着靠在床头，低头在摆弄手机。她的眼睛又开始红了，也许是我到来的缘故。

老陈坐在床边，低着头一时无话可说。我偷偷和小陈对视了一眼，她的眼神里全是求援，像一只可怜的小猫。

唉，不行！我不可能借钱给你们，因为你们一定会输完。

"现在怎么打算？"我打破死一般的沉默问老陈。

老陈犹犹豫豫了半天，说："在飞机上认识一个浙江老乡，他说在澳门没钱的话可以找他签码，我们刚才给了他电话，他马上就过来谈谈。”

听了这话，我有点想起身就走。换了任何一个在澳门结识的赌客，我不可能有心思陪着他们去跟放数的洗码仔谈判。但这是小陈的事情，我和她在地狱里的魂魄有交会之处，我不能走。

“高利贷吗？”我冷冷地问了一句。

“不是，高利贷我们绝对不会借！”老陈虽然沮丧，此时也用力说了一句。

十分钟后，门铃响起，他们的老乡来了。

进门的是一个穿着花格子衬衫的肥仔，发型非常新潮，发角剃得很高，头顶却是韩式的蓬起，看得出打了硬硬的发胶。他身后还跟了一个同样发型很潮的年轻仔，很瘦弱，是他的小弟。

几乎不用谈，我已知道他们的身份。

果然，肥仔殷勤地派了烟，客套几句后，笑嘻嘻地说：“我们不是放贵利的，借钱不收利息，不过赢了就稍微抽点水而已。”

“你们抽水怎么抽？”老陈问。

“每一把投注赢了抽 10%，输了不抽。或者 8 点赢了抽一半。”肥仔说。

“那不还是等于放贵利吗？在飞机上你还说你们只是洗码！”老陈不满地说。

“哈哈，澳门都是这样啦，我也是看在老乡的面子上给的友情价，换别人还拿不到这个牌头。”肥仔干笑着说。

我在一旁没有说话，小陈没有开口反驳，她只是起身上了洗手间。她这种态度让我觉得心里害怕，我觉得她还是心存侥幸，恐怕真的想过借这种钱。

我用眼神示意了老陈一下，让他们快走。

老陈会了意，他对肥仔说：“要不我们先看看情况，有需要再联系你们。”

“行！那我们先走。”高利贷是这世上最不讲客套的一个种族，肥仔马上站起来，扬了扬手和小弟走出了房间。

房门刚刚关上，我对他俩说：“你们还是先回去吧！待这里也没意义。”

他俩对望了一眼，犹豫了十几秒，小陈还是忍不住对我说：“海洋，你那些朋友能不能帮我们签码？我们想再签 10 万，不用你负责，我们自己写欠条。”

她的眼神充满了求助，但这个问题我早就考虑过了很多遍，也否定了很多遍。在澳门发生的大事小事都很容易节外生枝，最好就是无事。

“真的不行。我介绍你们签码的话，他们一定会让我担保。”我只能狠心一口回绝。

气氛一下子变得异常尴尬。

“不好意思，海洋，我知道你现在也遇到了麻烦，我们不该跟你提这个。”老陈抱歉地说：“要不我们先自己想想办法，你别管我们了，先去忙自己的事情。”

“你准备怎么想办法？”我还是想问个究竟。

“我打电话给几个同学，看能不能借到一点，如果借不到我们就出关回去。”老陈说。

这个说法让我比较放心。我心里也急着赶回去开战，于是站起来告辞。小陈起身送我，她的目光闪烁，仍是有很多话要说。

我乘电梯下楼，刚刚走出酒店门口，小陈追了出来。

“海洋！”她把我拉至墙边，问：“你真的不能借点钱给我们吗？”

十

我望着她的脸，眼圈泛红，急切而又绝望，她没有初见时那种甜美的感觉了，精致的脸也因焦虑而有些变形。她如今只是一个输红眼的女赌鬼，我不会爱上她，我心想。

“我也正在输钱，而且比你们惨十倍。”我冷笑着说，这个冷笑很苦涩，看看我们是怎样自作自受的吧。

“而且就算我借给你，我也知道你们很快会输完，就像华姐她们也认为我会输完一样。到了这个地步，我们的机会越来越渺茫。所以第一天你们赢了2万不肯走，我赢了80万也不肯走，现在我也输了200万。”

她听不进去，跺着脚焦急地说：“我们的数字小，慢慢打要赢回几十万还是有希望的！”

“我自己也快死了！”我冲着她吼了一声，她让我情绪一下子很烦躁。

空气一下子凝固了。有几个北方游客正拖着行李箱有说有笑地走入酒店，表情兴奋。曾经我们也在澳门的街头这般快乐过，如今却只剩下烦恼。

“对不起，是我的要求太过分了，你去吧。”小陈轻声地说。

见她一脸绝望和无助我又于心不忍，我摸摸她的脸，软言安慰她说：“你先回房间吧，只要我能活过来，我一定不会丢下你，好吗？”

后来她恨我，也是因为这句话。

回到凯旋门，我在洗手间洗了一把脸，摆脱了烦人的心事，我要尽快重返战场了。

胖经理迎面而来，笑嘻嘻地说：“老细，你早来一个钟就好了，刚刚错过了一条好路！”

我顺着他手指的桌面望过去，果然，那张台正在洗牌，刚刚开完的一局也是排排连的长路，和上次唐总绝地反击那局很相似。可惜我没这个运气，又与几百万元赢利失之交臂。

魔鬼的障眼法而已，不可理会。我再次对自己强调了一句，定了定神，和小武选了一张赌桌坐下。

我把200万筹码重新摆在桌面上，但迟迟进不了状态，打了两局，台面输了二十几万。

看看手表，已经下午五点，小萱早已回到深圳，她给我发来短信让我明天尽早回去。

加上早上在金沙输的数字，我忙了一整天仍只是打和而已。现在已经是第三天了，我的心开始烦躁。

“要冲一冲，你给爷爷上支香吧！”我给季军发了一个短信。

我整理出三组敢死队，每组20万，希望其中某一组能冲开一条好路。

一个小时后，它们全部阵亡，又损失了60万。

乱！又开始了，心乱得不行，头皮发紧，脑袋内那根弦绷得硬邦邦的，我用双手握成空心掌在头顶拍打了几次，却松不下来。

我烦躁地走入洗手间，洗手盆的感应水龙头也跟我作对，手掌放在下面始终不见出水，我愤怒地拍打了它几下。一旁正在拖地的保洁老头抬头看了我一眼，以示警告。

洗完手，我伸手去扯墙壁上的纸巾，但就连纸巾也是劣质产品，只扯断了一平方厘米的一小块，粘在我的大拇指上。我把它揉成一个鼻屎状弹在地上，并把双手剩余的水珠甩在地上。

“老细，不要把水甩在地上啦！被人踩到了摔伤怎么办？”拖地的老头来指手画脚了。

“你在这里干了多少年？”我扭头问他。

“我做咗十几年了。”他答。

“那你见过有人在这个地板上摔死没有？”我怒气冲冲地问。

他一时语塞。

“我就喜欢这样甩水，如果有人摔死了你再让你老板找我，我负责赔！”我恨恨地把手在牛仔裤上擦干，拉开门走出了洗手间。

他今晚回到家，肯定会对他女儿或者老婆说：“那些内地客的素质就是低啊，今天又遇到一个……”

见鬼去吧！

回到赌厅，小武走上前问：“海哥，季军哥问要不要换个场地？”

“不用，先转转。”我情绪仍较激动，不过并未失去理智。翻本仍大有机会，此时万万不可自暴自弃，我警告自己。

围着赌厅转了一圈，我们在一张赌桌边上停了下来，这张台庄比较旺，又刚刚拉下来五个长庄。

桌上只有一个四十多岁的男赌客，黑黑瘦瘦，头发油腻腻的贴在额头上，看样子几天没洗头了。他下的注不大，只押两万。

我想也不想，站着把20万筹码推在庄上，并且压线，表示不看牌。

不洗头男看牌，这把赢了，我取回39万。

我继续把20万推在庄上，谁知不洗头男对荷官说了句：“等一下。”，荷官动作就停止了。

等了十几秒，我忍不住问监理："怎么不开牌，你们在等什么？"

监理说："这位老细要加筹码，要等他一阵。"他用嘴指指不洗头男。不洗头此刻也正在东张西望，在寻找他的筹码来了没有。

我以为他只是把筹码拿去了账房洗码，谁知这一等就是五分钟，不洗头张望的方向并不是账房，而是赌厅门口。

"怎么回事？"我用手上的筹码敲敲桌面，质问赌桌监理。

监理也觉得不成样子，他俯身催促不洗头，问他："老细，你的筹码到了没有？"

"快了快了！"不洗头很不耐烦，而且把双手按住投注区阻止荷官开牌，看样子是非等到筹码不可。也许他叫了人去楼下当铺刷卡；又也许他正通知朋友给他卡里打钱；或者他正在让老婆抵押房子向某银行申请贷款，总之这一把他非要投个大注不可。

胖经理不知何时站在我的身旁，他歉意地说："唔好意思，这个客也是熟客，老细你再稍等他一阵吧！"

又等了几分钟，我没有耐性了，不是没有耐性等下注，而是没有耐性待在这个赌厅。

"退钱！回金沙打。"我把押注区的筹码收了回来，吩咐小武一句。

又坐上的士，在这个弹丸之地像只无头苍蝇一样来回奔波，包里的现金却没有增加，而是在减少。

我长吐了一口气，冷静！冷静！这样下去会出大事，我一定要静心，找一个安静的地方慢慢赢回来。

走进三楼广东会，假日第三天，这个赌厅客人越来越多，马尾辫的QQ妹正叼着烟，和一桌子男赌客在一同吆喝："QQ！QQ！"；斯文儒静的老大哥也在，他在另一张桌子上不紧不慢地喝着茶，他每次的投注只是几千，所以没有机会看牌，也许他也没有兴趣自己开牌。

有个内蒙的赌客带了二奶过来，二奶是个不到三十岁的艳丽女人，穿着半透视装的黑色上衣，露出整个浑圆的手臂，很性感。不过她不好赌钱，只是独自坐在内蒙客身后左顾右盼，风骚蚀骨。相信全赌厅的男人眼风都和她交会过，对她短裙下诱人的白花花大腿偷瞄过。

最引人注目的还是内厅的光头豪客，他正在晒冷，把桌面剩余的一百多万筹码全部推了上去，包括一部分泥码和现金码。

这把他输了，桌面一粒筹码也没有剩下，不过他只是用桌上的毛巾抹了一把脸和脖子，又嗡声嗡气地指着公关说："去，把我的3000万存码提出来！"

我们清点了一下全部现金，只剩下320万元，加上还给华姐的50万元和转给季军的80万元，扣除部分码粮，这三天已经输了230万元。

我以前曾试过很多次用20万元赢回200多万元，为什么现在总不行？我的心情很焦躁。

我们顺着御匾会的长廊走到了赌场的另一侧，选了上回那家只有两张台的赌厅，这里没有人，很静，此刻我需要这样的环境。

时间已经晚上八点多，我和小武在赌厅点了三菜一汤，房间很静，但心很乱，每一道菜在口中都尝不出味道。

小萱发来短信，“老公，明天早点坐船，我邀了姐姐他们过来家里吃午饭。”

明天？我的时间、我的睡眠、我的心情此刻都由不得我来决定，还包括明天的午饭，还包括小萱的未来，而是由牌靴里的八副扑克决定。

我只买了100万筹码，吩咐荷官开始飞牌。

我不知该把桌面的这堆筹码当成游戏的砝码，还是当成钱？

我不知该刻意让自己停留在梦境里，还是回到现实？哪一个世界更易被我把握？

我不知自己该相信概率，还是相信运气？哪个才能快速拯救我？

我想冒险，我觉得自己死不足惜，只要能换回小萱和家人的幸福，我愿意去死。

但我又恐惧，我如果死了，会把她们拖累得更惨。

我不停在梦境与现实中徘徊，但两个世界都不接纳我，我始终停留在恶梦的边缘。

我又整整输了100万元。

“不要打了，海哥！”小武在一旁虚弱无力地说。

我已经输得麻木了。我盯着屏幕发了好一阵子呆，我恨这些图形，它们不听我的话，总在我做出判断后才发生奇怪的变异。但我坚信我能赢的回来，包里还有220万元，我死不了，我一定能赢回来。

甚至我有可能赢回2000万元，在账房兑换了现金，塞满整个行李箱，临走时一脚踹翻赌桌边的一张座椅，狂笑着离开。

十一

“洗牌！”我没有理会小武，而是冲着荷官喊了一句。我从包里拿出200万现金，这只是两包塑料袋包着的印刷品而已，它们能要我的命吗？我把它们砸在桌面上，扭头对账房小姐喊叫：“买码！”

账房小姐在电脑旁磨蹭了半分钟才过来，她这个厅就我一个贵客，不知她装模作样的在忙些什么？我指着另一张空闲的赌台说：“叫人过来开台，两张台我都包了！”

小武站了起来，急冲冲地拨打季军的手机，走出赌厅门口去和他通话。

“不要打了，你已经全乱了，先回房睡觉吧！”季军的声音也在发抖。

“你上香了吗？”我问他。

“上了，现在已经半夜三点了，我老婆正在睡觉，我是偷偷走出来接小武的电话。你睡醒明天再打，还有四天时间，你不要着急！”他也在乱，几近崩溃，这世上凡知情者哪有不乱的。

三点了？我看了看手表，果然又进入第四天了！妈的！

我知道自己很急，很愤怒，但我没乱。

放下季军的电话，我仍是决定用一秒钟把100万赢回来。

台面赌本只有200万，他们当然不会开100万的限红给我，所以我包了两张台，每张台投注50万，加起来就是100万。

我是这样想的：先飞牌，飞到两张台都决定买闲时，就两边各下注50万的闲。

如果两张台都赢了，我就赢回100万；

如果第一张台赢了，第二张台输了，打和；

如果第一张台输了，第二张台赢了，打和；

如果两张台都输了，我就输100万。

就是说，我输的概率只有四分之一，打和的概率是二分之一，但我也有四分之一的机会赢回100万，而且只需要一秒钟。这一秒过后，我就可以安心回房间睡觉。

我没疯，否则我无法计算得如此清晰，我只是不小心进入了一个疯狂的世界。不管是在家里沙发上坐立不安的季军，还是在赌桌前紧张得瑟瑟发抖的小武，只要这把赢了后，他们就知道我确实没疯。

我在两张台前来回穿梭，在这张台看几秒，说一声“飞牌！”，又扭身去看另一张台，那边飞了几把后，我又转身回来这张台。

机会终于来了，我把100万筹码推了上去，每张台各押了50万，买闲。

荷官派完牌，我站着直接伸手把两张牌用力拍在桌子上，是个9点！娘希匹，真解恨！

这张台已经包赢了，小武也松了一口气，跟着我回到第一张台。

我左手撑在赌桌上，右手恶狠狠地把两张牌抓起，用力把它们在桌上拍开，但这张台只是6点，而且被对方补出的7点绝杀了。

没事，打和而已！我朝另一张台的荷官挥挥手，让她开牌。

“老细，打和了！”肥胖的女荷官在那边喊了一声。

我当然知道打和了！所以我并不理会，而是认真观看屏幕的牌路，看有没有机会再重新来一次。

小武去收赢回的筹码，但他走过去后，却在那张台前呆立了几秒，走回来哭丧着脸说：“海哥，那边庄也是9点，打和了！”

我脑袋嗡的一声，气血上涌，我站起来，两大步走到那张台前细看，果然，庄家也是一张9和一张公，跟我打和了！

又输了50万！

“继续开！”我几乎是用手指着荷官的鼻子在怒吼。

荷官重新派牌，庄9点，闲1点，再输50万！我连一丁点机会也没有。

心脏剧烈跳动，我甚至可以听见咚咚声，如果此刻手上有一把自动步枪，我一定抱着它冲入楼下大厅的人群，我突然想起那些美国新闻里的校园枪手，我也想与这个世界同归于尽。

我还想继续下注，但筹码已经被小武收了起来。

“海哥，回去睡吧！”小武已在央求。

不知是怒还是惊惧，我激动得连骨骼都在颤抖，我心想完了，今晚就要完了，如果不能把200万赢回来，就是我命中该绝。

但我不能对小武动怒，我知道他是为了我好，他才是唯一的战友。这个赌厅里坐着的两个荷官，站着的男监理和账房小姐，这些人才是我的敌人，他们正等着看我们的笑话。

我还没整理出头绪，就被小武硬拽出了赌厅，顺着封闭的通道走向御匾会的另一头去乘酒店电梯。

路过广东会的时候，我看到光头豪客正在大声地责骂他面前的荷官，赌厅经理和荷官监理都在一旁不停道歉。

我无心去看人家的热闹，只是像一只被黠猱掏空了脑袋的行尸一样走进了电梯。

有一种动物叫做黠猱，传说中这种类似猴子的动物能掏空老虎的脑袋。“兽有猱，小而善缘，利爪。虎首痒，辄使猱爬搔之，久而成穴，虎殊快，不觉也。猱徐取其脑啖之，而以其余奉虎。虎食之，甚美，谓其忠益爱之近之。久之，虎脑空……”

回到房间，我三两下把衣服脱光，钻进被窝就睡！如果从此能一睡不醒，那是造物主对我最大的恩赐。

这夜又浑浑噩噩地在床上躺了几个小时，我不知自己到底睡着没有，似乎还做了恶梦，不过即便没睡着也没有关系，反正睡着醒着都一样在噩梦里。只要脑袋能稍微冷却下来，给我留下一点思考的余地，我就满足了。

小武似乎也没有睡好，他躺在厅里的小床上，静得一点声音也没有。那不是在睡觉，而是在想事情。

早上八点多，小萱的电话打了过来。

“老公，昨晚睡好没有？你能赶九点半的船回来吗？”她问。

我心里百味杂陈，躺在床上有气无力地说：“恐怕不行，昨晚没睡好，中午我赶不回来了。”

“怎么搞的！你说话不算数，中午约好了她们过来家里吃饭！你是不是又输了？”她很不满。

“没有，赢了几万块……不过现在很累，要休息。”我忍住心痛说出这番话，这个谎言会让上帝也发出一声长叹。

“你太不像话了！又要我一个人招呼她们，那你晚上一定要回来，听到没有？”小萱并未起疑心，她只是有点生气。

“嗯，我知道。”我模拟两可地应了一声，把手机塞进枕头底下。

新的一天又来了。我的心里忿怒和烦躁逐渐消失，取而代之的是一种恐惧。

现在，我要拯救的人不是小陈，也不是我自己，而是小萱。

是我最爱的小萱。

灾难又一次将要烧到小萱身上了，我终于看清了这个残酷的现实。

我猛地从床上弹起来，慌慌张张趴在地上准备磕头，但我又怕赤身露体对神灵不敬，于是穿上长裤套上T恤，这才恭恭敬敬的重新跪倒在地，向着东方磕头。

妈妈、老爷爷，列祖列宗们，雨辰，请你们原谅我；

大日如来，太上老君，释迦摩尼，请你们不计前嫌，再帮我一次；

观音菩萨，请你照顾好小萱。

我把额头撞击在地毯上，发出沉闷的东东声，这种自虐的确具有医疗功效，即时让我觉得舒服了许多。

冷静！只要手上还有筹码，赌徒通常都不会绝望。

这三天已经输了430万元，我手头还剩下120万港币，但我突然想起来，明天是五号，我可以结清几个赌厅上月份的码粮，加起来至少还有80万元。

就是说，只要今天慢打慢赢，明天我至少还是有200多万的赌本，仍然具有冲锋的能力。

我把这个“好消息”发给季军，让他也能稍获安慰。

计划明确后，我恢复了镇定。我把小武叫醒，这个时间已经无法睡着，不如趁早下去赢点钱，中午再回来好好补一觉。

广东会的赌厅内也有免费的自助早餐，我和小武随意取了碗菜干粥和叉烧包填肚子。

光头豪客又熬了通宵，他终于开始输钱了。他台面的筹码只有一千多万，低于两千万的成本线，他的下注开始谨慎，现在他一口推上去的只是几十万，局面打得异常沉闷。

儒雅的老大哥倒是精神饱满。他自己租了公寓，并不住在酒店里，此刻也是刚刚来到赌厅开始一天的生活。我挨着他的位置坐下，互相友好地打了个招呼，我也和他一样只下几千的投注，今天上午只是用来过渡，虽然睡眠不足，但我能抓住这个重点。

这种过渡反而让我稳步赢钱，中午十二点多，我台面赢了二十几万。

小陈和老陈拖着行李箱出现在赌厅门口。

他俩神情抑郁，但看样子并未绝望，我让小武收起筹码，和他们一起下二楼的餐厅吃午餐。

“昨天让一个朋友汇过来1万，我们晚上打到5万多，后来又输完了。”老陈唉声叹气地说。

“该冲的时候不冲，要不昨天早就打回10万了！”一直在低头对付碗里猪骨汤的小陈也抱怨了一句。

我听得很麻木，其实他们说得也很麻木。

“我们等下就走了，从深圳机场坐飞机回去。”老陈说。

"机票订了吗？"我问他。

"订了，是我妹妹在网上订的，我们直接去机场取票就行。"他说。

就是说，昨天把身上的路费也输完了。

"还准备来吗？"我又麻木地问了一句。

他俩对望了一眼，老陈才犹豫着说："我们想回去用房产证再套点资金，可能过段时间会过来。"

这是理顺理成章的，穷途末路了。我非常理解，但我不说话。

"你情况还好吗？"小陈忍不住探着头问我。

我把一块牛肉塞进了嘴里，毫无表情的摇了摇头，不想说话。

十二

送走小陈夫妇后，我和小武回到了酒店房间休息。

赢回了二十几万元，这让我的心里稍微平静了一些，顺利地睡着了两个小时。

小萱的电话又把我吵醒了。

"老公，你去码头没？"她问。

我看看时间，下午三点多，我答应她今晚回到家是不可能做到的，要找个理由忽悠过去。于是我说："晚上约好了他们一起吃饭，吃完我就马上赶回来。"我又搬出那个已不存在的赌厅股份作挡箭牌。

"那好吧，总之你今晚一定要回来！"小萱无奈地说。

世界又要开始乱了。我的世界其实是由三部分组成：一个是我的公司和社交圈，这个是纯物质构成的主体；一个就是澳门，它本来是不存在的，后来像肿瘤一样在空间里膨胀起来，并且控制了寄主能决定我的生死；最小的世界就是我和小萱组成的小小家庭，它看似最小，我的灵魂却只能在此处生存。

如果这个小世界毁坏了，一切都会不复存在。

我不是上官金虹，割舍不下人间爱恋，所以，我注定是一个失败的赌徒。

光头豪客已经回房间休息了。他把那块"私人枱"的牌匾平行挪动了两米，现在，内厅的另一张赌桌才是他的包台，但他的局势并不乐观。

"还剩 1000 万！从最高峰的 9000 万掉下来的！"QQ 妹满不在乎地嚼着口香糖说。几日下来，我见她光洁的脸蛋似乎明显消瘦了。

"我刚才在房间称过了，这几天瘦了五斤！"她乐呵呵地说："我最厉害的一次瘦过十几斤！澳门就是个减肥的好地方！不过没事，回去吃几天又胖回来了。”

她台面有十几万筹码，这些都是她的赢利，更主要的是她还很年轻，还未看到生活的艰辛，所以她的心情很好。

我一直在下小注，输了400万后，我又不得不耐心的像蜗牛一样慢慢往上爬。不过我心里很懊悔，如果前两天能保持这样下注，或许我不至于又沦落至这个垂死的局面。

这样耗到晚上八点，尽管心怀失落，我的台面仍是不知不觉增加了20万的赢利。

小萱的电话又来了。

“老公，你能赶上最后一班船吗？”她问。

“嗯，还在吃饭，可能赶不上了，实在不行我就明天回来。”我说。

“不行！不管多晚你都要出关，没有船你就在拱北租车回来！“小萱坚决地说。看样子她今晚非要求我回到家不可。

“那好吧，我出关后给你电话。”我只能用缓兵之计了。

小萱逼我回去，这到底是神的旨意，还是魔鬼的阴谋？放下电话，我觉得很困惑。

因为这一整天，我赢回了四十几万元，局势已经开始好转。加上明天的码粮，我又看到了翻本的希望。

这也许是妈妈和祖先们和神灵们又在天上帮我，他们不愿意看到我的败亡。

但魔鬼此刻在故意骚扰小萱的心智，通过小萱来克制我，这是魔鬼的伎俩。

所以我不能上当。

心情又开始乱了，手腕上那块表像一块磁铁，时不时会吸引我的眼睛去看一眼。

我台面的筹码略有下降。

晚上十一点，小萱的电话又来了。

“你到了拱北没有？“她越来越生气。

“你告诉我你为什么要待在澳门？为什么不肯回来？你不是赢了钱吗？“

“明天早上9点，如果你不坐上船，我就过来澳门找你！“

她一肚子气挂断了电话。

我害怕她明天过来，如果她来了，世界就要塌了。

所以明天我必须要回家一趟，先安定好后方。但回家的前提，就是今晚必须赢回一部分，我才能甘心脱离战场。

这要命的赌徒逻辑啊！

我又开始提高投注，急切地寻找好路，两小时后，四十多万赢利全部消耗殆尽。

又过了半小时，我倒输了40万。

光头豪客也早就回来了。他几乎是在晚上十二点准点出现的，看来他是计算过了风水，掐准了这个吉时入场。

睡觉是不可能的事，且不说根本没有睡意，就算眼皮睁不开了，我也会用一根针把自己扎醒。因为我的末日就要来了，需要每一分钟都坐在赌桌前拯救！

季军也睡不着，他一直躺在客厅的沙发上发短信，一会儿发给我，一会儿发给小武。

先赢后输的时候，容易气急败坏，你根本不会珍惜手头的筹码，这是大多数赌徒的通病。

早上六点不到，我手上的筹码全部输完了，包括钱包里三万元港币的现金。

我的血也被这个赌场抽干了，除了心脏隐隐作痛，身体没有任何知觉。

光头豪客正用一只手支撑着他反射灯光的光头，在用台面的几百万筹码苦苦支撑。

我突然很恨他。前天他台面有 9000 万筹码，这些钱的一小部分就足以使我的生活恢复原状。

我输掉的钱呢？又能使多少家庭摆脱困境？

我无力去想了，我脑里只是反复在想一件事：

明天小萱来了怎么办？她知道了怎么办？我不能让她过来。

这样在房间里呆滞地躺了三个小时，小萱的电话准时打了过来。

“起床没？去坐船吧！”

“好，马上就去。”

过了半小时，换成了短信。

“到码头没？”

“嗯，到了。”

“几点的船？”

“十二点多到蛇口。”

“怎么这么晚？算了！要我去蛇口接你吗？”

“不用，我自己打车回来。”

我不知道自己这样说谎有什么意义，我只是觉得能拖多几个小时，事情也许会有转机。

我下来三楼赌厅，把 70 万码粮全部提了出来，永利和凯旋门那边还有十几万，但我们嫌麻烦暂时没有过去。

光头豪客终于从赌桌上站了起来，双手插着裤袋，和他的女朋友一起低头匆匆走出了赌厅。荷官监理将台面的“私人枱“牌匾取回，放入了身后的抽屉。这位几天前还在梦境中遨游于天际的超级赌客，从 2000 万赢至 9000 万，最终还是把全部筹码送还给赌场。

我不停地看手表，12 点半小萱会有一个电话，问我是否到了蛇口；中午 1 点钟她还会打电话来，问我是否到了家楼下；她还会煮好午饭，煲好汤，在家里等我。

她是我的老婆，我们连上网密码都会同时写错，我太了解她了。

但我无力保护她，我害了她之后，却无力拯救她。

12 点之前，我把 70 万码粮也输光了。

我呆坐在赌厅的沙发上，大祸临头的滋味终于尝到了。这是一个判决，我在梦中早就尝过这种滋味，在那个梦中我失手杀了一个陌生人，呆呆坐在地上等待死刑的裁判，就是这个滋味。

小陈的电话打了过来，手机在一旁震动，但我没有接听。

如果我的老婆是小陈而不是小萱，那该有多好！因为小陈是个赌徒，这个结局她可以承受，但小萱不能。

有什么理由让小萱去承受？

我竟然在想这些。

“海哥，我想回去了。”小武在一旁小声地说。

“你先走吧，我还要在这待一会儿。”我虚弱地说。

“别了海哥，一起回去吧，季军哥也说叫你一起走。”他和季军通了电话，季军想跟我通话，但我摇了摇头。

“永利还有十几万码粮，我们去取回来。”我挣扎着起身，往赌厅门口走去。

小武追了出来：“取了就回去吧，别赌了海哥，留点钱回家。”

这当然是不可能的。我们打了部的士去了永利，用十秒钟输掉了12万码粮，又走去凯旋门，用10秒钟输掉了5万码粮，半小时后，我们回到了金沙酒店。

小萱正在家里大发雷霆，她煮好了一桌子菜饿着肚子等我吃午饭，拨通手机后却知道我仍在澳门。挂断电话后，她把书房桌面上的合影照摔裂在地上。

季军避开他老婆，躲在小区的石凳上抽闷烟。

我躺在密封的房间内，用世上最脏的语言无声地唾骂自己，王八蛋！狗！人渣！你为什么不敢去死？

我的肚子很饿，但我不愿意去吃饭。这种人渣有资格吃饭吗？

小萱给我发来短信：

“你为什么不肯回来？告诉我发生了什么事，我死也甘心！”

我的眼泪终于流出了眼眶，这一场梦终于醒了，我们究竟是何时堕入了这个无底深渊？我就是不愿意害死你啊！

“走吧，海哥。”不知何时，小武已经把行李箱收拾好了，站在床边对我说。

走吧，我勉强坐起来，我担心小萱，无论如何，我要先回家。

不记得有多少次这样如丧家之犬般离开澳门，像一滩烂泥一样瘫倒在船舱的座椅上。但以前的每一次惨败，总在痛苦中对下一次怀着希望，总认为有一天能赢回来。

但这一次我知道，世界完全坍塌，已无法修补了。

我得对小萱坦白。

我尽量麻木自己，不让脑袋想任何事情，梦游般地穿过了蛇口海关的通道，又闭眼坐上了车，在我最后一点说话的勇气还未消失的时候，我拖着行李箱回到了家门口，用钥匙打开了房门。

十三

※ 女人

耶和华神使他沉睡，他就睡了。于是取下他的一条肋骨，又把肉合起来。

耶和华神就用那人身上所取的肋骨，造成一个女人，领她到那人跟前。

那人说，这是我骨中的骨，肉中的肉，可以称她为女人，因为她是从男人身上取出来的。

——《圣经·创世录》

小萱坐在沙发上看电视，见我回来，她冷着脸走上楼进了房间。

书桌上的合影已被她生气时用剪刀剪烂，镜框摔裂在地上，还好墙壁上的婚纱照她没有去碰。我先走入洗手间洗了一把脸，让自己稍微恢复点人样，这才敢走入房间，她正坐在床边生闷气。

我跪倒在她面前，口里含糊不清地说："小萱，我对不起你。"

她把头扭向一边，侧脸对着我，说："不用这样，你坐下来说。"

床沿很低，我坐了下来，低头开始自言自语，想起什么就说什么。从4月份赌厅开业那一场大败开始，说到我一路隐瞒的原因，说到雨辰的死，说到光明他们退股，说到赌厅退股，说到如今输光账上所有的钱。我一边说，一边发现自己原来真的是个白痴，她是我老婆啊，我为什么一直在瞒着她？

小萱背对着我，一动不动的听我说话，等我说完了，房间陷入死一样的沉寂。

"你把我们的生活给毁了！"她的声音不大，却失望得如同梦呓。她站了起来，仍是没有看我一眼，走下楼回到了厅里。

我不知接下来会发生什么，也许会像霍斌一样被赶出家门，但我已准备承受了。所以我一动不动躺在房间里等候发落，怕弄脏了床单又会惹她生气，我只是躺在床沿的边边上。

她没有哭，厅里没有特别的声响，过了一会儿，她走进房间，扔了两件衣服过来，说："你先去冲凉吧！"又转身走了下去。

我站在淋浴头下，热气渗入体内后又使我找到了家的感觉，心里稍微好受了一些。但我不想走出浴室，因为我不知道接下来该怎么办。

小萱忽然推开了洗手间门，隔着热气腾腾的浴室玻璃问："老公，要多少钱才能还清债？"

她好傻！我的眼泪马上顺着眼角融入了水流里。

冲完凉，我下来一楼餐厅，她已经热好了饭菜，坐在餐桌旁，拿着计算器，低头用一支笔在纸上左划右划。

"老公，如果把房子卖了，再去银行贷点款，能把债务还掉吗？"她一边煞有其事地计算，一边问。我知道她心里其实毫无主张，她只是像鸵鸟一样不愿意面对现实而已。这几年来，她每天只是按部就班的回单位上班，从来就没有为了生计操心过，更不用为怎样赚几百万元去动过脑筋。

"不够，欠很多，但我还没有算过。"她此刻没有生气，更让我的心情不能用羞愧来言表，但我真的不知道自己输了多少钱，我脑袋早就糊涂了。

"那你明天赶紧算一算，要不打电话给光明他们，让他们重新入股行不行？"

过了一会儿，她又想到个好主意，略带兴奋地说："要不晚上我们去找找我爸，看家里能凑出多少钱，我们再把你公司的生意做起来！"

她几时才能认清我们的处境，才肯接受我们已一无所有的残酷现实。我一直在等着她对我发火，希望她扇我几耳光。但我不愿意此时出门去找她爸爸，说实话我此刻不愿意见任何人。而且我感觉很疲惫，脑袋重得像灌满了铅。

"先别告诉你爸，明天我叫上季军一起过来商量吧！"我有气无力地阻拦住她。

半夜，我从一个噩梦中惊醒，手一摸她不在身边。

客厅开着灯，我走下楼，她正在清点着保险柜里的金银首饰，这些金器大部分都是三月份摆喜酒时亲戚们送的。

"别数了，你收起来吧。"她的举动让我很心酸。

她还是用纸笔把每一条项链、手镯、手链都登记了一遍，连手上的钻戒也放进了盒子里。我咒骂自己真的混账透顶，这些东西锁在家里保险柜时才是贵重财物，但在澳门只是我十秒钟输掉的一注筹码而已。

回到床上后，我们一时难以入睡，她辗转反侧换了几次睡姿，终于呜呜地哭了。

"老公，如果这是一场梦该多好！"她在我怀里哭着说。

我的心已经全空了，它飘进了黑色的太空里。我也不肯接受这个现实，几千亿颗星球中定有一个是由我主宰，我想从我的大本营中寻找最后一丝力量。

第二天上午，我打电话让季军过来我家里。

我们三人在小书房里商量对策。

"总共输了超过2700万港币，我们现在的外债超过1000万人民币。"我把数字公布给小萱听。

"公司生意不是还不错吗，再找家里凑点钱进去，慢慢做几年能不能赚的回来？"小萱问。

“现在每月还要承担很高的利息，就算继续做生意，赚的钱也不够支付利息。”我沉重地说。

“那就跟亲戚朋友们坦白了，让他们停止收利息，我们可以卖了房子筹钱，等慢慢赚了再把本钱还给他们。”小萱说。

其实这个是最好的办法，女人的直觉往往能简单有效地解决问题。但我们当时坚决不同意，因为我们是男人，不愿意多年经营的名声信誉毁于一旦。

明明是已失败的赌徒，却还要顾及脸面，结果只会越来越惨。

“不行！我不可能卖房子，也不敢让我家里知道，欠我干妈的几百万元也没办法向她坦白。”季军坐在地板上抽烟，他一直有气无力的靠在书柜上，但一听说卖房子，他马上断然否决。

“老婆，如果事情传出去，我在事业上要想再翻身就很难了，毕竟我们破产是因为赌，不是因为生意失败，以后没有人再会支持我们。”我也这样说。

其实事情到了这一步仍然有救，但长期赌博，使我们有一种做贼的心态，低估了人性的善，高估了人性的恶。我事后才知道众多亲友是如此宽宏大量，在这一点的判断上我远远比不上霍斌夫妇，以至于我们又继续朝着地狱的底层往下滑。

“那怎么办？利息压力这么重？”小萱听了也手足无措，她没有做过生意，不能像霍嫂一样有果敢决策。

“只能先顶着，不能让事情曝光，再慢慢想办法。”我说。

季军也同意。我是公司的法人，主要债务当然是由我出面去承担，但他最害怕的就是对家人坦白，宁可隐瞒下去，做一天和尚撞一天钟。

由于10月份的利息已经付完，这个月我们的财务状况并不会露出破绽，珠海徐总那里还差我们一点货款，仅就利息而言，我们公司仍可以维持很久。所以商议了一个上午，我们认为暂时没必要马上做决定，等过几天冷静下来再说。

季军走后，小萱正在晾洗衣机里脱干的衣服，我走出去帮她一起晾，犹犹豫豫地说：“老婆，要不我们离婚吧！”

“离婚？你说什么傻话，为什么要离婚？”她惊愕地问。

“我不想拖累你，这些都是公司的债务，本来就跟你无关。”我说。公司是个有限责任公司，我担心这些债务转为我个人债务后，就会把无辜的小萱也拖累进去。

“不行！你不要想这些，最重要的是先把公司生意做起来，债务可以慢慢还。”她坚决说。

我终于明白在我和小萱的感情之间，金钱真的只是如同粪土。我以前总以为要赚到亿万身家，要让自己获得足够的安全感后才能给小萱真正的幸福，现在才知道那只是一身铜臭，和爱根本无关。

但我感动之余，愧疚感却越来越深。我并没有表现体外特征的赌瘾，不像我认识的一个农贸市场老板一样每天不赌就坐立不安；我只是仍然摆脱不了赌徒思维，那就是：

宁可死，我也要对得起家人，如果不能迅速消除债务，我怎么对得起小萱？

怎样判断哪种是无药可救的赌徒思维？这个阶段的赌徒思维能力明显减弱，很偏激，思考问题只强迫性选择可说服自己的那一半。

赢不回来，我对不起家人；（忽略：输了呢？害得家人更惨！）

没有什么比赌博来钱更快，只有靠赌才能翻身；（忽略：没有什么比赌博输钱更快，事实上一直在输。）

再输下去，大不了去死，不连累家人；（忽略：输完了其实又不敢死怎么办。）

我得承认，自从那天跟小萱坦白后，我反而回不了头了，也不愿意回头。

来自地狱的疯狂火焰早已在我体内烧得通红，我想报仇。我根本没有思考过小萱提出来的翻身计划，我也没有急着要跑去澳门，但我心里唯一在不停思考的仍是：

要迅速消除债务，还有比赌更快的路子没有？

十四

星期一的清晨六点，小萱还在睡梦中，我自己一个人从床上爬起来，静悄悄地背着高尔夫球包走出门。我不是去澳门，而是去打高尔夫。

今天和几位球友订好了东部华侨城的云海谷高尔夫球场，我其实并不想参加，但他们已经邀约了好几次，一再要求我这次要露面。小萱也认为我应该回归到正常生活里，所以虽然前天刚刚听闻家里破产的噩耗，她却并不会吝啬这点消费，要求我非去加入不可。因为这些球友都是有正当事业的好友，个个都独挡一面。小萱希望我能被他们影响，尽快吸收一些正能量。

云海谷球场在深圳风景最美的崇山峻岭当中，云雾缭绕，要驾车直达山顶。球场四周是全深圳最贵的独栋别墅区，山林大宅，有的售价超过两亿人民币。以往在这个场打球会有心旷神怡的感觉，但今日我打得很差，竟然打了115杆，又输了两千多元。

赌是男人的天性（赌命除外）。这几位球友从来不去澳门，但打高尔夫我们也赌钱，一般是赌一局的杆差，每杆100元。一场比赛四个人，组合对赌的话18洞下来输赢也会上千元，如果当日有人超水平发挥，又有人打得特烂的话，一场出入可能会超过五千元。但对我们这个级别的球友来说只是增加点娱乐的刺激，不会伤筋动骨，更无法与澳门相比。

职业赌高尔夫的人也有少数，一些深圳的本地村民，兴趣由麻将转化为高尔夫之后，一场输赢也达到几万元甚至十几万元。还有几个混迹于深圳各大高球场的高手经常假扮初哥去帮人代打，这些人击球姿势难看，但落点精准，可以达到“扮猪吃老虎“的效果。这世上真是什么类型赌徒都有。

我没办法投入，击球时常常走神，而且我心里很自卑。因为我知道，我和这些好友已经有差距了，他们是实心的，我是空心的。

差别更明显的是：不管他们谈论的是生意合作还是闲情逸致，我都提不起兴趣。靠做生意三天变不出几百万元，飞去海南做三日的高尔夫之旅？我宁可一个人飞去拉斯维加斯或者云顶，甚至摩洛哥。

我知道自己和他们已经有本质的区别了，我的血液里比他们多一种成分，叫做赌博粒子。

打完比赛后，四人在附近的海鲜街一起吃了午饭，大家各自驾车回公司。时间已经是中午一点，我开车上了高速，竟然不知不觉在驾驶位上睡着了，车子打着斜线歪向右侧的高速护栏，幸亏身后紧急避让的一辆越野车喇叭声把我惊醒。

我惊魂未定，把车驶下了高速，在路边休息。我在大学时一直是学校的运动员，毕业后也常年保持锻炼，自己的体质何时变得这么差了！

在路边小睡了半小时后，我恢复了精神又重新驶上高速。我脑子里快速地翻过各种片段，欲望在体内越烧越旺。我不停地把车内音乐声浪加大；当座椅和车玻璃都发生震动时，我又干脆把车窗和天窗全部打开，又继续把音量开大！随着维塔斯的海豚音飚到极限，我也伸直了脖子像一匹狼一样在风中嘶吼！

小萱错了。此刻我不能和这些成功的好友们聚会，我不应该出入高尚会所，我不应该看到这些过亿的山顶豪宅。

因为一夜的忏悔没有用，女人的母爱与宽容没有用，我仍是赌徒。

不折不扣的，歇斯底里的，沦丧到底的赌徒。

回到公司，季军正百无聊赖地在电脑上打 QQ 游戏。

小武也在办公室，我把他支了出去，关上门问季军：“你说，我们该怎么办？还赌不赌？”

“当然要赌！但问题是为什么总赢不到，一次次好像越输越快！到底问题出在哪里？”季军跺着脚苦着脸说。

“行了！既然不敢摊牌，不赌也是死路一条。先不管能不能赢，现在先要筹集赌本。”我下了决定。

先筹钱，让我们看到生存的希望，至于怎么赌，是下一步的事情。

我先上网去联系斯里兰卡的项目部张经理，问他下一批订货的计划，因为一旦发货计划确定，我们就可以马上收到 30%的预付款，至少有 200 万元以上。

赌博的人运气总是在走下坡路，这种运气不是仅仅体现在赌桌上。张经理在 QQ 上答复说，这三个月内暂不安排发货！

“为什么？”我在网上着急地问。

“这里的政府出事了，负责我们项目的官员正在换届，施工暂停，斯里兰卡比国内更 FB。”

“那估计要等多久才启动？”我问。

“时间难定，我也回国内休假，你等我通知。”他答复。

这个消息对我的打击很大！因为业务压缩后，公司就只剩下斯里兰卡和珠海徐总的生意能让我们既能赚钱又能获得现金流。

斯里兰卡的供货一旦暂停，我们接下来的几个月要支付的利息从何而来？

我和季军认定，这是天意，老天要逼我们赌。

它不但逼我们赌，还创造条件让我们去赌。

下午四点钟，正当我们在办公室绞尽脑汁想办法的时候，深哥的电话打了过来。

深哥也是客家人，是小萱家的同乡。他也在从事一些钢结构的生意，但一直借用我们公司的名义在做，货款走账也一直通过我们的账户。他和我们合作已经有两年，感情很好，是自己人。

“阿海，我明天有一笔 260 万的货款要打进来，你帮我查收一下。”深哥说。

我注定要沦丧到底了。

“哦？深哥你的钱急用吗？如果不急就借我一段时间。”我说。

“不急，下一批发货没这么快，你要用多久？”深哥问。

“一个月吧！我按两分利息补给你。”我说。我想一个月时间不可能赢不到钱。

“利息不用！我要用的时候你及时准备好就行了！”深哥爽快地说，他知道这几年我们账上的流水很大，根本不会对我起疑心。

如果说以前我动用公款会小心翼翼，会有强烈的负罪感的话，现在不会了。

负罪感仍然在，但它已经被厚厚的灰尘覆盖住，甚至已布满了青苔，用扫帚清扫一百次也无济于事。

我心里只有兴奋，生存的机会又来了！当然我知道自己会还钱，只要赢了，深哥的钱当然会物归原主。

我还不至于像上海某保险公司的美女总经理一样，卷了最后一笔公款跑路出国，其实我还是想负责，这是我的底线，赌徒思维里的最后一点良知。

接下来就是讨论策略，该怎么赌才能赢钱？

针对这个话题，那天下午和季军在办公室又浪费了几个小时，所以在这里，我绝不会再浪费一个字。

晚上回到家，我得想办法说服小萱。她不是我的同林鸟，而是我的肋骨，我已决定不会再对她隐瞒。明天深哥的钱到账后，我就会马上奔赴澳门。

吃过晚饭后，我和小萱在小区花园里散步。

“老婆，我想明天过去澳门。”我小心翼翼地对她说。

“不行！我坚决反对，你怎么又起这个念头，不准去！”她马上断然否决。

我把斯里兰卡项目暂停的消息告诉她，说服和谈判的技巧小萱还差得远，而我精于此道，很容易把握她的心理。

“那怎么办？以后利息靠什么付？还有别的生意没有？”她一听就着慌了。

“现在只有斯里兰卡利润最大，又有预付款收款又准时，接别的项目做更难。”我说。见她态度稍有松动，我又接着说：“现在公司还能凑出几百万资金，如果要每月赢回几十万利息还是没问题的。”

她想了一会儿，问：“确实没有别的办法了？”

“嗯，现在摊牌的话我们就是死路一条，不值得。还不如靠澳门先维持住利息，等斯里兰卡重新启动后又能把公司生意续上。”

这样的说法完全是天衣无缝，小萱被说服了。

“你能不能做到早上过去，赢一点钱就晚上赶回来？不能在澳门过夜！”她想了很久，提出这个办法。

“当然可以，我就当每天去澳门上班得了。”我同意。

“那好吧，你可以先去试一试，但只能带几十万去，而且每隔一小时要发短信给我。”小萱同意了。

“每次赢十几万就够了！你知不知十几万别人上班要做一整年？你以前太贪心了，把钱不当钱！”小萱最后生气地说。

只要还有一点希望，很少人会愿意弃子认输，包括小萱，包括大部分面临困境的普通人。这是人的本性。

不过很少人知道人性隐藏的部分有多深，就如你看到海面漂浮的冰山，无法猜测出海里那部分有多么巨大。

我当然知道，我已从炼狱中走了几遭，每一次出来后，都惊恐地看到隐藏的自我是如此丑恶。

但我仍然决定继续挑战它。我要保护我的家园和我的女人，我要通过战争去终结战争，这是人类千年来的生存法则，也许只要生命不止，这个争战就永远不会结束。

十五

第二天中午，深哥的货款到账了。

我对小陈说：也许是死路一条；

我对小萱说：我们一定能赢回来。

我也不知道哪个才是真实的自我，似乎都是。因为它们在我体内争斗得如此惨烈，有时令我一身冷汗从梦中惊醒，有时又让我勇气倍增信誓旦旦。

但我不可避免地进入了一个可怕的下降通道，就和女行长巩姐、豪爽的戚总、增城的黎仔他们一样，像所有赌到后期的豪赌客一样，我进入了逢赌必输的阶段。

“逢赌必输”这个词准确概括了结果，但容易引人误解。有一些还没有输到肉痛的赌客会轻蔑地说：“没胆、没本事和没技术你就不要去赌，性格决定命运。”面对这些话我通常哑口无言，因为我以前也是这样评论别人的。

逢赌必输阶段的人，其实是被自己已经输掉的数字吓得脚软了，所以会陷入“当局者迷”的处境，每次总想赢到一个可观的数字令自己心安，结果往往却是输得一干二净才离场。这似乎与性格无关，因为有一千个豪赌客，就有一千种性格。

我们第一场当然是赢了。

吃过午饭，我匆匆从对公账户里转出50万元现金，季军要保留证件到最关键的时候使用，于是我独自坐船来到了澳门。小萱在电话里已经讲得很清楚了：“赢十几万一定要走；不管输赢，今晚也一定要回到家！”

有了这个前提条件，加上又是在小萱知情下进行的第一场救赎之战，所以晚上七点，我赢了18万元后就匆匆乘船回到了深圳。

带回家的两叠港币现钞使小萱睡得很安稳，她又看到了希望，不像前两晚那般惶恐了。但我心里却有自知之明，我不得不战斗下去，却对百家乐越来越畏惧。

对于此刻的我们来说，赢18万元只不过是隔靴搔痒，而且仍旧是走回了“补天”或者“做眼”的老路而已。似乎每次仍可以做到小赢，但赌本已经越来越少，赌胆也越来越小；大注还未投下时心里已经发虚，更不可能有21点台湾客那种视死如归的勇气。要一场赢回一千万元我更是想都没有想过。

雨辰死后，我曾在酒店里对霍斌说过：“如果小萱出事了，我宁可去死。”

这种负面情绪长期困扰我，也许就是我找了情人小陈的原因。我觉得如果自己能赢回来，又能顺带拉小陈上岸，可以填补我内心深处的愧疚与痛责。

但如果输了，走投无路了，我不能面对这世上任何一个人，唯独可以坦然面对小陈。这似乎可以解析为“快乐博彩”的一部分，我愿意与小陈一同去赴死，无论是激昂地死还是龌龊地死。这种想法很自私，她喜欢我，我也喜欢她，因我们都是自甘堕落的罪人。

无论如何，我不想把小萱拖入这个倾斜的世界。

我像搭上了一列不知驶向何方的火车，越走越远。

第二天，我又乘早晨八点的船过去，晚上八点回来的时候，我满身疲惫，因为只赢了2万元。

蝴蝶效应仍在继续，平静只是一个表象，等你看到波浪涌来时为时已晚。

仅仅第三天，我就败北了。

我不甘心进度如此缓慢，因此第三场我从公司转出了近半资金进卡里，带去澳门的共有130万元港币。

这几天来金沙都没有事先订房，因为我没有在澳门过夜的打算。从账房兑换了50万筹码后，头几个小时很顺利，台面赢了超过20万。

本来按照小萱的吩咐，此时应该收手离场，但我不满意如此微薄的赢利，短信里根本就没有告诉小萱实情。我的计划是要赢50万元以上。

很快，负能量袭来。它化身为三个二十几岁的美女坐在我身边。

三个女孩其实相貌穿着都很普通，跟上回在巴士上勾引我的打工妹差不多。其中领头的一个穿着略为性感，胸虽然不大，皮肤也一般，但至少露出了一点浅浅的乳沟。

今天不是周末，赌厅的客人不多，这张台只有我一个人。她们从二楼乘扶手电梯上来，转了一圈后在我左边坐下，叽叽喳喳地说笑，时不时向我抛个媚眼，接着又帮我叫牌打气。

过了不久，见火候差不多了，乳沟妹突然对我说："大哥，我的行李箱在房间里，这把庄我也看好，要不你先帮我押一万，输了我马上回房间拿给你。"

可笑！她们怎能把自己当小陈。我笑呵呵地回应她说："要不你先回房间拿钱，这把我可以等你。"

我想她的意图无非是想施展一下媚力，赢了可凭空赚来一万块，输了就带我回房间做赌债肉偿；也许一人的价格难抵一万港币，她们还会提出更中肯的方案。

见我这般冷淡，三个女孩尴尬地对望了一眼，讪笑着说："没事啦，大哥不打扰你，我们自己去玩！"说完起身拎着包一起离开了赌厅。

其实这是魔鬼的预谋，派她们来点燃灾难的导火索。虽然我完全没有放在心上，但她们走后，我的运气马上直线下降，台面筹码一直在减少，降至30万，倒输了20万！

这个阶段的赌徒心理非常脆弱，根本无法承受一点点亏损，我又开始着急、慌乱。

很快第一轮赌本50万全部输完。

时间已经是下午五点，我只能发短信把实情告诉小萱。

"你怎么打的！竟然会输完？50万要赢十几万还赢不到？"小萱从办公室打电话过来，她很害怕，压低的声音在颤抖。

我怎敢告诉她曾赢过二十来万！心里发虚，却只能故作镇定地说："别担心，我今晚不回家了，手头还有80万一定能慢慢赢回来！"

小萱和季军在深圳忧心忡忡，我则被那只猴子控制了大脑，在昏聩中又赌了一个通宵。

直到早上六点多，第二轮的80万又全部输完。

我像一只僵尸一样从座位上爬起来，连走路都摇摇晃晃。赌厅里一个较熟悉的年轻公关仔问："海哥，要不要帮你开间房休息？"

我迷迷糊糊中想：开房？我有什么资格去房间睡觉？我怎么能再浪费一千多的房费？

于是我摇了摇头，梦游般地乘电梯下楼，穿过金沙广场走进了背后的巷子里。

这里有一家足浴店，我走上二楼，推开小小的玻璃门，对老板娘说："拿个小房间给我休息，睡三个小时。”

“睡觉200元，先给钱。”

一个穿着吊肩小背心的菲律宾妹子帮我腾出一间按摩房，打开了空调，离开前她问：“不按摩吗老板？推油四百元。”

“不用。”

我躺在窄窄的按摩床上迷迷糊糊睡了一觉。这里似乎比酒店房间更踏实，至少能提醒我目前的处境。

十六

早上八点多，我拨通季军的电话：“回公司转150万进我卡里，赶快！”

季军用哭丧的语调说：“要不你先回来吧？这样会输死人的，你不能那么急啊！”

“我宁可死在澳门也不能现在走！一定要把昨天输掉的赢回来！”我咬牙切齿地说。

季军无奈，他当然也想赢回来，于是他匆匆出门驱车前往公司。

这家足浴店很简陋，厕所也仅能容一个人转身，这种环境比较符合我这个该死的大输家身份。不过我的包里长期备着一袋牙刷牙膏，所以洗漱不是问题。

足浴店的厅也很小，勉强摆下六张可躺卧的单人沙发，有几个男男女女正在厅里睡觉，他们肯定也是输光了没钱去开房的赌鬼。我在金沙的账户里还有很多码粮，让赌厅的公关开房并不需要我支付现金，他们会直接从码粮中扣费。但我此时的心态就是乐意与这些落魄的赌鬼为伍。我心想被温水泡了这么久，从今日起我要学会逆境求生，这比我扇自己两耳光要奏效。

以前看过一部美国电影，一个贫民窟的新拳手向现任拳王发起挑战，挑战者天天在潮湿的地下室苦练击拳和俯卧撑，拳王则天天在镁光聚焦下签名作秀，摆出花拳绣腿合影。挑战赛的结果当然是拳王被击倒了。

手机显示一条银行的短信，季军转来的130万元人民币到账了，他预留了一些作为公司的利息和开支。

我随即在当铺里兑换了150万元港币，两公斤重的钞票装入袋中，让肩膀感受到了一点重量，就像给嗜睡的病人打了一支强心剂一样。我昨晚没有洗澡，身上兴许会发出臭味，不过我自己闻不到；我也没有刮脸换衣服，反正我现在也根本不在乎形象了。事实上，我真的已经是一个赌鬼。

在赌厅里吃过早餐，直播马上就要开始了，短信上只有两个观众：小萱、季军。

回忆到这一段让我很难受。虽然我一直提醒自己要冷酷地解剖过去，做一名看客，但真正看到这段沦丧的过去时又恨不得再一头往墙上撞。相信读者们看到了也同样会心里发恨，明明已经山穷水尽了，却不懂得去珍惜金钱，赌徒的心态真的是不可原谅。

因为那天下午，我又全部赢了回来。

虽然只睡了两小时，但我用消耗本元的办法让自己保持清醒，每隔一局就上洗手间洗脸，运动手脚舒展筋骨，并定时给他俩发短信，台面赢利一直在上涨。

小萱和季军在深圳转忧为喜，我在前方也士气大振，打到下午四点的时候，已经赢回了昨天输的130万元！

“赶快去汇钱！”小萱和季军几乎同一时间发来一模一样的短信。

我兑换了现金，下楼去当铺汇钱，把第二轮的150万元本钱打回了季军账户。

这时候现金账面是打平，但实际上还有十几万元的码粮赢利。可是我不想走，因为耗费了两日，这点成绩让我很不甘心。

算算时间，离最后一班船还有四个小时，我决定赢多几十万元再走。

我又忘记了照顾自己疲惫的身体，本元早已亏空了，清醒与崩溃之间仅仅隔着张一捅即破的白纸。

回到赌厅的前半小时仍是小有赢利，筹码增加了几万。

仅仅一局之后，我不敢再向他们直播了，因为我输了50万。

昨日输钱的过程再次被重演，我又像一个疯子一样拿着十万二十万的筹码四处找台投注，我想尽快连赢几口后去船上睡觉。

晚上八点之前，130万元的本钱再次输完。

这下我彻底被敌人击溃，我的战斗力早已不复当年，此刻败倒如同烂泥。

我能读得懂这家赌厅账房小姐们和公关们的眼神，他们以前是尊敬，如今是鄙视。

我知道小萱接到这个电话会是什么滋味，家里有一个赌鬼，厚颜无耻地打电话告诉她：“输完了。”

小萱在家里想死。

季军躲在公司想死。

我想死，我害得最爱的老婆和最好的兄弟都陷入绝望，但我没有自杀的勇气，我连回深圳见他们的勇气都没有。

我坐在新港澳码头二楼的地板上，我以前出门总是衣冠楚楚，现在我根本不会考虑自己在公共场合的仪态。距离开船还有十五分钟，我手里抓着船票，但说服不了自己入闸，一进这个闸口我的债务又多了130万元。

季军打了几个电话：“不管怎样，你先回来再说！”

小萱的语气很冷淡，她失望透顶，但我知道冰冷语气中包含多少焦急和爱意，我知道她会原谅我，只是我不能原谅自己。

开船前最后两分钟，我还是从地上爬起来冲入了海关的闸口。

其实这天是我赌博史上的一个分水岭，它标志着两件事情的发生：

一、家人开始被我拖下水；

二、下限再次击破，我成为一个无耻的赌徒。

那晚回到家后，小萱已经蜷缩着身体躺在床上，她很疲惫，听到我拉开日式的房间门后也一直没有转身。我躺下去从背后抱着她，她还是轻轻与我十指相扣，我很快就睡着了。

第二天早晨，我开车送小萱去上班。

“你今天还要去澳门吗？”她问。

“要去，我准备上午就过去。”我愧疚地说。

“我真不明白你到底怎么赌的？你以前还能用二十万赢回一百两百万，为什么现在一赌就输？次次都要输光了才回来？你知不知道这样下去会害死很多人？”小萱生气地说。她语气激动，但很无奈，她也指望我能从澳门赢回来。

我被她问得哑口无言，只能苦笑着说：“现在压力太大，我今天会尽量谨慎，赢几十万后，晚上立马赶回来。”

其实昨晚在回家的路上，我已经在酝酿一个歇斯底里的计划，但我不会告诉小萱。

这个计划的目的当然是想翻身，但它的风险极高，如果失败了，我就不单单是陷入身败名裂的困境，还可能会面临牢狱之灾。

回到公司后，我首先进行计划的第一步。

我打电话通知一个专门办小额贷款的人上来公司。这人是一家叫欧之财小额贷款公司的业务员，但他同时还代理其它几家同类贷款公司的业务，就是说，他可以一次帮我办四家公司的贷款，但利息很高，每月等额本息还款 2.5%，实际上复利计算达到 4.5%以上。

这人上来后，他拿给我一套资料清单，承诺按我的条件，一周内可以下款 100 万元以上。

在贷款申请表上签了名后，我把清单交给小武，让他上午整理出全套资料交给这人。部分银行流水清单需要打印，银行就在公司楼下，小武下去很快就办完了。

我让季军重新把 120 万元人民币划到我的卡上。

“能不能带少点过去？你现在输得太快了！”季军说话时语调和表情总是那么绝望，事实上，他已经崩溃了。

“本钱少没用！你不用担心，我会想办法补资金进来。”

我已经不顾一切了。我决定瞒着小萱大量举债，而且这第二轮举债我不会考虑成本，包括资金成本和人情世故，只要短期内能借到更多的钱，我就有更大的翻身希望。

这是一条不归路，我不能确信自己能成功，但只要一出现失败的端倪，我就尽快和小萱离婚。

十七

处理完事情，赶到澳门时已经是中午 12 点。

我来到金沙赌场的二楼美食街吃午饭，点了一份日式烧鳗鱼，端着盘子选座位的时候，看到那位儒雅的老大哥正坐在角落里对着我微笑。

我走过去与他同台坐下，向他打了个招呼。

“看你最近好像每次都赌得很急的样子，你应该慢慢来。”他用淡淡的口吻说。

“身不由己。”我低头吃饭，心不在焉地回答。

“呵呵，不是身不由己，来赌场的人其实都是无事生非。”他说。

“那是刚开始，生非之后就不会无事了。”我回答他。我俩的对答像是在打机锋。

他摇了摇头，说：“啥时候都是无事生非。你扔一个石子进湖里，波纹总有静止的时候；你不停地仍石子进去，波纹就永远不会停。”

“停了不就成了死水一潭吗？谁能承受得了？”我说。

“不是不能承受，是不甘心接受而已。前面是输点小钱不甘心，中间是放不下面子不甘心，后面就是对认命不甘心。”他能说出这番话，证明行走在江湖里他确实称得上是老大哥，只是还没达到老夫子的境界。

老夫子通常都是一笑置之，啥也不说。

“那你呢？”我反问他。

“我老了，满世界玩也玩够了，这几年澳门也把我消磨得差不多了，就干脆留在这里再快活几天。”他悠悠地说。

你的钱还够你快活多久？我差点脱口要问这一句。不过我忍住了，因为我知道他是善意。

“你还年青！”他意味深长地说了这么一句。

我还年青，当然可以慢慢来；但就是因为我年青，我不想向任何事物低头，我要死拼。

午饭过后，我手里揣着 150 万筹码又投入了战局。

我身上的负能量很重。老实说，这种状态下，除非我在 150 万赌本的基础上一路在赢钱，我才有完胜收官的可能；否则一旦我手头的筹码跌至成本线以下，我心里就会又急又怒，因为我又输了时间又输了钱！这两样我都输不起，这就会使我像个疯子一样开始下大注。可笑的是：输赢各占 50%的几率再也没有了，每每我启动十万二十万的大注时，我总是连输五六口才能勉强赢一口，天平永远倾斜向我的对家。

下午四点不到，我手头的筹码又只剩下 50 万。

“求求你不要打了！先停！我和季军马上过来！”小萱打电话过来时声音都在发抖，办公室里人多，她不想被同事听到。

“你别过来了，季军过来就行，你不上班对工作影响不好。”我傻乎乎地说。

“我有休假，不用你担心！我在这里也是什么心情也没有！我不能坐在家里等死！”她生气地说。

她态度这样坚决，我只好停下来收起筹码回房间等他们。

几乎是一夜之间，我的老婆从丰衣足食的幸福生活中沦至了要与命运做生死搏斗的状态。如果说我和季军的心理落差已经是天堂与地狱的话，小萱此时的心理落差又是何滋味。女人对苦难的承受力永远要比男人更强。

在床上躺着一直到晚上八点多，小萱和季军乘船从蛇口赶了过来。

为了节约房费，我让服务生在客厅里加了一张小床，季军晚上就睡在厅里。

“我们一路上在说你，都搞不懂你到底是怎么赌的？所以一定要过来看看，为什么这么难赢？你以前又是怎么赢的？”小萱埋怨地说。

我也不知道。以前看着巩姐他们那类末路的赌客下注总是输多赢少，场场逢赌必输，总觉得不可思议，现在自己也变成这样。难道在背后出千的不是赌场，而是魔鬼？

三人一起吃完晚饭，又回到三楼的广东会。

赌本还剩下五十万，我下注一直小心翼翼，有两个年轻人开的牌很旺，连续拉了六七个庄，我也跟着两万三万的押了上去。

小萱和季军在一旁摇头。小萱说：“老公，你这样下注没用！赢不到钱！看准了你就应该推几口上去！”

“那输了怎么办？只剩下几十万本了。”我说。

“你都已经输了三千万了，还在乎这几十万？推上去，赢了就回家休息，输了就认命！回去跟亲友们摊牌，从零开始！”小萱不耐烦地说。

她不明白赌徒的心态。末路的赌徒总是希望能保留住手里最后一点赌本，这样才觉得人生有希望。我这种想翻身的，老大哥那种想熬多几日的，不外乎如此；只有想自杀的人才会用最后的赌本不顾一切去晒冷，但往往想活命的人死了，想死的人却活了下来。

他俩的意见一致，我于是把注码适当提高，开始用 5 万的注码寻找机会。可惜，运气又开始下跌，半小时后，手里筹码只剩下 10 万。

季军现在已经完全是一副听天由命的心态，他也不关心我们的输赢了，自己带了几千现金在楼下小赌，留下我和小萱在三楼赌厅。

小萱也失望至极，她坐在身后的餐桌旁，手撑着头在远远看着我下注，她觉得没希望了。

过了一会儿，她在背后叫了一声：“老公，你看看左边的台！”

我扭头望了一眼，那边开牌后是一条笔直的单跳，我于是走了过去坐下。手上只剩下 10 万一个的大筹码，我犹豫了一下，转过身向小萱征询：“老婆，我全推了？”

她一手撑着下巴，另一只手无奈地挥了挥。

我于是把 10 万筹码推上去买单跳，中了，又继续全推，过了三关，赢回接近 80 万。

这样下大注搏命的效果似乎很好，小萱也开始走过来，觉得事情会有转机。

但持续这样下注的话，很快就会输完，只要运气一转向。

半个小时后，手上一颗筹码也没有了。

小萱坐在餐桌旁，虚弱至极，公关刚送来的一个大果盘她一口也没吃。我故作放松的拿起一块西瓜给她，说：“老婆别想这么多了，吃点水果吧？”

“我吃不下，我现在就是想死的感觉！我真后悔，这段时间为什么要让你来澳门！”她把我的手推开，摇摇头无力地说。

季军也从楼下回来了，他默不作声地坐在一旁，已经看出了我们的结果。

赌厅里人多，我不想让别人看我们的笑话，于是带他们先回到房间。

“现在怎么办？”回到房里，季军点着烟问。

“回家摊牌，还能怎么样？”小萱生气地说。

他们一起望着我，我并不做声。

“你还想留在这？留着有什么用？”小萱问。

“我想去找华姐签码，再博回来！”我也吸了一根烟，坚决地说。华姐的欠款是好不容易才还清的，前段时间我虽然说过不会再找人签码，但现在我为了扭转败局已经歇斯底里了，不会再考虑负债的后果，早上在办公室借的小额贷款就是疯狂计划的一部分。

“华姐肯签吗？你上次拖她这么久？”季军问。

“她应该肯，她也希望我好起来。”我说。

这是卖火柴小女孩手中点燃的一根火柴，明知迟早会熄灭，却能给三人带来希望。于是我打电话给华姐。

“你又输了？”华姐在电话里问。

“是！输了一百五，现在想博回来。”

“我一直都在劝你不要赌，你又不肯听！唉！这样吧，先给你五十，你们现在过去凯旋门，我让路仔陪你吧！”

在澳门签码就是这样一个漩涡式的轮回，你不停地从洗码人手中借钱，靠内地的资金平账，然后又在澳门借出，输完，又挪动内地资金还债；直到你内地欠了一屁股债，你仍然有能力在澳门赌钱，但等你在澳门也欠了一屁股债的时候，才是真正赌不动的那天。

小萱和季军虽然对百家乐没有赌瘾，但他们的“瘾”是在对回归正常生活的寄望上，这块强力的吸铁石会让任何一个来澳门陪赌徒的亲人在赌中欲罢不能。

我们打了的士来到凯旋门二楼的赌厅，路仔已经到了，他笑着迎上来说：“海哥，好久不见了！”

季军和小萱都和路仔见过几次，大家并不陌生，熟络地打成一片，气氛要比在金沙广东会融洽多了。

路仔买了50万的筹码，这次我打得很谨慎；小萱也输怕了，不敢再建议我冲大注。台面筹码缓慢上涨，赢了十几万。

华姐也中途赶了过来，她带了一份自己亲手做的“原只大冻鲍”，用玻璃饭盒装着，个个都有小萱半个拳头那么大。

“尝尝吧，这是我自己做的澳洲冻鲍鱼，用浓汤鸡汁焖熟后，放进冰箱冻一晚，第二天再取出来焖一次，再放进冰箱冻，做了两天才弄好的。”

澳洲鲍鱼的味道很鲜美。华姐坐在我和小萱的中间，用长辈的口吻说：“其实你们家里出了事之后，阿海你根本就不应该来赌！至少半年不能进赌场。这等于是办了一场白事，哪里还会有好运？说了你又不听，现在越输越多。”

我无奈的摇了摇头，说：“现在后悔也来不及了，我就是一直在瞒住小萱，才导致现在这个局面。”

“现在想这些也没用啦！你这次能赢就尽量赢一点回去，但以后尽量要小赌了，留得青山在，什么都可以慢慢来嘛，这么后生！”她劝慰道。

“华姐，真的很谢谢你！”小萱在一旁对她说。我们目前的状况，也许华姐也清楚签码资金会难以收回了，除了生意角度，她的签码确实带有帮忙的意思。

“不说这些了，你们不要急，慢慢打，我先回去店面照料一下。”十几只鲍鱼吃完，华姐收起餐具打了个招呼，起身离开了赌厅。

十八

这晚打得很谨慎，赢至25万的时候，时间已经是半夜两点，三人感觉都比较疲倦，于是我理智停手，对路仔说：“今晚就这样吧！我们回去休息，明天早上睡醒再给你电话。”

夜晚跟小萱在金沙酒店里紧紧搂抱着入睡，风雨飘摇的日子，她第一次感受到了命运的漂泊无依。在这家酒店的房间里，我还和另外一个女人这样生死相依过。

想起这个丝毫不让人感觉浪漫，而是骨子里浮起一股彻底的寒冷。命运已提早给我暗示，我为何没有顺服？导致把小萱拖累到这里？愧疚与恐惧中我把怀里的小萱抱得更紧。

第二天早上，路仔已经在凯旋门等我们，取出了75万存码后，我的精神很好，很快投入了战斗。

一晚的睡眠很好。可惜，睡觉这个因素在赌博中只负责减分，不负责加分。那就是：不睡觉就通常会输，睡得好却未必能赢。

为了赢回150万，我今日准备了20万的敢死队，谁知看准了一冲上去，敢死队就全部阵亡。

中午12点的时候，75万已经全部输光。

第一次坐过山车的人通常会呕吐，但天天坐过山车的人，走在平地上兴许还会不太习惯。我就是那种已经对剧烈刺激麻木的人。眼见小萱和季军一脸的绝望表情，我并没有走上前跟他们抱头痛哭，而是迅速拿起电话，拨打华姐的号码。

“华姐，50万输了，你再签100万给我吧!”

“哇，得唔得概呀，你呢样赌法！如果给你又输了怎么办?”她在电话里犹豫道。

“华姐，通过上次还钱你也知道，我还是会对你守信的。”我回答她。

她又犹豫了一会儿，最后还是说：“你把电话拿给路仔听吧!”

路仔接听了电话，放下后对我说：“海哥你们在这里稍等，华姐让我现在回店面再拿100万现金过来。”

这100万匆匆赶过来的援军，要救援的是已经被包围的200万部队，而包围我们的敌军人数无法估计，加上指挥官又丧失了拼死一决的勇气。

结果，晚上八点多，100万援军又全部阵亡。

路仔在一旁跟季军说：“他以前打得很冷静，现在已经完全不一样了！每次输了就下大注，怎么劝也劝不住！拉他也不肯走!”

华姐也赶了过来，她拿出一张借据，一边让我在借据上签字一边埋怨道：“说了叫你不要赌，你又死不肯听！你这种状态怎么可能赢钱?”

我草草在借据上签了名，盖了个指模。做这些事我已经麻木，因为早有心理准备，现在债务多一百五十万元和少一百五十万元又有什么区别?这种自暴自弃的心态并不会增加我的悲哀，只会让我产生更大的敌对情绪。我恨自己，但我要咬着牙和赌场干下去！我要和全世界对着干。

“走吧！回深圳，在这个地方待多一分钟我都觉得厌恶!”小萱青着脸拉着我的胳膊说。

“回去吧！回去好好调整一下自己。”华姐和路仔也向我们挥手告别。

我们三人拦了的士，回金沙酒店取了行李箱，又下楼拦的士急匆匆地赶往新港澳码头。

的士到了码头的二楼出发大厅门口，小萱和季军已经开了车门下去，我掏出钱包准备支付车费，忽然想起一件事情，于是无奈地向他们招招手，说：“上来吧！走不了!”

“为什么?”小萱问。

“现在已经晚上九点了，最后一班船已经走了!”我说。刚才大家赌到急怒攻心的状态，把时间概念抛到九霄云外去了。

“那就去拱北，在那里包台车走!”小萱着急地说。

“这样太折腾了吧!”季军反对。

“老婆，拱北过关慢，回去还要在蛇口码头取车，到家也半夜了。房间反正已经续了，明天一早再走吧！今晚我们三人好好再商量一下。”我劝小萱。

“我真不想待在这个鬼地方!”小萱闭着眼把头靠在我的肩膀上，眼泪已经挂在她脸上。

三人又傻傻地回到酒店里。幸好赌厅用码粮帮我们开的房间不用办退房手续，房卡还在我们手里，因此又拖着行李回到了房间。

在厅里泡了一壶茶，三人心事重重，并不能商量什么办法出来。我心里当然知道自己的疯狂计划，但我不会告诉小萱。

看了一会儿电视后，季军百无聊赖地说：“待在房间没事干，我先下去试试，看能不能赢几千块钱。”说完，他就换上鞋子出了房间。

季军离开后，小萱忍不住趴在床上哭了一会儿。我走过去坐在她身边安慰她，她抓着我的手问：“老公，现在怎么办？我们就这样完了？”

“不会完，我会想办法挺过去的。”我安慰她。

“办法？你还有什么办法吗？”她不相信。

其实说完这句后，我确实想起一个人。

我想起阿强。

好久没有和阿强联络过，因为担心他把我的行踪告诉同学们，我最近来澳门一直躲着他。我还欠他60万港币，但凭我和他的交情，仍然可以继续向他开口签码。

于是我走到厅里拨打阿强的电话。

“你又来澳门了？”电话接通，阿强问。

“对，输了。”我说。

“那你怎么打算？”他问。

“想找你签100万，行不行？”我直接问他。

他犹豫了一会儿，说：“我怕这样赌下去会害了你，回头他们还责怪我助纣为虐，要不你在房间里等我一会儿吧，我马上过来和你聊聊!”

挂上电话，小萱紧张地问：“你刚才打给谁？怎么又是签码的事情？”

我说是阿强，他马上过来。

小萱听到是阿强，放下了心。此刻她的心情也是寄希望于今日能够翻本，把希望带回家留给明天。如果说到了这个地步还能像圣人一样说自己愿意回家去向全世界摊牌的话，我只能说这位圣人站着说话不腰疼。项羽会在江边自刎才名垂千古，赵云单枪匹马杀出重围才成为英雄，唯独没听说像一条死狗一样回去哀怜的人会被人尊敬，何况手头还有一线生机!

半小时后阿强到了房间，见小萱也在，他坐下来摇头叹息道：

“你们俩个呀！唉!”

“不关小萱的事，是我一直瞒着她。”我说。

“就算她不知情，也是监管不力的责任。毕竟你们还是夫妻，应该共同面对一切事情。”他说。

“是我的错，我太纵容他了。”小萱在一旁说。

“我也不想问你已经输了多少，我只想问你，以后怎么办？”他问。

“我还得赌下去，否则最近利息窟窿填补不上，公司会垮。”我说。

“那你输了岂不是垮得更快？好了，先不说输，你打算赢到什么地步就收手，什么时候不赌？”他问。

这个话题无解，就目前的我而言。而且关于赌的话题对阿强不能说任何假话，骗不过我的话自然也骗不过他，没有必要说。我只能对阿强说：“只能尽量赢，保持盈利，累了就走。这段时间必须多来几趟。”

“我怕这样下去，同学们都会说我在害你！嫂子，你说对不对？”他转头对小萱说。

“是我们做错了，现在走这步都是无奈，不会怪到你身上的。”我对他说。

他想了一会儿，下决定说：“这样，我只能给你40万，跟以前的数一起刚好凑够100万。如果你赢了，以后再过来我继续支持你，不管你外面是不是还欠钱。如果你输了，就马上离开澳门，怎么样？”

“40万太少了！100万才够！”我很失望。

“不行！你现在的状况本多也无用，完全看心态和运气。就40万，打得起来就打，打不起来就听天由命了。”他坚决地说。

话说到这份上已成定局。不管怎么说，40万元仍是鼓舞人的希望，我曾经有过多次靠这个数字打回200多万元的经历，阿强和小萱都知道。于是继续在房里闲扯了一会儿家常后，阿强离开房间，吩咐我直接去金沙三楼他们公司的贵宾厅拿码便可。

又是一个债务轮回！我辛辛苦苦还给华姐和阿强的赌债，重新恢复了原状！

这个40万元的输赢过程非常具有戏剧性。赌的细节我不必再描述，只能说，到了这个程度的赌博，牵一发而动全身，已不是在和赌场赌，每一个生活因素都在制约你，让你患得患失，在输与赢之间茫然失措。

阿强走后，我和小萱下楼去厅里拿码，但当天晚上运气不好，很快就输剩11万元，不过我当时定力超强，觉得时辰不对，竟然把剩余11万元存回账房，拉小萱回房间安心睡了一觉。

十九

半夜醒来，一看手表只是凌晨四点。季军在客厅里熟睡，不知他自己小赌的输赢如何。我从床上悄悄爬起，准备独自下去战斗。

小萱被我的动作吵醒了，迷迷糊糊地问：“几点了？你下去吗？”

“嗯，还早，你继续睡吧。”我小声对她说。

“你小心一点，别输完了。”小萱翻了一个身，又继续进入睡梦中。

在赌场里面，白天或是黑夜根本不重要，因为你也感觉不出来。清晨时分会让你感觉爽朗一些吗？不会，仍是过度的高氧让多巴胺在你的脑内运转。对于一个老赌徒来说，赌场的空气和气味已经和脑内多巴胺形成了条件反射，外加迷离的灯光，重复的音乐，只要你一进入赌场就会身不由己，这是一个生理陷阱。

我穿过长廊走回赌厅，在账房取出了剩余 11 万筹码。

半小时后，只剩下三万五不到。一个女公关站在我身后不停地用手机发短信，我知道她正在把赌局进展直播给阿强。

无路可走了，我站起身来，选了一张台决定连冲几口，每口都押本金的一半。

第一口押了 1.7 万，中了，总数 5.5 万；

第二口押了 2.7 万，又中了，总数 8.2 万；

第三口押了 4 万，总数 12 万左右。

于是我又重新坐下来，自己亲手开牌，运气开始好转，几乎是我要什么牌就会来什么牌，我把牌盖在座位的 8 号数字上，翻出来就是一个 8；双方都是 4 点时，我把牌盖在 1 号位上，翻出来就是一个 A，我的筹码总数很快就攀升到 50 万以上。

瘦高的中年女荷官对我说：“你为什么不敢把把晒冷？我从来没有见过谁有这么旺的运气，要什么就来什么！”

可惜！我不是那位打法泼辣的李大姐，否则我确实已经把筹码打到 300 万以上！

但我已经冷静下来，而且恢复了信心，筹码仍在继续增长。

小萱已经睡醒了，她从赌厅门口走了进来，台面筹码接近 60 万，已经开始有赢利了，这让她感到安心些。

我暂停歇手，和小萱在厅里点了早餐，打电话通知季军下来一起用餐。

时间已经是早上八点，今日是周四，季军觉得他留在澳门用处也不大，决定乘最早一班船先回深圳，在公司里坐镇。

“前两天很多供应商打电话到公司催款。”他说。

“你先回去应付一下，尽量不要让他们打我的手机。昨晚战果如何？”我问他。

“小赢一两千。”他嘿嘿道，也不知是真是假，不过那些对于我们的大局来说并不重要。

早餐过后，季军离开了赌厅。我和小萱又继续投入战局，这一轮的两个小时异常艰辛，好几次筹码跌至 30 万，又被我恶狠狠地用晒冷一半的手法打了回来。

赢至 90 万的时候，人又一次变得疲惫不堪。

“再回去睡两小时吧！”我对小萱说。

“不才刚睡醒吗？又睡？”小萱疑惑地问。

“没精力了，顶不住！”我再次把筹码存回去，拉着她回了房间。

这次把闹钟调整为两小时正，睡醒之后已经是中午十二点半，我们在餐厅简单吃了午饭回到赌厅。

我想在账房把 90 万筹码全部取出来，账房小姐说强哥有吩咐，一次只能取 45 万。

于是我打电话给阿强。

“我是为你好，怕你控制不住。你现在的节奏非常好，每次就用几十万本打就行了，输了再取第二轮出来。”他睡意朦胧的说。

争辩也无益，估计阿强是看了直播的短信，知道我经常晒冷一半，怕我这样打会很快输完，所以采取限制的手法。

我用45万筹码仍是很快打了上来，下午两点过后，台面筹码又接近100万。

赌博，只有两种情况下才能独立于生活。

一种是小赌，不痛不痒的娱乐性质，这种赌博对生活无干扰。不管是要去谈生意，陪家人郊游，或是与朋友聚餐，家里的小狗生病，都可以让你随时抽离赌场，因你对赌场没有依赖性，对你而言它一点也不重要。

第二种是已经输到众叛亲离，抛了家，离了婚，手机从来不会响，再没有亲人朋友关心你的死活。这种状态下赌博也是完全独立的，因为这世间的一切已经基本与你无关，如果你能赢回来，或许能重新回归世界；但你输完了，输死了，也不会有人放在心上。所以你就安下心来去赌吧！

而我的状态，却是最要命的两头牵挂状态，生活中的每一项内容我都舍不得放弃，但我又想偷偷把钱赢回来。

下午时间，季军已经回到办公室，他的电话先打了过来。

“广州的建达公司一直在催款，看起来他们很生气！马上要打电话给你。”

他的电话刚挂断，广州的电话果然打了进来，是业务员小赖。

“海哥，你上周答应我们的90万货款今天能否结清呀？老板逼得我实在顶不住了！”小赖哭丧着脸说。

“小赖，你能否跟公司解释一下，再支持我们几天，下周一肯定能结给你们。”我说。

“我试试吧，海哥，你不要再为难我了！”

我正准备静下心来投注，小赖的电话又打了进来：“海哥，我让公司副总镇哥跟你通话。”

阿镇跟我吃过两次饭，为人不错，但交情并不太深，他说：“海总，我们这里遇到了困难，今天无论如何你要把我们的货款结清，大老板已经生气了，说今天收不到钱，就取消你们公司的赊账额度，而且明天派人上门催收。”

话已至此，我不想得罪这家供应商，只能先敷衍着说：“给我两小时安排一下，先凑点钱汇给你们，可以吗？”

这个承诺很快变成一块重石，压得我喘不过气来。我得维持公司的信誉，因为公司已经没有流动资金，未来数月都必须靠信誉来周转。

手头筹码很快下跌到70万，不但没有赢回货款，反而有把赌本输掉的趋势。

小萱在一旁很着急，她问：“你不能跟阿强商量一下吗？让他先帮你打钱回公司应急？”

我当然想过。但是手头这些筹码是好不容易才打起来的，连昨天输掉的200万元本都没有赢回，现在汇回去的话，岂不又失去了翻本的希望？

眼看时间已经接近下午四点，对公转账只剩下一个小时了，我无奈决定先汇50万元回去，凑足40万人民币应付一下建达公司。

我打电话给阿强。

“你要汇钱回去给公司救急，这是正事，我也不会不帮你。但是按我们公司的规矩，如果签码的客人从公司汇走了现金，以后就不能再加签了，除非把欠款结清。”他说。

“我再补5万进账房，你先让财务帮我汇50万港币回去吧！”我只能先采取这个方案。

这紧急到账的40万元货款让供应商暂时停止了电话攻势，但却始终使我心神不宁。

我预感到，一场债务风波即将到来，我必须赢更多的钱回去才能提前阻止它。

心态一旦起了这种变化，要想继续赢钱已经不可能。

因为赌博不是你易就手的工具，事实上，它永远站在你的对立面，它其实是故意跟你作对的。

我的运气突然来了个180度的大转弯，上午是要什么牌就来什么牌，现在是几乎不敢碰牌，庄家每一把都是7、8、9点，我要艰难博数次才能勉强赢一口。

小萱很生气，很着急，但是没有用，我确实在努力，只是无济于事。

只剩下10万筹码了。

大势已去。清晨能用3万打回145万，但现在这个10万是不可能翻身了，我心里很清楚。

我和小萱坐在沙发上发呆，嘴里的雪梨嚼不出任何滋味。女公关走了过来，把手机递给我，说：“强哥找你。”

“海洋，不要打了，剩下10万港币你带回去吧！”阿强说。

我无话可说，赌不下去了，确实已经心力憔悴了。

我心里感觉一种恐惧，是老天有眼，还是魔鬼一直在暗处？我的疯狂计划尚未正式实施就似乎被他们窥破了！深哥的260万元货款，华姐的150万，阿强的40万（虽然未输），这一轮又不知不觉输了接近450万元港币！我想耗尽资源来集合剩余的兵力与之对抗，却莫名其妙地被敌人分步瓦解了！我已经不是当时制订“补天计划”的那个冷静缜密的海洋，现在我总是慌乱得像一只无头苍蝇，无法执行自己的任何一个计划！

这样下去终归是死路一条，我得和小萱分手了！我心里暗中在想。

这样一想，虽然很伤感，但心态反而有点放松，感觉压力减轻了。

离开家人是对家人负责吗？天知道！赌徒的逻辑总是脱离于正常世界。

在账房兑换了10万现金，我把这叠港币塞进小萱的手里，说：“你拿着吧！”

“你公司不是急用钱吗？你先带回去应急吧，我又不需要用钱！”她说。

“放你那安全，我要的时候再说吧！”我说。

乘坐金沙酒店的大巴来到码头，正赶上即将开航的一班船。坐进船舱内的靠椅，轮船鸣起汽笛，缓缓驶出澳门码头，小萱才如梦初醒地靠在我肩膀上问：“老公，现在应该怎么办?”

我长吐了一口气，回答她:

“先别想那么多，回去我再慢慢跟你说。”

二十

回到蛇口已经晚上八点，正是晚饭的时间，我们去蛇口码头的停车场取车。

坐上车，我摆出一副笑脸对小萱说：“老婆，去哪里吃一顿好的?”

“有什么好吃的！没心情，回家吃面吧!”小萱恼恨地说。

“这时间点回去要饿扁了。”我打趣说，想让她开心起来：“去吃川菜吧！保利城那家。”

我俩平时都很喜欢吃麻辣的川菜，小萱听到川菜也有了点兴趣，见我还一副喜气洋洋的模样，她哭笑不得的说：“你真是不知死活的家伙，啥也不怕!”

“哈哈!”我笑道：“用季军的话说，过一天算一天吧!”

其实，今晚我有重要的事情要对小萱讲，所以这餐饭一定要吃得开心，不能随意。

虽然地下车库可以免费停车，但我们还是把车子停在保利影院路边一个宽敞的窝窝处。这里停车被开过好几次罚单，不知南山的交警同志们为什么这么死倔，因为这个位置不会影响任何交通。我不喜欢地下室污浊的空气，我和小萱喜欢在路边下车后漫步在优美干净的海岸城中心的感觉。

海岸城还是那么繁华，这个商业社区有厚重的休闲人文气息，人流多而不杂，比香港的铜锣湾要舒服多了。

走在街上，小萱拉着我的手，突然说：“老公，我觉得心里好虚，以前每次走在这里都觉得很开心，但现在这个世界好像都是别人的，跟我们没什么关系了!”

夫妻间心有灵犀，我也有同样的感觉，但我是男人，不会把这些话道破。我安慰她说：“老婆，现在论负债我的情况还不如一个乞丐，但就算真变成一个乞丐了，迟早有一天，我还是要把一切拿回来给你。”

也许能做到，也许做不到。但我想在这种情况下，不管一个男人是好是坏，必须对女人说出这番话。

走进那家川菜馆，我们点了平日最爱吃的几个菜。几张信用卡虽然都已经几乎刷爆了，但挤出几百元额度来吃饭还是没问题的。小萱先是闷闷不乐，不停地问我有什么办法，我总是答复她别担心先放开肚子吃饭，一会儿回家再说。见我一副胸有成竹的模样，她也半信半疑，逐渐开心起来。

饭后，我又拉小萱去家乐福超市做了一番大采购，日用品和水果肉类都买了平日三倍的量，两人各提着两大袋的东西气喘吁吁地拖到了商场门口。

我也不知道自己还能为小萱做什么。除了没能力把钱从赌场赢回来，我什么都想为她做。

回到家里，冲完凉后，我坐在厅里的沙发上看电视，一边想着怎么向小萱开口。

小萱也洗完澡出来，她比我更心急，坐下来就问："老公，说说，你还有什么好办法？"

我硬下心肠，只能对她说了。

"老婆，我们去办个离婚手续吧！"

"怎么又说这个？办离婚又有什么用？债务就没了吗？这就是你的办法？"她生气地说。

"我不想和你离婚，这辈子我都不想跟你分开。但现在我们连孩子都没有，你几个月前才刚刚引产，如果你再被这场风波卷进来，两个人都非得拖垮不可！我想让你暂时避开这个漩涡，等我这边情况缓和了，有转机了，我们再重新领一个结婚证，重新生孩子，这样不好吗？"

"如果缓和不了呢？没有转机呢？"她问。

"那我就一个人扛着，公司是个有限公司，债务本来就跟你无关，而且整个过程你也一直不知情，我不想让债主们牵扯到你这里。"我说。

"你别傻了，只要我们在一起，哪有不找上我的，始终要一起面对。"她说。

"生活可以一起面对，但至少法律上你是免责的。"我拉着小萱的手，说："老婆，我已经够对不起你了，这次你要听我的。我想翻身，但至少要把你先放在安全的地方，这样我的心里才能安定些。"

听了这些话，她心里很焦躁，问："你想怎么翻身，还是靠赌吗？再继续找亲戚朋友借一些钱，把公司业务做起来，你有没有考虑过？"

我沉默了一会儿。我想靠赌翻身，也想靠生意翻身，要看哪一个途径更快！我想的就是怎样尽快翻身，这是我的心里话。

"生意能赚钱的话我就不想依靠赌！但再找亲戚朋友借钱是很难了，借不到多少，而且马上就会面临一场债务风波，在这场风波发生前，我必须先把你保护好，不能让你被连带起诉。"我说。

"如果被起诉的话，我的工作也丢了，这是我们公司的规定。"想到会面临诉讼，她也忧心忡忡地说。

"看开点吧！老婆，结婚证不就是一张纸嘛，这头把它撕了，回头我们去拉斯维加斯旅游再重新领一个不也一样！"我跟她开玩笑说。

"还拉斯维加斯，你天天想的就是这些地方！"虽然忧虑中，但她也忍不住笑了。

"老婆，我一定会很快翻身的，只要你是安全的，我就有信心有胆量去做任何事情。"

我说。

“我并不在乎你什么时候翻身，我只希望能渡过这场风波，两个人平平安安过日子就行了。我不希望你再去做冒险的事！”她说。

见她态度已经同意，我便说：“那明天早上我们就去办个离婚证吧！”

“这么快？我家里那边呢？总得要交代吧？”她担心说。

“明天办完了，晚上我去找你爸爸坦白，他会理解的。”我说。

这个晚上，想到明天要去办离婚，小萱始终在房子里坐立不安。她一会儿在厅里拖地，一会儿去厨房搞卫生，过了一会儿，她从厨房里找出一些香烛，说：“老公，我们下去给雨辰烧点香烛吧，我觉得最对不起的就是她！”

我们的生活，从雨辰的死，到背地里破产，到今日的离婚，是一级一级的台阶往下跳。而且还没有到底，后面还会引发连串的风波，应付不当的话，会堕入更深的深渊。

可是，极少赌徒能在这种环境下应付妥当，我知道的只有霍斌。明智干练的霍嫂维稳住了大局。

我们在一楼小区的偏僻角落里给雨辰做了一场小法事，烧了香烛和一些给她准备的衣物，小萱哭得很伤心，我也一直在流泪。除了悔恨没有照顾好女儿，更多的是为我们的现在和未来担忧，没想到雨辰一走，也带走了我们的一切。

第二天一早，我和小萱去南山民政局的婚姻登记处办离婚手续。

登记表格、拍照、签字，其实离婚是一件很简单的事，比去银行开一张理财卡还要简单。何况我和小萱一直十指相扣，傻子也能看出来我们并不想离婚。

但是伸手从登记员手上接过离婚证的时候，小萱还是捂住了嘴，我的眼泪还是不争气的掉了下来。

这是一个幸福终结的标志。从今天起，我们的日子不会好过了，一切的掩盖将会被逐步揭开，我得直接面对遍地的尖锐荆棘。

首先要面对的是小萱的父母。我和老丈人的关系一直闹得有点僵，为了避免让老人家一下子情绪过于激动，我们商量了一个中庸的办法：先让小萱和她二姐晓莹在电话里把事情交代一遍，再让晓莹午饭时先跟两老人略提一下，测试他们的反应。

午饭后，晓莹打电话来说：“他们都不太相信，我妈还笑着说，输三千万？海洋别拿我们开这么大的玩笑！”

我松了一口气，不管怎么说，老丈人也在江湖上混过几十年，他知道平地不会起风波的道理。这个坏消息还有一个下午时间可以让他们分析消化，这给我晚上坦白要减轻不少压力。

果然，下午晓莹打来电话，说她爸爸要我们晚上过去吃饭。

饭桌上，老丈人的态度却特别和蔼，一个劲地邀我喝酒夹菜，也许他希望从我口中证实中午传来的只是一句玩笑话。

饭后，一老一中俩个男人在客厅里喝茶，我还是一五一十的把整个事情经过说了，包括上午的离婚手续。

小萱的爸爸是农民出生，也吃过很多苦，在深圳养大五六个子女并不容易。我在讲这段几千万元资产挥霍的过程中，他瘦骨嶙峋的后背一直没有动，也没有转身，只是时不时从功夫茶具中添一杯茶过来。但他知道这事情是真的了。

我讲毕。他换了一包茶叶，洗茶，冲泡，摆弄了两分钟，又用木钳夹了一杯新茶给我，才说：

“我们这些人都没有横财命，不能去贪这些钱。”

“现在，家里能帮你们的都已经帮了，以后的路只能靠你自己了，海洋!”

这样答复已经让我松了一口气，我本意就并不是来乞援的。现在，少一些棍棒和责骂对我来说已经是最大的恩赐，因为我本就一直处在一种张惶的状态当中，这时候尖锐的冲突往往会让我无法应付。

勉强混过了一关，和两老人简单扯了一下家常后，我对小萱使了个眼色，找机会逃离了老丈人家门。

接下来，我得面对我的家人。

二十一

我先拨打了三姐的电话。

“三姐，有空吗？我有些事情想跟你聊聊。”我问。

她正和一群朋友驾车在外地郊游，听起来应该是户外烧烤的现场，大人小孩的嬉闹声一片。她兴高采烈地说：“我正在外面玩，晚点再说吧！”

过了一会儿，姐弟之间有了心灵感应，她打了电话回来，语气变得郑重：“海洋，你是不是出了什么事？”

“是，输了很多钱，破产了，还欠不少债。”我低声说。

“我早叫你不要赌不要赌！你怎么就是不听！”三姐一下乱了方寸，声音着急得已经带了哭腔。

过了一会儿，她情绪稍微稳定了一些，问：“你告诉爸爸了吗？”

“没有，现在只告诉了你。”我爸爸退休后常年和二姐居住在北方城市，只有逢年过节才会回来广东。

“你别跟他们说，明天我和大姐过来找你！”三姐严厉地嘱咐了一句，挂断了电话。

第二天中午，大姐和三姐来到了深圳。

她们本来已经在心里做好了最坏的打算，但三千万元这个数字还是让她们目瞪口呆。

“爸妈这辈子也没见过这么多钱，你为什么要这么做？你对得起死去的妈妈吗？你这样不是会把全家人拖垮吗？”三姐痛恨地说。

“我不想拖累你们，我只不过想让你们有个心理准备，我准备自己应付这个局面。”我说。

“你准备怎么应付？说来给我们听听吧！”三姐冷冷地说。

“就算走，就算坐牢，我也不会拖累你们！”我把话说得很绝。其实我确实是这么想，姐姐们的家境都一般，收入也不高，我不想把她们拖累进来。

“你以为你走了，坐牢了，我们就啥事没有吗？家人要为你背负一辈子的耻辱，爸爸气病了怎么办？你那些同学朋友会以什么眼光看待我们？我们以后怎么向小孩们谈起你？海洋，你想的太不负责了！”三姐说。

“就算你走了，其实跟坐牢没任何区别。坐牢是坐身体的牢，走了是做心里的牢，你一样会承受没有自由的痛苦。”大姐是基督教姊妹，她说话的语气比较平静，这番话说的也很有道理。

“我没有考虑过要走，现在局面很难，但还并非死路一条，债务暂时还没有爆发，我也在想办法。”我安慰她们说。

“不管你想什么办法，我们不准你再去澳门了！海洋，你现在把你的证件拿出来给我们保管。”三姐说。

我迟疑了一下。因为我并不想把证件交给她们。我的疯狂计划还在继续借贷，我早就抱定了还要过去的打算。她们不了解赌徒的心理，除非已经在别处开辟了滚滚财源，否则这种状况下哪个赌徒肯坐而待毙！

“不行，我下月还得过去一趟。因为还有几十万码粮没有结回来，不能白白浪费掉。”我说，接着我又想了一个折衷的办法，说：“我可以先把护照给你们保管，通行证我再用一次。”

她们对澳门赌博的细节并不了解，听我这样说也不得不信。于是三姐说：“你下次去把那几十万拿回来了，证件我们再过来收。但你这些天不能再去赌了，如果再去，我们就不认你这个弟弟。”

小萱今天回了单位上班，我把昨天办离婚的事情告诉了她们。

“不管怎样，希望你们能一起面对困难。而且希望海洋你能给我们家族留个后代，这样才能对得起死去的妈妈！还有，这段时间，每隔两天你都要把你的情况跟我们通报一下。”

“爸爸他们那里你不要说，能瞒就永远瞒下去，直到你能翻身那天。”

三姐嘱咐说。

“海洋，你不能逃避，要坦然面对困难。如果这关你渡不过去，你也要保障自己的人身安全，甘心接受命运的惩罚，因为这些都是你自己造成的。这些你能不能答应做到？”大姐问。

我答应了，但完全是口是心非，因为我根本不知道自己下一步会面对什么，我又会做出什么样的应对。

拜了这么多神，其实我并没有信仰。面对艰难我得提起矛头去战斗，只要自己还能做主，就算错我也甘心错下去。我不会把自己完全交托出去给天意。

家里这一餐饭吃得很沉闷。坦白之后我确实卸下了一点心理压力，但却把更沉重的包袱甩在了姐姐们的身上，让她们的生活凭空增添了忧愁，这让我心里万分自责。

自责又会激发起反抗，我总得不停地想办法，我想逆转。坦白与赎罪，你向自己体内射出的每一支悔过的箭，最后都反弹回来，齐齐射向赌场。

我想赢回来。因为，我没法说服自己接受现实，我也找不到更好的办法。

向两边家人坦白后，虽然没有把问题缓解，但至少让我们心里好过了一些。因为家人总是与你血脉相通，不管他们是鼓励还是责骂，都能让你心里感到宽慰，增添了一点勇气。

事实上，昨天支付了建达公司40万元后，供应商的怒气也暂时缓解了，债务危机并不会在这几日内爆发，我们仍有一点时间。

我打了电话给季军，他却死也不肯向家人坦白，他说决定瞒到最后，瞒到实在瞒不动那一天。

也许会在最后那一天出现转机。谁都希望如此。

晚上，晓莹俩夫妇打电话过来，邀我们出去大排档吃饭，说有一位经验丰富的好友能给我支几招。

他们正在路边的一家潮州牛肉丸店喝啤酒吃牛肉，晓莹的好友是一位个头不高但很壮实的客家人，以前在老家基层派出所干过几年警员，姓田，比我小几岁，为人很爽快。

“海哥，我建议你就走了算了！”小田说：“以前在家里我也接触过这么几个案子，留在原地翻身很难！只有摆脱债务，走出去才有机会，等赚到钱了再回来还债，这样全家人才有好日子过！”

“如果走了，被起诉诈骗，网上通缉怎么办？”我问。

“只能在外面改名换姓，用新的身份。”他说：“你现在出去，还能有一点本钱重新创业。我想凭你海哥的能力还是有很大机会翻身，只要有钱带回来还债，再找找关系，这些经济类的案子有很大机会可以摆平。就算判个一两年或者缓期，不也值得？好过你现在待着等债务爆发，一旦债务爆发就很难翻身了！以前在老家，我见过很多欠债的被人追得没地方去，躲到派出所来！那样的日子很难过的，别说翻身，想出门办件事都不容易。”

“现在都是二代身份证，公安局的识别系统也很先进，我看网上说经常出现跨省系统排查，校验出通缉犯重复办理身份证的情况，一旦网上追逃后，人在深圳和人在新疆又有什么区别？”我问。

“没那么厉害！”小田哈哈说：“你如果住在高尚社区，十年八年都未必有人查你，普通的街道人口登记，交一份身份证复印件不会有麻烦。”

他又说：“不过你不能办新护照出国，你有过出国的记录，办新护照很容易被系统识别出来，除非整容。”

“整容？”小萱吓了一跳，说：“那不跟电视上的毒贩差不多了，有这么严重吗？”

“对，要不就直接用护照跑出去；不出去的话以后就不能办理护照，老老实实在国内翻身。”小田肯定地说。

“或者可以跑到老挝柬埔寨之类的小国家，花点钱购买当地的国籍，将来赚了钱想办法在这边撤销案底或者减轻刑罚，再回来抛头露面。”小田说。

他说的最后一个办法，我倒是在十年前认识一个人成功这么做过。这世上总有各类神人。那人是我一个师兄的朋友，曾在深圳做过一单2000万美元信用证套现的案件（类似于牟其中入狱的案子），被全国通缉。逃出国外后，他竟然又在某国发了一笔大财，顺利洗白销案。那晚回到深圳庆祝，在笋岗路的一家夜总会包了最大的VIP房，一起来庆贺的都是部队和公安系统的朋友，还有一位自称自己是国安的，类似于007的角色，扒开了上衣给我们看肩膀上的枪眼，也不知是真是假。不过师兄的朋友豪气地对夜总会老板说：“这个房间以后我常年包了！这些兄弟啥时来玩签单都算我头上！”敢说这样的话，至少证明他的确已经不是一个通缉犯。

小田热心的建议的确让我思考了一番。不过我对网络和电子科技的惊人发展速度感到畏惧。公安系统又是对这方面高端技术应用最快，资源最充分的机构。也许过不了几年，一个人走在街上就会被路边的电子眼识别出身份，甚至待在家里也会被电脑或卫星远程识别出来，就像美国的科幻电影一样。这并不是幻想，而是科技发展的必然结果。通缉犯还有何路可逃？

所以我觉得跑路不可取，我不想成为通缉犯。

回到家，小萱也觉得小田有些把事态夸大了，她问：“老公，民事的经济纠纷，用不着跑路吧？”

我说：“这个问题，你要看从哪个角度去看。小田说的有道理，如果想翻身，留在原地很难。”

二十二

※ 不要忧虑

所以我告诉你们：不要为生命忧虑吃甚么，喝甚么；为身体忧虑穿甚么。生命不胜于饮食吗？身体不胜于衣裳吗？

你们看那天上的飞鸟，也不种，也不收，也不积蓄在仓里，你们的天父尚且养活它。你们不比飞鸟贵重得多吗？

……

所以，不要为明天忧虑，因为明天自有明天的忧虑；一天的难处一天当就够了。

——《圣经·马克福音·不要忧虑6:25》

这个周末，仅仅在家里安稳度过了一个周六，周日上午，我又心神不宁的来到了办公室。

以前，我有两个避风港，一个是家，一个是办公室。不管在外面受到什么打击，只要回到这两个地方，我就可以迅速恢复元气。

现在，办公室已经不是我的避风港了，又漏风又漏雨，只有片瓦遮头。

发展到后期，债主们一起过来追债的时候，办公室成了最令我恐惧的地方。

我们来分析一下现状。

先不说之前亲戚朋友的借款。这段时间，我又把深哥借给我的260万元货款输了，信用卡刷爆了，公司账上现金所剩无几，华姐的欠债又恢复到150万元，阿强的恢复到100万元。

几家供应商下周肯定会陆续开始催债，因为账期已经到了，这又是几百万元的压力。而且广州建达公司估计下周二就会过来公司追债。周一是广东地区习惯的工作计划日，出于商界一种约定成熟的礼貌，关系还没有闹僵的客户一般周一不会冒然上门讨债。

现在已经到了10月中旬，公司账上剩下的最后20万元，一要留着扣税，二要用于发工资和开支，也不能动用。

所以，我得至少先赢50万人民币回来，先把广州建达公司的货款解决了，再接着应付后面几家。

珠海徐总那边还欠我们大概一百多万元的货款，不过他这两周抽不出资金。徐总这位兄弟特别实在，他说没有，那肯定是没办法；他说有的话，答应的事情当天就能做到。

我向欧之财那几家小额贷款公司申请的100万元高利贷肯定能获批，但估计到账时间应该在下周四、五左右，这笔钱到了我手后必须通过澳门增值，否则直接拿来支付货款，徒增利息，岂不是饮鸩止渴！

和季军一起计算了半天，目前可动用的赌本，也就只有金沙赌厅里的40多万码粮了。

10月份的码粮，要等到11月5日才能全额提出，提早去收的话就只能拿80%，就是要损失8万元，这是赌场贵宾厅的规矩，所以，只有赌傻的傻子才会这样去提码粮。

不过还有一个折中的办法，就是用码粮抵押向赌厅签码，可以抵押出六至七成，无需利息，抵押出来的筹码继续赌的话赌厅仍旧继续计算洗码。

所以，我可以用码粮抵押出25万元赌本。

从最早的一场几万元赌本上升到一场一百万元，后来为了搏命一场三百万元，现在终于开始下跌到一场二十几万元了。这不是收敛，是实力不支而已，再往后，我的赌本还会继续下跌。

季军是担忧但又抱着希望，所以无可奈何；小萱是坚决反对，但面对债务又无计可施，所以也无可奈何。

周日下午我匆匆登船来到了澳门。我没有带换洗的衣服，因为赌本少，我打算赌一个通宵就走。

在广东会用码粮抵押签出了25万，第一轮打得很顺利，晚饭前，我赢了29万港币，兑换了现金，马上去店里把26万元汇入了季军卡内，这样连本带利已经全部收回，让大家都非常宽心。

也许是晚餐的鳗鱼饭和三文鱼寿司吃得太饱，饭后一小时我打得过于放松，筹码直线下落，很快就只剩下5万在手上。

现在，我对百家乐已经越来越没信心了。以前不管赌本输剩多少，我总会咬着牙用最后一口气去死拼回来。但如今赌本与目标差距太大的时候，我就会觉得很疲惫，感到绝望。

所以，我会把剩余的几万筹码一次推上去。

这把5万又输了，全军覆没。我心情郁闷，但一时又不想坐船回去，于是乘扶手电梯下来金沙赌场的二楼大堂。

二楼大堂中间有一个舞台，常年都有中国、韩国、菲律宾的驻场歌舞演员的现场表演，来来去去总是《热情的沙漠》那几首歌曲，虽然几个美女组合唱得也不错，但听得多也让人腻味了。还有一组半真半假的脱衣舞表演，其实没脱完，脱到最后每个美女都还穿着比基尼泳衣，有撩拨意味，但并不色情。所以赌客看多两次后也没了新鲜感。

我钱包里还有三万多元港币，是刚才汇款时留着备用的。在二楼大堂转了一圈，没有尝试百家乐，而是在一张没有人的21点台坐了下来，掏出一叠港币扔给荷官买码。

荷官把港币一张张在台面铺开，用带红外线的验钞棒扫了一遍，把筹码拿给我，数量是3.4万。

我开始尝试永利台湾客的21点打法，不过我下注比较小，开两门或者三门，赢时三门，每门1000元；输时两门，每门500元。

这样打21点感觉很放松，没有百家乐那种每把都在搏命的压力，而且当天晚上的运气特别好，一小时后筹码总数就超过了7万。

同台不断有人加入，又离开。来来往往，最后稳定了几个人，都是女军。

一对是俩个超过六十岁的澳门老阿姨，她俩合作一股，每人五千本，一直跟在我的位置投注；

另一位是个瘦瘦的香港女人，四十多岁，不修仪表，衣着随意，一看就知道是女赌鬼。她先是自己开了一门，但一直在输，从钱包掏了几次钱，已经输了四万。后来她见我特别旺，于是从钱包里掏出最后两千元港币，也跟在我的位置后面买。

在此之前我 21 点打得并不多，在贵宾厅里只赌百家乐，很少在 21 点台博几十万的输赢。加上已经在楼上刚输了 25 万，这个三万多元港币我完全是抱着无所谓的态度。

这种态度反而让我不断赢钱，三个中老女人也跟着我赢钱，晚上十二点，我的台面筹码已经接近 15 万，俩老阿姨赢了一万多，香港女赌鬼的两千港币也变成了三万。

我越来越放松，对庄家的实力几乎是藐视，因为我经常在我 12 点庄家 6 点或 5 点的时候选择 DOUBLE。本来 12 点这个位置是极少有人加倍的，因为一拿到公就爆牌了，但我几乎次次加倍拿回来的都是 7、8、9，让围观的人群“哇”的一起叹服。

身后围观的人越来越多，他们以为我是杀遍世界赌场的职业高手，因为见到 12 点 DOUBLE 总是补成 20 点或 21 点，他们认为只有职业高手才能这样计算出牌。其实计算个屁，我就是觉得自己旺，趁着强势猛打猛冲，要赚多点钱回去付货款。要不下周我怎么应付？

有个二十七八岁，相貌中上略有韵味，少妇模样的内地女人输完了钱，一直在我身后观摩，后来趁着我左边有空位，她坐了下来。我赢钱的时候她总是对我巴眨几下眼睛，脸露微笑，一副当我是偶像的模样。

除了两个阿姨和女赌鬼，观众中只有这位少妇和两个二十多岁的年轻男孩忠实地陪我们战斗，观战到了早上八点。

我台面的筹码已经有 35 万；

两个阿姨赢了 3 万，她们说：“打 21 点第一次赢这么多钱。”

香港女赌鬼赢了 14 万。

韵味少妇羡慕地对女赌鬼说：“你就用两千港币赢了十几万啊！可惜我没钱，要不早跟着你们买了！”

女赌鬼回答她：“全靠这位靓仔！他是高手啊！”

时间差不多了，我宣告收兵，吩咐荷官把筹码全部兑换成大码。于是阿姨赌客和围观者纷纷散去，台前冷清。

我走向餐厅去吃早餐，韵味少妇跟了过来，她喊了一声：“大哥！”

我停下来转身，对她扬了扬眉毛表示问号。

“大哥，你打得这么好，能不能带一带我？我也想赢回来，正在等家里汇钱。”她说。

“可是我马上就准备走了。”我说。

“没事，你还过来吗？我们交换个手机，我这些天都在澳门。”她说。

“对，我随时会过来。”我说。

于是我把澳门卡的号码告诉了她，让她拨打一下，交换了号码。

我在 888 餐厅吃完了早餐，已经是早上九点，第一班船时间临近，于是下楼坐上金沙酒店到新港澳码头的大巴。

刚在座位坐下，韵味少妇的电话打了进来。

“大哥，还在金沙吗？有点小事想请你帮个忙。”她扭捏地说。

“嗯……你说说看。”

“我老公中午会给我汇钱过来，现在我想抓紧时间睡一下，但身上没有钱开房。我把手上的结婚戒指抵押给你，你先借我两千开房，你看可以吗？”

我熬了一个通宵，脑袋早就有点晕晕乎乎，耳边就只掠过“两千元”和“开房”这几个词，心里颇有戒备。何况我不懂得鉴定戒指，又要赶九点半的早班船回去，所以回绝了她。

“不好意思，我正赶往码头乘船呢！”

“哦……那不要紧，大哥你下次过来给我电话吧，带一带我打21点！”她有些失望。

不过那张澳门卡用完话费后很快就被我丢弃了，我又重新买了一张，以后来澳门并没有联系过她。

二十三

回到深圳一算，这一场总计赢利是36万元港币，又把码粮中的25万元提前带了回来，可谓完胜。而且兑换成人民币后，恰好可以支付广州建达公司的剩余货款。

于是周一下午，我就让季军把建达公司的货款付了过去，平息了这家供应商的怒气，他们仍会继续给我们赊货。

就赌博的目的而言，我又开始进入了一个新的阶段。

以前对光明和小萱隐瞒，其实那时输三四百万元对我而言并无大碍，因为那些钱本来就是赢回来的，我只是对自己不服气而已；

输到一千万元的时候对外隐瞒，这时候已经慌了阵脚，继续赌的目的是不想让多年的经营毁于一旦。但怎么赌，每次用多少本，想赢多少，这些还是由自己主动掌控的。

到了现在，赌，已经丧失了主动性。我们完全是被债务推着走，赌博的目的已经是为了还债，怎样赌已经身不由己了。

而且债务是具体的、数字化的。每月1–3号要支付30多万元的利息；下周四要付某家供应商80万元货款，25号又要付另一家100万元，下月10号某个阿姨的借款到期要先还本50万元，等等。每一笔都是铁板钉钉的，必须拿出现金去解决。

只要债务一日不摊牌，你就必须得赌下去。

因为只有赌，才有可能一夜之间变出几十万元现金。

没去澳门之前，我也曾看过很多国企老总、内地驻香港和澳门的办事处主任等手握财权的经理因赌或者炒期货出事的报道，最后结果都是锒铛入狱，譬如新加坡某国企航油公司经理炒期货输掉了几十亿的事件。当时我不理解他们的心态，不明白为什么他们会从一个小小的财务漏洞开始越陷越深，导致不可收场？

现在我明白了，其实这是个人或者家庭缺乏经验，没有应付一场经济危机的公关策略（或生存策略），所以即便是一辈子老实巴交的人，犯错后慌忙之下也会铤而走险。

霍斌的老婆在这种危机出现时能判断准确，处理果断，同时保住了家庭和产业。相信这会给他们家族打一剂强力的免疫针，在以后的发展中不会再受到此类诱惑。

这样明智的应对在赌徒的世界里并不多见。大部分赌徒家庭的处理办法或是离婚分手，一拍两散；或是像小萱这样因爱而被捆绑，一同徒劳地挣扎下去。

我们的老祖宗们遭遇了各种人生起落，在留下来的文学作品中充满智慧，对人生的感悟很深，不过我们很少认真去领悟过，我们的生活似乎太浮躁了。

来看看《红楼梦》里开篇的一段：

“俄见一僧一道远远而来，生得骨格不凡，丰神迥异，说说笑笑来至峰下，坐于石边高谈快论。先是说些云山雾海神仙玄幻之事，后便说到红尘中荣华富贵。

此石听了，不觉打动凡心，也想要到人间去享一享这荣华富贵，但自恨粗蠢，不得已，便口吐人言，向那僧道说道：‘大师，弟子蠢物，不能见礼了。适闻二位谈那人世间荣耀繁华，心切慕之。弟子质虽粗蠢，性却稍通，况见二师仙形道体，定非凡品，必有补天济世之材，利物济人之德。如蒙发一点慈心，携带弟子得入红尘，在那富贵场中，温柔乡里受享几年，自当永佩洪恩，万劫不忘也。’

二仙师听毕，齐憨笑道：‘善哉，善哉！那红尘中有却有些乐事，但不能永远依恃，况又有“美中不足，好事多磨”八个字紧相连属，瞬息间则又乐极悲生，人非物换，究竟是到头一梦，万境归空，倒不如不去的好。’

这石凡心已炽，那里听得进这话去，乃复苦求再四。二仙知不可强制，乃叹道：‘此亦静极思动，无中生有之数也。既如此，我们便携你去受享受享，只是到不得意时，切莫后悔。’”

我觉得大部分赌徒都像这块顽石一样，本为顽石却自以为美玉，入得红尘中，追逐富贵场，贪慕温柔乡，却不懂得品味一场人生的真义，到头来落得万事皆空。

闲话扯远了，我仍是顽石一块，并未被仙风道骨的高人点化。不过人间富贵在我眼前已经逐渐幻灭，生活开始以一副狰狞的面孔展现出来。

这一仗的小胜又让我、小萱、季军三人找到了踏实感。看起来烦恼还是有办法解决的，债务不必急于全面摊牌，我们仍有可能挽救大局。

周二晚上，和小萱在家里吃晚饭的时候，小萱突然对我说：

“老公，我让晓莹她们几姐妹和小建都去银行申请贷款，她们筹算了一下，可以贷下230万给我们用，这两天会先凑30万过来。”

我吃了一惊，说：“不太好吧？她们的经济能力都有限，而且你家和亲戚那边已经集资了那么多钱了。”

“现在她们也担心事情在亲戚间传开会无法收场，也希望你能好好利用这笔钱翻身。”

“她们贷款的利息贵吗？”我问。

“不贵，在银行贷都是年息8厘左右。”

这个成本的资金当然要比我们现有的强多了，就算什么也不做，用它来替换亲友们的借款也不是坏事。这个逻辑是建立在不肯摊牌的基础上的。

“还有，你三姐她们那边也应该想想办法，看能不能筹点钱过来。”小萱又说。

“唉！”我叹口气说：“她们现在肯定暗地里已经在做了！三姐是嘴硬心软，估计现在每天都在想办法借钱，我就是怕把自己家人都拖死了，不希望你们再借钱来帮我，这事想和你们撇清关系。”

“你必须振作起来！要想办法赚钱，现在为时不晚，还能筹到几百万元的资本，生意做起来后债务慢慢还，迟早有翻身的一天！但你不能把这些钱拿去澳门输掉了！”小萱严肃地说。

想到那晚小田的建议，我的心里动了一下。如果带上几百万元远走高飞，在外地重新创业，过几年回来还债还是有很大机会，留在深圳的话，每天被债务困扰，几百万元连支付这月供应商的货款都不够！

这个念头只是一闪而过，我并没有切实的打算。因为既然前晚可以赢回建达公司的货款，那下一家货款也同样有机会赢回来，我为什么要想着跑路？

由于澳门的码粮也抵押掉了，这两日我手头完全没有赌本，待在公司里处理一些琐事，也落得清净了两天。

周四，欧之财办小额贷款的那人打电话过来，说100万元借款全部批准了，让我分头去三家公司签字，下午资金就可以到账。

于是下午跟着那人跑了三处地方去签字，实际到我卡里的只有97万元，扣除了3万元作为贷款管理费。

这是不折不扣的高利贷，2.5%利率的按月还本付息，实际复利超过4.5%每月，再把3万元管理费摊进去月利率已经超过5%。从我做生意的经验来看，极少贸易公司的利润能支付这等成本的利息，这种钱只能用于赌。换句话说，借这种钱的人十个有八个是赌徒，不知这些小额贷款公司每周开会时，他们老总有没有这么分析过。

后来这家贷款公司天天打电话叫嚣着要派“黑社会”上门收款，也证明了他们老总早就知道他的客户大部分都是赌徒，说不定他就是赌徒兼黑社会出身。

不过这类公司还是没有信用卡厉害。银行信用卡部可以无限期的利滚利，他们可以动用律师，可以动用专门追债的黑社会；实在没耐性了，他们还可以动用公安局、检察院，把你扔进看守所，逼家人还债，还清了再请法院判个缓刑，还要外加几万元的罚款。

所以赌徒们什么人都可以去惹，千万别惹信用卡。要惹，也只能去惹国外的信用卡，因为国外和香港的信用卡还不起不用坐牢，你如果用申请破产来要挟的话，银行甚至愿意把本金给你减免为三到四成。

这并非教唆，只是末世逻辑而已，如果你从此不想好好做人的话。

这笔钱到账之后，我去澳门的心情比以往更加急切，因为卡里的钱每天都要支付接近两千元的利息。

我先把钱全部转进了信用卡里，97 万元刚好够填补我信用卡的窟窿。

现在，我的方案就是每次去澳门刷信用卡，赢了钱就汇回来给公司还债，平时把港币现金带在身上出入海关，到了信用卡账单日再换成人民币补进卡里。

第二天一早，我又过去了澳门。这次的底气比较足，所以我又赢了，赢回了 25 万元港币，马上汇回公司，支付了另一家广州供应商的 20 万元货款。

你在悬崖边不停地往下坠，只因为你在下坠的过程中，总是能攀住这块石头那根树枝缓解一下，让你不至于一下子摔死，但却越堕越深。

人的生命力很旺盛，如果一次性就让你直接悬空摔死了，还哪来这么多悲欢离合的人间故事。

季军也在赌，虽然没有跟着我去澳门，但他每日仍在买地下六合彩和打麻将，债务也没有任何缓解。

前进吧！为了债务而赌的赌徒，貌似你已经无路可退！

二十四

※ 生存法则

我在深圳为了应付债务而施展浑身解数的同时，在浙江，也有一个女人为了挽救自己的生活而努力，小陈在行动。

这近一个月来，小陈似乎已经从我的空间里退却了？没有。事实上，我们每天都在发短信了解对方状况。

这个说法很奇怪："了解对方状况"。情人之间的短信不是总是充满暧昧、诱惑和娇嗲之语吗？否则找情人有什么用？

那是普通情人做的事情，饱暖思淫欲的情人之间聊天大抵是这些内容。患难情人聊天的话题会沉重一些。比如正在跑路的通缉犯，情人发给他的短信内容是："晚饭吃的好吗？""还好，刚才猪肉炖粉条吃得很饱。""出门多留个心眼，看见条子要早点闪。""知道，手机卡等下我就换。""多穿点衣服，冻着了没人照顾你。""嗯，老婆我爱你。"

"唉……我也爱你，在这我也不待下去了，你要顶住，早点来接我。"

我和小陈还不至于沦落到这地步，但也是垂死的赌徒情人关系。赌徒每天的状况都可能发生剧变，今天腰缠万贯，明日流落街头，所以我们要定期通报状况。共患难的情愫在我们之间要大于情欲，这种感情有点像患难赌徒联盟的味道。所以这个时候虽然我良心上自问很对不起小萱，却无法与小陈断绝关系，我不能对她的生死不闻不问，何况她也在关心我的生死。

她："我们已经用房产证去申请装修贷款了，贷20万，看月底能不能批下来。"

我："还好！不是做抵押，家有老小，房子你一定要留着。"

她："嗯，这笔钱不能再输了。再输就全完。下来后我就先带10万过去，你要想好怎么打。"

我："跟我的合在一起打吧！赢了一人一半。"

她："那……你那么多债，该怎么办？"

我："我的太多，只能慢慢来，多十万二十区别不大。"

她："嗯……那好吧……有点想你。"

我："我也想你。我们会活下去的，放心！"

看，这就是我和小陈的短信内容，干巴无味，几乎满足不了任何一个看客的偷窥欲。

在女人面前拍胸膛信誓旦旦应该是每一个好强男人的天性。男人是出于给女人安全感的目的，至于可信度有几成则应该由女人凭智商去判断，毕竟男人是出于好意。

但是对小陈做出这样的口头承诺后，我的战斗力却并没有提升。当天晚上独自过去澳门，我输掉了30万元港币现金，这笔钱是上次刷出来的，幸好这次特意没有带信用卡去，否则以我目前的心理状态，我会把所有卡数刷出来直到赢回为止。

这个阶段输30万港币太正常了，因为我要强撑起来的肩膀不仅仅是给小陈心理依靠，我必须撑起整个危局，各处的到期债务像一个个炸弹一样丢掷到我的脚下。

其实，我错了，我不懂得生存法则。

如果在和平时期，杀一个人是犯罪，就算这人是你的仇人，无恶不作，你也不能主动杀他；

但是在战争时期，你持枪躲在战壕里，只要看见人影就可以开枪，虽然那人跟你素不相识，无私人恩怨。

再看战国时期信陵君窃符救赵的典故："信陵君魏无忌到了邺，拿出兵符假传魏安釐王的命令要代替晋鄙担任大军统帅。晋鄙合了兵符，验证无误后，还是表示怀疑，表示要先和魏王确认后，才向信陵君交出兵权。此时的信陵君只好让朱亥动手，突然用铁椎击杀晋鄙，强行夺权。"

这段名垂千古的救国故事，实际上是以信陵君杀害了一位无辜的老将军作为代价的。如果信陵君依照国家法度和仁慈之心行事，他啥也做不成。

这就是生存法则。不管是人类还是动物，临危之际要爆发出最大的能量，必须挣脱束缚，无论是绳子铁链，还是道德的枷锁。

我错就错在：无法断然决然地去做一个恶人。面对身边环境和赌场我总是优柔寡断，所以我始终无法赢回来，剩下两千万赌本时我无法赢回，更何况只剩下一百万的时候。

到了这一步，实际上已经被孤身扔进了战壕里，你必须杀人。

除非你不赌，乖乖向全部人摊牌认错，规规矩矩重新做人。

既然赌，此时你就得无情，关了手机，谎称出国两个月，抛开所有杂念专心赌钱。

否则，磨磨唧唧地拖下去，你会把自己，会把全部身边人害得更惨！

我说以上这番话绝非劝人去赌，而是告诉你这么一个冷酷的现实，冷酷的生存法则。

因为开始赌，就已经进入了一个冷酷的世界。

所以，我、小陈、季军、霍斌，这些人永远不能成为一个合格的赌徒。

那晚输了30万港币后，信用卡额度还剩下80万元港币，小萱儿姐妹贷款的230万元很快就可以到位了，已经先给了小萱30万元，珠海徐总也答应下周把120万元货款打过来。

底气还是比较足，所以输钱后我虽然心里压抑，但还并不担心，仍有反击的信心。

只是债务风暴已经蠢蠢欲动，情况越来越危急了。

这半年期间，国内的钢材市场行情大幅滑落，国内各大钢厂已几乎集体亏损，众多经销商也出现亏损局面，广东省内有数家经销商倒闭或老板卷款跑路的事件，涉案数千万和上亿元的案例都有几件。

同行之间的赊销变得谨慎，大部分批发商开始抓紧收账，缩减甚至取消赊销额度。

因此，我们所欠的接近700万元左右的货款，被几家供应商越催越急，刚付了20万元过去，两天不到又会打电话过来催款，甚至上门拜访。

信用卡和小萱姐妹即将筹来的资金绝不能用于支付货款，这是竭池而渔，何况池里根本就没有鱼。

此时还想照顾大局，没有杀伐决断的勇气，不懂得先后次序，那赌下去肯定死，而且会死得很快。

钱会消失得比还债还快。

第三天过去，我带了一张农行信用卡，刷出了38万元港币，结果当天晚上又全部输光。

回到家，我惶惶不可终日，我得承认自己无力回天，末日就要到了。

小萱却并不知道我还有这么多赌本，她不知道我贷款100万元高利贷的事情，她还一直以为我在用金沙的码粮赌。

虽然我一再对自己说债务要对小萱坦白，但办理离婚后，我隐瞒她却是出于一种自暴自弃的善意，等到走投无路那天，我不想把她牵连进来。

已经到了10月23日，这几天是扣税款的日子，但广州的盛丰公司上门催款很急，不得已我又把公司账上的20万元付了给他们，让小萱把30万元现金打了过来补上。

局面已经越来越混乱，以前的危机仅仅是对外隐瞒，现在一切即将浮出水面，我不能再用谎言来应付，每一天都得拿出现金才能摆平风波。

“这么下去很快就会完蛋！要想个招数来化解。”我对季军说。

“怎么化解？供应商天天都来催款。”季军问。

“供应商的钱不能再付了！必须用货物来流转，这边付多少出去，那边就要继续赊货进来，否则钱只出不进怎么行！”我说。

“斯里兰卡现在又没开工，我们进货回来也没啥用呀？”季军说。

我绞尽脑汁想办法，誓要从荒莽丛林中开出一条路来，不但要实现货款周转，还要赚钱，实现正循环！

于是当天我在办公室闭门研究了一整天，研究国内钢价的走势，研究我们身后氧气瓶的用量，研究生存救命之道。

我决定赌一把。

这回不是在澳门赌，而是在钢材市场赌，这种赌风险小得多，又能化解供应商的追款压力。

“现在钢价已经到了一个低谷期，后续有反弹空间，我们可以囤货操作。”我对季军说。

“囤货怎样能化解他们追款？”季军不解。

“小萱家里还有 200 万，徐总还要打过来 120 万，加起来有 320 万，我们用这笔资金去进 1000 万的货做库存，以后哪家公司要收钱，付 100 万的支票就让他们再补 100 万的货进来，这样实现供应商的债务良性周转。”

“这批货物我们放在惠州去做批发，那边有几个大工地，还有几家熟悉的门市可以帮我们出货，做到平价销售，维持现金快速流转。”

“如果好命的话，过两个月钢材价格涨起来，我们就可以一次把囤货全部抛掉，又继续供应斯里兰卡的项目，生意就全部盘活了。”

“剩余的信用卡额度和现金，专心在澳门赢钱对付亲友的利息和债务。澳门应付亲友，公司应付供应商，就可以两块债务分开，不至于像现在一团糟的局面！”

季军问：“用 320 万去进 1000 万的货，他们肯吗？”

我笑道：“没有 1000 也可以进 800，分成很多家，打 50 万货款要求拉 100 万的货，他们肯定愿意，现在钢材不好卖。不过拿了货后他们追款肯定急，所以我们要先在惠州市场联络好。”

卖货是我的强项。事不宜迟，当天中午我就和季军开车到了惠州大亚湾的钢材仓库，查看仓储情况，联络几家以前有往来的门市部。

二十五

※ 我的近况　2014年2月8日凌晨四点

夜半在客厅沙发上醒来，我从一个伤感的梦境中回来。

QQ躺在我的脚下，我的被子跌落了一角在地，它就聪明的趴在那温暖的一角被褥上酣睡。

此刻我坐在电脑旁继续写书，但此刻我想用一种更精简的文字，因此我填了一首词，名为《看不清的路》，作为《赌城不是天堂》这个故事的主题曲。

看不清的路

汽笛鸣起，轮船缓缓驶出港湾，
海天开阔，谁可意会我此刻凭栏？

海风扑面，翻开片段页页如阅，
白浪溅起，时而打湿了我的眼眶。

我曾寻找那条路想要携你登高揽胜，
望断天涯击伤我却是你柔弱的背影；
最怕有一天我彷徨人间错失了承诺，
繁华碎在手中你为人作嫁。

其实赢尽天下又如何我输不起你，
其实千帆阅尽又如何不若相濡相依；
就算看穿了富贵看破了生死忘却江湖，
我难逃离红尘因我此生爱你。

我独踏入荒芜险阻以为可敲开天堂，
夜夜醉在他乡梦醒后空得一手徒然；

忆多少夜影院路街中我俩十指相扣，
世间美景难比你晨前梳妆。

其实赢尽天下又如何我输不起你，
其实千帆阅尽又如何不若相濡相依；
就算看穿了富贵看破了生死忘却江湖，
我难逃离红尘因我此生爱你。

希望天下的赌徒们能珍惜生活，希望很快有一天，有人能为这首词谱上曲。

继续回到我们的故事。

囤货的方案确定后，我立马投入到各项准备工作当中，联络能帮我出货的经销商，分析当地市场需求，确定进货的钢材品牌规格等等。

小萱听说了我的方案后，当然非常高兴，马上催促晓莹她们的贷款进度，我姐姐她们也同样如此。因为看到我似乎又走回正常生意轨道上了，任何一个赌徒的亲人都会感到欣慰。

其实对我而言，这仍然是赌，是凭借我多年的生意经验升华了的赌局，中心仍旧是围绕澳门。

这一把 320 万元的市场赌局，输赢风险远远比不上澳门，因为无论市场价格怎样波动，1000 万元的货物也不至于全部输完，而且无论价格涨跌，我在资金流转的过程中能够让债务实现良性循环，这是最重要的。

但最终目的，还是要让我能腾出手来对付澳门，因为只有那个地方才能无中生有变出几十几百万现金，让我重整旗鼓。

整整一个星期，我没有去过澳门，这似乎证明了，我没有赌瘾。

其实赌瘾大致可分为两类，一种是生理性，一种是心理性。

你有没有见过生理性的赌瘾？我见过。我认识深圳一个农批市场的主任，也是已输到妻离子散倾家荡产，但他虽然债台高筑却有一份稳定的管理层工资，因此每月仍有钱小赌。

每天有空闲的时候，这位农批市场的主任就会全身发痒，心急如焚，甚至坐在办公桌前手指会发抖。这时候不管是麻将、六合彩、打扑克、甚至窗外下一台路过的车辆牌号是单数还是双数都会拿来与同事赌，一定要有赌才能让他情绪平复下来。

有次他邀我打麻将，那天中午我在家里睡觉，兴趣不大，结果午睡两个小时，他打了数十个未接电话，发了不下十条短信来催促。幸好手机设置的是无声状态。

至于结果输赢，赢了当然最好，就算输了也没关系，因为他觉得这一天又满足的度过了。

这是生理上的赌瘾。大部分赌徒则是心瘾，我也是。

所谓心瘾，跟毒品的心瘾不同，赌博的心瘾其实不是寻死觅活的自暴自弃，相反甚至可以说目的是“进取”，其实是由一种最根本的愿望构成：就是想靠赌翻身，已经产生了心理依赖性。

不管已经输了多少，输了一大半的人寄希望能赢回来，这是心瘾；

输到走投无路的人，明知赢不回来，却想赢一点改善困境，这也是心瘾；

明知网赌和地下赌场是骗，却寄希望于小概率中赢一把就跑，报复庄家，让卡里存款偷偷增值，这是更无药可救的心瘾。

至于我，此刻意识到了债务压力会把我压垮，所以采取一种逆流而上的激进策略去盘活公司债务，但我的终极目的还是澳门，不赌我认为没有活路，这肯定是心瘾。

晓莹姐妹的贷款已经到了一部分，我三姐也打了几十万元过来，珠海徐总的120万元货款也付清了，于是，我们开始进货，铺开一场“澳门+钢材市场”这个组合式的赌局。

钢价正在下跌，这时候大部分经销商都愁着手里货发不出去，所以我们迅速在两天内就购进了八百多万元的货物囤入惠州的仓库，开始面向惠州当地和河源、潮汕方向批发。

我采取的是平价策略，就如网络报刊说的一样，卖一吨钢材的利润相当于卖一个盒饭。而我，已经把利润设定为每吨超过1元便可出手。目的就是资金流转，和等待后面两个月市场价格能够反弹。

虽然钢价每日仍在小幅度下跌，但我并不害怕。就补仓而言，当日亏本卖出一百吨，仍然可以第二天用更低的价格补进来，真正的输赢在下个月。

这样一周的运作，虽然供应商们每日仍在不停地催款，但我每隔两三天总有小部分货款支付，有时候就开远期支票，仍可以平息他们的情绪。

公司债务状况果然好转了。

一日，光明、扬帆和大鹏结伴而来，我强撑场面，向他们简单介绍了一下公司囤货批发的状况后，大家一起在三楼的海鲜酒楼吃午饭。

他们三人是为了退股的欠款而来，因为还一直差他们100万元没有付清。光明问：“海洋，这几天公司账面如果能活动的话，能不能先把尾款给我们退了？”

“近期真的很难！现在钢市行情不好，我们资金周转很慢，能不能再等到年底？”我说。

“行吧！那就年底。你最近澳门那边怎么样？”光明问。

他们已经知道了澳门赌厅退股的事情，但是具体退股的原因他们并不清楚，我当然不会细说。因此我说：

“最近都在小赌，一直在用几十万的码粮循环赌，澳门我下一步还是想做点赌厅项目，但等公司的业务恢复正常再说。”

所以他们来深圳一趟，看到的仍只是我们虚假繁荣的表象，并未了解到实情。

二十六

在这场新一轮的组合赌局中，好兄弟易军开始被我牵连进来。

易军比我小几岁，原来是深圳一家钢贸公司的业务员，去年才开始离开公司单飞。在生意上，我和易军已经合作了差不多十年，彼此非常了解，可谓是兄弟般的联盟。我们经常在货物资源上共享，易军的实力没我强，因此有时我又会在资金上给他一些支援，作为他生意谈判的后盾。

但是易军一直不清楚我在澳门的事情，我也不敢告诉他，毕竟澳门这个圈子与他完全无关。

这批囤货中易军也倾力支持了 150 万元，相当于约 400 吨的钢材，而且从未向我催过款，他知道我最近资金紧张，还一直以为是出口的货款尚未结算回来。

一个末路的赌徒，终归会把身边人一个一个拖下水。

已经是 11 月 1 日，明后天就必须支付亲友们的利息了，需要 30 万现金。所以今日，我必须去澳门。

有了上一场打 21 点赢钱的经历，加上现在每次赌本都小，只有 30 万元，所以这次到了金沙，我仍是选择了 21 点。

信用卡还剩下人民币 35 万左右的额度，我去店里刷了 40 万元港币出来。

一个小时后，我输了 5 万元，而且输掉的最后一把牌，让我从此转移阵地，再也不在金沙集团和澳博集团的赌场打 21 点。

为何？这是因为金沙和澳博的 21 点规则对玩家不利，一是玩家不可在其他人补牌后选择投降，二是玩家抓了对 A 只能分牌一次，不能连续分牌。

而美高梅集团和永利赌场则可以选择随时投降；且一对 A 可以连续分牌四次，这对玩家有利。

输了 4 万多的时候，我下了一口 5000 元，荷官派给我的位置两张牌，正是一对 A。

庄家台面只是一个 7，玩家此时肯定要选择分牌，于是我又加注了 5000 元上去，将两张 A 分开，并加买 100 元对子。

荷官继续派牌，结果派给我又是两个 A，但按金沙规则却不能继续再分了，等于我手头有四个 A，两门牌却都只有 12 点。

后面连续派出的四张牌都是公，包括派给庄家的一张 K，庄家 17 点。

如果 A 能继续分牌的话，这把我应该是拿了四门 21 点，加上对子就赢了 2.4 万左右，结果却变成输了1万。

这个结果让我非常郁闷，感到这个规则不公平，特别是对于投注大的赌客，一个回合往往会决定整场的输赢。

所以此局过后，我立即起身，转移到了永利的万利赌厅。

在万利账房买了35万筹码后，一转头就在21点台上看到了一个熟悉的身影。

就是上回用1.5万打回1000万，一战成名的台湾客。

他正在2000元的台上战斗，但台面筹码不多，只剩下五六万。看起来战绩不佳。

我刚刚换场过来，需要先做热身，因此我选择了旁边的1000元台坐下，同台的只有一个二十五六岁的眼镜小伙子，像霍斌一样性格很温厚，容易与同台的赌客沟通合作。因此坐下来后，我们共同在赢钱，我很快赢回了在金沙赌场输掉的5万。

隔壁的台湾客已经输完了，他闷闷不乐，起身从怀里掏出长方形的钱包，去账房刷卡购买筹码。

过了一会儿，他手里拿着20万筹码过来我们的赌桌旁，但并没有坐下，而是在身后观战。他应该是对自己的运气不太自信了。

见我和眼镜小伙势头旺，台湾客开始跟在我们后面下注。眼镜小伙开了两门，我开了一门，于是台湾客在每门后面跟着押5000元。

我们前进的势头仍在继续，我又赢了三万多，台湾客下注比我们大，跟着押注也赢了七八万。

台湾客的风格一向是排山倒海，见势头占了上风，他于是开始下重注，将台面推爆。眼睛小伙每门买的是2000元，我买的是每注3000元，于是台湾客在后面跟押每注2万。

扑克就像长了一双眼睛一样，重注投下后，牌路变得很差，总是派给我们13点、14点，我们马上连输了两口。

台湾客于是在尾门坐了下来，他独自开了两门，决定要凭自己技术与庄家再较高下。

他每门下注1万或2万，我和眼镜小伙仍是保持两千三千的投注。

台湾客在21点上当然算是一个高手，否则也打不出上回那惊天动地的一场仙局。不过运势差的时候，就算21点名人堂的高手们也同样会输钱，只不过不知那些名人们是否也有过输到流落街头的经历。

21点是一个需要玩家之间默契的游戏，运势差的人往往会拖累整台人。

庄家被台湾客点旺，他台面的20万筹码很快输完，我也输了两万多回去。

“他妈的，今天又输了230万！又被人家像猪一样劏！”台面已被清空，台湾客站起来愤愤地骂了一句。我发现他的性格比较外向，在人前说话和做事完全不会顾忌。我就从来不会在赌场内公开喊自己输了多少钱。

台湾客拿出钱包，把几张银行卡都翻出来看了一遍，一边皱着眉头回忆，很快他确定卡里钱应该是都刷光了。

于是他拿起手机，坐在赌桌前打电话求援，说话声音不小。

“姐？有没有空？对，我在澳门。你方便现在转20万港币给我吗？行，10万也行，好的，我明天就回去。”看来台湾客跟我一样，也有一个经济实力一般但却倾力照顾弟弟的姐姐。

我和眼镜小伙子继续投注，但运势已经变得平平，我台面筹码总是维持在40万以下。

台湾客的钱很快到账了，他又去账房刷卡取了10万出来，但重新坐下后，这个10万仅仅用了十五分钟就宣告输完，还拖累我输了两万进去。

我和眼镜小伙子对望了一眼，感觉到台湾客运气太背，今日他不是合适的战友。

“他妈的！今天怎么这么背！”台湾客自己也知道，他用钱包拍了一下赌桌，但却并不服气，抬头望着我说：“只能看看我的下属手上有没有钱打来救急了！”

他继续用手机拨打电话：“DAVID吗？我现在在澳门，你手头有多少现金？转过来给我救救急，行！20万够了，好的谢谢！”

这就是从神坛上走下来的台湾客。他那套凶悍的进攻打法一直为我所欣赏，但他输钱之后表现出的毫无自制力，也让我心里叹息：唉！天下赌徒都是一个样！

二十七

用1.5万元在数个小时内赢1005万元，虽然我没有去过全世界的赌场，但凭我的经验判断，全世界单场在21点赌台上能创造这样的神话者不会有几个。

众目睽睽之下，神话的缔造者台湾客第二轮打电话借来的20万筹码，又在十几分钟内全部输光。

这与他的打法有关，也许更是他的神话将注定会在以后不停地误导他。因为他总是用最后的一点筹码全部晒冷，试图复制那一次的惊天逆转，但再次成功太难！

彻底输完，台湾客铁青着脸，一言不发地提起放在座椅后面的手提包，快步离开了赌厅。

我和眼镜小伙子面面相觑，这位高手的中途加入，也连累我们输了不少钱。我台面还剩下32万筹码，眼镜小伙子更是所剩无几。

“他的运气好背！”眼镜小伙说。

我默然。也许台湾客有一天还会逮到第二次机会复制神话；但更大的可能，是他会在第二次机会到来之前已输得无力回天。

他走了，只是庄家已经被他养旺，气势汹汹，我们成了被宰的羔羊。我输了10万之后，眼镜小伙已经全部输完，我于是换到了2000元的赌桌。

没想到这张台庄家的气焰仍旧嚣张，也许是我的气场太弱，十几个回合之后，我的手头只剩下 15 万不到。

我无法保持冷静了。事实上我一直在一个负能量区里挣扎，一旦输钱，各种情绪会控制我的行为，就像一只爬出了厚壳的蜗牛，毫不设防。

我离开 21 点赌桌，找了一张百家乐赌台坐下。

一个小时后，全部兵力阵亡。

时间已经是半夜一点钟，手机没有短信，小萱和季军都睡了。我信用卡里还有两三万元的额度，但当时的我并没有沦落到穷赌鬼的状态，所以我不会考虑用这点兵力去翻本。我想起在金沙酒店已经开好了房，于是打的士回到酒店里睡觉。

明日睡起，要筹资并不难，只不过那是一条细细的红线，是我自己划定好的本不该逾越的红线。

第二天早上十点，我在酒店里睡醒，先给季军打电话。

“昨晚范总提货的数字，你把它发到我的手机上。”

范总是潮汕人，在惠州经营一家钢材门市，这几天他每日都在跟我们提货，昨天提了两车，大概 50 万元人民币的货款。

“好，你那边怎么样？”季军问。

“输了！我得再组织几十万今天赢回来！”我说。

失望至极，但却麻木。这是季军听到消息后的心态。停顿了一会儿后，他问：“利息今天该付了，怎么办？”

“放心，今天不管输赢，我都会先把利息解决！”我说。是的，利息必须按时支付，这是一条导火索，万万不可点燃。

一大早打电话催款很不礼貌，所以我在房间里耐心看电视，等到了中午十一点，接通了范总的电话。

“范总，昨天提货的数字你收到了吗？”

“刚收到，我下午安排付款到你们对公账上。”他说。

“你能否一会儿转现金给我？今天我们对公账户提现不方便。”我问。

“也行！你把卡号发给我。”这个圈子的人性格都比较爽快，他一口答应了。

我吐了一口气。我自己刚刚苦心经营好的一个债务良性循环局面，一旦被破坏，又会像一个堆砌的沙堡一样崩塌。所以今日只能赢，决不能输。

事实上我已经做好打算，范总转过来的 50 万元人民币，我只能动用其中 20 万元，剩余的 30 万元只是作为心理依靠而已，下午 5 点前必须转出去支付利息。

钱很快就到账了，我从床上起来，在洗手间里慢条斯理地刷牙洗脸，刮胡子。对着镜子里干干净净的自己，我突然发现今天不知该去哪里赌好，也不知该赌什么才好。

这个金沙，永利，金沙城，凯旋门，无论是百家乐还是 21 点，每一个赌场都在吸我的血，我无力对抗它们。

我的秘密被这里的公关和赌场监理掌握，每次他们一刷我的会员卡，就知道我是个已经输了几千万元的滥赌鬼，内心充满嘲讽与鄙视。

今天时间紧急，我应该换一个场地，我必须找一个有心理优势的地方。

想了一会儿，我决定去新濠锋赌场，那里有阿强他们公司的一个赌厅。在我的回忆中，只剩下这个赌场我还是总体赢钱的，是一块福地。

下楼出门刷出了30万元港币后，我坐上了的士，在车上打电话给阿强。

这个时间他正在睡觉，被我的电话吵醒，迷迷糊糊地问："你又在澳门？"

"嗯。我今天要救急，等下去新濠锋先还你30万，你再签出来给我，可以吗？"

对阿强而言这当然不是坏事，他同意了。

"你稳点打，我睡完觉过来。"

新濠锋是澳门一个老牌的赌场，孤零零的一栋楼，但人气很旺。我乘电梯上楼，来到了阿强他们的赌厅。

30万现金委托公关交给阿强，又重新从账房签出30万的泥码。这是一个手续，便于阿强支配自己的签码额度。

时间很紧，我的精神压力很大，两小时不到，台面又只剩下7万多的筹码，输了二十几万。

我去洗手间里稍微平复了一下心态，重新出来选了一张没有人的赌台，这张台已经开了十几口，看起来路子很清晰。

一场惊艳的决战又要开始了，就在这张赌桌上。只不过我并非主角，只是配角。

经历这场决战之后，我却对百家乐彻底死了心，我承认自己无法战胜它。

※ 洪七公的掌法

现在急也急不来，赌厅办公室里有电脑，下午5点之前我可以把30万元人民币转回去给季军，吩咐他用网银支付利息。至于我，则必须留在澳门用这手头的7万筹码赢回来，至少要保住公司债务流转的局面。

运气开始好转了，我开了一个9点，赢回1万；

紧接着又开出一个8点的闲，赢回2万。

赌本重新恢复10万以上。

有个穿着暗黄色夹克，看起来四十五六岁，短平头瘦高个的中年男子一直站在我身后观战，他在抽一支粗大的雪茄，雪茄的烟味时不时飘进我的嗅觉里。

我又押了一口1万在闲上，荷官准备派牌。

"等一下！"雪茄男子喊了一声，他把手中一个长方形的10万筹码押在闲上，但并不坐下，只是双手抱肩，仍旧站在我身后看牌。

这个动作，显示出他的紧张，这是他的最后一个筹码。

荷官派了两张牌过来，我把牌重合在一起拾起来，第一张面牌是个2。

我把牌横在手上，慢慢地向右拉开，看到一个平头的横线，于是停止了动作。

平头横线，而且横线比较宽，不是3就是7。

我把第二张牌放在桌面上，从侧边慢慢掀开，只要起角，这局我们就是9点。

“三边！好的！”雪茄男子眼尖，在身后用喉音低声赞了一句。他的紧张情绪释放了。

这把赢了，我赢1万，雪茄男子的10万变成了20万。

牌路还是很整洁清晰，我又押了一注8000元上去买庄，雪茄男双手按在赌桌上沉思了十几秒，雪茄还在他的右手指缝间燃烧。

他把两个10万的筹码全部押在庄上，一个泥码一个现金码，仍是给我看牌。

我开出一个7点，但荷官开出一个6点，直接叉烧，我们又赢了。

雪茄男子现在有了39万的筹码，他把凳子拉开，开始坐在座位上。一个二十多岁的年轻仔也跟着坐在他旁边，这人是他的洗码仔；另一个五十多岁的老实人站在他身后，那人是他的跟班。

飞了两口牌，出现了一个单跳的牌路。

我押了5000元上去。雪茄男目测了一下我的筹码数，这是张30万限红的赌台，他数出29.5万押上去，限红打满了。

“我来看一把，兄弟？”他想自己看牌，礼貌征询我的意见。

“行，你看吧。”我说。

他看牌跟我相似，很认真专注，意念很集中。这把他又是9点，我们赢了。

这几把连续晒冷下来，他的筹码已经有68万左右。

雪茄男夹起烟吸了一大口，眼睛盯着屏幕思考，他转头对我说：

“兄弟，我想把把都推30万，你要下多少就跟我说一声，一起加在里面，行吗？”

我心想，这种打法够狠！但我赞同这种勇气，因为百家乐就是个欺软怕硬的魔鬼，我希望看到同台人身上有这种信心和决死之勇。

“好！”我把1万筹码摆在一边，意思是这把我押1万，如果赢了，雪茄客就在他赢回的筹码中抽出1万给我；如果输了，他就可拿走我桌面这1万。

他押了30万上去，开牌是个5点，但庄家三张牌只是2点，我们继续在赢。

气势完全是一边倒，牌路随着我们的心意在走，平均是赢三口输一口，或者连赢四口才输一口。

雪茄男子把把都是30万推爆，台面筹码增长得很快，公关不停地帮他洗码，他的筹码数量已经超过200万。

我已不是从前的我，如今我没有底气也不敢冒险，势头正旺时却没有胆量推上去，最高下注也仅是2万。我的台面仅仅有20来万。

二十八

“大哥，看来你今天赢500万没问题！”我坐在7号位，伸出大拇指向2号位的他致意。

“呵呵，在澳门都输了六七百万了，赢五百万也不够啊！”他说话的语气平稳，很镇定。

我心想，这让我真心感到惭愧。我比你年轻，输掉的是你的几倍，如今下注却没有这个胆，我错失太多收手的机会了。

继续开牌，我仍是没有胆量推大注上去，不过这靴牌已经快结束了，荷官从牌靴里抽出一张黑色塑料片。

牌局结束，雪茄男子的台面有270万筹码，我的台面有25万。

穿制服的赌厅保安用透明的塑料箱提了一盒50万和100万面额的大筹码过来补充，荷官洗牌，等待下一局的开始。

还需要几分钟的时间，他耐不住寂寞，拿了几万筹码去旁边的台小试了一下，结果很快输完，又乖乖回到这张赌桌坐下。

新牌切好了。雪茄男子对我说：“兄弟，你不要走，我们俩包台，把限红升到80万行不行？我还是把把推满，你要押多少就跟我说一声，抽水全部算我的。”

有人帮我抽水当然不错，一局下来可以节省万把块钱，于是我说好。

雪茄男子吩咐公关经理过来，把赌台的投注限红调高到2-80万。我俩台面加起来有接近300万的筹码，这个要求公关经理当然是同意了。

新的一局开始，飞了十几口牌之后，雪茄男子抽了一口烟，问：“买庄吗？”

“买庄！”我把2万筹码摆出来放在一边。

他用牙齿咬着粗粗的啡色雪茄，双手猛地把几个长方形的塑料筹码推了上去，80万。这个动作很豪气，充满自信，让同桌的人感到放心。

赢了，干脆利落。

赌局很刺激，身后不少人围观，有人沉默观战，有人窃窃私语。

一只手轻轻拍了拍我的右肩，阿强不知何时已经过来了，他也站在身后观战。

每一把庄赢我都不用抽水，算是占了雪茄大哥的一点小便宜。不过这点小钱对他无所谓，因为第二局我们依旧是势不可挡，他的80万平均三口能够赢两口输一口。

我突然发现他这种打法有点与昨晚的台湾客相似，把握势能，强势进攻，有异曲同工之处。

但台湾客的打法像是一场军事进攻行动，在21点台上分为四门围攻，排兵布阵，遇到敌方主力反击时则稍作退缩；敌方败阵时则以摧枯拉朽之势趁胜追击，重点在兵法和冲锋。

雪茄男子的打法则更像是一场武侠小说里的高手对决，是单打独斗。特别像是洪七公的降龙十八掌，每一掌都是蓄满了阳刚之气，与敌手掌对掌，内力对内力的勇猛对抗，不避让，也没有虚招。

在他元气充足的状况下，邪派的欧阳锋着实不是对手。

他台面的筹码已经超过500万了，刚输了一口80万，雪茄男点燃了一根新的雪茄，面对着电子屏幕在分析牌路。

站在他身后的老实男人忍不住开口说："老板，别打了吧？"

雪茄男没有转头，他装作没听见，继续分析牌路，然后又推了一口80万上去。我也跟上2万。

又连续赢了两把，筹码总数已经超过650万。

五十多岁的老实男人又开口了，他担心好运迟早会到头。这次他忍不住去拉雪茄男的胳膊："老板，别打了，不如走吧？"

雪茄男子烦他啰嗦，抓起几个一百万的筹码，转身作势要敲老实男人的头，但他脸带笑意并未下手。老实男人是为了他好，大家都知道。

雪茄男子扭头问坐在一旁的洗码仔："我们总共输了多少钱，算上去年？"

年轻的洗码仔早就心中有数，他回答："680万左右。"

台面是650万，这么说他马上就能一雪前耻了，我很羡慕他。

他继续推了80万上去。洪七公恢复了元气，掌法中内力凌厉，一帮邪魔外道不是他的对手。

连续赢了几口，他的台面已经有860万。

这局牌仅仅开了四十口不到，正是牌局的一半。

"我不打了，兄弟！"他早有此意，所以果断地站了起来，说，"你多赢点，我走了！"

洗码仔双手帮他把台面筹码抱起，拿去账房兑换现金。

围观众人作鸟兽散开，我台面也有42万的筹码，算起来在新濠锋只赢了12万。

阿强点了一个果盘，他坐在赌厅门口的茶几沙发上，吩咐一个女公关叫我过去。

"怎么样？心服口服了吧？"他用叉子送一块西瓜入口，冷笑着问。

我知道他这句话的意思，我的心事被他看穿。事实上所有围观者都会这样想，为雪茄男赞叹，却为我惋惜。

"都是剩下十万，坐在同一张台打，人家十万赢了860万，你的十万只赢了42万，你还想以后怎么打？"阿强说。

我真的很懊悔。雪茄男走后，我一直心事重重。我得承认，无论在21点台还是在百家乐赌台，我永远都无法有他和台湾客这种胆气，无论碰到多好的运势，我都不可能用十万和八万赢回一千万！但是，我的赌本越来越小，往后也就只有这么多赌本了！

而我在还有两千万赌本的时候，用这类打法的尝试，无论是我和霍斌还是季军小武一起，每次搏命都无一例外全军覆没。

在赌桌上，你永远不知道幸运之门何时才对你开放，或许永远不会开。

再也赢不回来了。

“他这种打法，大概一千次只能发生一次。除非他以后不来，如果他再来澳门，以后还会输得很惨。”阿强肯定地说。

“但是能把握住这千分之一的机会，确实能够翻身。你错过了这一局，以后很难再碰到这么好的机会。”他说。

我心里承认，因为我脑里想的也是这些。

往后的日子里，我所能组织的赌本根本不够我尝试一百次，或许十次都不够。要想用这种拼命的打法在有限的次数里发生小概率事件，数学上几乎不可能。

我突然觉得很累，不想赌了，想去阿强的办公室休息。

时间是下午四点左右，我在他的办公室用电脑转了30万元人民币回去，这月的利息总算如期支付了。

阿强来了个贵客，听闻是重庆某上市公司的老板，他匆匆离开办公室去给客人接风洗尘。

我独自一人呆坐在他的办公室里，疲惫而又沮丧。今日，我不是被一场惨败击溃，而是被一场胜利彻底击垮了。

休息了一个小时后，我仍是不得不走出赌厅。我有任务在身，我必须把我的信用卡数赢回来，再把范总打过来的货款重新补回公司。否则，勉强度过了今天，明日我依然会面临难关。

我不得不赌。

假设你的状态不投入，没有信心，没有勇气，看不到前景，更觉得毫无乐趣，你觉得能赌赢吗？

因为我就是这种状态。

如果说从前总是抱着一冀希望，寄望于碰到一条好路或一段好运来翻身，缩减亏空的话，那以前在百家乐台前还是兴奋的，赌博仍是刺激的。

但现在我终于知道，机会不会来，即便来了，我也驾驭不住。

在我颓丧的思绪当中，我台面的筹码逐渐在消失，很快跌到了20万以下。

很快筹码又跌到7万多了，我被打回最低谷。

时间已经接近晚上八点，我不想再待在这个鬼地方，今晚我想回到家中。

阿强的电话打了过来：

“海洋，我希望你在澳门不要每次都输到身无分文，希望你多少能留下一点钱带回去，不管你是公司应急也好，家用也好。你能不能听我的劝？”

好吧，既然好友规劝了，我总得听一次。我于是把两万五筹码拿给公关，让她去帮我兑换现金。在赌厅里，客人未还清“码架”（借款）前，输钱时签出的泥码一般不给兑换现金，但阿强已经提前在电话里和账房交代过了。

我把两万五千元钞票胡乱塞进裤袋里，把剩余的5万筹码全部推到闲上。

荷官把两张闲家的牌推了过来，又用那块写着“庄”字的红色小塑料板把庄家的两张牌压住。

其实我思绪仍在游离。我眯着眼睛盯着荷官胸前那块红色塑料块压着的两张牌，那是庄家的牌，是我的敌手的牌。

我总觉得那两张牌里有阴谋，面目狰狞，蠢蠢欲动，魔鬼在陷害我，它一定是个9点！

我手里拿起两张闲牌，第一张面牌是个黑桃8。第二张牌被我重叠盖着。

“公啦！”身后的女公关妹子讨好地帮我叫。

公？公就输了！庄家可是9点！我心里开始紧张起来。第二张牌一定要求到个A，否则我就输了！

我几乎是用尽全身力气把两张牌慢慢搓开，是个J，我的牌是8点。

“好嘢！”番禺籍的公关妹子在身后叫好。

完了！我心里哀叹。

女荷官把压住两张牌的塑料块拿开，单手迅速地把两张扑克翻过来，在桌面上平铺。

一张9，一张K，庄家9点！

我输了。

第四卷
DI SI JUAN

生命树

天使又指示我在城内街道当中一道生命水的河，明亮如水晶，从神和羔羊的宝座流出来。

在河这边与那边有生命树，结十二样果子，每月都结果子，树上的叶子乃为医治万民。

——《圣经·启示录：22》

一

※ 蝴蝶效应

一只蝴蝶在巴西扇动翅膀会在德克萨斯引起龙卷风吗？

会的。

一局棋会因为一子下错而导致满盘皆输吗？

会的。

早晨，我开车从高速公路送小萱回公司上班，回南山的路上，我把方向盘一拐，车子开上了北环大道，顺着银湖度假村的盘山车道开上了银湖山顶。

今天是周一，山顶很安静。冷冷的晨风中夹带着雾气。

我倚在山顶的栏杆边，眼前是一片分布于湖边丛林的静谧别墅，身后是福田区繁华的高楼市景。

世界本来井然有序，但我把一切都搅乱了。

小陈给我发来短信："贷款下了，我想这周过来。"

手机屏幕里简单的数个汉字，是一个女人的憧憬、她的挣扎。

我突然明白了一种暗示，在这拂面的晨风中，在这渐渐稀薄即将化开的晨雾中，在安静的丛林中，在远处如蚂蚁般连成一线的车流中，这种暗示总在蕴含着。

在土地中，在能量中，在虚空中。

在我的意念中。

有一个人，一个神，一只蝴蝶，她他它一直在拯救我，但我一直无视她。

在我即将触动那连环效应开关的最初一刻，它就安排了小陈过来，用一种最容易被我接受的方式，可谓用心良苦。

她让我在享受情欲欢愉的同时，却看到了怜悯，看到了小陈的悲哀。

我为什么这么傻，我愚笨得竟不如一只预知雨水的蚂蚁，不如一只辨出地震预兆的乌鸦，不如一群从火灾森林中逃脱出的走兽。

我是人类，所以我会这么傻，我会自以为是。

上天牺牲了半个小陈，在我面前警示。我本可以领悟她的厚爱，从小陈的无助中，和她温柔的肉体中。

我本来可以保护好小萱，维系好整个世界的均衡。

我本来可以拯救小陈。

可是……

手指中的香烟被我吸了一半，被晨风吸了一半，时间已经是上午十点，忙碌的都市生活必须得开始了。我无暇再细想，匆匆开车下山。

当你回到现实后，你会发现应付眼前比追寻真理更加急迫。

前日在新濠锋输完了最后的信用卡额度，又输了20万元的货款，此刻，谁还能告诉我：该用什么办法应付困局？

因为我已经黔驴技穷了。

回到办公室，打开电脑，网站上又传来新的坏消息。

钢价正在持续下跌，今日幅度不小，开盘就下跌了150元。

后面连续几天都是如此。

那天我坐在办公室里想：钢价是因我而下跌的，因我动用了范总打来的货款，因我把它输掉了。

这是蝴蝶效应。阿基米德用一个支点撬动地球，我撬动了自己的灾难。

钢材市场和股票是同样的脾性，买涨不买跌。价格暴跌的时候，所有经销商包括工地采购员都在观望，货物卖不动了。

库存的货物每日在贬值，资金的流转在停滞，每日办公室响起的全部是供应商的催款电话。

几日下来，我们只收到了30万元的货款，打电话来催账的却有数百万元之多。

深哥的260万元早就一毛不剩，幸好他最近订单清闲，还来过办公室邀我出去喝下午茶，却只字未提货款的事情。

广州那位老阿姨的借款本来想收回，那天我们东凑西凑把50万元打过去，阿姨见一年来还本付息都很准时，又欣然把50万元再次打了回来，让我长松一口气。

“还是得赌！”那天去广州的路上，季军一边开车一边说：“就算一年两年不行，用三年五年总能赢的回来吧？总好过现在就崩盘的局面！”

我却没他那么乐观。我很犹豫，那天从新濠锋落荒而逃的结果让我记忆深刻。最后一把我把牌盖着离开赌桌时，每个人都看到了我惊惧的表情。

但不管怎样惧怕，我们总得马上把钱变出来，用赚的方法太慢了，只能变。

因为压力又增加了。除了供应商的货款，我现在还得守护好我家人和小萱姐妹上月刚给我集资过来的300万元。钢价跌了多少，我就必须得从别处补回多少进去，至少要让这些钱完璧归赵。

绝望时你会一动不动，听天由命；

但烦躁时你会如热锅上的蚂蚁，四处寻找出路。

我给小陈发了一个短信：“这两天一起过澳门，你订好了机票告诉我。”

回到家，我在厨房的消毒碗柜里取出一个平日盛调料的小碟子，然后找了一张白纸，按碟底的圆形大小画了一个八卦图，上了黑白两色，用剪刀剪下来贴在碟子底下。

“老公，你在干吗？”小萱好奇地问。

“请碟仙，它会帮我。”我说。

这个小小的碟仙真的帮过我。那是在高中年代参加高考的时候，我的语文、数学、英语都很好，但物理和化学最差，特别是物理，平时测验经常只拿到20~50分，很少及格。胖胖的女物理老师与我是正反两极，她总是出那些我平时从不练习的测试题，我练习过的她又从来不印在试卷上，确实是天性相克。

后来我在一本书中看到碟仙的传说，觉得碟仙很灵。光明和扬帆、季军三人同样对高考心怀恐惧，于是我告诉他们请碟仙的好办法，照着书里所述制作了碟子，拉大家一起分享我的秘笈，增强考试功力。

高考的前一天晚上，我带头，和他们三人一起上山，特地找了一个坟场，在某位安息的无名人士墓前，几人盘膝坐下，闭上眼用手指按在碟子上请碟仙。据说这个时点这个场所请碟仙最灵，一呼唤它就会出来。

第一晚阴风潺潺，大家虽然怕得发抖但还是能勉强支撑。第二天晚上，光明和扬帆不敢去了，只剩我、季军和另一同学继续上山布法。

接下来几天高考场内，我都把内含碟仙灵力的碟子揣在怀里，卷面上遇到难题时，我就把手放进怀里摸一下。

结果可想而知，我顺利地考上了重点大学，特别是物理，竟然考了全班第二名。

在家里制作好仙碟之后，晚上睡觉我就把碟子放在枕边，我希望碟子能吸收我的部分元气，让我的魂魄能够与碟仙的力量融合在一起。

小萱对我的举动不置一词。日复一日，她对赌徒的各种怪异行为已经习以为常。

觉得很可笑吗，除非你告诉我，还有什么办法能让我赢钱？

事实上，我承认不管是我家的祖先、大日如来、太上老君、释迦牟尼，他们每个人都帮过我，我也感受到了。但他们最终都对我失望透顶，看不过眼甩手而去。

小陈的飞机中午将抵达深圳机场。早上我先回办公室，转了20万元货款应付了两家供应商，剩余8万元左右的人民币我存进信用卡里，准备去澳门刷出10万元港币。

金沙赌厅里，上月的码粮扣除25万抵押签码之后，还剩余出18万港币。这样，我的赌本就有28万元，加上小陈的12万元，我们仍有40万元的赌本。

浙江的天气比广东冷得多，小陈从机场一楼到达厅出来，仍旧是短发，脸色红扑扑的，脖子上围着一条白色的围脖。

“还是深圳暖和。”她把行李箱拉杆递给我，双手挽着我的胳膊，像朵兰花一样灿烂着笑容。又见面了，我们的心里都有甜丝丝的感觉。

我也收拾了几件衣服放在后尾箱，我跟小萱说，这趟去澳门可能会住多几天，我必须补回钢价下跌的损失。

实际上，我希望这一趟最圆满的结局，就是能用40万元赢回200万元，小陈拿100万元回家从此脱离苦海；我拿50万元补充进公司货款，剩余50万元仍作为澳门的循环赌本。这样又可以姑且回到两条腿走路的局面。

希望上天开眼，能再给一次机会，毕竟我曾经这样胜利过很多次。

我把车子停在公司楼下，这样小萱下班后可以过来取车，我和小陈则打了部的士去蛇口码头乘船。

金沙广东会的公关已经帮我开好了房卡。一进电梯，我们不顾电梯里摄像头的监视，已经搂抱在一起接吻。

死亡的诱惑，是指你在死亡之前感受到的情欲。此时的异性相吸，会让你无惧山崩地裂，流血也仅仅是增加你的极度快感而已。

俩人泡在浴缸里，我搂抱着小陈，抚摸着她的脖颈和胸前。高潮已过，温暖将孤独全部驱散，这是一种归宿感。小陈说，她感到很安全。

这种安全感我也有，但它是暂时的。真正的安全感，就是从三楼赌厅里把200万元现金抬上来。

于是我们下来三楼赌厅，广东会里很多人都对我熟悉，我不想继续带着小陈在这里抛头露面，于是结算出码粮后，和她一起来到御匾会中那家三张赌台的小赌厅。

二

无数次血的教训告诉我，手机要关机。我和小陈此时都是赌命阶段，在澳门赌钱不能再受到任何干扰。但这段时间追债电话很多，所以我把内地的手机卡设置为语音小秘书状态，既能看到来电号码，又无需接听。

现在一坐上百家乐赌台就会条件反射产生紧张，因此第一天下午并不顺利，晚饭前，我们输了十几万，在餐厅里简单吃了个套餐，我和小陈回到房间略作歇息。

“没事，放松一下慢慢来。”她用手掌轻轻按摩着我的额头。

“要不下去大堂打一下？大堂台子多，我们找旺台打。”她又建议。

在大堂打没有码粮，25 万赌一晚上下来码粮应该会损失 2–3 万。但我们目前的状态都很不对，感觉到气场很弱，找找那些人气旺的赌台跟着下注会更好一些。

于是我们下来赌场二楼大堂，这里赌台很多，赌客更多，不少赌台都人头攒动传来兴奋的吆喝声。我们一晚上在整个大堂游走，见到人气旺的赌台就坐下来跟着买几口。人多可以壮胆，不知不觉中，手头的筹码已经有了 50 万，今日倒赢了 10 万。

时间已经接近凌晨两点，这次又会是一个十几日的艰苦战斗，所以我们决定保持生物钟正常运行，先回房睡觉。

小陈这次同时带来了通行证和护照，两个证件加起来可以在澳门待16 天。丧失了赌胆的赌徒，总是认为时间越长赢回的机会就越大，这恰好中了赌场设计的圈套。因为赌场聘用的数学家们设定好的游戏公式就是时间越长输完的概率越大，与赌徒的愿望截然相反。

其实我也早清楚这个道理，不过我们无路可退。

第二天早上起来，我们继续在二楼大堂里游走。我打算上午再多赢十几万元，下午就回到贵宾厅里发起一轮冲锋。

从昨天到现在，手机语音小秘书有很多未接电话，还有不少留言。不过我一直不敢打开接听，我怕会影响战斗情绪。

季军的电话打了过来，这次是拨打我的澳门卡。

“聚美公司的人过来了，说今天想找我们提货，他们工地要用。”季军说。

聚美公司是深圳一个批发商，我们目前还欠着他们 180 万元左右的货款，这段时间他们一直催得很急，因为他们经销的钢厂品牌不适合在惠州销售，所以两个月来只给他们结算了 20 万元。

"提货？他们想拉多少？"我问。

"他们说提180万，把双方欠款清掉。"季军说。

这不是提货，只是想用货物抵债而已。我早就担心供应商们会起这种念头，因为这批库存是我用于周转债务的，一定要挺到钢价反弹或者斯里兰卡恢复供货，公司业务才能恢复正常。此时如果清仓，不但债务会全面崩盘。而且这月来的价格下跌又会造成我们近百万元的损失。

"不能让他们拉！你就说我在香港办事情，过几天回来再说。"

过了一会儿，季军又打电话过来，压低了嗓音说：

"张经理不干，说打你电话一直不通，在办公室里很激动，今天一定要把货拉走。他们公司老板马上要过来。"

事情看来敷衍不过去，债主们生气是迟早的事，此刻与任何一家发生冲突都会导致债务爆发的恶果，因为这个行业圈子并不大，坏消息用不了几天就会传开。

"我马上回来吧！跟他们老板谈谈。"我无奈地说。

现在手头的筹码总数是52万，吸取了上次离开半小时霍斌就几近把100万输完的教训，我拿出5万筹码放在小陈的手中，交代她说：

"我马上回公司处理一点事情，下午再坐船回来，大概来回要五六个小时。这段时间里你只能用这个5万打，剩下的筹码放进你包里不能动。赢一点就好，千万不要贪大，能不能做到？"

她点头说："嗯嗯，你去吧，我就在大堂的小台玩会，等你回来。"

一番叮嘱之后，我匆匆乘船回到了蛇口。张经理和洪总已经在办公室里坐等了，我打的士快速赶回了公司。

"海总，今天你无论如何要把货物安排给我们，我这几天资金非常困难，外面调不到货，今天工地刚好要的又是你手上这些品牌。"洪总说。

"洪总，能不能体谅一下。因为这批货物都是工地已经订好的，你拉走的话我自己就不够用了。再说现在行情低迷，我们卖给工地才有一点利润，收了钱回来过几天一样可以马上付给你。"我说。

洪总是个潮汕人，五十岁不到的小矮个，圆圆的胖脸上长期挂着笑容，其实他非常精明，委婉的语气中常常暗夹锋芒。

"最近对资金转不开的客户我们确实很担心！不过海总你们这么多年来做生意中规中矩，对你们我肯定是放心的。"他话锋一转，说："现在大家都人心惶惶。前几天佛山一家经销商出了事情，不知道海总有没有听说过？据说金额有一亿多，好几家大公司都被牵连了。"

"佛山哪家？我还没听说。"我问。

"一家做钢卷批发的，听说是老板在澳门赌钱，现在公司关门人也找不到了。"他说。

他说这件事不知是有心还是无意，却让我的心跳开始加快了。难道有风言风语已经传了出去？应该不会，因为我的同学圈和生意圈并没太多交叉的地方，何况光明和扬帆他们一定会守口如瓶。只是4月份我曾和几个要好的客户略带提过投资赌厅的事情，虽然事后一直没有邀请过他们去澳门玩，他们却有可能会在平时聊天聚会时跟别人提起。男人们聊天时不外乎是这些内容。

他的眼神也看不出有警告暗示的意思。或许他只是单纯的想追债收款。于是我保持镇定继续跟他协商："洪总，能不能再支持支持我？货确实不够用，我今天可以分两车给你，剩下的货款我开一张15天的期票，你看这样行不行？"

两车货价值大概是40万元。洪总想了想，还是点头同意了，看来他并没有洞悉我们的秘密。

友好解决了争端，双方又在办公室客套了一番后，他们拿了支票离去。

"局面就快顶不住了，除非赢几百万回来。"我对季军说。

是的，从这一天开始，债务的矛盾越来越尖锐，已经无法收场了。

我又匆匆从蛇口乘船回到澳门。现在，在深圳怎样折腾都没有用，全是穷应付，毫无收益只会产生损耗。只有澳门才有一丝希望挽回大局，否则闭目等死。

小陈在大堂里又赢了两万多，她今天很高兴，要拉我去那家葡国大排档吃饭，就是我们第一次约会的地方。

"来到这里，就想起那次在财神酒店门口遇到你的情景。"她莞尔地说。

"那天见到我你是不是心里有气？"我问。

"肯定啦！一个月不接我电话，我当时想这人是不是觉得自己了不起？懒得理你。"她嗔怪地瞪了我一眼。见我心事重重，又笑着安慰道：

"其实不是啦。那天从隧道里走上来，突然看见你站在那里，觉得好亲切，心里是很开心的。"

"所以你就跟我回房间了？"我打趣地说。

她白了我一眼。

其实上天有特意的安排，用一种罪去拯救所有的罪。我们却仅仅是把它当成一场感情的邂逅，没有领会到造物主的苦心。

所以才有今日俩人一起沦丧的局面，并拖累许多家庭。

晚饭过后，我对小陈说："时间紧迫，今晚要尝试一下冲锋。"

小陈有点紧张，但她点头同意了。

无论失败了多少次，无论心里是否有畏惧，我必须冲锋陷阵。危机就是掌心中这个手机，何时我的手机信息满了，我的债务危机也就爆发了。

十几万、几十万都没有用，只够我和季军应付一天或一个下午，我需要的是赢两三百万回来才能维持局面。

我们又重新回到了贵宾厅里，我的敢死队编制是10万元，机会来了就要冲出去。

敢死队几番进攻，战局胶着，紧张得令人冒汗，但两个小时后，还是赢了10万多。

现在台面筹码已经有了65万。

“出去走走吧！”我对小陈说。我确实是额头出汗了，我赌了几个月的命，还差几天就要见分晓了，我知道。

和小萱出门散步我们喜欢牵着手，十指相扣握着；和小陈走在路上我喜欢搂着她的腰，她喜欢挽着我的胳膊。

也许这就是老婆和情人的区别。

我们在楼下广场的石凳上坐着，有几个澳门中学生正在广场上练习滑板，不过水平只是初哥，澳门地方小，运动人才缺乏，难以和内地相比。

“已经赢了25万，加上码粮有27万了。你要不要考虑收手？我现在债务问题快爆发了，撑不住几天，我只能继续冲，但这样打风险很大，很容易输完。”我对小陈说。

她点燃了一支细细的薄荷烟，低头抽了一口，握紧我的手，干脆地说：“那就冲呗！还有什么可犹豫的，都到这个份上了，我赢十几万也不够。”

三

下定决心之后，我和小陈又回到三楼那间小赌厅里，全身紧张，准备做殊死一搏。

我心里的计划，其实是“松”与“驰”的结合。就是分阶段发起一轮冲锋，筹码数上了一个台阶后又开始稳步前进，然后隔两天又发起新的冲锋。

因为全程冲锋的话，很容易就会全军覆没；但用磨洋工的打法又于事无补，因为我赢钱的速度赶不上债务爆发的速度。

赌场内的那只魔鬼狡诈且无情，你的恐惧和紧张，恰好是喂饱它的食粮。我时不时把手伸进怀里摸一摸那个碟子，希望碟仙能借一点力给我。

但是没用，碟仙的法力斗不过魔鬼，半局不到，我们损失了20万。

我常常有推一口30万上去的冲动，想将损失一把夺回，但我不敢！总是眼睁睁地看着8点9点一晃而去，台面筹码却在下跌。想冲过去与命运对决，有人横刀阻拦，那人却是自己！

“去打一会儿21点吧！”我在洗手间洗了一把脸，出来对小陈说。虽然金沙赌场的21点规则不好，但我需要换一个赌法来调节自己的紧张情绪。

三楼的御匾会就有一张21点赌台，算是贵宾厅中的21点，起注可以由玩家要求做调整。我把最低限额调为2000元，一上来就用凶猛的四门冲击，十分钟左右赢了10万。

但很快庄家像睡醒了一样变得强硬，我们又陆续输了回去，只剩下2万赢利。

我想保留住这一点心理优势，于是又回到百家乐赌桌。

第二轮的拉锯战更加激烈，不停地抽水，不停地洗码，我和小陈在紧张中居留已经成为习惯，10万一个的筹码来来去去也早令人麻木。

持续的紧张使运气和自控力都在不知不觉中消耗殆尽，我们的筹码在减少，竟然只剩下12万了！

留下一点现金，其它的拼了再说！我对自己心里说了这句话，然后无暇细想，把10万筹码推了上去。

来了一个四边，小陈脸贴在我的胳膊上，嘴里使劲地往扑克上吹气，结果出来仍是一个10，我们输了。

“走吧！”我把小陈从座位上拉起来，去账房兑换两万五的现金。这家赌厅即出码粮是按照1%结算，一整天下来洗码不少，我们提出了6万港币的码粮。

已经凌晨三点多，我们手中只剩下8.5万的现金。被仇敌击败后觉得异常疲惫，但并未绝望，只是心累，我们需要回房间睡觉。

我从背后搂抱着小陈，她的体味包围着我，隔绝了赌场内的高氧空气，让我脑内流动的多巴胺迅速消融。我没有力气思考明天的计划，昏昏沉沉地和她一起进入梦乡。

这一觉睡得很沉，醒来后已经中午十一点。

我拾起床头柜上的手机，照例翻看一下未接电话和短信，但我并不会点击进去看每条短信的内容。我怕增加负能量。现在我就像一只把头藏进沙子里的鸵鸟一样。

十几个未接电话中，有一个电话必须要回，是兄弟易军打过来的。

“兄弟，你找我？”我躺在床上问。

“嗯。现在市场上有对你不利的传闻。”他慢条斯理地说。

“什么传闻？”

“刚才我去广金公司闲坐，有几个人在谈起你，他们说你在澳门输了很多钱，公司快不行了。”他说。

靴子要落地了，这一天终于来了！就像身后的背景板被抽走更换一样，我从暖春中直接进入了雪地。

“他们怎么说？”我从床上坐起来问，冷意开始让我的身体有点发抖了。

“也没说详细，他们好像也只是猜测。你真的输了很多钱吗？”易军问。

“是，输得很惨。”我承认。

他沉默了一会儿，说：“你得想办法辟谣，否则很快就会有很多人追上门找你。而且这几个谈论你的都是跟你不太熟悉的人，说明消息已经散开了，你想想看。”

我心想：除了赢回几百万元，还有什么办法能辟谣？

易军又说：“我那个150万的货款你暂时不用考虑，你想办法先顶过这关。不管你现在局面有多糟，记住你不是一个人在战斗。就算全世界都不理你，你还会剩下一个朋友。”

他这番话让我心里很感动。易军说的对，需要辟谣。我得马上回深圳去采取对策，再说现在筹码也所剩无几了，留在这里作用不大。

“出事了吗？”小陈见我接完电话后心神不宁，也转过身来抱着我问。

“这两天估计债务会爆发了，我得马上回去提前处理一下，而且还要筹一点资金过来。”

事不宜迟，我下了床开始穿牛仔裤，一边对小陈说：“你留在这，用这八万多慢慢打，看能不能打起来。记着一定不要输完了，我处理好事情很快就会回来。”

“今天能回来吗？”她问。

“不一定，也许明天，也许两三天。”

“好吧，我会慢慢来。你有什么事要随时发短信给我。”她说。

我低头在她额头上亲吻了一下，她用光溜溜的手臂把我抱住。于是我又在她的脖子上深印了一个吻，把她推开，匆匆离开了房间。

坐上船，我开始逐条翻看手机里未阅读的短信。

“海总，见信速回，急。”

“海哥，这两天能否把我公司货款结清？我明日过深圳找你坐坐。”

“老板，怎么总是不接电话？货款该付了，你在哪里？”

“海洋，听说你常去澳门？千万不要拿货款去赌！见信后给我回话。”

……

回到蛇口，我仍是不敢把手机调回为正常状态，我怕电话一接通后此时我会应付不过来。于是我先拨打季军的电话。

“上午有人过来公司吗？”我问。

“暂时没有，但电话很多，都是问你在哪里。”

“债务危机要爆发了，你下来对面的湘菜馆找我，我们一起吃个午饭。”我说。

我点了几个炒菜，辣椒入口后让我感觉舒服了一些。季军很快就下来了。

“现在也不知道消息是哪里传出去的，具体他们了解了多少，不过现在去探究这个也没用，今天开始就难得安宁了。”我对他说。

“那怎么办？怎么向他们解释？”季军问。

“除了给钱，没人会听解释。”我说：“这两天出货怎样？库存还剩多少？”

“只卖出了两车，还有三十多万货款可以收。现在价格每天都在阴跌，按今天平均价计算，库存只剩下400多万。”他说。

“我现在最担心的就是供应商们追上门要求提货，这时候把货物提空，我们又增加一百几十万的损失；不能再对外宣称我们手上有库存了。”

“如果他们上来要提货，能不能要求他们按以前的原价退回？”季军问。

“那更不可能，这样做等于是和全世界翻脸，矛盾会愈演愈烈。”我说：“现在最好的办法，就是我们自己把库存清空，收回现金。”

“还有亲友们的借款呢？下一步要付的利息怎么办？”季军问。

“除了澳门，我想没有别的办法了。”我老实地对他说。

中午回到办公室，我们商量出了主意：尽快把货物卖掉，如果供应商们逼上门要求拉货，只能分出100万元来应付他们，剩下的用开远期支票的方式。

“开了支票出去，到期后账户没有钱怎么办？”季军问。

“左右都是死，至少能拖延半个月时间还有机会赢回来，否则连时间都没有！”我已经是歇斯底里了，顾不上后果。

下午，我们又匆匆驱车赶到惠州，找到手头生意还不错的范总。

“这几天价格还在阴跌，我可不敢接这批货。”范总递来一根中华，笑眯眯地回答我。

“老兄，我这几天要应急，可以每吨比市价便宜100元，等于提前把这几天下跌的价格补给你了，你就当帮个忙，怎么样？”

他考虑了一下，说：“那我只能拉常用的那几个规格，大概500吨左右。”

就是说拉走一半。这个交易又让我们增加了5万元的损失，但我顾不了了，因为马上可以收回接近200万元的货款。

钢材交易一般是晚上装货，第二天才有确切的提货数字，因此明天我才能从范总这里收到货款。喝茶道谢之后，我们又匆忙驱车回深圳。

晚上回到家，我提前做好了饭菜，在想着等小萱回来要不要告诉她实情。

这个决定很难！此时一说出来又是给小萱一个沉重的打击，而且她也只是束手无策，会让局面更加慌乱。明天还有200万元的资金可以到位，我可以争取在澳门赢百把万回来，使局面缓和一些再跟小萱商量。

赌徒就是这样，一次一次在犯重复的错误。

晚餐吃得很开心。小萱以为我仍是赢了十几万元，回来只是处理一下客户提货的事情。饭后，我们还去影院看了一场电影。

第二天早上，我给两个关系较为要好的供应商通了电话，通知他们下午会转账少部分的货款过去，并解释了一下关于澳门的传闻。我并没有说出实情，只是说跟着朋友投了少部分钱入股，目前周转较为紧张，但自己没有亲身参与。

我希望能通过他们的口去对缓解其他人的担心，不过已经很难了。

四

我只是这世上的一个小人物，在这个地球上小得不能再小。我的声音传不到亚非欧的角落，我的悲哀不会影响天气，我的悲哀只会影响一小部分人的悲哀。

不过在回公司的路上，车行中碾压着片片落叶，压碎树木细小的枯枝，我还是感觉到了大江东去的滋味。这种感受和传颂中的伟人们或流芳百世的词人们所写出的感受相差无几。我的世界和很多人的世界在重合，我们这些小人物的自私与卑微还有喜悦哀伤在虚空中一同汇流，在空间中相互关联如同一条无形的河。

大姐打了电话进来：

“海洋，晚上一起参加我们的聚会吧！主内的弟兄姊妹都很关心你。”

大姐两年前加入了社区的一个基督教会，以家庭聚会的形式为主，简称为“家教会”。这段时间她经常邀我去参加教会的活动。我对基督教并不了解，何况此时的我哪里还会有去聚会的闲心！上周我已和季军一起去过赤湾的妈祖庙，下跪祷告时我根本无法静心，感觉焦灼不安。

我拜神，但我其实是一个没有信仰的信徒，因为我并不在乎眼前跪拜的是哪个神，这么多年我拜的只是功利，不被神所喜悦。

这两天事情很多，不能参加了，抱歉。

“你抽空一定要来！你现在最需要的就是心灵的平静，否则天天忙着忙那，但做出的选择大多都是错误的，又有什么用？”

我无暇解释，我下午得过去澳门赢钱，因为神或许能宽恕我的罪，但世人不会。

中午，范总的200来万元的货款顺利到账了，另两家提货的30万元也打了进来。

送走一个上门讨债的业务员后，我对季军说：

“公司账上有230多万，我带100万去澳门，剩下的130万，你用90万应付这两天上门追债的供应商，40万留作付利息和公司开支。是祸已经躲不过了，如果这次再输就听天由命吧！”

季军心灰意冷地说：“只能这样了。我干妈她们的利息一定要保住，我就怕她们老人家会接受不了，拖下去能过一天算一天吧！”

中午时间，写字楼附近的餐馆都非常忙碌，为了节省时间，我来到楼下的沙县小吃点了两笼蒸饺草草果腹。

以我现在的心情，就是恨不得每分钟每一秒都坐在赌桌旁，一边不停地从赌桌上赢钱，一边不停地把钱汇入内地应付债主，这是唯一的生存之道。

至于吃饭，等电梯，打车，过海关，这些都是在浪费我的时间。

这是一个末路赌徒的定式，早就被人设定好了。洞悉了赌徒心里秘密的赌场老板和魔鬼们，在暗中轻蔑地窥探着赌徒走上最后一程。

小陈正在金沙赌场一楼的大厅里。

“怎么样？”我走到她身后，捏捏她的脖子问。

扭头见我回来，她还是挺开心，但伸出的手掌上筹码却所剩无几：“不好，只剩4万多了。”她撇撇嘴说。

“别打了，我们回房间商量一下。”我拉起她。

回到房间，我对她说：

“我又刷了120万港币出来。现在很多人都已经知道我在澳门赌博，这次赢了以后就还能继续赌下去，输了就没机会了，回去等着身败名裂。我想先把你的12万本钱抽回去，我用百来万能赢多少就全部拿回去应付债务，过两天再带几十万过来跟你重新开始，你觉得怎样？”

她摇了摇头，说：“那不是一样吗？啥时赌都不是赢就是输，你就放开去打吧，赢了你就全部带回去应付债主，我这里不还有四万多吗。”

见她如此坚决，我也不再坚持，于是说：“如果第一轮赢了，先留20万在你这，也许哪天我还需要你来救我的命。”

可惜，赌徒的计划全部都是空想。

猪已经养不肥了，已经奄奄一息了，所以趁这只猪死掉之前，最好连皮带肉把它一口吞掉。

魔鬼就是这样对待我们的。下来三楼赌厅后，我们包了一张台，但根本没有赢钱的机会，一局不到，已经损失了70万。

此刻心态已经完全绝望，可以说是自暴自弃，所以虽然预感到会输完，但我们并不会想到要收手。我们重新回到广东会，用剩余的50万购买了泥码。

筹码总数一直在下跌，中间也有过几次小幅的反弹，但无济于事。数个小时后，50万全部消耗殆尽。

我望着小陈萎靡沉重的神情，我的心里首先想到了小萱。

赌徒，你偷偷赌掉的不仅是自己的幸福，还赌掉了身边人的生活。

“这里还有四万多。”小陈从包里拿出那4万多的现金码，摆在台面上。

我摇了摇头，说没有用，我们回房间吧。

合衣躺在床上，我把怀里那个小碟子拿出来把玩。我心里在想：我一直以为自己在和魔鬼争斗，其实在神灵们眼里我也许就是和魔鬼为伍的，所以他们都抛弃了我。

“要不我明早让他把那十万也汇过来？”小陈躺在一旁问。

“不用。十万几十万我也能筹到，但是没用。我现在找不到赢赌场的办法，也许拿一千万过来都没用。”我说。

她把身体挪了过来，鼻子贴着我的脖了，一只手轻轻抚摸我的左脸。

以往在房间里抱着她很容易会让我冲动，但现在我身体竟然毫无反应。我不但把钱输了，连性欲也输掉了。

小陈也意识到了，她的手停止了抚摸，轻声问：“明天你回去怎么办？”

我的脑海里晃过各种乱糟糟的念头：走？自杀？任人打任人骂，坐牢？小萱怎么办？家人怎么办？季军怎么办？

我知道败局已定，库存里还有200万元的货可以套现，但这笔钱在赌桌上也救不活我。现在已经不可能有完美的结局，每一个选择都非常艰辛，但我必须做出一个最有利于自己的选择。

人性到了此刻已经是抽茧剥丝，暴露出了最底层的一面。

我仍是想活下去，先要自私的保存自己，才有机会将来弥补过错。

至于该怎么做，明天，我要回去和小萱还有季军一起好好商量。

五

※ 跑路秘笈

十年前，曾有一部美剧在国内甚火，名叫《越狱》。

这部连续剧主要讲述的是一个高智商的囚犯怎样从监狱逃脱的故事。在这里，我们首先对万恶的资本主义公开宣扬违法犯罪技巧，与法律对抗的这种调皮行为表示鄙视！

但是，为了向世界人民也展示一下我们的智慧，为了在电影电视剧本的娱乐事业上与西方人比拼一下，我们也来构想一个《跑路》的剧本，从模仿道德缺失的美剧的反面角度去警示世人，宣传一下正能量吧！

这个《跑路》的故事，当然也是发生在美国。不过由于我对美国的环境不太熟悉，所以很多场景只能通过身边居住环境去臆想，实在见谅！

假如某一天，你不得不跑路了，准备收拾行李远走高飞，你会怎么做？你有没有完备的跑路方案？

通常跑路有两种情况：一种是欠了人情债，得罪了几个亲友，借了某个高利贷，得罪了当地的村书记或恶霸；第二种是债务巨大，或犯了大事，被美国警方通缉，网上追逃。

第一种跑路很好办，早晨起来，刷完牙洗完脸，一边看电视一边吃完早餐，坐在沙发上逐个给亲朋好友打告别电话。看看机票时间差不多了，携妻小下楼，从容打的士去机场，姑且告别家乡。

我们要详尽分析的其实是第二种，假设你即将被美国警方网络通缉了，你要提前跑路,该怎么办？

首先，你要丢掉三样随身携带的东西：手机卡、身份证、自尊心。

丢掉手机卡很好理解，因为现在的手机和手机卡芯片都有 GPRS 的定位功能，而且营业厅可以随时查到你的通话记录，短信和微信记录。一般开机后不超过数十秒就能准确定位你在地球的任何一个角落；就算你关了机，芯片中的微电流一样会发射信号,暴露你所在的位置。所以凡是曾经使用过的手机和手机卡，一定不可携带。包括 IPAD和汽车导航仪，这些具备卫星定位功能的电子设备全部要留下，等你到达目的地后再去重新购买。

身份证呢？现在美国的身份证全部是二代智能身份证，不管是在机场、火车站、银行，宾馆，只要你一刷身份证就是自投罗网。而且很多机场和车站等人流量大的交通枢纽中，早就安装了红外感应系统。理论上说，即使你没有掏出钱包里的身份证，隔空数米或者数十米，电子系统一样能识别出你是通缉犯，然后身材高大的美国警察们就会从你身后悄悄包抄过来。所以，旧的身份证你必须扔掉，你或者提前在外省办理一张新的身份证，或者找马路地面上贴着广告的东南亚证件集团帮你克隆一张。但克隆的这张你要提前去高铁站或者什么地方试验一下，确定这张假证没有犯罪记录。

现在国内的各大电子城里，还可以买到一种叫做IC卡屏蔽套的东西，很便宜，平时把手机和身份证装在里面，可以与外界的扫描设备绝缘。这不失为跑路用的利器之一。

自尊心呢？为什么也要丢掉。如果你还要保留凡夫俗子的自尊心，那我建议你不要考虑跑路，就待在家里等死算了。自尊心和人类的尊严是两码事，我认为被关在笼子里，或者被强制剥夺生命那才是践踏了人类的尊严。因为上帝造人出来，就是要他好好活着，去吃伊甸园的苹果，亚当去和夏娃行那事，这才是完整的人。至于被别人辱骂几句，被人家白了一眼，被人在背后推了一把，那都不是自尊心，只是证明那人的秉性与你同样卑劣而已。几十年前，流行一种批斗会，被批斗那人在主席台上被一串乒乓球挂着，弯着腰向数千人鞠躬。有很多人因此受不了侮辱而自杀。其实我觉得在身体没有受伤的前提下,一串乒乓球对我来说根本不算是侮辱，只要回家有吃有住，我愿意这样陪他们玩一年。因为玩这游戏的时候我在思考，甚至在构思一副画或一篇美文；但陪我玩游戏的人，脑袋像猴子一样被人控制，愚笨又上蹿下跳，他们也许才是更可怜的人。

所以跑路过程中，不要与他人发生争执，也不要态度倨傲自以为是，你要时刻记得自己只是一条丧家之犬。

我有一个高中同学，贪污了单位700万元公款，逃到中缅边界隐居。这家伙平时斯文有礼，骑着自行车老远见到熟人都要停下车来唠嗑几句，但跑路后生活也变得荒淫，竟然长包了两个小姐在旅馆长住，所以说人性深处难以测度。

有次他在大排档喝了点啤酒，跟饭馆老板发生争执，这位同学为了争口气，在桌上敲碎了啤酒瓶指着饭馆老板的鼻子骂："我是全国通缉犯，我怕你!?"

结果二十分钟后他被逮捕。这是真人真事。

越王勾践为什么能逆袭成功，是因为勾践"够贱"，人至贱则无敌，勾践再次君临天下的时候，在他脚下跪拜的吴王还敢说自己有自尊吗？

丢弃了这三样东西后，你可以准备跑路了。

首先是行李和钱。

银行卡就不用说了，自己名下的卡一律统统扔掉。你要提前用新的身份证开好银行卡，开通网银。而且，你还要准备两三张别人名字开的卡作为备用，最好是用你的远房亲戚、或最信得过的好友身份证开好的银行卡。钱要分头存进几张卡里，而且这几张卡之间平时不能互相转账，账面上一定要脱离关联，免得你的资金某日被全部冻结。

现金不宜随身携带太多，但也不能太少，两万三万，跑路途中够用就好，而且跑路途中尽量不要用卡去柜员机提现金。不仅是担心美国警察们在查你的事，而是担心别人犯了事也会拖累到你。譬如十年前，有天夜里我去一家农行的柜员机取款，结果身后有三个便衣包抄过来，要求我出示身份证，并仔细做了核实，折腾了十几分钟。后来我打电话投诉，得知近期正在采取某抓捕行动，美国警察们正在多处柜员机上布控。

至于行李，以装满一个大的旅行背包为宜，外加一个小的手提包。千万不要用大行李拖箱加上大旅行背包的配置，这会让人感觉你并非旅游而是确实在跑路，而且行李太多会成为致命的累赘。

行李包里，一套高档的西装必不可少。这世界就是人敬衣装，什么假身份证都没有器宇轩昂的外形有说服力。有这身武装你就可从容路过高级场所，给路边的巡警一个绅士般的微笑，在麦当劳里向正在喝咖啡的白领丽人们借用IPAD查询信息，运气好的话当晚还可以跟她回家节省一晚房费。

睡袋、简易帐篷和野餐刀叉也要放进背包里，这是预防最坏的情况发生。何况，即使是在野外露宿，你挑选一个开阔的风景区，幕天席地，其实也是一种享受。

旧相簿千万不要放进行李箱里，一是增加了重量，二是因为你不知道跑路成功后，那个将来与你同居或者结婚的人是否靠得住，说不定哪天一吵架她就会举报你。所以先不要把你的历史装入背包。但这并不意味着你要斩断对家人的思念，你可以事先把这些照片上传到网络空间里，等你安定下来后随时可以下载打印出来。

酒店用的牙刷和剃须刀一定要备好，腰缠万贯时你可以不注意形象，但跑路途中一定要注意整洁。有人以为蓄了胡子可以改变一下形象，殊不知美国警察们临检时最关注的就是胡子拉碴几天不洗脸的人，不洁的外表显示出你的慌乱。

带一本最轻便的笔记本电脑，预装好可登陆国外服务器的VPN翻墙软件，这个一定要有。现在是个网络时代，不能上网的话你出门什么事都难办。笔记本没有卫星定位功能，不会被搜索出方位，而且随时可以在有WIFI的公共场所上网，无论是跑路还是将来谋生赚钱，你都必须用上它。

谈到VPN，这个软件你一定要精挑细选，因为据说很多VPN代理也被美国警察监控了，如果你通过被监控的软件上QQ或者邮箱，美国警察们一样可以要求代理商提供你的IP原始数据。

支付宝，包括国外的第三方支付工具你要提前多开几个。特别是国外信誉卓著的第三方支付平台，当你出现身份暴露的危机时，需要尽快挪动地方，这时候你把资金存在国外第三方平台会比存在卡里更安全。

准备好行李和钱之后，就要出行。

怎么走？飞机和高铁是绝对禁止的。就算你用了假身份证，你在入闸处的视频和照片也会给你带来无穷后患。长途汽车可以考虑，但我告诉你：汽车这个工具人人都想得到，太没技巧了。而且很多路口也会设卡临检，你能否通过则全凭运气。

六

伪装，在外形上惟妙惟肖是一个手段，但并非最高境界。

最高级的伪装是在气质上，是惑心之术。让盘查的人还没靠近就已经对你放松了戒备，认定你是一个好人。

所以，我推荐一种新型的跑路模式，就是结伴旅游。

所谓结伴旅游，就是自驾车长途旅行。每天都有不少驴友或白领帅哥妹妹们在网上发出各类信息："下月 1 日欲自驾路虎往西藏，寻结伴游驴友两名"；"下周二本途胜车队前往阳朔，欲搭车同往的请速报名，AA 费用 900元"；"小女子车技较差，下月初准备自驾游去拉斯维加斯，寻一车技好的帅哥同往。"

所以你确定了跑路的路线后，可以根据自己制定的路线在网上搜索这类结伴游信息，搭这些车前往目的地基本可谓安全。因为就算高速路口有美国警察们设卡盘查，你身边兴致勃勃的旅伴们会成为你的掩护，他们的利眼不会关注在你身上。

自己在租赁公司租台车跑路是行不通的，一是你的行踪位置随时被人知道，二是你用旧身份证办的驾照会让你立马被逮捕，交警们的便携式扫描器可以通过驾照轻易获知你的嫌疑人身份。

即使是结伴游，在市区道路和国道上，你也不要开车；如果同伴实在疲惫需要你替手的话，只能在没有交警的山区道路上开一段。

交通工具选好后，那路途中的住宿呢？

中途在旅店住宿时尽量由同伴去登记开房，你的新身份证能不用就不用；如果开房需要登记全体证件，但下榻的酒店内或附近有大型正规的水疗场所，我建议你去那里过夜会更好些。一是便宜，普通的水疗加睡觉也就 200 元；二是大部分水疗中心都无需登记证件，便于隐蔽。

至于色情桑拿就不要去了，一撞上严打就完蛋，譬如 2014 年的东莞事件。而且以后严打的频率估计会越来越高。

跑到最后，总得找个地方落地生根，该怎么选择呢？

这要看个人的经济情况和专长。

携巨款潜逃的人，贪官或大 BOSS，一般都会往国外跑。极可能他们已经提前办理了移民，在高档社区买好了别墅，所以我们不必为他们操心，此处略过。

犯了刑事重罪，被抓获后不可能自由人间的哥们，跑路的唯一目的是找个地方苟此一生，吃苦或与世隔绝对他来说无所谓。这种情况我建议你就把自己当成南下北上的农民工，哪里有打工热潮就去哪里，加入数千万的流动大军。最好是进入像“富士康”这样的大型工厂，成为生产线上的一颗铆钉，只要你不学其他工友一样跳楼的话，估计十年二十年都不会暴露身份。

被债务所困，由民事已经上升到刑事诉讼的债务人，跑路的时候大抵已经没剩几个钱甚至身无分文。而且抱着一颗愧疚的心想在外面赚钱还债，因为拖累了很多亲戚好友。这部分跑路人，落地生根之后一定要想办法重新展开事业。

首选是选择落脚地。不要考虑穷乡僻野，这些地方外来人口会比较显眼，一旦被辖区民警关注上你就很容易暴露；何况，在这里你要找到翻身机会的概率也非常小。

快速发展的二线城市和大城市的经济开发区是首选。这些地方一是新移民人口多，二是商机无限有利于你白手起家。而且，这些城市普遍警力不足，居委会也是半年一年才象征性的做一次人口登记，没人会在意你，片警们更是无暇来认识你。

落脚之后，如果还有经济能力的话，一定要租中等偏上的住宅小区，甚至高档小区，尽量不要去租农民屋。越高级的小区，你就能居住得越安全越长久，也有利于你下一步生意的开展。农民屋和租户集中的廉价小区往往是派出所重点关注之地，非常危险。

实在是为了省钱，你还可以考虑租当地大学院校内的宿舍，很多教师和教工会把他们的宿舍出租，价格便宜而且非常安全。食堂、运动操场、图书馆都可以利用，可以说是跑路者的天堂。如果钱仍是不够，就只能先去工厂打工，住在厂里的集体宿舍或者工棚里，学会吃苦耐劳，等存到钱了再搬出来。

安定下来之后，你得考虑谋生之道，如果你对当地的商业环境还没有熟悉，我建议你先不要出门妄动，头半年，先待在家里学会网络化生存。

利用网络铺设你的翻身之路，因为网络没有地域限制，你面对的市场仍旧是全世界。你只要再把当地的资源优势稍微发挥一下，竞争力不会比一个普通的合法公民差。当然，头几个月你可能找不到经营方向，生活又入不敷出，这时候你可以考虑去附近的酒吧或24小时营业的肯德基做个兼职，每月赚个两三千解决吃住问题。但是你还是要把重点放在发展上，如果你想翻身，想有朝一日回家乡还债的话。

网络化生存，但千万不可网赌！因为你跑路的原因就是败在网赌上，不要像头蠢猪一样自己养肥了再被人剮一次。做论坛职业水军，帮人代理照看网店，自己开网店，建立一种新型的电商模式，这些都是可以赚钱并发展的项目，只要你学会思考并尝试。曾听说过有一个犯了抢劫伤害罪跑路到上海的年轻人，通过炒期货几年时间竟然赚到了亿万身家，还给汶川地震捐了一笔款，后来身份暴露后被抓捕回去，但只判了两年，可谓是完美收官。这样的例子只能用来鼓舞士气，并不值得效仿，因为在期货市场上成功的人可谓是少之又少，失败过的赌徒博弈的心态很差，尤其不适合再去碰期货。

有一份兼职解决温饱，又每天在网络上寻找生意机会，恭喜你，你已经迈向一条通往成功的大路，翻身指日可待。

这个时候，你可以想办法跟家人联络，报个平安。这就需要你发挥007的谍战技能，与美警们斗智斗勇。

首先要明确一点，你走之后，你全家人、甚至以往几个好友的通讯都全程处于美国警察们的监控状态。家庭电话，手机、通讯邮箱、QQ、微信、快递包裹，这些通讯联络工具不是长期被警局监听，就是被定期检查。再用电话或邮件这种直接的方式去联络，不但会暴露你的位置，而且会害了你家人。

有些跑路人在临走前，会和家人设定好一套联络的密码：譬如用“嵌字法”，这是清末袁世凯时代就流行的密码手段。就是用《辞海》或者《红楼梦》等书籍作为密码本，数字“1-2-1”表示书里第1页第2行的第1个汉字，“10-5-3”则表示第10页第5行等等。然后你用VPN翻墙软件发短信：“易发商城欢迎你！输入以下密码获得50元礼金：1-2-1，1-5-3……”家人便可根据密码在书籍里套出一整句话。这种方法也管用，但是OUT了！用多两次，聪明的警察们就会想办法破译你的密码。

还是要从网络着手。最快最安全的办法，就是在网络上随时与家人联络。

跑路之前，先和家人约定好一个网络的文件储存站，国外第三方平台，BT站，或者社交网站等等。你这边写的信函，家人在那边阅读后删除；甚至你直接在脸谱网上发出的公告，家人阅读后心领神会，并不会留下任何证据。网络时代，天涯海角间要实现联络容易得很，要实现全面监控确实太难。

落地生根之后，你可能会在当地找个伴侣，重新组建家庭；也可能会找机会把妻小接过去。又该注意些什么？

寻找性伴侣或情人，排遣寂寞，这是人之常情。但你一定要时时刻刻记着自己是美国的通缉犯，即使情到浓时也不要轻易把过去向她和盘托出。因为这世上红颜知己易求，患难鸳鸯极少。相较之下，沦落风尘的失足女子可能会比一个家庭温暖的白领丽人更有江湖情义。因为白领乖乖女要照顾的是她的整个小世界，顾虑太多，难保她获知了秘密后不会出卖你。风尘女子反而更易理解你的沧桑，两人共同的污点使你们的结合互不嫌弃，但也未必可靠，她们当中大多数对男人已经看透，容易变脸，哪天招呼不打就会从你房里消失。

如果确实找到了深爱你的女人，重新结婚生子，你仍是要把过去隐瞒下去，不要轻易揭开。除非某天，你已经具备了还债的能力，愿意回家乡接受惩罚。否则，不要在创业途中徒增你妻子的精神压力。

最好的结局还是找回你在家乡的发妻，与幼儿团聚。这必须要等到你在异乡的事业已经上了轨道，帮她们安排好了全新的身份，这时候你就可以跟共患难的妻子在网上约定：“某月某日，我们在某地团圆。”上演一场浪漫又惊心动魄的逃亡之旅。

此时你已经有了一定的经济实力，获得了新的驾照，可以公开抛头露面。所以你开着一辆租来的丰田小车，非常不起眼，静悄悄地停在某郊外温泉度假村的路口。

今日，你的发妻单位组织了一个集体郊游活动，就是来这个温泉度假村一日游。你妻子带上了4岁的儿子一起来玩，时隔两年，美国警察们已经放松了警惕不会跟踪她。何况这是个再正常不过的单位活动。

等全体同事都在温泉池里浸泡享受的时候，你妻子给她最要好的同事留下一封辞职信，拖着儿子悄悄换好衣服，走出度假村大门，走向路边，拉开你的车门。

亲亲久别的妻子的左脸，贴贴已经陌生的儿子的右脸，点火启动，赶紧走吧。

车子开到一百里外的另一城市，你把租来的车还给租赁公司，拖着妻小在路边拦了一辆的士，又来到十公里外的一家路边洗车店。

你新买的越野旅行车正安静的停在那里，已经被洗得铮亮。拉开车门，儿子高兴地爬进了后座，说："老妈，这车好宽嘢！"，妻子此时紧紧拥抱着你，早已经泪水满面。

你一家团聚，把车子驶入大道，进入高速，向着一千公里外的城市绝尘而去。

七

※ 债务风暴

早晨，我乘第一班船回到了蛇口。

季军正停在公交车站边等候。追债电话太多，他上午不敢回办公室，只留下小武守在公司应付。

当务之急，是要把库存的货物处理掉，保留最后一点资金的主动权。

"昨天铁牛公司提了一车，大概30万左右，价格不错，不过要一周后才能付款。"季军说。

我点点头，就是说库存还剩下170万元，我们马上驱车前往惠州。

现在不能四处打电话找人接货，因为这个圈子并不大，一个人报出的价格会在数小时内在圈子内传开，如果听闻我们正在低价甩货的话，会令债主们更加激动。

价格每日仍在继续阴跌，大部分钢材门市和包工头都不愿意接手，最后，我想到了珠海的徐总。

横琴正在大开发，有很多大型建筑工地施工正如火如荼，徐总的关系网应该有办法。

"问了好几个哥们，你明天把货拉过来吧！不过他10天后才能给钱，有没有问题？"徐总回复。此时他还不清楚我的真实处境。

"他付款能提早几天吗？我现在急等钱用！"

徐总想了一想，爽快地说："我这还剩下20万现金，你要急的话就拿去用吧！"

货物有了着落，这让我们长松了一口气。

喘息未定，小武的电话打了进来："海哥，你最好马上回公司一趟。"

又有债主上门了。不得已，我们硬着头皮赶回深圳。

两家供应商老板正脸色铁青的坐在沙发上等候，一个是广州的余总，一个是深圳的钟老板。

我早就抱定了一个宗旨：不管他们怎么猜测，打死都不能亲口承认澳门赌博的事。因为这是一个商人的禁区，一旦承认后，你休想再获得片刻安宁。

半信半疑之下，两位老板仍是不肯空手而归，于是我只好又开出了两张远期支票。

应该说此刻已不仅仅是对输赢麻木，对做任何事情的后果都已经麻木了。空头支票兑现不了怎么办？对一个赌徒来说这件事情并非最重要。这个程度已经不需要多巴胺继续刺激，意志其实已全面崩溃。你只是一片树叶，在大海的波浪里是沉是浮都由它去吧。

季军仍是不敢向他老婆摊牌，晚上跟着我一起回到家里商量。

当一个女人的丈夫成为赌徒后，她就无可避免的要定时承受各种突然其来的打击，直到她彻底崩溃。

小萱没有心情吃饭，呆呆地坐在沙发的角落里。

"这下我全家人都会恨死你了，以后没人再会帮我们。"她痛苦地说。

晚上，三个绝望的人在一起商量出路。

"全部货款收回来还有多少钱？能不能跟供应商们讲清楚，请他们宽宏大量，让你们保留这点资金继续做生意？"小萱问。

"不可能了，人家不找上来拼命就不错了！"季军说。

"老婆，债主太多了。而且现在连已经开出去的几张远期支票都不够钱付。"我摇摇头说。

"你怎么能乱开支票出去？你知不知道后果？"小萱激动地说。她在金融系统做过两年，清楚空头支票的严重性。

"没办法，不开人家不肯走。还有，马上又要付下个月的利息，要是被老人家知道恐怕心脏病都会发作。"季军说。

是的，供应商只是第一波，马上还有第二波债务危机，亲友们的借款数额更大。这让小萱和季军越想越惧怕。

还有信用卡和小额贷款，仅这些欠债就很难摆脱。我心里暗想。

"要不我走吧！"我开口说。

"走？走去哪里？"小萱问。

"我自己躲在外面重新创业，这样可能还有机会翻身。临走前我给全部亲友和债主各留下一封信，可以让季军免除责任。我在外面赚了钱慢慢寄回来还债，你们以后的压力也没这么大。"

"你傻啊？一走就是通缉犯，你以为这么容易躲过去？"小萱说。

季军闷头抽烟，开始沉默不语。

沉闷的度过了两个小时，季军见谈下去也无太大意义，于是起身告辞。

他走后，我认真对小萱说："老婆，我真的想走。"

"你走了晓莹她们怎么办？她们刚刚为你又背了几百万的债。"

"货款收回来还有两百万，先还她们150万，我带50万走就行了。"

"那季军呢？他肯吗？"小萱问。

"季军应该是希望我走，这样他面对亲友会容易些。而且公司账上还有40万可以留给他。"我说："如果继续待在这里，以后每天面对的就只有争吵和起诉，而且剩不下一分钱，不但没法翻身，还会慢慢把你们拖垮。"

"这样走的话，太对不起他们了！"小萱说。

"走了还有机会赚钱还债，留下来一样对不起他们。就算坐了牢，债务不还是没有解决。"

小萱觉得脑袋很乱，她理不出头绪。

"那我和你一起走？"她问。

"不行！你留在这里好好的，一走就变成共犯了。"我否决，"再说你没有反侦察意识，出去后肯定忍不住要和家人联系，很容易让我们暴露。"

"我不会，我要打电话会事先跟你说。"她幼稚地说。

"假如我不在家呢？你难道不会偷偷打电话给晓莹？"

她想了想，说："也许会。"

我俩都忍不住笑了。

于是晚上，我在书房用电脑上网，她在床上用Ipad，俩人都在查询各种跑路的信息，了解远方城市的生态人文和新闻。

"不行呀老公，你还是别走了。"她指着IPAD上的一条报道说："你看看这个，'那人被抓获后，感激地对前来的公安干警说，终于解脱了，早就盼着回家了'。你看，跑出去的日子更难过！"

"好了，我明天先收拾好行李，至于走不走，看看事情有没有转机再说，能不走当然最好。"我安慰她。

第二天上午，开车送小萱上班后，早上9点一过，手机电话铃声和短信开始响个不停，又有两家供应商要求见面。这两家的欠款都不多，每家只是几十万元。

我对开空头支票已经害怕了。我心里清楚如果再开支票出去，将来兑现不了，债主们又不同意协商的话，很容易演变成一场刑事大案。

那应该怎么办？卡里还有20万元是昨天徐总汇来的，小陈仍在澳门挣扎，她发来短信说手上只剩下两万多元。

如果你是一个赌徒，你会选择怎么做？

我将车子留在家楼下，匆匆打车去蛇口码头。

买好了船票，在海关的入闸口，我伸手进包里拿通行证，但却怎么摸也摸不到。

我走到旁边的小桌上，几乎把整个包里的东西都倒了出来，证件的确不在包里。

于是我打电话给小萱。

“老婆，你昨晚拿了我的通行证吗？”我问。

“对！我放在办公室了，以后不准你去澳门了！”电话那头说。

“不去又能解决问题吗？待深圳有什么用？”我着急地说。

“就是澳门把我们害死了，你怎么还不醒悟！”她挂了电话。

我只能怏怏地走出蛇口码头。现在护照被我三姐收了，通行证又被小萱收走，澳门没办法去了。

局面已经糟得不能再糟：小陈孤身一人被撂在澳门，包括我的行李；债主们每日上门追债，我不敢面对他们；开出去的支票超过300万元，必须筹足这笔资金，否则“弹票”（支票余额不足退票的意思）后不但会遭致人民银行的巨额罚款，还会引发刑事诉讼；马上又要应付第二轮亲友们的债务风暴。

我只能先给小陈发了短信：“证件被收走了，你再坚持几天。”

“嗯……我等下搬去皇家金堡住，那里台子小，而且住宿便宜。尽快过来，等你。”

面对合作多年的供应商，即使你找到各种理由解释，但如果你连一张远期支票都不肯开的话，谁会相信你的诚意？

不得已，我只好把20万元现金又付了出去。

收到了部分现款和支票的供应商们暂停了攻势，还剩下几家依旧在穷追猛打，但已经让我感觉清闲多了。

接下来两天，我每日西装革履出现在办公室，硬着头皮与供应商们周旋，在谎言中如坐针毡。

小陈定时发来短信：3万、1.5万、2万去打一会儿老虎机，不行我去大小台试试，然后我去跟旺台。她下注的胆子越来越小，在苦苦挣扎。但我知道她迟早会输完，就像阿强他们看出我迟早会输完一样。

开出去的支票在帮我读秒：还剩十天、还剩八天。我必须要把钱补进账户！

心急如焚，我每天想的就是怎样在下一秒变出钱来。但我不敢去碰网赌，因为去年湛江卢曾介绍过一个赌博网老板找上门，想让我帮他拉大客户，了解过网站的后台。我深知网赌比澳门更可怕，是吃人不吐骨头的恶鬼，特别是BETT356、搏猫这种打着上市公司旗号的网站。

情急之下我决定试试赌球。于是打电话给一个熟人的朋友，让他在某网上给我开了一个账号，设置了10万人民币的额度。赌球一向是我的禁区，因为我曾有一个同事在赌球上输了两千万元，一直被我当做反面教材向其他人提起。

但不管怎么作假，总比网络百家乐好些，毕竟还需要一群大牌球星上场表演，好过我天天在数着手指头等死。赌球的抽水很厉害，我于是不买单场输赢，只买“大球小球、单双、半场和、全场和”这几种，采用类似于21点的倍投赌法，一周下来也赢了10万元。这10万元顺利取款到账后，第二周我继续这样玩了几天，又赢了两万多元。结果那做代理的朋友打电话来，说老板不同意再给我额度，要继续玩就得自己存款。于是我停止了赌球，这是后话。

八

想到即将要到期的几张支票，想到过几天剩下的180万元货款就不得不存入公司账户，被托收的支票划走后，所有希望都将破灭，我变得身无分文。

想到这些就几乎让我发疯。

第三天晚上，我终于忍不住和小萱大吵了一架。

“明早我跟你去办公室，把通行证拿回来！”

“不行！你这样会把我们都害死！”

我去翻她的包包，看她有没有把证件放在包里。

她气愤至极，从厨房拿出一把水果刀对着手腕，说：“海洋我告诉你，你要是再敢去澳门，回来后就只能见到我的尸体！”

争吵声音太大，隔壁邻居给管理处打了电话，小区保安员上来敲门询问。

一番歇斯底里的吼叫后，我又抱着哭泣的小萱道歉，俩人重归于好。

我已经是一个彻头彻尾的病态赌徒，每次在赌场里毫无信心，但回到现实后，又把解决困难的全部希望寄托在赌场上。

半夜躺在床上睡不着，看着身边小萱蜷缩着的后背，连日来的惊吓使她连睡着的姿态都那么可怜。我觉得自己没有资格再继续留在她身边，我还是应该回到赌鬼的世界里去，或者就索性流放自己。如果我离开了，她仍有工作和房子，不会被我的债务牵连。而我已经无可救药，在第二轮债务爆发之前，或者走，或者死，我必须做一个选择。

第二天早上，我打电话给三姐，让她把护照马上快递过来。

“去斯里兰卡？那里需要你过去吗？”三姐狐疑地问。

“对！客户下一期的工程马上就要启动了，现在出现了竞争，我要过去跟他们联络一下感情。”谎言已成为口语中的主要组成，我编了一个让家人无法不支持的借口，何况护照是用于出远门的，三姐不会想到通行证已经被小萱收起了。

于是她把护照快递过来，当天下午五点我就收到了。

与三姐通完电话后，我又打电话给铁牛公司的工程部经理，请他今天帮我加紧在财务部办理结算。铁牛公司是深圳一家信誉卓著的施工单位，很快他们财务部就通知我可以带上发票去领款。

于是下午，我又收到了30万元的支票，转入公司账户后迅速提了现金进我卡里。

家中的行李已经打包好了，但我最后的念头还是不想跑路，只空手离开了家门。只要还有一线希望，我仍想留在小萱身边，如果我这次过去能够赢钱的话。

我知道小萱回家后肯定会失望透顶，为了防止发生意外，我留了一封信放在茶几上。无论有多少谎言，我只是想挽回生活，小萱能理解这一点。

两个绝望的女人在大海的两岸，一个在海这边残酷的现实中焦虑；一个在海那边虚幻的梦境中憧憬挣扎。

而一个已濒临疯狂的男人，就在现实与虚幻中不停穿梭，在两个绝望的女人中穿梭。

这真是一个荒诞的世界。

快递员已经打来了电话，但他正在旁边的写字楼派件，我没有耐心在办公室坐等，于是自己去找他把护照取了回来。

晚上八点，我出现在澳门的皇家金堡赌场。

这个赌场很小，澳门本地的老赌鬼扎堆，非常拥挤，唯一的好处就是房间便宜，买几万泥码就可以送房间。小陈正挤在一个密不透风的人群里，用手头的一万多元苦苦支撑。

我把她从人缝里扯了出来，拉她往电梯方向走去。

包里有刚刷出来的39万元港币现金，路过餐桌旁的一张赌台时，那张台刚刚洗完牌，荷官正在派第一口牌。

“等等！”我掏出五万港币扔在桌上，“买一口庄。”

“你疯了！路子还没出来！”小陈用力拽紧我的手臂说。

“你还认为百家乐有路吗？今天是输是赢，就看这口运气了！”

“看牌吗，老板？”女荷官问。

“不看！”我站着挥了挥手。

闲7点，庄9点，我们赢了。

我没有接着下第二口，而是拿起筹码去账房兑换了现金。我的情绪很激动，进赌场第一秒钟起我就一直很激动，说不清是兴奋、愤怒、还是恐惧战栗。我把筹码放在柜台的时候手都在微微抖动，以至于垒好的筹码哗的一声散落在柜台上。

有一个小方法可以测试你的赌博状态。睡眠不足，过于激动、心慌意乱者一测便知。

拿出一个1元钱的硬币，用拇指和中指捏住硬币的两个边，然后稍稍用力。

如果用力后你发现手指在不停抖动，根本捏不稳硬币的话，你就可以回房睡觉了，不适宜再赌。

我无法平复亢奋的情绪，乘电梯上楼，小陈打开房门，带着有点畏惧的表情问：“你怎么了？”

我没有回答她，而是把她推到在床上，近乎粗暴地扒掉了她的裤子，将我的亢奋宣泄出来。

体内的波涛似乎平静了些。小陈用浴巾帮我擦干后背上的水珠，问："事情不顺利吗？"

"等死的节奏。"我回答说。

话虽是这样说，没有人愿意等死，既然来了，我就是来寻找希望的。实力微弱，但求生之刻你不会再关心自己的实力，就像《拯救大兵瑞恩》里的镜头：哪怕你的腿已经断了，你也会用手枪里最后几发子弹对着迎面碾来的坦克射击。

皇家金堡太吵杂，不是个适合赌命的地方。如果你把自己这条命押在庄上，这时来了一个干瘦猥琐的澳门佬，他输了一辈子剩下的只有猥琐，他故意押500元在闲上跟你对着干。然后你用你的命赢了他500元，是否值得庆幸？如果他用500元赢了你的命，你是不是该冲上去把他掐死，同归于尽？

"那去哪里打？"小陈问。

我的大脑屏幕从右到左一摆，十几家赌场图片从眼前掠过，看不清哪家才是适合赌命的地方。

"就近，去华都吧！"我说。

皇家金堡距离华都酒店仅仅只有一百米。走进华都赌场的二楼，这里是一个安静的赌厅，赌客稀少，码粮不高，在账房购买泥码会同时返还0.7%的现金。我把包里的44万现金全部拿了出来。现在是晚上9点，十二个小时后，在日出后的9点，我需要卡里有一百多万的人民币现金回到深圳，这样才能买回我和小萱一起生活下去的勇气。

有一个赌客正在唉声叹气，四十多岁的内地男子独自坐在一张赌桌下注，每次开完牌他就要哀叹几声，虽然他的下注不大，每口只是两千三千。

他又下了一口两千在闲上，荷官正待开牌时，他突然伸手把闲上的筹码取了回来，看起来是路子弄错了。他盯着屏幕继续研究了一会儿，终究还是哀叹了一声，不敢下注，站起来晃去别的赌台。

他刚离开，我脑里闪过火花般的念头，于是我把20万押在闲上，就在他刚刚撤下筹码的位置。

小陈非常紧张，我今日很反常，疯狂之中带着暴虐，让她感觉害怕。

我发现自己很冷漠，残忍，不计后果。我总以为自己关心小陈爱护小萱，此刻突然发现筹码推上去时我根本顾及不到她们的生死；而我自己的生死也不过是在卑微中祈求，并不由我掌控。

我不是以前那个在暴雨天气步行半小时给正在教室里自习的三姐送伞和酒心巧克力的少年了；我也不是小萱心目中那个出得厅堂入得厨房的新好男人。

我是一个在地狱边缘与魔鬼决斗的武士，却不知不觉早已被魔鬼同化。

偏偏这口我又赢了，魔鬼算无遗策，在你的心脏完全被腐蚀之前它不会轻易下手。

筹码有了63万，我继续寻找赌桌下注。

"要不要慢慢打？你这样把我搞得好紧张！"虽然赢了二十几万，但小陈的语气近乎哀求。

于是我也退缩了，向魔鬼露出了破绽。本来这一口我打算推上30万，但犹豫数秒之后，我只押了10万。

10万输了。

勇气顿挫，我被敌人看穿，暴露出弱小的原形。我和小陈找了一张赌台坐下，重新跟随屏幕的引诱慢慢下注，但单纯的防御毫无作用，每一个空门都被敌手击破。

半夜一点，手上又只剩下十几万筹码。

我已经无心战斗了，押注和开牌心不在焉。我在想着小萱和明天，现在不但对输赢麻木，连对绝望都已经麻木了。脑子里都是和赌无关的事情。

“别打了，留下点本明天再说吧！”小陈拉着我走出了赌场。

街上有一家茶餐厅，两个男女赌鬼把吃晚饭的事忘了，于是走进去点了两份汤粉。

小陈低头喝着汤，不再像往常一样逗我说话。她的心里很失望，她终于认清我在赌桌上不再强大了，现在我也是一个需要救助的对象。

“乐清那边的环境怎么样？”我随口问一句。

“不错呀，雁荡山在那里，我觉得比杭州舒服，你想去玩吗？”她问。

“没，随便问问。”其实我心里在想着，离开深圳，这个世界上是否还有一个角落能容纳我。

旁边的桌子上，两个年轻的“大耳窿”正拿着纸笔向一个三十来岁的内地女人询问，车牌号码？家庭电话？如果输了几时能还钱过来？等等，让我感觉很厌恶。这个城市外表光鲜，但每到夜晚有数千只秃鹫在活动，争食腐肉，龌龊不堪。

汤粉还没有吃完，我拉起小陈走出了茶餐厅。夜繁华无声，凸显冷漠，两颗绝望的心需要一宿休眠。

儿

第二天一早，我并没有收到小萱的短信。

小萱在失望中反而平静了。

整整一天，她只发来了一条信息：“回来吗？”

我得重新认识我的老婆，她抗压的极限远远超过我的想象。

身边的小陈也是如此，她似乎永不会放弃，仍旧执着地在屏幕中寻找规律，不时惊喜地抓起几个筹码赶去某张赌台投注。

而我却置身度外。我和他们不在一个空间里。我把自己用一种透明的物质隔离了，我安全的躲在里面，在想着远方的城市，在想着天际，看见自己孤独流浪在大草原上。

在餐桌上吃午饭，小陈一边吃还一边盯着几张赌桌的动向。

“你不累吗？”等她走回来，我同情地问她。

“好啦，你就休息，等我来发挥，别泄气！”她安慰我。

不过筹码却只剩下六万多了。

“找个台一把压了吧！”我说。

“不行！”她把筹码抢在手上，说：“慢慢打肯定能起来！”

于是我继续包裹在那层透明的空间里，像上帝一样观看人间的愚昧。小陈紧张欢呼悲叹期盼，她在玩人间的游戏，其实她也只是某个游戏的一部分；游戏的输赢早有定式，与她的努力无关。

又只剩下两万多，她惧怕了，不敢下注。

“我烦死了！”她苦恼地回到座位上。

我穿破那层透明的物质回到人间，手机正在包里不停地震动，烦恼与绝望立刻侵袭进来。该死！人间真不是人待的地方。

我不能让小萱沦为小陈。我要让小萱解脱出来。

我清醒过来了，人间自有游戏规则，剩下的两万多金钱要珍惜。“别打了，留点生活费。”我对小陈说。

“去外面吃饭吧。”我把她从座位上拉起来，皇家金堡里的赌场套餐确实让我腻味了。

失魂落魄的小陈跟着我走进一家东北饺子馆，我却貌似心情舒畅，因为我刚下了一个让小萱脱离苦海的决定，让我感觉轻松不少。

我看了看手表，已经晚上七点多。今晚来不及回去了，因为晚上小萱肯定会待在家里，我还是明早再回去。

小陈觉得蘸满了醋的饺子仍是入口无味，她着急地问：“现在怎么办？我们怎样打也赢不到钱！”

我微笑着看了她一眼，夹了一个酱骨架在她碗里。无意中我看到门外有一个“网吧”的霓虹灯标记，于是说：“一会儿不去赌场了，带你去一个地方。”

这个网吧在地下室里，环境阴暗潮湿。小陈疑惑地问：“我们来网吧做什么？”

打开电脑，我登入那个赌球账户。前两天我在里面已经赢了5万多元，这个时间正是球赛最多的时候，于是小陈很快和我一起聚精会神投入到各种赔率数据中去了。

在百家乐台上输得胆怯的一男一女，花费了上万元的旅费来到澳门，却滑稽地窝在澳门的网吧里赌球。

这点赌球输赢对我丝毫没有压力，何况它只是电脑上的数字。所以我采用最简单的倍投，但球赛场次有限，输赢也慢，打到半夜三点只赢了两万多元。

已经很疲惫了，何况明早还要去乘船，于是我们回酒店休息。

“我们就这样在澳门待下去吗？明天该怎么办？”小陈困惑地问。

“明天我回去拿行李，我要走了。”我说。

“走？你想去哪里？”小陈问。

“没定。我先回来澳门，还会再带点钱过来。但不管输赢我都不会回去了，赢了就走，输了就自杀。”

“你别吓唬我！赢了干嘛不回去？”

“没有用。”我冷笑着说：“就连这几天的损失都赢不回来，解决不了根本问题。还是赢点钱做跑路的生活费靠谱一点。”

“那你老婆呢？”她犹豫了一会儿问。

“我走也是为她好，不想把她拖死。”我说：“要不我先去你那边，你帮我在外面租个房子，我在网上做点生意，要生存下来不难。”

“公安局会不会追上来？”小陈担心。

“我先用护照从澳门飞到北方，转移他们的视线，再悄悄去你们那里。到了乐清后先潜伏一段时间再出来活动。”

“嗯，这样应该行！你准备做什么生意，我跟着你做。”小陈混迹江湖已久，为了生存，她已能够接受这些叛逆的想法。

“那当然，平时抛头露面就靠你，我只在幕后。有百来万的本钱，兴许很快就能翻身还债。”我说。

这样一想，连我自己都觉得前途一片光明。心想明年或后年赚到钱之后，把钱转入国外某个网络支付平台，再想办法把账号和密码发给小萱，让小萱取出来还债，一雪前耻，这是何等畅快的一件事！

小陈也觉得这个计划很不错，简直是美好的翻身计划，比赖在澳门做一个滥赌鬼要靠谱得多。

所以房间里的气氛马上变得活跃了。

“不过你不能出卖我，还有不能让老陈跟踪过来把我们捉奸在床了。”我半开玩笑的说。

她狠狠捏了我大腿一把，不过还是很认真地说：“你过去躲着也不是办法，我就跟他明说你过来避难了，让他辞了工我俩帮你打下手吧。”

“哈哈，那不是西门庆和武大郎合伙开店？穿越版的水浒啊！”我哈哈笑道。

她伸手在我身上乱掐，两人笑作一团，最终我气喘吁吁地把光溜溜的她压在身下。

第二天一早，我没有告诉小萱，也没有通知季军，悄悄乘船回到了蛇口。

回到家，小萱已经开车去上班了，茶几上的信已经收起，家里被她打扫的一尘不染，看得出她在等我回来。

洗衣机里有脱干的衣服还没有晾，应该是小萱上班太匆忙给忘了。我在阳台一一把它们晾起来，顺带给花花草草们浇透了水。

我把几百张婚纱照和婚礼视频压缩打包发在网络上，又把全家人的合影照也扫描了上去。电脑里无意翻出我写给小萱的一封情书，就是两年前我惹她生气后又写给她道歉的那封，看了一遍觉得很感动，于是打印出来。

留给亲友和债主们的信是早就在邮箱里写好了，我刚准备打印出来，又想想通过小萱的手交出去会让她陷入困境，于是我设置了一个定时发送，数日后它将发送给季军。

坐在沙发上，想提笔给小萱写点什么，想了许久，只在那封打印出的情书背后写了几个字："老婆，等我两年，我会回来。"

我把工行理财卡和U盾留了下来，压在情书上，下周徐总会把剩余的150万元货款打入这张卡里。

我又把国外某个冷僻的电子邮箱账号和密码写在一张名片上，注明："只能上班时间用同事的手机或Ipad登录，切记!"，一同压在情书上。

接着我翻出所有的信用卡摆在茶几上，逐一给客服中心打电话，申请临时额度，最终额度只调高了15万元。

保险箱里还有一张纯金的纪念卡，我决定带走。虽然一张金卡不值几个钱，但某天出门在外它也许能帮我度过一劫，这是我在梁家辉的某个电影上学到的。

我打开密码保险柜，意外发现小萱还放着20万元港币在里面，这应该是我以前几次从澳门带给她的，她一直没有动用。于是我把这20万港币揣进怀里带走。

都准备妥当了！我的人生将从今日起开始一个新的段落，38岁，我要尝试一个新的活法。我长长吁了一口气，又在整个屋子里转了一圈，仔细翻看了屋里的每一样物品，要把记忆一同带走。

小萱的痛苦是暂时的，我留下来只会令她以后的生活暗无天日。

大姐的电话恰好打了进来。

"海洋，今晚来参加我们的爱宴吧，在Peter牧师家里。"

"姐，今天我要出一趟差，来不了，对不起。"

背着重重的旅行包，锁上家门前，我想到小萱也许会改嫁他人，这让我的心里一阵酸楚。

十

那天从蛇口码头乘船，汽笛鸣起后，轮船转舵驶向大海深处。我想起李后主的那首词："问君能有几多愁，恰似一江春水向东流。"心头涌起百般滋味，颇有沧海桑田的感觉。不过我内心却夹杂着一股隐隐的兴奋，这是动物逃生后的本能反应，不必为此愧疚。

即便是卑微地活着，从微观经济学的角度看，我此时跑路是对的，对所有人都有好处。

对于正在跑路的人来说，道德只能暂且抛在一边，何况轮船正奔向一个藐视道德的城市。

我没有像麦克阿瑟将军告别菲律宾一样对着身后喊一声："我一定回来！"，我始终做不到这般强悍。

回到皇家金堡酒店，小陈穿着睡衣打开了房门。她又赌了个通宵，但毫无进展。

我把行李包放在一边，刚脱下休闲西装，她一把抱着我，眼睛仔细在我脸上端详，说："你真的没事？"

"没事是假，但只能曲线救国了！"我苦笑了一声。此刻我想起了汪精卫，我觉得汪精卫投敌时的心情应当不过如此。

既然已决定跑路，信用卡里的临时额度就该尽早刷出来，和小陈剩下的现金凑集在一起，逃生资本还剩下40万元港币。

"你怎么打算？赢到多少收手？"望着床上这一堆港币，小陈问。

"最好能打到130万，这样有100万整的人民币作为启动资金，剩下的作跑路费用。"这是我的终极方案。

"如果……打不起来呢？"她又问。

"一分也不留。你订个机票回家，不用管我。"我斩钉截铁地说。

"别这样，你说这些让人好害怕！"她听了有点着慌，又靠在我肩上安慰道："肯定能赢，一切都会好的！"

现在的思路又与数日前不同了。前几天是歇斯底里的赌命，不计后果；但现在则是要保命，储备粮食藏身敌后，目的仍是为了有朝一日能还都建朝，所以要采用最谨慎的策略。

这样一分析，肯定会为数日前的鲁莽悔恨不已。谁让我们是赌徒呢？再回想过去的话，每个赌徒都可以在石柱上撞死一百次。

这个下午稳妥得像穿了橡胶裤后再套上安全套的嫖客，安全的不得了。所以一个下午我们只赢了3万港币。

我的护照是第二次入关，只能停留两天，小陈提醒我是否该飞一次泰国延长停留时间。

楼下有家旅行社，给出的报价是4800元港币往返。

我正准备掏钱出来订票，突然发现自己好傻！按照澳门政府规定，超期滞留一天罚款200港币，4800元港币足够我在澳门滞留24天，我何苦飞来飞去？再说跑路之后，海洋这个身份也从此作废了，在澳门保持良好记录有什么用！

跑路的规则，就是不守规则。

想通这个，很多事情也就豁然开朗。于是我们把心安定下来，手机仍旧保持开机状态，这样债主们打电话可以接通语音信箱，不至于过分惹怒他们；澳门号码也一直开着机，但季军没有打过，他已经懒得打；小萱也没有短信过来，她在等我自己醒悟后回家。

但是今晚小萱回到家后，她会做出什么？能睡得好吗？我以为自己能够一走了之，但仅连这点牵挂都放不下，我又失策了。

我和小陈已经坐在起步 300 元的桌子上，这是全场最低限额的赌台。我必须每小时都在赢钱，因为这是我最后一次储备生存资本的机会，必须珍惜；但我心里始终担心着小萱，心里时而发慌，所以我不敢下大注。

我心里在计算着：平时回到家是晚上七点半，今日自己开车上班，时间应当会提早。晚上七点开始，我就把手机握在掌心里，不停地看来电显示。

小萱打来了。

我匆匆离开座位，几乎是小跑进了洗手间。这家赌场的洗手间七拐八拐，所以比较安静。

“老公，你在哪里？”电话那头柔声地问。

“我在澳门。”我老老实实说。

“不要这样，你回来好不好？以后不管发生什么我们一起面对。”

于是我的心软化了，悲怆决绝都化为乌有，又一味地好言敷衍她。我的目的只是让她能安心睡觉，也许过几天小萱就能冷静下来，接受这个现实。

“不管是输是赢，你一定要回来，知道吗？”她终于挂了电话。

小萱那边安全了。我和小陈继续艰难地在台阶上爬行。

这时候的赌博已经毫无乐趣可言了。我已不敢再推五万以上的注码上去，连押一口五千都会异常紧张。以前曾多次用四十万元赢回两三百万元，现在想起简直是天方夜谭。试想你为了填饱肚子，不得不割自己一块肉作饵扔进海里钓鱼，此刻赌钱就是这种滋味。

不过我和小陈还是钓到了。折腾了半宿，疲惫不堪的我们回到房间时，手头有了 10 万元赢利。

第二天。

小萱看起来并没有被吓到，仍是一如往常的发短信来询问战绩。诺基亚的手机短信已满，三星的手机装的是澳门卡，只有小萱在和我联络。

似乎风平浪静。于是我和小陈划着小桨在平静的水面上努力向前。

但到了下午，船划到一个急弯处，突然被一个隐藏的漩涡翻转，我们惊魂未定的从水中爬出来。浑身湿透，船继续向前行，但战利品已全部丢失。

风暴其实是由你的内心发起的，也许每一个人的世界都是平行世界，你的意念决定着身边的一切。焦躁开始如日落后的阴影，慢慢覆盖上来。

开始遭遇打击，晚上十点多，我们已经倒输了 10 万。

我不敢赌了，因为我看见自己的手在发抖，身上也觉得很冷。于是我们回到房间。这次我带了笔记本电脑，两人继续在网上赌球寻找安慰。

第三天。

本文中我曾多次提到过：到了中后期，赌博已经不是一个独立事件，它牵动着生活，同时输赢又被生活决定。

现在，让我们用活生生的片段来证实一下，看看我的赌博是怎样影响身边人的生活。

小萱昨晚没睡好，早上回到办公室心里非常不安。于是她打电话给季军，问他知不知道我出走的事。

季军这两天一直待在家里睡觉，他早就心灰意冷，只是说：“希望他赢，输了也没办法，现在还能怎么办?”

过了一会儿，广州的易军打电话给季军，问是否知道我的下落，因为他发了几条信息我都没有回。

于是季军告诉他我去了澳门，并把所有真相和盘托出。

易军马上打电话给小萱，和小萱聊了近一小时，商量是否有挽救我的办法，小萱告诉他我的澳门卡号码。

易军觉得事态比想象中严重得多，他想找多一个自己人一起商量，于是他打电话给深哥，马上从广州开车到深圳与深哥见面。

深哥此时才听闻真相，惊得目瞪口呆。但冷静下来之后，深哥说：“阿海不应该走到这一步，现在先不要管钱的事，救一条人命要紧!”

他俩打电话给季军，但季军不愿意出来。于是他俩一起开车去找小萱。

小萱拨通我的电话，说：“你等等，易军来了，他要跟你说几句!”

易军接过电话说：“老兄！你不必这么绝望，我会一直挺你！回来吧，我们以后一起奋斗!”

深哥在一旁说：“告诉阿海，我那笔两百多万不会追他，我等他翻身!”

易军说：“你听到没有？有这么多好兄弟，你还担心什么?”

我在电话那头无声哽咽，泪水滂沱，小陈不停地递给我纸巾。再坚强的男人此刻也难忍住眼泪，何况赌博早已将我的意志折磨得脆弱不堪!

但我不肯回去，我太愧疚，恨不得挂断电话就从楼顶跳下去。别说想赢钱回去向朋友们赎罪，我连自己跑路的费用都赢不到！这天下午，我们手上只剩下 10 万港币。

十一

易军没有回广州，他就在蛇口开了个房，等我的进一步消息。

我和小陈决定换场地，打车去了威尼斯人赌场。

我们不敢碰牌，因为牌一到我和小陈手上就几乎是等死。无论是百家乐还是 21 点，投注之后我只能闭上眼睛喃喃祷告。旁人也许会觉得可笑，就像我曾经笑话别人一样。但此刻就算发生地震海啸我也不会理会，如果发生了更好，让这里的银行和高楼变成一片废墟，电脑瘫痪数据全部丢失，我的债务和未公开的秘密也瞬间消除。

早上六点，熬了一个通宵之后，我们终于把跑路的经费输完了，两人踉踉跄跄的走出了威尼斯人的大门。

我脑袋一片空白，冷风扑面，我低头穿过停车场，顺着马路的人行道漫无目的往前走。

“你要去哪？”小陈从包里取出围脖御寒，从后面赶上来。

“不知道，我想走一走。”

我和小陈流浪在氹仔岛的清晨里。穿过一条商业街，路过一个用铁丝网密封着的篮球场，穿过一个儿童游乐园，走上一个人行天桥，又路过一排正在施工的住宅楼，走了半小时，来到一个斜坡上的三岔路口。

这个三岔路口有一个开放的小公园，小陈走得有些累了，说：“我们去石凳上坐会吧。”

这个公园小得不能再小，如果有一只非洲象闯进来可以两脚把它拆散。坐在一棵不知名的果树下，晨雾还没有散尽，石凳和石桌都被露水打湿了，冰凉彻骨。熬夜又输光的赌徒已经耗尽了体内元气，更是无法抵挡寒冷。小陈掏出一包纸巾来吸干石凳上的露水，我把外衣脱下来垫在上面，两人一起依偎着取暖，这样感觉好多了。

小陈很困，她尝试了一下把头趴在石桌上睡觉，但石桌太冷，她又缩进我怀里。

“我们完了吗？”她闭着眼睛问我。

我没有回答她。这棵树上挂着很多果实，看起来又不像是苹果，我随手摘了一颗，问她：“肚子饿不饿？”

“别吃，小心有农药。”

“那正好，我现在是社会公害，把我毒死澳门政府也算做了一件好事了。”我抓起果子咬了一口，谁知青涩的狠，赶快吐在地上。

“把我抱紧点，好冷。”小陈缩作一团，喃喃地说，“你说我们到这一步是何苦？”

没有食物供给能量，确实感觉很冷。我点了一支烟，香烟的热度使身上的寒意稍微减轻了些。我把烟放在她嘴唇边，她吸了一口，吐出杂乱无章的一道青雾，迅速消失在湿润的空气里。

幸好包里还有水。在澳门从来没有人渴死，因为所有赌场都有免费的矿泉水供应，还可以拿几瓶带走。

我喝了一口水，自嘲地说：

“半年前，我是抱着征服世界的心来到澳门。要把世间繁华握在手上，上流社会生活，跑车和豪宅，四季恒温泳池，名望和崇拜，私人飞机，那些高官们、明星们他们有的东西我也想有。我是冲着这些来的。我想自己也快四十了，出来磨练了十几年，能力不会比别人差，我就应该趁这个年龄博一把，用口袋里的钱来证明自己的价值。在这里就算混不成超级富豪，上亿身家总该有吧？这样人生才没有白过。”

“谁料到今天会比乞丐还惨呢？”小陈嘟哝着接了一句。

“有次参加大姐她们的小组聚会，那晚大家查阅《圣经》，讨论门徒保罗关于真理的一段文字。我心想教会的人心地实在太善，现在还有谁会去讨论真理？只有初中高中写议论文的时候才会去争论这些；现在我们每天想的就是买房子、买车子、换房子、换车子，天天忙得不得了。这半年赌博生涯更是忙得可笑，吃饭在读秒，开车在读秒，赌钱在读秒，就差做爱的时候没有读秒。”

“前段时间我一直想不通，为什么我的生活就变成读秒了？以前的品质怎么一下都没了？干吗我进了赌场总是那么紧张，放松一点不行？现在我都想通了。”

“想通什么了？”她问。

“我们赌，傻傻的去赌身家性命，是因为我们不是在为自己的灵魂活着，是在为这个世界的规则活着。”

“好难懂。”她叹了一口气，从我怀里坐起来说：“我们回房间睡觉吧。你还有钱续房吗？我这只有两百了。”

我掏出钱包翻看，里头还有三千港币。

“今天是周几？”我问。

“好像是周六了。”她答。

“走吧！回房间睡觉，再赌两天球，后天周一可以把账户的赢利提出来。”

说出这话时我自己也觉得很凄凉。

我知道小萱的爱、易军的来电才是真理。

但澳门没有真理。

在酒店里一觉睡到下午。诺基亚手机早就没电自动关机了，这样更好，反正债主们的电话和短信我也没看过，再说如今已生死由命，诚信已经无关紧要了。

易军想过来澳门找我，但他既无通行证也无护照，他从来没有来过澳门。小萱的护照则已经满页了一直没去更换，她前日急急忙忙在网上申请了通行证签注，但也要下周才能拿到。

我和小陈则待在房间里上网赌球，已经赢利了 11 万元。现在还剩下这点资金可以救命，所以我并没有去死的打算。

这两日几乎是足不出户，上午没有球赛时我们就在房间睡觉，不想出门再说也无处可去；下午和晚上则忙于在网上投注，核对开赛结果。

易军回了一趟广州后，又下来深圳与小萱商量拯救计划。也许就是因为急于赚钱，他此时做出了一个错误的决定：回广州和一个并不熟悉的工地签了供货合同，导致后来货款被骗两百多万元。

周日的时候，我在赌球网的赢利已经有 17 万人民币，想趁势一冲而上，于是将倍投的起注调整为 5000 元，结果当晚输回去 7 万元，只剩下 10 万元赢利。

周一下午，10 万多人民币终于到账了。

局面似乎又好转了：手头有刚刷出来的13万港币，赌球网上又还有10万人民币的额度，赢回跑路经费仍大有希望。

“换个场地，去海立方吧。”我决定开辟一个新的战场。

在这个新选的场地里，我总算心服口服的见识到了一个人霉运的底限，概率论的颠覆，魔鬼对赌徒肆无忌惮的玩弄。

海立方赌场就在皇家金堡旁边，是一个跟北京的奥运场馆水立方外形相似的赌场。里面赌台人气旺，也是走大众化路线，很多赌台起注较低，21点台起注只有100元。

在百家乐赌台上赢了3万元后，晚上我们的运气又开始逆转，从一楼转移到二楼时，手上筹码还剩下9万港币。

为什么赌到后期总会逢赌必输？这个谜底已经很容易解开了。在赌场里，只要你一直赌下去，不管你开头或中途赢过多少，最终结果一定会输完。这是一个数学铁律，任凭你是哪国来的赌神或神仙下凡，赌场制订的数学公式已经注定了这个结果。

每一个输到后期的赌徒都有巨大的债务压力，单场赢到20%、50%甚至200%的比例他也未必肯走，这样赌下去就迟早会输完——除非他能把赌场的筹码赢光。所以又可以说：是翻本的压力造成他逢赌必输，更不要说身后还有一群乱成一团的家人朋友。

而且此时赌徒的气场很弱，运势更比一般人差的多。有雄厚赌本的人当然可以熬过运势最差的一段，但末路的赌徒哪里还有多少赌本？往往在最霉运的时辰已经被清袋离场。

我，终于撞上了赌博生涯里最黑暗的时刻。

十二

在二楼的百家乐仍是毫无进展，于是我们转移到了21点赌台。

我采用的是最简单的倍投，起注500元，连输几口后，我押了一口4000元的投注。

女荷官是个娇小的瓜子脸，三十岁不到，长得并不难看。她一边给我派牌，一边跟身后的女监理唠家常，有说有笑。

这把派给我的是一个3和一个7，加起来10点，庄家台面只是7点。我决定加注，又从筹码堆里点出了4000元的筹码往投注区放。

女荷官正侧着脸在和人谈笑，注意力并不集中，她左手已经顺手抽出一张K加在我的牌面上，这把我是20点，而我准备加注的筹码却还在半空中。

“等等！班长，这把我要加注，你怎么把牌给派出来了？”我伸出手阻止她的动作，开声质问。

荷官惊讶地望了一眼台面，说：“不好意思，先生，牌已经派了，你不能加注。”

“岂有此理！我们是要求加注的，你一直在跟人聊天，自己不注意把牌派出来了！”小陈也生气地责问。

中年女监理闻声走上前，她只是眼瞄了一下台面，有心想维护女荷官，于是俯身故作礼貌地对我说：“先生，按 21 点的规矩，牌派出后就不能再加注了，这局结果有效，对不起，下回请您注意哦！”

我已经很生气了，我们指望着这些筹码救命，岂能在别人的忽悠中拱手奉送！我把筹码全部推上投注区，指着女监理说：“这局我要看视频，叫你们经理过来！”

女监理无奈，抓起电话呼叫大堂经理。瓜子脸的荷官意识到自己犯了大错，已经在座位上战战兢兢。

过了半分钟，一个高个斯文的男经理走了过来，向女监理问清情况后，拨打电话给监控中心。

“不好意思，先生，我们先回看视频，证实后再作出本局的决定。”

我和小陈双手抱在胸前，冷脸等待结果。十分钟后，监控中心的电话打了过来，男经理拿起电话认真接听。

“对不起，先生！刚才监控已经确认，您确实是做了要加注的手势，是我们的荷官疏忽了。这局您可以加注，请问要继续吗？”

既然我的结果是 20 点，我当然要选择加注！这个处理结果总算是公平满意，于是我点了点头，把推上去示威的筹码拿了回来，又加了 4000 元在投注区上，等于这把押注8000 元。

女荷官受此惊吓，已经不敢再和人说笑。她低头从牌靴里又抽出一张庄家的牌，是个 6，庄家 13 点，还要继续补牌。

“最后一张不会是个 8 吧？”我心里暗叫了一声，这是个低概率事件，十四分之一。

女荷官又抽出一张牌翻开压在庄上，她不禁吐了吐舌头，非常抱歉地望了我一眼。

真的是个 8！庄家 21 点！

“操他妈的逼！”小陈绝望地怒骂了一句。

已走投无路，命运无情，狰狞的面目全部展开。

我们怒气冲冲的起身，走到一旁的百家乐赌台随手押了一注 2000元，输了；

换张台又押一注 3000元，输了；

第三注，输了；

第四注，输了；

……

我们又换到一楼的 21 点赌桌上，押了一注 2000元，这把我是 BLACKJACK，不可能再输，庄家面牌只是一个公。

但庄家补了一个A，也是BJ，和了。

我继续押注，输了；

我又押注2000元，这把我是20点，庄家面牌是A，于是我买了1000元保险。但庄家补牌成20点，把保险杀了；

继续押注，输了；

同台的其他人都停止押注，这把只有我一个人在投注。

“你们怎么不押了?”我冷冷地问。

“你来之后，大家一把都没有赢过。”一个讲普通话的中年女人用怪怪的语气说。

于是我们又起身，回到二楼的百家乐赌台。

第二十口，押了2000元，9点打和；

第二十一口，输了。

我再次回到100元的21点台，这把我只押了100元，这个小小的筹码里封藏着我的极度愤怒。

100元终于赢了；

我又押了2000元上去，输了。

……

我们只剩下最后5000元了，五个1000元的筹码。

“连续三十四口，只赢了两口100元。”小陈惨笑着说。

“最后一口吧，我很累了。”我说。

围着大堂转了一圈，我在一张百家乐台把5000元押了上去。

夜寂静无声。

我牵着小陈的手走回酒店，她的手很冷，也许是我的手更冷，她把手缩回去，插进自己的衣兜里。

解脱了。我再也不用为输赢紧张，再也不用为跑路的风险烦恼。

回到房间里，小陈外衣也没脱，倒在床上就睡，用白色的被子把自己包得紧紧的。

我在书桌上登入赌球网站，用鼠标点击了一会儿，很快就觉得百无聊赖，也钻进被窝睡觉。

手机在床上震动，是小萱打来的。我不敢接听，伸手关了机。

第二天早上，玻璃外阳光明媚，我拉开厚厚的遮光窗帘，让阳光照射进来。

“现在怎么办?”躺在床上的小陈问。

“你订个机票回去吧。”我把钱包里的港币全部拿了出来，有四千多，我取出三千放在床头柜。刚才在楼下柜员机，我已经把全部储蓄卡和信用卡的余款都取完了。

“那你呢?”她问。

“我不走，你不用管我。”

“不行，你别干傻事!”她说，“我也不走，就在这陪你。”

“你陪我喝啤酒吧。”

“好。”

于是我下楼，在街面上找了一个小超市买了一打罐装啤酒。

小陈的酒量其实很不错，我喝第四罐的时候，她也喝了两罐。

“你知道用洗手间的挂衣扣上吊自杀是谁发明的吗？三毛。”

“台湾那个三毛吗？”她带着一点醉意问。

“对，挂衣扣的高度根本不够，她能选择一种随时停止的方式，还能自杀成功，真的很佩服她。”

“你现在去洗手间上吊吧，我不拦你。”她没好气地说。

“男人上吊似乎不太好看。我更喜欢跳海，你要是愿意的话我们今晚一起去。”我邪恶地说。

“我才不想死呢。”她并没有喝醉，举着啤酒罐躺在被单上说：“我还有女儿，每次陪着她就比什么都开心。”

这句话马上让我想起了小萱，我仰头咕嘟嘟一口把半罐啤酒灌进了肚子里。

在满是酒味的房里醒来，已经是晚上七点了。

“起来吧，去逛逛。”我把身边的小陈摇醒。

在楼下的茶餐厅吃过晚饭，我对她说：“去海边走走吧！”

“你不会真想着跳海吧？”她担心地问。

我叹了一口气，说：“我也没想好，现在万念俱灰，不敢死，但又不知道该怎么活。”

她挽起我的胳膊，说：“走，去吹吹风也好，我也很难受。”

我们走上人行天桥，沿着渔人码头的人行道一直向前走。走了十几分钟，又来到了美高梅酒店的门口，澳门真的很小。

美高梅和永利赌场的交界处，有一个斜斜延伸入海里的混凝土堤岸，这是供一些渔船和快艇靠岸用的。我们走得有点累了，并肩坐在堤面上，面对着大海。

白色的跨海大桥高高的横挂在远处，桥面车流不息，两只皮划艇正在桥底训练，不时从暗黑的海面掠过，给这个金钱铸造的城市增添了一点生活气息。

“活着多美好！风吹在脸上都觉得很舒服。”小陈靠在我的肩头上，叹息道：“我也不知以后该怎么办，但我很怕死，无论如何都要好好活下去。”

不知道小萱怎样了？我把三星手机从怀里拿出来，犹豫着要不要开机。一旦开机，我就没有死的勇气了。赌鬼就是这般无用，根本抛不下世间的一切。

十三

我还是按下了开机的按钮。很快，手机在不停震动，十几条短信传了进来。

小萱：求求你回个话好吗？你真的不顾我的死活？

易军：情况怎样？输了就回来吧，大把时间你担心什么？

易军：我今晚在蛇口码头接你，你一定要回来。

易军：你老婆快撑不住了，你给她回个电话吧！

最后一条短信让我很紧张，我马上拨通了易军的电话。

“小萱没事吧？”我问。

易军用故作轻松的语气说：“你不要总是关机嘛！就我们几个自己人又不会对你怎样！”

“你帮我跟小萱说一声吧，我没事，让她今晚好好睡觉。”

“我和深哥正在蛇口码头等你，已经等了三个小时了。”电话那边也传来深哥的声音。

“别等了，今晚没有船了。”我又补充了一句：“局面救不活的，我会报答你们的好意。”

我又把手机关了，因为我怕小萱打进来。

该怎么报答他们？其实毫无办法，至少活着是找不到办法。死了，也许还能利用灵魂的力量，暗中保护或扶持他们，就像《人鬼情未了》那样。

但我此刻又不敢去死，自杀是一个纯速度和纯物理的动作，行动时不能夹带一点思考。不管你平时怎样赌咒发誓，一旦要实施的时候，如果脑袋稍微想多几秒，你就会像捏扁的皮球一样泄了气。

所以我和小陈只好回房间喝酒。

莲花台正在播放一个纯美的爱情片《西雅图夜未眠》，小陈被感动，不停地用纸巾擦眼泪抹鼻子。

我却进入不了剧情，因我自己的剧情比他们的更扣人心弦。我只是仰面望着天花板，心想究竟要多少罐啤酒下肚，我才能有自杀的勇气，才能给天下人一个完整的交代？

“别喝了。”小陈把我手中的啤酒拿开，趴在我的胸口抽泣。

连做爱也不能投入了，从她的嘴唇上允吸不到往日的那种迷离。我的感官也开始厌恶我，要背弃我。

黑夜褪去，又迎来了一个清晨。

在楼下吃完早餐，我们去酒店前台办理了续房。

“还剩多少钱？”回到房间后，我问小陈。

“只剩一千多了。”现在两人的全部现金都汇集在她手里。

“我想让家里再转几万块过来。”小陈说。

“别转了。”我叹了一口气说：“留着回去做生活费吧。”

“那我们这样待下去算什么？你真的想等死吗？”

我不想回答她这个问题，讨论任何实质性的问题都让我觉得很累。我一直在等脑袋里那一刹那的决定，希望它早点到来，我也不想再像只鼹鼠一样躲藏在这个鬼地方。

“我下去试试运气，打会老虎机。”她抽出一张五百元港币在我眼前扬了扬。我不置可否，于是她开门走出了房间。

半小时后，她回来了，情绪更加低落，一言不发的扑倒在床上。

还是继续喝啤酒。在人类历史上，也许只有酒的永恒性可以击败一切。爱情不能与之相比，赌博更无法与之抗衡。

我尽量把自己想象成一个濒死的人，希望酒精能让我体内某个器官发生变异或休克，胰脏破裂，心室堵塞，或血管爆裂等等，让我的灵魂能迅速脱离身体，而不必大动干戈。我听说过很多因喝酒过量而猝死的案例，如今我竟然很羡慕他们，因为我发现：要鼓足勇气杀死自己，实在是太难了！

可是我的身体却过于健康，各个构件齐心协力，将源源不断入侵的酒精转化为催眠剂安放进每个细胞内的角落，最终我只是在床上沉沉睡去。

醒了。房间一片漆黑，我想看看时间却一时找不到手表，于是我打开手机。

晚上八点不到，小陈还在一边熟睡未醒。

手机又开始不停地接收短信。

“老公，你在哪里？我在澳门找你一整天了。”

我从床上弹了起来。

我立即拨打小萱的电话：“你在哪，老婆？”

“我在金沙楼下，好累，你过来吧。”小萱的语气疲惫至极。

我穿上鞋子就往门口冲去，看到小陈还躺在床上，突然想起我怎能把小萱带回这里。于是我把房间灯打开，慌慌张张地把衣物塞进行李箱。

小陈被吵醒，她用手遮着灯光问：“怎么了？”

“我老婆过来了，我要去找她，怕她会出事！”

小陈还没有反应过来，我已匆匆拖着一大一小两件行李包出了房门，“砰”的一声把门给关上了。

我急匆匆地拖着行李箱往金沙的方向走去，什么自杀或跑路的念头此刻都已被抛至九霄云外，我只想马上见到小萱。

小萱正孤身坐在御匾会门口的水池边。

我把她紧紧抱进怀里。

“你去哪了？我一大早就过来澳门找你，金沙，永利，美高梅，凯旋门，新世纪，英皇，四季，威尼斯，你喜欢去的这些地方我都找遍了，从早上到现在都没吃饭，又累又饿，你去哪了？你手机不应该关机。”

我的脸贴在她脸上，一周时间，感觉她明显消瘦了很多。

“我们先去吃饭吧，老婆。”我用手擦擦眼角，柔声对她说。

“不要，我们马上回深圳吧，还有一班船。”

我犹豫不决。其实我也没有可犹豫的资本了，不敢去死，但却身无分文。

“他们全都知道了，我都告诉他们了。”小萱轻声说。

“谁知道了？”

“你姐姐、光明、扬帆、智深，这些同学全部知道了。他们说会原谅你，明天大家一起过来看你，跟我回去吧！”

这就是我的女人。我在不停地伤害她，她却在奋不顾身地保护我。

上帝派一个女人去拯救男人。

这句话是蒋介石说的。蒋在西安事变被扣押时，宋美龄孤身赴险去西安与张学良杨虎城谈判，出现在蒋的面前。蒋惊异地说：“我正看到《圣经》这一段：耶和华在地上造了一件新事，将令女子护卫男子。你怎么就来了？”

拖着行李走向码头，我又想起了小陈。我把她孤零零的留在了房间，还有急急关门时那“砰”的一声巨响。

离开船只剩下几分钟，码头三楼有一间麦当劳，我匆匆跑上去打包了两个套餐，小萱已经饿得有点胃疼了。

交清了逾期罚款后，我和妻子登上了回深圳的轮班。跑路风波以失败告终，而且令债务的创口变得更深。

易军正开着车在蛇口码头等我们。他搂搂我的肩膀说：“人回来就好！我和深哥都说，你欠我们的钱可以不还，但命一定要留给我们！”

“深哥呢？”我问。

“他怕你难为情，今晚没过来。”易军说：“不过他让我转告你，你要尽快把心态调整过来，至于债务他不会打电话催你的。”

“明天他的几个同学过来，你参加吗？”小萱问。

易军想了想说：“不了。圈子不一样，夹在一起可能说话还不方便，明天我先回广州处理事情。”

回到家，小萱说：“老公，你把所有事情都跟大家坦白了，取得他们的谅解，我们一起再重新慢慢来，好吗？”

我摇摇头，说：“可以坦白，但事情根本处理不好，债务太多了。”

“对了，徐总的150万已经打过来了，你三姐那边又借到了130多万，再凑一凑应该可以应付那几张开出去的支票。”

这个消息并没有令我开心，而是使我更加沉重。

"那全家人个个不都倾家荡产了吗?"

"人没事就好。你为什么总把钱看得这么重?你怎么还不醒悟?"小萱生气地瞪了我一眼,转身上楼回了睡房。

十四

第二天下午,三姐、智深、光明、杨帆、大鹏,还有另外几个住在广州的同学陆陆续续来齐了,季军也赶了过来。

家里空间太小,于是十来人在楼下的私家菜馆开了一间包房。

智深先开口说话。

"海洋,我先表个态,你欠我的八十万我不会追你要,也不会计算利息,相信今天到场的大家都是这么想的。而且如果你的正经生意能做起来,大家应该还愿意再凑点钱帮你,前提就是你不能再去赌。我也在澳门赌了五六年,知道赌博很难戒,但你今天记住我一句话:不管再难,不戒,你就是滥赌鬼;戒了,你就肯定能翻身。"

光明说:"昨晚打电话给季军,他也是一副半死不活的样子。今天跟大家一聊之后,连季军都觉得有信心了。海洋,你也应该振作起来。"

三姐说:"阿强这几天在重庆,今天没过来,不过他让我转告你,欠他的100万港币不用担心,他明天还会打30万过来,是给你应付近期债务用的。"

扬帆说:"海洋,其实这次经历是你人生的一个转折点,吸取教训,肯定能开辟一片新天地,对你未必不是一件好事。"

三姐又说:"接下来这一周,你要找债主们逐个摊牌,不管人家是打是骂都必须承受。首先要债主们把利息免掉,本金慢慢还。你一定要学会忍辱负重,才能对得起几个姐姐和同学们。"

季军在一旁插话,他着急地说:"我干妈那边的利息不能免,必须隐瞒下去,因为牵涉的都是几个老人家,我怕他们身体受不了。"

有这样一例开头的话,债务仍是在躲躲藏藏。大家七嘴八舌商量了一下,最后光明说:"明天你们尽早回一趟老家吧,先跟季军父母商量一下,看看他们的意见。"

第二天一早,我和季军、小萱一起驱车回粤北,向季军的父母坦白。

上楼前三人心里忐忑得很,因为季军一直还没向家里人透露过消息。

没想到听闻这么大的噩耗,两位老人的反应却非常平静,和小萱她爸的反应几乎一样。只不过季军父母一再嘱咐:干妈的利息一定要维持原状,尽快让公司的业务运转起来后，再逐步退还本金。

顺利过了一关，三人如释重负。回来的路上，小萱突然发现了问题："不对！继续付利息的话，不就跟以前一样，等于没摊牌吗？"

女人的直觉令她们更加务实，所以女人处理债务的能力比男人更强。其实，俩老的方案不过就是我们"做眼计划"的初衷。眼下我们正在四处摊牌，但却不够彻底，不知不觉，思维又走回了以前的老路。

戒赌，一是要戒除心瘾，二是要接受现状，即敢于面对和承担全部后果。如果不能做到这两点，仍抱着侥幸心理，你就没办法释放压力，那祸根就依然埋在你的体内，迟早有一天它还会生根发芽。

从大局来说，隐瞒部分债务并非不可，只要你身后还有足够的财力支撑，就像霍斌一样。霍嫂从家族中筹资帮他缓解债务，维持大部分物业的按揭，借助于房产泡沫的推波助澜，一年后家庭元气已经大大复原。

假如霍嫂实力不够，仅是一味拆东墙补西墙的话，她迟早会不得不跟霍斌一起去澳门搏杀，就像很多赌徒家庭一样。

所以，在摊牌过程中又有选择的隐瞒，这是我们的一个大败笔。

我的护照和通行证交给三姐带回广州后，当天她就把通行证用碎纸机粉碎，只留下护照备我出国使用。

远方的二姐也得知了消息，她马上用房子做了一个抵押贷款，凑了几十万元转了过来。

全家人都被我拖累至山穷水尽了。

回到深圳的第二天，我曾偷偷打过电话给小陈，从铃声判断她仍在澳门，不过接通了几次她始终没有接听。又过了几天，我已无法接通她的号码，估计是她把我设置为黑名单了。

我想她开始恨我了。

接下来两个月，公司的生意并不能像季军父母寄望的那般理想。事实上公司没有任何生意，我每日的工作内容只是在应付债主，应付开支。

为了节约成本，公司只剩下我、季军、小武三个人，财务已经移交给兼职人员做。

财政大权暂且交在三姐手里。每月公司的开支，未摊牌债主每月近9万元的利息，100万元小额贷款还本付息，信用卡的周转费用，固定要支出的金额仍有25万元以上。

第一轮筹来的借款早就被支票划走了。为了应付每月的支出，三姐在四处告贷，小萱也向她的一些同学借钱，一些旧日的好朋友都不敢再接她电话。

"三姐，你那还剩多少钱？"我忍不住打电话问她。

"只剩八万多了。"

那就是连下个月也无法维持了。我发现我们选择的方案是完全错误的，是一群人跳进漩涡里去救一个人，而不是在岸上救。

我咨询了几个律师的意见，想停止还小额贷款，甚至直接申请个人破产。但中国并没有个人破产法，而且不还小额贷款的话，信用卡很快会产生连锁反应，遭致刑事起诉。

机关算尽，仍是一个死局。

我的心里很烦躁。虽然每周定时参加教会的小组聚会和礼拜，但上帝的抚慰只能给我片刻的宁静，魔鬼的召唤声却听得更清楚一些。

并非所有债主的态度都是和善的，既然你害了人钱财，人家自然也会反目成仇。

“你就是个魔鬼，是个人渣！你以后会落得很惨。”这是一个同学见面时指着我的鼻子骂的。

“你死不足惜，但我奉劝你好自为之，否则会连累你的家人！”这是另一位朋友发来的短信。

某天，办公室同时来了三家债主，发生了争吵。

先到来的是两家供应商，手里拿着律师修改后的欠条要求我签字，我于是一一签了；但他们要求我拿出一个近期的还款计划时，我确实拿不出来，即便写出来也是忽悠而已，于是发生一点争吵。

此时又进来了第三家，是一个货运公司的业务员，我们还欠他们十几万元的运费。

业务员一进门就把手机递给我，说：“我们老板要和你说几句。”

我接过电话，那边说：“姓海的，今天跟你讲明白，你要是不把钱给我们业务员带走，等下是伤是死就不关我事，总之你休想回到家！”

那扇摇摇欲坠的门终于被打开了，魔鬼被释放出来。

我从包里取出一把折叠小刀，扔在业务员面前。

“你老板说，今天要杀我。”我一边说，一边把西装脱下扔在座位上，接着又把白衬衫也脱了，赤裸着上身。

“刀给你了，你捅我几刀吧，回去跟你老板好交差。”我说。

他苦笑着摇摇头。

“不想动手是吗？”我拾起小刀，自己在手臂上划了两道，渗出长长的血迹。我把手横在他的面前：“回去就说是你干的，这样你好交差一些。”

眼看要出事，旁边的俩人不得不上来打圆场。业务员也无可奈何，只好打道回府。

激化了几处矛盾，令局面变得更加糟糕。

每日手机响个不停，都是责骂和见面要求，但其实频繁见面并无任何意义，因为我还没有还钱的能力。于是我在客厅的时候，就把手机扔在房间；在房间时就故意把手机留在客厅；在办公室时更可笑，我有时会故意把手机留在车上。

他们当然认为我是个十足的无赖。

而我，想站在写字楼的楼顶上对着全世界大喊一声：

“我快爆炸了！”

周一上午，我带上户口本和照片回执，开车来到公安局出入境业务大厅，补办了通行证。并打电话给一个熟人，他能帮我办理加急。

三天后，我顺利的取到了一本新的通行证。

十五

※ 众叛亲离

戒赌两个月，债务摊牌，我的一举一动在所有人的注目之下。

这个时候只要一脚踏入澳门，就意味着众叛亲离。

但我已决定破罐子破摔了，就算把全国的道德学家集中过来规劝都没有用。我们的拯救计划第一步就走错了，我身边的女人们都已快累倒，小萱正张罗着要卖房子。

这套房子是小萱的婚前财产，仍在按揭状态，因此债主们无法将它查封。每日应付完各种矛盾争端后，也只剩下这一蜗居是我们温暖的避风港。

每个人都应当为自己的过错买单，这句话听起来很有道理。但一旦它被强施于你身上的时候，你还是会抵抗。

道德与法律，其实也是龌龊的。惩戒罪恶的同时，它们也在催生新的罪恶。

回到办公室，我把崭新的通行证扔在桌面上，对季军说："你陪我去一趟吧！"

季军连忙摇头摆手，恐慌地说："不行，再去澳门的话他们要和我断绝父子关系了！"

"那你说怎么办？下个月开始利息就付不起了，我姐姐她们也快累死了，而且马上就要过年了。"

"你现在身无分文，去澳门又有什么用？"他困惑地说。

我仍有办法，用自绝于天下的办法。

中午，我开车来到南山一个农贸批发市场。这里有一家潮州人开的日用杂货店，但经营小小的纸巾和洗衣粉生意，店铺老板和老板娘开的车却是奔驰和雷克萨斯。老板每天不停地坐在店门口按动计算器，拿支票来或取现金走的客人络绎不绝。

因为这家店的主营生意其实是刷信用卡、支票兑现、高息放贷。

我已经和这家店老板交易了好几年了。以前对公账户提现的限制太严，我每月都不得不拿支票来这里兑换现金。熟络之后，有时支票还未送过来，潮州老板就先把几十万元打进我的账户。现在，我的100万元信用卡也放在这家店"养卡"。

十几分钟后，店老板把30万元人民币转账进了我的卡里，条件是月息5%，借款期一个月。这在地下钱庄是属于非常优惠的友情价。

此外，我还有一圈朋友。这是我出社会十几年的积累，有高尔夫球友，有徐总这样的客户，有上海的朋友，还有大学的同学。大部分人并不知道我在澳门赌博，本来我不敢向他们求援，因为我想等到事业重新起步时再利用这些关系。

我首先打电话给霍斌。

“不是吧，大佬，你还想去?”霍斌惊讶得眼镜都快跌了下来。

“左右都是死，还不如去博他娘的。”我说。

“唉，我就是想劝你别去！不赌的日子其实很好……不过你的处境确实没办法。我现在没有财务自由，身上只有五千，先转给你吧！”

当然，我只对霍斌一人说了实话，剩下的钱都是骗来的。我对所有借钱给我的朋友们撒了谎，上海的，北京的，广州的，深圳的。

第二天，我又凑足了50万元人民币，其实我的无形资产并不止这么点，但我将它廉价买断了。

如果输了，我在这世上就不会剩下几个朋友。

“我不能去。让小武陪你去吧。”季军仍是胆怯，但他心里在期盼我赢钱。

“小武毕竟只是打工的，没有那种共患难的感觉。我现在气场不够，两个人的意念会强大一些。”我说。

“我还是随时跟你们保持联络就行了。”季军坚持。

我很失望，但也只好这样了。下午，我和小武准备出发。

我给小萱打了电话，说要去佛山出差两天，接洽一个新客户。手机也已经被我调为音乐彩铃，在国内接通和在澳门接通都是同样的歌曲。

这是一场偷袭。如果赢了，我偷袭澳门成功；如果输了，等于我卑鄙无耻地偷袭了所有人，包括小萱。

乘船到了澳门后，出于地理位置的考虑，我还是选择了金沙赌场。

在店里刷出了60万元港币，已经很久没有见过这么多现金了，想起当初在小赌厅里两张台曾各推上50万元，实是不堪回首。那一把就输掉了我和小萱的安身立命之所。

已经戒赌了两个月，所以精力是足够充沛的，也十分冷静。晚饭之后，我们稳稳当当的赢了20万元。

“再赢40万就撤退，一人分10万做家用，剩下40万赢利去应付下个月的债务。”我发短信给季军是这样说的。

还有一天一夜，时间充裕，因此我仍是很淡定地坐在起注5000元的赌桌上，一边抽着烟一边考虑投注。

小武去自助餐处取了一份水果，回来时，他对我说：“海哥，你看右边。”

我顺着他的目光寻去，右边并无异样，但我眼睛往下扫描，我看见了小陈。

我的心开始砰砰直跳。这两月来我从来打不通她的电话，她连手机号码都换了。有时候我在开车时想起她，有时我在夜深人静时想起她，但很快又会忘却。因为生活是一团乱麻，回忆总是被烦恼挤压。

我觉得自己没有爱上她，为什么现在心跳得这么厉害?

那天我弃她而去。

小陈肩上披着赌厅的围巾，她并没有赌，而是在观看。她身边有一个形象邋遢的男人，头发不整，脸色既黄且瘦，还有一点暴牙，看起来是个老赌鬼。

我没有心思赌了。我站起来大步向那张赌桌走去。

小陈侧脸时看到了我，她也十分惊讶，眼睛里闪出了亮光。但在她的笑容即将展现的时候，她眼里的光亮消失了，变成冷冷的敌视。她机械地把头转了过去，靠在座椅上纹丝不动。

我就站在她的身后，首先我想看看她身边是怎样的男人？确认了，是个四十来岁的老赌鬼，衣着不整，形象猥琐，脾气急躁，已经输穷了没有钱——台面只有十几万筹码。

小陈不转头，不说话，不投注，连脖子后面的发丝都一动不动。她感觉得到我在想什么，她希望我走开。

我明白她的暗示，我走开了，回到自己的赌桌。

那个男人换台，小陈跟在他的身后。他们并无亲昵的动作，走路的间隔甚至还挺远，至少能插进一个人。他们是否刚认识？或只是老乡？小陈没有用眼神告诉我，她故意不往我这边看。

我承认心里有她的位置，不然我不会嫉妒，不会心痛。毕竟我曾与她多少次忘情缠绵，我曾给她希望，又与她一同绝望。她是我的冰川情人，但我把她抛弃在冰川。

仅仅两个月，却恍如隔世，原来回忆真的令人怅惘。

她起身走进了内厅，往洗手间的方向去了。于是我也起身，快步走向洗手间。

她正要掩上女洗手间的门，我伸手把门挡住，但她从门缝里看到我之后，更用力地“砰”一声把门关上了，扣上了反锁。

过了一会儿，她出来了，我用手撑着墙壁，阻挡她的去路。

“请让开！”她不愿意给我说话的机会，厌烦地推开我的手。

对的！从前的你尚且无法给她希望，如今的你拦住她又有何用？你已经是垂死的人了！

这样一想，我的手就松开了，望着她快步走了出去。

我进洗手间洗了把脸，回到自己的赌桌上，看见小陈正和那男人一前一后走出了广东会，不知是那男人的提议，还是小陈的要求。

看那男人气急败坏的模样，他应该很快就会输光。

我邪恶地想。

但我的心情很不愉快，在这个赌厅我也待不下去了。

“去永利打21点吧！”我对小武说。我必须集中精神，情人已经走了，活命比什么都要紧。

小陈的出现让我平添了一份烦恼，但手头有80万元的本钱毕竟是振奋人心的事情。季军也没有回家，在办公室观看我们的短信直播。

在万利赌厅选定了2000元的21点赌台，但开局并不顺利，几番进攻受挫后，筹码下跌了10万。

转到百家乐台后，溃败仍在延续，赢利已经全部丧失，我们倒输了5万。

“定一点，慢慢打！”季军在办公室也开始着急了。

也许赢20万的时候就应当知足，这是老天设定的上限。我再也打不起来了，局面异常凶险，多次跌到30万以下，又被我狠命推几次大注赢回来。

小武在一旁不停打哈欠，几次提醒是不是该回去睡了。

“不睡，今晚只能通宵。”我顽固地说。时间越来越不够了，明天晚上之前我必须赶回深圳，这次偷袭行动绝不能暴露，否则赢了也没有意义。

天亮之前，筹码最低跌到了十几万，一度危殆。

小武虽然困，却一直不停在打电话和发短信，一会儿是和季军发，一会儿是和他女朋友。

早餐的时候，我终于又把总数打回55万，接近回本了。

“海哥，我一会儿能不能先回去？我女朋友昨晚发烧了。”小武说。

他说这话让我心寒。我再不能把他当自己人了，不过他的选择是明智的。

“下午一起走不行吗？让她先好好睡一下。”我说。其实我应该让他走，是我自己太没底气了。

小武勉强同意了。

十六

连季军也不再发短信给我了。眼看战车就要散架，我决定回到21点桌上去，分四门冲锋，运气好的话，只需十分钟就可以鸣金收兵。

四个小时后，我只剩下25万筹码。

小武一直在旁边打盹，好几次被赌场保安拍拍椅子唤醒，一睁眼又继续用手指发短信。

我也很累了，又急又怒，他娘的狗屁老天就是不肯让我赢钱。

“换台吧！”我站了起来，把筹码放在小武手里，“等等我，我先上个洗手间。”

万利的老虎机厅内有个独立的单人洗手间，我用温水洗了把脸，坐在马桶上，感觉疲惫不堪。于是我就背靠着墙壁闭上眼睛小眯了十几分钟。

过了一会儿我醒了，走回赌厅里却不见小武的人影，他可能也上洗手间了，于是我坐在21点台的椅子上等他。

已经过了十几分钟，小武还没有回来。

“你朋友头先（刚才）已经在账房换了钱走了。”男荷官好意提醒。

什么！此话让我惊呆，我马上拨打小武的手机。

“你在哪？小武！”

“海哥，季军哥说让我马上把25万汇给他，我现在正在店铺里汇钱。”他说。

我倒吸了一口冷气，“钱是季军的吗？谁才是你的老板？你马上给我回来！”

“海哥，你打电话给季军哥商量一下吧，你们这样让我很难做。”

于是我马上拨打季军的手机，他不肯接；再打几次，他还是不接。

我给他发短信，他不理会。

我再拨打小武，忙音，他应该正在和季军通话。

我又拨打小武的手机，小武也不肯接了。

我很激动，全身都在发抖，就像一个潜伏在重庆的地下党员被人彻彻底底出卖了，但我无可奈何。

小武的手机关机了。

我给季军发短信：你把钱转回来吧，这样做有用吗？我只想找条活路而已！

他没有回。很快他的手机也关机了。

好累！我瘫倒在老虎机厅的沙发上。

“先生，这里不能睡觉，如果眼困你就去外面走走吧！”水桶腰的澳门老女人出现在我面前。

“吃蕉，去不去？”我怒瞪了她一眼，提起包走出了机厅。

卡里还剩下一点余额，我在柜员机上取了一万元港币，随手押在了某一张台上。

走出赌场，已是中午时间，阳光刺眼，但熏烤在身上很舒服，我真想躺在大街上睡一觉。

该往哪去呢？我穿过大街，漫无目的地走到凯旋门背后的巷子里。路过一家超市，我进去买了六罐黑啤。

再穿过一条马路，这里有一个街心公园，是个喝啤酒的好地方。

这个公园有很多铁丝椅，大部分是双人椅。但是澳门政府很聪明，在双人椅的中间又竖起一根铁架隔开，目的是防止流浪汉和输光的赌鬼在椅子上睡觉。所以说澳门确实是一个管理高效的赌博ISO系统，让你尽情的赌，尽情的刷卡，尽情的签单；输光了不提供休息室，沙发上不准闭眼，公园的椅子也不让你躺。这样你就只能乖乖回家，四处借钱下次再来。

我总算找到了一张没有隔断的椅子，也许是某个安装工人疏忽了，或被愤怒的流浪汉拆掉了，这让我喜出望外激动不已。于是我把手提包当做枕头，躺下来喝酒睡觉。椅子太短，我的两脚不得不高搁在铁扶手上，但是不要紧，我实在太累了。

也不知啤酒喝了几罐，我迷迷糊糊地睡了过去。

我被冷醒了。四周的大厦灯火通明，已经是晚上了。

我抬起左手想看手表，意外的是，我的手表不见了。

这块CYMA手表跟了我十五年，表链经常会自行松开，我俯身查看椅子底下，但并没有找到，连地上的几罐啤酒也不见了。

某个流浪汉，某个和我一样输光的赌鬼偷走了我的十五年，这比小武季军拿走了25万元还让我心痛。

幸好手提包还在。手机又在里面震动，是小萱打过来的。

“老公，你怎么又去澳门了？”她哭着说。

“是，你怎么知道了？”我虚弱地问。

“三姐告诉我的，她下午找不到你，打电话叫阿强查，阿强说你进澳门了。”

“你为什么要这样做？他们再也不会帮我们了。”小萱哭的很伤心。

“别哭了，我明早回来。”

到了这个地步，似乎可以去死了。但今夜我不想死。我负尽了天下人，因此他们也逐个弃我而去。

所以我应该活着，好好做一个恶贯满盈的人。

这澳门大街上每天都流动着数不清的现金，在等红绿灯的丰田保姆车上，在提着纸皮袋步入赌场大门的洗码仔手里。

或者我可以回去搜搜资料，在网上购买一些强力麻醉剂，寻找氰化钾配方，再配置一把小型弓弩试试。

这样总好过死。死太不划算，我会被永远钉上耻辱柱，却留下家人穷困潦倒。

我躺在铁椅上，脑子里昏昏沉沉的构思着各种快速弄钱方案。这让我又有了追求，不至于颓废到底。

一阵浓郁的香水味袭来。

我睁开眼缝看，有个男孩坐在我的椅子上，一手在摆弄着手机。是个二十岁左右的文弱澳门仔，左耳扎着钉，电卷的短发染成黄色，香水味是从他身上飘出来的。

诺大个公园，他为什么偏要坐我这里。但我也懒得去细想，包包在我的头底下压着，我也没啥值钱的东西可偷了。于是我用手臂遮着眼睛继续冥想。

有只手轻轻的放在了我的大腿上，然后它稍微移动，摸到了两腿中间，牛仔裤的拉链处。

我猛地起身，那澳门仔吓了一跳，不过他早有准备，迅速弹开了十几米，一边跑一边回头张望，很快消失在巷子里。

其实他不必跑，我并没想打他。我想对他说的是：家里有钱吗？能不能拿几十万元出来赌，哥可以陪你玩一会儿。

可惜他不敢回来了，连坐下来协商的机会都没有。

夜越来越寒冷，于是我瑟瑟缩缩的站了起来，向那家两百元便可过夜的足浴店走去。

第二天早上，我用永利卡的积分兑换了船票，中午时间回到了家。

小萱请了假没有上班，她说今天要把房子在中介所挂牌出去，正等中介公司的人上来看房。

“三姐马上过来，已经在路上了。”她说。

过了不久，小萱的手机响了。

“三姐到楼下了，要我们下去。”

我做恶人恶得不够彻底，仍是害怕见到三姐，但只能硬着头皮下去。

三姐背着身，正冷冰冰的站在车门处。

我走上前，她突然转过身，一记重重的耳光扇在我的脸上。

打的好！一点也不痛。不信你找机会试试，家人打你的耳光不会感觉痛。

“你究竟还想不想让我们活？我们每天到处张罗给你借钱，大姐存给唯唯读大学的学费都取出来给你，我们每天为你活得提心吊胆，你又是怎么对待我们的？你还有资格做我弟弟吗？”

“我就是怕把你们拖垮……”

“我们不用你可怜！你要是真的可怜我们，你可以去做泥水工啊！你可以去街上收破烂啊！你可以每个月赚两千三千还给我们啊！凭什么别人能做你就不能做？凭什么你就觉得自己高人一等？是不是要全家人给你陪葬你才满意？”

“三姐，上去坐会吧。”小萱去牵她的胳膊。

“不去！”三姐甩开她的手，“我开了一个多小时车过来，路上被拍了两次照，就是为了给他一耳光！现在我满意了，我走了！”

她打开车门进去，迅速倒车，车尾撞到了后面一个塑料的拦车柱，但并未刮花。车子转了个九十度，轮胎在地面摩擦出嘎吱的声音，驶出了小区大门。

十七

※ 2013 年来了

我无所事事，一直在躲债，不接电话也不想见人。有时候自卑感涌上来，我就把自己关在小屋里喝啤酒，躲自己。

唯一让我感到温暖的地方，就是教会每周二、周五晚上的家庭小组活动，和星期天的教堂礼拜。几张信用卡的额度被缩减后，教会里的弟兄姊妹凑集了十万元，帮我缓解了第一波信用卡危机。

为了偿还小额贷款，小萱把首饰全都折价卖了，她又把自己的信用卡也都刷爆了。

房子也已经卖了，年后我们就必须搬走。

除夕之夜，我静静的在家里炒了几个菜。小萱回娘家喝了几杯酒后，就匆匆赶回来和我吃年夜饭。

2013 年来了。

这天，我回办公室收拾东西。办公室早已空空荡荡，季军和小武也没有来过，已经欠租两个月，我准备解除租约。

季军已经把我当成最大的仇人。停付利息后，季军干妈终于知道了真相，事情闹得不可开交。季军家要求我继续按月支付利息，这个要求太不切实际，被我拒绝。

其实没有朋友也是一件好事。众人弃你而去，当罪恶感在你内心沉淀以后，至少你的心就安静了，更容易接受现实，不再惶恐度日。

背负着隐瞒和欺骗的赌徒，在惶恐时的危害性和破坏力是最大的。

所以目前的状态甚至值得庆贺。

不过还是有两家愤怒的债主报了警，在公安局录了口供后，并没有作为刑事立案；我只是做了血液和 DNA 备案，这样我即便是化成灰也跑不掉了（这是一位民警同志提醒的）。

但广州的易军却刚刚陷入惶恐。

一家工地已经连续开了三次空头支票给他，同时他也被供应商追债，年前他的一批货亏损了不少，加上受我的拖累，易军现在也处于高负债状态。

这个春天，不是一个美好的开始。

卖房的尾款终于到账了，结清了地下钱庄的尾款和一家小额贷款后所剩无几，勉强够我们交半年的租金。

小萱开始在网上寻找各种租房信息。

“要找地铁口的，有物业管理的空房，家私我们可以自己带过去，不要浪费了。要不找人一起合租吧，老公？这样分担费用会便宜一点。”

曾经想买私人飞机的未完成富翁无奈地回答她：“随你吧。”

身份转变，我从高富帅变成了一个屌丝中的屌丝，但我已经可以安然接受，这个进步很大。

搬家之后，我开始待在家里做全职厨男，研究网上的简易菜谱，每日去菜市场挑最便宜的蔬菜。当然偶尔我也会不计成本，弄出一桌丰盛的晚餐等小萱下班。

小萱开始支撑起全部家庭开支，包括贷款和信用卡每月的养卡费用。她时常感到很累，回到家中说：“老公，你出去找份工作吧！应聘个经理或者副总什么的，帮我减轻一点压力。”

“现在不行，老婆。”

“为什么不行？”

“现在太着急去上班，心态不好，魄力和气质都差，消磨消磨一个人很容易就废掉了。”我说。

“那你呆在家里就不会废掉吗?”她觉得我强词夺理，有点生气。

“在家里是养精蓄锐。”我想了想，说：“要不我去应聘做商场保安吧?做保安的前景要比做副总大得多。”

“去吧去吧!”她不耐烦地挥挥手。

其实小萱不明白我说这话的意思。女人过于务实，难明白男人的鸿浩之志。我虽然是一个失败的赌徒，但我并不想接受失败的命运，我觉得自己体内还有一点潜力，仍想找个机会把它展开。

但怎么展开，我却还没想好。

对手机短信上时不时发来的辱骂，我已经麻木；债主们要求见面的频率也逐渐降低了，但每月信用卡和小额贷款的账单却无法绕得过去。

“老公，3号要交房租，我们不够钱了。”小萱疲惫地说。

于是我决定去澳门，几千元我还是有办法变出来的。

那天钱包里的四百元，是我和小萱剩下的全部现金了，我花了180元买了船票到了澳门。

乘坐免费大巴到达永利赌场，我直接走向鸿利卡会员部，把我的会员卡拿了出来。

“帮我查查还有多少积分。”

公关小姐在电脑上查询后答复：“还有23000积分。”

永利赌场的积分与港币是一比一兑换，就是说我会员卡里还有23000港币。但这些积分并不能直接提现，只能在赌场的餐饮酒店消费，或订购船票。

“给我订20张下午去蛇口的船票，分两个船班，要贵宾舱。”

20张已经是极限了，要多了他们不肯给，再说我也怕太多会卖不出去。

费了一点小周折，但半个小时后，我还是顺利取到了20张船票。

接着我马上坐赌场大巴回到新港澳码头。

码头二楼有一个专卖蛇口航班的窗口，我就站在窗口旁向前来排队的旅客低价卖票，每张便宜20–50港币不等。

有人会问：这样炒票在澳门合法吗?会不会被警察抓?

放心不会，合法低价转让而已，尽管卖。

两班船的间隔时间是一个多小时，我在窗口处站了两个半小时，成果不错，即将脱销了。

一位驼着背七十来岁的老婆婆很热心，一直在帮我拉客。窗口空闲下来的时候，她走过来颤颤巍巍地问：“还剩多少张了?”

“快了，还剩四张了。阿婆，你是哪里人?”我问。

“我是上海人。”

“那您干吗一直待在澳门，家里人不管你吗？”

“他们不管了，我就在这里玩。”

“那您有地方吃，有地方住吗？”

“有！赌场有免费吃的，晚上我就自己找地方住。”

我没问她晚上住那里。老婆婆已经很老了，连走路都需要搀扶，希望她不是和我上次一样睡在公园的铁椅上就行。

又来了一对夫妻，用普通舱的价格买走了我手上贵宾舱的两张票。

“阿婆，我给你一张票卖吧，我自己要坐船走了！”我把一张船票塞进老婆婆的手里，用最后一张船票走进海关验票处，离开了澳门。

上船后清点现金，收入四千多港币，此行可谓完胜。

后来两个月，我多次用这个办法，把永利卡的积分全部套现出来，每次在码头都能见到那位老婆婆。估计她每天白天都待在码头想办法筹钱，晚上睡觉前才进去赌场玩一会儿。

当然其中有一次四千元是被我赌输掉了。

小额贷款供不上后，催收部门开始不停的打电话过来。如果我不接听，他们就逐个打给小萱和我的家人，因为申请借款时我留下了她们的手机。

银行信用卡则逐步演变成了最可怕的高利贷。这证明了我们之前的还款计划全部是错误的，卖了房子应当先把信用卡还掉，长期养卡不是办法。

我挖的坑太大，小萱的微薄收入无法填补得上。

4月份开始，小额贷款和银行信用卡的律师信都纷纷发至电子邮箱。

我觉得宣布破产是最有效的戒赌手段，对赌徒来说。因为宣布破产后，减轻了债务压力，又被限制进入消费场所，对赌场更是申请禁止令，这不就“被戒赌”成功了吗？

可惜我国没有个人破产法，赌徒要戒赌只能通过自律。

地震又迟迟不来，我是地球上最盼望地震的人，我已经等了很久。

赌场会员卡内的积分也已经用完了，从澳门再也变不出钱来。用于代步的车子早就抵押给了楼下的小店，按三分息借到了八万元还卡数。小萱的原意是希望我去外面应聘上班，所以一直把车留着没卖。我和小萱商议，如果下月我仍无进展，就把车子卖掉节约开支。

屋漏偏逢连夜雨，这月又增添了一个更大的烦恼，税务局打来电话通知，要我的公司补缴税款35万元，原因是涉及到某公司的发票问题。

我必须要做一笔小生意，赚入几万块钱来缓解窘迫的经济局面，因为我钱包里长期只剩200元。

然后我要用这个几万元迅速变成几十万元，把税款和律师信的麻烦都解决掉。

我在寻找这个机会，它很快就来了。

十八

一天上午，手机在茶几上振动不停。

我是惊弓之鸟，早已养成了不接电话的习惯，不过它响了好几次，我还是好奇地望了一眼。这个来电绝对安全，是一家合作多年的报关代理老古打来的。

老古说，有个江西的客户想出口一批钢材，结果商检搞黄了，货物正被海关扣押着，想尽快找个公司完备手续重新装船出去。

这是个好消息。就快穷疯的我马上来了兴趣，问老古："是你的熟客吗？"

"不熟，网上找上门的，第一次打交道，不过货物我已经证实了。"

老古把那人的手机号码告诉我。挂上电话后，我用风一样的速度穿越到老古办公室，很快一个工程师模样的中年男人过来与我们见面。

本来按货物的总值，15 万元是合理的行价，但见到对方着急，我一狠心加了 5 万元上去，周瑜打黄盖 20 万元成交。

预收了 2 万元定金，两天后，商检凭条和全套的出口单据都备齐了。

"海总，要麻烦你去一趟江西收款，第一次合作，我们老板想跟您认识一下。"

别说去江西，就是去阿富汗找基地组织我也干了！他一转身，我马上进航空公司的网站用会员里程兑换机票，当天傍晚飞赴南昌。

小萱有些担心，在电话里说："不会是骗子吧？小心被绑架！"

我让她放心，不怕绑人的凶，就怕被绑的穷。目前我绑别人的可能性更大些。

晚上八点，飞机抵达了南昌。

一个黑黑瘦瘦的高个男孩正在出口处等我，二十出头，看起来是个刚从农村出来就业的司机。

"我是小郭，公司派我来接您。"他自我介绍后，带我去停车场。

来接我的是一辆金杯面包车，车门一拉开，后座还有两个二十来岁的年轻人，黑黑壮壮，马上让我警惕起来。

"公司离着比较远，开车要一个小时。"小郭说。

我坐在前座的副驾驶位，身后的两个年轻人并不说话，让我有些紧张。在电影里，这时候只要从后面伸出一圈绳子往我脖子上一勒，我就毫无还手之力了。

于是我悄悄用微信把车牌号码和几个手机号码发给小萱，先预留下侦破线索。

我还把一只手伸进包包的侧袋里，握着那把开啤酒用的折叠小刀，准备随时应变。

车行了十几分钟后，拐下了高速，走上一条树木茂密的柏油路，路灯稀疏，不知是国道还是省道。小郭说："抄个近路。"接着又在一个三岔路口拐弯，前方的路途更是黑茫茫一片。

我感觉越来越不对劲，于是喊了一声："停一下，小郭，我去撒个尿！"

说这话的同时我已经把身子侧过来了，可以看清身后两人的动作。而且我这个坐立的体位相对安全，他们很难把绳索套上来。

还好！他们没异常举动。我下了车，往回走了十几米回到三岔路口处，在路边尿完尿后并没有上车，而是在路边等的士。很快一辆桑塔纳私家车停了下来，司机探头出来，问我要去哪里。

小郭也下车走了过来，问："海总，怎么不上车了？"

"你的车我坐着头晕，要不我坐这辆车跟在你们后面吧！"我说。

"海总，你是不是不放心？"他问。

我于是实话实说："那两位不是你们公司的吧？"

"是我村里的俩发小，今天公司派我来接您，我顺便把他俩接上了。"

凭经验判断，我觉得小郭似乎是个老实人。但从来没有公司会在晚上派三个年轻力壮的小伙子过来接客户，开来的是面包车，何况走的又是一条连路灯都没有的荒野小路。

虽然感觉有人身危险，但我还是得去探个究竟。因为我太需要这笔钱了，而且这单生意的前期费用老古已经垫付了十来万元，没有放弃的余地。

于是我坚持坐私家车，跟在他们后面。

私家车司机是昌北机场的地勤人员，平时下班喜欢兼职拉客补贴家用。他好心地劝道："兄弟，我劝你别去了，这种险冒不得！"

"老兄你帮个忙，一会儿看地方不对就马上调头跑，我加多两百答谢。"

我继续用手机拍摄了几张沿途照片，从微信传给小萱。

结果是我多疑了，车子开到一个明亮的镇上，老板正在办公室里坐等，他们确实是一家正规的建筑公司。

小郭刚出来社会，没有待人接物的经验。他只是想着图个方便顺路把两个哥们接回来，没考虑到夜黑风高，接的又是陌生客户，所以闹出了这场笑话。

第二天上午，他们财务先转了 11 万元给老古，我通知老古带着工程师去办理了报关手续。

工程师拿到海关放行条后，财务又转了 7 万元进我卡里，这是这笔生意的利润。

对于穷了很久的人，银行卡有钱的时候要比没钱时重一些，你有没有过这种体会？

回来的路上，我确实感到怀里的钱包变重了。

叙述这个小插曲，看似与故事的主题无关，其实我要告诉大家的是：我真的越来越不怕死了，为了翻身，上刀山下火海的事情我也肯做。

你被债务逼得走投无路的时候，很容易破罐子破摔，把负债越扯越大；

等全世界都抛弃你的时候，你会愈觉得自己的命不值钱；

为了翻身，你就开始铤而走险。

这个三部曲，希望后来者不要跨入。

回到家，我给了小萱六千元现金，这是给刷卡人的养卡费用。

“剩下的钱呢？”小萱问。

“我要去澳门。”我说。

这一单生意的成功又让我恢复了事业起步的信心，没有资金，但公司的壳还在，我可以单纯做代理业务。我想从澳门赢点钱回来，缓解信用卡，把公司的欠税补上，让公司重新开业。

无论从各种角度分析，小萱都不得不支持；我打电话给易军，他听了也表示支持。

虽然赌是我十恶不赦的罪。

第二天，我先开车去广州处理了一点小事，下午，直接从广澳高速到了珠海横琴，把车放在横琴关停车场后，我只身进了澳门。

身上有八万元港币，我的计划是用一个月时间，分十个来回赢 50 万元人民币，每次赢 3–8 万元港币均可收工。

来之前，我已经让美高梅的公关小胡给我赠送了房间。我以前在美高梅赌场玩的并不多，这个赌场最大的好处就是有免费 WiFi，还有会员卡的积分速度快，荷官的素质和脸色也比永利好得多。

我必须要做到与小萱在微信上随时保持联系，除了文字还得要有图片，因为无图就无真相。这千辛万苦赚来的八万元对我们实在太重要，小萱对我总是谎报军情已经害怕了，所以要选有 Wi–Fi 的赌场。

抱着只能赢不能输的心态，我决定从最小最稳妥的投注开始，于是我选择了电子直播百家乐。

直播百家乐又称快速百家乐，是由荷官在主席台的赌桌上派牌，下面用几十台电脑联网起来投注的赌博形式。主席台上同时有百家乐、轮盘、大小三种赌具，都是由几个荷官现场开牌；赌客则一人选择一台电脑，直接把钞票塞进机子里便可投注。

这种电子直播的赌博优势就是：速度快，起注小，赌客之间互不干扰。美高梅起注最低是百家乐 200 元，轮盘 50 元，大小 50 元。

其实澳门政府只要同意将这套系统搬到互联网上，就可以击败所有的网络赌场。毕竟澳门和拉斯维加斯的诚信品牌让人更放心一些。

但是现有的赌博格局已经让澳门人赚翻，他们又何苦多此一举去破坏自己的好事？

晚饭后，战局正式开始。我塞了 2 万元钞票进机子里，在电子百家乐上小心投注，时不时用手机视频拍摄一段发给小萱。

小萱一再提醒：一旦赢利达到 5 万就马上去汇钱，然后出关回来。

但我把手头的八万元视为生命般珍贵，连 2000 元以上的注码都不敢轻易尝试，所以小萱睡着前，我只赢了一万多元。

到了下半夜，稳妥的投注不管用了，我转为打电子轮盘，但运气依旧不佳。

只剩下两千元赢利，我的心情有些郁闷，已经凌晨三点了，我还是克制自己回了房睡觉。

这晚睡得并不好。也许是很久没有来过澳门赌钱了，这次复赌让神经绷得很紧，何况这笔钱来之不易。我浅浅的睡了四个小时，早上七点一过就下来继续战斗。

在赌场里，持久战术和稳妥战术其实是相互抵消的。为什么呢？因为大数法则注定了久赌必输；稳妥战术其实是由各种小注组成的倍投战术，下注小，就肯定要靠长时间来积累赢利，这不就互相抵消了？而且最终大数法则会战胜你的稳妥，久赌仍然是输的概率更大。

我在电子百家乐已经倒输了两万元，于是转到了赌场大厅。此时不敢再传视频给小萱，我谎称保安员不允许我拍手机视频，只用文字向她谎报军情。

随着信心逐步下降，我的筹码也一点一点在减少，等我从百家乐赌桌上跳开的时候，手头只剩下 3 万元了。

我发现百家乐真的跟我有仇。我惧怕的魔鬼一直隐身在赌台身后，每当我出现一点疑虑或恐惧的时候，我内心的担忧就会成为事实。譬如我害怕庄家补到 8，我心里喊着千万不要来 8，这时候它往往会真的来个 8。小萱曾说，是不是我们对不起女儿雨辰，所以雨辰化为小鬼一直在跟我捣乱？我说不会是雨辰，我们爱她，所以雨辰也是爱我们的；是另一只我不知何时得罪过的魔鬼。而众多亲友和债主对我的怨愤组成了强大的负能量，这负能量就是魔鬼的食粮。

“娘的，我发誓不碰百家乐了！”我咒骂了一句，拿着剩余的 3 万筹码转到了 21 点台上。

同台的是一位六十几岁的澳门老阿姨。

几个回合后，我赢回几千元，押了一注 3000 元上去。

这把我是 12 点，庄家是 6 点。我想起上次在金沙赌场多次用 12 点 DOUBLE 的经历，心想：我应当尝试加注，这样可证实一下时运来了没有。

于是我加注 3000 元上去，荷官直接补过来一个公，我的牌爆了。

“柒线（白痴），12 点都加注？人家是 6 仔！”老阿姨像看到一个傻子一样。

我没等她的话音落下，已经快速起身离开了这张赌桌，走去十几米外的另一张 21 点赌台。

我估计的没错，12 点加注失败证实了我此行的运气差到了极点，我总是拿到 15 点、16 点这种毫无作为的弱牌，在庄家面前没有还手之力。

中午一点多，我的筹码只剩下 1 万元了。

我心烦意乱的走出了美高梅，来到了对面的永利赌场。但永利赌场也不是一个善茬，很快我只剩下三千筹码。

大势已去！要在 21 点台赢回已经不可能了，我绝望地想：不如去打打老虎机，看能否有机会中个大奖。

我把三千港币塞进老虎机里，每拍一下我就祈求一次。输剩最后一千时，终于出现了一个抽奖机会，我连续按出来两个财神。

按规矩，只要再按出第三个财神，就可以中得 500 多万元的超级大奖。

于是我双手握拳祷告，先把《圣经》的主祷文念了一遍，又向天父祈求，以耶稣的宝血为誓言，请万能的主赐一个大奖来拯救我！

我用力拍了下去，开出来图案是一只该死的熊猫，最小的迷你奖，只有 244 元奖金。

"阿生，可不可以帮下手，用你的积分帮我出一张船票？我没钱回香港了。"一个声音用粤语对我说。

是一个六十岁左右的老阿姨，头发已经半白了，看得出年轻时有些姿色。

我摇摇头。事实上我在永利的积分早就用完了，想帮也帮不到。

"帮吓手得唔得？你叫我做什么都行，很舒服的。"她半靠在老虎机上斜睨着我，有点像旧上海影片中的马路风景，可惜我俩年龄颠倒了。

她说完这句的时候，我也刚好把最后 100 元输完了。

这个世界乱得像一团理不出头绪的毛线！我头脑晕晕涨涨的站起来离开。

小萱的期盼又落空了！我真是个废物！我一边咒骂自己，一边走向的士候车处，钱包里港币只剩下几十元，我忽然想起美高梅酒店还有一千元的押金，于是又返身走回赌场。

在美高梅酒店前台取回押金后，经过赌场内一个电子柜台，我查询了一下会员卡积分，剩余 4 万分，相当于 2000 元左右港币。

"把两千元带回去，聊胜于无吧，就当白跑了一趟江西！"我克制住正在抽搐的心，用最卑微的想法安慰自己。

要提取积分，最简单的办法就是用老虎机。那个"金狮派彩"的按钮能够让积分转化为现金券吐出来。

我把最后1000元港币塞进去，选择了积分兑换，又开始机械地拍打那个按钮。半小时后，积分全部消耗完毕，吐出来 2700 元的现金券。

我把 2700 元港币胡乱塞进了裤袋，在赌场门口坐上了的士前往横琴。几个月的煎熬和期盼，刚刚到手的一点成果又付之东流，没有赌过钱的人不会理解这种深刻的痛苦。我的脸色晦暗，我的心在哭，极度自卑，一直在无声痛骂，想杀了自己；我的额头与眼角皮肤都皱得紧紧的，想把眼睛睁圆一点都做不到。

十九

※ 歇斯底里的反击

穿过横琴海关的通道，踏上珠海的土地，意味着我又回到了地球上，又得面对已经乱成一锅粥的现实生活。而且，每次从澳门回来，现实又比过去更糟糕了一些。

车子停在横琴口岸门口的停车场内，我脑袋重得像灌满了铅，木木地向车子走了过去，掏出车钥匙，按开了遥控锁。

我一拉车门，但车门仍锁着，没有打开。

我再次按了一下车钥匙上的遥控，听到了“突”的一声，这回确定车门锁已经开了。

我又用力去拉车门，谁知车门还是没开，并发出刺耳的警报声，一下子把我从梦游状态惊醒了。

我定睛一看，原来我拉错了车门，这辆是银灰色的奔驰350，而我的君越在它的旁边。

你这个烂赌鬼，在月球上是任人屠宰的羔羊，回到地球上智商已经不如一头猪了！我心里惨惨地嘲笑了自己一声，转身打开车门，把行李包扔在后座上，钻进了驾驶座位。

进入自己的世界，获得了安全感，疲惫马上铺天盖地袭来。我暂时不想动，于是就把座椅位置放平，躺下来先休息一下。

迷迷糊糊睡着了一会儿，一个电话打进来把我吵醒了，我一边拿起手机接听电话，一边用手指按着电动按钮把座椅调起来。

“喂？海先生，我是美高梅的公关小胡，今日我们酒店还有空余房间，请问您还需不需要续住呢？”原来是赌场公关又来送房间招揽赌客了。

我差点脱口回答他，输得准备去死了，你送个豪华套房给我有个屁用？但我眼睛透过车窗看到停在旁边的奔驰车，突然改变了主意，迅速回答他说：“要！你留一个最好的房间给我，我等下就过来！”

这辆奔驰，就是我去年意气风发时的盘中物，我曾幼稚又狂妄地想在赌桌上不费一文的把它赢回来，从此令我迈入了豪赌的不归路。

可如今，我费尽心思弄来的八万块，飞赴江西冒着在荒山野岭被人绑架的危险弄来的八万块，又被澳门这张血盆大口舌头舔也没舔就吞掉了像一粒虾米一样。难道我又要懦弱无耻地回去向家里翘首以盼的小萱道歉？又要再次去击穿她绝望的底线？

这台奔驰车勾起了我所有的新仇旧恨，一刹那间我就决定要杀回澳门！

我口袋里只剩下2700元港币，我输掉的数字已经超过三千五百万元，我也不知道自己这样返回去有什么用？但我的血液在体内突然流转得很快，这些血液有很多白细胞新造的生力军，让我的大脑和身体变得清醒，似乎一下子摆脱了长久以来的烂赌鬼状态。

我想起我在新世纪赌场那两次的绝地反击：一次我用最后一千元两小时赢了十六万元，一次是我和大鹏输得只剩下1700元人民币，我剩700元，他剩1000元，在赌场门口排队等的士的时候，我一咬牙把他拉回了赌场，兑换了1900元港币，两人用了一个通宵赢回了25万元！

所以，我要揣着这最后的2700元港币杀回澳门！

记着：你不是任人宰割的烂赌鬼，你是一个社会精英！你不是任人宰割的烂赌鬼，你是一个社会精英！排队过关的时候，我口里不停地念叨着这句话给自己打气。

通过珠海海关后，我乘坐一辆大巴用两分钟来到了澳门的氹仔关，自助通道没有什么人，我一边把通行证放入扫描的闸口校验，一边从包里掏出我随身携带的折叠小刀和打火机。

出了澳门海关大厅，我一只手拿着小刀，另一只手点燃打火机在刀尖上烧烤，直到把刀尖烧成了微微的红色。

有什么用？你马上会知道。

我用刀尖轻轻地在左手手掌上一划，听到“嗤”的一声，疼痛的感觉真好！血从手掌中流了出来，我把血甩在地上，让它渗入澳门的尘土里。

不肖于天，不肖于祖宗的不肖之子海洋今日在澳门歃血为誓：如果我今夜死在澳门，我不会成为神，也不会成为鬼，我会成为传说中的阿修罗一族，拥有强悍法力，恩怨分明，睚眦必报！今日此城吸干了我的血液，若我有朝一日获得权柄，定将此城彻底毁灭！

血在手掌上干得很快，乘坐的士来到了美高梅，左手的伤口已经基本止血了，但我还是在对面的药店买了一块创可贴贴住。我有死的准备，但我的真正目的是赢。

房间虽然是公关送的，但登记入住要交1000元港币的押金，这意味着我的赌本又得减少1000元，不过这没关系，我还是先开好了房间。我心里有了一切打算，我不是人，我是来复仇的阿修罗，再也不用人类的思维来思考问题。

我站在酒店前台处等了五分钟不到，果然，有一对东北口音的夫妻过来问房间，看起来他们三十岁不到。

“对不起，今天是周五，我们没有房间了。”前台小姐抱歉地对他们说。

等俩夫妻走出十米，我追上去对他们说：“我有一个房间，可以转让给你们。”

男的说：“你炒房的吧？价钱肯定很贵，我们要不起。”

我淡定的笑了笑：“价格1200元港币，你看我像炒房的人吗？”

他俩脚步停了下来，狐疑地看着我，当然我的样子并不会像一个炒房的赌工，他们相信了。

“而且不用你们付押金，直接拿房卡就可以上去，我把开房单和房卡拿给他们看。

"嘻嘻，那我们是出门遇贵人了！可以多住几天吗？"女的见有这等便宜的事。马上眉开眼笑。

"可以，我们留个手机号。"我回答她。我心里想，如果明天我还活着的话。

收了他们1200元港币，但付了的士费，充值了100元电话卡，我的赌本仍就是2700元港币。我还有1000元押金在酒店里，明天我仍可以再收他们1200元港币房费，但前提是我今晚得在美高梅赌一会儿，否则会员卡里没有新的积分，公关明天未必肯继续送房。

但我不再跟随人类的逻辑，寄存好行李后，我转身走出美高梅，来到了隔壁的永利赌场。

2700元港币！赌本太少，似乎只能找最小的电子台从一百两百投注慢慢打，要不就只能一把晒冷。错了！我并没有这么想。

我来到了永利大厅的加勒比海盗赌桌。现在，只有高倍赔率的游戏能打开局面，能看看阿修罗的族神们是否听到了我的歃血之誓。

我下了300元的投注，买了25元的彩池，我心里认定的好牌是一对8以上，如果这局没有好牌，低于对8的牌我就直接弃权，认输325元；如果有好牌，我就加注600元,赢回900元，或者更多。

这张赌桌坐满了人，我在四号位。二十多岁的瘦高个男荷官派出了五张牌给我，我把牌握在手心慢慢看，第一张是梅花A，第二张是梅花Q，第三张是梅花6。

这手牌，最好的结果就是求到一对A，或者五张全梅花。

第四张是梅花9，机会来了！我慢慢地拉开最后一张牌的边边，现在，这张牌是什么数字已经不重要，只要它是梅花便可。

是张梅花2！我长吐了一口气，把牌合起盖在桌上，又把600元的加注压了上去。

"成局！"，荷官把庄家的牌打开的时候，我拍着桌子喊了一声。果然，庄家是一对6，这样我的加注才能获赔。

年轻的男荷官把我的牌在桌上展开，是5倍赔付的同花，同桌的其他人发出羡慕的啧啧声。这局我赢了首注300元，加注赢了3000元，外加1000元的彩池奖金，总共赢了4300元。

这下，我的赌本有7000元了。

我有了充足的信心，今夜必胜，我知道众叛亲离后，我身后又获得新的支持了。看起来加勒比对我比较旺，似乎应当继续赌加勒比，又错了！我收起筹码站了起来，转身走进了非吸烟区的大厅，这里有很多21点的赌台。

二十

赌本小又需要极速翻倍的时候，我觉得还是21点对我最为合适。这个游戏较为理性，具有可控性，不像百家乐那样容易令人丧失自我。

我相信自己已经获得了天上一个特别种族的援助，今夜我会很旺，所以我决定在21点台上采用最简单的打法，就是倍投。

第一注下300元；如果输了，第二注下400元；如果再输，就坐等庄家爆牌，庄家爆牌后，我就马上下第三注800元。

如果连输三注，就是输掉了1500元，那就从21点台离开，换去加勒比台上投注600元，有好牌就加注1200元，把1800元赢回来。

如果加勒比又输1800元，那就把剩下的3700元在加勒比桌上一次晒冷，又再压注1200元,加注2400元。

加勒比赢回一注后，又回到21点赌台重新开始。

第一轮从7000元赢到14000元以后，就照这个套路继续，投注金额扩大到两倍。

我已经经过了多次的分析计算，从时间上，如果不在某一轮被杀完的话，用这个套路我可以在半夜三点前将筹码打到8–9万，因为我已在金沙赌场实践过。

选定了一个面相较为和善的中年男荷官，头一个小时确实不错，从未连续输过三注，而且第三注的800元经常会产生BLACKJACK的惊喜，我的筹码迅速升到了15000元以上,21点台的荷官也会经常轮换，我决定今晚跟着这个荷官走，他去哪我也去哪。

筹码总数升到3万的时候，我起注是1200元，第二注1500元，第三注3000元，但是三注之后经常需要去加勒比赌桌上救急，还狠命晒冷了几次，幸好都勉强赢回。

这一个小时打得很累，不停在赌桌中间走动，手上的总数仍只有36000元。

我已不是人，不会去跟赌桌斗气，或跟自己斗气，所以我决定放弃21点，专心打加勒比，仍是用倍投。

加勒比的倍投和百家乐或是21点大不相同，因为存在一个开牌后加注的规则，又有多倍赢回的可能性，所以倍投时不可操之过急。我决定采用以下策略：

3万赌本时起注300元，若第一注输了300元，第二注就下400元；若第一注输了900元,第二注就下1000元；

若头两注输了700元，第三注就下800元；若头两注就输了2100元，第三注不可直接下2200元，而是下800元，寄希望于加注1600元后赢回2400元。

若三注共输了4000元以上，此时再不可用头注来倍投，而是每次下注前面输掉总额的三分之一，寄希望于加注后一次赢回，降低风险。比如前面五注共输了8000元，则第六注应当下注2700元，如果加注赢了就赢回8100元，没牌弃权则只是输多2700元而已。这个游戏的机会在于，每一次倍投的时候，如果撞到了两对或同花等能翻倍的好牌,就可以把筹码快速打起来。

回到抽烟区的加勒比赌台，年轻的男荷官还在那里派牌，他刚才跟一个赌客争执了一下，不过对我的态度却比较友好，所以我继续捧他的场。

半个小时不到，筹码总量已经超过45000元，我决定把起注金额调整到400元。

这个时间段非常顺利，倍投反击时我经常中两对或者三条，加注的筹码翻倍增长，我的筹码总额很快就上了7万。

"赌钱就要这么赌，换我也不会去打百家乐，一赔一的游戏，还要抽水，傻瓜才喜欢玩!"我刚中了一个俘房（Full House)，赢了一万多，男荷官一边带着赞赏的表情把筹码赔给我，一边扭头对一旁肥胖的女监理说话。

我台面筹码总量已经超过10万了，现在只是半夜十二点，我开始把起注调整到1000元。但永利赌场的加勒比限红很低，最高只有4000元，所以我知道这个套路已经打不上去，决定一旦连输三口就离场走人。美高梅的加勒比限红幅度大，是300-15000元，而且我还有一点赚取积分的任务，可以过去打一个小时。

赌场就是一个欺负弱者的的恶鬼。你心里胆怯的时候，会经常被它把把追杀；但你心里根本无所畏惧，对它毫无依赖的时候，它反而会趴在你的脚下装扮成一只温柔的小猫。不过这只小猫内心险恶而且会变身，我再也不上它的恶当。

这一个小时我又在连续赢钱，手头已经有了15万筹码，现在连美高梅也没必要去了。

年轻男荷官拍拍手，准备换台了。我也站起来收起筹码，拿到帐房前去兑换现金。

半夜一点半，我走出永利赌场。夜色正凉，我的心情似乎有点舒畅，这不对，我不应该有这种感觉。因为我是来复仇的阿修罗，不应该有人类的卑微情感。魔鬼能掌握人类的一切弱点，但他们惧怕阿修罗族的诸神。

穿过十米宽的马路，我来到了美高梅赌场，我已经没有继续再赌的兴致，不过是过来虚晃一枪赚点积分，让公关明天能继续给我免费续房。

相对安全的游戏仍然是加勒比，我在帐房买了15万元港币的筹码，这只是虚张声势而已，我只在加勒比台下了两注，输了一注325元，赢回了一注1200元，就起身离开赌桌，去帐房把全部现金兑换了回来。

今日的本钱2700元，但盈利已经超过15万元，我可以去睡了，我还有艰巨的使命在身。

开房是不可能的，我没有这个想法。可以去附近的桑拿睡觉？花费498元，因为已经赢了不少，可以犒劳自己一下？这也是人的想法，如果这么做你又中了魔鬼的圈套，我轻蔑地撇了撇嘴角。

我决定去那家200元的足浴店睡，能让我身体躺下安然休息，又能让我的恨和复仇的动力在睡梦中继续增长。我是来复仇的！这口袋的15万元港币，只不过是魔鬼故意示弱的一颗糖果而已！你输给它的岂止是一个家，一条幼小的生命，还有半个灵魂。它惧怕的是阿修罗神，并非惧怕你！不要忘了你的歃血之誓。

鼻子上架着一副没有镜片的眼睛框，戴着遮住整个脸的口罩，斜背着重重的包包，我冷冷的观望四周，穿过了一条条冰冷的街道，来到了金沙赌场背后的足浴店。

“开间房睡觉！”我把两百元港币放在柜台，对半秃头的男店员说。来到这里，我的心里竟然有一种安全感。这些按摩兼卖身的大陆妹、菲律宾妹，面对这个华丽、强悍，冷酷的城市，她们心里没有恨至少也有怨吧？我需要你们的气场，弱者们聚合起来，把你们的微薄之力都给我吧！

窄窄的按摩床，又小又矮的两个枕头，还未完全干透的毛巾和被褥，一股残留的精油味道和陌生男女交配后留下的少许体味，这些让我感觉很好。让我的身体在吸收一种力量。这种力量以前从来不属于我的世界，它不被正人君子认同，因为它没有贵贱，没有善恶，只有生存和欲望，微小但数量众多，敢上天堂也敢下地狱，魔鬼忌讳它，阿修罗可以驾驭它！

我在简陋的浴室洗了个澡，卷缩着身体躺在按摩床上，很快就进入了梦乡。

第二天起来是早上九点，我来到永利赌场内的餐厅吃早餐，卡里还有一些积分可以消费，我不会再浪费每一分钱现金。

吃过早餐，我来到美高梅赌场的加勒比赌台，兑换了15万元港币，今天采用昨晚的套路，但起注调整为1000元。

赌台上只有我一个人，荷官是一个三十来岁的马脸男子，很瘦，但是脾气很好，看得出是个心地善良的人。

十几分钟之后，我赢了五千元。

“班长，今天能帮忙开个黄袍同花顺给我吗？”我微笑地用揶耶的语气对他说。（就是10JQKA同花顺的意思。）

“我也想啊！我都希望你赢大钱。”他乐呵呵地回答我说。

“如果中了同花顺，我想给所有澳门赌场送一份礼物，你知道我想送什么吗？”我说。

“唔知啊，你准备送什么？”

“我想给每个赌场送一个钟，就是那种几十元一个的石英钟。你看澳门赌场里不是都没有钟吗？给大家送一个钟挂在墙上，多好！”我冷笑着说。

他愣了几秒，笑得眼纹都全部皱在一起了，“送终？你肯送，这些赌场也未必肯收啊！”

“没关系，我请个醒狮队，敲锣打鼓给每一个赌场送过来，一家一面钟，如果哪家不肯收，我就登报请他们来领！这样够诚意了吧？”我笑答。

“这样做的话我估计你就会上全澳门的赌场黑名单了。”他笑嘻嘻地说。

调笑归调笑，我对手中的牌却丝毫没有松懈，这注押了2000元，我手上抓的是一对

4，庄家的台面是一张J，但我心里总是怀疑庄家会有对5或者对6，我说话激怒了魔鬼，它会故意设一个陷井给我，它根本就是这种阴险的玩意。

弃牌！我把牌合起丢在荷官面前，身后站着观战的一个男子惊讶地问："不是吧，有对子都不跟？"

荷官开牌，庄家是一对5！果然，又见识了一次魔鬼的阴险。

孙悟空请对了救兵，妖邪们又能猖狂到几时？

今天，一定又是完胜的一天。

二十一

这把避开陷阱后，庄家的气焰被我消灭。我手里的牌非常顺手，经常抓对A、对K，或者两对，庄家则经常是一些对2、对3或者勉强成局的AK散牌，我起注1000元，加注2000元，每把也能赢3000元以上，很快台面筹码超过了20万。

两个小时内，我又中了两次俘房（Full House）和一条顺子，攻势势如破竹，台面筹码已经有了30万。

这时候我在加勒比的起注已经调整为3000元，但美高梅的加勒比限红是有限制的只有300-15000元,采用3000元的倍投已经打不上去，因为连输三口的话，战术已经被限红封死，无法一次翻本。所以我决定离开加勒比赌台，寻找能快速把筹码打上去的游戏。

今日手头的赌本较多，公关小胡当然乐意帮我续了两天房。东北那对小夫妻也在美高梅大堂赌百家乐，我顺利地从他们手上又收到了2400元的房费。

这笔2400元的钞票很重要，它们在钱包里随时警醒我：不可大意，赢几十万小钱于事无补，我需要更多的钱才能买回我和小萱的数个月安宁。

到目前为止，盈利已经达到我原计划的两倍以上。我想起给小萱的承诺，她从前天到现在还一直以为我在澳门赢钱-如今我真的赢钱了，可以给她打电话让她宽心了。

"老婆，现在手头有30万了，要不要先转点回来？"我走出美高梅门口，拨通了小萱的手机。

"有30万？太好了！你赶快转20万回来，我先把广发和招行的信用卡还掉！"听到这个消息，小萱别提有多高兴了。

我迟疑了一下，说："我先转10万给你吧！你先还我的招行两万，避免他们起诉。"

"你怎么又不听我的了？你手上不能留这么多本！我怕你会控制不住！"小萱不同意。

"老婆，我现在状态很好，这次也许是一次机会，可以冲一下，晚上会再转一次钱回来。我不打百家乐，不会乱来，你放心吧！”我说服她。

“……那好吧！但是你晚上一定要再转一次钱给我！这些钱我暂时不会动，但不能留在你手上！”小萱勉强同意了。

挂断电话后，我走到凯旋门背后的一家手机店里，把10万港币汇到了小萱卡里。同时，我还汇了3万元人民币给珠海的旭峰，因为他是最后一个肯借钱给我的同学，目前手头钱虽然不够，但我想走出还债的第一步，这样才能从负能量区里走出来。

旭峰接到我的电话当然很高兴，不过我知道此时的我已经难以成为任何一个旧友的座上常客，只不过在以后同学们议论起我的时候，会多了一人说说我的好话罢了。

手头还剩下17万港币，我又重新回到了美高梅的加勒比赌桌。两小时后，筹码变成了25万，但这似乎就是最高峰，我的运气开始转向，过了一会儿筹码跌到22万。

我不是那个非要在赢利最高峰才肯离席的烂赌鬼了。此刻仇恨与阿修罗神的指引让我始终处于很清醒的状态，我起身离开了赌桌，走进美高梅赌场内的食八方餐厅吃午饭。

美高梅赌场每日积分超过300分，可以免费在电子柜台机上打印一张150元的餐券，且并不会扣卡里的积分。我用这个餐券点了一份海鲜芝士意大利粉，这是我在美高梅最喜欢的一道西餐。

现在加勒比看起来已经到了头，百家乐又不敢碰，想把手上筹码打到50万以上，只能考虑选择21点。

既然打21点，我还是选择了永利赌场，这里的21点台最多，而且非吸烟区和万利厅经常有空闲的赌台，我需要一个人赌或者和某个高手同台才能尽快把筹码打上去，转钱回去应付困局。

上一场和小武在21点上惨败几十万后，对几十万赌本的21点打法我又做出了一次改良。台湾佬强悍的反击打法仍是战术的重点，但我将以前打百家乐的二分之一加注的渐进式战术融入其中后，产生了一种新的“两注式反击打法”。

这套打法的重点是，利用21点任何一次连赢两注的机会，把每一轮输掉的筹码一次赢回来，保持筹码总数每小时都在增长。

我在永利非吸烟区的帐房购买了21万的筹码，并把赌本分配为三份，每次只拿7万上赌台。

这种打法不是倍投，第一轮需要谨慎，所以我选择了500元起注的赌台。

这套“两注式反击法”的套路是：

第一注起注是最低限红的4倍，就是2000元。

如果第一注赢了，第二注缩减为1500元；第二注继续赢，则第三注加注为2400元；第四注加注为3600元，以此二分之一盈利叠加；

如果第一注2000元输了，则第二注缩减为1000元；再输则缩减为500元；再输则保持最低投注500元，直到赢了一注为止；

一旦赢回一注，则立马全力反击，前面输了（2000+1000+500+500=4000），则反击注直接下 4100元，力争一次赢回本轮输掉的几注，把握机会止住筹码下降的颓势；

如果反击注 4100 元 又输了，则继续下注 500 元，假设又输了两注 500元，直到赢回一注后，立马又把（4000+4100+500+500=9100）反击注推上去。

如果连续反击注码输了三四轮，推到台面限红 15000 元 时的反击注仍然被杀，则本轮赌本宣告失败。

如果反击注不会被连杀四轮以上，那筹码数量每隔十分钟都会增长，而且增长速度很快。如果反击注恰好中了 BLACKJACK，套路打起来便会如鱼得水。

这套打法进攻十分强悍，应当说是反击时十分强悍，比台湾佬的排山倒海战术要稳妥一些。

实行这套战术，我尽量选择没有人的赌台，实在不行，也要选择最少人的赌台，而且一定要坐在尾门与庄家单挑，避免被不会打的玩家破坏牌局。

告别了人类的各种卑微杂念，求生与复仇的欲望终于使我沉静下来。今日，我的运气格外好，魔鬼不敢靠近我的身边。

我在 500 元的台打了三个小时，已经赢了超过 15 万，现在，我的手上筹码总数有 36 万，钱包里还有 15000 元港币的现金。

时间已经是晚上 9 点，小萱的短信发了过来："还不去汇钱?"

对！为了让小萱睡个好觉，我应当这么做，我已经很久没有给过她一点像样的安慰和保护了，今日我终于又恢复成为一个有力量的男人。

"我现在出去汇 10 万港币给你！你收到入帐短信回复我。"我给小萱发了短信。

"好!"短短的一个字，我感受到了我最亲爱的女人内心的喜悦。

在店面汇完钱后，我的内心很平静，顺路沿着美高梅堤岸走走，稀释一下赌场内的高氧空气。小萱收到了入帐短信，打了电话过来；

"老公，你今晚准备什么时候睡?"小萱今日的声音特别温柔而且很踏实，她心里终于获得了一些安全感。

"两点左右吧，我一会儿再进去打一轮。"我说。

"好！你一定要记住，打不上去就不要打了，跌两三万就要停，知道吗?"小萱嘱咐我。

她至今仍以为我是用大前天过来的 8 万慢慢赢到现在，我心里庆幸昨天输光时没有打电话告诉她，否则何来靠这 2700 元的绝地反击！但我心里不可以有侥幸，更不可得瑟，这些都是人类的卑微情感，容易被魔鬼乘虚而入。

新的一轮开始，我的手上有 26 万筹码，我把第一轮的 9 万筹码摆上台面。这次我选择了万利赌厅起注 1000–30000 元的 21 点台，是时候适当加大注码了。

万利赌厅里的公关比较多，上次送我房间的那位高挑卷发美女一直在厅里走来走去。打了十分钟，我台面略赢了一万多，她走过来赌桌旁，对我微笑了一下。

"今晚有房送给我吗，美女?"我顺口问了她一句。

"好的，我帮您查一下。"她走去电脑旁查看我的积分后，走回来说："海大哥，可以给您送房间，但是今天的房间已经满了，需要明天帮您排队吗？”

“要，你安排好通知我吧！”我点点头，今晚仍可以去足浴店混一个晚上，但明天必须好好休息，才能把身体调整到最佳状态。

这次的运气确实不错。我相信冥冥之中阿修罗的诸神接受了我的血誓，这股强大的力量支撑着我的自信，我再也不惧怕魔鬼了！在其中一轮的连胜中，我不断加注已经推到了25000元一口，这一轮下来赢了15万。

清点了筹码总量，已经有42万元，我把它们重新分为三份，每份14万元。

现在，可以考虑去冲击2000–40000元的赌台。

我看了看手表，时间已经接近半夜一点，我答应过小萱要在两点前睡觉，不可违背自己的承诺。血誓之后，我知道有两个承诺必须遵守：一是不可再欺骗小萱，她是我灵魂生存的依靠；二是不可背叛阿修罗的诸神，不可再被愚蠢人类的龌龊邪念引诱，而令阿修罗族蒙羞于魔鬼。

我在帐房兑换了全部筹码，转身走出了永利赌场，穿过一千米的大街小巷回到了那家足浴店。

小小的按摩房里，帮我铺床的是一个新来的越南妹，她穿着小背心和齐膝的短衬裤，俯下身扯平垫在按摩床上的大浴巾，我在她背后看着她滚圆的臀部和凹凸有致的身材。

“老板，要不要按摩再睡？”她走之前，圆圆的眼睛朝我眨了眨，用蹩脚的广东话问。

我的心里微微动了一下，但这是人类的弱点，魔鬼的试探。

“不用。”我摇了摇头，关上房门睡觉。

二十二

早上10点钟醒来，我想起的第一件事情，就是打电话给永利的卷发公关小赵，问她今日给我安排的房间是否落实妥当。

自从债务崩盘之后，我澳门之行几乎是场场都输得一干二净，完全不像一个学过一点数学知识的人，别说小萱和季军，连我自己都觉得不可思议。每次一进入澳门我的大脑就绷得很紧，如一块实心的木头，而且就像一头傻驴被人牵进屠宰场一样。但今日我突然摆脱了半年来的烂赌鬼状态，脑袋变得异常清醒，而且能够从细节中去挖掘重点。

这个早上我忽然意识到：房间不是赌到筋疲力尽才用来睡觉的地方，我应当把它作为战斗的工具加以使用，储备战力，调整运势。如果万利赌场有了房间，我将会重新调整自己全天的赌法和策略。

现在21点的套路已经基本固定，技术也是已成型的，我不可能妄想通过高超的赌技去赢大钱。事实上，自己的水平斤两就这么多，身后却是压力山大。与其把希望寄托在技术上，不如通过调整作息和身体状态去驾驭一个最佳的自己，这样才能获得更好的运势。有个房间在赌场楼上，我可以提高起注，加大进攻力度，但同时减少战斗时间，稍有疲态或运气掉转就立即回房休息。

阿修罗本来就是一个强悍的战斗种族，如今我是他们的一员，对战斗的技巧又有了新的领悟。

公关小赵回复了电话，说把我安排在排队等房的第一位，下午拿到房间应该没问题。

确定房间后，我决定上午用10万元做一次强悍的冲锋，下午睡个觉，傍晚再开始第二轮进攻。

手机刚开机没多久，小萱的电话就打了进来。

"老公，赶紧再去汇钱给我吧！"

"中午吧！从现在开始我每赢10万就会给你汇回来，我手上不会再增加赌本了。"我胸有成竹地回答她。

听了这话小萱非常满意。安定、甜蜜、充满希望，我们的生活里好久没有见过的幸福元素此刻又回来了。虽然区区几十万元并不能把我们从水深火热中解救出来，但人生只要充满希望，又何惧面对困难呢？我似乎又找回了自信。

在永利的红8餐馆吃过了早餐，我来到万利赌厅，先掏出30万元港币购买了筹码。现在是上午十一点，我准备用两个小时冲击一次，赌本是10万一组。

2000元的赌台有个常客，是个上唇留着浓郁胡须的内地男子，五十岁左右，平日里总是穿着笔挺的西装，晃眼的手表和戒指均价格不菲，看得出是个亿万身家的老板。他走开上洗手间的时候，几个荷官在背地议论他："这两天又输了一千万还是笑嘻嘻的，真不知他有多少钱？"

"现在内地要发财的路子很多啦！随便开个矿，接个工程就能赚过亿，人家根本输不死！"

"开矿？也是拿工人的命去博哦！要是出事了分分钟事主都要坐牢！"

"那是啊！这样赚来的钱还不尽情潇洒一下？压力这么大？"

这些荷管平日上班足不出户，对内地的情况并不了解多少。外表风光，谁又知赌徒的背后呢？他们这番谈话如点水的蜻蜓，在我的心湖里泛起微波。但我很快将杂念克制住，聚精会神融入战局里。

西装大老板一贯喜欢坐尾门，他喜欢对着庄家，还喜欢在11点对10点，或者10点对9点的微弱优势下加注。他的注码打得也很大，开两门，经常打满4万一门，但在进攻节奏上没有台湾客把握得好，防守也不足，因此，一旦注码大幅下跌后就很难再打起来。

我坐在离他最远的一号位。我只开了一门，起注是8000元，仍是用昨日的"两注反击法"套路。西装大哥不算一个高手，但却是熟手，在尾门不会轻易要牌破坏牌局,他只是运气不太好而已，DOUBLE经常补回来4、5、6的小牌，导致他一直在输。

但我却一直在赢。我今日的运气仍就不错，只要我的反击注码不会连输四次，中间的小注码连输几口对我并无影响，我的套路决定了筹码总量会按时间增长。

西装大哥在尾门又DOUBLE了一次三万，补回来一个2，但庄家是17点，他又输了，台面筹码已经被清空。他无奈地拿起了桌面上的一包烟，说了句："早上运气真他妈的差！先出去吃饭！"便起身离开了赌厅。

赌桌上只剩我一个人，他走后我连输了四口，输回去16000元，看起来气场有所改变了。

我清点了一下台面的筹码，已经赢了10万多一点，时间已接近中午一点，我可以履行给小萱的承诺了，决定暂且收手。

出门又汇了10万元港币给小萱后，我给小萱打了个电话。

"收到了！老公，我昨晚第一次睡这么安稳的觉。"她语气温柔地说。

"老公，你准备什么时候回来？"她又问。

我想了想，说："这次的策略和心态都很好，应该还能继续赢下去。我想赢多几十万留做赌本，以后再慢慢靠这个几十万这样打，也许一千万都可以赢回来！"

这话出口之后，我的心突然觉得有点发虚。我犯了口戒，不应该这样说话，这不是阿修罗族的想法与口吻，他们要求我的是强悍地投入战斗，并非毫无依据地妄想。我又变回了肤浅的人类。

我有一丝懊悔，但话出口已收不回来。不过还好，万利酒店的房卡已经拿到，此时无需再投入战局。我在赌场内的久久面馆吃了午饭，乘电梯回酒店房间休息。

躺在床上用手机计算了一下，目前总计赢利已经有74万元，虽然这个数字是靠最后用美高梅积分在老虎机上兑换的2700元港币打起来的，但加上我大前天输掉的赌本，实际上赌本应当是8万元，总体赢利66万元。无论我怎样克制自己，我的心里还是涌上来一种舒畅的感觉，毕竟我是人的肉身。

有一个经典的宗教故事：一个跋涉者在荒野被一只饿虎追赶，他拼命跑向悬崖边，实在无路可走只能跳了下去，但被一棵树挂住。他正庆幸自己命大的时候，见树上盘着一条花斑毒蛇，正吐着信向他爬了过来。

身体在万丈高崖悬空，头顶有饿虎，脚下有毒蛇，这人想自己应该是死定了。他四处张望，找不到什么办法，但腹中饥饿，见到树上挂着一串野果，就把果子摘入口中吃。果子入口后，他首先体会到的是野果很甜美。

此刻的我，跟这个跋涉者有任何的区别吗？

一觉睡到下午四点，我洗了个澡，自己在洗手盆里手洗内衣和内裤。酒店的干洗价格太贵，如今的我消费不起。手洗后把衣服挂在衣柜里，房间内的抽风机也很快会把衣服风干。

下来一楼赌场，21点的1000元和2000元台都几乎人满，西装大哥又买了200万筹码在重新开战，一个人就开了三门。我见那张台坐不下去，就选了1000元台的尾门坐下。

赌桌上有四个人，还不清楚他们的技术和套路，因此我不敢马上展开自己的战术，只是先用1000元的筹码小试。

他们中有两人是新手，坐我右边的一个中年女人很快输完，又回到百家乐赌台去了。我下注更加谨慎，半个小时只赢了两千元。

一个身材高大的女孩子坐上了我右边的空位上，她应该有170厘米左右，脸宽宽的并不难看，身材比较结实，胸部丰满，看起来二十四五岁。

她手上并没有筹码，只是在看我们赌。过了一会儿，她只是在看我赌。

我下了一口2000元的注，这把我是7和4共11点，庄家台面是个5点，当然要DOUBLE，我又加了2000元上去。

"公！"女孩在一旁帮我喊了一声，补回来是一个K，这把赢了4000元，我扭头对她微笑了一下，以示感谢。

"嘻嘻，我喜欢看别人赌钱！"她展开灿烂的笑容对着我，牙齿很整齐，但她的眼睛却不敢跟我对视，只是跟我视线对碰了一下就转开。

我用储存的江湖经验快速扫描分析了一下，得出结果她不是去去妹，但手头没钱。

交际打开后，她开始经常为我加油，不知情的旁人会以为我们是朋友或者情侣，不过我并不在意，因为我对她没有往心里去，我还是专注在牌局上，她的加油呐喊也并没有不利的影响。

但这张赌台很快又换了两个新手上来，经常把自己的牌要爆，庄家被养旺，连续十口没有爆牌，我也输了6000元回去。

算算台面，仍有5000元的小赢，万利赌厅不适合再打下去，我决定去找一个人少的千元台打。

我站起来把筹码收拾好，对她说："我要走了，换个地方打。"

"哦……我能跟着你吗？我觉得看你打牌很有意思。"她有点不好意思的说。

我觉得似乎也没什么不妥，有人帮我呐喊助威，又是一个看起来不是风尘女也不像烂赌鬼的女孩子来陪伴，应当不会搅乱我的气场，反而能填补我在漂泊中的孤独。于是我点头说了一声："行，我去美高梅，一起走吧！"，转身去帐房兑换现金。

走出街上，她跟在我右手边靠得挺近，两人距离不超过10厘米。我问她："你来澳门玩的吗？"

"不是，我表姐说在这里帮我介绍工作，我过来看一看，这两天无聊就出来赌场逛逛。"她说。

二十三

其实谁会在乎她这句话的真假，我不会关心她的背景。在赌场里，我不会关心她究竟是一个坏女孩，还是一个好女孩。因为我曾经关心过小陈，又伤害过她，最终让两颗心都变得更加冷漠。

无论是委婉的，还是直接的，我和她的共同目的都是为了钱。所以，只有赌桌才是实现愿望的地方。

美高梅入门左手边有一个高额投注厅，里面有一张 1000 元起步的 21 点台。这张台的规则略有不同，澳门大部分的 21 点赌台都是庄家只先派一张牌，这里却采用的是庄家直接派两张牌的规则，使玩家在加注或投降时要稍微调整一下思路。

不一会功夫，我身边多了一个亲密的女伴，她坐在我身边帮我呐喊助威，时而伸出双手与我击掌庆贺，令我恍惚有从战乱时期回到了和平年代的幻觉。看，悬崖边的跋涉者摘到的不只是一串野果，还有一朵野花。这真是个魔幻的地方，可以是钱，可以是人，可以是最深的隐秘，可以变走，可以变来。

我还是清醒的，处于顽强的战斗状态，并未留给魔鬼什么窥探的空隙。一个小时后，虽然战斗属于拉锯状态，但我还是赢了 4 万元左右。

但这一轮进攻并不顺利，起注 4000元，连续输掉了几轮反击注，4 万元盈利已经全部输回去，赢回一口 1000 元后，我仍是果断地把 30000 元反击注码推了上去，已经是台面最高限红。

这把派给我的是一对 7，庄家台面明牌是一个 6，我必须分牌。

对 7 分开后，我买了一口 500 元的对子，中了！荷官又派来一个 7，赢回 5500元。仍是要继续分牌，我台面的第一组 10 万赌本已经不够，又从包里取出了一个 10 万的筹码加入战局。

第一张 7 补回来是一个 3，台面 10 点，庄家只是 6 点，应该加注。但这把下注太大，这真是一个考验勇气的时候。我仍是坚定地把 30000 元 筹码加注了上去。

“公！”女孩紧张地陪我一起喊，但补回来只是一张 4，加起来 14 点，第一门 6 万生死未卜；

第二门的 7 补回来是一个 K，17 点，第二门的 3 万情形也不乐观；

第三门 7 补回来一个 4，是个好牌，现在前面两门点数都不够，所以这一门必须加注，我又把 30000 元 筹码推了上去。

女孩双手在胸前握成拳，祈祷地说："这次一定会来个公！"

我有些紧张，勇气不足，越惧怕的时候魔鬼愈会乘虚而入，我知道。

"公！"除了女孩，同桌的赌客也帮我呐喊，但补回来又是一个7，这门6万是18点。属于高危的成局点数。

只能等庄家爆牌。荷官把底下盖者的暗牌先翻开，是个3，庄家9点。

"糟了！"我心里暗叫了一声。

荷官从牌靴里又抽出一张牌，我还没有反应过来，她已把牌翻开，是张A，庄家20点，荷官把我台面的筹码全部收走。

这把输了15万！打击很大，我一时有点木了。

"搞错！这种牌也派得出来！"女孩生气地埋怨道，她小心翼翼地察观我的脸色。

我并没有责怪到她身上的意思。但这把大输让我很心痛，这笔钱已经足够解决我和小萱的两张信用卡了！目前我的状况承担不了这种亏损。我把剩余台面筹码收起，起身离开了21点赌台。

女孩仍沉默不语地跟着我，无论她目的如何，她确实是一个有耐心又善解人意的女孩子，并不是过来搅局的。

我走到加勒比的赌桌前坐下，押注1000元，这把牌我拿了一对A，牌不错，我又加了2000元上去。

庄家开牌，竟然是三条10！又把我的3000元杀了。

开始转向了，运气不是一般的背。我起身又从加勒比桌上离开，心情很憋屈。这种状态不适合再赌，但我不愿意停手，我想战斗下去，不尽快带多点钱回家的话身后的巨债怎么缓解？

现在百家乐不敢打，21点刚受重创，加勒比又来势汹汹，该怎么办？

我已经不是半年前那个只喜欢在贵宾厅里赌百家乐的豪赌客了，现在我是精通任何一种赌博规则的赌鬼。我们漫无目的地围着美高梅大堂转了一圈，路过一个没有人的富贵三宝赌台，我对女孩说："打打富贵三宝吧，看能不能转转运！"

富贵三宝就是俗称的" 炸金花"，派出三张牌比大，如果中了同花或者顺子也有多倍赔率。我决定采用最简单的倍投策略，头注和中注都起注400元，不中就一直加倍上去。运气不错！坐下来后一直在赢钱，经常倍投到1000元以上时能中同花或者顺子，赢回多倍的筹码，一个小时不到，我的5万赌本变成了9万多。

一扫阴霾，赢钱使气氛开始活跃，女孩子又开始在一旁有说有笑，她已经经常把脸贴在我的肩膀处一起看牌了。

这轮又连输了几口，我倍投加注后已经达到头注下了3000元，中注下了4000元。

荷官换班，新上来的荷官是一个年轻扎着马尾辫的孕妇。

"班长，你刚来帮忙派个同花顺给我们吧！"女孩笑嘻嘻地对荷官说。

女荷官面无表情地把三张牌派到我的手上，第一张是个方块10，第二张是个方块9。

第三张也是个方块，而且是个公。

“好！有机会了！”我兴奋地对女孩说：“求个J出来吧！”

我把牌横着慢慢地在掌中拉开，一定要看到那根最短的横线，这样我就可以赢得40倍的同花顺。

“我看到了！”贴在我肩膀上，眼睛睁得比我还大的女孩子兴奋地喊起来，“是个J，我们中同花顺了！”

乌云全部驱散，我的心情顿时一片开阔。我把4000元尾注加了上去，庄家恰好也成局了。

荷官把我的筹码散开清点，并按顺序把头、中、尾三注赔付给我。这把我总共赢了接近15万，等于赢回了21点输掉的那一口，加上前面赢的4万多，今晚已经逢凶化吉了。

“不打了，我们吃饭去！”我兴冲冲地站起来，带她走去食八方餐厅。

时间是晚上9点多，我此刻才感到饥肠辘辘。现在胃口特别好，我和她点了三四个主菜大吃了一顿。

小萱的电话打了进来。

“老公，战果如何？”她问。

“只赢了5万，不过我一会儿出门汇10万给你！”我开心地告诉她。

“嗯！”她满意地说：“你今晚要早点睡，你现在住哪个酒店？”

“别担心，永利送了房间给我。”

出门汇完钱回到美高梅，女孩仍百无聊赖坐在老虎机的凳子上等我。我们重新回到21点赌台，勇气已经回归了，我在赌桌上重新恢复镇定。

但是势如破竹的进攻却始终无法展开，打了两个多小时，筹码只增加了3万。

我开始感到疲倦，前几天都没有睡好，连续两晚在足浴店的睡眠质量也不高，我该回去像样的房间里好好洗个澡，睡在一张宽大的床上。

这女孩呢？我心里想：我该不该把她带回房间？我确实想这么做，但我心里有一点犹豫。

“打不上去了，我不想打了。”我这样说，其实是不想主动邀她回房间。我知道她不是去去妹，今夜的去留我仍把选择权交还给她。

“那就别打了，休息吧。”她说了这上半句，却没有说“那我也回去了”的下半句，意思是想跟我回房了。

那就走吧！她的态度点燃起了我身体内的欲望。

走出美高梅，我们并没有说什么话，她跟着我走进万利酒店，乘电梯上楼，一路上俩人保持沉默。

用房卡打开门，她惊叹地说：“第一次进这么豪华的房间！”

她在卧室和客厅转了一圈，对如此奢华的房间比较兴奋，然后把包包放在沙发上，走进了洗手间。

我仍是对她有戒心，趁她上洗手间的时候，我打开房间里的保险箱，把全部现金锁了进去。

等她出来，我正坐在厅里沙发上看电视。她走了过来，从包里拿出手机摆弄短信，又顺带拿出了通行证。

“你猜猜我多少岁？”她笑着问我。

“二十五六？”我问。

她笑着摇摇头，手中扬起证件得意地晃了晃。于是我坐近她身旁，伸手把她证件夺了过来看，原来她是91年的，长得是人高马大，却只有21岁。

她含蓄的挑逗，她身上的青春气息已经使我按捺不住，我把她推到在沙发上，双手把她的上衣和胸罩一起往上推，一对傲人的乳房跳了出来弹动。

她躺着向后挣扎了一下。但我双手握着她的乳房，沙发很小，她怎样躲也始终在我的掌控之中。

“我去洗个澡吧！”她见挣扎无用，也放弃了躲闪。

“一起洗吧！”我把她拉起来，俩人一起走进了洗手间。

在浴室里，她变得乖顺了，用浴液帮我涂抹全身。她身材很高大，抱着她的时候感觉块头比我还大，令人有种征服一匹骏马的感觉。青春女孩的皮肤很有弹性，身上每一处肌肉都收缩的很紧。

我暂且忘记了地狱，天堂之门为我敞开了片刻。

二十四

早晨从温柔乡中起来后，我已不是那个冷酷、求生意志顽强的复仇者，我的心变得柔软而又平和，恢复到一个正常人的状态。

能做回正常人当然是我梦寐以求的，可惜，这种状态对此时的我太危险。

躺在床上，看到了广州的易军发来的短信：“你那边怎样？我这里也快死了！债主天天逼上门喊打喊杀，小丽又不懂事，总是和上门的债主吵架，搞得天天鸡犬不宁！”

我马上拨打易军的手机：“兄弟，莫慌，告诉你一个好消息，我们有救了！”

“哦？”他在电话那头惊喜地问：“说来听听！”

“我现在已经赢了几十万，回去可以把税款补上，我再留下二十万作为新公司的启动资金，我们在蛇口海关的贸易大楼租一间小的写字楼，还是从钢材金属类的进出口代理业务做起，用我之前跟你说过的建立电商平台的模式。你过来深圳一起租房子，叫上小丽做财务，我们用两三年时间照样能发展起来！”

“太好了！那我就有信心了！我就说嘛，你海洋没那么容易倒下去！“他高兴地叫了起来。

“等我回来碰头再详说。你这几天避开债主的矛头，你也不要和小丽吵架，新公司成立后每个月都会抽一点点钱出来缓解我们的债，我有赚钱的思路。”我说。

“OK！OK！就靠你了！”他兴奋地收了线。

只要还剩下最后一口气，我决不会抛下易军，因为，他舍身扑火过来救我，而且任何时候也从未抛下过我。

早餐过后，我们又来到楼下万利的21点赌台，在2000元的台开始新一天的战斗。今日的心情完全不紧张，但也缺少锐气，半小时之后，我台面赢了一万多块。

女孩中途走开了一会儿，过了半小时，她回到座位上，对我说：“刚才去大小台看了一会儿，觉得挺有意思，我想自己过去玩一会儿。”

“好，你去吧。”我话音未落，她已经高兴的伸手在我桌面上拿了3000元的筹码，说：“那我自己去小试一下！”一转身就失去了踪影。

她离开之后，21点台又坐上来昨日的那个年青男赌客，打的不大，手上只有三万的赌本。

连输两口之后，庄家的牌突然变得很旺，连续七八口没有爆牌，而且大部分是20点和21点。

五口之后，男青年只剩下五千的筹码，他不敢下注了，对我说：“我不下了，你单独开吧！”

我已经不是昨日的我，昨日的我会进攻，也会闪避会转移，会坚忍不拔地寻找敌方的破口。昨夜那90后的女孩把我从阿修罗族的世界带回了人间，但凡人却不是魔鬼的对手。

我自己单独开一门，找到一个反击的机会，推了一口4万上去，赢了。

跟着来的第二注4万，我根据牌型选择了加注，却输掉了8万。

阵脚开始乱了，我的反击大注总是会输，赢的只是一些过渡的最小注，一个小时不到，我输掉了两组赌本共20万！

我包里还有一个10万的筹码和9万多元的现金，但我心里开始着慌，突然感到自己好像被人废除了武功，根本无力对抗面前这个强大的敌手。

为什么人在赌桌上的生死对决总是会输？因为此时你万万不可犯错，不仅是在投注的选择上。

此时的你不可心浮气燥，不可惊慌恐惧，不可懦弱，不可轻薄浮夸，不可轻易承诺，不可疲惫，不可与家人吵嘴，不可起色心邪念。

你必须比神更强，但你却没有神的法力。

一旦破口被撕开，此时的你必将一溃千里，万劫不复。

烦心事接踵而来。

手机响起，看不出是哪里来的电话号码，我估计是小萱，于是接听了电话。

“海先生？终于找到你了，我们还以为你出事了。”电话那头一个男声阴阳怪气地说。

“哪位？”我烦躁地问，但我知道他必是债主之一。今早我忘记了关掉内地的手机，把澳门号码和内地号码两个都打开了。

“我们是欧之财贷款公司的，请问你还欠我们公司的 8 万块什么时候能还清？”对方说。

我已汇回去给小萱的 40 万港币，这折成 31 万人民币的每一分钱都有还债的用途，而且应付最急的债务都不够！包括公司的欠税，包括我和小萱十几张信用卡的临时额度。必须要先把脖子从法律的铡刀下移出来，我才能让公司恢复运作，进行第二步的赚钱还债。而且还需要二十几万元启动资金去海关贸易大楼租写字楼，和易军这个难兄难弟一起重新创业；另外我还需要留下最好有五十万元的赌本，能陆续靠这个本钱不断赢钱，回来缓解各方的债务。

所以必须继续赢。这就是末路赌徒的思维，仍不切实际地追求完美。可以说，天底下大部分后期的赌徒都在这样想。赌博，使人每天都在幻想着捷径与奇迹。

“我会尽快！你们从我这赚的早就收回本钱了，这些尾数不要催这么急，我现在很困难！”我尽量让语气不要带太多的对抗情绪。但我这批还款计划都在信用卡和税款上，并没打算安排给他们。

“那就不好意思喽！如果两天之内你不能还清，我们就会派人上你老婆单位去；而且我们昨天已经找到你的住址了，过几天就会有外包公司上你家找你们！”对方只是一个打工的小年轻，普通话带着明显的地方口音，他唬出一副威胁的口吻说。

只有我知道，这世上小萱是被我拖累得最惨的人。我现在手头没有钱也没有人，但任何威胁到小萱人身安全的人我都不惜用暴力和命去对抗。对方这样说话让我怒气一下子上涌，但我知道与打工仔争吵也无益，于是不答一句，用手指按了挂机，并迅速把内地手机卡调整到离线状态。

我回到赌桌上，烦躁地吸了一根烟，永利赌场内的循环音乐音量很大，此时听得更让人烦躁，我又走出去给小萱打电话。

“老婆，欧之财打过电话给你吗？”我问她。

“他们刚才打给我了，说昨晚跟踪我下班找到了我们的住址，还说过两天要上我们单位要债。要不我先转一万给他们？”小萱说。

“行吧！但你不用怕，我们已经离了婚，他们肯定查得到，不会这么做。你现在先用帐上的钱，把几张信用卡的临时额度还了。另外，你再转 5000 元到易军的卡上，他这两天没有钱用了。”我对她说。

“好吧，其它等你回来再说，你现在怎么样？”她问。

我没敢告诉她一下子输回去20万元，只是含含糊糊地说输了几万元，所以在赌场门口休息一下。

坐在赌场门口的花池边上抽烟，休息了十几分钟后，我的情绪稍微平复了一些，回到了21点赌桌上。

我的血誓被90后女孩的身体打破了，我身上不再有附属的力量，甚至连普通的运气都没有。

虽然我只敢选择1000元的赌台，虽然我不敢连续下注，不敢采用反击打法，并只尝试下小注，但我仍在不停地输钱。

19万元的赌本，很快又只剩下12万元。

我还有一点理智，于是收了手，起身离开万利赌厅，决定走进永利大厅去寻找机会。

沿着赌场内的通道路过一家世界名表店，在走廊内与那女孩相遇。

“咦？我正准备回去找你！怎么样了？”她问。

“不行，输了。”我闷闷地说。

“哦……对了，刚才我表姐打电话过来，让我回去一趟。”她说。

“行，你去吧。”我简单回复她。她没有说她玩大小是否有输赢，我也懒得问。

她没有留电话号码给我，我也没有留给她。我们也彼此不知对方姓名。

这里是澳门，整个地球几乎最荒谬的地方。

我又恢复了孤独的绝命赌徒状态，不过比前晚创口贴贴着手掌只带着2700元港币的状态要好的多。至少我已经汇回去了40万元港币，手头还有12万元。

但我的心态却截然相反。人至贱至死则无敌，前晚的我微弱，但心无旁稽且杀气腾腾，根本不在乎自己的实力，让魔鬼惧怕；今日的我虚胖而且松软，毫无信心，我又变成了魔鬼眼中一只养肥的猪。

我在21点台输了，转去加勒比赌台，又输了，手头还剩下5万。

我手掌心冒汗，握着这剩下的5万元赌本寻找机会，前几天我一再警戒自己不能再碰百家乐，但我终于忍不住了，我路过一张看起来图形整齐的百家乐台，坐下来押了2万上去。

开牌，我的闲家只是6点，庄家是一对K，需要补牌。

大声叫牌没有用，一张凶猛的红桃9从牌靴中扑了出来。

最后3万，我选了一张人头攒动的赌台，这里正在开长庄，所有赌客都兴奋不已。我挤进人群，伸手把剩余的3万筹码押了上去。

闲家又是9点。这把是我把所有人害了，如果我不来，牌路一定还会继续开庄。

二十五

仅仅两个小时，我又输回去了40万元！我呆坐在老虎机区的凳子上，悔得肠子都青了，后脑勺的那根筋又开始抽搐，心脏隐隐作痛。

赌鬼真是这世上最愚蠢最低贱的种族，前天我还一再强调自己不能做欺骗小萱的事情，不可违背我发的血誓，但稍微赢回一点小甜头之后，我为什么又把这些戒律抛到九霄云外去了？

我在凳子上缩成一团，狠狠地抓扯着自己前额的头发，该死！你永远战胜不了赌场，因为你永远战胜不了人性的卑劣！

“先生，请问你系不系打机的？这里不能闲坐的，不好意思！”赢钱的时候赌场的美女公关会送房间给你，但输完后的赌鬼容易被人一眼看穿。此时一个六十岁左右的赌场管理人员走过来我身旁，他认为我是穷鬼，想驱赶我走。赌场榨干了你的血肉后当然恨不得一脚把你踢出去。

我抬起头恶狠狠地瞪了他一眼，从钱包里掏出一张千元港币，一边做状要把钱塞进老虎机里，一边恶着声音反过来吆喝他：“你去，帮我拿杯热柠茶过来！”

他故作文明的侮辱了我，当我是乞丐；我也反过来无礼地侮辱他，当他是家奴。你来我往，这样世界就平衡了。他脸部肌肉微微扭动了一下，用半哑的声音颤抖着说：“OK，我叫人帮你拿过来。”看，他被我故意激怒后并不能顶嘴，他自己也被赌场的规矩侮辱，其实我们都在被自己侮辱。

我把钞票抽了回来。我并不想打老虎机，我的心很烦乱，很自卑，我起身走出了永利赌场，来到门口的海边。

这张石凳，正是那次小陈在雨中所坐的位置。那夜我在这里责骂小陈，那时的我虽然也输到心慌意乱，但始终还守卫着自己的理智，还一直相信人类尊严的价值。如今我自己已不知有多少次输光后到这里呆坐。

现在，仅仅靠汇回去的40万元，除了还一点临时额度外，什么计划都做不成，我给易军的承诺也要泡汤了。

赌徒的思考永远是有缺陷的。我忘记了三天前我还不敢幻想能赢40万元，更谈不上靠赢回的钱面面俱到地应付多方债务压力。但现在，愿望刚刚破灭的我又只想着那最高峰的数字。

可怜的老婆，我又要打电话给她了。我必须再赢回那40万元，这个数字才勉强能让我的公司恢复营业。

“老婆，信用卡还的怎么样了？”我语调故作轻松地试探。

“还清了我的民生、建行、你的广发、建行和中行，你的招行还了两万多进去，现在还剩1万多现金了。你那边怎么样？等下能不能再汇钱回来？”小萱刚刚减轻了压力，听得出心情很愉快。

“还不行，目前输三万，我下午再争取赢了汇过来。”我继续骗她。

“对了，我的民生卡我已经打电话销卡了，你回来的话也赶紧销掉几张信用卡。”小萱真的被信用卡账单给搞怕了。

挂上电话，我打开钱包取出几张信用卡，按小萱所说的刚还掉的数字，现在我的广发卡还可以刷出6万元港币，建行可以刷出4万元港币不到，中行则可以刷出12万元港币。虽然这么做又是在伤害小萱，但我赢回后再悄悄从钱庄把卡数补回去，不就达到了暗渡陈仓的效果！

我急冲冲的来到刷卡的店面，简单讨价还价后，先把广发卡拿出来，要求刷6万元港币。

戴眼镜的中年店主站在高高的柜台后面，用POS机刷卡，连接网络，过了几秒钟，机器“滴”了一声，却并没有打印出纸张。

“唔得喔，老细！”他把终端机拿过来给我看，屏幕上面显示“被限制”。

“限制是什么意思？”我问他。

“唔知哦，可能银行不给你刷了。”他回答。

我马上按信用卡背后的海外热线给广发卡中心打了电话，接通人工服务后，我问：“请帮我查一下为什么我的信用卡不能消费了？”

客服小姐查询了一下，答复说：“先生，您这张卡功能已经被限制了，只能还，不能消费。”

我又问：“为什么？我现在可以马上申请重新开通吗？”

“可以申请，但重新开通需要通过部门审批，至少三个工作日后答复。”

那是不可能了，只要信用卡部调查我的征信报告后，肯定不会再给我开卡。

我把广发卡收好，拿出建行卡给店主，说：“这张刷三万八”。

店主又把POS机操作了一边，结果仍是消费失败，他面带讽刺的把终端机举起给我看，又是“被限制。”

这在我意料之中，因为建行早就发过短信通知我，但广发没有。

我把最后一张中行卡拿了出来，这样卡肯定可以消费成功，但其中有5万元是让人头痛的临时额度。

“这张刷12万港币。”我说。

“老细，呢张得唔得的呀？”店主翻转着卡片表示怀疑。

“叫你刷你就刷吧！”我没好气的顶回他。

刷出了12万元港币，比我原计划的22万元港币要少了接近一半，但我顾不了那么多，收好现金后又急冲冲的来到了美高梅赌场。

现在，我得靠这 12 万元再赢 40 万元，然后就马上收手离开澳门。

但我的底气没有了。无论是 21 点还是加勒比，虽然套路是固定的，但没有寻找敌方弱点的眼光，没有击杀对手的勇气和信心，这手上的 12 万人马只是残兵败将。

我还能唤回阿修罗神的帮助吗？不能了，我已无颜再向他们祷告。

这 12 万筹码是慢慢消耗掉的。我在美高梅里不停地换台游动，不管是 21 点还是加勒比或百家乐，我从不敢下 1 万 和 2 万的反击注码，但即便是一千几千的下注也总是在输,运气和力量已被一只天空中伸下来的巨手抓走。

下午四点多，我输完了手头的筹码，钱包里还剩下两千元港币，我再次呆坐在那张海边的石凳上。

虽然昨夜在房间里睡得很好，但我此刻的感觉异常疲惫，脖子几乎无力把脑袋支撑起来。我仰头迷迷糊糊的望着天空，背弃了妈妈、背弃了祖宗、背弃了佛祖、太上老君、连少年时代的碟仙也背弃了，现在，刚刚请到的救兵阿修罗族又被我得罪了。海洋，茫茫宇宙中，还有谁能帮你？没有了！

小萱和易军刚刚点燃起的一点希望，又被我打落至冰点谷底。

你真是个废物！贱人！我骂了自己一句，但连骂自己都软弱无力。从数字上来看这次并没有输钱，8 万元的本算起来赢了 24 万元左右，但没有用，我彻底输了。

我输掉了全部的自信，输掉了承诺，我无法用赌把自己困在魔鬼牢中的灵魂解救出来。

我还是打电话告诉了小萱。

“连信用卡的钱也刷出来输掉了吗？”

“中行的十万输了。”

“海洋，你彻底没救了！唉……你回来吧，不要待在那里。我好累，不想说话了。”易军呢？他收到了我的短信，他在沉默。

二十六

那对年轻的东北夫妻也输完了，他们已经收拾好行李打道回府，给我发来了短信。我从酒店前台处取回了一千元港币押金，打了一辆的士往横琴口岸驶去。

三天前，我从横琴关口打的士过来，口袋里是 2700 元港币；

三天后，我打的士从横琴口岸出关，口袋里是 3000 元港币。

我赢了 24 万元，但我败得太惨了！这座赌城，它不仅仅赢了你的钱，等你身无分文的时候，它会想尽办法赢走你的意志，你的尊严，你的灵魂。

车子行驶在G4高速公路上，马上就要回到家，这让我感到期盼；但我又希望永远不要到家，永远都在路途上，直到我找到新的办法，新的出路为止。

我打开内地的手机卡，一分钟内它迅速接收了十几条信息，大部分是债主发来的，我不敢点开细看。其中易军也发来一条信息："嫂子说你正在回家路上，我今晚过去你家聊聊吧！"

他的短信让我感觉很温暖。虽然我愧对易军，愧对小萱，但关上门隔离世界后，我仍然需要与我的爱人和患难兄弟生死相依。到了这个地步，他们仍然视我为依靠，我得好好跟他们度过每一刻。

我抛开脑袋内关于赌的各种乱七八糟杂念，打起精神，在车上拨打小萱的电话。

"老婆，今晚下班回家吃饭吗？"我让自己的语气平稳而又温柔。

小萱听到我的声音，肚子里的气顿时消了。

"回，你到了吗？易军马上也过来深圳。"

"嗯，我现在直接去菜市场，等下回家我先做几个菜，晚上好好招待易军一下。"

这也许是我现在唯一能为老婆和兄弟做好的事情。

回到家，我下厨动手做了几个最拿手的菜：酸笋炒鸭、气锅鸡、清蒸仓鱼、蒜蓉菜心、花生猪手汤。在厨房里我又变得快乐无比，忘却了世间所有烦恼。这一桌子的菜价值胜过百万，可让赌场的魔鬼自惭形秽。小萱一进门就开心的笑了，展开双臂说："老公，辛苦了！来抱抱！"

风尘仆仆的易军确实是饿坏了，在餐桌上风卷残云地吃了三碗饭，心满意足拍拍肚子说："真的很久没有好好放松的吃一餐饭了！"

饭后，我们在沙发上打开两罐啤酒，易军问："现在怎么办？"

羞愧无比的我说："这次是我对不起你和小萱，本来赢了接近80万港币，补完税款后已经可以凑出二十万来启动公司了，但我想赢多几十万作为以后的赌本，想用这个赌本慢慢赢钱来应付我们的那些债主，谁知一天就输了回去。"

"唉！"他重重叹了一口气，说："我今天一早挂了电话后就想提醒你，不能想着面面俱到，我们现在这个状况只要能有钱来把一件事情做好就够了！何况是几十万！没想到结果真的是两头不到岸。"

"你还有信心赌吗？"他又问。

我喝了一大口啤酒沉默了十几秒，摇摇头说："没有本钱了，打回来的钱又被信用卡冻结，现在我再也筹不到赌本，而且，这一次本来是连输了十几场之后难得大赢的一次，现在意志已经被摧垮了。"

他吸了几口烟，闷闷地说："本来我想说，如果你还准备去一次，我就陪你过去。现在必须把我们的局面盘活，不要说去赌，就是去杀人放火，你也必须坚强起来！你如果消沉下去，我们两家就彻底完了。不管你做错了多少遍，我和小萱始终还是把你当成心理依靠，这点我在电话里也和嫂子说过。”

他这番话让我想了半天，但现在小萱的卡里只剩一万多块了，又要交房租又要支付每月的养卡费，剩下的几万元信用卡额度要用于填补我的中行卡临时额度，想必小萱也不敢再刷出来使用。

“我也想坚强起来，一直在撑着。但只要和赌有关，无论怎样坚强好像都是错的，只会让人越陷越深。对与错，在赌场里根本没有界限，就算有，也不过是一毫米，或者一毫秒，很难捕捉。只是不赌的话，没有任何摆脱债务的方法，特别是现在即将出事的卡数和税款。”我说。

“如果你今天早上赢了80万回来，那赌就没有错，至少对现阶段的我们来说。不管怎样，去冒险，去犯天下之大不讳，总好过去坐牢吧？但你错就错在不是想用赌来解决一件事情，而是总想靠赌来解决全部问题，还是在延续以前的思路。”他说。

“是的！这是我致命的错误。”我承认。

“你那边追债情况怎么样？那个老郭有钱吗？”我又问他。

“那个死扑街！”易军恨恨地说：“签合同的公章都是假的，住的房子也不是他的，我现在又不想报警，怕报警后把他抓起来反而什么也拿不到。我自己的几家债主反而起诉的起诉，报警的报警，有时想想很累，真想拿一桶汽油跟他一起烧了算了！”

“别这样想！”我劝阻他，“想必我们的债主也是同样恨得咬牙切齿。现在不能把希望寄托在老郭身上，我估计他肯定也是烂赌的人，早就倾家荡产了。男人到这个年龄，除了赌博，经济很少会出现这种状况，何况他也是众叛亲离。”

“唉！”他又重重长叹了一声，“现在局面真的是死局，绝境，绝得不能再绝了。”

“不！你不是绝境，你的债务不用坐牢，只是难捱而已，但一定要捱下去。我的债务才会坐牢。”我说。

他吸了一根烟，许久才尝试地问：“要不你走？”

“走？”我苦笑一声，“当时手头还有一百万，行李都打包好了，犹豫了两个星期不还是不肯走。现在身无分文，又在公安局备案了DNA和指纹，能走到哪里去？”

“我不想被通缉，我还是想翻身，何况，我舍不得小萱。”最后一条是最重要的原因。但我爱她却在不停地拖累她。

“对了，还有一件事。”他又说：“季军现在正在四处打电话约你的债主，让他们联合起来起诉你，有几家还打电话征询我了，你要不要好好找他聊一次？”

“我知道，他还发短信说要找黑社会的人去小萱单位闹，季军一急起来就没脑。我约他过来家里谈过两次了，每次过来家里谈的时候他都心不在焉，一回去就搞各种事情，我懒得理他了，由得他去闹吧！”季军用黑社会来威胁小萱，实在可笑！他是忘了我们已经一起相处三十年了，彼此性格和背景了解到何等程度。何况，连澳门的南海贵都重新入狱了，黑社会不也是冲着钱吗？这世上哪里还有肯为破产穷鬼服务的黑社会。

几个月前，季军恨我输光拖累他倾家荡产；我则恨他在我们最后一次赌博时中途抽走资金的背叛。但现在我想通了，我不恨他。这世上没有我应该恨的人，我希望能有一天得到全部旧友的谅解，当然这需要还债做前提。

易军很累。估计他平日在家里被债主追得担惊受怕，今天到了我这里才能勉强得到放松，他在沙发上睡着了。

我把世界彻底搅乱了。我的亲戚朋友们因我而增加负债；几位同学因我而产生矛盾互不往来，几十年的交情搁浅；供应商们因我被牵累资金，为追债而徒增人力；小萱和易军，因为与我同一阵营而被整个世界压迫。

从澳门回来之后，这些天的日子过得相对平静。所谓平静，是指没有赌博的心思了，债主们虽然打了电话或见了几面，但一时也无可奈何。我待在家里看片子，美剧《大器晚成》和《绝命毒师》都看完了全集，每天去菜市场买菜做饭。至于即将滔天涌来的下一波巨浪我假装视而不见，数着日子等死而已。

小萱每天一早乘地铁去上班，出租屋离她的单位很远，要跨过深圳的三个区，她每天奔波得很劳累，让我心酸。

我每日从电影电视中寻找灵感，希望能找到一条无需资金又能快速创业生钱的办法，甚至考虑过学《大器晚成》的男主角一样去做鸭。只要有收入能缓解小萱的压力，能逐步还债，我已经认为做鸭是一份高尚的职业。不过我已经好久没有健身锻炼了，年老色衰，担心自己竞争不过深圳那满街年轻小伙子们。

当你把命运摆上赌桌以后，命运已经逐渐不属于你了。你的生活中会发生各种意想不到的事情，这是命运在你体外独自发芽生枝，它吸收了外面的养分，无需你的浇灌便可生长，不管这些养分是益或是毒。

我的意思是说，当新的事情又发生在你面前的时候，在你意料之外，因为这确实不是你所决定的，是命运的试探。

但你有选择权。

对于一个赌徒来说，这件事情迟早都会发生，势必将他的世界彻底粉碎。

很快，2013年的五月份即将过去，六月夏季就要来了。

二十七

主耶和华啊，你若纠察罪孽，谁能站得住呢？
但在你有赦免之恩，要叫人敬畏你。

——《圣经·诗篇：130 求助的祈祷》

一、江湖是什么滋味？

“沧海一声笑，涛涛两岸潮。”

二、沧桑是什么滋味？

“人间路，美梦似路长，路里风霜，风霜扑面干。”

三、落寞是什么滋味？

“是喜，是愁，浪里分不清欢笑悲忧；成功，失败，浪里看不出有未有。”

四、亡国之恨是什么滋味？

“春花秋月何时了，往事知多少。”

我正处于第四阶段。虽然我的国与李煜的后唐相比微不足道，但他留下的词却能在深夜为我疗伤，我想，我与他“知多少”的等级是一样的。

深圳的六月已经进入夏季，空调使车子的油耗增大了许多，油表已亮起了红灯，我把车子开进高速路口的加油站。

从瘪瘪的钱包抽出一张钞票，现在每次我只加 100 块的 93 号汽油，一是我手头窘迫，二是这辆车随时都会卖掉，我不想白送几十元汽油给人家。

跟在我身后进来的是一辆丰田保姆车，车上坐着四五个男人，其中有一个青头皮的胳膊露出窗外，上面满是刺青，还有一个四十多岁的光头佬串着耳环，脖子上还挂着粗粗的泰国四面佛颈链。车内的低音炮音浪很大，也许这伙人刚在车上磕过药。

我一看车牌，果然是广东与澳门的两地牌。这伙人应该是进来内地收账的，我心里想。

“海哥，你怎么在这里？”他们其中一人迎面走过来跟我打招呼。

他二十五六岁，剪着一个短平头，穿着一件印着美女头像的 T 恤衫，算是典型的广东靓仔。不过我一时想不起他是谁。

“我係金沙城赌厅的勇仔呀，你唔认得了？”他说。

我想起来了，他曾经在那间赌厅做过一段时间公关。

“呵呵，脱了西装还真认不得你了。”

“最近怎样？係不係赢着大钱啊，关照一下细佬吧！”勇仔嘻嘻奉承道。

“嘿，输了不少。”我有心无心地答。

“你哋係大老板，输输赢赢好正常啦！不过讲真，几时大佬你周转不开可以打电话给我，细佬我帮你拿个一百两百还是有问题的！”

他瞄了一眼我的车，又说：“大佬，下次过来澳门赢着钱换架车啦！你每次赌得这么大，推一口都唔止呢台车啦！”

戴着四面佛的光头佬也嬉笑着走过来握手。勇仔对他介绍：“海哥在赌厅输赢过千万，非常好人的一个老细。呢位係我大佬光哥。”

光哥谦恭地说：“海哥，不如一起吃个午饭？”

“不了，我还要办点事。”我说。

“那不打扰海哥了。”勇仔把一张名片塞进我手里，说：“几时需要帮忙就打电话给我，随时恭候大佬!”

我把车开出加油站，看了一眼勇仔的名片，我心有所思。

去沃尔玛做了一番大采购，拎着两大袋日用品走回车库。总共消费157元，小萱留给我的几百元已经差不多花完了。

回到家后，刚把东西放下，突然想起忘了买蒜头，于是我又拿起十元零钱，准备去小区背后的小超市。

打开房门，有两个二十几岁的年轻人站在门口，正准备按我的门铃。

“什么事?”我问。

“你是海洋先生吗?”其中一个高个问。

我猜到他们是谁了，心里冷笑了一声，随手把门关上。

“我是。”我一边回答，一边走进电梯。

“我们是欧之财公司的，请问你今天能把欠款还给我们吗?”他们也跟进了电梯。

我按亮了“G”的按钮，说：“我现在确实没钱，你们要不就等多一段时间，要不就只能去起诉。”

电梯到了一楼，高个子伸手把电梯门挡住，说：“海先生，我们既然来了，两三万你总应该给我们吧?我们也要回去交差啊!”

两三万?我笑道：“我现在身上连两百都没有。”

“那你把车给我们，我们开走。”他说。

“车已经抵押出去了，你拿走也没用。”

他仍旧堵着电梯门，此刻摆出一副蛊惑仔的样子说：“那就对不起了，我们等下去你老婆单位闹闹，看她以后怎么做人!”

我的怒气在瞬间涌上了头顶，我突然伸出右手叉住他脖子，把他一把推出电梯口，“滚吧!”

他被撞在墙壁上，呆了半饷不知该如何应对，旁边的矮个也不敢出声。门口的保安员听到动静，走进来问：“有事吗?”

“没事。”我回答，转身走出了大门。

那两个追债的打工仔也跟了出来，远远在身后喊：“我们公司还会派别人来，你等着吧!有你好受的!”

撒旦被封印在无底坑里，一千年后，它仍将被唤醒。

情绪平复之后，我还是隐隐担心。于是打了个电话给小萱，提醒她下午不要会见陌生人。

然而整个下午并无动静。

晚上，小萱一回到家就一瘸一拐的坐在沙发上。

“老公，帮我拿瓶活络油过来!”

“怎么了?”我问。她把裤腿卷起，小腿上淤青了一大块。

“刚才坐地铁的时候，在台阶上突然头晕，摔了一跤。”她说。

我一边心疼的帮她用活络油搓腿，问：“怎么会摔跤，是不是最近睡眠质量太差了?”

“睡眠还好，可能是平时想的事情太多了，走路总是心不在焉。”

这天夜里，我的平静又被打破了。

睡至半夜，我悄悄把房门掩上，走出了客厅。

从沙发上夹起一个抱枕，又拿上一包烟，我轻轻的关上门，乘电梯下来一楼的小区花园里。

躺在一张木椅上，点燃香烟，望着稀稀疏疏的几颗星星，我开始思绪万千。

想起二十几年前的初中时代，我和扬帆、光明他们，暑假的夜晚躺在大操场的草地上，满天星斗，我们畅想着长大成人后会是怎样。

我开始逐个回想我曾对不起的人，他们有的容貌清晰，有的已经模糊：妈妈、季军的干妈、某个中学同学、曾经的女友、小陈……我发现在这个混沌的世界里，赌只是一条桥，我承受的是因果。

如果活着区分不出快乐和痛苦，那活着的意义是什么?我便是如此。这一年多来，我的感官和感情都已经麻木了。我不在乎那两个追债年轻人的感受，彼此伤害彼此侮辱而已，就如在战争中杀死一个人一样毫不在意；小萱呢?我似乎很在意她，但我从来没有保护好她。我永远到不了老夫子的境界，他在活着时就喝下了奈何桥上的孟婆汤，可以提早抛掉过去，逍遥人间。而我不行，所有的记忆都在我的脑子里装满，一点一滴都没有漏掉，只是挤不动了，所以我麻木。

我想死。

第二天睡至中午方醒。小萱在茶几上留了几百元和一个字条：老公，晚上煲个汤吧。

于是我去市场买了一只鸡，用高压锅炖了个浓浓的香菇鸡汤，放入盐尝了尝，感觉味道还不错。

整个下午，做了几个最精致的菜留给小萱，放在锅里盖着。

我给小萱留个字条：去一趟广州，明天回来。

接着我下楼走进地铁站，1号线转2号线，来到了蛇口码头。

蛇口直达澳门的船票要180元，到珠海的船票则只需100元，我身上的现金只有300元，所以我选择了到珠海的轮班。

晚上七点半，从九州港码头走出来。码头大厅有一家肯德基，于是我进去点了两块允指鸡块和一杯新地雪糕，这才拿出勇仔的名片，拨打他的号码。

“海哥，你又来着澳门?”他问，电话里声音吵杂。

“丢！昨晚刚输了100万，现在从拱北关出来。”我假装骂了一句。

“唔係呱，过来澳门也不给细佬电话?”他也虚情了一句，又说：“我现在也在珠海玩，你过来一起玩下啦!”

于是我在肯德基里慢悠悠地坐了一个小时，这才出门打的士，到了那家 KTV。

推开房门，屋里的低音炮震耳欲聋，勇仔和光头哥正在和 KTV 女经理喝酒猜枚，旁边还有两个古惑仔模样的小弟在无聊发呆，摆弄手机。

他俩热情地把我拉到沙发上，又把三十岁的女经理推到我大腿上，要她陪我喝酒。

我在勇仔耳边大声说："今晚我少喝点，刚赌了个通宵！"

"理解，理解。"他也大声说："饮少少，今晚休息好明天再战！"

包房内，角落里一个男 DJ 正站着打碟，播放正在流行的好兄弟之类的口水歌，女经理为了助兴，拉上光哥在 K 房中间跳舞。

门推开了，又进来七八个男人，18 岁至 40 岁不等，有花衬衫有粗金链还有一个斯斯文文的鬼佬，形态各异。女经理招呼服务员继续开酒，一瓶大蓝带打开，浇进排列成四方形的十几个小酒杯里。

"女呢？怎么还不来？"光哥吼道。

"就到了！莫急。"女经理媚眼如丝笑答。

话音未落门又被推开，一群年轻的女孩子涌了进来，有十五六个之多，都穿着自己各色的衣服。这里不是桑拿，也没有发薪水的驻场陪酒，她们全都是四处客串的小姐。

"大家自己拣，冇客气。"

于是沙发上的十来个男人各自挥手，站立的女孩们纷纷扭着腰肢依偎下来，没被选中的几个女孩也不舍得出去，而是坐在沙发的角落。她们经验丰富，知道即使没人选中，今晚仍有赚钱的机会。

"海哥，呢个给你啦，全场最靓的！"勇仔把一个女孩推进我怀里，扎着马尾辫，眼睛大大的，轮廓清晰。

低音炮继续震动，一众男女纷纷走上空隙处扭动，DJ 适时在舞台上喷出一股二氧化碳雾气，众人一阵嗷叫声。

小萱打来了电话，我跑出 KTV，在路边接听。

"你真的去了广州？"

"嗯，放心，没去澳门。"

"那明天早点回来。"

"好。"

房门再次被推开，两个背着肩包的年轻男孩走了进来。

"开饭喽！"有人大叫一声。

于是两张茶几都被服务员清开一角，送上两个 Ipad 大小，正方形的镜面底座，两个年轻男孩从包里掏出几种小塑料袋装着的物品。

一包包小小的白色颗粒，这是 K 仔；

一包结晶状的半透明颗粒，这是冰；

一根根手卷的短烟，这是大麻；

座位上有几个男人从包里掏出随身携带的矿泉水瓶，瓶口被密封，有一根长长的软吸管被扭成螺旋状，一头连接进瓶里的水中，另一头露在外面；还有一只较短的吸管插进瓶里。这是吸食冰用的冰壶。

女服务员熟练地把几颗K仔颗粒倒在正方形的镜面底座上，用酒杯压碎，接着用一块小钢片把碎片磨成粉末状，然后将白色的粉末隔成几条细细的白线，就像镜面上的跑道。

冬季运动会的健儿们，跑道已经备好，开始溜冰吧！

我怀中的马尾辫女孩俯下身去，手指按着一个鼻孔，用短吸管对着镜子上的一道白线，"嗤"的一声把K粉吸了进去。

"什么感觉？"我问。

"过一会儿才会嗨。"她冲我挑了挑眉毛，把吸管递给我，但我把她的手推开了。

另外两对男女正在吸冰，他们把冰粉倒在一张锡箔纸上，用打火机在锡箔纸下方来回烧烤，使冰结晶融化后冒出青烟，再用冰壶的吸管把青烟吸进肺里。吸冰在道上俗称"吃猪肉。"

勇仔手里夹着一根点燃的大麻，递过来给我："海哥，尝尝啦！"

我接过大麻，吸了两口，把烟雾吐在空中，又把大麻递给怀中的女孩。

过了一会儿，一个小弟拿了一杯酒过来，说："小弟敬大哥一杯！"

我接过酒杯。女孩捂着我的耳朵喊："你别喝，是开心水！"

于是我假意酩了一口，对那小弟笑笑，把酒杯放在桌上。

凌晨四点，冰K粉大麻开心水终于效果显现，二十几个男女挤在中间疯狂地扭摆，DJ的长发甩动，音乐震天，低音炮在耳膜内打鼓；我身边的女孩个性豪迈，她抓起麦克风，叉开腿站在茶几上摆出麦当娜的女王气派嘶吼："我的热情好像一把火，燃烧了整个沙漠……"

二十八

早晨七点，众人终于散去，KTV房里一片狼藉。

"海哥，第一次合作，你就帮细佬赚点茶水钱吧，十抽一啦，我哋只有对朋友才给出这个牌头。"

"不是吧？抽我的水？"我假装生气地说，其实这都是预料好的，后果我早已做好准备。

"这次合作开了下次保证不抽！以后就是斋洗码！"勇仔拍着胸口保证。

"那行，等下先拿100万试试。"我说。

“不如先拿 50 万吧，大家第一次合作不要给自己这么大压力，海哥你赢少少收手我们也开心。”光哥眯着眼睛躺在沙发上说。

商议妥当，我们三人一起从拱北过关。

选定好的赌场是星际赌场三楼，他们可以从账房签码出来。

“先开间房睡个觉，下午起来再打。”我说。

下午五点，三人从房间下来，一个二十七八岁的澳门女孩已在赌厅里等候，她的角色是“揸数”，就是“大耳窿”环节中负责管理现金和筹码的财务。

我把手机关了机。今晚如果输了，这世界也和我无关了。

“十抽一”，是指赌鬼每赢一把，就要提十分之一给“大耳窿”作为抽水。一般的操作方法是：赌客赢了一口 1 万，这时赌鬼把 1 万的现金码交给身旁的“大耳窿”，他便换给赌鬼9000 元的泥码。这样放贷的“大耳窿”既赚到了洗码的码粮，又赚到了放贷的抽水。

这种赌法对于赌鬼来说，时间稍长一点肯定是死路一条。比如每把 1 万元平推，连续赢十口输十口，账面上赌鬼是打和，但被抽水 1 万元，赌鬼的 1 万元本钱恰好输光。

不过我此刻的心态已经是无所谓了。我的命早就跟赌博无关，手头这 50 万筹码，我只视作泥沙般的游戏而已。

晚饭过后，我的筹码只剩下 30 万。

我手中抓着筹码开始四处游台，勇仔跟在我旁边，不时帮我查看其它台的路子。其实勇仔的品性看起来并不坏，为人热情，赚钱积极，外表甚至可以赞作是阳光青年。我想他对待父母家人应该比我更孝顺，进入“大耳窿”这个行当，只不过是为了来钱更快而已。这就和某些富豪去开赌场，某些公仆去钻营升官又有什么区别。只不过他选择了这条路，就注定了日后要和我一样赤脚踏入荆棘。

我在一张台前站定，随手抽出 3 万筹码往上押。现在只能下大注，因为抽水太厉害，只有速战速决。

“买定了吗？”荷官口中传来怪怪的声音。

我抬起头，猛然被一张狰狞的马脸吓了一跳！就像看见魔鬼的喽啰。我赶忙伸手把押上去的筹码拿了回来。

再定睛一看，原来是张五十来岁男荷官的脸。他的脸比较长，板着脸后拉长下来，更显得像一张马面。

但我不敢在他的赌桌上下注了。我转身继续游走，走到一个瘦瘦的女荷官面前。

这次我有心盯着她的脸仔细看，看是否还会有一个牛头马面变出来。一秒、两秒，她的黑额头和高颧骨变得越来越丑，终于幻化成了一张扭曲的鬼脸，颧骨和眼眶之间形成了一个黑洞，阴毒地敌视着我。

罢了，该来的总会来的，海洋，你期限已到。

我转到另一张赌台坐下，开始投注。

晚上十点，全部筹码输完。

“海哥，明天能回去拿钱吗？”勇仔问。

“没问题，明早跟我去吧！”

这晚躺在床上，我差点拿起手机想听听小萱的声音，但这个念头起来后，心酸又同时涌了上来。于是我把手机塞回裤袋里，很快就睡着了。

第二天早上，光哥、勇仔、还有一个开车的司机，三人跟着我回深圳收账。

车子从高速路口驶出后，司机问：“往哪走？”

“去赤湾吧，我有个家在那里。”

于是车子顺着月亮湾大道开往赤湾方向，开至山脚下的十字路口，我指指方向，把他们往赤湾炮台的方向引去。

“海哥，你的房子在山上，可真会享受！”光哥恭维地说。

车子继续往山顶方向开，路径偏僻，没有人影。他们开始有点警觉，车上只有发动机低闷的马达声和轮胎压在路面的沙沙声，大家沉默不语，车内空气凝滞。

终于到了山顶炮台处，司机把车停了下来。

“到了！”我打开车门走了下来，长吸了一口气。天气多好呀！一副开阔的海边美景。

“海哥，这是哪里，不是你家吧？”勇仔干巴巴地笑着问。

“不是。”

“那你带我们来这里是什么意思，是不是开个玩笑？”

“勇仔，对不起你。”我把小刀从包里拿了出来，随手把包扔到一边。“我是上来找死的，谢谢你们送我上来。”

“你想干什么！”勇仔跳后两步到保姆车旁边。

光头的光哥也从车上下来，他较镇定一些，用右手指着我说：“海先生，欠债还钱天经地义，你有困难可以慢慢说，这样搞会惹出大祸！”

我自嘲地笑道：“不是我不想还，是我早就还不起了，我欠债两千多万，早就该去死了，一直在害人害己。”

“你把刀放下，我们同意你分期还，大家协商时间，怎样？”他一边说，一边走上前想抢我手中的刀。

我把刀挥了一下，他急忙向后跳开。勇仔此时从车尾箱里拿出一个简易千金顶和一根棍状的防盗锁，他把防盗锁交到光头手上，自己双手握着沉重的千金顶，作出要进攻的姿势。

好得很！一切都在我的计划中，我就是希望这种效果！在家里的保险柜里还有两份人生意外险的保单，如果我被害身亡，会有 200 万元的保险金赔付到小萱和三姐手上。

来吧！我手握着小刀，站在悬崖的栏杆边，只要他们手上的铁棍一打到我身上，我就可以顺势跳下去，把一切完美结束。

司机是个老实人，他一直在驾驶位上观看，不时用手机打电话汇报。

双方相距三米远，僵持了十几分钟。

“算你狠！海先生，后会有期！”光哥恨恨地骂了一句，用手拉拉勇仔，两人回身走回车内。

车子调头，两双眼睛隔着车玻璃怒视着我，车子顺着山坡开了下去。

他们走了，我全身的紧张顿时消失，取而代之的是一种失落。

这样下去有什么意义呢，总得有结束的时候。

倚着栏杆，望着几百米高的山崖，没有别人的帮助，我仍是不敢往下跳。

但我真的想解脱了。

我拾起地上的手提包，翻出一支香烟点上。

此刻突然好想喝啤酒。

对了，死在酒里吧，慢慢的死，像睡觉一样的死，不需要太大的勇气。

我想到了一个办法，于是把手机打开。

我拨打原来办公室的号码，响了许久并无人接听，应该还没有租出去。

关上手机前，我看到一条短信闯入：

“老公，我知道你肯定又去澳门了……”

我的眼泪开始流了！我的心开始哭了！我本来就是个混蛋，没有资格留在这个世界！

我一边流泪一边往山下走去。对不起了！小萱，事情已经无法挽回；即使挽回这次，也不过是无休止的轮回而已！

走到山脚下的十字路口，我拦住了一辆的士。

回到公司楼下，我在士多店里买了两瓶高度数的白酒，乘电梯回到了办公室门口。

门被锁着，公司的招牌早已被摘除了。我掏出钥匙试了一下，轻易打开，门锁并没有换。

办公室里空空荡荡，只有一张折叠的沙滩椅靠在墙边，那是以前他们午休时用的。

我把沙滩椅打开，铺平，让自己能用一个最舒服的姿势睡过去。

两瓶白酒拧开；穿着短裤去死不太雅观，我用刀在牛仔裤的左右大腿处各划了一个大洞，把皮鞋脱下，躺在沙滩椅上。

开始了。

我拿起一瓶白酒，咕嘟嘟地对着嘴往肚子里灌。我喝白酒的酒量很差，平时喝半斤就会醉。

第一瓶顺利灌完。肚子和胃很快感觉火热，趁酒劲没有上来之前我得赶快灌第二瓶。

第二瓶很艰难，酒劲反扑的很快，头有点晕，几次都差点呕出来。我扯着自己的喉咙，勉强把整瓶都灌了进去。

开始有点迷糊了，有一点飘的感觉了。趁自己还没有醉倒之前，我拾起小刀，对着两个大腿的破洞处迅速各扎了一刀。中了！这次只有物理，只有速度，我没有思考，我成功了！

我把小刀扔在地上，卸下全身力气躺着沙滩椅上。方位应当没有错，大腿的两个洞都是我测量好的，但右腿扎得太浅，只流出了一点血；左腿的力度刚好，血正从血管里源源不断地涌出，我稍微一触摸，整个手掌都沾满了血。

原来自杀一点也不痛。就像走路时大腿不小心碰到了桌角，比撞桌角的感觉还要轻微。血液不断地涌出，但完全没有痛疼，而是一种放松。就好像刚跑完五千米后，洗完澡躺在床上那种放松。我早应该放松了，我已奔跑了整整一年，我已盲目地奔跑了三十八年。

是酒精还是死神，或是上帝？我的眼前渐渐模糊了，天色渐渐黑暗了。

二十九

……

我没有死。

我在朦胧中听到开门声和尖叫声；

有人把我抬了起来，颠簸，我的手撞在墙壁上；

有把剪刀把我的左腿牛仔裤剪开；

冰凉的感觉，左腿被人清洗；

有点痒，针线在我腿上穿插；

我起身呕吐，几只脚在地上慌忙避开；

我被一群人抬上了车。车子行驶，我听到小萱和大姐的声音；

电梯开门“叮”的一声。

“老公，好点没有？”我睁开眼睛，小萱从厨房走了出来，端着一个热气腾腾的碗在我嘴边，我喝了一口，是浓香的鸡汤。

原来我已躺在家里的沙发上。

“起来吃饭吧。”小萱把我扶了起来。左腿已被包扎了纱布，无法着力，于是小萱把菜端过来放在茶几上。

“吃完今晚好好睡，明天大姐和Peter牧师他们要过来。”

“我怕见到他们。”我羞愧地说。

“好啦！就当一次正常的小组聚会，唱唱诗歌而已！”

这晚我被小萱照顾得像一个刚出生的婴儿。重新感受到人间的温暖后，我丧失了死的勇气；无脸见人，却又没有力量逃避。我大概是这个世界上最窝囊的人，连自杀都成为一场众人注视下的笑话。

“老公，无论何时，我们俩都只能一人倒下，不能同时倒下。”小萱说。

第二天上午，大姐和 Peter 牧师带着十几个弟兄姊妹来到我家。

大姐把 QQ 也带过来了。

QQ 是我养的一条京巴狗，从出生就跟着我长大，幼时还喜欢贴着我的脸睡觉，相当于我的亲生儿子。去年小萱怀孕的时候，我们把它送到了三姐处寄养。

我知道三姐的心意，她是想让 QQ 来照看我。

Peter 牧师是台湾人，四十几岁。三年前他俩夫妇从台湾来到深圳南山定居，建立了以家庭小组聚会形式为主的“家教会”分支，传播友爱。大姐这几个月一直在规劝我信主，但我的抗拒心理很重。事实上无论面对佛教、伊斯兰教、基督教，当一个人总是刚愎自用想主宰自己的命运时，他肯定无法做一个虔诚的人。

教会的姊妹们出行总是会随身背着一把吉他，这是唱赞美诗用的。唱颂是一种很好的治疗，能温和的修补心灵的碎片，使我妈妈在患病后期情绪安宁了许多。

“因有无数的祸患围困我，

我的罪孽追上了我，使我不能昂首。

这罪孽比我的头发还多，

我就心寒胆战……”

他们在唱《求助的祷告》。这些心地善良的弟兄姊妹，他们在创造一个柔和的世界，而我却在世界里不停地制造荆棘。在他们的轻颂中，我和小萱忍不住低声哽咽。

“海洋，告诉你一个秘密：过往我也是一个赌徒。”Peter 牧师说：“你不要太过于自责。每个人都有一个绝望点，只要没有到达那个绝望点，犯错的人往往会一直错下去。不仅仅是你，大部分人都是如此。只有到了绝望点之后，人才能看清自己的灵魂——这才变为一个新生命，为神所喜悦的新生命。”

每一个信主的人都有痛苦，或因婚姻，或因疾病，或因悔恨。我肯定不是世上最痛苦的人，但我是世上最丑恶的人，所以我痛苦。

专程同来的还有一位体格强壮的大哥，名叫祝海。他的经历也很沧桑：以前是香港和联盛在珠海分支的一个堂主，过了很多年无法无天却腥风血雨的日子。三年前他彻底厌倦，为了退出社团，在香港经受了三刀六洞的残忍仪式，并捐出了全部家产才平安返回深圳，目前在蛇口一家物流公司做仓管员。

大姐说：“海洋，不如趁今天的机会，让 Peter 牧师给你和小萱受洗吧！”

我赶忙摆手，说不行，我还没准备好。

是的，我知道自己的心灵仍不洁净，一次不成功的自杀并不能把我救赎出来，我不想把满身的污秽带入圣殿。

“那就先做决志祷告吧！下回准备好了再受洗。”Peter 牧师说。

小萱也扯扯我的手说：“做吧你需要这个”。

于是牧师用手掌按着我的额头，我跟着他念诵了一边祷告词。这在基督教的仪式里，就表示你已经信主了，与神关系和好了，身上的罪获得赦免了。

其实没有。我仍然感觉不到神的存在。

他们走后，神也跟着他们走了，我从短暂的天国里掉落回人间。

Peter 说，圣灵刚刚在你们的体内成长，是一个幼小的生命，你们要时刻跟随神的指引，走义路才让圣灵更加强壮。

但是魔鬼呢？Peter 忘了，魔鬼先入为主，他的大军早就在我的体内安营扎寨了。

只有在每天夜晚，我和小萱在睡前齐声朗诵赞美诗的时候，我才能感受到一点神的慈爱。那十几分钟内手中的《圣经》的确可以将魔鬼隔离。

但一到了白天，望着不停震动的手机和电子邮箱内措辞严厉的律师信，还有金额不断增加的信用卡账单，我仍是宁愿自己拥有魔鬼的力量。

人间若不能宽恕我，至少我可以毁灭它。

谁可放下屠刀，立地成佛？我试过，但我做不到。

谁可奉献宝血，救赎罪恶？我试过，但我连自己都救赎不了。

两个星期又过去了。

左腿的伤疤很快就愈合了，我又可以行动自如又可以跳跃了。

周一上午，小萱一早就匆匆乘坐地铁赶去上班。

我开始抹桌子，拖地，把家里打扫得很干净。事实上我极少做这些家务，平时都是小萱在做，所以连 QQ 都用奇怪的眼神望着我。

从冰箱里拿出昨晚买的肉末，我炒了整整一碗给 QQ 吃，这是它跟我三年来吃得最香最饱的一餐，整个肚子都圆了。

坐在沙发上，我又重温了一遍我们的结婚相册。那时的我外表单纯眼神懵懂，还没有认清真实的自己；那时的小萱沐浴在阳光中，是多么幸福美丽。我把其中一张我的单人照挑了出来，用笔在背后写上："老婆，我是火星人，还是决定回火星去了。"

我把这张照片夹在相册里，露出一角白边，把相册留在茶几上。

在房间里挑选了一个最轻便的背包，那是我十多年前在红树林海岸玩速滑时的运动背包，只能装下一瓶水，两罐啤酒和一条面包。

手机、身份证和钱包都留在了茶几上，我只取出了二十元现金，连地铁卡都留了下来。

换上一件 T 恤衫和小萱新买给我的牛仔裤，戴上一顶沿边帽，从鞋柜里找出许久没有穿过的登山鞋，我准备出门。

QQ 却比我还急，它抢先一步占领了门口，我刚打开屋门它就冲进了过道里。

"回来，QQ。"我向它招手。但今天它完全不听话，坐立在电梯口动也不动，直呆呆地用大眼睛望着我。

无奈，我走出去，想抱它回屋里。它却在我手里愤怒地咆哮、挣扎，我怕弄伤它的胳膊，只好把它放回地上。

它马上又跑回电梯口蹲坐，继续用两只水汪汪的黑眼珠望着我。

它想跟我走，QQ 总是能预知或看穿我的心思。

也许 QQ 已经看到了它的宿命，留下来只是徒增思念，它的灵魂愿意与我合为一体。

于是我决定带它走。地铁里不允许宠物上车，我找了一个大的购物布袋，让 QQ 坐在里面。

干净明亮的车厢空间，倚在不锈钢柱上听着耳机的短裙女孩，低头玩 Ipad 的白领青年，三两私语的慈祥老人，鲜艳的广告牌，闪动的路线指示。

一乘地铁，掠过世间繁华。

我们到达了罗湖，QQ 在布袋里很安静，我换乘了一辆往小梅沙的大巴。

接着又上了一辆开往杨梅坑的大巴。

这里是深圳的最东部，海水洁净湛蓝，以往我常和小萱来这里度假。有一次我穿着溜冰鞋戴着头盔在长长的西冲海堤上玩速滑，小萱租了一辆自行车跟在我身后，我俩的正式恋爱就是从那日开始的。

QQ 欢快地在马路边奔跑，不时嗅嗅路边的草丛和针叶，在树脚下留下尿迹。全新的气味和风景令它兴奋不已。

走了二十分钟，我们来到杨梅坑北部一个山窝处，这里有一条小小的泥路延绵入陡峭的山坡，是一些登山探险的驴友们用脚踏出来的。

仰头望去，雄伟茂密的七娘山就在头顶，这是深圳的第二大山，海拔 867 米，却是第一险峰，是一个尚未对外开放的原始丛林。

山路陡峭，QQ 已经累了，小脚掌在泥坡上打滑。

我把它抱起来，握着它的两手，让它站立在我的肩膀上，小时候 QQ 最喜欢这个动作。

继续往山顶爬，经过一个宽敞的竹洞，厚厚的枯枝和竹叶铺在地上十分松软，于是我坐下来休息。

QQ 口渴了，趴在地上伸出长长的舌头大口地哈着气，我从背包里取出矿泉水瓶，倒在手掌上让它喝。

越过第一座较低的山峦，我们进入一个灌木丛林，山路开始变得狭窄崎岖，地上的路迹若有若无，在比头顶还高的灌木丛中很难分辨出来。

行进艰难，QQ 变得谨慎，不敢再跑到我的前面，而是紧紧贴近我的裤脚。几个斜坡非常陡峭，我一手抱着 QQ，另一手抓紧露出地面的树根攀扶而上，爬至平坡处，不得不停下来大口喘气。

此处已不是人间，我所犯过的过错，划线为界从此隔绝。

于是脚步又变得轻快了，山鸟在树枝上跳跃，QQ 仰头张望却不得要领。野蜂匆匆飞过奔往不远处绽放的花朵，不时有柔枝绿叶抚摸在我的脸上。我的心情喜悦，我早该来了，何苦待在人间！

路过一段嶙峋的岩石坡，一涧清泉从深褐色的石缝中流下，我把水瓶里的水全部倒掉，把清泉接满。小Q也伸出舌头在石壁上畅饮甘泉。

继续穿过茂密的草丛，跨过一道浅溪，来到一座山腰处。一阵冷冽的山风迎面吹来，不禁让我打了个哆嗦，七娘山著名的山雾要来了，四周一下子变得湿润模糊，我们浸透在淡淡的白色水雾中。

QQ走不动了。我把背包反过来背在前胸，放松了袋口的绳扣，让QQ半个身子坐在背包里，头和两爪露在外面。我就像一只怀里装着宝宝的袋鼠。

手脚并用翻过两座峭壁，现在每走几十米我都会疲惫不堪，要停下来歇口气。远处便是主峰了，坡顶有一大片蒿草在迎风摆动，形成一片青绿色的波浪。

到达一个平坦的半坡峭壁，距离山顶只有几十米，我听到山顶处传来几个男人的呼喊声和女孩银铃般的笑声，于是我改变了方向，穿入了没有路的蒿草丛里。

越过比头顶还高的草丛，是一片繁密的竹林，没有路径，我和QQ要从低矮的竹洞中俯身穿过，或双手扒开竹枝侧身跨过去。

到了一个接近六十度的陡峭斜坡，地面乱石嶙峋，我重新把QQ抱进背包里，双手紧抓树枝和野藤攀附而下。藤蔓越来越粗，地面越来越湿滑，古树被重重缠绕，连地上都全部是藤条的鲜绿嫩叶或枯枝，这里是野藤的世界。

终于见到一块平坦的岩石地，空间在藤叶中间透出开阔。我抓紧藤条一大步跨了下去，身体向前冲了一下，定睛看，一阵心惊肉跳，原来前方一米就是万丈高崖。

我盘膝坐在悬崖边，将QQ放在地上，摘下了背包。这里就是终极目的地了，比我预想中的还要理想，是武侠传说中绝世高手的修炼之地。

QQ小心翼翼的探头往前走了几步，望到深不见底的悬崖，它胆怯地缩在我的身后。

我把面包和啤酒都拿了出来。面对着宁静幽远的山谷，思绪飞翔在远方神秘的白雾里。蓝色的海洋并未被山谷遮住，在不远的右前方与天际融为一体。世界，你给我拥有过的太多，我知足了。

QQ并不喜欢吃面包，它上午已吃得很饱，此时它摇着尾巴，正在追逐石缝中四处躲藏的一条蜈蚣，它很聪明，不敢用前爪去触碰蜈蚣的身体，只是不时把蜈蚣用于藏身的石块扒开。

山风又袭来了。这次的风很大，在耳边呼呼作响。山谷里的雾气越来越厚，对面岩石的墨绿已经被白雾掩盖。

远方天空正有一大片乌云快速飘来，要下雨了。

我把QQ抱起来，想找地方避雨。雨势来得很快，地面已经被雨水打出一股尘土的清香，我望见左边的峭壁处有一个一米深的凹形缺口，于是赶快躲了进去。

雨水斜斜倾洒而下，整个山谷的树林都在哗哗作响。寒冷和水雾气一起涌入，将我藏身之处的岩洞灌满，我全身发冷，不禁将QQ抱紧吸取热量。

在这半山峭壁中间，雨水让我们感觉孤独无依。QQ也很害怕，它把头埋进我的手臂里，不时发出“呜呜”声。

半个小时后，我的全身都已经湿透，但雨水终于停止了，山雨来得快去得也快，我把QQ放在地上。

乌云散尽，天空一时变得清澈湛蓝，近处远处的树叶都因雨水的滋润而闪闪发光。太阳直射之下，头顶的树叶藤蔓很快在脚下形成了凉爽的阴影。过了一会儿，几朵白云飘过来填补天上的空缺，地面的水迹逐渐晒干，阳光在不知不觉中变得温和。

我把喝空的啤酒罐向山谷中央扔去。它被山谷的气流斜斜吹了回来，撞击在崖壁的岩石上，发出轻微的金属碰撞声。

我有点想小萱了。

我把QQ抱了起来，双脚站在悬崖的边缘处。从踏入深山的第一步起我就已经想好了，忧伤一旦从心里泛起，我就纵身往下跳，了却红尘烦恼。

几只山雀从山腰的树丛中飞了出来，在空谷中欢快地追逐嬉闹。过了一会儿，右边又飞出更大的一群山雀，加入到飞舞的行列。

叽叽喳喳的欢叫声充满了山谷，整个谷里的山雀都从巢穴里被唤了出来，纷纷飞入空中加入舞蹈。数百只山雀在整个空幽幽的山谷里大范围飘动，时而绕着峭壁滑行，时而上下翻飞，时而是一团圆球形状，时而变成一条人字的长线，这是大自然精灵们的美丽舞蹈。

伟大的造物之主，你的想象力果然是无穷无尽。

“嗷呜——嗷呜……”我怀里的QQ，一条从未踏入过原始丛林的宠物狗，此刻被眼前的奇景感动，竟然像狼一样伸直了脖子发出长长的嗷叫！

美丽的人间！壮阔的天地！
上帝啊！你赐予了我感情，为何又给了我欲望？
上帝啊！你既本有宽恕之心，为何又要我们经历过错？
上帝，如果真有来生，请让我再次回到这个地球，我愿回到红尘人间！

我们在天上的父，
愿人都尊你的名为圣。
愿你的国降临，
愿你的旨意行在地上，
如同行在天上。
我们日用的饮食，
今日赐给我们。
免我们的债，
如同我们免了人的债。

不叫我们遇见试探，
救我们脱离凶恶。
因为国度，权柄，荣耀，全是你的，
直到永远。
阿门！

——《圣经·主祷文》

====终了====

作者简介

深峻海洋，男，深圳人，1974年生，毕业于广东某大学。开过贸易公司，事业略有小成后投资澳门赌厅，成为某赌厅的股东之一。最终因自己赌败而导致倾家荡产，众叛亲离。沉寂过后，决定写出此经历，警醒世人。

作者联系方式:

百度贴吧：海袭吧

（注：本书读者的大本营，有关作者的近况和交流都会在百度贴吧发布。加入海袭吧，一起见证海洋逆袭之路！）

作者微信号码：2489499638